*Von der Autorin sind im Knaur Taschenbuch Verlag
bereits erschienen:*
Die Ärztin von Rügen
Die Bernsteinheilerin
Die Bernsteinsammlerin
Die unsichtbare Handschrift
Das Marzipanmädchen
Die Braut des Pelzhändlers

Über die Autorin:
Lena Johannson wurde 1967 in Reinbek bei Hamburg geboren. Nach der Schulzeit auf dem Gymnasium machte sie zunächst eine Ausbildung zur Buchhändlerin, bevor sie sich der Tourismusbranche zuwandte. Ihre beiden Leidenschaften Schreiben und Reisen konnte sie später in ihrem Beruf als Reisejournalistin miteinander verbinden. Vor einiger Zeit erfüllte sich Lena Johannson einen Traum und zog an die Ostsee.

Lena Johannson

Haus der Schuld

Roman

Besuchen Sie uns im Internet:
www.knaur.de

Originalausgabe Dezember 2014
Copyright © 2014 by Knaur Taschenbuch.
Ein Unternehmen der Droemerschen Verlagsanstalt
Th. Knaur Nachf. GmbH & Co. KG, München
Alle Rechte vorbehalten. Das Werk darf – auch teilweise –
nur mit Genehmigung des Verlags wiedergegeben werden.
Redaktion: Dr. Gisela Menza
Umschlaggestaltung: ZERO Werbeagentur, München
Umschlagabbildungen: © Mohamad Itani / Arcangel Images;
© Keith Dowling / Arcangel Images
Satz: Adobe InDesign im Verlag
Druck und Bindung: CPI books GmbH, Leck
ISBN 978-3-426-51435-1

2 4 5 3 1

Für Dr. Uli

Von deinem Schicksal habe ich erst jetzt erfahren.
Vor deinem Lebenswerk habe ich allergrößten Respekt.

Hamburg, Ende März 2012

Amali stieg die knarzenden Holzstufen hinauf zum Dachboden. Sie scheute sich, den Alltag ihres Vaters zu entsorgen. Es war ihr schon schwergefallen, seine Wohnung überhaupt zu betreten, nachdem man ihr mitgeteilt hatte, dass er bei einem Arbeitsunfall ums Leben gekommen sei. Drei Wochen waren seitdem vergangen, die Beerdigung hatte sie irgendwie hinter sich gebracht. Jetzt war es an der Zeit, seine vier Wände zu räumen, wenn sie die Mietkosten nicht übernehmen wollte. Und das wollte sie ganz gewiss nicht. Eine Schonfrist für Hinterbliebene gab es nicht. Natürlich nicht. Was hatte der Vermieter mit ihrer Trauer zu tun? Er musste an seine Einnahmen denken. Sie würde mit dem Abstellraum unter dem Dach beginnen. Dort hatte ihr Vater Dinge aufbewahrt, die in seinem täglichen Leben keine Rolle gespielt hatten. Unten in seinem Wohnzimmer mit dem kleinen, längst nicht mehr zeitgemäßen Fernseher und dem scheußlichen schwarzbraunen Sofa oder auch im Schlafzimmer, wo seine Jeans und Pullover lauerten, wollte sie nicht allein sein. So weit war sie noch nicht. Sie würde warten, bis Niki, ihre beste Freundin, kam. Niki und ihr Mann Jan waren auch da gewesen, als sie einen Anzug ihres Vaters für den Bestatter hatte heraussuchen müssen. Nein, ohne die beiden hätte sie das niemals fertiggebracht.
Hier oben würde sie es schaffen, allein zu beginnen. Sie würde ein wenig stöbern, vielleicht sogar ein paar Erinnerungsstücke entdecken, die sie von dem traurigen Anlass und den furcht-

baren Ereignissen der letzten Tage ablenken konnten. Bloß nicht an die Einzelheiten denken, die man ihr vom Unfall im Hafen erzählt hatte, bloß nicht das Bild zulassen, das sich immer wieder in ihren Kopf drängte, das sie einfach nicht loswerden konnte. Sie hatte ihren Vater sehen wollen, obwohl alle ihr davon abgeraten hatten. Von dem Kran, in dem er gesessen hatte, war zunächst der Ausleger, dann die Kabine des Kranführers abgerissen. Niemand wusste, wie das hatte passieren können. Bis heute nicht. Die Wucht hatte seinen Kopf durch die Glasscheibe geschmettert. Es war kein angenehmer Anblick, gelinde ausgedrückt. Aber sie musste sich doch von ihm verabschieden. Von ihm und nicht von einer verschlossenen Holzkiste mit einem Berg von Rosen darauf. Die Entscheidung war richtig gewesen. Trotzdem machte ihr der Anblick seither ziemlich zu schaffen. Kaum schloss sie die Augen, war er da. Und manchmal auch zwischendurch aus heiterem Himmel.

Er ist nur sechsundfünfzig Jahre alt geworden, ging es ihr dann jedes Mal durch den Kopf. Viel zu jung. Er hatte noch so viel Pläne. Sie beide hatten Pläne, wollten gemeinsam nach Ostafrika reisen, an den Ort, an dem Großmutter aufgewachsen war. O Gott, er fehlte ihr so schrecklich.

Amali schluckte den dicken Kloß hinunter, der sich schon wieder bildete. Ihr Hals schmerzte vom vielen Weinen und Hinunterschlucken ihres Kummers in den letzten Wochen. Sie trat an die kleine Dachluke am Ende des Gangs, von dem die einzelnen Bodenräume abgingen. Ein paar Algen wuchsen auf der gewölbten Scheibe. Von hier hatte man einen herrlichen Blick über Hamburg. Aus dem Schlafzimmer ihres Vaters konnte man sogar den Michel sehen. Sie blickte in Richtung Elbe. Die Landungsbrücken waren nicht weit, und St. Pauli Fischmarkt war auch ganz nah. Ein guter Grund für ihn, diese Wohnung zu nehmen. Ihr Vater hatte im Hafen gearbeitet. Den konnte er von hier zu Fuß erreichen. Außerdem musste er das Wasser und die Schiffe auch während seiner Freizeit immer in der Nähe haben. Irgendwie hatte er zeitlebens Fernweh gehabt. Sie drehte dem Fenster und der Elbe den Rücken zu und betrachtete Staubkörner, die im Licht, das von draußen hereinkam, tanzten. Man konnte den Staub riechen. Es war ein eigenwilliger Geruch. In Kellern roch es stets muffig und feucht, aber auf Dachböden roch es nach Staub und Vergangenheit.

»Ich gehe so schnell wie möglich in Rente, und dann gucken wir uns die Welt an«, hatte er noch bei ihrem letzten Treffen gesagt. Sie waren die Reeperbahn hinuntergebummelt, hatten am Großneumarkt etwas gegessen und sich ihre Träume erzählt – wie so oft. »Bloß keinen Tag länger schuften als nötig.«
»Ich denke, deine Arbeit macht dir Spaß.«
»Klar, aber andere Dinge machen mir auch Spaß.« Seine grauen Augen blitzten. »Vor allem kann ich mir meine Zeit dann einteilen, wie ich es will. Ich brauche nicht mehr früh aufzustehen, habe keinen Spätdienst mehr und keinen Wochenenddienst.«
»Klingt gut.« Sie nickte und strich sich ihre langen braunen Haare hinter die Ohren. »Könnte mir auch gefallen.«
»Du Küken musst erst mal etwas leisten, bevor du dich auf die faule Haut legen kannst.« Er streckte die Hand über den Tisch aus und knuffte liebevoll ihren Arm.
»Nichts lieber als das«, entgegnete sie und seufzte. »Wenn ich endlich meinen eigenen Laden hätte, würde ich freiwillig sieben Tage die Woche arbeiten.«
Er lachte. »Sollte ich es noch erleben, dass du einen Laden eröffnest oder übernimmst, dann werde ich dich an deine Worte erinnern.« Er hob sein Glas. »Prost!«
Sie stieß ihren Weinkelch behutsam gegen seinen und lauschte dem hellen Ton, der schnell im Stimmengewirr unterging.

»Das kannst du ruhig. Obst und Gemüse anbauen, Kräuter hegen und pflegen, Kuchen und Brot backen und alles verkaufen, das wäre ein Traum. Das würde ich nicht als Arbeit empfinden. Aber diese Käsetheke, hinter der ich allmählich versaure, macht mich einfach nur fertig.«

Ihr Vater lehnte sich zurück und schüttelte die rötlich braunen Locken, in denen immer mehr silberne Strähnen schimmerten. »Ich habe sowieso nicht verstanden, warum du den Job angenommen hast. Man studiert doch nicht jahrelang BWL und macht noch ein Jahr das Traineeprogramm Ökolandbau, um dann Käseverkäuferin zu werden.«

»Ich habe die Ausbildung gemacht, um einen Hofladen führen zu können. Oder etwas in dieser Richtung. Das weißt du ganz genau.« Erneut seufzte sie. Es war nicht einfach, um einen Traum zu kämpfen, der manchmal schier unerreichbar schien. »Nur sind solche leitenden Stellen leider nicht gerade großzügig gesät. Und für ein eigenes Geschäft reicht das Geld eben nicht. Oder wolltest du mir dieses Jahr eins zu Weihnachten schenken?«

»Nein, tut mir leid, ich habe schon eine Uhr gekauft. Hätte ich gewusst, dass ich dir mit einem Laden mehr Freude machen kann ...«

»Toll, danke.« Sie lachte. »Ich dachte, dass ich in dem Frischemarkt gute Chancen auf eine höhere Position habe. Das haben sie mir jedenfalls beim Vorstellungsgespräch erzählt. Dass sie mich immer wieder vertrösten und ich hinter dieser Käsetheke alt und schrumpelig werde, war nie der Plan.«

»Weiß ich doch. Lass den Kopf mal nicht hängen, Amali, du bist noch nicht schrumpelig. Und irgendwann ergibt sich schon etwas.«

Sie riss sich von den Erinnerungen los.

»Ach, Papa«, flüsterte sie. Sie hatten damals beide nicht geahnt, dass er weder seinen Ruhestand noch ihre berufliche Selbständigkeit erleben würde. Auch hätten sie sich wohl kaum vorstellen können, dass es sein Unfall sein würde, der für eine neue Situation sorgte. Noch wusste sie nicht, wie viel sie von ihm erben würde. Für einen Hofladen mit kleiner Bistro-Ecke, wie sie ihn sich erträumte, reichte es ganz sicher nicht, aber es war immerhin ein Anfang. Wenn sie das Geld anlegte, konnte sie in einigen Jahren vielleicht mal eine Gelegenheit beim Schopf packen. Womöglich gab es irgendwo einen Betrieb, der im Dornröschenschlaf lag und nur darauf wartete, von ihr zu neuem Leben erweckt und auf Vordermann gebracht zu werden. Dann würden endlich auch all die Zweifler in ihrem Bekanntenkreis Ruhe geben müssen, die sie nicht ernst nahmen, ihr vorhielten, dass sie nun einmal keine Bäuerin sei. Die hatten doch keine Ahnung. Sie würde schon beweisen, dass man nicht in der Landwirtschaft groß geworden sein musste, sondern auch als spezialisierte Betriebswirtin heutzutage tolle Möglichkeiten hatte. Amali seufzte. Hätte sie die Wahl, sie würde lieber bis ans Ende ihres Lebens Käse verkaufen, wenn sie dafür nur ihren Vater noch hätte.

Sie schloss die Tür zu dem Bodenraum auf, der zu seiner Wohnung gehörte. Die Räume waren eigentlich eher Holzverschläge, auch die Tür war nur ein Rahmen mit mehreren senkrecht laufenden Brettern. Sie streckte den Arm in die Höhe und knipste die runde weiße Deckenlampe an. Wie es aussah, hatte ihr Vater ein Leuchtmittel mit ausgesprochen geringer Wattzahl eingeschraubt. Es wurde kaum heller. Ihr war es recht. Bei schummriger Beleuchtung konnte sie sich eher einreden, das Ganze sei nur ein böser Traum. Sie blickte um sich und stöhnte. Wo sollte sie nur anfangen? Links und rechts von der Tür

stapelten sich Kartons bis beinahe unter die Decke. An der Wand gegenüber stand die alte Anrichte, in der früher das Geschirr aufbewahrt wurde, als sie noch zusammen in der kleinen Doppelhaushälfte am Stadtrand gewohnt hatten. Ja, die würde sie sich zuerst vornehmen.
Amali schloss behutsam ihre Hände um eine Spinne, die beschlossen hatte, ausgerechnet vor der Anrichte zu überwintern. Sie trug sie zur Seite und setzte sie vorsichtig auf einem Holzbalken ab. Das Insekt trat augenblicklich die Flucht an, kam bei dieser Kälte aber nur langsam vom Fleck. Okay, nicht rumtrödeln, tadelte sie sich und widmete sich wieder dem staubigen alten Möbel. Sie musste eine Weile mit dem Schlüssel kämpfen, bevor er endlich nachgab und sich im Schloss drehen ließ, das mit lautem Klicken aufsprang. Da waren ein paar Fotoalben. Ihr Vater hatte oft davon gesprochen, sie eines Tages zu digitalisieren, um sie für die Ewigkeit zu bewahren, wie er sich ausgedrückt hatte. Aber im Grunde war ihm dieser neumodische Kram nie wirklich geheuer gewesen, und er hatte die Bilder am liebsten so gemocht, wie sie waren – muffig und ein wenig vergilbt. Sie schlug ein Album auf und blickte in das strahlende Gesicht ihres Vaters, der vor seinem ersten Motorrad stand, einer alten BMW, die er günstig hatte kaufen können. Sie schluckte und legte das Album zur Seite. Vielleicht sollte sie doch erst einen der übereinandergestapelten Kartons durchsehen, dann konnte sie das, was sie mitnehmen wollte, wenigstens irgendwo hineinpacken. Sie hätte Körbe und Taschen mitbringen sollen, ging es ihr durch den Kopf, während sie die Tränen wegblinzelte, die ihr beim Anblick des Fotos in die Augen gestiegen waren. Nur hatte sie daran dummerweise nicht gedacht. Offenbar funktionierte sie noch nicht wieder einwandfrei. Sie zog einen der Kartons zu sich heran und stellte ihn auf den Boden. Seinem Gewicht nach zu urteilen hatte er nicht viel

Inhalt. Umso besser. Da waren ein paar Handschuhe, ein Regenschirm, Bügel und einige Leinenbeutel. Typisch Papa, dachte sie. Wenn er einkaufen war, hatte er nie eine Tasche zur Hand und ließ sich immer Plastiktüten geben, wofür sie ihn jedes Mal ausgeschimpft hatte. Und hier oben auf seinem Dachboden lagen Stoffbeutel, die für ein ganzes Leben reichten. Schon wieder musste sie mit den Tränen kämpfen. Wenn er die Dinger schon nie gehabt hatte, wenn er sie brauchte, konnte sie sie jetzt wenigstens nutzen. Sie hängte eine Leinentasche für Müll an einen Nagel in der Bretterwand, in eine andere packte sie alles, was sie demnächst irgendwann mit Niki zum Flohmarkt schleppen würde. Schnell war der erste Karton leer, und sie wendete sich wieder der Anrichte zu. Die Alben stapelte sie ordentlich in die Pappkiste. Die würde sie alle aufbewahren. Als Nächstes zog sie eine Mappe hervor, die sie unter die Lampe hielt und aufschlug. Bilder und Briefe mit ungelenker Kinderhand gemalt oder geschrieben kamen zum Vorschein. Es waren Bilder, die sie für ihren Papa gemacht hatte. Auch die Briefe stammten von ihr. Sie hatte sie ihm zum Geburtstag, zu Weihnachten oder auch mal zwischendurch geschrieben. Ein Blatt nach dem anderen ließ sie durch ihre Finger gleiten. Sie musste lächeln.

»Lieber Papa«, las sie, »heute hap ich mich ser über dich geerkert.« Sie konnte sich ganz genau an den Tag erinnern, als sie das geschrieben hatte. Er hatte ihr versprochen, mit ihr in den Tierpark zu gehen, und sie dann aus heiterem Himmel vertröstet. Ihre Enttäuschung war grenzenlos gewesen, wie es bei einem achtjährigen Kind nun einmal der Fall ist, wenn auf Vorfreude ein tiefes Loch folgt. Erst Jahre später erfuhr sie, dass an diesem Tag ihre Mutter, die sich aus dem Staub gemacht hatte, als Amali ein halbes Jahr alt war, plötzlich wieder in sein Leben getreten war. Ihre Mutter ... bei dem Gedanken an sie spürte sie Wut in sich aufsteigen.

Amali wusste nicht viel über sie, nur, dass sie nach der Geburt gemerkt hatte, wie wenig sie sich der Erziehung eines Kindes gewachsen fühlte. Sie empfand sich als zu jung und wollte sich erst selbst verwirklichen, bevor sie eine eigene Familie gründete. Das war ihr reichlich spät eingefallen, dachte Amali bitter.
Sie las weiter: »Ich were sooo gerne in den tirpak gegangen und bin ser traurick. wenn ich einen gans grosen teddi krige, verzeie ich dir. deine Amali.« Nun konnte sie nichts mehr dagegen tun. Tränen kullerten über ihre Wangen. Sie sah ihren Vater vor sich, der ihr einige Tage später einen Teddybären gebracht hatte, der größer gewesen war als sie selbst. Der Bär hatte eine blaue Krawatte getragen und war so flauschig, dass sie ihn nicht mehr loslassen wollte. Selbst ins Bett hatte sie ihn mitgenommen, obwohl für sie beide kaum genug Platz in ihrem Kinderbettchen gewesen war.
Amali schniefte, packte die Mappe in den Karton und holte ein Taschentuch hervor. Sie war allein, und es dauerte noch mindestens zwei Stunden, bevor Niki hier auftauchte. Warum also sollte sie ihren Kummer ständig hinunterschlucken? Sie durfte weinen. Vor nicht einmal einem Monat hatte sie ihren Vater verloren und war jetzt ganz allein auf dieser Welt. Da wird man doch wohl weinen dürfen.

Weitere Fotoalben und Ordner mit Zeugnissen ihres Vaters, Versicherungsunterlagen und anderen Dokumenten waren in den Karton gewandert, nachdem sie sich einigermaßen beruhigt und ihre Arbeit fortgesetzt hatte. Sie würde alles in Ruhe zu Hause durchsehen. Sie seufzte. Es würde noch eine viel zu lange Zeit dauern, bis sie den Nachlass komplett gesichtet und Teile davon entsorgt hatte. Frustriert griff sie nach einer Schachtel aus Korbgeflecht, dem letzten Gegenstand, der noch in der Anrichte lag. Sie löste den Holzknebel aus der Bastschlaufe und öffnete den Deckel. Da waren alte Schwarzweißfotos. Sie betrachtete eines davon aufmerksam. Farbige Kinder waren zu sehen in Matrosenanzügen oder in einfachen Kleidchen. Sie standen auf einer Veranda. Neben ihnen eine erwachsene farbige Frau, die genauso verloren aussah wie die Kleinen. Und dann war da noch eine Weiße mit hochgeschlossenem schwarzem Kleid und strenger Miene. Wer mochte das sein? Ihre Großmutter jedenfalls nicht. Die hätte die Kinder im Arm gehabt oder wenigstens gelächelt. Auch für die Fotos würde sie sich später Zeit nehmen, sie zu Hause ansehen mit dampfendem Tee neben sich und vielleicht etwas Musik. Wenn sie sich jetzt mit jedem Stück, das sie zur Hand nahm, so lange aufhalten wollte, würde sie nie fertig werden. Aber einen Blick musste sie doch noch rasch auf die Papiere werfen, die unter den Fotografien lagen. Es waren Briefe, deren Tinte auf gelblichen Bögen bereits deutlich verblasste. Sie konnte die Schrift nicht sofort entziffern, denn es handelte sich wohl um die längst nicht mehr gebräuchliche deutsche Kurrentschrift, wie sie vermutete, und die Verfasser hatten obendrein jeweils einen sehr eigentümlichen Schwung, mit dem sie die Feder anscheinend zu führen gewohnt waren. Nachdem sie sich eine Weile konzentriert mit den Buchstaben beschäftigt hatte, war sie endlich in der Lage, die Zeilen zu lesen. Ein Brief war an Rutger Paulsen gerichtet. Diesen Namen hatte sie schon gehört, konnte sich aber nicht erinnern, welchen Platz er in der Familiengeschichte einnahm. So lange es auch gedauert hatte, bis sie den Brief vollständig entschlüsselt hatte, so schnell hatte sie beim Lesen doch ein mulmiges Gefühl beschlichen. Der Ton war von Anfang an feindselig. Von Verfehlungen war die Rede und einer Schande für die gesamte deutsche Nation. Und dann das:

»Ich bin fest entschlossen, Deine Affäre mit der Negerin und Dein weiteres unmoralisches Tun, für das ich größte Abscheu empfinde, publik zu machen. Davon abzusehen bin ich nur bereit, wenn Du endlich zur Vernunft kommst und mir die Kaffeeplantage überschreibst. Mein Schweigen sollte ein angemessener Preis sein. Durch die Übertragung der Plantage in meine verantwortungsvollen Hände würdest Du einen Rest von Anstand beweisen, so dass ich hoffen dürfte, dass noch nicht alles verloren ist und Du in ferner Zukunft wieder zu Verstande kommen wirst.«

Gezeichnet war das Ganze von einem von Eichenbaum. Amali ließ das Blatt sinken. Jetzt fiel es ihr wieder ein. Rutger Paulsen war der Bruder ihrer Urgroßmutter, Sohn von Wilhelmina und Alexander Paulsen, die damals nach Ostafrika ausgewandert waren. Ihr Vater hatte mal mit einem Blitzen in den Augen erzählt, dass Rutger sich in eine Farbige verliebt hatte. Ein Skandal in einer Zeit, in der es immerhin ein Mischehenverbot gegeben hatte. Natürlich, jetzt erinnerte sie sich auch wieder, dass er davon gesprochen hatte, die Affäre habe die Familie einen erheblichen Teil ihres Besitzes gekostet. Amali dachte damals, die Paulsens hätten sich mehr oder weniger freiwillig entschieden, ein Stück Land zu verkaufen, um woanders neu anzufangen. So genau wusste sie gar nicht mehr, was sie sich damals vorgestellt hatte, als ihr Vater ihr die Geschichte erzählte. Eines ganz sicher nicht – Erpressung. Aber genau darum handelte es sich doch wohl. Dieser scheinheilige Freiherr hat ihrem Vorfahren eine Kaffeeplantage durch Erpressung abgeluchst.

Das war ein starkes Stück! Sie schnappte sich einen der Kartons, die sie nach Hause mitnehmen würde, und setzte sich darauf. Hätte dieser Rutger nur mehr Rückgrat gehabt, vielleicht wären die Paulsens dann in Afrika geblieben, und sie könnte heute womöglich Biokaffee anbauen. Wer konnte das wissen? Wenigstens hätte er sich die Plantage gut bezahlen lassen sollen. Das hätte eine ordentliche Summe in die Familienkasse gespült, von der auch ihr Vater vielleicht noch etwas gehabt hätte. Eventuell hätte er nicht ganz so hart arbeiten müssen, dachte sie.

Im nächsten Moment schüttelte sie den Kopf über sich selbst. Sie hatte einen Brief, mehr nicht. Gut möglich, dass Rutger das Angebot gerade recht gekommen war, um aus der vertrackten Situation zu entfliehen. Wahrscheinlich hatte er gar nicht einfach gekniffen, sondern durchaus Geld verlangt. Sie blätterte die übrigen Papiere durch. Mit etwas Glück ließe sich weiterer Schriftverkehr finden, der ihr mehr über diesen Vorfall erzählte. Ihr wurde warm vor Aufregung. Sie löste ihr selbst gestricktes Schultertuch, das sie sich am Morgen um den Hals gewickelt hatte. Ihre Augen flogen über jeden einzelnen Bogen. Die meisten waren schon sehr vergilbt, einige hatten Stockflecken, hier oder da fehlte eine Ecke. Von Rutger Paulsen oder diesem Eichenbaum waren keine Briefe mehr dabei. Auch nach dem Wort Kaffeeplantage suchte sie vergeblich. Sie wollte ihre Detektivarbeit schon einstellen, als sie auf dem letzten Blatt den Namen Eichenbaum entdeckte. Das Schreiben datierte auf den 12. September 1890, war also deutlich älter als der Brief des Freiherrn. Sie las:

»Meine geliebte Wilhelmina!
Vergangene Nacht habe ich die größte Dummheit meines Lebens begangen. Ich habe mich von Freiherr von Eichenbaum einwickeln lassen mit seiner Einladung zur Treibjagd und dem anschließenden Festmahl im Gutsschloss. Wie sonst wäre es zu erklären, dass ich mich bei Zigarre und Kognak auf eine Partie Mauscheln eingelassen habe?

Oh, mein geliebtes Weib, es war für wenige Momente, als gehörte ich zu der feinen Gesellschaft, an deren Rande ich sonst stehe. Wie konnte ich nur vergessen, wo mein rechter Platz ist? Wieso ließ ich mich verleiten, zu einer Gruppe von Menschen zu gehören, in deren Mitte ich mich doch im Grunde nicht wohl fühle? Und zu allem Überfluss: Wie nur konnte ich mich auf ein Spiel einlassen, das ich nicht annähernd beherrsche?

Es ist ein so großes Unglück, meine liebe Wilhelmina, dass ich es Dir kaum zu gestehen wage. Und doch muss ich es tun. Ich habe unser Forsthaus und das kleine Stück Land, das wir bis heute unser Eigen nennen durften, an den Freiherrn verloren. Mit Dir wird er nachsichtig sein, Dir eine Kammer geben und Dich als Magd oder Köchin in Stellung nehmen. Mit mir an Deiner Seite jedoch wird er Dich vom Hof jagen. Für mich gibt es keinen anderen Ausweg, wenn ich Dich vor dem Ruin und der Schmach retten will, als aus dem Leben zu scheiden. Ich bitte Dich von ganzem Herzen um Vergebung.

Ewig Dein, Alexander«

Amali war wie vom Donner gerührt. Sie hielt einen Abschiedsbrief in ihren Händen. Wie verzweifelt musste ihr Ururahn gewesen sein, diese Zeilen zu schreiben. Andererseits konnte das alles doch gar nicht wahr sein! Immerhin waren Wilhelmina und Alexander Paulsen gemeinsam nach Afrika ausgewandert. Hatte er es sich anders überlegt? Aber dann würde man ein solches Schreiben doch wohl vernichten. Sie starrte vor sich hin und dachte nach. Ein Freiherr von Eichenbaum hatte von Rutger Paulsen eine Kaffeeplantage erpresst. Ein anderer – oder war es derselbe? – hatte schon Jahre zuvor Alexander Paulsen um Hab und Gut gebracht und ihn womöglich damit

aus seiner Heimat vertrieben. Sie konnte es einfach nicht fassen. Hatten sich die Paulsens denn nie gewehrt?
»Bist du da oben?« Das war Nikis Stimme. Amali sah auf die Uhr. Sie hatte die Zeit total vergessen.
»Ja, ich bin hier.« Schon hörte sie das Knarzen der Holzstufen. »Hier hinten!«
»Du meine Güte, was treibst du denn in dieser Kälte?«, rief Niki schon von weitem. Sie trug einen dicken Mantel, hatte einen Schal um den Hals gewickelt und eine Pudelmütze auf dem Kopf. »Hat der Vermieter nicht gesagt, die Sachen hier oben können ruhig noch ein paar Tage länger stehen bleiben, die Hauptsache, die Wohnung ist besenrein?«
»Hat er«, gab Amali zerknirscht zu. »Aber ich wollte nicht ohne dich da unten anfangen.« Sie hatte ein schlechtes Gewissen.
»Jetzt bin ich ja da. Dann lass uns mal in die Hände spucken, Süße.« Niki hatte einfach ein unerschütterliches Gemüt und grenzenloses Verständnis für ihre Freundin.
»Danke, du bist ein Schatz. Die drei Kartons können wir mit runternehmen. Die packe ich nachher gleich ins Auto.«
»Jan kommt gegen achtzehn Uhr mit dem Transporter. Ich habe ihn überzeugt, dass er heute dringend einen freien Abend braucht. Dann kann er uns mit den schweren Sachen helfen.«
»Ich weiß gar nicht, wie ich euch beiden danken soll. Ehrlich, ohne euch wüsste ich nicht …«
»Papperlapapp! Wir sind Freunde, oder? Also …« Sie schnappte sich einen Karton und schleppte ihn eine Etage nach unten. An der Wohnungstür stand ein Einkaufskorb mit alten Zeitungen und mehreren Küchenrollen. Daneben lehnten etwa ein Dutzend gefalteter Umzugskartons. Diese Frau dachte aber auch wirklich an alles.
Gemeinsam betraten sie die Wohnung. Amali fröstelte. Ihr war ein wenig unheimlich, so als würde sich im nächsten Moment

eine Türklinke bewegen oder ein Zimmer wie von Geisterhand öffnen. Sie wartete geradezu darauf, ein Zeichen ihres verstorbenen Vaters zu erhalten. Um sich abzulenken, erzählte sie Niki von ihrem Dachbodenfund.

»Das musst du dir mal vorstellen. Diese Freiherren haben meine Familie über den Tisch gezogen. Zweimal!«

»Echt? Ist ja heftig.«

»Das ist gar kein Ausdruck. Ich weiß noch nicht, was ich jetzt machen soll, aber ich werde das Ganze auf keinen Fall auf sich beruhen lassen.«

»Sondern? Hast du nicht gesagt, der Abschiedsbrief ist aus dem Jahr 1890? Und die zweite Geschichte ist doch auch schon fast hundert Jahre her, oder?«

»Knapp neunzig.«

»Na, dann ist das natürlich was ganz anderes.« Sie nickte übertrieben. »Jetzt mal im Ernst, Amali, du wirst gar nichts unternehmen. Deine Familie hat immer zur Beute gehört und diese Eichenbaums zu den Jägern. Blöd, aber so ist es nun mal. Da kannst du im Nachhinein nichts dran ändern.«

Amali nahm sämtliche Blumentöpfe von den Fensterbänken. Sehr viele Pflanzen hatte ihr Vater glücklicherweise nicht besessen. Aber die wenigen mussten schnellstens hier raus und aufgepäppelt werden.

»Ich habe ja gesagt, ich weiß noch nicht genau, was ich tun werde. Aber irgendetwas muss ich tun. Das bin ich meinem Vater schuldig«, erwiderte sie gereizt.

»Was hat der denn damit zu tun?« Niki hatte ihren Mantel, Mütze und Schal über den Küchenstuhl gelegt und drehte die Heizung höher. Sie rieb sich die Arme. »Mann, ist das kalt. Wie hast du das da oben bloß ausgehalten? Wo war ich? Ach ja, dein Vater war ein Thale, kein Paulsen. Ihn hat keiner über den Tisch gezogen. Jedenfalls keiner von diesen Freiherren.« Sie unterbrach ih-

ren Redefluss und legte die Stirn in Falten. »Was ist überhaupt ein Freiherr? Klingt nach so einem ollen Mantel-und-Degen-Film.« Sie kicherte, schob die Unterlippe vor und pustete eine wasserstoffblonde Locke aus der Stirn. Niki trug die Haare kurz, aber dennoch fand eigentlich ständig eine naturgelockte Strähne den Weg in ihr Gesicht und störte sie. »Egal, jedenfalls ist das alles lange her und vergessen und vorbei. Basta!«
»Nein!«
»Mann, Amali, das sind olle Kamellen. Mit deinem Papa hat das Ganze nix zu tun und mit dir noch weniger. Hier geht es um Generationen vor euch. Ich bitte dich, du hast mit diesen Leuten nichts zu schaffen, du hast nicht einmal deine Großmutter kennengelernt.«
»Diese Leute? Das sind immerhin meine Wurzeln. Predigst du deinen Kindern nicht andauernd, sie sollen nicht die Augen verdrehen, wenn Jans Eltern von früher erzählen? Sie sollen schön die Ohren spitzen, denn dann erfahren sie etwas über ihre eigene Vergangenheit, über ihre Wurzeln. Sind das ungefähr deine Worte?«
»Das ist ja wohl was anderes«, protestierte Niki und riss die Türen sämtlicher Küchenschränke auf. »Okay, du packst aus und sortierst nach behalten und weg damit. Und ich packe alles ein.«
»Einverstanden.« Beklommen griff sie nach den Frühstücksbrettchen, nach Tellern und Schüsseln.
»Das kann weg?«
»Nein, das will ich alles behalten.« Sie fing einen erschöpften Blick ihrer Freundin auf. »Zumindest erst mal.«
»Ach, Süße, du hast doch so schon die Schränke voll. Wohin willst du denn mit dem ganzen Zeug? Hatten wir nicht ausgemacht, dass ich so etwas mit ins Restaurant nehme?«
»Habt ihr etwa nicht genug Geschirr«, scherzte sie halbherzig.
»Witzig! Unsere Spüler und die Putzfrauen sind echt arme

Schweine. Und so viel verdienst du als Servicekraft auch nicht. Nicht einmal bei uns. Die freuen sich über solche Sachen.«

»Aber ich kann doch nicht einfach alles weggeben.« Sie zog ihr Schultertuch fest um sich.

»Besser als wegschmeißen. Waren das nicht deine Worte? Such dir raus, was du zu Hause nicht hast und zwei oder drei Erinnerungsstücke dazu. Das reicht. Sonst musst du in ein paar Jahren von vorne anfangen.«

»Hast recht.« Sie seufzte. »Also weg mit dem, was auf dem Tisch steht.«

»Braves Mädchen.«

Nach einer Weile sagte Amali: »Ich glaube, ich weiß, was ich mache.«

Niki, die gerade über einen Karton gebeugt eine Glasschale in Küchenpapier wickelte, sah irritiert auf.

»Papa hat mir mal erzählt, dass unsere Vorfahren ursprünglich an der Ostsee zu Hause waren. Also bevor sie nach Afrika ausgewandert sind, meine ich. Dann muss das Forsthaus auch irgendwo an der Ostsee gestanden haben. Ich muss herausfinden, wo genau das war, und dann fahre ich da hin.«

Niki sah sie an, als hätte sie komplett den Verstand verloren. »Du bist meine Freundin, und ich verstehe, dass du durcheinander bist, weil dein Vater verunglückt ist. Aber jetzt machst du mir echt Angst. Du willst doch wohl nicht zur Hausbesetzerin werden?«

»Quatsch! Ich will nur mal gucken, ob es das Gut noch gibt. Oder diese von Eichenbaums. Wer weiß, vielleicht steht auch das alte Forsthaus noch. Wäre doch möglich.«

»Unwahrscheinlich, aber möglich«, stimmte Niki zu.

»Nur mal gucken«, wiederholte Amali und sah ihre Freundin eindringlich an. Die brauchte einen Moment. Dann hellte sich ihre fragende Miene auf.

»Das ist mal eine gute Idee, wir fahren zusammen an die Ostsee. Mit etwas Glück liegt der olle Schuppen, sofern er noch nicht zusammengefallen ist, bei Travemünde oder Niendorf. Das wäre schick. Also ich bin echt urlaubsreif. Seit dem Weihnachtsfeier-Wahnsinn ist im Blini noch keine Ruhe eingekehrt. Und dir wird's auch guttun, mal von deiner Käsetheke und dem Friedhof wegzukommen. Weißt du was, ich suche uns heute Abend im Internet gleich ein schnuckeliges Wellnesshotel aus.«
»Halt, nicht so schnell. Sollte ich nicht erst herausfinden, wo das Gut der von Eichenbaums ist, ob es überhaupt noch existiert?«
»Stimmt.«
»Wenn ich was weiß, gebe ich dir Bescheid. Und dann buche ich uns eine nette kleine Pension.«
»Bloß nicht. Ich komme so selten raus, da will ich es mir gutgehen lassen. Und du brauchst jetzt auch ein Rundum-Verwöhnpaket.«
»Das kann ich mir nur leider nicht leisten. So viel verdient man nicht beim Käseverkauf, wie du weißt.«
»Stimmt. Ich hätte denen ihren Biokäse laktosefrei rechtsdrehend schon lange vor die Füße geschmissen. Aber das ist deine Sache. Leisten kannst du dir das trotzdem. Du hast immerhin ein bisschen was geerbt.«
»Ich weiß nicht einmal, wie viel. Von den Versicherungen habe ich noch keine Antwort, und die Bankvollmacht steht auch noch aus«, sagte Amali leise. »Jedenfalls werde ich das Geld nicht in irgendeinem Wellnessstempel verprassen. Kommt gar nicht in Frage.«
»Du brauchst doch nicht alles auf den Kopf zu hauen.« Niki packte ein wie eine Mumie eingewickeltes Geschirrstück in den Karton, kam auf Amali zu und griff ihre Hände. »Ich sag's nur ungern, aber du siehst schrecklich aus. Dein Vater wäre umgekommen vor Sorge, wenn er dich so gesehen hätte. Er wäre

mehr als einverstanden, wenn er wüsste, dass du ein bisschen abschaltest und dich erholst. Gutes Essen, Sauna, Bewegung, ein paar Massagen, und bestimmt gibt's auch Naturkosmetik. Dafür hätte er sein Geld gerne ausgegeben.«
»Ich weiß nicht ...«
»Aber ich!«

Die nächsten Tage waren vollgestopft mit Dingen, die Amali noch abzuwickeln hatte. Sie telefonierte mit Banken und Versicherungen. Wie zäh das alles vor sich ging. Morgens erledigte sie Behördengänge, dann ging sie in den Laden. Sie arbeitete schon seit geraumer Zeit wieder, radelte vom Frischemarkt jeden Tag zum Friedhof. Dort stand sie einfach da oder sammelte steif gefrorenes Laub vom Grab. Abends saß sie in ihrer Wohnung in Altona und sichtete sämtliche Ordner, Mappen und Dokumente ihres Vaters. Jedenfalls an guten Tagen. Manchmal war sie so erschöpft und traurig, dass sie nur aus dem Fenster in die von einzelnen Lichtern zerrissene Dunkelheit oder auf das Schachspiel aus weißem und braunem Alabaster starren konnte. Sie hatte Brett und Figuren aus dem Wohnzimmer ihres Vaters so mitgenommen, wie sie beide es bei ihrer letzten gemeinsamen Partie zurückgelassen hatten. Er hatte ihr das Schachspielen beigebracht und oft genug geflucht, weil sie ihn längst in geschickter Strategie und klugem Taktieren übertraf.
An diesem Abend fühlte sie sich ganz gut und wühlte sich durch einen Stapel ziemlich ungeordneter Unterlagen. Es sah so aus, als hätte ihr Vater diese beiseitegelegt, um sie irgendwann später aufzuräumen. Nur war er nie dazu gekommen. Verschiebe nichts auf irgendwann mal, was dir am Herzen liegt, dachte sie. Da waren alte Rechnungen und Quittungen, eine Einladung zum Betriebsausflug, ein Prospekt mit Studienreisen nach Afrika und Asien. Sie lächelte wehmütig. Nein, den

brauchte sie nun wirklich nicht aufzuheben. Falls sie je allein oder mit Niki nach Ostafrika reisen sollte, würde sie sich zu gegebener Zeit informieren. Dann war dieser Prospekt ohnehin nicht mehr sehr hilfreich. Sie warf ihn auf den Fußboden, wie alles, was sie später in den Papiercontainer bringen würde. Als das Heft über das Parkett glitt, das dringend einmal abgeschliffen werden musste, rutschten einige Blätter heraus. Sie stand auf und schaute nach, was sie da beinahe übersehen hätte. Das waren Notizen, die jemand mit der Hand jeweils unter ein Datum geschrieben hatte. So etwas wie Tagebucheinträge vielleicht. Sie las etwas von einer Ankunft in Hamburg, von der Arbeit in einem Krankenhaus und der Sehnsucht nach den Plantagen Afrikas. Kein Zweifel, diese Notizen stammten von ihrer Großmutter. Wie oft hatte sie ihren Vater verwünscht, weil er einfach alles aufbewahrte, sich von nichts trennen konnte. Jetzt war sie froh darüber.

Sie schenkte sich eine Tasse Tee ein, zog die Füße unter den Po und begann in Ruhe zu lesen. Viel war es nicht, aber immerhin erfuhr Amali, dass ihre Großmutter mit dem Gedanken gespielt hatte, das alte Forsthaus ihrer Vorfahren in Holstein zu besuchen. Auch dass es zwischen Oldenburg und Neustadt unweit der höchsten Erhebung Schleswig-Holsteins liegen sollte, las sie. Na bitte, sie war also nicht die Einzige in der Familie, die sich dafür interessierte. Ob die alte Dame auch von der Erpressung und dem Betrug gewusst hatte? Das war anzunehmen. Die Briefe mussten in ihrem Besitz gewesen sein, bevor ihr Vater sie bekommen hatte. Mit der Ortsbeschreibung ließ sich bestimmt etwas anfangen. Die Blätter mit den Tagebucheinträgen waren gelocht und an den Löchern eingerissen. Vermutlich waren sie aus einem Hefter gefallen. Mit etwas Glück gab es also noch mehr von diesen Aufzeichnungen. Und selbst wenn nicht, sie wusste jetzt genug, um die genaue Lage von Gut und Forsthaus ausfindig zu machen. Niki würde sich freuen. Es konnte losgehen.

Sie fuhren eine schmale Allee entlang. Das Wetter hatte ein Einsehen und schenkte ihnen einen milden Tag, einen Vorboten des Frühlings.
»Ich freue mich schon auf die Sauna heute Abend«, verkündete Niki trotzdem. »Einfach faul sein, zur Ruhe kommen und sich hinterher an den gedeckten Tisch setzen. Ein Traum!«
»Du bist zu beneiden. Mir schlägt das Herz bis zum Hals, so aufgeregt bin ich. Ob das Forsthaus wohl noch steht?«
»Das fragst du zum siebenundneunzigsten Mal, Süße. Keine Ahnung. Immerhin wissen wir, dass das Gutshaus noch steht.«
Der Asphalt ging in Kopfsteinpflaster über. Vor ihnen lag rechter Hand ein kleiner Sandplatz, wie eine Bucht am Ufer der Allee. Niki steuerte darauf zu und hielt an.
»Von hier kann es nicht mehr weit sein. Ich finde, wir gehen zu Fuß weiter und sehen uns ein wenig um.«
»Gute Idee.« Amali fühlte sich innerlich zerrissen. Sie wollte nicht länger warten. Sie wollte endlich das Gut sehen, wollte wissen, ob das Forsthaus noch stand, in dem ihre Vorfahren gelebt, bevor sie Europa verlassen hatten. Gleichzeitig wäre sie am liebsten stundenlang durch die Gegend gefahren und hätte sich vor dem nächsten Schritt gedrückt. Denn eins war klar, wenn sie sich hier alles angesehen hatten, musste sie entscheiden, was zu tun war. Und davon fehlte ihr bisher noch jegliche Vorstellung.
Sie gingen schweigend nebeneinanderher. Amali öffnete ihre Lodenjacke. Wenn man sich ein wenig bewegte, wurde einem tatsächlich richtig warm.
Mit einem Mal pfiff Niki durch die Zähne. »Alle Achtung, da haben wir dann wohl das Gutshaus. Das ist ja ein richtiges Schlösschen. Nett!« Sie hielt direkt auf das barocke Backstein-

gebäude zu. Die Sprossenfenster waren weiß eingerahmt, und auch die Gebäudeecken zierten große weiße Steine, so dass es aussah, als würde das Dach auf Säulen thronen.
»Hier wohnen keine armen Leute«, murmelte Amali.
»Nee, bestimmt nicht.« Niki lief auf die breite Steintreppe zu, die zum Portal führte.
»Wo willst du denn hin?« Amali blieb unentschlossen auf dem geschwungenen Sandweg stehen.
»Na, hinein. Den Kasten will ich von innen sehen. Dafür sind wir doch schließlich hier. Außerdem gehörst du doch sozusagen zur Familie.«
»So ein Blödsinn. Meine Familie hat nie im Schloss gewohnt.«
»Aber auf dem Grundstück. Das ist fast das Gleiche«, rief sie fröhlich und sprang auch schon die Stufen hinauf.
»Du kannst doch nicht ...«, setzte Amali erschrocken an, doch Niki griff bereits nach dem Türklopfer. Sie drehte sich um, zog die Hand zurück und lachte.
»Du müsstest dein Gesicht sehen! Keine Angst, ich falle nicht mit der Tür ins Haus.« Sie sah sich suchend um, dann fiel ihr Blick auf etwas, und sie rief: »Na, das ist ja ein Hammer!«
»Was denn?« Amali kam vorsichtig näher. Ängstlich schaute sie zu den Fenstern, doch es war kein Mensch zu sehen.
»Von Eichenbaum«, las Niki vor. »Die wohnen hier immer noch.«
»Tatsächlich.« Amalis Neugier hatte gesiegt. Sie war auch die Stufen hinaufgelaufen und stand nun ebenfalls vor dem herrschaftlichen Eingang. »Es scheint sich zu lohnen, zu den Jägern zu gehören und nicht zur Beute.«
»Klar, wusstest du das nicht?« Niki sah nach links und nach rechts, als würde sie hoffen, irgendetwas Interessantes zu entdecken. »Und nun?«, fragte sie erwartungsvoll.
»Ich würde sagen, wir halten nach dem Forsthaus Ausschau.

Vermutlich ist das genauso mondän. Und ich würde mich nicht wundern, wenn da auch von Eichenbaum auf dem Klingelschild steht«, fügte sie leise hinzu.
»Du glaubst, die haben eine Klingel?« Niki hüpfte die Stufen hinab. »Wie gewöhnlich!«
Sie folgten dem Sandweg, der sich in ein Wäldchen schlängelte.
»Meine Herren, das nenne ich mal ein weitläufiges Gelände«, brachte Niki anerkennend hervor, als sie einige hundert Meter zurückgelegt hatten. »Gehört das alles zum Gut?«
»Keine Ahnung, aber ich nehme es an.«
»Vielleicht hätte ich besser das Auto geholt.« Niki lachte. Dann wurde sie aber gleich ernst und setzte einen Blick auf, den Amali nur zu gut kannte. Ihre beste Freundin dachte ans Geschäft.
»Was alleine das Land hier kostet, will ich mir gar nicht vorstellen.« Sie strich sich eine Strähne aus der Stirn. »Bei der Größe und der Lage … Hier müsste man ein Hotel mit Sterne-Restaurant eröffnen. Hey, das wäre es!« Sie sah sich um und legte in Gedanken vermutlich schon einen Parkplatz an und installierte einen Schriftzug über dem Portal des Gutshauses, das längst hinter den Bäumen verschwunden war. »Und dein altes Forsthaus wird zum Clubhaus für den Golfplatz. Was meinst du?«
»Ich meine, du spinnst. Erstens ist es nicht mein Forsthaus, leider. Zweitens wissen wir noch nicht einmal, ob es existiert. Und drittens … Das ist es!«
»Was?«
»Ich glaube, wir haben es gefunden.« Amalis Herz schlug schneller, als sie zwischen den hohen Linden hindurch ein Dach erblickte. »Gott, ist das schön!«
»Man sieht doch noch gar nichts.« Niki schüttelte den Kopf und stapfte neben ihr her.
Sie hatte recht, außer einem Stückchen Dach und einem Anbau, vielleicht eine Scheune, war noch nichts zu erkennen.

Trotzdem hatte Amali sich bereits verliebt. Der Ort hatte Charakter, das alte Haus wirkte mit jedem Schritt, den sie darauf zumachte, geheimnisvoller.
»Von wegen mondän«, lästerte Niki, als sie schließlich ihr Ziel erreicht hatten. Oder besser gesagt, als sie es fast erreicht hatten. Der Eingang lag hinter dichtem Buschwerk verborgen. »Die Hütte ist verlassen, und zwar schon seit Jahren, wenn du mich fragst.«
»Sieht so aus. Mensch, Niki, stell dir das mal vor, hier haben mal meine Ururahnen gelebt. Dieses verwunschene alte Haus ist Teil meiner Geschichte.« Amali seufzte.
»Deiner schon sehr lange vergangenen Geschichte. Mit deiner Zukunft hat diese Bruchbude hoffentlich nichts zu tun. Können wir jetzt gehen?« Niki warf Amali einen flehenden Blick zu, aber sie kannte ihre Freundin besser. »Sag nicht, du willst dich durch die Büsche schlagen, um näher ranzukommen.«
»Du kannst ja hier warten.«
»Ich will nicht hier rumstehen und warten, ich will in die Sauna.«
»Ich beeile mich auch. Vielleicht kann ich durch eins der Fenster gucken.«
»Okay, Süße, schon überredet. Ich bin dabei.« Niki grinste und schlängelte sich auch schon geschmeidig zwischen stacheligem Geäst hindurch.
Die Stufen vor der mit einem Brett vernagelten Haustür waren aus Holz. Überhaupt schien in dem auf einem Natursteinsockel hockenden Forsthaus viel Holz verbaut worden zu sein. Die diagonal verlaufenden tragenden Balken sahen morsch und brüchig aus. Um die Fenster herum gab es kunstvoll gedrechselte Bögen, die einmal rot gestrichen gewesen waren, was kleine Flecken hier und da verrieten. Das meiste war abgeplatzt oder von Sonne und Regen gründlich entfernt worden. Auch an den

Ziegelsteinen hatte die Zeit kräftig genagt. Sie wirkten verwittert und spröde. Ein jämmerlicher Anblick. Aber mit ein paar Eimern Farbe könnte man dem Gebäude sicher schnell zu altem Glanz zurückverhelfen. Amali schob einen langen dünnen Ast zur Seite und spähte nach innen.
»Und?« Niki war eine Sekunde später an ihrer Seite und stellte sich auf die Zehenspitzen, um auch einen guten Blick zu haben. Sie legte die Hände zu einem Trichter geformt an die Scheibe.
»Ziemlich düster da drinnen.«
»Du bist witzig. Die Fenster sind so dreckig, da kommt kaum noch Licht rein. Aber es sieht toll aus, findest du nicht?«
»Wenn man aufgerissene Böden und morsche Balken mag …«
»Ach Mann, jetzt streng doch mal ein bisschen deine Phantasie an! Gut, den Boden müsste man vermutlich rausreißen und neu machen. Am besten Stein, das ist am praktischsten für einen Laden. Die Balken muss man sich ansehen. Zum Teil müssen sie wahrscheinlich ersetzt werden. Weiße Wände und schöne Regale dazu. Du, das hier könnte ein richtig toller Hofladen werden. Es gibt so viel Platz!« Sie sah es schon vor sich – ein alter Tresen mit einer modernen Kühltheke darauf, in der ihre Tortenkreationen stehen würden. Wo sie jetzt stand, würden Kräuter, Obst und Gemüse in Kisten auf die Käufer warten. Sie lief ein Stück um die Hausecke herum. »Niki, das musst du dir ansehen! Da unten scheint es eine alte Obstwiese zu geben.«
»Wenn deine Ururahnen die Bäume gepflanzt und sich selbst überlassen haben, dann haben die es hinter sich«, gab Niki trocken zurück.
»Blödsinn, die brauchen einen ordentlichen Schnitt, dann tragen die in spätestens zwei Jahren wieder jede Menge. Man müsste natürlich auch noch neu pflanzen.«
»Ja klar. Neu bauen müsste man übrigens auch. Wenn du den

Schuppen da sanieren willst, bist du ein Vermögen los. Da ist abreißen und neu hochziehen echt billiger.«
»Das würdest auch nur du fertigbringen, ein so wunderschönes Haus mit Geschichte einfach abzureißen.« Sie sog tief den Duft des Waldes ein. In ein paar Wochen, wenn der Frühling kam, würde es hier herrlich sein. Wie verzweifelt mussten Wilhelmina und Alexander gewesen sein, dass sie diesen Ort verließen. Sie war ganz aufgeregt und lief zum nächsten Fenster, um mehr vom Inneren des Hauses zu sehen. Da war ein merkwürdiges Gefühl in ihr, von dem sie ihrer Freundin lieber nichts erzählte. Die würde sie nur für überdreht halten. Aber es war nun einmal so: Sie fühlte sich zu Hause.
»Hallo? Was suchen Sie denn da?«
Die beiden Frauen fuhren herum. Auf der anderen Seite der Sträucher stand ein Mann. Er mochte um die vierzig sein, war groß und schlank und machte ein ernstes Gesicht.
Niki fand ihre Sprache zuerst wieder. »Wir wollten nur mal gucken. Gehört Ihnen das Haus?«
»Nicht direkt.«
»Was soll das denn heißen?«
»Es gehört ... meiner Familie. Und was interessiert Sie so an dem Haus?«
Bevor Niki herausposaunen konnte, warum sie hier waren, meldete sich Amali zu Wort. »Wir machen hier in der Nähe Urlaub und gehen ein bisschen spazieren. Da haben wir das alte Haus entdeckt. Es ist wunderschön. Warum wird es nicht genutzt?«
»Es stand zu lange leer, das hat ihm das Genick gebrochen. Hören Sie, Sie sollten da wegbleiben, es ist gefährlich. Womöglich stürzen Dachpfannen herab und verletzen Sie. Das wäre nicht das erste Mal.«
»Es ist schon jemand verletzt worden?« Niki riss entsetzt die Augen auf. Amali wusste, dass ihr ein Vortrag über Verkehrs-

sicherungspflicht auf der Zunge lag, doch der Fremde war schneller.
»Nein, aber es sind schon Teile vom Dach heruntergefallen. Wenn Sie hier herüberkommen, können Sie es sehen.«
Die beiden folgten seiner Aufforderung, schlugen sich wieder durch das Buschwerk und schauten hinauf zu der Ecke, an der ein nicht gerade kleines Loch klaffte.
»Warum haben Sie das nicht abgedichtet? Da gehört Folie drüber. Wenn das noch länger so offen bleibt, kommt Feuchtigkeit hinein, und dann ist das Haus nicht mehr zu retten.« Amali schüttelte verständnislos den Kopf. Erst anständigen Leuten ihr Hab und Gut abknöpfen und es dann verkommen lassen.
»Verstehen Sie etwas davon?«
»Na, so viel weiß doch wohl jeder.«
»Es lohnt sich nicht. Mehr kann ich Ihnen dazu nicht sagen.«
»Steht es denn zum Verkauf?« Niki sah ihn erwartungsvoll an.
»Müsste doch für'n Appel und 'n Ei zu haben sein, oder?«
»Dafür finden Sie keinen Käufer, ganz egal, wie niedrig der Preis ist.« Er lächelte. »Außerdem brauchen wir hier keine Nachbarn.«
»Dann wohnen Sie wohl drüben in dem Schloss?«, fragte Niki.
»Im Gutshaus, ja.«
»Aha«, machte sie bedeutungsvoll und warf Amali einen Blick zu, der so auffällig war, dass Amali sie hätte erschlagen können.
»Stimmt etwas nicht, oder wollten Sie sich das Gutshaus auch nur mal angucken?«
»Wir sind daran vorbeigekommen. Ein beeindruckender Barockbau. Sie sind zu beneiden«, antwortete Amali eilig.
»Ja, es ist schön. Es hat Vorteile, es hat aber auch Nachteile, dort zu leben. Dann wünsche ich Ihnen noch einen schönen Urlaub«, sagte er, hob die Hand zum Gruß und ging.

»Es wäre der perfekte Platz für einen Hofladen«, sprudelte Amali los, als sie den Weg zurück zum Auto gingen.
»Toller Hofladen ohne Hof.«
»Den müsste man natürlich noch anlegen. Gemüsebeete ...«
»... und Kräuter, ich weiß. Ehrlich, Amali, du musst dir das aus dem Kopf schlagen. Die wollen keine Nachbarn haben, du hast es doch gehört. Die nehmen dich nicht mit offenen Armen auf, um eine alte Familiensünde in Ordnung zu bringen.«
»Man wird doch wohl träumen dürfen.«
»Solange es dabei bleibt, darfst du.«
»Jetzt mal im Ernst, Niki, das hier ist genau das, wovon ich geträumt habe, als ich die Ausbildung gemacht und meinen Job angenommen habe. Ich habe mir vorgestellt, irgendwann so eine Gelegenheit zu bekommen, so einen perfekten Ort zu finden, um mich selbständig zu machen. Und nun finde ich das alles ausgerechnet hier, wo meine Vorfahren einmal zu Hause waren. Ist doch komisch.«
Sie kamen am Auto an und stiegen ein.
»Komisch finde ich, dass du diese Lage hier perfekt findest. Obwohl ... vielleicht hast du recht. Der Anfahrtsweg hierher in die Einöde ist so weit, dass die Leute immer gleich mehr kaufen müssen, damit sie Proviant für die Rückfahrt haben.«
»Du nimmst mich nicht ernst.«
»Das fällt mir auch wirklich schwer, wenn du so viel Unsinn auf einmal von dir gibst.« Niki ließ den Motor aufheulen. »Es gibt keine Gelegenheit, weil die olle Bruchbude nicht zum Verkauf steht. Und selbst wenn, hättest du nicht das Kapital, um daraus wirklich etwas Schönes zu machen. Du hast gesehen, wo Willi und Alexandra gewohnt haben.«
»Wilhelmina und Alexander«, korrigierte Amali und verdrehte die Augen.
»Von mir aus. Jedenfalls hattest du deinen Willen, und nun ist

es gut. Jetzt geht's zurück in unser schnuckeliges Hotel und ab in die Sauna.« Nach einer Weile setzte sie hinzu: »Und für morgen buchen wir uns diesen Partner-Beauty-Raum. Wir lassen uns den ganzen Tag kneten und einölen und quatschen dabei ausgiebig. Wie hört sich das an?«

»Verführerisch, aber du weißt, dass ich nicht so viel Geld ausgeben ...«

»Papperlapapp«, fiel Niki ihr ins Wort, »das geht auf meine Rechnung.«

»Kommt gar nicht in Frage. Außerdem möchte ich morgen nach Schleswig fahren«, druckste sie.

»Willst du shoppen? Oder gibt es da irgendetwas zu sehen, von dem ich keine Ahnung habe?«

»Ich dachte, ich gehe mal ins Landesarchiv. Vielleicht finde ich alte Dokumente über die Paulsens«, gab Amali kleinlaut zu.

»Sag mir, dass ich mich verhört habe. Was willst du denn da finden, Amali?«

»Ich weiß nicht. Aber es kann doch kein Zufall sein, dass diese von Eichenbaums den Paulsens zweimal übel mitgespielt haben. Da muss es doch eine Verbindung geben, irgendetwas, das zwischen den beiden Familien steht. Was weiß ich?« Sie hatte selbst keine Ahnung, wonach sie suchte. Aber es war schließlich ganz normal, dass man sich nach dem Tod seines Vaters mit seinen Wurzeln beschäftigte. Oder etwa nicht? Dafür waren sie hierhergekommen. Warum sollte sie ihre Zeit mit Massagen vergeuden?

»Ich sage dir, was die verbunden hat. Die einen waren Blaublüter mit Einfluss, Geld und Macht, die anderen waren von ihnen abhängig. Ende des 19. Jahrhunderts war es wahrscheinlich an der Tagesordnung, dass diejenigen, die weiter unten in der Rangordnung standen, dauernd was auf die Ohren gekriegt haben und um Haus und Hof gebracht wurden. Punkt. Fertig. Das ist alles.«

»Das hat sich auch im 21. Jahrhundert nicht großartig verändert«, brummte Amali. Niki zuckte gleichgültig mit den Schultern. »Vermutlich hast du recht, aber ich bin trotzdem neugierig. Sei mir bitte nicht böse, okay? Lass du dich so richtig verwöhnen, und dann machen wir uns einen gemütlichen Abend, wenn ich zurück bin.«
»Wie du meinst, Süße. Allerdings muss ich dir fairerweise sagen, dass ich einen von den Masseuren gesehen habe, groß, muskulös, schwarze Haare und tolle Hände. Bist du sicher, dass du dir das entgehen lassen willst?«
Amali lachte. »Ganz sicher.«

Als die beiden Freundinnen sich am nächsten Abend zum Essen trafen, musste Amali sich sehr beherrschen, um nicht gleich mit ihren Erkenntnissen herauszuplatzen. Zuerst hatte sie ein wenig im Trüben gefischt, hatte nicht einmal so recht gewusst, wonach sie den Archivar fragen sollte. Doch nachdem sie in den ersten Findbüchern mehrfach auf den Namen von Eichenbaum gestoßen war, hatte sie immer gezielter fragen und sich schließlich Dokumente in den Lesesaal bestellen können. Das Glück hatte ihr außerdem in die Hände gespielt, denn eigentlich sollte man Unterlagen im Vorweg anfordern, und selbst dann gab es oft längere Wartezeiten, wie der Mann ihr in seinem Berufsflüsterton erklärt hatte. An diesem Tag allerdings stand der Transport bestellter Archivalien in den Leseraum noch aus, und Amali konnte ihre Anforderungsliste rasch abgeben, um nur eine halbe Stunde später Gerichtsakten und Besitzurkunden, Zeitungsausschnitte und Kirchenbücher vor sich zu haben. Niki würde Augen machen! Obwohl sie mit den Neuigkeiten kaum an sich halten konnte, fragte sie: »Na, wie war dein schwarzhaariger muskulöser Masseur mit den tollen Händen?« Niki warf ihr einen Blick zu, der bereits alles sagte. »Ich muss mir doch keine Sorgen machen? Wenn du nicht sofort alles beichtest, rufe ich Jan an.« Amali griff nach ihrem Wasserglas, ließ ihre Freundin aber nicht aus den Augen.

»Die Hände waren nicht toll, die waren magisch. Stell dir vor, er heißt Greg und ist Kanadier. Ein niedlicher Typ. Er hat sich umgedreht, als ich mich ausgezogen habe, und hat mir gleich eine kuschelige Decke übergeworfen. Dann hat er meinen Rücken und meine Beine stückchenweise freigelegt und geknetet.« Niki lachte auf. »Das hat an allen Ecken und Enden so geknackt, dass Greg meinte: ›Ick hoffe, ick brecke Sie nickt dürch.‹« Sie lachte wieder vergnügt. »Nach ungefähr einer Stunde sollte ich mich umdrehen«, plauderte sie weiter. »Er hat eine Hand unter meinen Kopf gelegt und den Nacken gestreckt, und mit der anderen hat er meine Schultern massiert. Ich sage dir, ich fühle mich wie neu.«

»Schön, das freut mich für dich. Du hast in den letzten Monaten auch wirklich mehr als genug gearbeitet.«

»Dir hätte eine Greg-Spezialbehandlung auch gutgetan. Aber stattdessen hast du es ja vorgezogen, dich in so einem ollen staubigen Archiv herumzutreiben. Hast du wenigstens einen netten Archivar mit runder Brille und Strickjacke kennengelernt?« Sie formte Daumen und Zeigefinger jeweils zu Kreisen und legte sie um die Augen.

»Nein, aber ich habe etwas herausgefunden, das wird dich vom Stuhl hauen.«

Eine Kellnerin nahm die Bestellung auf.

»Mit diesen scheußlichen aufgeklebten Fingernägeln würde ich die nicht im Service arbeiten lassen«, flüsterte Niki, kaum dass die Kellnerin gegangen war. Sie zog missbilligend die Brauen hoch und schüttelte den Kopf. »Sieht doch wirklich billig aus. Stell dir vor, so ein Plastikding fällt ab und landet auf dem Tisch!« Wieder schüttelte sie vor Abscheu den Kopf. Dann sah

sie Amali an und stellte fest, dass die vor Aufregung beinahe platzte. »Also was, meinst du, könnte mich vom Hocker hauen?«
»Hör zu: Über den von Eichenbaum, gegen den Alexander Paulsen beim Mauscheln verloren hat, gibt es jede Menge Akten.«
»Das Spiel heißt wirklich Mauscheln? Witzig.« Die Kellnerin brachte ein Silberkörbchen mit Brot und zwei kleine Schalen mit Butter und Kräuterquark. Niki griff zu. »Und, was waren das für Akten?« Sie strich Butter auf eine Scheibe und biss kräftig hinein.
»Der feine Herr Freiherr hat anscheinend regelmäßig gespielt. Mein Vorfahr war auch nicht der Einzige, den er über den Tisch gezogen hat.«
»Echt? Erzähl!«
»Im Jahr 1891 ist er wegen Zweikampfes mit tödlichen Waffen verurteilt worden.«
»Er war im Knast?«
»Knast, wie ordinär.« Amali schmunzelte. »Nein, so ein Freiherr ist damals mit Festungshaft bestraft worden. Hört sich ganz schön fies an, oder?« Ihre Schadenfreude war ihr ins Gesicht geschrieben.
»Moment mal«, warf Niki kauend ein. »Wieso ist er denn für Zweikampf verknackt worden?«
»Weil es zu der Zeit schon verboten war, sich zu duellieren.«
»Und was hat das mit dem Gemauschel zu tun?«
»Jetzt kommt's. Aus den Akten ging der Name seines Duell-Gegners hervor. Ich habe mir alles bringen lassen, was es über diesen Mann gab, und habe herausgefunden, dass er den von Eichenbaum zum Duell gefordert hat.«
»Also war der andere der Bösewicht. Warum ist der nicht eingesperrt worden?«
»Falsche Frage. Du solltest lieber fragen, warum er den Freiherrn zum Zweikampf herausgefordert hat.«

»Okay, dir zuliebe, Süße. Eigentlich stehe ich überhaupt nicht auf diese Mantel-und-Degen-Geschichten. Warum hat er ihn herausgefordert?« Es war nicht zu überhören, dass es Niki nicht sonderlich interessierte.

»Er hat behauptet, dass von Eichenbaum betrügt.« Amali machte eine bedeutungsvolle Pause. »Beim Mauscheln!«

»Echt? Das ist heftig.« Niki nahm einen Schluck Wein.

»Kann man wohl sagen. Der Gute hat offenbar regelmäßig gespielt, wie ich schon erwähnte. Und wie es aussieht, hat er dabei ebenso regelmäßig betrogen und sich ein stattliches Vermögen ergaunert. Sein Duell-Gegner wollte ihn deswegen vor Gericht bringen. Er hatte sogar einen Zeugen.«

»Aber? Du sagst, er wollte ihn vor Gericht bringen. Das heißt, er hat es nicht getan. Es gibt also ein Aber. Ist er auch wegen dieses Duells verurteilt worden?«

»Nein, er ist dabei ums Leben gekommen.«

»Ist nicht wahr. Der von Eichenbaum hat ihn umgelegt?«

»Genau. Er ist aber nicht etwa für Mord verurteilt worden, sondern nur wegen dieses Zweikampfes mit tödlichen Waffen. Das ist doch unfassbar, oder?«

»Das ist wirklich ein Ding!« Niki trank wieder einen Schluck Wein. Dann kam das Essen, und sie ließ sich über die Zubereitung des Stangenselleries und der Kartoffeln aus.

Als sie einige Stunden später nach einem Schlaftrunk an der Bar in ihren Betten lagen, fing Niki zu Amalis großem Erstaunen noch einmal mit dem kriminellen Freiherrn an. »Es ist schon bitter, dass so ein Typ mit seiner Mauschel-Masche immer wieder durchgekommen ist. Der hat nicht nur den alten Paulsen um Hab und Gut gebracht, sondern einen anderen sogar ums Leben. Ich weiß nicht, aber an deiner Stelle hätte ich das nicht wissen wollen. Bist du jetzt nicht noch frustrierter?«

Amali dachte einen Augenblick nach. »Nein. Um ehrlich zu

sein, ich glaube, ich habe jetzt den nötigen Anhaltspunkt, um mir zurückzuholen, was meiner Familie weggenommen wurde.«
»Was?« Niki richtete sich kerzengerade auf und schaltete ihre Nachttischlampe wieder an. »Jetzt bist du völlig übergeschnappt.«
»Ich will es mindestens versuchen. Das bin ich Papa und meiner Großmutter schuldig. Auch wenn ich die nie kennengelernt habe«, setzte Amali schnell hinzu, bevor Niki diesen Einwand bringen konnte. »Wenn ich beweisen kann, dass dieser Gauner betrogen hat, wenn Glücksspiel vielleicht sogar verboten war, dann ist die Übereignung des Forsthauses und des dazugehörigen Landes womöglich ungültig. Könnte doch sein, dass mir die feinen von Eichenbaums in ihrem schicken Schlösschen Haus und Land dann zurückgeben müssen. Stell dir mal vor, vielleicht müssen sie sogar die Sanierung bezahlen, weil sie schließlich für den schlechten Zustand verantwortlich sind.«
»Du spinnst!« Niki schüttelte den Kopf und knipste das Licht wieder aus.
»Dann spinne ich eben«, flüsterte Amali in die Dunkelheit.
»Auf jeden Fall werde ich einen Anwalt fragen, ob es in so einem Fall eine Chance gibt, die Rückgabe einzuklagen. Es kann doch nicht sein, dass immer die Jäger gewinnen. Damit will ich mich einfach nicht abfinden. Wenn das Spinnen ist, gut, dann spinne ich eben.«

Sansibar, 16. Dezember 1890

»Sie sind wahrhaftig schwarz. Sieh dir das an, schwarz am ganzen Körper, soweit sich das sagen lässt.«
»Aber da sind auch sehr viele weiße Menschen, wahrscheinlich zum größten Teil deutsche Landsleute. Du brauchst also keine Angst zu haben.«
»Ich habe keine Angst.« Wilhelmina sah ihren Mann überrascht an. »Ich konnte es mir nur nicht vorstellen.«
Da standen sie nun an Bord von Seiner Majestät Schiff Schwalbe, jenem Schiff, das, wie sie schon am ersten Tag ihrer Reise erfahren hatten, im Mai des Jahres an der Einnahme der Stadt Kilva im Süden Ostafrikas beteiligt gewesen war. Drei Kanonen habe man erbeutet, teilte ihnen ein Reisender mit, der ihres Wissens nichts mit dieser Militäraktion zu schaffen hatte, dessen Brust dennoch vor Stolz schwoll. Die seien der Direktion des Bildungswesens der Marine zur Aufnahme in die Trophäensammlung übergeben worden. Wilhelmina hatte sich gefragt, ob es nicht gescheiter gewesen wäre, die Kanonen zu verwenden, anstatt sie nur zur Schau zu stellen. Doch sie war bloß eine Frau und verstand nichts von diesen Dingen.
»Ich bete zu Gott«, sagte Alexander Paulsen plötzlich leise, »dass wir das Richtige getan haben.«
»Dessen bin ich mir ganz sicher«, gab Wilhelmina ohne jedes Zögern zurück. »Dich selbst zu töten hätte dir einen Platz in der Hölle eingebracht. Dies hier sieht nicht nach der Hölle aus. Es ist wunderschön.« Sie betrachtete die Insel, die ihre vorletzte

Station sein würde. Zum ersten Mal in ihrem Leben sah sie Palmen. Den Strand von Travemünde oder Grömitz kannte sie von einigen seltenen Ausflügen. Was sie dort in der Heimat zu sehen bekommen und durchaus hübsch gefunden hatte, war mit dem Anblick, der sich ihr hier bot, in keiner Weise zu vergleichen. Der Sand war so weiß, dass er sie blendete, und auch das Meer glitzerte so kräftig, dass sie eine Hand über ihre Augen legen musste, um sie zu schützen. Das Wasser schillerte in allen erdenklichen Blau- und Türkistönen. Sie konnte nicht fassen, dass es so etwas gab.

Der Dampfer machte neben Segel- und anderen Dampfschiffen fest. An Land standen Männer mit schwarzer Haut und schwarzen Augen, die Turbane auf den Köpfen trugen und lange Gewänder, die bis hinunter zu den offenen Sandalen reichten. Andere hatten Hüte auf den Köpfen, die wie mit Stoff bezogene, falsch herumgedrehte Eimer aussahen. Die weißen Männer trugen eigentümliche runde Helme. Es roch nach Salz und fremden Gewürzen, und es war heiß.

Zu Hause war jetzt Winter, hier strahlte die Sonne vom Himmel, die Luft war feucht. Es fühlte sich an wie beim Waschtag, wenn sie Stunde um Stunde Kleider und Bettwäsche in beinahe kochendes Wasser getaucht, geknetet und schließlich ausgewrungen hatte. Dann war die Luft ähnlich, nur dass sie da in der Küche des Forsthauses, also in einem geschlossenen Raum gestanden hatte, in dem der Dampf aus den Schüsseln aufstieg und sich unter der Decke sammelte, bevor er allmählich durch die Fenster und die Ritzen in den Wänden nach draußen waberte. Hier war sie im Freien, der Schweiß lief ihr von der Stirn und den Rücken hinab. Ob sie sich daran würde gewöhnen können?

»Das sind Daus«, erklärte Alexander und deutete auf kleine Boote mit großen Segeln, die seltsam schief standen. »Die Ein-

geborenen benutzen sie schon seit Hunderten von Jahren und können damit hoch am Wind segeln.«
Wilhelmina kannte ihren Mann besser als er sich selbst. Sie wusste, dass die Begeisterung, mit der er sprach, nicht echt war. Er war lediglich darauf bedacht, ihr das Gefühl zu geben, sie würden einer guten Zukunft entgegenblicken, woran er selbst jedoch gründlich zweifelte. Dabei benötigte sie weder Trost noch Ermunterung. Noch immer war sie froh, dass sie, nachdem sie seinen Abschiedsbrief auf seinem Kopfkissen entdeckt hatte, ohne auch nur eine Sekunde nachzudenken aus dem Bett gesprungen und in ihrem Nachtkleid aus dem Haus gestürmt war. Sie brauchte nicht zu überlegen, sie wusste genau, wohin er gegangen war. Und sie hatte recht gehabt. Als sie außer Atem den kleinen Weg hinunter zur Wiese lief, auf der seine geliebten Apfelbäume standen, konnte sie ihn schon sehen. Er hatte ein dickes Seil in der Hand.
»Du willst dich also einfach so davonmachen?«, schrie sie ihn an. »Du willst dich aufknüpfen und mich alleine zurücklassen?«
»Aber …« Er musste nach Worten suchen. »Ich habe es dir doch erklärt«, sagte er kleinlaut.
»Schöne Erklärung!«, stieß sie hervor. »Denkst du denn wirklich, eine Stelle als Köchin und ein Zimmer zählen für mich mehr als das Leben meines Mannes?«
»Ich weiß nicht.«
Bevor er nur ein weiteres Wort hatte sagen können, hatte sie ihm ins Gesicht geschlagen. So erschrocken sie darüber gewesen war, so heilsam schien die Ohrfeige sich auf ihn ausgewirkt zu haben. Alexander war immerhin so weit zu Verstand gekommen, dass ein Gespräch zwischen den Eheleuten möglich gewesen war.
»Es gibt immer einen Ausweg«, hatte sie schließlich eindringlich gesagt.
»Und welchen?«

Selbst Wilhelmina hatte einen Augenblick überlegen müssen. Doch dann war es ihr auf einmal ganz klar gewesen. Die ganze Welt sprach immerhin von diesem Carl Peters, der in Ostafrika eine Kolonie gegründet hatte.

»Der braucht ständig gute Leute, vor allem Botaniker und Landschaftsmaler. Damit kennst du dich aus. Gehen wir also nach Ostafrika!«

Keine sechs Wochen später hatten sie die SMS Schwalbe betreten. Sie gehörte zur Kaiserlichen Marine, war also kein klassisches Passagierschiff. Daher waren es nicht viele, die neben der Besatzung an Bord waren. Außer Wilhelmina und Alexander waren fünf Dienstboten in der zweiten Klasse von Hamburg nach Neapel und von dort weiter nach Sansibar gereist. Sie begleiteten ihre Herrschaften, die selbstverständlich in der ersten Klasse logierten.

Alexander legte ihr einen Arm um die Schultern. Sie erschrak, so tief war sie in ihre Erinnerungen versunken.

»Sie nehmen frischen Proviant an Bord und laden die Post ein, dann geht es weiter nach Dar es Salaam. Heute Abend werden wir eintreffen.«

»Dann ist es auch genug«, sagte sie und seufzte. »Fünfundzwanzig Tage sind wir nun unterwegs. Ich bin froh, wenn ich endlich wieder festen Boden unter den Füßen habe.«

»Du bist eine sehr tapfere Frau. Nicht einmal hast du geklagt, wenn die Wellen das Schiff auch noch so sehr herumgeworfen haben. Jetzt hast du es bald überstanden.«

Sie nickte. »Ja, heute Abend beginnt unser neues Leben.« Zu Hause würde sie jetzt Gebäck für Weihnachten vorbereiten, das Haus gründlich sauber machen und es für das Fest schmücken. Ob sie hier überhaupt Weihnachten feiern konnten? Die Landschaft ihres geliebten Holsteins fehlte ihr jetzt schon, die An-

strengung des vergangenen Monats, den sie fast komplett auf See verbracht hatten, machte sich bemerkbar. Sie war erschöpft und niedergeschlagen. Es fiel ihr schwer, zuversichtlich zu sein. Aber eine bessere Alternative gab es für sie eben nicht. Mit diesem Schicksal zu hadern würde also nichts nützen. Um sich abzulenken, beobachtete sie wieder aufmerksam das Geschehen im Hafen. Mit einem Mal entdeckte sie ausgemergelte schwarze Männer. Sie trugen nur weiße Tücher um ihre schmalen Hüften, sonst nichts. Dicht standen sie beieinander mit bloßen Füßen auf engem Raum.
»Sieh nur, Alexander, die Männer dort. Sie sind gefesselt. Und sieh nur, wie dürr sie sind. Das sind doch nicht etwa Sklaven!«
»Gewiss nicht, mein Herz.« Er hatte geantwortet, ohne überhaupt gesehen zu haben, wovon seine Frau sprach. Jetzt blinzelte er und versuchte etwas zu erkennen.
»Ich dachte, wir gründen Kolonien, um den Sklavenhandel zu unterbinden. Ist es nicht so?«
»Ich sage dir doch, es sind keine Sklaven. Das glaube ich nicht. Vielleicht sind es Strafgefangene, Männer, die sich etwas haben zuschulden kommen lassen.«
»Aber sieh doch nur, einige von ihnen sind beinahe noch Kinder. Was sollten sie wohl verbrochen haben, dass man sie in Ketten legt? Gehört es sich nicht unter zivilisierten Leuten, diesen Menschen einen Prozess zu machen, wenn sie wirklich Schuld auf sich geladen haben?«
»Das sind keine Menschen, das ist Vieh!«
Wilhelmina gab einen spitzen Schrei von sich. Sie war so konzentriert gewesen, dass sie nicht bemerkt hatte, wie ein Mann neben sie getreten war.
»Verzeihung, ich wollte Sie nicht erschrecken.« Der Fremde hatte blonde dünne Haare und ein vernarbtes Gesicht. Da hatte wohl jemand die Finger nicht von juckenden Windpocken las-

sen können, vermutete Wilhelmina. »Darf ich mich vorstellen? Mein Name ist Dr. Gregor Martius. Vor sechs Jahren bin ich mit dem hochverehrten Carl Peters nach Afrika gekommen. Glauben Sie mir, ich kenne die Eingeborenen.« Alexander stellte seine Frau und sich ebenfalls vor, ohne jedoch dazu zu kommen, weitere Angaben zu machen. »Sie sind neu hier, das sieht man«, sprach Martius sogleich weiter. »Was haben Sie verbrochen, dass man Sie in dieses unwirtliche Schattenreich abgeschoben hat?«

»Ich muss doch sehr bitten«, eiferte sich Alexander. »Es gibt überhaupt keinen Grund, warum wir nicht in unserer Heimat hätten bleiben können.« Wilhelmina merkte, wie er nach Worten rang, wie er nach einer Erklärung suchte. Martius ersparte ihm eine Notlüge.

»Verzeihung, Sie sind noch ein wenig angeschlagen von der langen Reise, nehme ich an. Mir war mein Humor auch abhandengekommen, als ich vor Jahren zum ersten Mal hergereist bin.« Er lachte, ohne tatsächlich amüsiert zu wirken. »Mein Bester, es war nur ein Spaß. Natürlich sind wir alle freiwillig hier. Wer wollte nicht an einem solch großen Abenteuer teilhaben?« Er öffnete die Arme, als wollte er die gesamte Umgebung in seine Rede einbeziehen. Dann legte er mit einem Mal den Kopf schief und ließ die Arme wieder sinken. »Ob das allerdings das Richtige für eine Frau ist, wage ich zu bezweifeln. Gewiss, Sie sind nicht die Einzigen, die gemeinsam diesen Schritt gehen. Doch frage ich mich jedes Mal, wenn wieder ein Paar eintrifft: Sind sie mutig oder leichtsinnig? Nun, ich hoffe, Sie haben sich gut überlegt, was Sie tun. Ich jedenfalls hätte das einer Dame nicht zumuten wollen.« Er schüttelte energisch den Kopf, um seine Worte zu unterstreichen. »Niemals.« Sie sprachen noch einige Minuten miteinander, bevor Dr. Martius sich verabschiedete. »Wir sehen uns in Dar es Salaam. Gewiss werden Sie bald im Club ein und aus gehen wie alle. Dort begegnet man sich immer wieder.« Damit drehte er sich um und ging davon.

Eine Weile blickten die beiden ihm schweigend nach, dann konnte Wilhelmina geradezu sehen, wie die Fassade ihres Mannes bröckelte. Mit hängenden Schultern und gesenktem Kopf stand er da. »Er hat recht«, murmelte er. »Was habe ich dir nur zugemutet? Wir haben sechshundertfünfzig Mark für die Passage bezahlt, für jeden von uns. Und für dieses Geld mussten wir mit der zweiten Klasse vorliebnehmen. Ich war nicht einmal in der Lage, uns die erste Klasse zu reservieren.« Er war immer lauter geworden und klang jetzt tatsächlich verzweifelt. Sie fürchtete, er könne in Tränen ausbrechen.

»Immerhin waren die Beköstigung und Tee sowie Kaffee die ganze Zeit enthalten«, erinnerte sie ihn mit einem Lächeln. »Es hat uns doch an nichts gefehlt. Ich hätte nicht anders reisen wollen. Mach dir keine Gedanken, mein Liebster.« Sie ließ ihre Finger über seine Wange gleiten.

Er seufzte tief. »Was erwartet uns nur in diesem fremden Land? Ich vermisse unser gutes altes Forsthaus jetzt schon. Wir haben kaum noch Geld. Du wirst womöglich ohne jeden Komfort auskommen müssen und dich schrecklich fühlen. Was bin ich nur für ein Mann, das meiner Frau aufzubürden?«

»Kennst du mich denn so schlecht? Habe ich je von dir verlangt, mir Komfort zu bieten? Die Reise war meine Idee, vergiss das nicht.«

»Gewiss nicht. Meine sonst so kluge Gattin hat mich überzeugt, meine Heimat zu verlassen.« Er schüttelte traurig den Kopf und verzog die Lippen zu einem bitteren Lächeln. Mit einem Mal wirkte er älter als sonst. Oder hatte sie die Falten nur nie bemerkt, die die Jahre ihm ins Gesicht gezeichnet hatten? »So sehr hänge ich an meinem jämmerlichen Leben, dass ich mich darauf eingelassen und dir diesen Schritt zugemutet habe.«

Wieder ein tiefer Seufzer. »Jede Minute werde ich mich um dich ängstigen, wenn ich meiner Arbeit nachgehe und du allein im Hause bist.«

Sie sah ihm direkt in die Augen. »Um uns. Wenn du dich schon sorgen willst, dann nicht um mich allein.« Er legte fragend die Stirn in Falten. »Ich bekomme ein Kind, Alexander. Deine sonst so kluge Gattin wollte nicht nur ihren Mann retten, sondern auch den Vater ihres Kindes.«

Er starrte sie mit offenem Mund an, dann begann sein Gesicht zu leuchten. »Um Himmels willen, das hättest du mir sagen müssen. Ein Kind ... hier ... das geht doch nicht!« Aber in seinen Augen lag ein Entzücken, das gerade das Gegenteil ausdrückte. Ein Kind ... hier ... das war genau, was sie brauchten, um voller Zuversicht neu zu beginnen.

»Ich liebe dich, Alexander«, sagte sie ruhig. »Ich hätte dich um keinen Preis verlieren wollen. Deshalb sind wir hier. Und das ist richtig so.«

Er nickte eifrig. »Du hast recht, mein kluges Weib, du hast ja recht. Um ein Haar hätte ich mein Kind niemals kennengelernt und dich mit der Verantwortung alleingelassen. Das wäre unverzeihlich gewesen. Es war richtig, du hast vollkommen recht. Wir werden auch hier ein kleines Forsthaus haben.« Er lachte. »Ja, warum eigentlich nicht?«

In diesem Moment war er angekommen. Er würde keine Sekunde mehr an ihrer Entscheidung zweifeln und alles tun, damit sie in Afrika ein gutes Leben haben würden. Wilhelmina atmete auf. Dumm nur, dass sie in diesem Augenblick ein flaues Gefühl beschlich. Bisher war sie hin- und hergerissen gewesen zwischen Heimweh, Sorge und nervöser Vorfreude auf so viel Neues, das kaum eine deutsche Frau zu sehen bekam. Doch ging ihr das Bild der Männer, die in Ketten so elend und hilflos dreingeblickt hatten, ebenso wenig aus dem Kopf wie die üble

Rede, die dieser Dr. Martius geführt hatte. Ob dies ein guter Ort für sie war, beschäftigte sie kaum. Aber war es ein Ort, an dem man ein Kind aufziehen sollte?

Liese seufzte laut und vernehmlich und rollte mit den Augen. »Sie sind einfach gar zu dumm«, verkündete sie. »Majimbi versteht es noch immer nicht, die Wäsche so zusammenzulegen, wie es sich gehört. Zu dumm. Diese Neger haben nicht den Verstand, die Tätigkeiten einer deutschen Hausfrau zu verrichten.« Wilhelmina wünschte inständig, Liese würde endlich gehen. Gewiss, es war nett gemeint, dass die Frau, die einige Kilometer entfernt auf einer Farm lebte, ihr einen Besuch abstattete, um nach ihr zu sehen. Doch sie konnte diese fette Person nun einmal nicht ausstehen. Ständig hatte sie etwas zu jammern oder zu bekritteln. Normalerweise ertrug Wilhelmina sie mit ihrer ihr eigenen Gelassenheit, ließ es zu, dass sie fast einen halben Kuchen allein vertilgte und stets Dinge entdeckte, die Wilhelmina besser machen konnte. Dies betraf vor allem ihren Umgang mit dem Personal. Viel zu weichherzig sei sie und gutmütig. Dabei wisse doch jeder, dass diese Eingeborenen nur lügen, stehlen und ihre Herren hintergehen würden. Immerhin hörte Wilhelmina durch sie stets ein paar Neuigkeiten von anderen deutschen Familien, die in der Umgebung lebten, und wenn sie viel Glück hatte, sogar aus der Heimat. Dafür musste sie eben den Preis zahlen, sich mit ihrem unangenehmen Wesen zu arrangieren. An diesem Tage war ihr Lieses Gesellschaft jedoch einfach nur lästig. Sie fühlte sich wie ein Ballon kurz vor dem Platzen, ihr war schwindlig und elend. Mehr als eine Tasse Tee ohne Zucker konnte sie unmöglich zu sich nehmen. Nur mit größter Selbstbeherrschung hatte sie es ausgehalten, dass sich ihre Besucherin ein Stück Marmorkuchen nach dem anderen zwischen die wulstigen Lippen schob. Als sie nun auch noch

den Zuckerguss von den dicken Fingern leckte, auf denen die Ringe so stramm saßen, dass man fürchten musste, sie würden die Durchblutung früher oder später unterbrechen, war es um Wilhelminas Contenance geschehen.
»Sei mir nicht böse, meine Liebe, aber mir ist nicht wohl«, begann sie.
»Du siehst auch gar nicht gut aus«, erwiderte Liese, als hätte sie nur darauf gewartet, sich verabschieden zu können. Natürlich, sie war satt und den neusten Klatsch losgeworden. »Das Kind wird doch wohl nicht kommen?«
»Ich weiß nicht. Schon möglich.« Wilhelmina lächelte schwach und hielt sich den gespannten Leib.
»Ausgerechnet jetzt, wo dein Mann auf Expedition ist.« Liese erhob sich schwerfällig von ihrem Stuhl. »Wie kann er auch ausgerechnet in diesen Tagen unterwegs sein? Er muss doch wissen, dass sein Sohn nicht auf sich warten lässt. Nicht wahr, es wird doch gewiss ein Junge?«
»Woher soll ich das wohl wissen?«
»Na, das spürt eine Frau doch. Jedenfalls kann ich nicht verstehen, dass er dich ausgerechnet in dieser Zeit alleine lässt. Was alles passieren kann, wenn du nur mit diesen Schwarzen im Haus bist, wenn das Kind kommt. Die stehen doch nur dumm herum, was wahrscheinlich noch besser ist, als würden sie mit ihren schmutzigen Fingern zupacken.«
Wilhelmina rieb sich die Schläfen. Wenn dieser Redeschwall doch nur enden würde. »Alexander wollte längst zurück sein, aber der Regen hat ihn vermutlich überrascht. Du weißt doch, wie es hier ist. Ein paar Wolkenbrüche wie die der letzten Tage, und die Pfade verwandeln sich in Schlamm oder Flüsse. Da ist kein Durchkommen.«
»Ja, so wird es sein. Dann mache ich mich mal lieber auf den Weg, bevor ich es auch nicht mehr nach Hause schaffe.« Sie

kicherte affektiert. »Für dich ist es ohnehin am besten, du ruhst dich ein bisschen aus, meinst du nicht, meine Teure?«
»Doch, das meine ich auch.« In Wahrheit war sie fassungslos, dass Liese ihr predigte, wie gefährlich es war, nur in Gesellschaft der Eingeborenen ein Kind auf die Welt zu bringen, sie aber im nächsten Augenblick genau dieser Situation überließ, anstatt ihr beizustehen. Im Grunde hatte sie vermutlich überhaupt kein Interesse an ihr und ihrem Zustand gehabt, sondern lediglich Langeweile.

Nachdem sie zugesehen hatte, wie Liese ihr ausladendes Hinterteil auf den Ochsenkarren gehievt hatte, begleitet von einem dünnen schwarzen Mädchen, das ihr den Schirm halten musste, ging Wilhelmina ins Haus und ließ sich in einen Schaukelstuhl fallen. Die Hitze war noch schlimmer geworden und schwerer zu ertragen, seit Mitte März die Regenzeit begonnen hatte. Das Prasseln auf das Dach des Hauses war das letzte Geräusch, das sie wahrnahm, bevor sie in einen meist unruhigen Schlaf fiel, und es war der Klang, von dem sie am Morgen erwachte. Alexander hatte nicht auf diese Expedition gehen wollen.
»Was ist, wenn der große Regen früh einsetzt?«, hatte er gefragt. »Das kommt vor. Womöglich bin ich dann nicht rechtzeitig zur Geburt unseres Kindes zurück, um dir zu helfen.« Dabei hatte er eine Hand auf ihren Bauch gelegt und sie liebevoll, aber auch voller Sorge angesehen.
»Wie willst du mir denn helfen? Heraus kommen sie alle, und das müssen das Kind und ich ohnehin alleine schaffen. Nein, Alexander, du kannst diese Chance nicht verstreichen lassen. Dieser Peters wird dich kein zweites Mal fragen. Und von ihm hängt hier vieles ab.«
Sie hatte ihn so lange gedrängt, bis er schließlich eingewilligt und Carl Peters eine Zusage gesandt hatte. Gut so. Es konnte

kein Fehler sein, endlich den Mann persönlich kennenzulernen, von dem man in Ostafrika mit größter Bewunderung oder hinter vorgehaltener Hand sprach. Was mochte er für ein Mensch sein? Sie wischte sich den Schweiß von der Stirn und versetzte den Schaukelstuhl in eine sanfte gleichmäßige Bewegung.
»Kann ich etwas bringen, Herrin?« Emmi stand in der Tür. Sie trug ihr graues Dienstkleid mit der weißen Schürze darüber und eine weiße Haube auf dem schwarzen Haar. Ihr Blick war ernst wie immer.
»Nein danke, ich habe alles.«
Das Mädchen nickte und ging.
Wilhelmina sah ihr nach. Sie konnte verstehen, dass einige Herrschaften ihre Bediensteten für dreckig hielten und ihnen verboten, Nahrungsmittel anzufassen. Man konnte unmöglich sehen, so viel stand fest, ob die Hände der Eingeborenen sauber waren oder nicht. Sie selbst hatten es dadurch gewiss viel schwerer, für Reinlichkeit zu sorgen, als etwa deutsche Menschen mit ihrer hellen Haut, auf der man jeden Schmutz augenblicklich erkennen konnte. Dass sie stanken und sich nicht um Sauberkeit scherten, bezweifelte Wilhelmina jedoch, weshalb sie ihren beiden Mädchen die Arbeit in der Küche nicht untersagte. Ihre Gedanken wanderten wieder zu Alexander und der Expedition. Er würde viel zu erzählen haben, wenn er zurückkam. Hoffentlich brachte der Herr im Himmel ihn gesund zu ihr nach Hause, dachte sie. Da draußen in der Wildnis gab es nicht nur fremde Pflanzen, die er zeichnen und sammeln sollte, es gab auch allerlei giftiges Getier. Und dann dieser ewige Regen. Hatte er überhaupt noch trockene Kleider am Leib? Wie konnte man in einem Zelt schlafen, wenn der Boden einem Sumpf glich, auf dem das Wasser stand? Ihr Proviant würde gewiss längst aufgebraucht sein. Sie stellte sich vor, wie die Träger, die die Gruppe begleiteten, auf die Jagd gehen mussten.

Wilhelmina rutschte tiefer in den gewölbten Stuhl. Die Schmerzen wurden stärker. Was sollte sie nur tun, wenn sich das Kind in den Kopf gesetzt hatte, noch an diesem Abend oder in der Nacht auf die Welt zu kommen? Zur Not musste sie es allein schaffen, hatte sie ihrem Mann gesagt. Doch hatte sie nicht wirklich geglaubt, dass es so weit kommen würde. Nun sah alles ganz anders aus, und ihr wurde mulmig. Sie atmete tief und ruhig. Gar nicht daran denken, redete sie sich ein. Wenn sie ernsthaft in Erwägung zog, dass die Geburt unmittelbar bevorstand, würde sie den Nachwuchs nur ermutigen. Sie wollte sich mit etwas anderem beschäftigen, dann verging ihm da drinnen vielleicht die Lust, sie zu piesacken. Also richtete sie ihre Gedanken auf Carl Peters. Sie wusste im Grunde nicht viel von ihm, nur das, was man sich eben erzählte. Vierunddreißig Jahre alt sei er. Kein Alter, um bereits einen solchen Lebenslauf vorzuweisen. Immerhin hatte er aus eigenem Antrieb die Gesellschaft für deutsche Kolonisation gegründet und sich in das ferne Afrika aufgemacht. Wie unglaublich mutig, dachte sie. Im nächsten Moment wurde ihr bewusst, dass Alexander und sie den gleichen Schritt getan hatten. Nun gut, das Risiko war für sie kleiner, denn Peters und seine Leute hatten bereits dafür gesorgt, dass man hier recht zivilisiert leben konnte. Aber dennoch! Wenn der feine Herr von Eichenbaum es auch nicht zugegeben hatte, so nötigte ihm das Fortgehen des verträumten Botanikers und Försters mit seiner Frau doch einigen Respekt ab. Das hatte sie bei ihrem Abschied wohl bemerkt.
Das Kind trat und drängte. Wilhelmina ächzte. »Gedulde dich noch ein wenig«, redete sie leise auf das Ungeborene ein. »Wir wollen warten, bis dein Vater hier ist, ja?«
Was wusste sie noch über diesen Peters? Mit dem Sultan von Sansibar hatte er Verhandlungen geführt. Außerdem hatte er erst kürzlich eine Hilfsexpedition für einen verschollenen Afrika-

forscher geleitet. Er musste ein wahrhaft mutiger Mann sein, der sich Reichskommissar für das Kilimanjaro-Gebiet nennen durfte. Sie schauderte. Es war ein weiter Weg bis hinauf zum Kilimanjaro, wo Peters eine Station gründen wollte, um Grenzangelegenheiten zwischen Deutsch- und Britisch-Ostafrika zu regeln. Und den Rückweg würde Alexander – alles andere als ein mutiger Mann, ein Träumer und manchmal auch ein Hasenfuß – ohne den erfahrenen Peters bestreiten müssen. Allein war er natürlich nicht unterwegs, aber sie kannte die anderen Mitglieder der Expedition nicht. Sie durfte nicht darüber nachdenken, dass es vor gar nicht langer Zeit einen verschollenen Forscher gegeben hatte. Hoffentlich war es wirklich nur der Regen, der ihren Mann von einer pünktlichen Heimkehr abhielt. Es tat ihr nicht gut, sich Sorgen zu machen.
Die Schmerzen nahmen zu. Sie hatte den Eindruck, der kleine Mensch in ihrem Inneren war ebenso unruhig wie sie. Es schien, als würde er sich ständig hin und her bewegen. Ein Ziehen ging mit einem Mal durch ihren Unterleib. Es tat so weh, dass ihr ein lautes Stöhnen entfuhr. Nur wenige Sekunden später war Emmi zur Stelle.
»Haben Sie gerufen, Herrin?«
»Nein, schon gut. Ich habe nur so große Schmerzen.« Sie wusste nicht, wie sie sitzen sollte. Vielleicht wäre es besser, ein wenig hin und her zu gehen. »Da du schon einmal hier bist, könntest du mir bitte aus dem Stuhl helfen. Ich fürchte, alleine schaffe ich es nicht.«
»Natürlich, Herrin.« Emmi eilte herbei und reichte ihr zögernd den Arm.
»Willst du mir einen Gefallen tun, Emmi?«
»Natürlich, Herrin.«
»Sag bitte nicht Herrin zu mir.« Sie nahm den Arm des Mädchens und zog sich daran hoch. »Danke.« Sie atmete tief durch.

»Ich weiß nicht, ob du an Gott glaubst. Ich weiß ohnehin wenig über dich, obwohl wir nun schon seit fast drei Monaten nahezu den ganzen Tag zusammen sind.« Schweiß rann ihr aus den Haaren und lief den Hals und den Nacken hinab. »Jedenfalls ist der Gott, an den wir glauben, der Herr. Und ich kann mich doch nicht auf die gleiche Stufe stellen. Verstehst du das?«
»Was soll ich denn sagen?« Das Mädchen sah sie mit ihren ernsten Augen aufmerksam an.
»Tja, was sollst du …? Warum sagst du nicht einfach Mina zu mir? Mein Name ist Wilhelmina, wie du weißt. Meine Eltern haben mich immer Mina genannt. Das ist kürzer.«
»Gut«, erwiderte Emmi, schien aber wenig überzeugt zu sein. »Mina«, setzte sie leise hinzu.
Wilhelmina wollte ihr noch etwas Aufmunterndes sagen, doch in dem Moment packte sie ein erneuter Schmerz. Wie eine Welle kam es über sie, so stark, dass sie sich kaum auf den Beinen halten konnte. Emmi packte zu und verhinderte, dass Wilhelmina zu Boden fiel. Wie erstaunlich viel Kraft dieses zarte Mädchen hat, dachte Wilhelmina.
»Das Kind kommt«, sagte Emmi schlicht. »Ich habe es Ihnen vorhin schon angesehen, dass es heute so weit ist.«
»Um Himmels willen, nein!«
»Wer wird das Kind holen?«
»Holen? Ich weiß nicht … ich meine … Ich dachte, mein Mann kümmert sich darum, dass eine Hebamme oder ein Arzt hier ist, wenn es so weit ist. Es ist mein erstes Kind. Ich habe doch keine Ahnung.« Sie war nahe daran, in Panik zu geraten.
Zum ersten Mal lächelte Emmi. »Ich hole es«, sagte sie bestimmt. »Ich weiß, wie das geht. Meine Großmutter und meine Mutter sind weise Frauen. Sie haben mir beigebracht, Kräuter zu nutzen. Außerdem habe ich selbst zwei Kinder. Haben Sie keine Angst, Mina, ich kümmere mich um Sie.«

Wilhelmina konnte es nicht fassen, dieses junge Geschöpf war bereits zweifache Mutter? Und sie wusste nicht einmal etwas davon. Wieder dieser Schmerz. Er kam regelmäßig und heftig. Sie krümmte sich.
»Ich hatte so gehofft, mein Mann wäre rechtzeitig zurück«, wimmerte sie.
Emmi führte sie zu dem Springbockfell. »Gehen Sie auf die Knie. Ganz langsam. Ich helfe Ihnen. So ist es gut. Und jetzt hinsetzen.« Sie tat, was das Mädchen sagte. »Und nun legen Sie sich auf den Rücken. Sehr gut. Atmen Sie tief und denken Sie an Ihre Heimat, Mina, an Ihr Haus, Ihre Eltern. Ich bin gleich wieder da.«
Wilhelmina lag auf dem Fell, starrte an die Decke und lauschte dem ewigen Prasseln des Regens. Eine Fliege setzte sich auf ihre Wange. Sie verscheuchte sie mit einer müden Handbewegung, doch das Insekt ließ sie nicht in Ruhe. Draußen waren diese lästigen Viecher schon nicht zu ertragen, aber mussten sie auch noch hereinkommen?
Emmi kehrte wie versprochen nach kurzer Zeit zurück. Sie balancierte eine Schale auf dem Kopf, trug eine weitere in den Händen und hatte saubere Tücher über den Unterarmen liegen. Sie fragte nicht, wie es Wilhelmina ging, sah die werdende Mutter nur an und wusste damit anscheinend genug. Sie hockte sich hin und lud ihre Fracht ab. Wie geschmeidig und elegant ihre Bewegungen sind, ging es Wilhelmina durch den Kopf. Der Schmerz kam in einer besonders starken Welle und vertrieb jeden klaren Gedanken. Wie durch einen Schleier hörte sie Emmi reden.
»Man hat Ihnen gesagt, mein Name ist Emmi, aber das stimmt nicht.« Sie stellte Wilhelminas Füße auf, zog ihr die Wäsche aus und schob ein Handtuch unter ihren Leib. Es war nicht der Moment, um Scham zu empfinden. Wilhelmina war einfach

nur froh, dass diese junge Afrikanerin, die in Geburtsdingen so viel mehr Erfahrung hatte als sie selbst, an ihrer Seite war. »Es ist nur einfacher. Genau wie Mina. Mein Name ist Amali. In Ihrer Sprache bedeutet das Hoffnung.«
»Ein schöner Name«, sagte Wilhelmina schwach.
»Hoffnung ist wichtig. Sie dürfen sie nicht verlieren.«
Auf einmal hatte Wilhelmina das Gefühl, als wäre in ihr etwas geplatzt. Dann fühlte sie, wie etwas Warmes aus ihr herausströmte und das Handtuch, auf dem sie lag, tränkte.
»Mein Gott«, flüsterte sie voller Angst, »verliere ich es?«
»Aber nein, im Gegenteil.« Emmi sah sehr hübsch aus, wenn sie lächelte. Sie zündete in einer der Schalen Kräuter und Rindenstückchen an. »Hakuna hofu«, murmelte sie unablässig und wedelte den würzigen Duft zu ihr herüber. Wilhelmina wusste nicht, was das bedeutete, aber sie verstand. Sie brauchte keine Angst zu haben.
Die beiden Frauen verbrachten über zwölf Stunden zusammen. Emmi strich Wilhelmina über den Bauch, bewegte das Kind von außen sanft und mit sicherem Griff, tupfte mal ihrer Herrin, mal sich selbst den Schweiß von der Stirn. Sie verließ den Raum nur kurz, um Wilhelmina einen Tee zu bringen, nach dessen Genuss diese sich leichter fühlte und irgendwie heiter, oder um frisches abgekochtes Wasser zu holen. Zeitweise verlor Wilhelmina das Bewusstsein. Sobald sie wieder zu sich kam, sah sie in das ernste Gesicht von Emmi, von der sie so wenig wusste. Warum vertraute sie ihr? Wie konnte sie zulassen, dass ihre Hände sie berührten? Nun, sie hatte Wasser gekocht. Sie verstand offenbar etwas von Hygiene. Wieder wurde es schwarz um Wilhelmina. Dann, Emmi hatte ihr zum ungezählten Mal in kreisenden Bewegungen über den Leib gestrichen, durchfuhr sie ein Schmerz, wie sie ihn noch nie erlebt hatte. Danach war alles vorbei. Wilhelmina war wie betäubt und schloss die Augen.

Sie wollte nur noch schlafen. Die Ruhe war himmlisch. Sogar der Regen hatte aufgehört, stellte sie fest. Totenstille. Doch plötzlich zerriss ein Schrei die Lautlosigkeit. Ein hoher winziger Schrei.
»Ein Mädchen«, sagte Emmi. »Sie haben eine Tochter, Mina.«
Wilhelmina öffnete die Augen und sah ein Bündel, das nur aus Stoff zu bestehen schien. Emmi hatte ausgerechnet eines ihrer wenigen Damasttücher gewählt, um das Kind hineinzuwickeln. Sie musste lachen. Ein Kind in einer Tischdecke. Sie konnte gar nicht mehr aufhören zu lachen. Und Emmi stimmte ein. Der ganze Raum war erfüllt vom Lachen der beiden Frauen. Wilhelmina liefen Tränen über die Wangen.
»Sie ist sehr schön«, sagte Emmi, als sie sich wieder beruhigt hatten. Zum letzten Mal tupfte sie ihrer Herrin die Stirn.
»Ich werde sie Perpetua nennen nach meiner Mutter«, erklärte Wilhelmina leise. »Und mit zweitem Namen wird sie Amali heißen – Hoffnung. Hoffnung ist wichtig. Davon kann man nie genug haben. Habe ich recht?«

Hamburg, April 2012

»Das ist wirklich eine harte Nuss, doch rein juristisch ist da nichts zu machen.«
Amali starrte den Anwalt an. »Aber Ihre Mitarbeiterin hat mir doch am Telefon gesagt, ich solle einen Termin mit Ihnen machen, Sie würden sich der Sache annehmen.«
»Ja, so ist es auch.« Er streckte die Beine unter dem Schreibtisch aus. Ihr fielen seine Schuhe auf, die ungewöhnlich aussahen. Vermutlich eine Sonderanfertigung aus einer Schuhmanufaktur. Hatte er sie womöglich nur herbestellt, um an ihr zu verdienen, um sich von ihr seinen exquisiten Geschmack bezahlen zu lassen? Wut stieg in ihr auf. »Wie ich Ihnen schon sagte, macht uns die Dauer der seit dem Betrug vergangenen Jahre zu schaffen. Wir sprechen immerhin vom Ende des 19. Jahrhunderts. Damals galt preußisches allgemeines Landrecht. Das BGB wurde am 1. Januar 1900 eingeführt. Paragraph 900 des BGB mit dem schönen Titel Buchersitzung besagt, dass derjenige Eigentum an einem Grundstück erwirbt, der dreißig Jahre als Eigentümer im Grundbuch eingetragen ist. Und das eben auch dann, wenn er als Eigentümer eingetragen wurde, obwohl er nie das Eigentum erlangt hat«, führte Jonathan Thalau erneut aus.
»Klingt ja sehr logisch«, sagte Amali ironisch.
»Die wenigsten Gesetze klingen logisch, leider. Und bedauerlicherweise sind es einige auch nicht.« Er legte den Kopf ein wenig schief und sah sie an.

»Noch mal zurück. Sie haben gerade gesagt, dieser komische Buchsitzungsparagraph ...«
»Es heißt Buchersitzung.« Er lächelte.
»Von mir aus kann es auch Buchaussitzung heißen. Jedenfalls sagten Sie, dieser Paragraph gehört zum BGB, und das ist erst rund zehn Jahre nach dem Betrug eingeführt worden. Hat das preußische Recht es denn genauso gesehen? Ich meine, das mit den dreißig Jahren?« Sie drehte das Ende ihres Zopfes zwischen Daumen und Zeigefinger.
»Ich bitte um Verständnis, wenn ich Gesetzestexte von 1890 nicht auswendig zitieren kann. Was ich Ihnen sagen kann, ist, dass es ein sogenanntes Einführungsgesetz gegeben hat, das Altrechte an das BGB angepasst hat. Das heißt, dass spätestens 1930, als diese Familie von Eichenbaum nach BGB dreißig Jahre als Eigentümer für das besagte Grundstück mit dem Forsthaus eingetragen war, das Eigentum erworben wurde. Diese dreißigjährige Frist wäre nur gehemmt gewesen, wenn bereits Anfang des 20. Jahrhunderts jemand Widerspruch eingelegt hätte.«
Amali dachte nach. Was hatte das mit Recht zu tun, fragte sie sich.
»Wenn jemand zum rechtmäßigen Eigentümer wird, der nur durch einen Irrtum an einen Besitz gelangt ist, und dieser Mensch nach dreißig Jahren Rechtssicherheit erlangt, dann könnte ich das noch verstehen. Aber es kann doch nicht sein, dass das für einen Betrüger genauso gilt.«
»Ich verstehe, dass Sie sich damit nicht abfinden wollen. Nur ist im BGB auch noch eine Verjährungsfrist vorgesehen. Diese besagt, dass eine durch Täuschung erlangte Willenserklärung, und das liegt hier meiner Ansicht nach vor, nach dem Ablauf von zehn Jahren nicht mehr angefochten werden kann. Es tut mir wirklich leid, aber Ihre Vorfahren hätten sich um die Angelegenheit kümmern müssen. Sie sind damit einfach zu spät dran.«

Amali wusste nicht, was sie darauf sagen sollte. Unrecht wurde also zu Recht, wenn der Betrüger nur lange genug damit durchkam. »Man könnte noch versuchen mit dem Schadenersatzrecht zu argumentieren, nur tritt auch hier dreißig Jahre nach dem Schadenereignis eine Verjährung ein.«

»Schadenereignis!« Amali schnaubte wütend. »Es geht um Falschspielerei, um vorsätzlichen, gemeinen Betrug. Ich kann es einfach nicht fassen, dass diese Leute damit durchkommen.«

»Die Nachfahren dieser Leute haben mit den damaligen Vorfällen ebenso wenig zu tun wie Sie. Die haben ein Erbe angetreten und wissen wahrscheinlich gar nicht, wie der Besitz ihrer Eltern und Großeltern zustande gekommen ist. Für diese Menschen sieht das Gesetz einen Schutz vor.«

»Und was ist mit dem Schutz der Opfer?«

»Die Opfer leben nicht mehr. Wenn sie sich gleich gewehrt hätten oder zumindest nach drei oder vier Jahren, aber so ...«

»Verstehe schon. Kommen Sie mir jetzt bloß nicht mit Jägern und Beute.« Sie warf ihren Zopf ungeduldig auf den Rücken.

»Wie bitte?«

»Nichts, vergessen Sie es.« Sie holte tief Luft. »Mit anderen Worten, Sie können nichts für mich tun.« Es war keine Frage, sondern eine Feststellung, wie sie es sagte. Amali wartete gar nicht erst ab, ob er sich dazu äußern wollte. »Sie haben mich also hierherkommen lassen, damit Sie eine persönliche Beratung in Rechnung stellen können, stimmt's? Klar, Sie wissen, dass ich eine kleine Summe geerbt habe, und so eine schnelle telefonische Auskunft lohnt sich für Sie nicht. Ich sage Ihnen was: Um das Geld tut es mir noch nicht einmal leid, aber dass die Aussage Ihrer Mitarbeiterin, Sie würden sich der Sache annehmen, falsche Hoffnungen bei mir geweckt hat, das nehme ich Ihnen wirklich übel.« Sie blitzte ihn böse an. Was für eine blöde Idee, Jonathan Thalau als Anwalt auszuwählen, nur weil er

einen so ähnlichen Nachnamen wie sie hatte – Thale, Thalau. Und dann noch sein Fachgebiet Familienrecht... Aber wonach hätte sie denn sonst gehen sollen? Sie kannte keine Anwälte, wusste nicht, welcher einen guten Ruf hatte und welcher nicht.
»Ich könnte Sie bitten, jetzt zu gehen«, erwiderte er ruhig. »Ich muss mich in meinem eigenen Büro nicht beschimpfen lassen und kann das auch nicht besonders gut leiden.«
Sie sah in seine grauen Augen und schämte sich ein bisschen. Er sah im Grunde ziemlich sympathisch aus, ganz bestimmt nicht wie einer dieser Aasgeier. »Es tut mir leid...«, stammelte sie.
»Ich halte Ihnen zugute, dass Sie durch den Verlust Ihres Vaters noch durcheinander sind. Und Sie haben einen ausgeprägten Gerechtigkeitssinn. Es fällt Ihnen schwer, sich mit den Fakten, die alles andere als gerecht erscheinen, abzufinden.«
Sie nickte. »Ich wollte Sie nicht beleidigen. Bitte entschuldigen Sie.«
»Schon gut.« Er beugte sich vor und legte die ineinander verschränkten Hände auf den Schreibtisch, auf dem sich links und rechts Aktenberge stapelten. Ein Computer, ein Telefon, nichts Persönliches. Dafür standen auf dem Fensterbrett weiße Übertöpfe mit Orchideen und dazwischen zwei Grünpflanzen mit feinen fiederigen Blättern, die Amali nicht kannte. Durch Jonathan Thalaus Fenster hatte man einen herrlichen Blick in einen kleinen Park mit altem Baumbestand. »Ich bin Anwalt geworden, weil ich wollte, dass das, was richtig ist, auch recht bekommt. Leider musste ich schon während des Studiums feststellen, dass das längst nicht immer funktioniert. Rechtsprechung und Gerechtigkeit haben nicht immer viel gemeinsam. Trotzdem liebe ich meinen Beruf, denn ich verstehe ihn noch immer so, wie ich es mir als naiver Studienanfänger ausgemalt habe. Manchmal muss man ein wenig um die Ecke denken und

ungewöhnliche Wege gehen. Das meinte ich damit, als ich angeboten habe, mich Ihrer Sache anzunehmen. Ob diese ungewöhnlichen Wege zum Ziel führen, steht allerdings auf einem ganz anderen Blatt.«
Amali sah ihn an. Aus seinem aschblonden kurzen Haar lugten hier und da schon graue Strähnen hervor, dabei wirkte sein Gesicht noch sehr jung. Sie schätzte ihn kaum älter als sie selbst.
»Was stellen Sie sich genau darunter vor?«
»Zunächst können wir die Familie von Eichenbaum ein bisschen durchleuchten. Vielleicht gibt es auch in jüngerer Zeit etwas, was sie sich haben zuschulden kommen lassen. Ich spreche nicht von Erpressung, nicht dass Sie mich falsch verstehen. Aber wenn wir die Herrschaften moralisch ein wenig unter Druck setzen wollen, kann es helfen, ihre Leichen im Keller zu kennen. Und es kann helfen, wenn Sie von einem Anwalt begleitet werden.«
Plötzlich hatte sie eine Idee. »Wenn ich souverän behaupten würde, die Übereignung habe vor Inkrafttreten des BGB stattgefunden, was ja stimmt, könnte ich die von Eichenbaums vielleicht verunsichern. Sie könnten das bestätigen, denn es wäre nicht gelogen. Was meinen Sie, kann es sein, dass wir die mit einem Bluff kriegen? Dann wären wir quitt, dieser Freiherr von Eichenbaum hat beim Mauscheln bestimmt auch geblufft.«
Er lachte. »Der kleine Unterschied ist, dass Ihr Vorfahr im Spiel sofort reagieren musste, ohne sich Hilfe oder Rat einholen zu können. So ist er dem Bluff aufgesessen. Wenn wir so tun, als gäbe es eine rechtliche Handhabe, werden diese Leute das sofort überprüfen und unseren jämmerlichen Versuch durchschauen. Nein, wir können nur darauf hoffen, dass wir die jetzigen Besitzer mit Hilfe von behutsam dosiertem ethischem Druck dazu kriegen, Ihnen das Haus mit einem Stück Land für einen guten Preis zu verkaufen. Immerhin steht es leer. Es besteht die Chan-

ce, dass die Familie bereit ist, sich davon zu trennen. Aber machen Sie sich bitte keine zu großen Hoffnungen. Wenn die bereits Pläne mit dem Grundstück haben, werden sie sich nicht von einer rührenden Geschichte umstimmen lassen, die hundertzwanzig Jahre und länger zurückliegt.«
Amali seufzte. Einen Versuch war es wert, oder?
»Sie haben mein Honorar angesprochen«, fuhr er fort. »Ich kann nicht unentgeltlich für Sie arbeiten, nur weil mich die Ungerechtigkeit wurmt, die Ihrer Familie zugestoßen ist.«
»Natürlich nicht«, murmelte sie leise. Jetzt schämte sie sich wirklich für ihre Unterstellungen und fürchtete gleichzeitig, dass sie sich ihn nicht würde leisten können, wenn sein Einsatz länger dauern sollte. Lohnte sich das Ganze überhaupt, wenn der Erfolg nicht einmal wahrscheinlich war?
»Da ich nicht wirklich anwaltlich tätig werden kann, unterstütze ich Sie gewissermaßen als Privatperson in meiner Freizeit, was wir den von Eichenbaums natürlich nicht auf die Nase binden müssen. Sollten unsere Bemühungen Erfolg haben, müssen wir uns später über ein Honorar unterhalten.«
»Das ist ein sehr großzügiges Angebot. Es wäre mir aber schon recht, wenn ich wüsste, mit welchen Summen ich schlimmstenfalls oder bestenfalls zu rechnen hätte.«
»Machen Sie sich mal keine Sorgen, darüber werden wir uns schon einig, das verspreche ich Ihnen.«

Vom Anwaltsbüro Thalau war Amali direkt ins Blini gefahren, um Niki alles zu erzählen.
»Juristisch ist wohl nichts zu machen ...«
»Natürlich nicht«, fiel Niki ihr ins Wort.
»Trotzdem will er mir helfen«, gab Amali etwas trotzig zurück.
»Du sagtest, er ist noch jung? Jetzt komm doch mal auf den Punkt. Wie sieht er aus?«

»Sympathisch. Schöne Augen, schöne Hände, ein paar graue Strähnen«, stotterte sie verwirrt.
»Hört sich gut an. Hat er einen Ring getragen?«
»Was? Sag mal, Niki, hast du eigentlich nur das Eine im Kopf?« Niki lachte hell auf und fuhr sich mit den Fingern durch die wasserstoffblonden Locken, die wie immer perfekt saßen, kurz und aus dem Gesicht geföhnt. »Und du? Du hast nur Unfug im Kopf. Du traust dich mit einer Angelegenheit zu einem Anwalt, die über hundert Jahre her ist. Kannst froh sein, dass er dich nicht ausgelacht hat. Und wenn der Typ nett aussieht und noch zu haben ist, dann hätte die Aktion wenigstens einen Sinn gehabt. Der verdient bestimmt gut, hat vielleicht ein Haus mit Garten, in dem du dich mit deinen Kräutern austoben kannst. Oder er kauft eins, wenn er eine Familie gründen will.«
»Jetzt halt mal die Luft an!«
»Hat er oder hat er nicht?«
»Ein Haus? Woher soll ich das wissen?«
»Einen Ring!« Niki rollte ungeduldig mit den Augen.
Im Restaurant war noch nicht viel los. Erst in ein paar Stunden würden sich die Tische füllen. Jetzt saßen nur eine einzelne Dame und ein Paar bei Getränken und Kuchen. So blieb Niki Zeit, sich um ihre Freundin zu kümmern.
»Weiß nicht«, murmelte Amali unwillig. »Ich habe nicht darauf geachtet.«
Sie musste daran denken, wie Jonathan Thalau die gefalteten Hände auf den Schreibtisch gelegt hatte.
»Nein, ich glaube, da war kein Schmuck.«
»Meine Güte, Süße, du bist echt ein schwerer Fall. Auf so etwas achtet man doch. Wie lange bist du jetzt schon ohne Kerl? Das muss sich ändern, du musst wieder in die Zukunft schauen und nicht immer zurücksehen und Trübsal blasen.«
»Ich kümmere mich doch gerade um meine Zukunft. Wenn ich

mit Thalaus Hilfe das Forsthaus kriege, baue ich mir da meine Zukunft auf.«
»Du solltest dich darauf konzentrieren, mit ihm etwas hier aufzubauen. Das erscheint mir realistischer.« Niki zögerte kurz, weil ihr anscheinend etwas eingefallen war. »Oder glaubst du, er ist schwul?«, fragte sie unvermittelt.
»Niki, ich weiß es nicht! Was ich weiß, ist, dass er die Sache so sieht wie ich. Er hält es für eine himmelschreiende Ungerechtigkeit und will mich unterstützen. Das interessiert mich an ihm und sonst nichts.«

Später zu Hause überkam Amali eine tiefe Traurigkeit und Unzufriedenheit, die sie lähmte. Dank der Hilfe von Niki und deren Mann Jan hatte sie die Wohnung ihres Vaters zwar besenrein übergeben und nicht allzu viel von seinem Hausstand in ihre kleine Wohnung gestopft, aber dennoch waren da natürlich alle möglichen Erinnerungsstücke, private Post und Unterlagen, die sie sortieren und verstauen musste. Im Flur standen sechs Kartons an der Wand gestapelt, und auch in ihrem Wohnzimmer lagen allerhand Dinge, die ihrem Vater gehört hatten. Die Begeisterung darüber, dass dieser Thalau ihr helfen wollte, war verflogen. Große Hoffnungen solle sie sich nicht machen, hatte er gesagt. Und die Geschichte mit der Bezahlung lag ihr auch im Magen, auch wenn sie nicht mehr das Gefühl hatte, an einen Geschäftemacher geraten zu sein, der sie ausnehmen wollte. Sie seufzte tief, öffnete ohne jeden Elan einen Karton, den sie ins Wohnzimmer geschafft hatte, und dachte daran, dass sie am nächsten Tag wieder früh hinter der Käsetheke stehen würde, die sie von Woche zu Woche weniger ertragen konnte. Ein Kloß schien sich in ihren Eingeweiden zu bilden. Sie hatte einfach keine Lust mehr, in diesem Supermarkt zu versauern. Wenn sie auch Käse aus der Region verkaufte und im Laden

nur Bioprodukte angeboten wurden, so blieb es doch ein Supermarkt. Noch dazu einer mit schlechtem Betriebsklima und ohne Aufstiegschancen. Sie hörte auf, in dem Umzugskarton zu wühlen, und richtete sich auf. Die Erkenntnis hatte sich so plötzlich und auf leisen Sohlen den Weg in ihr Hirn gebahnt, dass sie nun dastand und staunte. Nein, in diesem Laden würde sie es nie zur Filialleiterin bringen. Und selbst wenn, würde sie damit nicht glücklich werden. Sie musste sich um etwas anderes bemühen, einen anderen Job finden. Und zwar schnell.
»Ich kündige«, sagte sie leise und bekam wieder etwas bessere Laune. Mit dem Geld, das ihr Vater ihr hinterlassen hatte, würde sie nicht weit kommen. Aber da war noch die Lebensversicherung, die er abgeschlossen hatte. Welch eine unsinnige Bezeichnung, ging es ihr durch den Kopf. Lebensversicherung! Das Leben ihres Vaters war nicht sicher gewesen, die Beträge, die er jeden Monat eingezahlt hatte, hatten es nicht sicherer gemacht. Er hatte sein Leben verloren, und es ließ sich mit keinem Geld der Welt wiederherstellen. Kälte kroch aus dem Boden an ihr hoch. Sie holte sich dicke Socken, die sie gestrickt hatte, als ihr eigenes Leben noch nicht aus den Fugen geraten war, schlüpfte hinein, verkroch sich auf ihrem Lieblingssessel und zog ihre Wolldecke bis zur Nase hoch. Dann schnappte sie sich die wenigen Tagebucheinträge ihrer Großmutter und las sie zum wiederholten Mal. Sie hoffte noch immer, dass sie in den restlichen Unterlagen ihres Vaters das gesamte Tagebuch oder zumindest weitere Blätter finden würde. Was mochte ihre Großmutter dazu gebracht haben, Ostafrika zu verlassen und nach Deutschland, in die Heimat ihrer Großeltern, zu gehen? Leicht war ihr dieser Schritt bestimmt nicht gefallen, denn sie schrieb davon, wie sehr ihr die Farm und die Arbeit auf der Plantage fehlten. Wie immer, wenn sie diese Passage las, musste Amali lächeln. Vaters Mutter hatte ihr also die Liebe zur Natur,

zum Buddeln in der Erde vermacht. Zu schade, dass Oma und Enkelin sich nie begegnet waren. Amalis Blick bohrte sich in das Parkett, dem die Sonne helle Streifen gemalt hatte, ohne dass sie die Maserung oder die Astlöcher wahrnahm. Ihre Ururgroßeltern Wilhelmina und Alexander waren nach Afrika ausgewandert, deren Tochter wurde dort geboren und hatte vermutlich ihr ganzes Leben da verbracht. Und sie hatte selbst eine Tochter bekommen, die dem schwarzen Kontinent mit dreiundzwanzig Jahren den Rücken gekehrt hatte. Amali war nur zwei Jahre älter als ihre Großmutter damals. Schon lange hatte sie sehen wollen, wo ihre Wurzeln steckten, woher ihr Name kam. Vielleicht war jetzt genau der richtige Zeitpunkt. Wahrscheinlich war es keine gute Idee, gleich zu kündigen, aber sie würde Urlaub nehmen. Ihr stand immerhin noch fast der gesamte Jahresurlaub zu. Gleich morgen würde sie mit ihrer Chefin sprechen, und dann würde sie einen Flug nach Dar es Salaam buchen. Es ging nicht allein um das Forsthaus. Einer dieser feinen von Eichenbaums hatte ihre Familie schließlich auch um eine Kaffeeplantage gebracht. Wenn sie alles gut vorbereitete, konnte sie in Ostafrika vielleicht etwas darüber herausfinden. Dieser Thalau hatte gesagt, es wäre gut, möglichst viele Leichen im Keller der von Eichenbaums aufzustöbern. Wer konnte schon wissen, ob auch ein paar afrikanische dabei waren?

»Wenn Sie noch etwas warten und erst im Juni oder Juli fliegen, dann kommen Sie nicht in die Regenzeit. Es regnet zwar nicht jeden Tag, aber ich würde es immer vorziehen, außerhalb der Regenzeit nach Tansania zu reisen.« Die Mitarbeiterin des Reisebüros – ihr Name war Tanja Müller, wie ein Plastikschild neben dem Kragen ihrer Matrosenbluse verriet – hatte hellblonde Haare mit rötlichen und braunen Strähnen darin. In ihrem Blick lag eine Überheblichkeit, als wäre sie schon von Berufs wegen eine Kosmopolitin, wogegen Amali ein Landei ohne jegliche Reiseerfahrung und Kenntnis fremder Länder war.

»Ich habe in Dar es Salaam etwas zu erledigen«, gab Amali schnippisch zurück und hoffte sehr, dass die Blondine ihr die Geschäftsfrau abnahm. »Deshalb ziehe ich es vor, möglichst bald zu reisen, auf jeden Fall noch im April.«

»Wie Sie meinen«, kam es kurz zurück. Tanja Müller heftete ihren Blick auf einen Monitor, den Amali nicht einsehen konnte, und tippte ohne ein weiteres Wort auf der Tastatur ihres Computers herum.

Als Amali eine knappe halbe Stunde später das Reisebüro verließ, hatte sie einen Flug und ein Hotel gebucht. Sie hatte Angst, musste sie sich eingestehen, denn sie war noch nie geflogen und noch nie allein in einem so fremden Land gewesen. Gleichzeitig fühlte sie neue Energie in sich aufsteigen. Sie würde diesen von Eichenbaums den Kampf ansagen. Und zwar an allen nur möglichen Fronten.

»In der Region sind Attentate nicht auszuschließen. Die tansanische Regierung hat im Oktober 2011 die Sicherheitsstufe erhöht.« Jan sah kurz von dem Ausdruck des Auswärtigen Amtes auf, den er sich aus dem Internet heruntergeladen hatte, und bedachte Amali mit einem vielsagenden Blick. »Zu Vorsicht und Wachsamkeit wird auf öffentlichen Plätzen sowie beim Besuch von touristischen Sehenswürdigkeiten geraten. Und dahin willst du wirklich fahren?«

»Ich habe nicht vor, touristische Sehenswürdigkeiten zu besuchen«, verteidigte Amali sich. Sie hatte nicht schlafen können und war auf ein Glas Wein ins Blini gegangen, wie sie es oft tat. Sie mochte die Atmosphäre kurz vor dem Schließen, wenn nur noch Nachtschwärmer unterwegs waren, die die Zeit völlig vergessen hatten. Jan kam dann oft, wenn er die Küche in Ordnung gebracht hatte, an den Tresen. Niki und er wirkten meist so entspannt, als wären sie selbst Gäste oder als wäre die Bar des Blini ihr zweites Wohnzimmer.

»Ach, und öffentliche Plätze willst du auch nicht besuchen?«, fragte Niki aufgebracht.

»Doch, natürlich. Ich werde eben vorsichtig sein.«

»Vorsicht hat noch niemandem geholfen, der Opfer eines Attentats geworden ist«, gab Jan zu bedenken. »Außerdem geht es noch weiter. Soll ich vorlesen?« Er wartete Amalis Antwort nicht ab, sondern gab Auszüge der Sicherheitshinweise wieder: »Es häufen sich die Fälle, in denen Touristen von angeblichen Taxifahrern ausgeraubt werden, nicht bewachte Strände sollten selbst tagsüber gemieden werden, mit Einbruch der Dunkelheit sollte von Spaziergängen abgesehen werden. Hört sich nach einem tollen Urlaubsland an, ehrlich.« Er schüttelte den Kopf.

»Malariagebiet ist es auch noch«, ergänzte Niki. »Und wie ich dich kenne, lehnst du Chemie zur Prophylaxe ab. Aber mit deinen Kügelchen kannst du dich nun mal leider nicht schützen, und die dort verbreitete Malaria verläuft meist tödlich.«

»Ich weiß, ich habe mich nämlich auch informiert«, entgegnete Amali. »Wie es aussieht, gibt es keine homöopathische Prophylaxe, das stimmt. Ich muss mir überlegen, ob ich mir Chemie antun will. Auf jeden Fall nehme ich ein Moskitonetz mit, das ist die halbe Miete.«

»Hast du schon mal gehört, dass jemand mit der halben Miete ausgekommen ist?«, wollte Jan wissen. »Also ich nicht. Und fang jetzt bloß nicht wieder mit ›Ich passe schon auf‹ an.« Er verschränkte die Arme und lehnte sich zurück, ohne sie aus den Augen zu lassen.

»Danke, dass ihr mir so viel Mut macht«, sagte Amali leise. »Anscheinend habt ihr alle negativen Informationen auswendig gelernt.«

»Gibt es auch positive?« Niki sah sie herausfordernd an. Dann wurde ihr Blick sanft. »Ach, Süße, wir machen uns eben Sorgen um dich. Straßen, oder sollte ich besser Holperpisten sagen, auf denen ständig Unfälle passieren, Überfälle selbst im Nationalpark ... sei ehrlich, das klingt alles wenig einladend. Dass du in Ostholstein auf die Pirsch nach den Freiherren von und zu gegangen bist, okay, aber musst du sie wirklich bis nach Afrika verfolgen? Hast du überhaupt einen Hinweis darauf, dass du dort noch einen Abkömmling triffst?«

»Allerdings!« Amali zog ihr Notizbuch aus der Tasche, das sie fast immer bei sich hatte. Sie liebte dieses Büchlein, das sie komplett selbst angefertigt hatte. Der Umschlag war das erste Stück, das sie in ihrem Leben selbst gefilzt hatte, das Innenleben hatte sie in einem Kurs für mittelalterliches Buchbinden hergestellt. »Es gibt eine Firma, die den Namen Eichenbaum trägt. Die sitzen in der Pamba Road«, las sie vor. »Das ist ganz in der Nähe vom Terminal, von dem die Fähren nach Sansibar starten. Scheinen etwas mit Kaffee zu tun zu haben.«

»Dass bei Unglücken während der Überfahrt nach Sansibar letztes und dieses Jahr Hunderte von Menschen ums Leben gekommen sind, weißt du natürlich«, ließ Jan beiläufig einfließen, nahm einen Schluck Rotwein und sah sie über den Rand des bauchigen Glases an.

Amali schlug ihr Buch geräuschvoll zu. »Es reicht!«, schimpfte sie lauter, als ihre Freunde es von ihr gewohnt waren.

Niki und Jan sahen sich fragend an und schwiegen.

»Ich fahre da hin.« Sie atmete einmal kräftig durch und setzte leiser hinzu: »Ich habe auch ohne eure Kommentare schon mächtig Herzklopfen, wenn ich an die Reise denke. Mehr als das, ich habe richtig Angst. Aber ihr wollt mich ja nicht begleiten. Was bleibt mir also übrig, außer allein zu fliegen?«

»Hierbleiben?«, schlug Niki halbherzig vor.

»Nein, das ist keine Option. Ich will den von Eichenbaums nicht nur auf den Zahn fühlen, ich will auch endlich meine Wurzeln kennenlernen, wissen, wo sich ein Teil meiner Familiengeschichte abgespielt hat. Papa und ich wollten immer zusammen dorthin reisen. Das geht nun nicht mehr.« Sie lachte ein wenig bemüht. »Meine Güte, jedes Jahr fahren Touristen nach Ostafrika, fast alle kommen heil wieder, und vermutlich erzählen sie begeistert von dem Land und ihren Erfahrungen. Da werde ich schon nicht gleich überfahren, ausgeraubt und von Malaria-Viechern totgestochen werden.«

Als sie zwei Wochen später im Landeanflug auf Dar es Salaam hinunterblickte, schlug Amali das Herz spürbar in der Brust. Sie musste unglücklicherweise an all die Gefahren denken, die, glaubte sie den düsteren Aussagen von Niki und Jan, dort unten auf sie lauerten. Wie oft war ihr, seit dieses Flugzeug sich in den Himmel gehoben hatte, durch den Kopf gegangen, dass sie die Reise längst hätte machen sollen, und zwar zusammen mit ihrem Vater. Aber sie hatte nicht gewollt, dass er sämtliche Kosten allein trug. Sie hatte ihren Teil beisteuern wollen. Da sie aber nun mal noch nie einen großen Verdienst ihr Eigen nennen konnte, hatte sie ihn immer wieder vertröstet und das gemeinsame Abenteuer von einem Jahr auf das andere verschoben. Es war ein schreckliches Gefühl, diesen Fehler nicht mehr gutmachen zu können. Sie nahm sich vor, zumindest für die Zukunft daraus zu lernen und nichts mehr auf die lange Bank zu schieben, was wirklich von Bedeutung war. So manche Bank war nicht so lang, wie man glaubte. Was man darauf immer weiterschob, stürzte am Ende in den Abgrund.
Amali drückte ihre Nase an die Scheibe. Sie war nach insgesamt bald zwanzig Stunden, die sie jetzt unterwegs war, und zwei Zwischenlandungen erschöpft. Trotzdem ergriff sie eine Eu-

phorie, als sie den Indischen Ozean unter sich sah. Sie stellte sich vor, wie es wohl Wilhelmina und Alexander ergangen war. Wie viel länger war ihre Anreise gewesen! Und sie hatten im ausgehenden 19. Jahrhundert keine modernen Häuser, Straßen und auf fremde Besucher eingerichtete Einheimische vorgefunden. Die Strapazen, die sie auf sich genommen hatten, um hierherzukommen, waren um so viel größer gewesen, als es heute für Amali der Fall war. Hinzu kam, dass sie nicht zurückkonnten. Sie hatten hier eine neue Existenz aufbauen müssen. Da würde sie es doch wohl drei Wochen als Gast in einem vermutlich recht komfortablen Hotel aushalten.

Die Maschine setzte auf, die Landeklappen stellten sich senkrecht, Amalis Körper wurde nach vorn gedrückt. In ihren Ohren knackte es noch immer. Sie würde sich nicht daran gewöhnen. Wie konnten Menschen nur freiwillig jedes Jahr mit dem Flugzeug in den Urlaub starten? Es war ihr erster Flug gewesen, der Rückflug lag ihr schon jetzt im Magen. Tempo und Druck ließen allmählich nach, und sie rollten auf ein schlichtes eckiges Gebäude zu, auf dem »Welcome to Julius Nyerere International Airport« zu lesen war. Kaum dass die Maschine zum Stehen gekommen war, sprangen die Leute um Amali auf, zogen Taschen unter den Sitzen hervor und machten sich an den Gepäckfächern zu schaffen.
Amali blieb sitzen. Sie hatte es nicht eilig. Als die ersten Passagiere bereits in den tunnelartigen Gang verschwanden, der an den Leib des Flugzeugs angedockt hatte, strömte zunehmend heiße Luft herein. Amali war bei knapp zehn Grad und bedecktem Himmel in Hamburg aufgebrochen. In Tansania fiel das Thermometer im April kaum unter fünfundzwanzig Grad. Dazu die feuchte Luft … Als sie die Einreiseformalitäten hinter sich gebracht hatte und endlich aus dem Flughafengebäude trat,

schlug ihr die tropische Hitze mit ganzer Wucht entgegen und raubte ihr den Atem.

Da stand sie also, sah sich um, saugte die fremdartige Atmosphäre auf und fühlte ... nichts. Was hatte sie erwartet? Hatte sie etwa geglaubt, irgendeine tiefe Verbundenheit zu diesem Land über Generationen hinweg wäre in ihre Gene eingegraben und würde nur durch ihre Anwesenheit auf dem Schwarzen Kontinent zum Leben erwachen? Nein, sie war einfach nur müde, gereizt und damit beschäftigt, ihren Koffer und ihren Rucksack möglichst an sich zu pressen und nach einem Taxi mit blauem, grünem oder gelbem Streifen auf weißem Grund Ausschau zu halten, einem der registrierten Taxis, bei denen man als Tourist vor Betrug sicher sein sollte. Neben der Hitze und der enormen Luftfeuchtigkeit – sie spürte, wie ihre Leinenbluse sich an ihre Haut klebte – machten ihr der Lärm und vor allem der Dreck zu schaffen. Eine Stadt am Indischen Ozean hatte sie sich anders vorgestellt. Sie hatte eine klare Brise erwartet, die vom Meer durch die Straßen wehte. Ja, sie musste sich eingestehen, dass sie trotz aller Informationen, die sie sich vor der Reise besorgt hatte, eine mondäne, klar strukturierte Stadt erwartet hatte, die mit Hamburg vergleichbar war. Stattdessen Chaos. Die bunten Kleinbusse, auf denen die Namen ihrer Fahrziele, der Stadtteile und Halbinseln, zu lesen waren, die kleinen dreirädrigen, an den Seiten offenen Gefährte mit ihren Stoffdächern und Autos, die in Deutschland längst keine Zulassung mehr bekommen hätten, stießen stinkende Abgase aus, die einem direkt die Lungen zu verstopfen schienen. Dazu kam Staub, der in der Luft hing wie Mineralwasserbläschen in einem Glas.

»Taxi?« Ein Mann mit schwarzer Haut, schwarzen Haaren und schwarzen Augen, deren weiße Iris fast unnatürlich zu leuchten schienen, stand plötzlich vor ihr.

»Ja, eigentlich schon«, stotterte Amali überrascht. Dann sagte sie auf Englisch, dass sie ein Taxi zu ihrem Hotel brauche, und fragte, ob seines registriert sei, wie sie es sich zurechtgelegt hatte.
Er nickte und machte Anstalten, nach ihrem Gepäck zu greifen.
»Nein, es geht schon, danke.«
Sie hatte sich ganz fest vorgenommen, sich erst den Wagen anzusehen und den Preis zu verhandeln, doch schon trottete sie hinter dem Fahrer her und hoffte, dass sie an einen ehrlichen Mann geraten war, mit dem sie sich über den Fahrpreis würde einigen können. Das Fahrzeug, ein alter Ford, dem auf der Beifahrerseite der Türgriff fehlte, hatte einen grünen Streifen auf weißem Untergrund, das Zeichen für ein registriertes Taxi. Immerhin. Amali atmete auf. Der Mann öffnete wortlos die Gepäckklappe und überließ es ihr, Koffer und Rucksack in das Fahrzeug zu hieven. Er nahm währenddessen auf dem Fahrersitz Platz, beugte sich hinüber und hielt ihr von innen die Tür auf. Sie stieg ein und wusste, dass das ihr erster Fehler in Dar es Salaam war. Sie hätte handeln müssen. Wenn sie jetzt nicht endlich den Mund aufmachte, würde sie am Ende das Doppelte des angemessenen Fahrpreises zahlen müssen oder mehr.
»Ocean Road. How much?«, fragte sie ohne echtes Interesse. Die Fahrt konnte nicht viel länger als eine Viertelstunde dauern. Dafür sollte sie laut Reiseführer nicht mehr als dreitausend Tansania-Schilling zahlen, was einem Euro und fünfzig Cent entsprach. Ihr schienen selbst fünf oder sechs Euro nicht zu hoch, um sicher zu ihrem Hotel gebracht zu werden. Wofür sollte sie also kämpfen?
»Fourthousand«, antwortete er und lächelte sie zum ersten Mal an. Seine Zähne strahlten so hell wie das Weiß seiner Augen.
Amali lächelte zurück. »Okay.« Sie wusste, dass es zu viel war und dass er es wusste.

Das Hotel sah von außen so hübsch aus wie auf den Bildern, die Amali im Prospekt des Reisebüros gesehen hatte. Die Fassade aus hellen Natursteinen wurde von einem eckigen Turm aufgelockert. Weiße Sprossenfenster mit Rundbögen darüber brachen das sonst eher rustikale Erscheinungsbild auf und verpassten dem Bau einen eleganten Anstrich. Kaum dass das Taxi unter das vorgezogene Dach vor dem Haupteingang gefahren war, trat ein Mitarbeiter in dunkelblauer Uniform heraus und nahm gleich darauf Amalis Gepäck aus dem Kofferraum. Er murmelte einen Willkommensgruß und verschwand mit ihren Sachen bereits im Gebäude, während sie noch den Fahrer bezahlte. Vor dem Hotel stand eine ausladende Akazie, links und rechts vom Eingang gab es Palmen. Das Foyer strahlte das leicht dekadente Ambiente der Kolonialzeit aus – heller Steinboden, bunte Fenster, mächtige viereckige Säulen aus rötlichem Holz, an den Wänden große Spiegel mit verschnörkelten goldenen Rahmen. Die dick gepolsterten Sessel überall passten ebenso wenig zu Amalis Vorstellung von Afrika wie die goldenen Vorhänge, die in weichen Wellen über den Fenstern hingen.

Hinter dem Tresen der Rezeption wartete eine Frau im dunkelblauen Kostüm geduldig, bis der eingetroffene Gast sich orientiert hatte und bereit für die Anmeldung war. »Herzlich willkommen«, sagte sie und strahlte Amali an. Sie war unfassbar schön. Ihre Haut schimmerte und hatte die Farbe von cremigem Kaffee mit viel Sahne, das schwarze Haar, das sie zu einer aufwendigen Steckfrisur auf ihrem Kopf aufgetürmt hatte, glänzte mit den dunklen Möbeln um die Wette. Wie lang mochte es sein, wenn es offen über die schmalen Schultern fallen durfte? Die Frau war groß und schlank mit perfekten Proportionen. Das Schönste an ihr waren jedoch ihre Augen. Sie hatten die Form von Mandeln und strahlten Wärme und gleichzeitig etwas Geheimnisvolles aus.

»Was kann ich für Sie tun?«
Amali nannte ihren Namen und zog die Buchungsbestätigung hervor, die sie von Tanja Müller in Hamburg bekommen hatte. Die Anmeldeformalitäten waren schnell erledigt.
»Sie heißen Amali«, sagte die junge Frau, als sie ihr den Zimmerschlüssel reichte. »Sie wissen sicher, was das bedeutet?«
»Hoffnung«, entgegnete Amali.
»Ja.« Die Schöne lächelte. Einem kleinen Schild an ihrer Uniform zufolge hatte sie drei Namen, deren erster Lalamika lautete. »Haben Sie Vorfahren, die hier gelebt haben?«, fragte sie geradeheraus.
»So ist es. Drei Generationen meiner Familie haben hier gelebt. Meine Großmutter war die Letzte. Sie ist allerdings nach Deutschland zurückgegangen.«
»Interessant. Und Sie sind zum ersten Mal in Tansania?«
»Ja.«
»Na dann, herzlich willkommen zu Hause!«

Amali wurde wach, weil sie gedämpfte Stimmen, Schritte und Lachen hörte. Sie öffnete die Augen, blinzelte und starrte den weißen Ventilator an der Decke an, als handelte es sich um ein exotisches Insekt. Mit ziemlicher Verzögerung nahm ihr Geist wieder seine Arbeit auf. Sie war in Dar es Salaam, erinnerte sie sich. Ihr Zimmer lag im ersten Stock zum großzügigen Innenhof des Hotels. Vor ihrer Zimmertür gab es einen Balkon, an dessen Holzgeländern sich blühende Pflanzen emporrankten. Der geschmackvolle Bau hatte insgesamt drei Stockwerke mit umlaufenden Balkonen, über die man die Zimmer erreichte. Sie richtete sich auf und entzifferte mühsam die Zahlen auf dem Radiowecker. Vier Uhr nachmittags. Sie hatte also etwa zwei Stunden geschlafen. Nach der langen Anreise und dem Klimawechsel, der ihr zu schaffen machte, nicht gerade viel. Für einen

kurzen Moment zog sie in Erwägung, in ihr Nachthemd zu schlüpfen und bis zum nächsten Morgen durchzuschlafen. Doch sie hatte gelesen, dass man sich leichter eingewöhnte, wenn man bis zum Abend aushielte und zu einer normalen Zeit zu Bett ginge. Von Jetlag konnte keine Rede sein, zwischen hier und Hamburg lagen nur zwei Stunden Zeitdifferenz. Trotzdem fühlte sie sich wie erschlagen. Kein Wunder, immerhin war sie von einer vertrauten in eine völlig fremde Welt geflogen. Amali stand auf, reckte sich und ging ins Bad. Sie würde einen ersten Erkundungsspaziergang unternehmen, etwas essen und dann früh schlafen gehen.
Wenig später stand sie mit ihrem Stadtplan in der Hand auf der Ocean Road. Hier gab es weniger knatternde Motoren, weniger Hupen und Gestank als am Flughafen. Vom Indischen Ozean, der grau und unfreundlich nach dem schmalen Strand griff, wehte ein Lüftchen herüber, das nach Salz und Algen roch. Erfrischend war es nicht. Es zauberte lediglich weiße Schaumkronen auf das Wasser. Sie lief, ihren kleinen Rucksack fest im Arm, auf einen imposanten weißen Gebäudekomplex zu. Ein Mann auf einem Fahrrad fuhr vorüber und drehte sich nach ihr um. Von Spaziergängen wurde in einigen Regionen selbst tagsüber abgeraten, in der Dunkelheit sollte man schon gar nicht allein unterwegs sein. Aber was sollte sie denn machen? Wenn sie sich zu sehr von der Angst beherrschen ließ, konnte sie nur in ihrem Zimmer bleiben. Doch dafür war sie nun einmal nicht hergekommen. Sie suchte auf ihrem Stadtplan nach einer alten Festung oder einem Palast, konnte aber nichts dergleichen finden. Nur das Krankenhaus, das sich auf Krebserkrankungen spezialisiert hatte, war eingetragen. Das musste es sein. Tatsächlich. Amali war beeindruckt. Tansania war eins der ärmsten Länder der Welt. Niemals hätte sie mit einem so großen medizinischen Institut gerechnet, das in einem schneeweißen Palast

untergebracht war, der an die Geschichten aus *Tausendundeiner Nacht* erinnerte. Überall Türmchen mit runden Kuppen, Zinnen und ovale Fenster dicht an dicht. Ein weiterer Radfahrer fuhr an ihr vorüber. Sein Gefährt hatte hinten zwei Räder und war mit einer Kiste beladen. Er nickte ihr zu und wurde ein wenig langsamer. Es sah aus, als wollte er anhalten, doch dann überlegte er es sich offenbar anders und trat kräftig mit den offenen zerschlissenen Sandalen in die Pedale.

Amali folgte der Straße, bis diese einen großen Bogen machte und direkt in den Hafen führte, vorbei am Fähr-Terminal. Der Lärm nahm zu. Hier, nahe des Stadtzentrums, pulsierte das Leben.

Das Leben? Nein, hier trafen die verschiedensten Leben, die größten Gegensätze aufeinander. Im Staub der Straße hockte ein Junge in kurzen Hosen mit einem ausgeblichenen T-Shirt und bot Fisch auf einer schäbigen Wolldecke zum Verkauf an, im Hintergrund ragten die Zwillingstürme der Bank von Tansania in den Himmel, dort stand ein Bettler, ein Stückchen weiter flanierte ein Touristenpaar.

Amali bog rechts ab und tauchte in das Straßengewirr ein. Sie seufzte und presste ihren Rucksack instinktiv noch fester an sich. Wie schmutzig es hier war. Wie sollte sie nur drei Wochen in dieser Stadt leben? Überall lag Plastikmüll und Papier herum, die Häuserfassaden waren beschmiert und verloren Putz und Farbe. Geschäftsleute eilten an abgerissenen Kreaturen vorbei, ohne sie zu bemerken. Sie hatte sich Afrika weit vorgestellt, mit unendlich viel faszinierender Natur. Die Wirklichkeit sah anders aus, zumindest hier in der Stadt. Sie bog in die zweite Straße rechts ein und lief nun direkt auf die Pamba Road zu, wo das Unternehmen ansässig war, das unter Eichenbaum firmierte. Auch wenn Amali nicht annahm, dass sie mehr zu sehen bekommen würde als ein schäbiges Bürohaus und ein Schild an

der Tür, beschleunigte sich ihr Puls. Sie würde einen ersten Eindruck gewinnen und sich in der Nähe ein Restaurant suchen.
»Hello, want to buy?« Ein kleines Mädchen, das seine schwarzen Haare zu unzähligen dünnen Zöpfen geflochten hatte, die wie Pfade über ihren Kopf liefen, streckte Amali die Hände mit Armbändern und Ketten aus winzigen bunten Perlen hin.
Amali beugte sich zu ihm hinunter. »Hast du die gemacht?« Sie wollte nichts kaufen, aber dieses kleine Geschöpf rührte sie. Man konnte doch nicht einfach an der Kleinen vorbeigehen, ohne mit ihr zu reden. Das Mädchen hielt ihr den Schmuck dicht vor das Gesicht und wiederholte dabei ständig, dass er ganz billig sei und natürlich Handarbeit. Jemand hatte ihm anscheinend ein paar englische Wörter beigebracht, genug, um Touristen seine Ware anzupreisen.
»How much?«, erkundigte Amali sich. Im nächsten Augenblick war ihr klar, dass sie einen Fehler gemacht hatte. Schon wieder. Sie war noch keinen Tag in diesem Land und hatte sich bereits zweimal falsch verhalten. Und das, obwohl sie sich ganz fest vorgenommen hatte, die Verhaltenstipps zu berücksichtigen, die sie studiert hatte. Wer sich nach dem Preis erkundigte, signalisierte Interesse, hatte sie in ihrem Reiseführer gelesen.
»Hundred«, erklärte die kleine Verkäuferin. Das waren nur ein paar Cent. Kaum der Rede wert, dachte Amali und öffnete ihren Rucksack, um ihr Portemonnaie hervorzuholen.
Dann ging alles sehr schnell. Aus dem Augenwinkel sah sie eine Gestalt, die sich blitzartig näherte. Sie blickte zur Seite und wurde im nächsten Moment so stark angerempelt, dass sie das Gleichgewicht verlor. Sie taumelte, versuchte sich auf den Beinen zu halten und nahm gleichzeitig wahr, wie das Mädchen mit dem Perlenschmuck davonsauste. Sie ruderte mit den Armen, da spürte sie einen Tritt in die Kniekehlen, der ihr endgültig den Halt nahm.

Während sie stürzte, zerrte der Angreifer an ihrem Rucksack, doch sie ließ nicht los.
»Hilfe!«, schrie sie endlich. »Help!« Sie konnte es nicht fassen. Da waren so viele Menschen auf der Straße, doch sie sahen in eine andere Richtung, als würden sie gar nicht bemerken, was dort in ihrer Nähe vor sich ging. Der Mann, der sie zu Boden gestoßen hatte, gab nicht auf. Er griff immer wieder nach ihrem Rucksack. Sie versuchte ihn zu treten oder zu schlagen, ihr Portemonnaie noch immer in der Hand. Am Rande nahm sie wahr, dass in dem Haus, vor dem sie mit dem Fremden kämpfte, ein Fenster geöffnet wurde. Sie rief wieder und wieder um Hilfe und beschimpfte den Angreifer, drohte ihm mit der Polizei, was ihn nicht im Geringsten beeindruckte, falls er sie überhaupt verstand. Warum half ihr denn keiner? Konnte der Kerl nicht endlich von ihr ablassen und sich aus dem Staub machen? Plötzlich schrie jemand etwas aus dem Fenster. Der Mann sprach Swahili und klang ausgesprochen energisch. Der Kerl, der Amali eben noch an der Schulter in den Dreck der Straße gedrückt und an ihrem Rucksack gezerrt hatte, ließ sich von der Stimme und dem resoluten Tonfall ablenken und blickte überrascht auf. Amali nutzte die Gelegenheit, ihre Fingernägel in seinen Handrücken zu schlagen. Er zog seine Hand zurück, Amali stopfte ihren Geldbeutel eilig in den Rucksack und warf sich mit ihrem ganzen Körper darauf. Ihr Hab und Gut fest zwischen sich und die staubige Straße gepresst, kauerte sie da und blickte dem Kerl nach, der sich fluchend in die Richtung davonmachte, die auch die kleine Verkäuferin eingeschlagen hatte.
»Alles in Ordnung?«, rief die Männerstimme von oben.
Amali sah hinauf und schaute in zwei freundliche braune Augen. »Ja, es geht schon«, murmelte sie und kam wieder auf die Füße. Mit einer Hand klopfte sie ihre Kleider sauber, mit der

anderen umklammerte sie ihren Rucksack. Kurz darauf stand der Mann, der eben noch aus dem Fenster gesehen hatte, vor ihr.
»Sind Sie verletzt?«, fragte er.
»Nein, mir geht es gut«, antwortete sie automatisch.
»Sie sehen ziemlich blass aus.« Er beobachtete sie voller Sorge. Der Mann war ein wenig kleiner als Amali. Er hatte hellbraune Haut, dunkelbraune Locken und für einen Mann auffallend volle Lippen.
»Meine Knie zittern etwas«, sagte Amali und lachte unsicher. Sie fühlte sich überhaupt nicht gut. Die lange Reise, die ungewohnte feuchte Hitze und nun auch noch dieser Überfall. Am liebsten wäre sie in Tränen ausgebrochen. Doch das hätte ihr auch nicht geholfen. »Ich bin gerade erst angekommen, und dann so etwas.«
»Ich muss mich entschuldigen.«
»Sie? Nein, Sie waren doch der Einzige, der sich um mich gekümmert, der geholfen hat.« Sie sah ihn an und schluckte. »Danke übrigens.«
»Ich muss mich trotzdem entschuldigen. Das ist mein Land, Sie sind hier Gast. So etwas dürfte nicht passieren. Bitte lassen Sie es mich wiedergutmachen. Sie sollten etwas trinken. Nicht weit von hier gibt es ein schönes Lokal mit Blick auf den Ozean. Erlauben Sie mir, Sie dahin einzuladen?« Er sah sie ernst an, es schien ihm wirklich wichtig zu sein.
»Das ist nicht nötig«, stotterte sie, um etwas Zeit zu gewinnen. Dieser Mann sah gut aus und schien ziemlich charmant zu sein. Es wäre schön, in dieser Stadt jemanden kennenzulernen, der nett war und ihr womöglich helfen konnte. Andererseits war sie nicht sicher, ob sie ihm trauen konnte.
»Ich habe mich noch nicht einmal vorgestellt. Wie unhöflich von mir.« Er streckte ihr die Hand hin. »Mein Name ist Bausi.« Er sah ihr direkt in die Augen. »Bausi von Eichenbaum.«

In Amalis Ohren begann es zu rauschen. Sie starrte ihn an. Wie in Zeitlupe nahm sie seine Hand.

»Ach!« Mehr brachte sie nicht hervor.

»Ach? Das ist ein ungewöhnlicher Name«, sagte er und lachte sie fröhlich an. Ihr fiel auf, dass er nicht nur besonders volle Lippen, sondern auch sehr lange Wimpern und unglaublich weiße Zähne hatte.

Sie lächelte. »Ich meine, von Eichenbaum klingt nicht sehr afrikanisch. Sie haben einen wirklich ungewöhnlichen Namen.«

»Ich habe vor allem deutsche Vorfahren. Denen verdanke ich den für Afrika ungewöhnlichen Namen. Denen verdanke ich aber auch eine gewisse, wie sagt man, Affinität zu Deutschland, weshalb ich auch Ihre Sprache spreche.« Es entstand eine kurze Pause. Dann erklärte er lächelnd: »Wissen Sie, in Tansania ist das mit den Namen so eine Sache. Die meisten hier haben gleich drei davon, einen eigenen, den des Vaters und den des Großvaters. Dazu kommt, dass viele einen offiziellen Namen haben und einen Hausnamen. Sie werden zu Hause also ganz anders gerufen als beispielsweise an ihrem Arbeitsplatz. Das ist am Anfang ziemlich verwirrend, aber man gewöhnt sich daran.«

Sie standen einander gegenüber und hielten sich noch immer bei der Hand.

»Amali Thale«, stellte Amali sich endlich vor.

»Amali? Die Hoffnung. Haben Sie Familie hier?«

»Nein, nicht mehr.«

»Nicht mehr? Sie machen es aber spannend. Bitte, Sie müssen mir die Freude machen.«

»Also schön.«

Dar es Salaam, 1906

»Wo in aller Welt steckt Rutger schon wieder?« Wilhelmina seufzte schwer. Was sollte sie nur mit ihrem Sohn anfangen? Er war so wild, ganz anders als seine drei Jahre ältere Schwester Perpetua.

»Er ist ausgeritten, Frau Mina«, entgegnete Emmi, die den Tisch für das Abendessen deckte. Seit Alexander Paulsen drei Tage nach der Geburt seines ersten Kindes von einer Expedition zurückgekehrt war und dem schwarzen Dienstmädchen Emmi einen zutiefst irritierten Blick zugeworfen hatte, als dieses seine Herrin Mina nannte, hatte sich Emmi die Anrede Frau Mina angewöhnt. Fast sechzehn Jahre war das nun schon her.

»Jetzt?« Wilhelmina schüttelte den Kopf. »Er weiß ganz genau, wann wir essen. Und er weiß, wie viel Arbeit heute noch zu tun ist.«

»Er sagte, er wolle seinen Lieblingsbäumen Lebewohl sagen«, gab Emmi zurück. Sie lächelte nicht, doch das Blitzen in ihren Augen zeigte allzu deutlich, wie sehr sie den Jungen und dessen Liebe zur Natur mochte. Sogleich war auch Wilhelmina besänftigt. Zwar hatten die vielen Jahre in Deutsch-Ostafrika sie gelehrt, weder mit den Bediensteten noch mit ihren eigenen Kindern und schon gar nicht mit sich selbst allzu nachsichtig zu sein, doch hatte sie sich ihr großes Herz bewahrt. Und das ging ihr nun einmal auf, wenn ihr die Ähnlichkeit zwischen ihrem Sohn Rutger und ihrem Mann mal wieder in aller Deutlichkeit vor Augen geführt wurde. Auch Rutger war im Grunde seiner

Seele ein zutiefst gutmütiger Mensch. Im Gegensatz zu seinem Vater versteckte der Dreizehnjährige das jedoch geschickt hinter einer unbändigen Wildheit. Was die Liebe zur Natur im Allgemeinen und zu den Pflanzen im Speziellen anging, stand er seinem Vater nicht nach. Niemand zweifelte daran, dass er in dessen Fußstapfen treten und ebenfalls Botaniker werden würde.

»Mutter, du musst Sibika bestrafen!« Perpetua rauschte mit fliegenden Röcken in das Zimmer. Die Zornesfalte auf ihrer Stirn war so tief, dass man dem Mädchen seine Jugend kaum glauben mochte. Nun gut, mit fast sechzehn Jahren war sie gewiss kein Kind mehr. Immer häufiger sprach Alexander davon, man müsse allmählich nach einem Ehemann für sie Ausschau halten. Trotzdem, eine erwachsene Frau war dieses zerbrechliche Wesen längst noch nicht. Doch wenn es darum ging, sich über das nichtsnutzige Personal zu ereifern, das keiner deutschen Hausfrau das Wasser reichen könne, konnte man den Eindruck gewinnen, es mit einer Alten zu tun zu haben.

»Um ein Haar hätte sie meine Spieluhr fallen lassen. Nicht auszudenken, wenn sie zerbrochen wäre!«

»Sie ist aber nicht zerbrochen?«

»Nein, doch das war nicht Sibikas Verdienst. Sie ist so ungeschickt und schrecklich gleichgültig, was wertvolle Dinge betrifft. Denk dir, ein Bündel mit Tischwäsche ist ihr in den Staub gefallen. Sie hat es aufgehoben, einmal daraufgeklopft und es dann auf das Fuhrwerk geworfen.« Perpetua nahm am Tisch Platz, der mit den Stühlen die letzte Einrichtung des Speisezimmers bildete. Alles andere war bereits draußen im Garten oder schon auf die Wagen verladen.

»Das kann vorkommen, Liebes«, beruhigte Wilhelmina sie. »Und wer bestimmt schon den Wert von Dingen?«, ergänzte sie und musste an ihre Heimat denken. Als sie von Holstein hierher aufgebrochen waren, hatten Alexander und sie alles zurückgelassen, was ihnen zuvor wertvoll erschienen war. Sie hatten begriffen, dass es nichts Kostbareres als das nackte Leben und ihr Zusammensein gab.

»Niemand wird wohl an dem Wert ordentlich gestärkter weißer Tischwäsche zweifeln«, gab Perpetua überzeugt zurück.

»Stell dir nur vor, du wurdest gleich nach deiner Geburt in mein bestes Damasttischtuch gewickelt«, entgegnete Wilhelmina ruhig. Sie warf Emmi einen amüsierten Blick zu. Die musste sich ein Lachen verkneifen und eilte hinaus in die Küche.

»Das war eine Notsituation«, erklärte Perpetua bestimmt. »Gewiss hätte sich mit etwas Verstand auch etwas anderes finden lassen, aber ein Neugeborenes braucht nun einmal ein sauberes Tuch. Das hat Vorrang. Die Wäsche einfach in den Schmutz fallen zu lassen zeugt von Geringschätzung und Ungeschicklichkeit«, bekräftigte sie. Wo hatte das Mädchen nur diese steife Korrektheit her, fragte Wilhelmina sich. Von ihren Eltern gewiss nicht. Sie selbst war dafür bekannt, dass sie zupackte, anstatt große Reden zu halten. Außerdem trug sie ihr Herz auf der Zunge. Alexander war sanftmütig und nachgiebig. Wilhelmina gab sich selbst die Antwort. Es musste Alexanders Mutter sein, von der Perpetua so viel geerbt hatte. Ihre Schwiegermutter hatte zeitlebens Disziplin und Ordnung gepredigt. Und es hatte keinen Tag gegeben, an dem sie nicht irgendetwas Unerfreuliches entdeckt hätte, musste sie auch manchmal lange danach suchen.

Die Hunde schlugen an, und das Dröhnen schwerer Hufe auf dem festen Lehmboden drang ins Haus. Im nächsten Augenblick erschien Emmi auf der Schwelle.

»Der junge Herr ist da«, sagte sie und verschwand sofort wieder.

»Das wurde auch Zeit!« Perpetua rollte mit den Augen. »Hoffentlich liest Vater ihm die Leviten.«

»Wo steckt der überhaupt?«, fragte Wilhelmina. »Müssen sich denn ausgerechnet heute alle verspäten?«
»Ich nicht.«
»Nein, natürlich nicht.«
»Guten Abend, Mutter.« Rutger strich sich die schulterlangen blonden Haare aus dem verschwitzten Gesicht. Das weit geöffnete Hemd gab den Blick auf seine muskulöse Brust frei. Er war doch erst dreizehn und wirkte manches Mal bereits wie ein junger Mann. Mit einer raschen Kopfbewegung deutete er auf den gedeckten Tisch. »Ich bin doch nicht zu spät?« Erneut rollte Perpetua mit den Augen und seufzte vernehmlich. Rutger verzog schuldbewusst das Gesicht. Nicht dass er sich wirklich schuldig gefühlt hätte. Es war ein kluger Schachzug, um seine Mutter um den Finger zu wickeln. Mit einem Schlag wurde aus dem ungestümen Mann wieder ein Junge. Im Vorbeigehen zupfte er Perpetua an ihrem Zopf. Als sie sich zu ihm umdrehte, um ihm eine Standpauke zu halten, drückte er ihr einen Kuss auf die Wange.
»Igitt, du klebst ja vor Staub und Schweiß«, beschwerte sie sich, konnte aber ein Lächeln nicht verbergen. Sogar seine sittenstrenge Schwester konnte er mit seinem Charme verzaubern.
»Ich wollte euch nicht zu lange warten lassen, aber ich musste mich doch von meinem Vitex verabschieden. Und vom Tope-Tope.«
»Du und deine Sträucher. Meinst du nicht, dass es in Kilossa auch welche gibt?«
»Ja, aber es sind nicht dieselben. Hast du dich nicht von deinen Freundinnen verabschiedet?« Er streckte die Hand nach dem Brotkorb aus, doch Perpetua schlug ihm auf die Finger.
»Meine Freundinnen sind Menschen«, erklärte sie überflüssigerweise. »Ich kann mit ihnen sprechen, und sie haben mir Geschenke gemacht.« Sie schluckte. »Sie werden mir fehlen.«

»Meinst du nicht, dass es in Kilossa auch Mädchen gibt?«
Rutger grinste breit.
»Gewiss gibt es die.« Wilhelmina legte ihrer Tochter die Hand auf die Schulter. Sie wusste, wie schwer es ihr fiel, ihre Heimat zu verlassen. Wie eigentümlich das war. Für die Kinder war das Haus im Buschland unweit von Dar es Salaam wahrhaftig die Heimat. Nicht ein einziges Mal hatten sie das liebliche Holstein gesehen. Ihr wurde es schwer ums Herz. Wie oft hatten sie und Alexander darüber gesprochen, dass ein Besuch in Deutschland längst überfällig sei. Doch stets war etwas dazwischengekommen. Erst hatte Alexander sich seinen Platz in der Kolonie erkämpfen und für ein gutes Auskommen sorgen müssen, dann gab es erste Auseinandersetzungen mit Eingeborenen seit Ankunft der Paulsens in Ostafrika. Die kaiserliche Schutztruppe musste die Massai zur Ruhe bringen und gegen die Hehe kämpfen. Es wäre nicht klug gewesen, dem Land den Rücken zu kehren und das Haus sich selbst und den Bediensteten zu überlassen. Irgendwann hatte für Rutger die Schule begonnen. Und schließlich wurde die Zusammenarbeit zwischen Alexander und der Plantagengesellschaft immer intensiver. »Sie suchen meinen Rat, um den Plantagenbetrieb und die Anbaumethoden zu verbessern. Wie könnte ich sie im Stich lassen, um in ein Land zu reisen, in dem ich so glücklos war?«, hatte Alexander gesagt.
Während Wilhelmina noch ab und zu voller Wehmut an die kühlen Winde, an das rauhe, aber doch menschenfreundliche Klima, an leuchtend gelbe Rapsfelder und rote Mohntupfen im Getreide dachte, hatte ihr Mann all das anscheinend vergessen. Hätte es Ostafrika nicht gegeben, hätte er sich aufgeknüpft. Das jedenfalls war seine Erinnerung. Um ein Haar wäre er gestorben. Dieser Gedanke beschämte ihn anscheinend noch immer so sehr, dass er ihn möglichst beiseiteschob. Für ihn war der

alte Teil des Deutschen Reiches gestorben. Das war seine Art, mit der Sache umzugehen. Seine gesamte Kraft widmete er der Aufgabe, diesen neuen Teil des Kaiserreiches, der ihn gerettet hatte, zu gestalten, besser zu machen, als es der alte war. Welch ein Unfug! Hätte es vor fünfzehn Jahren nicht die Möglichkeit gegeben, nach Deutsch-Ostafrika auszuwandern, hätten sie eine andere Lösung gefunden. Dass er sich nicht erhängt hatte, war ihr Verdienst. Sie hatte ihn gerettet. Doch das hatte er vor langer Zeit verdrängt. Ihr sollte es recht sein. Wahrscheinlich war dies für ihn der einzige Weg gewesen, Frieden mit seinem neuen Leben zu schließen. Mehr noch, er liebte die Kolonie, die Vegetation auf dem fremden Kontinent und dessen Tiere. Besser so, als würde er ständig zaudern und zweifeln. Wilhelmina bemerkte mit einem Mal, dass sie noch immer hinter ihrer Tochter stand, die Hand auf deren Schulter gelegt. Das Mädchen wollte nicht nach Kilossa gehen. Es brauchte Trost.

»In der Boma von Kilossa leben deutsche Verwaltungsbeamte. Ganz gewiss haben sie Familien. Leutnant Möller hat jedenfalls eine Tochter in deinem Alter, das weißt du doch.«

Ehe Perpetua etwas erwidern konnte, erschien Alexander im Speisezimmer.

»Dann kann Emmi jetzt wohl das Essen auftragen«, bemerkte Wilhelmina, warf ihm einen vorwurfsvollen Blick zu und setzte sich an ein Ende des Tisches.

»Bitte entschuldige, meine Liebe.« Alexander wirkte zerstreut. Er trat zu ihr, küsste sie flüchtig auf die Wange und eilte zu seinem Platz am entgegengesetzten Ende des Tisches. Die Familie faltete die Hände, während Alexander das Tischgebet sprach. »Leutnant Hühne war gerade hier«, berichtete er, nachdem Emmi Braten, Kartoffeln und Soße aufgetragen hatte. Ein letztes gutbürgerliches Mahl vor der beschwerlichen Reise.

»Leutnant Hühne? Warum hast du ihn nicht hereingebeten?«

»Das habe ich, aber er war sehr in Eile. Er wollte sich verabschieden und mich noch einmal zu erhöhter Vorsicht ermahnen.« Alexander schob sich ein Stück Fleisch in den Mund. Er schien die Köstlichkeit, die Koch Chisisi zubereitet hatte, nicht wahrzunehmen, so tief war er in seinen Gedanken. Die Sorge war ihm anzusehen. »In Bagamoyo hat es Kämpfe gegeben«, erzählte er düster. »Wie gut, dass wir der Küste und Dar es Salaam den Rücken kehren.«

»In Bagamoyo?« Wilhelmina hätte beinahe die silberne Gabel fallen lassen. Sie starrte Alexander an. »Aber das ist im Norden. Hieß es nicht, nur im Süden gäbe es Aufstände?«

»Der Widerstand gegen uns Deutsche ist außer Kontrolle geraten. Überall lodern die Flammen der Gegenwehr auf. Es ist wie ein verdammtes Buschfeuer. Du kannst nie sicher sein, wo sich die nächste Glut entzündet.«

»Alexander!« Sie warf ihrem Gatten einen warnenden Blick zu. Es war nicht gut, wenn er so vor den Kindern sprach.

»Darf ich morgen mit Tom vorausreiten?«, fragte Rutger. Man hätte den Eindruck haben können, er habe unbekümmert gegessen und nicht zugehört. Doch Wilhelmina kannte ihren Sohn besser. Er war wie ein Schwamm und hatte mit Sicherheit jedes Wort seiner Eltern aufgenommen.

»Das kommt nicht in Frage. Die Familie bleibt zusammen. Tom bildet mit ein paar kräftigen Männern die Vorhut«, antwortete Alexander.

»Aber ich bin auch kräftig. Und ich bin ein Mann!« Rutger reckte stolz das Kinn.

Perpetua kicherte. »Ein schöner Mann bist du. Du hast ja noch nicht einmal einen Bart! Du bist ein Knirps, nichts weiter.«

»Als ob du etwas von Männern verstehen würdest«, parierte Rutger den Angriff seiner Schwester. Um ganz sicherzugehen, dass sie für ihre Bemerkung eine passende Strafe erhielt, hätte er sie zu gerne über den Tisch hinweg geknufft. Nur waren seine Arme zu kurz, um sie über die große reich gedeckte Tafel zu erreichen. Ohne Zögern setzte er seine Gabel als Waffe ein und drohte, sie Perpetua in die Brust zu rammen.

»Rutger!« Wilhelmina und Alexander wiesen ihn wie mit einer Stimme zurecht. Beide Kinder kicherten. »Du wirst den Fuchs reiten und mir helfen, auf deine Schwester und deine Mutter achtzugeben. Das ist wohl Gelegenheit genug, deinen Mann zu stehen, denke ich.« Alexander warf seinem Sohn einen Blick zu, der den Ernst der bevorstehenden Reise unterstreichen sollte. Das misslang gründlich. Es war der Blick unter Verschwörern.

»Ich reite den Fuchs?«, rief Rutger auch schon voller Begeisterung. »Danke, Vater!« An Perpetua gewandt sagte er: »Ich werde ein Pferd reiten, du einen Esel. Wer ist hier der Knirps?«

Sie schnitt eine Grimasse, statt sich zu einer Antwort herabzulassen. Gleich darauf kicherten beide wieder. Sie hielten es keinen Moment aus, ohne einander zu necken. Glücklicherweise hatten beide stets ihren Spaß dabei.

»Hältst du das für eine gute Idee?«, wollte Wilhelmina leise wissen, während die Kinder sich darin überboten, einander die lustigsten Gesichter zu zeigen.

»Was meinst du, meine Liebe?«

»Dass der Junge den Fuchs reitet«, zischte sie. Sie sah ein Zucken in den Wangen ihres Sohnes. Nur zum Schein alberte er mit seiner Schwester herum. In Wahrheit war er höchst angespannt.

»Er kennt das Tier am besten und ist sicher im Sattel. Es wäre unsinnig, das Pferd alleine laufen zu lassen, und vor ein Fuhrwerk lässt es sich gewiss nicht spannen.« Das klang sehr entschieden. »Stimmst du mir nicht zu?«

»Wir werden ja sehen, wie wir vorankommen«, antwortete sie ausweichend. Rutgers Gesichtszüge entspannten sich.

Etwa die Hälfte ihrer Reise lag hinter ihnen. In Kisserawe und Kigongo hatten sie in festen Häusern geschlafen, die allerdings keine Scheiben in den Fenstern gehabt hatten. So sangen sie dort die gleichen eintönigen Geräusche Afrikas in den Schlaf wie in den Nächten, die sie in ihren Zelten verbrachten. Das gleichmäßige Zirpen verschiedener Heuschrecken mischte sich mit den leisen Rufen der Geckos, dem unaufhörlichen Röcheln der Nachtschwalbe und dem Getöse, das Baumfrösche zu veranstalten pflegten. Untermalt wurde dieses Konzert hin und wieder vom tiefen Brummen eines Raubtiers, das hungrig um das Lager streifte, vom nervösen Wiehern der Pferde und Schreien der Esel und vom ängstlichen Jaulen der Hunde, die Gefahr witterten. Die Tage waren lang und unfassbar ermüdend. Zwanzig Kilometer und mehr mussten sie zwischen Sonnenaufgang und Sonnenuntergang schaffen. Manches Mal waren ihnen kleine Bäche im Weg, über die keine Brücke führte. Dann mussten die Tiere durch das schlammige Wasser waten. Einmal kamen sie an einen Fluss. Zwar gab es dort eine Brücke, doch war die so schmal, morsch und wacklig, dass Wilhelmina ein stilles Stoßgebet zum Himmel schickte. Für Rutger war das alles ein großes Abenteuer. Er beklagte sich nicht, obwohl ihm anzusehen war, dass Beine und Hinterteil ihn von den vielen Stunden auf dem Pferderücken schmerzten. Perpetua dagegen jammerte und stöhnte alle Augenblicke. Zwar wurde sie nicht müde zu betonen, dass dieses Opfer für eine deutsche Hausfrau eine Kleinigkeit sei – immerhin wisse sie, wofür sie die Pein ertragen müsse, nämlich für ein junges Deutschland am anderen Ende der Welt, für deutsche Kultur in Afrika –, doch wenn die Mücken sie allzu sehr belästigten oder die Sonne ihre helle Haut trotz der ausladenden Hutkrempe so sehr verbrannte, dass es böse Blasen gab, schien ihr die deutsche Kultur herzlich egal zu sein.

Auf dem Weg nach Geringeri kamen sie nur langsam voran. Übermannshoch waren die Gräser zur Rechten und zur Linken des schmalen Pfades. Feuchtigkeit hatte sie schwer werden lassen und nach unten gedrückt, so dass sie sich tief über den Weg wölbten.
»Sieh nur, Vater, wie hoch dieses Gras wird! Es ist unglaublich schön«, rief Rutger begeistert. Er führte den Fuchs am Zügel, denn hätte er im Sattel gesessen, hätten ihm die Pflanzen unablässig ins Gesicht geschlagen.
»Schön? Eine Plage ist das«, brummte Franz missmutig. Er war von der Plantagengesellschaft beauftragt worden, Paulsen und seine Familie nach Kilossa zu führen, wo dieser eine Außenstelle der Agrar-Forschungsstätte von Amani gründen würde. »Dieses Zeug ist ständig im Weg und macht den Pfad zu einem düsteren Tunnel«, schimpfte er weiter.
»Andropogon und Pennisetum«, erklärte Alexander ruhig. »Sie gehören zur Familie der Süßgräser. Einige von ihnen werden als Getreide angebaut, andere dienen als Baumaterial.«
Rutger griff nach einem der langen Halme und betastete ihn kurz. »Es ist sehr fest. Ich kann mir gut vorstellen, dass man daraus ein dichtes Dach für eine Hütte machen kann.«
»Genau das tun die Menschen hier, mein Sohn.«
Wilhelmina musste schmunzeln. Vor einer Sekunde hätte sie das Gras noch verfluchen mögen. Immerhin musste auch sie nun schon kilometerweit laufen. Ihre Füße taten ihr weh, und sie wäre gern wieder auf ihr Pferd gestiegen. Zudem ahnte sie, wie viel Ungeziefer in den Halmen hockte und sich fallen ließ, wenn die Kisten auf den Fuhrwerken diese streiften. Sie würde Spinnen und Käfer aller Art zwischen ihrem Geschirr und ihren Kleidern finden, wenn sie in Kilossa auspackte, dessen war sie sicher, denn die Kisten waren oft nicht mehr als einfache Verschläge mit großen Abständen zwischen den Brettern. Doch

wieder einmal ging ihr das Herz auf, wenn sie die Freude ihres Sohnes und ihres Mannes an eben diesen Gräsern beobachten durfte. Und wenn sie es richtig bedachte, waren die Halme wirklich hübsch anzusehen. Sie schimmerten in so vielen Grün- und Brauntönen, wie Wilhelmina sie noch nie in der Natur gesehen hatte. An den Stellen, an denen kürzere Halme aufrecht standen und dichte Horste links und rechts des Pfades bildeten, erinnerten sie beinahe an das Meer. Wie Wellen wogte das Grün, das hier und da bläulich leuchtete, hin und zurück, wenn der Wind hindurchjagte. Statt Meeresrauschen erklang ein Rascheln und Wispern, das nicht weniger ansprechend war. Schweiß tropfte aus Wilhelminas sorgfältig hochgestecktem Haar und rann ihr den Rücken hinunter. Vor Erschöpfung hätte sie beinahe übersehen, durch welch zauberhaft-geheimnisvolle Landschaft ihr Marsch sie führte. Sie lächelte stillvergnügt und lauschte noch ein wenig dem Gespräch ihrer beiden Männer. Mit einem Mal gingen deren Stimmen, die zwischen dem ewigen Rollen der hölzernen Wagenräder und dem Trampeln unzähliger Füße und zig Hufe ohnehin nur schwer durchdringen konnten, im einsetzenden Gesang der Schwarzen unter. Sie sangen in Swahili, der Sprache der meisten Menschen in dieser Region. Wilhelmina verstand kein Wort. Dennoch liebte sie es, wenn ihre Leute sangen. Was für die Haut der Neger galt, traf auch auf ihre Stimmen zu. Sie waren dunkel und voller tiefer Farbe, nicht so blass und glanzlos wie die der Deutschen.

Es war längst dunkel, als sie ihr Lager aufschlugen. Wilhelmina war erstaunt, dass auch nach einem so anstrengenden Tag innerhalb kürzester Zeit wie von Geisterhand die Zelte aufgebaut waren und zwei Schüsseln mit relativ sauberem Wasser bereitstanden, eine für sie und Perpetua, die andere für Alexander und Rutger. Ein Feuer knisterte bereits nach wenigen Minuten, und nur Augenblicke später zog ein Duft über ihr Lager, der einem das Wasser im Munde zusammenlaufen ließ. Nun gut, es würde wieder einmal Huhn mit Reis geben, wie bereits an jedem Reisetag zuvor. Immerhin verstand Chisisi, diese Zutaten mit immer neuen Gewürzen zuzubereiten, damit das Essen nicht gar zu eintönig war.

Nach der kargen Abendtoilette versammelte sich die Familie mit Tom, Franz und zwei deutschen Soldaten an dem großen Tisch, der alltäglich von einem der Wagen geholt und aufgestellt wurde. Am Morgen nach dem Frühstück, das aus Butter, Fruchtmarmelade, einem von den schwarzen Frauen auf Vorrat gebackenen dünnen Fladenbrot und Tee bestand, wurde das Möbelstück wieder verladen und festgezurrt. Für die Paulsens gab es Stühle, die aus einer klappbaren Holzkonstruktion gemacht waren. Hatte man das Gestänge in der richtigen Art und Weise aufgeklappt und zusammengesteckt, konnte man sich in eine breite Stoffbahn setzen, die ein wenig an eine kurze Hängematte erinnerte. Perpetua hatte sich anfangs beklagt, man könne in diesen behelfsmäßigen Möbeln unmöglich in anständiger Haltung bei Tisch sitzen. Rutger dagegen hatte bereits angemeldet, dass er ein Exemplar für sein zukünftiges Zimmer haben wolle. Er war nach dem Abendessen kaum dazu zu bewegen, in das Zelt zu gehen, sondern saß gerne noch draußen unter dem weit gespannten Himmel Afrikas und hörte den Geschichten der Männer zu. Mehr als einmal war er in dem Stuhl eingeschlafen.

Tom, Franz und die Soldaten saßen auf Kisten. Die Neger hatten ihren eigenen Bereich ein wenig abseits des Lagers. Die Bediensteten – die Männer hatten größtenteils ihre Frauen und eine große Zahl Kinder mitgenommen – hockten auf dem nackten Boden. Nicht einmal Decken legten sie sich hin wie bei einem Picknick. Es schien ihnen nichts auszumachen, zwischen

Sandflöhen und beißenden Ameisen zu sitzen. Auch die Kälte, die nach Sonnenuntergang die Hitze ablöste, je weiter sie ins Innere des Landes und damit in bergige Regionen kamen, schien ihnen nichts anzuhaben. Schuhe trugen sie grundsätzlich nicht, manche hatten einfache, gerade geschnittene Hemden an, andere trugen nur ein breites Stück Stoff schräg um den Leib gelegt. Wieder andere waren lediglich mit einem Lendenschurz bekleidet, den sie Kikoi nannten.

Nach dem Essen spazierten die beiden Soldaten mit Tom ein Stück unter den Bäumen entlang, vorbei am Platz der Schwarzen, deren Lachen und Plappern zu den Paulsens herüberdrang. Der Fackelschein der Männer ließ unheimliche Schatten durch den Busch huschen. Die beiden Deutsch-Langhaar-Vorstehhunde Max und Moritz, die Leutnant Hühne Perpetua und Rutger vor vier Jahren als Welpen geschenkt hatte, lagen zufrieden im Gras und schliefen. Ihnen waren die langen Wanderungen gerade recht, um ihren Bewegungsdrang und ihre Neugier zu befriedigen.
»Es war ein schwerer Tag. Zeit, sich auszuruhen«, verkündete Wilhelmina und drückte das schmerzende Kreuz durch.
»Gute Idee«, stimmte Franz sofort zu. Wenn die anderen Männer sich entfernten, um etwa eine Zigarre zu rauchen, musste er ein Auge auf Familie Paulsen haben. Lag die friedlich in ihren Zelten, konnte auch er ein Nickerchen halten. Es waren ohnehin immer einige der Neger auf den Beinen, um bei der kleinsten Gefahr Alarm schlagen zu können. Bisher war das gottlob noch nicht nötig gewesen, und auch an diesem Abend schien alles ruhig zu sein.
»Die Hälfte des Weges ist geschafft«, sagte Alexander erleichtert. »Ich bin sehr stolz auf euch, auf euch alle. Ihr meistert die Anstrengungen der Reise ganz fabelhaft.« Er sah seine Kinder

an und warf dann Wilhelmina einen liebevollen Blick zu. »Bald werden wir in Kilossa sein. Es wird euch dort gefallen, dessen bin ich sicher.« In Gedanken zupfte er den dunklen Bart, der Kinn, Oberlippe und Wangen bedeckte. »Es gibt dort Palmen, beinahe wie an der Küste. Und einen Fluss gibt es ebenfalls. Und schon bald wird Kilossa mit Dar es Salaam und dem Westen des Landes durch eine Eisenbahnlinie verbunden sein.«
»Hätten wir nicht so lange warten können?« Perpetua seufzte.
»Typisch Mädchen«, meinte Rutger geringschätzig. »Obwohl ... wenn ich auf einem Esel reiten müsste, wäre ich vielleicht deiner Meinung. Mein Pferd möchte ich um nichts in der Welt gegen ein langweiliges Zugabteil tauschen.«
»Jetzt wird erst einmal dieser schreckliche Stuhl gegen das Bett getauscht«, stellte Wilhelmina fest und musste zweimal Anlauf nehmen, um sich aus dem weichen Stoffsitz zu erheben. Franz hielt nicht viel von den Manieren eines Kavaliers. Obwohl er neben ihr stand, reichte er ihr zu spät und auch wenig beherzt den Arm, so dass er ihr keine Hilfe war. Auch Alexander und die Kinder erhoben sich. Sogleich war Emmi zur Stelle und räumte das Geschirr fort. Sie würde es noch waschen und abtrocknen und die Speisereste unter den Schwarzen aufteilen, bevor auch sie sich ausruhen durfte. Perpetua klopfte Max das Fell und kraulte dann Moritz ausgiebig die Ohren. Es war ihr Hund, Max gehörte Rutger.
»Schlaf gut, mein Schöner«, flüsterte sie Moritz zu. »Bald sind wir in unserem neuen Zuhause.« Nur wenige Minuten nachdem sie sich hingelegt hatte, verriet ihr gleichmäßiger Atem, dass sie fest eingeschlafen war.
Auch Wilhelmina spürte, wie sie immer tiefer hinabglitt in das Reich der Träume. Wie durch einen Nebel nahm sie ein kurzes Bellen wahr. Ruhe. Dann zerrissen Schreie die Nacht.
»Chui! Chui!«, tönte es voller Angst. Wilhelmina verstand nur

wenige Worte Swahili. Dieses gehörte zu den ersten, die sie gelernt hatte – Leopard. Jetzt wurde das Bellen laut, die Pferde wieherten panisch, die Esel schrien um ihr Leben. Wilhelmina sprang mit einem Satz von der Pritsche. Ein Leopard? Wie konnte das sein? Normalerweise mieden die Raubtiere Menschen. Sie zogen spätestens ab, wenn ihnen die Hüter des Feuers mit Fackeln nachstellten. Max und Moritz änderten ihre Tonlage. Das klang nicht gut. Während sich Wilhelmina ihre Wollstola um die Schulter warf, sah sie aus dem Augenwinkel Rutger von seinem Nachtlager springen.

»Ihr bleibt hier«, ordnete Alexander an, ohne seine Pritsche zu verlassen. Zwar hatte er sich hingesetzt, doch unternahm er keinerlei Anstalten, nach dem Rechten zu sehen. »Da draußen sind Leute, die sich um die Sache kümmern. Sie wissen, was zu tun ist.«

»Was ist denn los?«, fragte Perpetua erstickt. Sie hatte die Decke bis zur Nase gezogen und zitterte am ganzen Körper.

»Du hast deinen Vater gehört«, gab Wilhelmina zurück und war mit einem Schritt am Zelteingang. »Tom und die anderen werden gleich wieder für Ruhe sorgen.« Sie zog den festen Stoff ein winziges Stück zur Seite, um hinausspähen zu können. Mindestens ein Dutzend Fackeln flackerten hektisch. Die Schatten der Männer glitten eilig von einer Seite zur anderen. Wahrscheinlich hatten sie den Leopard bereits verscheucht und hielten nur zur Sicherheit noch Ausschau nach ihm. Sie entspannte sich ein wenig. Zwar ärgerte sie sich, dass Alexander es den Männern da draußen überlassen hatte, für ihre Sicherheit zu sorgen, aber sie musste sich eingestehen, dass er offenkundig recht behielt.

Plötzlich geschah alles gleichzeitig. Wilhelmina sah einen Schatten in ungeheurem Tempo zwischen dem Zelt der Soldaten und den Bäumen davonrennen.

»Mbwa! Mbwa!«, schrie jemand. Auch dieses Wort kannte Wilhelmina – Hund. Ehe sie reagieren konnte, schlüpfte Rutger an ihr vorbei ins Freie. Auch er und Perpetua kannten das Swahili-Wort für Hund. Perpetua brach in Tränen aus. Alexander war mit einem Satz auf den Beinen.

Rutger rannte in die Dunkelheit.

»Rutger, bleib hier! Komm sofort zurück!« Wilhelmina war außer sich. »Es ist der Junge!«, brüllte sie Franz an, der wie vom Donner gerührt neben dem Zelt der Soldaten stand, eine Fackel in der Hand, und Rutger hinterherstarrte. »So tun Sie doch etwas, um Himmels willen!«

»Wo ist er hin?« Alexander kam mit großen Schritten heran. Er hatte ein Gewehr bei sich.

»Dort entlang.« Wilhelmina deutete in die Richtung. Im selben Augenblick hörten sie einen Schrei. Unmöglich zu sagen, ob er von Mensch oder Tier stammte. Alexander rannte los. Aus dem Schrei wurde ein Heulen. Dann ein Schuss.

Wilhelmina stürzte in das Zelt. Sie blickte hektisch um sich. »Wo ist das zweite Gewehr?«, fragte sie ihre Tochter, die schluchzend unter der Decke verschwunden war. »Reiß dich zusammen, Perpetua! Wo ist das Gewehr?« Sie packte die Schultern ihrer Tochter und schüttelte sie.

»Rutger hat es genommen«, stammelte diese. In der Sekunde zerriss ein zweiter Schuss die Nacht.

»Großer Gott!« Wilhelmina raffte den Rock. »Rühr dich nicht von der Stelle!«, rief sie Perpetua zu. Schon war sie aus dem Zelt gestürmt. Nicht einmal Schuhe hatte sie angezogen. Sie kümmerte sich nicht darum, dass Steine ihr in die Fußsohlen stachen. Auch achtete sie nicht auf die niedrig hängenden Äste der Bäume, die ihr an den Haaren zogen. Sie folgte nur den Stimmen, die auf Swahili und auf Deutsch miteinander tuschelten, und dem Schein des Feuers.

»Das sieht böse aus«, hörte sie jemanden sagen.

»Es gibt keinen anderen Weg. Jemand muss ihn erlösen«, sagte ein anderer mit belegter Stimme.
Hatte sie richtig verstanden? Das war doch völlig unmöglich. Unsicher machte sie zwei Schritte und blieb dann stehen. Die Angst vor dem, was ihrem Sohn zugestoßen sein konnte, nahm ihr beinahe den Atem. Sie sah die Männer im Kreis stehen. Die beugten sich über etwas und hielten die Fackeln darüber, um besser sehen zu können. Ihre Rücken versperrten Wilhelmina die Sicht. Plötzlich war Emmi neben ihr.
»Nein, Frau Mina, gehen Sie nicht hin. Besser, Sie behalten ihn unversehrt in Erinnerung.«
Wilhelmina spürte, wie ihre Knie nachgaben. Ihr wurde flau, ihr Mageninhalt drängte nach oben.
»Aber ... nein!«, stotterte sie. »Rutger! Ich will zu meinem Sohn.«
»Kommen Sie, Frau Mina, er ist hier drüben.« Emmi nahm ihren Arm und führte sie behutsam um die Gruppe der Männer herum.
»Was? Aber ... Ich dachte, er ... Ihm ist nichts geschehen?«, fragte sie verwirrt. Noch wagte sie nicht, erleichtert zu sein. Da löste Rutger sich aus dem Kreis der Männer. Sie sah sein Gesicht im Schein des Feuers. Tränen rannen ihm über die Wangen, die hart und kantig aussahen. In seinen Augen lag ein Schmerz, der Wilhelmina in alle Glieder fuhr.
»Ich konnte ihn nicht beschützen«, brachte er heiser hervor. Alexander legte ihm eine Hand auf die Schulter, doch Rutger schüttelte sie ab wie ein lästiges Insekt. »Gib mir das Gewehr, Vater! Ich werde ihn erlösen.«
Endlich begriff Wilhelmina. Nicht Rutger, sondern Perpetuas Hund hatte es erwischt. Rutger hatte es verhindern wollen. Ohne Erfolg.
»Kommt gar nicht in Frage.« Wilhelmina wollte nicht, dass ihr

Sohn den Hund seiner Schwester erschoss, mit dem er herumgetollt hatte, als dieser noch ein tapsiges Fellbündel mit Babyspeck und kindlich kurzer Schnauze gewesen war. Wie sollte er das jemals verkraften?

»Gib mir das Gewehr!«, schrie er seinen Vater an, ohne auf sie zu achten. Seine Augen glühten, seine Lippen bebten. Alexander zögerte, warf Wilhelmina einen kurzen Blick zu, dann reichte er dem Jungen langsam die Waffe. Der riss sie ihm aus der Hand und legte an. Die Männer gingen einige Schritte zurück. Wilhelmina sah Moritz am Boden liegen. Seine Haut war quer über den Bauch aufgerissen. Blut quoll über das rotbraune seidige Fell. Eine Pfote zuckte, die Nasenflügel bebten. Wahrhaftig, das Tier lebte. Seine braunen treuen Augen sahen flehend zu den Männern herauf. Es schien beinahe, als wollte er sich entschuldigen, dass er den Leopard nicht hatte besiegen können. Moritz hatte sich mit dem falschen Gegner angelegt. Wilhelmina spürte, wie ihre Wangen nass wurden. Es zerriss ihr das Herz, den wunderbaren Hund so zu sehen. Ja, jemand musste ihn erlösen. Ein Schuss, ein letztes Zucken, das den Körper des Tiers schüttelte, dann war Moritz tot. Rutger hatte gut gezielt. Noch immer hielt er die Waffe fest. Er war jetzt ganz ruhig.

»Moritz!« Wilhelmina hatte Perpetua gar nicht bemerkt. Sie versuchte Perpetua aufzuhalten, doch die entzog sich dem Griff ihrer Mutter mit einem geschickten Ausweichmanöver. Im nächsten Augenblick ließ sie sich vor ihrem Hund auf die Knie fallen. »Moritz, mein lieber schöner Moritz«, sagte sie immer wieder und streichelte die weichen lockigen Ohren.

»Chui furdha«, hörte Wilhelmina.

»Der Leopard ist tot«, erklärte Tom. »Ein guter Schuss, Paulsen. Sie sollten ihm von einem der Schwarzen das Fell abziehen lassen. Dann haben Sie eine schöne Trophäe.«

In Alexanders Gesicht spiegelte sich eine Mischung aus Stolz und Trauer. Er ging mit den anderen Männern einige Schritte, um sich den toten Leopard aus der Nähe anzusehen. Wilhelmina blieb mit Emmi und den Kindern allein bei Moritz zurück.
»Gib mir das Gewehr, Rutger«, sagte sie sanft. »Du hast das sehr gut gemacht.«
»Nein«, gab er leise zurück. »Ich habe versagt. Ich hätte ihn retten und den Leopard erschießen müssen.«
»Einer der Männer hätte das längst tun müssen, bevor es zu diesem schrecklichen Unglück gekommen ist«, widersprach Wilhelmina und nahm ihm behutsam die Waffe aus der Hand.
»Moritz wollte euch beschützen«, erklärte Emmi. »Darum hat er sich losgerissen. Wer weiß, hätte er das nicht getan, wäre womöglich Schlimmeres passiert.«
Perpetua sah zu ihr auf. »Dann ist Moritz ein Held?«
»Gut möglich«, stimmte Emmi zu. Wilhelmina war von Herzen froh, die schwarze Bedienstete bei sich zu haben, die ihr längst eine gute Freundin geworden war. Selbst in dieser Situation strahlte sie eine unerschütterliche Ruhe aus.
»Hast du gehört, Moritz? Du bist ein Held«, flüsterte Perpetua, strich dem Hund mit den Fingerkuppen über die Nase, wie er es immer gemocht hatte, und schniefte. »Mein Held!« Dann holte sie tief Luft. »Auf Wiedersehen, Moritz«, sagte sie leise, stand auf und klopfte sich ihren Morgenmantel sauber. »Vater ist auch ein Held, denn er hat den Leopard erschossen«, erklärte sie tapfer. Dann ging sie auf Rutger zu. »Und du auch, kleiner Bruder. Du hast gemacht, dass Moritz nicht noch länger leiden musste. Danke.«
Wilhelmina sah ihre Kinder an, wie sie sich gegenüberstanden. Ausgerechnet Perpetua, die den Verlust ihres Hundes verschmerzen musste, schien sich wieder zu fangen. Das heldenhafte Verhalten ihres Vaters und ihres Bruders beeindruckte sie

schwer. Rutger dagegen konnte sich noch immer nicht vergeben, dass er versagt hatte, wie er meinte. Seine Augen hatten ihren Glanz verloren, seine Lippen waren so fest zusammengepresst, dass sie ganz weiß waren. Er ließ die Schultern hängen. Wie klein und zerbrechlich er in diesem Moment wirkte. Erst jetzt entdeckte Wilhelmina das Blut an seinem Bein.
»Ist das von einem der Tiere, oder hast du dich verletzt?« Sie hockte sich vor ihn hin. »Du meine Güte, Rutger, wir müssen das reinigen, damit es sich nicht entzündet!«
Wilhelmina sollte niemals erfahren, ob ihr Sohn sich das Bein an einem Ast oder den Dornen des Busches aufgerissen hatte oder dem Leopard so nahe gekommen war, dass dieser ihn die Krallen hatte spüren lassen.

Die zweite Hälfte der Reise verlief glücklicherweise ohne weitere Zwischenfälle. Immer wieder kullerten Perpetua die Tränen, wenn ihr einmal mehr bewusst wurde, dass ein vierbeiniger Gefährte fehlte. Rutger war in sich gekehrt, sprach wenig und lachte kaum. Ihm schien selbst die Freude, seine Schwester zu necken, abhandengekommen zu sein. Erschwerend kamen die Besuche einiger Jumben mit ihrem Gefolge hinzu. Die Dorfvorsteher erwarteten großzügige Gaben, vor allem Lebensmittel aller Art. Das war durchaus verständlich, denn die Kämpfe zwischen Eingeborenen und Kolonialherren hatten schlimme Spuren hinterlassen. Nicht genug, dass man vermeintliche Anführer der Aufstände einsperrte, um den Widerstand auszuräuchern, sogar ganze Dörfer wurden niedergebrannt. Es gab keine Gnade. Felder wurden angesteckt, noch bevor deren Früchte reif waren, Vorräte gingen in den Flammen ebenso zugrunde wie Geflügel, Vieh und Behausungen. Von unzähligen Menschen, Frauen und Männern, Alten und Kindern, gar nicht zu sprechen. Wenn Wilhelmina während eines langen Marsch-

tages darüber nachdachte, war sie beinahe erstaunt, nicht ständig von Raubtieren bedroht zu werden. Sie konnte sich leicht ausmalen, dass die hungernden Menschen mehr Springböcke, Rohrratten und Buschschweine erlegten als üblicherweise. Sie machten Leopard und Löwe die Nahrung streitig. Aber vielleicht lag sie damit ganz falsch. Womöglich waren diejenigen, die die Übergriffe der Kolonialherren überlebten, so geschwächt, dass sie den Wildkatzen leichte Opfer wurden.
»Wieso kommen sie und holen uns unsere Vorräte weg?«, wollte Perpetua eines Tages wissen. »Haben wir nicht schon dieses unverschämte Hogo bezahlt?«
»Es ist nicht unverschämt, es ist gerecht«, fuhr Rutger ihr über den Mund. »Das Land gehört den Negern. Sie verlangen etwas dafür, dass wir es durchqueren«, meinte er schlecht gelaunt.
»Wir haben ihnen ja auch gegeben, was sie verlangten. Trotzdem kommen sie und erwarten noch mehr. Am Ende werden wir noch auf den letzten Metern hungern müssen«, ereiferte sie sich.
»Die sagen wenigstens klar, was sie von uns wollen«, ging Wilhelmina dazwischen. »Das ist mir lieber als eine Mauschelei hinter dem Rücken. Wir sollten außerdem bedenken, dass es unsere Politik ist, die die Menschen ihrer Existenz beraubt.«
»Aber nein, sie lassen uns doch keine andere Wahl. Wir bringen ihnen Kultur und Bildung. Und wie danken sie uns das? Indem sie uns angreifen! Würde die Schutztruppe nicht mit harter Hand dagegen vorgehen, würde nie ein stolzes junges Deutschland aus Ostafrika werden.«
»Würdest du auch so reden, wenn ein Jumbe oder ein Häuptling drüben in Deutschland ein junges Ostafrika errichten würde?« Rutger sah seine Schwester herausfordernd an. Die zog verwirrt die Stirn in Falten und blieb ihm die Antwort schuldig. Von dieser Seite hatte sie die ganze Sache offenkundig noch nicht

betrachtet. Warum auch? Der Gedanke musste ihr vollkommen absurd erscheinen. Wilhelmina war erstaunt, was in ihrem Sohn vorging. Er war noch nie in der alten Heimat gewesen, doch kannte er die deutsche Seele offenbar gründlich.
»Das Ganze ist nicht so einfach«, sagte sie. »Gewiss ist es nicht recht, Soldaten oder tüchtige Verwaltungsbeamte anzugreifen, aber Ernten zu vernichten und Brunnen zuzuschütten ist keinen Deut besser. So viel steht fest.«

Nur fünf Tage nach ihrer Ankunft in Kilossa war das Haus eingerichtet. Emmi war Wilhelmina wie schon so oft eine große Hilfe gewesen. Sie wusste, welches Möbelstück an welchen Platz, welche Kiste in welchen Raum gehörte. In Windeseile war das Geschirr, das Kristall, das Tafelsilber und die Wäsche ausgepackt, sofern nötig gereinigt und dann ordentlich verstaut. Die Kinder hatten jeder einen Bediensteten, dem sie Anweisungen gaben, wie sie ihre Zimmer eingeräumt haben wollten. Alexander erschien nur zu den Mahlzeiten und kam auf leisen Sohlen in die Schlafkammer, wenn Wilhelmina längst schlief. Es bereitete ihm die größte Freude, sein Labor, wie er sein Arbeitszimmer nannte, einzurichten. Sorgfältig stellte er die Fachliteratur thematisch geordnet in die Regale. Sein Zeichenpapier, die unzähligen Schreibwerkzeuge und Notizhefte fanden ihren Platz in den Schubladen. Ein Schrank mit gläsernen Türen war für sein Mikroskop, die Pinzetten, Messerchen und Scheren sowie kleine Pflanzgefäße vorgesehen. Er hängte eine Karte von Kilossa und Umgebung auf, die er von der Plantagengesellschaft erhalten hatte. Und er plazierte Zeichnungen heimischer Gewächse an den Wänden.
Es war Sonntag. Wilhelmina, Alexander, Perpetua und Rutger waren das erste Mal in der kleinen Kirche zum Gottesdienst gewesen. Hinterher hatten sie mit einigen Verwaltungsbeamten

und deren Frauen gesprochen. Nur ein Paar hatte Kinder. Die waren jedoch noch keine zehn Jahre alt.

»Mit denen ist nichts anzufangen«, hatten Perpetua und Rutger wie aus einem Munde verkündet, als sie sich auf den Heimweg gemacht hatten. Rutger machte es nichts aus, dass es keine Jungen seines Alters gab. Er streifte ohnehin am liebsten allein oder mit Chandu vom Volke der Wamakua durch die Gegend. Perpetua hingegen war ihre Einsamkeit anzusehen. Sie vermisste schon jetzt die jungen Damen schmerzlich, die unweit von Dar es Salaam lebten und wenigstens einmal im Monat zu Besuch gekommen waren. Allein Dr. Kammer, ein etwas kauzig wirkender kleiner Herr mit schleppendem Gang und einer runden Brille auf der Nase, der das kleine Krankenhaus von Kilossa leitete, hatte es vermocht, Perpetuas Laune ein wenig aufzuheitern. Er hatte sie in ein Gespräch verwickelt und ihr so wortreich seine Arbeit geschildert, dass sie ihn nach anfänglicher Ablehnung am Ende fragte, ob sie sich das Krankenhaus einmal ansehen dürfe.

»Aber ja, natürlich, gerne«, hatte er ausgerufen. »Es wäre mir eine besondere Freude, Ihnen alles zu zeigen und zu erklären. Heute Nachmittag, so gegen drei Uhr?«

So kam es also, dass Wilhelmina und Alexander ihre Tochter zur verabredeten Zeit zum Krankenhaus begleiteten, während Rutger mit Chandu zum Fluss ging, um zu fischen.

»Wir holen dich in zwei Stunden wieder ab.« Alexander zog seine Kettenuhr aus der Tasche. »Denkst du, die Zeit wird reichen?«

»Ich glaube schon.« Perpetuas Gesicht sprach Bände. Bei dem Anblick des kleinen weißen Gebäudes, vor dem ein ausladender Mangobaum Schatten spendete, schienen ihr Zweifel gekommen zu sein, ob der Besuch eine gute Idee war. Doch es wäre für sie nicht in Frage gekommen, eine Verabredung abzusagen. Außerdem trat Dr. Kammer bereits vor die Tür und rief sie zu sich.

Perpetua ging langsam zu ihm, als wäre er ein Priester, dem sie eine schwere Beichte abzulegen hatte.

»Du willst gewiss zurück in dein Labor«, sagte Wilhelmina, als sie sich auf den Heimweg machten.

»Nein, meine Liebe. Ich denke, ich habe dort in den letzten Tagen genug Zeit zugebracht und werde es auch in Zukunft tun. Heute ist Sonntag, unsere Kinder sind beschäftigt. Nutzen wir doch die Gelegenheit, uns ein wenig umzusehen. Was meinst du?«

»Gern.« Welch eine hübsche Idee. Es war nicht zu heiß. Überhaupt war es hier, gut fünfhundert Meter über dem Meeresspiegel, sehr viel erträglicher als in der Ebene um Dar es Salaam. Endlich ließ das Gefühl, ständig in einer Waschküche zu leben, in der gerade Bett- und Tischwäsche gereinigt wurde, von Wilhelmina ab. Im Vergleich konnte es einem hier in Kilossa manches Mal geradezu kühl erscheinen. Auf jeden Fall war die Luft frisch und klar. Eine Wohltat. Da es länger nicht geregnet hatte, war der Boden trocken, gute Bedingungen, um ein wenig zu Fuß zu gehen.

Sie folgten einem Pfad, der hinauf in die Berge führte. Wortlos stiegen sie hinauf, immer darauf gefasst, vielleicht einem Tier zu begegnen. Doch die meisten hielten Abstand, brachten sich in Sicherheit, wenn Menschen nahten. Höchstens ein paar Affen beanspruchten das Gebiet für sich. Und natürlich gab es verschiedenste Vögel, die mit ihren Rufen die Luft erfüllten, und Insekten, die ihnen um die Nasen schwirrten oder zu ihren Füßen krabbelten. Auf einer kleinen Anhöhe blieben sie stehen. Sie hatten einen herrlichen Blick auf die grünen sanften Hügel, die rote Erde und das Tal des braun-schlammigen Mukondokwa Flusses, der sich hier aus den nahe gelegenen Bergen in die Mkataebene schlängelte. Rechter Hand leuchteten gelbe Blüten in der Sonne.

»Baumwolle«, erklärte Alexander, der Wilhelminas Blick bemerkte. »Ich bin nicht sicher, ob es klug ist, sie anzubauen.«
»Warum nicht?« Wilhelmina betrachtete die weiten Felder, die an einer Seite an ein paar Bananenpflanzen stießen. Sie war froh über die breite Krempe ihres Hutes, die ihre Augen vor dem grellen Sonnenlicht schützte.
»Nun, ich habe viel über diese Pflanze gelesen. Blüte- und damit Reifezeit ziehen sich über Wochen hin. Das bedeutet, dass keine Zwischenpflanzungen möglich sind. Nach der letzten Ernte muss man gleich mit der Aussaat beginnen. Das ist nicht gut für den Boden. Es wäre deutlich vorteilhafter, wenn man nach der Ernte andere Gewächse in die Erde bringen könnte.«
»Könnt ihr der Natur denn nicht ein wenig nachhelfen?«
Alexander lachte leise. »Besser nicht. Pfuschen wir der Natur nicht ohnehin schon zu viel ins Handwerk? Wir reißen aus, was irgendwo wächst, weil wir unsere Häuser bauen und Plantagen anlegen wollen. Und wir versuchen Pflanzen nach unserem Belieben zu züchten, also zu verändern.«
»Gewiss. Aber das geschieht doch nur zum Besten der Menschen, die auch in wenig fruchtbaren Regionen Ernten haben sollen, die ihnen das Überleben sichern. Du und deine Kollegen sorgen dafür, dass die Viehherden satt werden und dass die Eingeborenen auch einige der Früchte und der Gemüsesorten kennenlernen, die wir in unserem Mutterland schätzen.«
»Aber wenn die Natur nun einen ganz anderen Plan hat? Wenn es so sein soll, dass in diesem Land Weizen wächst, im anderen dafür Papayas gedeihen? Mit welchem Recht entscheiden wir, dass es ab sofort anders ist?«
»Du tust geradeso, als ob du den lieben langen Tag mit nichts anderem beschäftigt wärst. Aber du erfasst doch auch die Pflanzen Afrikas, zeichnest und studierst sie. Deine Erkenntnisse sind von ungeheurer Wichtigkeit. Das darfst du nicht vergessen.«

»Keine Sorge, Liebste, ich bin mir der Bedeutung meiner Arbeit wohl bewusst. Ich zweifle gewiss nicht daran. Es war nur so ein Gedanke.« Versonnen blickte er über das Tal und die Hügel.
Wilhelmina konnte ihre Augen nicht von den gelben Blüten der Baumwollpflanzen nehmen. Ein tiefes Gefühl von Zugehörigkeit, von Heimat ergriff sie. Natürlich, die Blüten erinnerten sie an Raps und damit an Holstein. Mit einem Schlag legte sich eine Schwere auf ihr Gemüt, wie sie sie länger nicht empfunden hatte. Holstein, das Forsthaus, die Wiese mit den guten Holsteiner Äpfeln. Wie weit war all das entfernt. Wie sehr fehlte es ihr noch immer. Sie musste an die Gemütlichkeit denken, die ihre gute Stube im Winter gehabt hatte, wenn man den Kamin ordentlich befeuerte. Zugegeben, wenn es draußen eisig gewesen war, zog die Kälte leicht hinein. Der Wind, der von der Ostsee häufig bis zu ihnen gekommen war, tat ein Übriges. Dennoch, sie hatte dem Winter, so hart er manches Mal gewesen war, auch immer etwas Positives abgewinnen können. Sie liebte glitzernden Schnee, der unter den Sohlen knirschte, und zugefrorene Teiche, die geheimnisvoll knackten, wenn man sich auf ihre Eisfläche wagte. Sie mochte es, wenn der Atem als weißer Nebel vor dem Gesicht stand, wenn die Wangen brannten, sobald sie im Haus wieder warm geworden waren. In Holstein hatte es Jahreszeiten gegeben, den verheißungsvollen Frühling, die Apfelblüte, später die Erntezeit, in der sich die Natur gelb und rot und orange färbte. Und schließlich gab es den Winter, in der alles zur Ruhe kam und bis zum nächsten Frühjahr schlummerte. Noch einmal ließ sie ihren Blick über die Baumwollfelder schweifen. Aber nein, sagte sie sich, diese Blüten hatten nicht viel mit denen von Raps gemeinsam. Es war einfach schon zu lange her, dass sie welchen gesehen hatte. Sechzehn Jahre waren sie bereits hier in Deutsch-Ostafrika. Die Bilder in Wilhelminas Kopf begannen sich zu mischen.

»Sieh nur!« Alexander ergriff ihre Hand. Mit der anderen deutete er auf einen Baum, in dem ein seltsames Gebilde hing. Es sah aus wie ein Beutel aus Gräsern und dünnen biegsamen Zweigen.
Wilhelmina wollte gerade fragen, was das für ein seltsames Ding sei, da schlüpfte ein kleiner leuchtend roter Vogel mit langem gebogenem Schnabel durch eine seitliche Öffnung hinaus und flatterte davon.
»Nektarinien«, erläuterte Alexander. »Sie leben unter anderem von Nektar, den sie mit ihrem langen Schnabel selbst aus tiefsten Blütenkelchen mühelos saugen können. Sie leisten unschätzbare Dienste bei der Kreuzung der Blumen.« Eine Weile beobachteten sie, wie der winzige Vogel kam und wieder davonflog, einen Zweig am Nest in die rechte Position zupfte und ein Insekt erbeutete, das er sich gerne schmecken ließ.
Bevor sie den Heimweg antraten, ließ Wilhelmina ihren Blick noch einmal über das Tal des Mukondokwa schweifen. Es fühlte sich gut an. Sie würden hier glücklich werden. Ganz sicher. Jetzt waren sie in Kilossa angekommen.

Kilossa, 1908

»Wo warst du?« Wilhelmina sah von ihrer Handarbeit auf, als Rutger eintrat.
»Bei Emmi und den anderen Frauen. Sie stampfen Getreide. Ich habe ihnen ein wenig geholfen.« Er ging an ihr vorbei zum Fenster und sah hinaus auf den Mais, der mannshoch stand und bald geerntet werden musste.
In wenigen Tagen wurde Rutger fünfzehn Jahre alt. Die ersten Barthaare ließen sich bereits sehen. Auf seiner von Afrikas Sonne stets gebräunten Haut waren sie gut zu erkennen. Brust und Schultern waren noch kräftiger geworden, und unter den aufgekrempelten Ärmeln seines Leinenhemds verrieten Muskeln, dass er bereits anpacken konnte wie ein Mann. Sein blondes Haar fiel ihm über die Schultern. Wenn er über die Felder rannte oder mit seinem Pferd durch die Steppe preschte, umwehte es ihn und warf das Licht so stark zurück, dass man glauben konnte, er stünde in Flammen.
Malaika nannten ihn die Eingeborenen, Engel. Sie liebten ihn. Nicht nur, weil er goldenes Haar hatte, nein, sie liebten an ihm, dass er sich aufführte wie ihresgleichen. Oft genug lief er ohne Hemd herum oder hockte auf dem Boden. Er unterschied nicht zwischen schwarz oder weiß, zwischen arm oder reich. Rutger unterschied zwischen anständig oder nicht, zwischen ehrlich oder hinterhältig.
»Denkst du, Vater schafft es, zu meinem Geburtstag zurück zu sein?«

»Natürlich schafft er es.« Wilhelmina ließ ihre Handarbeit endgültig sinken. »Der Bote sagte, das Schiff sei pünktlich in Dar es Salaam eingetroffen. Die Mittellandbahn bringt ihn schnell bis Morogoro, und von dort sind es nicht einmal mehr fünf Tagesmärsche bis nach Hause. Wer weiß, vielleicht wird er morgen schon hier sein.« Sie hoffte, dass sie überzeugend geklungen hatte. In der Tat, in fünf Tagesmärschen sollte der Heimweg von Morogoro leicht zu bewältigen sein. Jedenfalls für ein paar Menschen mit ihren Pferden und Maultieren. Doch Alexander würde den Dschungel mit schwer beladenen Wagen durchqueren. Je nachdem, wie hoch das Wasser in den Flüssen stand, konnte das eine gute Weile länger dauern.
»Hast du eine Vorstellung davon, welche Überraschung er mitbringt?« Rutger fuhr sich durch das lange Haar.
»Nein, mein Sohn, aber in dem Brief klang dein Vater ungewöhnlich geheimnisvoll.« Sie erinnerte sich an die Zeilen, die Alexander ihr aus der alten Heimat, aus dem guten alten Holstein gesandt hatte. Von einer Wiedergutmachung war die Rede und von großer Anerkennung für seine Verdienste.
Alexander war nach Deutschland gereist, um Pflanzen für Versuche nach Afrika zu holen. Man wollte probieren, Obst und Gemüse der Heimat auch hier anzubauen. Es wäre doch gelacht, wenn in diesem Klima nicht gedeihen würde, was in Holstein wuchs. Wie gerne hätte Wilhelmina ihn begleitet. Mehr noch, sie hatte sich von Herzen gewünscht, ihre Kinder zum ersten Mal nach Europa zu bringen. Sie hatte in Afrika ein Zuhause gefunden, aber dennoch vermisste sie ihre Heimat. Das Gefühl, dass Alexander vor wenigen Tagen noch auf vertrautem Boden gegangen war, zerriss ihr das Herz. Wie gern hätte auch sie wieder einmal Holsteiner Erde unter ihren Füßen gehabt.
Alexander hatte einen Brief geschickt, hatte berichtet, dass im Umkreis ihrer alten Heimat Sportvereinigungen wie Pilze aus

dem Boden wüchsen. In der nahe gelegenen Stadt Neustadt renoviere man gerade ein altes Tor und richte ein sehr modernes Museum ein. Und er erzählte von drolligen Badekarren mit Verdecken an einer Seite, die ihn an eine Ziehharmonika erinnerten. Man schiebe die Karren mit ihren großen hölzernen Rädern in die flache Ostsee, erklärte er, könne die Verdecke nach oben öffnen und von dort zum puren Vergnügen in das salzige Wasser gleiten, schwimmen und herumtollen. Sosehr sie auch schätzte, was Alexander und sie sich in diesem Teil des Deutschen Reiches aufgebaut hatten, so gern hätte sie doch auch die Entwicklung im alten Teil verfolgt und miterlebt. Der alte Teil war der, zu dem sie gehörte. Und tief in ihrem Inneren war sie der festen Überzeugung, dass sie ihren Kindern dort ein besseres Leben, ein Leben in der eigenen Kultur, ein Leben des Fortschritts hätte bieten können. Sie seufzte. Perpetua und Rutger hätten es wenigstens einmal sehen, hätten einmal spüren sollen, wo ihre Wurzeln sind. Doch es hatte niemanden gegeben, der die kleine Forschungsstation mit der Farm in ihrer Abwesenheit einige Wochen hätte leiten können. Es war schon schwer genug gewesen, eine ausreichend große Zahl Arbeiter zu finden, die freiwillig pflanzten, ernteten und die Gebäude in Schuss hielten. Man konnte nicht sicher sein, dass sie ihre Aufgaben erledigten, wenn sie mehr als wenige Tage ohne Aufsicht waren. Es stand eher zu befürchten, dass sie nach Hause zu ihren Familien gingen, jagten und ihre eigenen Felder bestellten. Hinzu kam, dass Perpetua erst vor einigen Monaten als Lernschwester in dem bescheidenen Krankenhaus von Kilossa angefangen hatte. Sie musste sich so vieles aneignen. Da wäre es nicht klug gewesen, sie für Wochen aus diesem Prozess fortzunehmen. Sie aber allein zurückzulassen war erst recht undenkbar gewesen.
Wilhelmina legte ihre Handarbeit in den runden Korb zurück,

als sie die Tür hörte. Perpetua kam nach Hause. Sie sah hübsch aus in ihrer weißen Schwesterntracht. Doch ihre Gesichtszüge hatten sich verändert, seit sie mit ihrer Ausbildung begonnen hatte. Sie wirkte müde und deutlich älter, als sie war.
»Guten Tag, Schwester«, begrüßte Rutger sie. Er liebte die Doppeldeutigkeit, die diese Anrede aus seinem Mund barg. »Gibt es Überlebende, oder hast du sie alle zu Tode gepflegt?« Seine Augen blitzten. Es war ihm eine Freude, Perpetua auf den Arm zu nehmen und sich über ihre Arbeit im Krankenhaus lustig zu machen. Aber jeder wusste, dass er es spaßhaft meinte. In Wahrheit schätzte er es sehr, dass sie in einem Hospital Dienst tat, in dem, anders als im Gouvernementskrankenhaus von Dar es Salaam, auch die Schwarzen behandelt wurden.
Perpetua seufzte erschöpft. »Wenn die Neger und die Inder nur endlich auf uns hören und ein wenig reinlicher sein wollten. Aber nein, sie sind wie die Kinder. Du musst es ihnen wieder und wieder sagen, und doch waschen sie sich nicht die Hände.«
»Davon wird man doch nicht krank«, gab Rutger belustigt zu bedenken.
»Wenn man sich mit Fingernägeln, unter denen der Dreck sitzt, die Wunden der Sandflohbisse kratzt, dann schon«, erwiderte sie. »Sie tragen auch keine Schuhe. Immer wieder sage ich es ihnen, aber sie wollen nicht hören«, wiederholte sie resigniert. »Im Grunde ist es keine große Sache, dass sich diese schrecklichen kleinen Flöhe ausgerechnet in menschliche Haut bohren, um ihre Eier auszubrüten«, erklärte sie. Wilhelmina und Rutger tauschten angewiderte Blicke. Welch eine Vorstellung! »Wenn das Weibchen mit seiner Brut ihr Nest verlässt, ist unter ihrer Höhle schon neue Haut gewachsen. Die Wunde heilt schnell ab. Kommt allerdings Schmutz hinein, ist eine eitrige Entzündung sicher. Ganze Körperteile können abfaulen«, gab sie weiter wieder, was sie gelernt hatte. »Und wie sollte wohl kein Schmutz

hineinkommen, wenn sie ständig mit ihren dreckigen Fingern oder Holzstückchen darin herumstochern?«

»Was haben sie nur getan, bevor Dr. Kammer und Schwester Perpetua angefangen haben ihnen Vorschriften zu machen?«, fragte Rutger spöttisch.

»Sie sind gestorben«, entgegnete sie schlicht.

»Du hast dir eine schwere Aufgabe ausgesucht, mein Kind.« Wilhelmina lächelte ihr aufmunternd zu. »Selbst dein Bruder ist sich dessen bewusst.« Sie warf ihm einen strafenden Blick zu. »Geh dich frisch machen, Liebes, dann können wir essen.«

Später, als Emmi das Geschirr bereits abgeräumt und den Nachmittagstee gereicht hatte, der der Familie zum geliebten Ritual geworden war, kam die Rede wiederum auf das Krankenhaus und dessen Leiter Dr. Kammer.

»Er ist ein fleißiger und guter Mann«, berichtete Perpetua. »Es ist traurig, dass er keine Frau an seiner Seite hat. Gewiss, er hat eine Köchin und andere Bedienstete, die ihm sein Essen machen und das Haus reinigen, aber was ist das im Vergleich zu einer deutschen Frau, die den Haushalt leiten könnte? Mit ihr könnte er sich über das unterhalten, was ihn beschäftigt und manches Mal bedrückt.«

»Gewiss, mein Kind, das wäre erfreulich für ihn, nur kann man das nicht erzwingen. Die meisten deutschen Frauen, die herkommen, begleiten nun einmal ihre Männer. Es sind nicht viele, die das Abenteuer allein wagen.«

»Ich habe darüber nachgedacht, einen Text zu verfassen, den man im *Deutschen Kolonialblatt* abdrucken könnte.«

Rutger, die Tasse in beiden Händen haltend, hatte anscheinend geträumt. Plötzlich sah er auf. »Was willst du schreiben? Willst du nach einer Ehefrau für den schrulligen Doktor suchen?«

»Du bist unmöglich«, gab sie streng zurück. »Dr. Kammer mag schrullig sein, aber er leistet etwas für sein Land und für die

Neger. Das ist ihm nicht hoch genug anzurechnen. Wenn ich nur bedenke, was er mir alles beibringt.«
»Ach ja, was denn zum Beispiel?«, wollte Rutger wissen und grinste anzüglich.
Perpetua errötete. »Alles, was eine gute Krankenschwester können muss«, erwiderte sie empört.
»Soso.«
»Rutger, lass deine Schwester in Ruhe«, sagte Wilhelmina sanft. Es war ihr nicht gänzlich unrecht, dass er sich über Dr. Kammer und dessen ungeschickte Bemühungen um Perpetua lustig machte. Der Mann war zwei Jahre älter als sie, Wilhelmina! Sie hatte das ungute Gefühl, ihre Tochter könne seinem Werben womöglich aus falsch verstandenem Pflichtgefühl nachgeben. Insofern sah sie es sogar gern, wenn Rutger nicht damit hinter dem Berg hielt, wie absurd ihm eine mögliche persönliche Verbindung zwischen den beiden erschien. Auf der anderen Seite musste man bei Perpetua vorsichtig sein. Es konnte leicht passieren, dass sie sich allein aus Trotz zu etwas hinreißen ließ.
»Es wird Zeit für dich, zurück ins Krankenhaus zu gehen, Perpetua«, erinnerte Wilhelmina ihre Tochter. Im nächsten Augenblick schlug Max an, der draußen auf dem Hof seine Runden drehte. Wenig später war Hufgeklapper zu hören, und Melis Stimme erklang. Der Junge vom Stamm der Hehe war drinnen nicht zu verstehen. Er war aufgeregt, so viel war indes sicher. Heftiges Kribbeln erfasste Wilhelminas Körper. Besuch um diese Zeit? Das konnte Schlimmes bedeuten. Oder sollte etwa …? Rutger musste ähnliche Gedanken hegen wie sie. Er war aufgesprungen und spähte durch das Fenster.
»Vater!«, schrie er mit einem Mal. »Es ist Vater!« Schon sauste er an seiner Schwester und seiner Mutter vorbei hinaus. Nun hielt es auch die beiden nicht mehr auf den Stühlen. Wilhelmina fühlte, wie sich ihr Herzschlag beschleunigte. Sie hatte

Alexander so sehr vermisst. Als sie aus dem Haus trat, über die Veranda und die zwei Holzstufen hinabeilte, hatte sie plötzlich ein Bild vor Augen: ihr Mann aufgeknüpft im Apfelgeäst, das Kinn auf der Brust, Arme und Beine schlapp baumelnd, drehte er sich langsam hin und her wie eine Marionette, die man achtlos weggehängt hatte. Es schnürte ihr die Kehle zu, sie musste schlucken. Gleich darauf überwältigte sie die Freude, dass er unversehrt, wie es schien, zurück war. Kerzengerade saß er dort auf seinem dunkelbraunen Hannoveraner und strahlte über das ganze staubige Gesicht. Sie hatte sich bei ihrer ersten Begegnung in ihn verliebt, und dieses Gefühl war mit den Jahren nur noch stärker geworden. Sie war unsagbar froh, dass sie damals, in jener schweren Zeit in der Heimat, nicht zu spät gekommen war. Was wenige Minuten doch ausmachen konnten! Alexander schwang sein Bein über den Pferderücken und sprang hinab. Er erschien Wilhelmina so jung und frisch wie seit langem nicht. Nie wieder wollte sie so lange von ihm getrennt sein. Sie blieb auf halbem Wege stehen und beobachtete, wie sich erst Rutger in die Arme seines Vaters warf und dann Perpetua. Alexander umschlang und drückte beide gleichzeitig, als wollte er sie nie mehr loslassen. Doch schon schob er sie ein wenig von sich und schaute zwischen ihnen hindurch. Perpetua und Rutger folgten seinem Blick, lächelten und traten einen Schritt zur Seite.

»Mina, meine geliebte Mina!«, rief er. Sie rannten beide gleichzeitig los, dann endlich hatten sie einander wieder und konnten sich festhalten. Wilhelmina fand keine Worte für ihr Glück. Wie oft hatte sie in den letzten Wochen von seiner Rückkehr geträumt. Nun war es Wirklichkeit, und die genoss sie in vollen Zügen. »Du hast mir gefehlt«, hörte sie Alexander flüstern. »Wir haben nur gerastet, wenn es so finster war, dass man die eigene Hand nicht vor Augen sehen konnte, sonst waren wir stets unterwegs, um so schnell wie möglich hier zu sein. Das

letzte Stück bin ich allein vorausgeritten. Keine Minute wollte ich mehr verlieren. Ich möchte dich für den Rest meines Lebens in den Armen halten.« Er drückte sie stärker an sich. »Aber vielleicht lieber im Haus. Du bist gleich nass bis auf die Knochen.«
Wahrhaftig, es hatte von einer Sekunde zur anderen zu regnen begonnen. Nein, Regen war kein Ausdruck für das, was vom Himmel auf sie herabstürzte. Es war ein richtiger Wolkenbruch. Dicke Tropfen trommelten auf das Dach des Hauses und der Veranda und auf das satte Grün Afrikas. Binnen kürzester Zeit verwandelten sie das Gelände in einen Sumpf. Und noch immer standen Alexander und Wilhelmina eng umschlungen und rührten sich nicht. Sie schloss die Augen, legte den Kopf in den Nacken und musste lachen. Die Bediensteten hatten sich längst auf der Veranda in Sicherheit gebracht. Sie lachten ebenfalls und zeigten mit den Fingern auf ihren Herrn und ihre Herrin, die sich wie Kinder betrugen. Wilhelmina konnte kaum aufhören zu lachen. Wie damals nach Perpetuas Geburt.
»Komm, meine Liebe«, sagte Alexander ebenfalls lachend und führte sie sanft zum Haus. »Sonst stehen wir womöglich noch hier, wenn Herr von Eichenbaum eintrifft.«
Der verhasste Name hatte gewirkt wie ein Donnerschlag. Hatte Wilhelmina eben noch vor Glück und Liebe geglüht, war sie in der nächsten Sekunde innerlich zu Eis erstarrt. Es kostete sie größte Mühe, Alexander nicht schon vor den Kindern zur Rede zu stellen.
Kaum dass sich die Schlafzimmertür hinter ihnen schloss, fuhr sie ihn jedoch an: »Wie konntest du diesen Spross eines Betrügers in unser Haus einladen? Was will er überhaupt hier?«
»Georg von Eichenbaum wird sich der Schutztruppe anschließen. Da lag es doch wohl nahe, dass wir bis Dar es Salaam gemeinsam reisen«, erklärte Alexander.

»Hast du etwa vergessen, was Freiherr von Eichenbaum uns angetan hat? Hast du den Betrug vergessen, der uns unser geliebtes Forsthaus mitsamt der Apfelplantage und dich beinahe das Leben gekostet hat?« Sie war außer sich vor Zorn. »Ich will ihn hier nicht haben!«
»Beruhige dich bitte, meine Liebe«, versuchte er sie zu beschwichtigen.
»Ich kann mich nicht beruhigen und will es auch gar nicht. Je länger ich darüber nachdenke, desto mehr raubt es mir den Verstand.«
»Dann solltest du besser keinen weiteren Gedanken daran verschwenden.« Er versuchte es mit einem verschmitzten Lächeln, erkannte aber augenblicklich, dass es keinen Zweck hatte. »Verstehst du denn nicht, Mina? Freiherr von Eichenbaum musste zugeben, dass ich es hier zu etwas gebracht habe.« Er nahm ihre Hände. »Dass wir es zu etwas gebracht haben«, verbesserte er sich. »Denk dir, man hat in der Zeitung darüber berichtet, dass ich die Außenstelle einer bedeutenden Agrar-Forschungsstätte leite. Freiherr von Eichenbaum hat jedes Wort gelesen. Er war sehr beeindruckt.« Wilhelmina wusste nicht, ob sie weinen oder ihn schlagen sollte. Er freute sich wie ein Kind und war doch tatsächlich stolz. Sie dagegen glaubte keine Sekunde daran, dass der Alte von Eichenbaum ihn tatsächlich bewunderte. »Es tut ihm alles sehr leid«, fuhr Alexander voller Überzeugung fort.
»Es tut ihm leid?« Ihre Stimme überschlug sich.
»Bitte, Mina, nicht so laut! Am Ende hören uns die Kinder noch.«
»Von mir aus«, fauchte sie, entzog ihm ihre Hände, drehte sich um und lief im Zimmer auf und ab. »Vielleicht ist es an der Zeit, dass sie erfahren, warum wir Deutschland verlassen haben. Warum eigentlich nicht? Von wegen Abenteuerlust und Pioniergeist!« Sie schnaubte wütend. »Wir sind nach Afrika geflo-

hen. Und warum?« Sie blieb abrupt stehen und funkelte ihn an.
»Weil Freiherr von Eichenbaum dich aufs Glatteis geführt hat und du prompt eingebrochen bist.« Sie erkannte den Schmerz in seinem Gesicht und holte einmal tief Luft, um nicht völlig die Fassung zu verlieren. Sie würde ihn sonst nur noch mehr verletzen. »Und jetzt sollen wir seinen Sohn bei uns aufnehmen, als wären wir die besten Freunde.«
»Georg bleibt gewiss nicht lange. Von Eichenbaum meinte, es wäre gut, wenn sein Sohn während der Reise höchstpersönlich ein Auge auf die Apfelbäume haben könnte, die er uns als kleine Wiedergutmachung überlassen hat. Echter Prinzenapfel aus Holstein.« Er konnte seine Begeisterung nicht mehr verbergen. »Altländer Pfannkuchen und Wohlschmecker.« Nun strahlte er über das ganze Gesicht. »Jeweils ein Dutzend! Das ist meine Geburtstagsüberraschung für Rutger. Seine eigene Apfelplantage!«
Wilhelmina war hin- und hergerissen. Sie wusste nicht, was sie denken sollte. Wie sehr hatte sie sich über die Rückkehr ihres Mannes gefreut. Wie glücklich war sie gewesen, ihn zu sehen. Sie hatte ihm ein Bad einlassen und ihm den Schmutz der anstrengenden Reise vom Leib waschen wollen. Alles schien perfekt, bis er geradezu beiläufig von Eichenbaums Besuch angekündigt hatte.
»Holsteiner Äpfel mitten in Afrika«, begann sie zögernd. »Rutger wird sich freuen.«
»Nicht wahr?« Er kam auf sie zu. »Glaube mir, Mina, ich habe den Alten auch erst mal zappeln lassen. Ich habe keinesfalls vergessen, was er uns angetan hat, und habe ihn das auch spüren lassen. Doch es ist alles so lange her. Und er bedauert es zutiefst. Es ist ja wahr, wir haben uns hier etwas aufgebaut, das womöglich besser ist als das, was wir im alten Teil des Deutschen Reiches hatten. Wir sind hier glücklich. Oder etwa nicht?«

»Ja, das sind wir«, gab sie zu.
»Eben. Warum hätte ich also nachtragend sein sollen?«
»Weil dieser Betrüger dich absichtlich in eine Falle gelockt hat«, entgegnete sie böse. »Er konnte nicht wissen, was aus uns wird. Und es war ihm auch herzlich gleichgültig. Das ist es, was ich ihm nachtrage.«
»Tu das nicht, Liebes! Wir sind Christen, wir sollten vergeben.«
Wilhelmina senkte den Blick. Gegen dieses Argument war nichts zu sagen. Erschwerend kam hinzu, dass nicht der Alte von Eichenbaum, sondern sein Sohn ihr Gast sein würde. Er hatte nichts mit den üblen Machenschaften seines Vaters zu tun. Sie konnte nur hoffen, dass er wenig von dessen Charakter geerbt hatte.
»Drei Dutzend Apfelbäume, die gewiss bald reich tragen werden«, fuhr Alexander fort, »nenne ich wirklich ein großzügiges Geschenk. Es ist eine Wiedergutmachung. Wir werden wieder die weißen und rosa Blüten sehen dürfen, ihren Duft genießen. Ach, und wenn ich erst an die herrlichen Früchte denke!«
Sie musste lächeln. »Apfelblüte in Afrika, das ist allerdings ein hübscher Gedanke.«
»Es ist viel mehr als das. Rutgers Plantage ist die einzige weit und breit. Was auch immer die Zukunft für ihn bringt, mit diesen Bäumen kann er sich etwas aufbauen. Die Deutschen werden ihm seine Äpfel aus den Händen reißen und gut dafür bezahlen. Und auch die Häuptlinge, die Inder und Araber werden gewiss auf den Geschmack kommen. Vielleicht lässt Rutger auch Saft oder Mus herstellen. Das ließe sich im ganzen Land verkaufen. Ich sehe schon das riesige Schild vor mir.« Er malte mit der Hand einen Bogen in die Luft, als hätte er wahrhaftig einen Schriftzug vor Augen. »Rutger Paulsen – echte Holsteiner Äpfel!«

Georg von Eichenbaum war ein schlanker mittelgroßer Mann mit aschblondem glattem Haar und grauen, etwas zu weit auseinanderstehenden Augen. Er trug einen Schnauzbart. Seine Garderobe verriet seine komfortable finanzielle Lage. Der Anzug war maßgeschneidert, und die Schuhe waren vermutlich ebenfalls speziell für seine Füße gemacht. An seinem Finger prangte ein schwerer Siegelring. Das exquisite Äußere stand für Wilhelminas Geschmack sehr im Gegensatz zu dem eher schlichten Charakter. Sie hatte den Eindruck, als gönnte er sich so manchen Luxus, nur nicht den einer eigenen Meinung. Aber womöglich würde sie besser von ihm denken, wenn sie nicht so voreingenommen wäre, schalt sie sich selbst.
Bei seiner Ankunft kurz vor Sonnenuntergang war ein schier unglaubliches Spektakel losgebrochen. Seine Karawane hatte nicht nur die drei Dutzend Apfelbäume, sondern auch sämtliche andere Pflanzen mitgebracht, die Alexander in Deutschland für die Forschungsstation gekauft hatte. Alle verfügbaren Arbeiter waren herbeigerufen worden, damit Äpfel, Kartoffeln, verschiedene Rüben, Himbeeren, Brombeeren und Stachelbeeren so schnell wie möglich in die Erde kamen. Auch das Saatgut für die unterschiedlichen Getreidesorten musste abgeladen und trocken verstaut werden. Alles war bereits in dem Moment vorbereitet worden, als der Bote aus Dar es Salaam die Nachricht gebracht hatte, dass das Schiff aus Hamburg via Lissabon und Mombasa pünktlich an der Küste Deutsch-Ostafrikas eingetroffen sei. Wie zuvor mit Alexander besprochen, hatte Wilhelmina genaue Anweisungen gegeben, wie viele Löcher in welchen Abständen gegraben werden mussten. Und sie hatte Kisten für die Saat bereitstellen lassen. Nun galt es, die jungen Pflanzen in die Mulden zu setzen, großzügig zu wässern, die Wurzeln mit lockerer nährstoffreicher Erde zu bedecken und festzuklopfen. Es musste schnell gehen, da die Gewächse eine

anstrengende lange Reise hinter sich hatten und sicher geschwächt waren. Außerdem ging die Sonne in wenigen Augenblicken unter. Im Licht der Fackeln ließe es sich gewiss nicht ordentlich arbeiten. Die Gefahr wäre groß, feinste Haarwurzeln abzureißen und die Pflanzen zu schädigen.
Rutgers Begeisterung kannte keine Grenzen. Mit freiem Oberkörper, die Haare eilig zu einem Pferdeschwanz gebunden, sprang er auf die Wagen, trug die Gewächse behutsam an ihren Platz, pflanzte und wässerte und sang mit den Arbeitern. Wilhelmina stellte fest, dass sein Swahili immer besser wurde. Jedenfalls klang es in ihren Ohren so. Ob er verstand, was er sang, wusste sie nicht. Es war ein emsiges Treiben, dem sie gerne zusah. Alexander und Georg brüllten Kommandos. Rutger schien überall gleichzeitig mit anzupacken. Zwischendurch scherzte er mit den Hehe, mit den Wagogo, den Wamburru und sogar mit den beiden Massai, die Europäern und selbst anderen Negervölkern sonst eher verschlossen gegenüberstanden. Wilhelmina beobachtete, wie er sich den Schweiß von der Stirn wischte, wie er kraftvoll anfasste und im nächsten Moment geradezu liebevoll die jungen Pflänzchen an sich nahm. Manches Mal war sie nicht sicher, ob er wieder in den Gesang einstimmte oder mit den Setzlingen sprach. Sehr sicher war sie hingegen, dass Rutger außer sich vor Freude sein würde, wenn Alexander ihm offenbarte, dass die Apfelbäume ihm gehören sollten.

Wilhelmina entdeckte Perpetua, die auf der Veranda stand und das Schauspiel von dort verfolgte. Sie hatte gleich nach der Ankunft ihres Vaters einen Dienstboten ins Krankenhaus geschickt, um sie für den Rest des Tages zu entschuldigen. Jetzt hatte es den Anschein, als hätte sie vor allem Georg von Eichenbaum im Blick. Doch dieses Gefühl mochte Wilhelmina täuschen. Immerhin konnte Perpetua nicht wissen, was es mit der

Familie des jungen Mannes auf sich hatte. Warum also sollte sie ihn beobachten? Wilhelmina atmete tief ein. Sie hatte sich ganz fest vorgenommen, Georg eine gute Gastgeberin zu sein. Also versuchte sie die Wut, die augenblicklich wieder in ihr aufkeimte, weit von sich zu schieben. Sie konzentrierte sich auf den Duft der Erde, auf die melodischen Stimmen der Arbeiter und das Konzert der Heuschrecken, das allmählich begann. Sie ließ ihren Blick über die rote Erde schweifen. Mit einem Mal sah sie neben einem der Wagen ein Mädchen stehen. Es war sehr klein und dünn, wie die Ärmchen verrieten, die unter einer karierten groben Tunika hervorkamen. Das schwarze Haar war, wie bei den Eingeborenen üblich, zu eng am Kopf liegenden schmalen Zöpfen geflochten. Wilhelmina ging langsam auf sie zu. Es wurde bereits dunkel, und so konnte sie das Gesicht des Kindes nicht sehr gut erkennen. Sie ging weiter, ohne die Kleine aus den Augen zu lassen. Sie musste an ihre Ankunft in diesem Land vor achtzehn Jahren denken. Damals hatte sie die schwarze Haut der Menschen eigenartig gefunden. Und es war ihr äußerst schwergefallen, einen vom anderen zu unterscheiden. Beides hatte sich natürlich längst geändert. Inzwischen konnte sie selbst nicht mehr verstehen, wie oberflächlich ihr Blick damals gewesen sein musste. Heute konnte sie sich für die dunklen ausdrucksvollen Gesichter begeistern. Das Antlitz dieses Mädchens faszinierte sie besonders. In seinen Augen lag so viel Traurigkeit, dass Wilhelmina schlucken musste. Und es war schön. Es sah aus wie ein mit kunstvollem Pinselstrich erschaffenes Gemälde. Unbeweglich stand das Kind und blickte ins Leere.

»Guten Tag, junge Dame. Ich bin Wilhelmina. Wer bist du denn?« Ohne den Kopf zu bewegen oder sich in irgendeiner Weise zu rühren, blickte das Mädchen Wilhelmina an. Es war unmöglich, sein Alter zu schätzen. Die Augen hätten die einer erwachsenen Frau sein können, doch der zierliche Körper verriet das Kind. »Magst du nicht mit mir sprechen, oder verstehst du meine Sprache nicht?« Wilhelmina versuchte es auf Swahili. Sie musste ein wenig überlegen, weil sie lange niemanden mehr in der fremden Sprache nach dem Namen hatte fragen müssen. »Jina lako nani?« Sie glaubte schon, wieder keine Antwort zu erhalten, da öffnete die Kleine die Lippen.

»Sharifa«, sagte sie leise. Bei aller Scheu klang sie stolz.

Wilhelmina lächelte sie freundlich an. »Sharifa. Das klingt sehr schön.«

»Ach, du liebe Zeit, die hatte ich ganz vergessen«, rief Georg von Eichenbaum von weitem und kam eilig näher.

»Vergessen? Wie kann man denn ein Kind vergessen?«, fragte Wilhelmina scharf und wandte sich ihm zu.

»Die Bäume und das ganze andere Zeug hatten Vorrang.« Er deutete mit dem Finger auf Sharifa. »Die da soll ich Ihnen von Hauptmann Franck aus Dar es Salaam mitbringen.« Er nestelte an der Innentasche seiner Weste herum und zog schließlich ein Schreiben hervor, das er ihr reichte. »Franck hat erzählt, wem sie schon gehört hat. Ich habe mir das nicht gemerkt. Steht wahrscheinlich alles da drin.« Er machte eine Kopfbewegung in Richtung des Briefes, den Wilhelmina nun in ihren Händen hielt. »Der Hauptmann geht mit seiner Familie zurück nach Hause. Deswegen hat er keine Verwendung mehr für die Negerin.« Er zuckte mit den Schultern. »Ich würde die erst mal schrubben«, fuhr Georg unbekümmert fort. »Natürlich weiß ich, dass die hier alle so dreckig aussehen, aber man kann ja nicht wissen, ob sie es nicht auch sind. Das können die doch selber nicht wissen.« Er lachte. »Muss mich wirklich daran gewöhnen. Genau wie an diese schreckliche Luft. Es ist so …«, er suchte nach Worten, »… so drückend«, beendete er schließlich seinen Satz und fächelte sich mit der Hand etwas Kühlung zu.

»Was tut man nicht alles für seinen alten Herrn?« Das war ihm wohl so herausgerutscht. Rasch fügte er hinzu: »Wenn Sie mich entschuldigen wollen.« Er deutete eine Verbeugung an und lief wieder zu Alexander, um zu beaufsichtigen, wie die Pferde ausgeschirrt und versorgt wurden.
Wilhelmina schüttelte den Kopf. Vorurteile hin oder her, sie konnte sich einfach nicht für den Gast aus Deutschland erwärmen. Sie wandte sich wieder dem Mädchen zu. »Also, Sharifa, wenn du den langen Weg von Dar es Salaam mit der Eisenbahn und dann mit der Karawane zurückgelegt hast, bist du sicher hungrig und müde.« Sie nickte ihr aufmunternd zu und reichte ihr die Hand. »Und vielleicht möchtest du dich wirklich ein wenig frisch machen«, sprach sie weiter, obwohl sie davon ausging, dass das hübsche Kind sie nicht verstand. »Komm mit ins Haus«, forderte sie sie sanft auf. »Emmi wird sich um dich kümmern.« Sie warf der Kleinen, die noch immer unentschlossen vor ihr stand, einen Blick zu. »Emmi heißt eigentlich Amali«, sagte sie. Wie sie erwartet hatte, huschte bei diesem Wort ein Hoffnungsschimmer über das traurige Gesicht. Amali, die Hoffnung. Das hatte sie offenbar verstanden. Zögernd griff sie nach Wilhelminas Hand. »Du wirst sie ganz sicher mögen«, sagte die, während sie Sharifa langsam zum Haus führte. »Man kann gar nicht anders, als sie zu mögen.«

Nachdem Wilhelmina Sharifa in Emmis Obhut gegeben hatte, las sie den Brief von Hauptmann Franck. Francks Frau war schwer erkrankt. Noch wusste niemand genau, was ihr fehlte, aber für den Hauptmann stellte sich nicht die Frage, was zu tun sei. Er schrieb, ein Tropenmediziner in der Schweiz habe sich einen vortrefflichen Namen gemacht. Zu ihm bringe er seine Gattin. Dann berichtete er von Sharifas wechselvollem Schicksal. Als sie gerade laufen konnte, hatten Sklavenhändler sie entführt. Sie war noch zu klein, als dass man sie hätte verkaufen können. Franck vermutete, sie wollten sie entweder in der Weise erziehen, dass sie später eine gute Sklavin abgeben würde, für die man einen hohen Preis verlangen konnte, oder sie war für Araber gedacht, die sich Kinder wünschten, aber keine bekommen konnten. Auch das soll hin und wieder vorgekommen sein. Welchen Plan auch immer sie mit Sharifa hegten, er wurde vereitelt. Einige Askaris griffen die Karawane der Sklavenhändler auf und nahmen das Mädchen an sich. Sharifa bedeutet »die Berühmte«, las Wilhelmina. Das Kind habe einen Ohrschmuck getragen, der es als erste Tochter eines Häuptlings kennzeichnete. Man brachte sie in eine Missionsstation. Die Askaris berichteten Hauptmann Franck davon, er stattete der Station einen Besuch ab und sah sich das Mädchen an. Schließlich nahmen er und seine Frau es zu sich.

Alexander hatte Hauptmann Franck im deutschen Club in Dar es Salaam kennengelernt. Er hatte ihn und seine Frau zum Essen eingeladen, und später waren die Paulsens auch bei den Francks zu Gast. Sie sahen sich nicht sonderlich häufig, doch die Francks gehörten eindeutig zu den sehr angenehmen Menschen, die Wilhelmina und Alexander in Ostafrika kannten. Offenkundig traf diese Einschätzung auch umgekehrt zu, denn das war der Grund, weshalb der Hauptmann Sharifa ausgerechnet ihnen anvertraute.

»Es ist ja nicht so, dass ich zum ersten Mal Neger sehe.« Georg sah stolz in die Runde. »In Hamburg ist gerade ein Zoologischer Garten eröffnet worden. Dort habe ich mir eine Negerschau angeguckt. Fünf Stück hatten sie da. Darf ich?« Er streckte die Hand nach der Platte mit dem Fleisch aus. Sogleich war Lela zur Stelle. Das Mädchen stand während des Abendessens an der Wand zwischen dem Ölgemälde, das ein leuchtend gelb

blühendes Rapsfeld zeigte, und der Standuhr. Es war ihre Aufgabe, Fleisch oder Gemüse nachzulegen und Bier für die Herren und Wein für die Damen nachzuschenken. Später würde sie den Mokka servieren. Georg zog seine Hand eilig zurück. Beinahe hätte Lela ihn berührt. »Ach, du liebe Zeit, gerade noch mal gutgegangen«, sagte er und sah Zustimmung heischend von einem zum anderen. »Wo war ich stehengeblieben? Ach ja ...« Er säbelte sich plump ein Stück Braten ab und schob ihn in den Mund. Wie ungeschickt er die Gabel hielt!
Wilhelmina konnte diesen von Eichenbaum-Spross nicht ausstehen. Als sie sich zum Abendessen gesetzt hatten, war sie noch voller bester Vorsätze gewesen. Bereits während der Suppe war ihr sein pausenloses Geplapper lästig geworden. Nun zählte sie die Minuten, bis er sich endlich entschuldigen und zu Bett gehen würde.
»Als ich in Hamburg war, gab es noch fünf Neger. Die anderen waren schon eingegangen. Nun ja, ich habe mich also ein wenig beeilt, denn ich wollte das ganze Zeug unbedingt einmal sehen. Vor allem weil bereits feststand, dass ich zur Schutztruppe gehe. Aber auch sonst. Man kannte die fremden Länder doch nur aus dem Atlas, nicht wahr? Man hatte nur eine vage Vorstellung von all ihren Wundern und Möglichkeiten. Dabei wollte ich es keinesfalls belassen. Ich wollte das alles mit meinen eigenen Augen sehen«, verkündete Georg vollmundig und schob sich das nächste Stück Fleisch zwischen die Zähne. »Vor allem natürlich den höchsten Berg Deutschlands«, ergänzte er kauend.
»Wir leben schon achtzehn Jahre in diesem Land und haben den Kilimanjaro noch nicht gesehen. Es sind etliche Tagereisen von hier bis in den Norden«, klärte Alexander ihn auf. Georg war anzusehen, dass er keine Landkarte vor Augen hatte. Hatte er wahrhaftig geglaubt, man könnte von jedem Punkt der Kolonie rasch zum höchsten Berg des Reiches reisen? Wusste er

denn nicht, dass Deutsch-Ostafrika doppelt so groß war wie das alte Deutsche Kaiserreich? Und überhaupt, welche Vorstellung machte er sich von dem Leben hier? Vermutlich glaubte er, es gebe weniger Pflichten als im Mutterland und dafür mehr Abenteuer und Zeit für Expeditionen.

Wilhelmina beschäftigte etwas anderes noch mehr. »Sagten Sie nicht, Sie seien auf Wunsch Ihres Vaters hergekommen?«, wollte sie wissen.

»Ja, Madame, das ist richtig. Mein Vater hält es für eine gute Idee, sich in unserer Kolonie ein paar Lorbeeren zu verdienen. Nun, ein Mann voller Tatendurst lässt sich dies nicht zweimal sagen, nicht wahr? Die Welt ist groß«, rief er pathetisch aus. »Sie will entdeckt werden. Diese Afrikaschau hat mich mehr als neugierig gemacht. Wann bekommt man schon nackte Frauen zu sehen, die auch noch komplett schwarz sind?« Er nickte, als würde er sich selbst zustimmen. Perpetua, die bereits den ganzen Abend an seinen Lippen hing, senkte verschämt den Blick und kicherte. »Als ich dann noch hörte, dass es hier eine deutsche Brauerei gibt, war ich nicht mehr zu halten. Das Doppel-Braunbier soll deliziös sein.« Niemand lachte so laut wie er über diese Anspielung.

»Von den Menschenfressern mit ihren furchteinflößenden Tätowierungen und spitz gefeilten Zähnen haben Sie wohl nichts gehört«, stellte Rutger ruhig fest. Nicht einmal das geringste Zucken um die Mundwinkel verriet, dass er Georg auf den Arm nahm.

»Ach, du liebe Zeit!«, rief der aus. »Natürlich hört man das verrückteste Zeug von den Wilden, aber doch nicht so etwas. Und diese Menschenfresser gibt es wirklich hier in Deutsch-Ostafrika?«

»Lassen Sie sich von Rutger nicht hinters Licht führen«, riet Alexander und schmunzelte. »Er ist hier aufgewachsen. Wahrscheinlich ist das der Grund, weshalb er selbst ein wenig wild ist.«

»Nein, das ist nicht der Grund«, meinte Perpetua. »Immerhin bin ich ebenfalls in der Kolonie geboren und weiß mich dennoch zu benehmen.« Sie warf ihrem Bruder einen scharfen Blick zu.

»Davon bin ich überzeugt, Mademoiselle.« Georg lächelte sie an. »Ich stimme Ihnen zu, eine deutsche Erziehung führt überall zu einem guten Ergebnis, ganz gleich, ob in unserem Mutterland oder den entlegenen Gebieten.« Emmi und Lela räumten ab und brachten Früchte zum Dessert. Wilhelmina beobachtete, wie Georg die beiden Frauen anstarrte. In seinem Blick lag eine Mischung aus Abscheu und Faszination. Als Emmi wieder verschwunden war und Lela ihren Platz neben der Standuhr eingenommen hatte, wandte er sich Rutger zu: »Wenn man Ihre langen Haare ansieht, könnte man wirklich meinen, Sie seien ein wenig wild geraten. Vielleicht sollten Sie ebenfalls zur Schutztruppe kommen.« Er sah Alexander an. »Wie alt ist der Junge? Hat er nicht gerade das richtige Alter, um soldatischen Schliff gebrauchen zu können?«

»Rutger wird Botaniker wie ich. Schon jetzt hat er ein erstaunliches Wissen über die Flora unseres Landes. Er hat ein Händchen für Pflanzen. Es wäre pure Verschwendung, ihn zum Soldaten ausbilden zu lassen.«

»Verschwendung? Wie können Sie so etwas sagen?« Georg schien ehrlich entsetzt zu sein.

»Wirklich, Vater, dem Kaiser und dem Deutschen Reich zu dienen kann gewiss keine Verschwendung sein«, warf Perpetua ein. Es lag auf der Hand, dass sie Georg gefallen wollte.

»Als Botaniker kann Rutger seinem Kaiser ebenfalls dienen. Auf friedliche Art und Weise. Die Kolonie sollte längst Profit abwerfen, aber das tut sie nicht. Im Gegenteil. Es gab im Norden Hungersnöte, die nur durch Hilfe aus dem Süden und

Nahrungsmittellieferungen aus unserem Mutterland gelindert werden konnten. Eine kostspielige Angelegenheit. Unsere Forschung kann dazu beitragen, die Versorgung aller Regionen dauerhaft zu sichern. Damit leisten wir einen wertvollen Beitrag zum Wohlstand unseres Deutschen Reiches, meinen Sie nicht?« Er ließ dem Gast keine Gelegenheit, darauf zu antworten. »Und das, ohne dafür Menschen umzubringen«, sprach er weiter. »Herr von Eichenbaum, Sie können nicht wissen, was wir in den vergangenen achtzehn Jahren zu sehen bekommen und von anderen Siedlern gehört haben. Es hat viele Kämpfe gegeben, seit wir hier sind. Ich will nicht, dass irgendein Mitglied dieser Familie sich an dem Blutvergießen beteiligt«, erklärte er ebenso ruhig wie bestimmt.
»Nun, ich würde sagen, wer nicht bereit ist, sein Leben für den Kaiser und das Vaterland zu geben, wer sich davor drückt, wenn nach ihm verlangt wird, der gehört irgendwann nicht mehr dazu.«
»Junger Mann, Sie müssen noch viel lernen.« Alexanders Ton war schärfer, als man es von ihm gewohnt war. »Es ist alles andere als klug, um jeden Preis dazugehören zu wollen. Vielmehr kommt es darauf an, seinen Platz im Leben zu kennen.«
Rutger hatte die ganze Zeit auf seinen Teller gestarrt, während man über ihn gesprochen hatte. Wilhelmina fragte sich schon eine ganze Weile, wie lange es dauern würde, bis er sich selbst äußerte. Dieser Punkt war jetzt gekommen.
»Bisher wurde nicht nach mir verlangt«, stellte er leise fest. »Übrigens würde ich sagen, wer bereit ist, sein Leben für den Kaiser zu geben, der wird nicht alt.«
Das Blitzen in seinen Augen verriet Wilhelmina, dass er von Georg ebenso wenig hielt wie sie selbst. Hoffentlich würde dieser von Eichenbaum nicht lange Gast in ihrem Hause sein, sonst war ein Streit zwischen den beiden wohl unvermeidlich.

Nach dem Mokka zogen Perpetua und Rutger sich zurück. Perpetua fiel es sichtlich schwer, Rutger hingegen konnte kaum schnell genug verschwinden. Georg von Eichenbaum schien nicht im Geringsten müde zu sein. Im Gegenteil, er war aufgekratzt und voller Tatendrang. Am liebsten wäre er wohl gleich zu seiner ersten Expedition aufgebrochen.
»Ist es wahr, dass Sie Sklaven, die Sie freikaufen, nicht behalten dürfen? Ich hörte, man zahlt hundert Mark und mehr.« Georg sah Alexander erwartungsvoll über den Rand seines Kognakglases an. Sie saßen auf der Veranda. Zwei Öllampen, von Mücken umschwärmt, sorgten für behagliches Licht. Im gleichmäßigen Rhythmus tauchten die Fackeln der Wachleute auf, die ihre Runden um das Gelände drehten. Irgendwo in weiter Ferne ließen Elefanten ihre kräftigen Stimmen hören. Wilhelmina erinnerte sich, dass sie Gänsehaut bekommen hatte, als sie diesen Laut zum ersten Mal hören durfte. Noch immer konnte sie sich an diesen nicht alltäglichen Klängen Afrikas erfreuen. Georg hingegen schien sie nicht einmal zu bemerken.
»Man kann eine Bedingung in den Freibrief eintragen lassen, die garantiert, dass der ehemalige Sklave die Summe über eine festgelegte Dienstzeit hinweg abarbeitet«, antwortete Alexander ihm.
Georg saß auf einem der breiten Holzstühle, die Beine von sich gestreckt, und nickte langsam. Dann fiel ihm etwas ein. »Es wäre geradezu sträflich dumm, einen Sklaven freizukaufen, ohne eine Bedingung zu stellen, nicht wahr? Die Neger können sich dann nicht so einfach aus dem Staub machen.« Nach einer Pause setzte er hinzu: »Bedenken Sie nur einmal, wie gut Sie es hatten.« Er lachte laut auf. »Sie konnten Ihrem Gutsherrn einfach die Freundschaft kündigen und fortgehen. Mein Vater konnte sehen, wo er auf die Schnelle einen Ersatz beschafft.«
Wilhelmina blieb die Luft weg. »Wie bitte?«, keuchte sie.

Alexander, der neben ihr auf der Bank saß, griff ihre Hand und drückte sie. »Nun, die Sachlage war wohl ein wenig anders damals«, brachte er beherrscht hervor. »Ich habe das mit Ihrem Vater gründlich besprochen. Dabei wollen wir es bewenden lassen.« Er verstärkte den Druck auf Wilhelminas Hand.
»Da stimme ich Ihnen vollkommen zu«, entgegnete Georg und nahm einen kräftigen Schluck. Dann schüttelte er langsam den Kopf und lächelte versonnen. »Wozu so ein kleiner Spaß doch führen kann, nicht wahr? Hätte mein Vater damals nicht einen solchen Schabernack mit Ihnen getrieben, hätten Sie das winzig kleine Holstein wohl nie verlassen. Dort hätten Sie niemals eine so glänzende Laufbahn hingelegt wie hier im fernen Ostafrika. So hatte der Spaß am Ende ungeahnte Vorzüge für Sie.«

Wilhelmina saß auf dem Hocker vor ihrem Frisiertischchen und bürstete sich das lange Haar, das zunehmend von silbernen Strähnen durchzogen war. »Von wegen Bedauern und Bewunderung«, schnaubte sie. »Dieser von Eichenbaum stellt seinen Betrug noch als Wohltat hin. Als ob du es in Holstein zu nichts gebracht hättest!« Sie pfefferte die Bürste in die Schublade und schloss diese so schwungvoll, dass ein Fläschchen Eau de Toilette ins Wanken kam. »Wie kann er es nur wagen, von einem Spaß zu reden, einem Schabernack?«, schimpfte sie weiter, ehe Alexander zu Wort kam. »Ein schöner Spaß, der einen Menschen in die pure Verzweiflung stößt, so dass der sich um ein Haar am Apfelbaum aufknüpft!«
»Ich bitte dich, Mina, nicht so laut! Er muss uns ja nicht unbedingt hören.« Er ging auf sie zu. »Ich habe beinahe den Eindruck, du willst es dir zur Angewohnheit machen, mir in unserem Schlafzimmer die Leviten zu lesen.«
»Wie kannst du nur so ruhig bleiben?«, entgegnete sie, ohne auf seine Bemerkung einzugehen. Sie starrte ihn fassungslos an.

»Findest du es etwa nicht unverschämt, den ungeheuerlichen Betrug seines Vaters als harmlosen Spaß zu bezeichnen, der uns am Ende noch zum Vorteil gereicht?«
»Er hat doch keine Ahnung, Liebste. Er weiß nicht einmal, was wirklich vorgefallen ist. Mina, es ist achtzehn Jahre her! Georg war damals ein Kind. Wahrscheinlich hat der Alte ihm nur eine harmlose Geschichte erzählt. Was auch sonst? Bis ich wieder holsteinischen Boden betreten habe, wusste Georg vermutlich nicht einmal etwas von unserer Existenz. Nun musste eine Erklärung her, in welcher Verbindung von Eichenbaum und ich einmal gestanden haben. Er hat keine große Sache daraus gemacht, sich etwas für seinen Sohn einfallen zu lassen. Wir haben es nicht anders gemacht.« Wilhelmina sah ihren Mann entgeistert an. »Was denn? Wir haben unseren Kindern auch nicht die Wahrheit über unseren Fortgang von daheim gesagt.«
Wenn der Alte sich seiner Schuld bewusst war, dann hätte er seinen Sohn einweihen müssen, ging es Wilhelmina durch den Kopf. Sie war verunsichert.
»Was zählt, ist einzig, dass sein Vater bedauert, was er damals mit uns gemacht hat«, beendete Alexander das Thema. »Georg ist ein junger Kerl, der sich noch seine Sporen verdienen muss. Lass ihn reden, Liebste. Es bedeutet nichts.«
Als sie kurz darauf nebeneinander im Bett lagen, sagte Wilhelmina: »Er hat keine Verlobte, die auf ihn wartet. Das hat er extra betont. Findest du nicht, dass er Perpetua ausgesprochen interessiert betrachtet hat?«
»Ich finde vor allem, dass sie ihn nicht aus den Augen gelassen hat«, kam es belustigt zurück.
»Das scheint dir nichts auszumachen.« Wilhelmina seufzte. »Es fehlt noch, dass die beiden ein Paar werden.«
»Warum nicht?«
»Meine Tochter und ein von Eichenbaum? Niemals!«

»Unsere Tochter, Mina, könnte es schlechter treffen. Er ist Unteroffizier. Ich gebe ja zu, dass er für sein Alter noch ziemlich grün hinter den Ohren ist, aber das gibt sich. In Afrika wird er erwachsen werden müssen. Schade, dass Kilossa inzwischen unter Zivilverwaltung steht und es die Station der Schutztruppe nicht mehr gibt.«

Eine Weile war es still, nur das leise Pfeifen des Windes war zu hören, der sich durch die Läden der glaslosen Fenster ins Zimmer drängte. Wilhelmina musste ihm recht geben, zumindest in gewisser Weise. Auch Alexander war in diesem aufregenden Land erwachsen geworden. Ihm war gar nichts anderes übriggeblieben. Ein gutmütiger Träumer, der sich allzu leicht übertölpeln ließ und keine andere Lösung für seine Probleme kannte, als durch eigene Hand aus dem Leben zu scheiden, kam hier nicht sehr weit.

»Worüber denkst du nach?«, wollte Alexander wissen.

»Über die Zukunft. Georg von Eichenbaum ist nicht der Richtige für unser Kind. Was ist, wenn sie ihn trotzdem nimmt?«

»Wer sagt denn, dass er nicht der Richtige ist? Sollte das nicht einzig und allein Perpetua entscheiden?«

»Sei nicht albern, Alexander! Als ob sie wüsste, was gut für sie ist.«

Er schob eine Hand unter Wilhelminas Decke und tastete nach ihrem Bauch. »Erfolg kommt nicht immer durch Klugheit und Misslingen nicht immer durch Torheit, sagt man hier.« Er begann ihren Leib zu liebkosen. »Behauptest du nicht, du hättest im ersten Augenblick gewusst, dass ich der Richtige für dich bin?«

»Das ist etwas ganz anderes«, protestierte sie.

Seine Hand tastete sich behutsam aufwärts zu ihren schweren Brüsten, die zwei Kinder genährt hatten. »Erkläre mir den Unterschied«, flüsterte er.

Wilhelminas Atem wurde schwerer. »Perpetua ist ein Backfisch, leicht entflammbar und von falschem Pflichtgefühl getrieben. Ich hatte damals keine Wahl. Man hat uns verheiratet. Im Gegensatz zu ihr war ich bereits sehr reif für mein Alter und habe auf der Stelle erkannt, dass du ein guter Mensch bist. Es war ein Glück, dass du mir nicht gänzlich unsympathisch warst.« Seine Hände entfachten ein Feuer, das sie viel zu lange vermisst hatte. Sie stöhnte wohlig.

»Nicht gänzlich unsympathisch? Lügnerin!« Alexander zog sich zurück. »Du warst nicht minder schnell entflammt, als es deine Tochter heute ist. Wenn Georg um unsere Tochter anhalten würde, müssten wir uns wenigstens nicht mehr sorgen, dass Dr. Kammer ihm zuvorkommt. Dann brauchtest du keine Angst mehr haben, dass sie die Frau dieses schrulligen alten Mannes wird, der doch wohl deutlich besser zur Mutter als zur Tochter passen würde.«

»Zu mir? Dieser Kauz?«

»Er ist ein gebildeter Mann und nur zwei Jahre älter als du. Ich dagegen bin beinahe sieben Jahre älter und nur ein einfacher Gärtner.«

»Das ist wahr«, stimmte sie lächelnd zu. »Allerdings ein Gärtner mit äußerst geschickten Händen. Du weißt, wie man ein Pflänzchen anfassen muss, damit es erblüht«, hauchte sie ihm ins Ohr und hob einladend ihre Decke hoch.

Dar es Salaam, 2012

Sie verbrachten einen sehr angenehmen Abend miteinander. Amali erzählte Bausi nur vage, dass sie auf den Spuren ihrer Familie unterwegs sei.
»Ich möchte wenigstens einmal das Land sehen, das meine Großmutter so geliebt hat«, verriet sie ihm. »Wissen Sie, ich habe sie nicht einmal kennengelernt, aber sie war die Mutter meines Vaters. So sehr, wie er sie geliebt hat, muss sie einfach eine großartige Frau gewesen sein.« Sie machte eine kurze Pause. »Eigentlich wollten mein Vater und ich gemeinsam herkommen.«
»Aber er hatte zu viel zu tun, was? Männer sind schrecklich. Das Geschäft ist ihnen immer am wichtigsten.« Er lächelte sie an. Als er ihren betrübten Blick sah, fragte er: »Da habe ich wohl gerade ziemlich falschgelegen, stimmt's? Er hat nicht zu viel zu tun?«
»Nein, er ist gestorben. Es ist noch nicht lange her«, sagte sie leise. Komisch, so weit weg von zu Hause, in einem Land, in dem alles ganz anders war, als sie es kannte, kam es ihr völlig unwirklich vor, dass er tot sein sollte. Der Abstand war plötzlich so groß, als hätte sie es nur geträumt, als würde er sie am Flughafen erwarten, wenn sie von ihrer Reise zurückkäme.
»Das tut mir sehr leid. Ich bin aber auch ungeschickt.«
»Nein, nein, das konnten Sie doch nicht wissen.«
»Schade«, sagte er. »Man glaubt immer, dass man noch so viel Zeit hat, und schiebt Dinge auf, die einem wichtig sind, weil anderes immer noch wichtiger erscheint. Dabei weiß doch nie-

mand von uns, wie viel Zeit ihm noch bleibt.« Amali wusste genau, was er meinte. Sie sah auf und direkt in seine sanften Augen. Niki hätte sie jetzt ausgelacht, aber es fühlte sich an, als würden sie sich schon ewig kennen. Na ja, zumindest schon deutlich länger als ein paar Stunden. »Ich verschiebe nichts. Wenn ich etwas tun will, dann mache ich das gleich. Einige meiner Freunde finden das etwas anstrengend.« Er lachte.
»Ich finde, Sie machen das richtig.«
Als er sie nach vielen Stunden zu Fuß zum Hotel zurückbrachte, worauf er bestanden hatte, lud er sie für den folgenden Abend zum Essen ein. Es erschien ihr ganz selbstverständlich, die Einladung anzunehmen.
»Sehr schön, ich hole Sie ab.« Er strahlte sie an. »Allerdings mit dem Auto. Hätte ich gewusst, dass Sie hier draußen wohnen, hätte ich Sie nach Hause gefahren.«
»Es war doch ein schöner Spaziergang.«
»Man geht hier nicht spazieren. Man geht zu Fuß, wenn man irgendwohin muss und nicht einmal ein Fahrrad besitzt. Ansonsten nimmt man ein Auto.« Er gab ihr einen Abschiedskuss auf die Wange. »Morgen Abend um acht an Ihrem Hotel«, sagte er noch einmal und verschwand in die Dunkelheit.

Es war zehn Minuten vor acht. Amali kam in die Lobby. Lalamika begrüßte sie freundlich. Sie arbeitete heute zusammen mit einem Kollegen an der Rezeption. Auch er trug eine dunkelblaue Uniform und grüßte höflich.
»Gehen Sie aus?«, fragte Lalamika.
»Ja.«
»Soll ich Ihnen ein Taxi rufen?«
»Nein danke, das ist nicht nötig.«
»Sie sollten aber nicht alleine zu Fuß unterwegs sein, wenn es dunkel ist. Hier in der Gegend ist noch nie etwas passiert«, setz-

te sie schnell hinzu, »aber man weiß ja nie. Spitzbuben gibt es leider überall.«
»Da haben Sie recht.« Amali hatte das Gefühl, sich erklären zu müssen. »Ich gehe nicht allein zu Fuß, ich werde abgeholt.«
»Oh«, machte Lalamika und sah noch skeptischer aus.
»Jemand, den ich kenne. Also, ich kenne ihn nicht richtig, aber ich wusste, dass er hier wohnen muss. In Dar es Salaam.« Sie stockte. »Ich habe ihn gestern getroffen. Ziemlicher Zufall.« Sie fand selbst, dass es sich nicht sehr überzeugend anhörte. Die hübsche Mitarbeiterin des Hotels schätzte die Lage wahrscheinlich exakt so ein, wie sie war. Eine Touristin lernt am ersten Abend einen attraktiven Einheimischen kennen und verbringt auch den nächsten Abend wieder mit ihm. Amali fiel ein, dass sie einmal etwas über Sextourismus gelesen hatte. Deutsche Frauen fuhren nach Afrika, um einmal mit einem schwarzen Mann zu schlafen. Allein bei dem Gedanken wurde sie rot. Hoffentlich dachte Lalamika nicht, dass sie so eine Touristin war. Warum ist es dir nur so wichtig, was andere Leute denken?, fragte sie sich. Die Hauptsache war doch, dass sie selbst wusste, warum sie sich mit Bausi traf. Sie beschloss, dass sie niemandem eine Rechtfertigung schuldig war, sah auf ihre Uhr und sagte: »Na, dann will ich mal. Auf Wiedersehen.«
»Einen schönen Abend wünsche ich«, rief Lalamika ihr nach.
Er kam zehn Minuten zu spät. Für hiesige Verhältnisse ist das vermutlich noch pünktlich, dachte Amali. Es war doch wirklich typisch deutsch, auf die Uhr zu gucken, wenn jemand zu einer Verabredung erschien. Sie würde versuchen sich der afrikanischen Mentalität ein wenig anzupassen. Die war bestimmt viel entspannter. Er fuhr einen metallicgrünen Ford Capri. Amali musste schmunzeln. Das gute Stück war vermutlich so alt wie sie, wenn nicht sogar älter. Ihr Vater hatte mal für diesen Wagen geschwärmt und ihr im Hafen einen gezeigt, der gerade zusam-

men mit Hunderten von anderen ausgedienten Karren verschifft wurde. Wahrscheinlich nach Afrika, ging ihr durch den Kopf. Bausi hielt genau vor dem Eingang und sprang aus dem Auto. Amali war sicher, dass Lalamika und ihr Kollege die Hälse reckten.

»Guten Abend, Amali«, begrüßte er sie und gab ihr einen Kuss auf die Wange. Er hatte weiche Lippen. »Ich hoffe, Sie mögen, was ich für uns ausgesucht habe.« Galant hielt er ihr die Tür auf, bückte sich schnell und warf ein paar Briefe, die auf dem Beifahrersitz gelegen hatten, auf die Rückbank.

Das Restaurant lag etwas außerhalb auf der Msasani-Halbinsel. Hier war alles sauberer und grüner als im Zentrum, eine Wohltat. Obwohl es nur wenige Kilometer waren, dauerte die Fahrt fast eine Stunde.

»Ich würde verrückt werden, wenn ich hier Auto fahren müsste«, gab sie lachend zu. »Ist der Verkehr immer so heftig?«
»Nein, meistens ist mehr los.« Er freute sich über ihr verblüfftes Gesicht.

»Wie halten Sie das nur aus? Ich habe mich schon in Hamburg gegen ein Auto und für ein Fahrrad entschieden. Dabei ist der Verkehr dort längst nicht so unübersichtlich wie hier.«
»Sie haben keinen Führerschein?« Er sah so lange zu ihr herüber, dass sie wünschte, er würde wieder auf die Straße gucken. Ständig drängte sich ein Wagen zwischen den anderen hindurch, von Fahrspuren schien man hier nichts zu halten. Minibusse schnitten Motorrädern den Weg ab, dazu kamen Fahrräder und Fußgänger, die einfach die Straße überquerten und sich darauf verließen, dass man sie schon beachtete. Der Gestank nach Benzin, der durch die offenen Seitenscheiben hereinkam, nahm ihr den Atem. Der Fahrtwind zerrte an ihren Haaren. Amali musste sich damit abfinden, denn die Kurbel, mit der man das Fenster hätte schließen können, fehlte.

»Doch, ich habe meinen Führerschein gemacht, als ich achtzehn wurde. Irgendwie gehörte das dazu«, antwortete sie ihm endlich und hielt sich das Haar aus dem Gesicht. »Inzwischen halte ich nicht mehr viel von Autos.«
»Ich finde sie ziemlich praktisch.«
»Ich finde, sie verpesten die Luft und verstopfen die Straßen. Das Fahrrad ist besser für die Umwelt und für die Gesundheit.« Er zog eine Augenbraue hoch. »Klar«, meinte sie, »man kommt damit nicht einfach von A nach B, sondern hat auch gleich Bewegung. Das nenne ich praktisch.« Er lachte. Sein Auto war mit Sicherheit die reinste Dreckschleuder. Als es gebaut wurde, hatte man von Katalysatoren und niedrigem Verbrauch noch nicht einmal etwas gehört. Zu Hause hätte sie sich darüber aufgeregt, aber hier musste sie natürlich andere Maßstäbe ansetzen.
Bausi trug eine blaue Jeans und ein weißes T-Shirt. Amali hatte sich für ein gelbes Sommerkleid mit weit schwingendem Rock entschieden. Als sie das Restaurant sah, vor dem er parkte, hatte sie zunächst Bedenken, dass sie nicht vornehm genug angezogen waren. Vor dem Hotel, zu dem es gehörte, stand ein Portier. Der Boden war aus Marmor, darin eingelegt ein Mosaik, das Tansania und seine wichtigsten Sehenswürdigkeiten zeigte. Die Einrichtung wirkte edel und sehr viel moderner, als es in dem Hotel der Fall war, in dem Amali wohnte. Dunkle Möbel vor hellen Wänden, an der Wand afrikanische Kunst. Nicht der übliche Touristenkitsch, sondern Bilder zeitgenössischer Maler, wie Amali vermutete. Sie wurden an einen Tisch für zwei Personen geführt. Erleichtert stellte sie fest, dass die anderen Gäste ebenfalls leger gekleidet waren. Ein Kellner reichte ihnen die Speisekarte.
»Trinken Sie Wein oder Bier?«, fragte Bausi. »Sie müssen Baobab-Bier probieren. Nein, vielleicht lieber ein anderes Mal«, entschied er für sie. »Heute ein Kilimanjaro-Bier, okay?« Ehe sie

antworten konnte, zeigte er dem Kellner, dass sie zwei davon wollten. Amali trank sonst eigentlich lieber Wein und hätte sich bei diesem Klima am liebsten für Wasser entschieden, aber man musste doch die landestypischen Spezialitäten probieren. Es war sicher eine gute Idee, ihm die Wahl zu überlassen.
»Es heißt wirklich Kilimanjaro?«
»Ja. Wir haben noch mehr Sorten, die in Tansania gebraut werden, Serengeti und Safari.«
»Das ist nicht Ihr Ernst.«
»Aber ja!« Der Kellner brachte das Bier und schenkte ein. »Auf Ihr Wohl, Amali. Oder: Auf dein Wohl?« Er sah sie beinahe schüchtern an.
»Gerne. Auf dein Wohl, Bausi.«
Sie aßen Pilau, einen Gewürzreis mit Fleisch. Amali verzichtete zu Hause so oft wie möglich auf Fleisch, aber er hatte gesagt, es sei ein Festessen. Fleisch war in Tansania, jedenfalls für die Durchschnittsbevölkerung, echter Luxus. Es lag auf der Hand, dass er ihr etwas Besonderes bieten wollte. Es war rührend, wie er sich bemühte, sein Land in ein gutes Licht zu rücken. Als wollte er um keinen Preis zulassen, dass der Überfall, der ja glücklicherweise glimpflich ausgegangen war, ihr Bild von Tansania prägte. Bausi war ein ausgesprochen angenehmer Mensch. Amali musste sich immer wieder vor Augen halten, dass er ein Abkömmling der von Eichenbaums war, die ihrer Familie einst so übel mitgespielt hatten. Beim zweiten Bier fragte sie sich, warum sie das eigentlich kümmern sollte. Wie sagte Niki immer? Das Ganze war hundert Jahre her und betraf weder sie noch ihren Vater. Gleiches galt doch wohl auch für Bausi. Sie schätzte ihn auf etwa ihr Alter, vielleicht war er etwas jünger oder älter, das war schwer zu sagen. Sicher war, dass er mit dem, was sich seine Vorfahren irgendwann einmal geleistet hatten, nichts zu tun hatte.

»Schmeckt es dir?«

»Ausgezeichnet! Wirklich, es ist ganz hervorragend.« Das stimmte. Sie hatte lange nicht so gut gegessen. Ausgenommen im Blini natürlich, wo das Essen immer sehr gut war. Doch auch dort verwendeten sie andere Gewürze. Sie ging zu Hause nicht oft in Restaurants, und sie selbst kochte eher mediterran oder indisch. Mit einem Mal stellte sie sich vor, was man Bausi wohl auftischen würde, wenn er nach Deutschland käme. Eisbein mit Sauerkraut oder Brathering vielleicht. Bei dem Gedanken musste sie schmunzeln.

»Worüber lachst du?«

»Nichts, ich habe nur an etwas gedacht.«

»Das hatte ich angenommen. Und darüber hast du gelacht, stimmt's?«

»Stimmt. Warst du schon mal in Deutschland?«

Er war irritiert. »Ja, in Berlin.«

»Ich frage nur, weil ich mir gerade vorgestellt habe, was für ein Schock es für dich sein muss, mit der deutschen Küche konfrontiert zu werden. Zumindest mit dem deftigen Teil.«

»Ich mag deutsches Essen, Klopse, Bratkartoffeln, Sauerfleisch oder auch Wiener Schnitzel.« Sie musste lachen. »Ihr habt viel Abwechslung, finde ich. Du wirst schon sehen, wenn du länger hier bist, hängen dir Ugali und Fladenbrot zum Hals raus.«

»Was ist Ugali?«

Er rümpfte die Nase. »Ein zäher Maisbrei. Den gibt es hier als Beilage zu so ziemlich jedem Essen. Es sei denn, es gibt Fladenbrot.«

»Verstehe.« Er bestellte noch zwei Bier. Amali wollte protestieren, fand dann aber, ein letztes könnten sie sich noch genehmigen.

»Du bist also den langen Weg in diese dreckige Stadt geflogen, um zu gucken, wo deine Großmutter einmal gelebt hat?« Bausi sah sie aufmerksam an. Es klang nicht so, als ob er sich über sie lustig machen wollte. Es schien ihn wirklich zu interessieren.

»Es ist ein bisschen kompliziert«, begann sie zögerlich. Der Kellner brachte das Bier. Amali hatte den Eindruck, als würden die Leute am Nachbartisch es bemerken und sich darüber unterhalten. Nein, sie sah bestimmt nur Gespenster, weil sie einen Schwips hatte und von dieser fremden Stadt mit all ihren neuen Eindrücken ganz berauscht war.

»Ich habe Zeit.« Er stützte erwartungsvoll das Kinn auf die gefalteten Hände.

»Im Grunde weiß ich nicht viel über sie. Mein Vater hat mir erzählt, dass seine Großeltern, also die Eltern meiner Großmutter, eine Farm in Afrika hatten, am Fuße des Kilimanjaros.« Sie spielte nervös mit ihrem Zopf. »Hört sich fast an wie in diesem Roman von Tania Blixen, was?« Er antwortete nicht, sondern hörte ihr lächelnd zu. »Ich sagte ja schon, es ist ziemlich kompliziert.«

»Nein, du sagtest, es ist ein bisschen kompliziert. Wenn es sehr schwierig ist, habe ich doch noch einen Termin.« Er sah plötzlich hektisch auf die Uhr, dann lachte er herzlich.

»Du nimmst mich nicht ernst.«

»Doch, ich nehme dich sogar sehr ernst.« Dieser Bausi hatte aber auch wirklich tolle Augen. Und er war der Einzige, den sie hier kannte. Sie fragte sich, wie sie sich drei Wochen ganz allein in Afrika überhaupt vorgestellt hatte. Die Zeit würde ohne Gesellschaft nie vergehen. Was noch schlimmer war, sie hatte keine Idee, wie und wo sie mit der Spurensuche beginnen sollte. Wenn man es genau nahm, war sie wegen Bausi nach Dar es Salaam gekommen, sonst wäre sie besser direkt zum Kilimanjaro Airport geflogen. Von dort konnte es nicht weit sein bis zur ehemaligen Farm ihrer Vorfahren. Sie wollte wissen, was er mit den von Eichenbaums zu tun hatte. Und das würde sie nur herausfinden, wenn sie ihn fragte. Sie nahm schnell noch einen Schluck Bier, um sich Mut zu machen.

»Eigentlich bin ich nicht nur wegen meiner Familie hier, sondern auch wegen deiner.«

»Wie bitte? Jetzt machst du mich aber wirklich neugierig.«

Amali begann zu erzählen, von dem Dachbodenfund, den beiden Briefen. Es sprudelte einfach so aus ihr heraus. Bausi tat nicht als Unfug ab, was sie ihm erzählte. Nicht so wie Niki. Er hörte zu und fragte nach, wenn sie im Eifer wichtige Details vergessen hatte.

»Siehst du, Bausi, ich will niemandem etwas wegnehmen. Dir schon gar nicht. Ich möchte nur verstehen. Und dieses Haus in Ostholstein verfällt, wenn sich niemand darum kümmert. Du kannst dir nicht vorstellen, wie schön es ist. Es ist aus rotem Backstein gemacht, man kann das alte Fachwerk noch sehen. Und gleich nebenan gibt es eine Wiese mit alten Apfelbäumen.«

»Du magst alte Sachen«, stellte er fest.

Amali hörte gar nicht richtig zu. »Die müssen natürlich kräftig beschnitten werden.« Sie sah ihn an. »Es sind nicht mehr die Bäume meiner Urururgroßeltern, das ist mir klar, aber ihre haben dort einmal gestanden. Und meine Urururgroßeltern …« Sie musste aufpassen, sich nicht zu verhaspeln. »… haben in dem Haus gewohnt! Es wäre einfach ein Traum, genau dort meinen eigenen kleinen Bioladen zu eröffnen mit Obst, Gemüse und Kräutern aus eigenem Anbau. Ganz ohne Pestizide und diesen ganzen Mist. Das ist mein Traum«, wiederholte sie.

»Ich kann mir gut vorstellen, dass du ziemlich wütend auf die von Eichenbaums bist. Oje, da habe ich wohl Pech mit meinem Namen.«

»Du hast mir geholfen, als ich überfallen wurde, und bist sehr nett zu mir. Bestimmt gehörst du gar nicht wirklich zur Familie, oder?«

»Irgendwie schon, fürchte ich. Soweit ich weiß, hatte mein deutscher Vorfahr eine ganze Schar Kinder beziehungsweise Enkelkinder. Ich hoffe also, dass ich von der bösen Linie nicht allzu viel geerbt habe.«

»Bestimmt nicht.« Er konnte keiner von den Jägern sein. Als Beute konnte sie ihn sich allerdings auch nicht vorstellen. »Gibt es noch mehr von Eichenbaums in Dar es Salaam?«

Bausi schüttelte den Kopf. »Nicht dass ich wüsste.« Er stützte die Ellbogen auf den Tisch und beugte sich ein wenig zu ihr herüber. »Hör zu, ich habe eine Idee. Was hältst du von einer Tour ins Landesinnere, nach Norden?«

Amali war perplex. »Wie meinst du das?«

»Ganz einfach, für kompliziert bist du zuständig. Ich müsste morgen ein paar Sachen regeln, aber dann könnte ich mir einige Tage freinehmen. Ich muss sowieso mal wieder da hoch. Ich habe eine Farm da oben, in der Nähe von Moshi.«

»Ach, wirklich?«

Er legte nachdenklich die Stirn in Falten. »Ich war zwar schon länger nicht mehr dort, aber ich bin ziemlich sicher, dass es in der Nähe von Moshi war.«

»Du sollst mich nicht verschaukeln.« Sie schmunzelte, wurde aber gleich wieder ernst. »Das ist komisch, weißt du, weil Moshi doch am Kilimanjaro liegt, oder?«

»Nicht weit davon, ja.«

»Dort haben meine Urgroßeltern …«

»… eine Kaffeeplantage besessen«, beendete er den Satz für sie. »Ja. Das heißt, die sind sie ja auch an diese von Eichenbaums losgeworden.«

»Und nun gehört sie mir«, bekannte er schuldbewusst. »Sieht so aus, als würde sie mir gar nicht zustehen.«

Amali war vollkommen durcheinander. Als sie hierhergekommen war, hatte sie keine Idee gehabt, was sie überhaupt anstellen wollte. Jetzt saß Bausi von Eichenbaum, ein attraktiver und äußerst charmanter Mann, ihr gegenüber wie ein Häufchen Elend und machte den Eindruck, als würde er ihr auf der Stelle seine Kaffeeplantage vermachen, weil er anerkannte, dass sie ihr mehr zustand als ihm. Dabei konnte er doch gar nichts dafür, und es war nicht einmal sicher, dass es sich um dieselbe Plantage handelte. Hier wurde im Hochland doch überall Kaffee angebaut.

»Du wolltest doch sehen, wo deine Großmutter und deren Eltern gelebt haben. Dann musst du in den Norden fahren. Ich zeige dir die Plantage und ein paar Nationalparks, wenn du willst. Du wirst es lieben, das Klima ist in den höheren Lagen viel besser als in der Stadt. Ich lebe nur hier, weil ich unsere Produkte von hier aus besser verkaufen kann. Meine Leute kümmern sich um die Farm. Am liebsten würde ich das selbst machen und ständig dort leben. Du musst die Weite der Savanne sehen, die Fächerakazien und die berühmten Affenbrotbäume.« Er sprühte vor Begeisterung, und vor Amalis geistigem Auge entstand das Bild von Afrika, das sie sich immer ausgemalt hatte. »Du kannst die Big Five sehen, den Löwen, den Leopard, den Elefanten, das Nashorn und den Büffel. Und Giraffen und jede Menge Antilopen natürlich.«

»Das klingt wundervoll.«

»Das ist es auch. Also?«

»Ich kann doch nicht einfach mit dir ein paar Tage wegfahren.« Sie biss sich nachdenklich auf die Unterlippe.

»Warum denn nicht? Keine Sorge, wir werden in ordentlichen Hotels schlafen. Einfach, aber ordentlich. Und du bekommst natürlich dein eigenes Zimmer. Wenn du darauf bestehst.« Er zwinkerte, und sie wurde rot und lächelte verlegen. »Wie willst du Tansania sonst kennenlernen? Willst du etwa so eine Touristenfahrt buchen, wo jemand mit einem Fähnchen vorneweg läuft, und du stiefelst mit ungefähr neunundzwanzig übergewichtigen schwitzenden Touristen hinterher, die sich nur dafür interessieren, wo es das nächste Café, den lohnenden Foto-Stopp und die am besten sortierte Hotelbar gibt?«

»Um Himmels willen, nein!« Sie musste lachen.

»Abgemacht, dann hole ich dich übermorgen am Hotel ab. Sagen wir um zehn Uhr?«

»So einfach ist das nicht.« Warum eigentlich nicht? Sie hatte große Lust auf eine mehrtägige Tour. Die Vorstellung, dass er ihr sein Land zeigte, gefiel ihr ganz besonders, die Alternative klang dagegen alles andere als reizvoll. »Du musst wirklich sowieso mal wieder zu deiner Plantage fahren? Ehrenwort?«

»Ja, ich schwöre.« Konnte sie einfach zusagen? Sie kannte ihn doch gar nicht. Sie sahen sich gerade zum zweiten Mal! »Außerdem wäre es ganz gut, wenn wir etwas Zeit zusammen hätten.« Er schien nach den richtigen Worten zu suchen und sah ihr direkt in die Augen. »Ich verbringe gerne Zeit mit dir. Es ist wieder ein sehr schöner Abend.« Amali war ganz benommen von seinem Charme.

»Das finde ich auch.« Es war ziemlich lange her, dass sie mit einem Mann geflirtet hatte. Bausi machte es ihr leicht.

»Das ist es aber nicht allein. Ich denke die ganze Zeit über das nach, was du mir von deiner Familie erzählt hast und von meiner. Um ehrlich zu sein, weiß ich nicht besonders viel über meinen Stammbaum.« Er hob entschuldigend die Hände. »Jedenfalls denke ich die ganze Zeit darüber nach, ob ich dir nicht irgendwie helfen kann.« Sein Blick fixierte einen Punkt auf der Tischplatte. Irgendetwas beschäftigte ihn. Dann fügte er hinzu: »Es gibt da ein paar Familienmitglieder, mit denen habe ich noch ein Hühnchen zu rupfen. Vielleicht lassen sich zwei Fliegen mit einer Klappe schlagen.«

»Ach ja? Das klingt interessant.« Amali wurde hellhörig.

»Keine sehr schöne Geschichte, aber dafür eine lange. Die könnte ich dir prima während der Fahrt erzählen.« Sie brannte darauf, mehr darüber zu hören.

»Dann müssen wir aber noch die Kosten klären, Benzin, Übernachtung und so weiter«, gab sie zu bedenken.

»Benzin bezahle ich. Ich wäre doch sowieso früher oder später gefahren. Und die Übernachtungen ... Normalerweise würde ich natürlich ohne Zwischenstopp fahren, aber du sollst doch etwas zu sehen bekommen. Zwei- oder dreimal sollten wir schon übernachten, damit es sich lohnt. Dein Zimmer wirst du selber zahlen müssen«, sagte er und legte den Kopf schief.

»Und deins«, ergänzte sie. »Ich bestehe darauf. Du hast gerade selber gesagt, du würdest normalerweise durchfahren.«

»Ja, ja, aber meine Familie schuldet deiner noch etwas.«

»Entweder ich bezahle die Übernachtungen, oder ich entscheide mich für die Tour mit den übergewichtigen schwitzenden Touristen, das ist die Abmachung.«

»O nein!« Er verzog das Gesicht. »Das mit den Touristen kann ich nicht erlauben.«

»Also dann?« Sie streckte ihm die Hand hin, und Bausi schlug ein.

Es war nach Mitternacht, als Bausi vor ihrem Hotel anhielt. Dieses Mal hatte er sich nicht direkt vor die Einfahrt gestellt, sondern auf den kleinen Parkplatz rechts vom Gebäude. Regen prasselte auf das Dach des alten Autos.

»Ist der Wagen eigentlich älter als du oder jünger?«, wollte Amali wissen. Sie hatte noch keine Lust auszusteigen.

»Du glaubst doch nicht wirklich, dass ich über dreißig bin?« Er spielte das blanke Entsetzen gut. Sie musste kichern.

»Das Auto ist also über dreißig Jahre alt? Ich fasse es nicht. Bist du sicher, dass es uns heil und ohne Panne in den Norden bringt?«

»Du warst den ganzen Abend so nett, warum fängst du jetzt an, mich und mein Auto zu beleidigen?« Bausi schmollte. »Wenn du lieber mit dem Fahrrad fahren möchtest. Es sind nicht viel mehr als fünfhundert Kilometer.«
»Oje, nein, lieber nicht. Und ich möchte auch nicht mit der gruseligen Touristengruppe fahren.« Sie dachte kurz nach. »Andererseits ... es gibt bestimmt auch sehr nette Touristen.«
»Dann wünsche ich dir eine gute Reise.« Sie mussten beide das Lachen unterdrücken. Bausi hatte nicht weniger getrunken als sie. Er hätte nicht mehr fahren dürfen. »Willst du nicht aussteigen?«
»Es regnet«, merkte sie kleinlaut an. »Es gießt wie aus Eimern, um genau zu sein.«
»Tja, das ist dumm. Jedenfalls für jemanden, der kein gutes altes Auto hat ...«
»Du bringst es wirklich übers Herz, mich in das Unwetter zu jagen?« Amali setzte einen zuckersüßen Blick auf. »Na gut«, sagte sie dann. »Ich muss sowieso ins Bett.« Sie wurde ernst. »Es war ein sehr schöner Abend. Vielen Dank dafür!« Sie legte die Hand an den Türgriff. »Fahr vorsichtig nach Hause. Nicht dass du noch den Führerschein verlierst oder einen Unfall hast.«
»Nein, ich passe auf.« Er sah zu ihr herüber.
Bausi hatte ihr gestern einen Kuss zum Abschied und heute einen zur Begrüßung gegeben. Sie zögerte. Meine Güte, sie war wirklich aus der Übung.
Mit einem Mal sah sie Niki vor sich, die sie mit absoluter Sicherheit aufgefordert hätte, sich diesen attraktiven Mann zu greifen und ihm auf der Stelle einen Kuss zu geben. Sie beugte sich zu ihm hinüber. »Gute Nacht«, sagte sie und küsste ihn sanft auf die Wange. Sie wollte aussteigen, doch er hielt ihren Arm fest und zog sie zu sich zurück. »Hey«, protestierte sie halbherzig.

»Gute Nacht«, sagte er und küsste sie auf den Mund, ganz sacht und zärtlich.
Amali schloss die Augen. Ihr lief ein Schauer über die Haut. Es war der perfekte Abschluss eines perfekten Abends. Als sie die Augen öffnete, sah sie direkt in sein Gesicht. Es war ziemlich dunkel, aber sie konnte seine geschwungenen Lippen erkennen, das Schimmern seiner Haut und diesen Blick, der zugleich weich und tiefgründig war. Er drängte sie nicht. Gerade das lockte sie.
»Also schön, noch einen zum Abschied.« Amali beugte sich weiter zu ihm hinüber und legte ihre Lippen auf seine. Er streckte die Hand aus und berührte sanft ihre Hüfte. Das Prickeln war besser als alles, was sie seit langem gespürt hatte. Sie legte ihre Hand auf seinen Oberschenkel. Es war nicht sehr bequem in dem engen Auto. Trotzdem drängte sie sich an ihn. Seine Hände streichelten sie durch den Stoff ihres Sommerkleides. Ihre Lippen spielten miteinander, erkundeten sich, als hätten sie beide vorher noch nie geküsst. Es hatte etwas Unschuldiges, aber auch etwas sehr Erotisches an sich, fand Amali. Sie erkannte sich selbst nicht mehr. Die sonst so vernünftige Amali knutschte hier herum wie ein verknallter Teenager. Ihre Freundinnen hatten das bestimmt spätestens mit fünfzehn oder sechzehn gemacht, da konnte sie wetten. Im Auto, total aufgedreht, mit einem Schwips und einem Schaltknüppel am Oberschenkel.
Später allein in ihrem Zimmer betrachtete sie ihre geröteten Wangen. Sie musste kichern. Der Nachtportier hatte sie einlassen müssen. Er hatte sehr mürrisch gewirkt und sich von ihrer Fröhlichkeit, mit der sie, die Schuhe in der Hand, durch die Lobby hüpfte, nicht anstecken lassen. Ihr sollte es egal sein. Sie war so lange nicht mehr fröhlich gewesen. Jetzt wollte sie es unbeschwert genießen.

»Ich unternehme einen mehrtägigen Ausflug«, informierte Amali die Dame an der Rezeption tags darauf. Gut, dass es nicht Lalamika war. Die hätte sofort gewusst, dass Amali keine Tour bei einer seriösen Agentur gebucht hatte, sondern allein mit einem Fremden unterwegs sein würde. Dann ging sie in den kleinen Computerraum am Ende der Lobby. Es war höchste Zeit, Niki und Jan ein Lebenszeichen zu schicken. Bestimmt kamen sie schon um vor Sorge.

»Ihr Lieben,
bin gut angekommen. Tansania ist einfach toll. Nette Menschen, gutes Essen. Es gibt keinen Grund, sich Gedanken zu machen. Morgen starte ich zu einer mehrtägigen Tour in den Norden. Stellt Euch vor, ich werde dort sein, wo meine Urgroßeltern gelebt haben. Und ich werde die Big Five, die Savanne und den Kilimanjaro sehen. Beneidet Ihr mich?
               Herzliche Grüße, Eure Amali«

Von dem Überfall erwähnte sie lieber nichts. Sie würden sich nur überflüssigerweise aufregen. Und auch von ihrem sehr persönlichen Reiseleiter schrieb sie kein Wort. Bei Tageslicht betrachtet war sie nicht mehr so sicher, ob Niki über das nächtliche Geknutsche im Auto entzückt oder doch eher entsetzt wäre. Sie wusste ja nicht einmal mehr, was sie selbst davon halten sollte.
Mit der Gewissheit, ab morgen ganz viel vom Land zu sehen zu bekommen, konnte Amali den Tag faul zubringen, ohne das Gefühl, etwas zu verpassen. Sie würde nach der Tour noch lange genug in Dar es Salaam sein. Darum konnte sie an diesem Tag getrost auf Großstadtlärm, Abgase und Gedränge verzichten. Sie zog sich ihren Bikini an, cremte sich sorgfältig ein, schnappte ihr Badetuch und ging, ihren Reiseführer unter dem Arm, an den Pool.

»Konntest du alles regeln?« Amali setzte sich auf den Beifahrersitz, nachdem Bausi ihre Tasche im Kofferraum verstaut hatte. Sie war froh, dass er sich zur Begrüßung mit einem freundschaftlichen Kuss auf die Wange zufriedengegeben hatte. Im Nachhinein war ihr die nächtliche Aktion im Auto immer unangenehmer. Sie war alles andere als entspannt, weil sie keine Ahnung hatte, was er jetzt von ihr dachte. Womöglich meinte er, sie hätte der Tour inklusive Romanze zugestimmt. Ob sie das aber wirklich wollte und konnte, wusste sie selbst noch nicht.
»Ja, ich habe alles im Griff.« Glücklicherweise wirkte er so lässig wie immer. »Kann es losgehen?«
»Von mir aus gern.«
Sie fuhren in westlicher Richtung durch die Stadt und ließen den Indischen Ozean hinter sich. Amali überlegte fieberhaft, was sie sagen sollte. Sie hatte das Gefühl, das Schweigen unterbrechen zu müssen.
»Du wolltest mir von deiner Familie erzählen«, erinnerte sie ihn.
»Bist du immer so ungeduldig? Die Fahrt ist doch noch lang.«
»Das ist keine Ungeduld, sondern Interesse«, stellte sie richtig.
»Neugier«, korrigierte er sie. »Wenn überhaupt, ist es Neugier.« Er strahlte sie an. »Aber ich halte dich eigentlich nicht für neugierig. Ich tippe doch eher auf Ungeduld. Das kenne ich von den Deutschen. Manchmal treffe ich welche, die eine Zeitlang für eine Hilfsorganisation nach Tansania kommen. Die müssen sich ihre Ungeduld in diesem Land schnell abgewöhnen, sonst werden sie verrückt.« Er lachte. »Hier herrscht tansanische Gelassenheit.«
»Leben viele Deutsche hier?«
»Nein, nicht besonders viele. Es gibt ein paar Projekte und natürlich auch Firmen, die deutsche Mitarbeiter haben, aber das sind nur wenige.«

»Kein Wunder. Bestimmt sind wir nicht besonders gern gesehen, oder?«
»Warum?«
»Na, das liegt doch auf der Hand. Die Deutschen haben sich das Land unter den Nagel gerissen und zu ihrer Kolonie gemacht. Ich habe gelesen, dass der Kilimanjaro Kaiser-Wilhelm-Spitze genannt wurde und man damit angegeben hat, dass es der höchste Berg des Deutschen Reiches ist.« Sie schüttelte den Kopf.
»Das ist lange her. Und weißt du, irgendetwas Gutes ist an jeder Sache. Ich bin nicht sicher, ob wir so viele solide Gebäude und ein solches Eisenbahnnetz hätten, wenn es Deutsch-Ostafrika nicht gegeben hätte.« Amali fand das nicht sehr überzeugend. »Deutsche sind ziemlich gut angesehen«, fuhr er fort. Wenn sie das auch nicht nachvollziehen konnte, war ihr natürlich die Vorstellung lieber, mit offenen Armen aufgenommen zu werden, als abseits der großen Städte ständig auf Abneigung und Ressentiments zu treffen. Wieder schwiegen sie eine ganze Weile. Jetzt war es nicht mehr unangenehm. Amali beschloss, die vorbeifliegende Landschaft in sich aufzunehmen und auf sich wirken zu lassen. Glücklicherweise hatte es Bausi vor Reisebeginn irgendwie geschafft, die Seitenscheibe zur Hälfte zu schließen. So kam der frische Fahrtwind herein, ohne dass sie ständigem Durchzug ausgesetzt war.

Das erste Mal hielten sie in einem kleinen Dorf bei Mlandizi. Amali musste auf die Toilette. In dem Ort gab es kein Restaurant, geschweige denn öffentliche Toiletten. Warum hatte sie auch zum Frühstück so viel Saft und Tee getrunken? Skeptisch blickte sie sich um. Im Grunde bestand dieses Dorf nur aus einer Zeile kleiner Baracken an einem breiten Sandweg. In riesigen Schlaglöchern stand schlammig-gelbliches Wasser. Nur

eine der Hütten war mit roten Dachziegeln gedeckt, auf den anderen lagen Wellblechplatten kreuz und quer übereinander.
»Wie weit ist es bis zum nächsten Ort?«, erkundigte Amali sich zögerlich.
»Ein paar Kilometer sind es schon. Warum?« Das hörte sich nach europäischen Maßstäben nicht weit an, aber auf den holprigen Straßen war man selbst für kurze Strecken eine geraume Zeit unterwegs.
»Na ja, ich habe nicht den Eindruck, dass es hier eine Toilette gibt.«
»Doch, sicher, kein Problem.«
Bausi marschierte geradewegs auf die einzige Bude zu, die einen Laden oder Ähnliches beherbergte. Der Verschlag mochte nicht mehr als zwei Meter breit sein. Trotzdem hingen neben der Eingangstür und an dem morschen Geländer, das eine Art Veranda einrahmte, mindestens zwanzig Werbeplakate. Von Coca-Cola über Dosenbier bis hin zu erstklassigen Fotokopien, die man hier angeblich machen konnte, wurde eine breite Palette angepriesen.
Gerade beschloss Amali, dass sie es noch eine Weile aushalten würde, da trat Bausi aus der Baracke und winkte ihr zu. Hinter ihm erschien eine Afrikanerin mit ausladendem Hinterteil, das in einen dunkelblauen Rock gezwängt war. Dazu trug sie eine weiße Bluse.
»Sie zeigt es dir«, erklärte Bausi.
Also folgte Amali der Frau, die sich zwischen zwei der Hütten hindurchdrängte. Hinter dem Haus gab es einen Verschlag ohne Dach, vor dem eine Wellblechplatte anstelle einer Tür baumelte. Die Toilette war ein Loch in der Erde. Amali holte tief Luft und betrat das Häuschen. Auf der Innenseite hatte es sich eine Spinne bequem gemacht, die zu groß gewesen wäre, um auf einer Briefmarke Platz zu nehmen. Amali erschrak. In-

sekten dieser Größe liefen einem zu Hause kaum über den Weg. Es machte ihr nichts aus, nur wusste sie hier nicht, ob es sich um eine giftige Art handeln konnte. Während sie sich über das Loch hockte, hörte sie Kinder lachen. Sie stellte sich vor, dass die leicht unter der Wellblechtür hindurchsehen konnten. Ihr wurde immer bewusster, wie gering die Standards in vielen Teilen dieses Landes waren. Was nützte es schon, wenn man wusste, dass Tansania eines der ärmsten Länder der Erde war, solange man Armut nur aus der Zeitung und dem Fernsehen kannte? Amali wurde schwer ums Herz. Als sie wieder ins Freie trat, sah sie die drei Jungen, deren Gelächter sie gehört hatte. Sie winkten ihr zu. Amali lächelte und winkte zurück. Zwei der Knirpse hielten sich die Hände vor den Mund und kicherten, der dritte stellte sich in Pose wie Superman.
»Foto, Foto!«, rief er. Sie hob bedauernd die Schultern. Ihre Kamera lag in Bausis Auto.

Nach rund vier Stunden hatten sie ihr Ziel erreicht. Sie hatten die Asphaltstraße hinter sich gelassen und fuhren nun durch ein Tor, das den Eingang zum Mikumi-Nationalpark markierte. Zwei übermannshohe Steinhügel flankierten den rötlichen Sandweg. Daraus ragten Holzpfähle empor, die ein einfaches Schild mit dem Namen des Parks trugen. Keine zehn Minuten später hielt Bausi bei einer Lodge. Er kümmerte sich an der Rezeption um die Zimmer, und Amali nutzte die Zeit, um sich das Gelände anzusehen. Dank der Regenzeit waren die weiten Grasflächen saftig grün. Runde Hütten mit Strohdächern standen nebeneinander wie an einer Perlenschnur aufgefädelt. Amali war begeistert. Wie es aussah, waren die Hütten offen. Das eigentliche Innere, in dem sie die Schlafzimmer vermutete, war durch einen offenen Durchgang mit der Veranda verbunden. Bausi hatte ihr erzählt, dass der Park berühmt für seinen

hohen Löwenbestand war. Ob man sogar welche von den runden Steinterrassen der Hütten aus würde sehen können?
»Lass uns eine Kleinigkeit essen und dann den Park anschauen«, schlug Bausi vor. »Ich habe unsere Taschen schon in unsere Hütte gebracht.«
»Oh, danke.«
»Vielleicht möchtest du dich auch erst kurz frisch machen?«
»Ja, das würde ich gern.« Sie folgte ihm, neugierig, wie ihr Zimmer und das Bad wohl aussahen.
»So, das Schlafzimmer, bitte schön!« Er machte an der Tür eine kurze Verbeugung und deutete dann mit großer Geste in den Raum. Das Doppelbett bildete den Mittelpunkt des Zimmers. Es bestand aus einer Matratze, die auf einem gemauerten Podest lag. An jeder Ecke war ein naturbelassener langer Knüppel angebracht. Diese waren durch ebenfalls rohe schlanke Holzprügel miteinander verbunden, so dass eine Art Gestell entstand. Daran war ein Moskitonetz aufgehängt.
»Ich dachte, ich bekomme ein eigenes Zimmer«, bemerkte Amali verunsichert. Sie wollte bestimmt nicht spießig oder kleinlich sein, fühlte sich aber ziemlich überrumpelt und unbehaglich.
Bausi sah sie überrascht an. »Ach so. Weißt du, die haben keine Einzelzimmer. Wir müssten dann zwei Hütten nehmen, und das ist ziemlich teuer.« Seine Augen blitzten, und er lächelte sie an. »Nach der Verabschiedung im Auto neulich dachte ich …« Er ließ den Satz in der Luft stehen.
»So hatte ich mir das eigentlich nicht vorgestellt.« Sie holte tief Luft. »Es tut mir leid, Bausi, wenn ich bei dir neulich falsche Hoffnungen geweckt habe. Aber ich bin nicht der Typ Frau, die mit jemandem ins Bett geht, den sie erst ein paar Tage kennt.«
»Das denke ich auch nicht«, gab er ernst zurück. »Es ist nicht meine Absicht, heute Nacht gleich niedliche kleine Kinder zu

zeugen. Ehrenwort!« Bausi hob eine Hand zum Schwur. »Ich werde ganz brav sein, wenn du willst«, fügte er dann noch hinzu.
Als sie zwei Stunden später mit einem Ranger vom offenen Geländewagen aus eine Herde Flusspferde beobachteten, war Amalis Ärger vergessen. Neben den Dickhäutern gab es unzählige Vögel, die zum Teil auf dem Rückweg nach Europa waren. Wer weiß, vielleicht würde sie den einen oder anderen davon wiedersehen, wenn sie mit dem Fahrrad vor den Toren Hamburgs unterwegs war. Sie würde es natürlich nicht wissen, aber es war möglich. Sie sahen Büffel und Zebras, die durch das hohe Gras streiften. Auf kleinen Hügeln, Termitenbauten, wie Ranger Julius erklärte, entdeckten sie schließlich sogar Löwen. Amalis Herz machte Freudensprünge. Sie hätte nie für möglich gehalten, dass sie diesen wilden Tieren so nah kommen würde. Durch ein Fernglas, das Julius ihnen gegeben hatte, konnte sie diese beeindruckenden Geschöpfe in aller Ruhe betrachten. Das Fell sah so weich aus, dass sie es am liebsten berührt hätte. Die Pranken flößten ihr beinahe mehr Respekt ein als das Gebiss. Einer der Löwen erhob sich und verließ seinen Hügel. Sie konnte sehen, wie elegant seine Bewegungen waren, wie muskulös jeder Millimeter des Körpers war. Bei ihrem letzten Halt in einer Ebene mit herrlich weitem Blick stellte Julius, ein Mann mit unfassbar dunkler Haut und einem nicht minder eindrucksvollen Stiernacken, zwei Campingstühle auf.
»Zeit für einen Sundowner«, erklärte er und reichte ihnen zwei Gläser Gin Tonic. Über den Uluguru-Bergen ging die Sonne unter, ein orangefarbener Ball, der den gesamten Park in warmes rötliches Licht tauchte.
»Gott, ist das schön«, flüsterte Amali und musste schlucken. Sie fühlte sich mit einem Mal ganz klein und unendlich dankbar, dass sie diese überwältigende Natur um sich herum erleben durfte. In der Ferne konnten sie eine Herde Elenantilopen

sehen, die größte Antilopenart der Welt, wie Julius erzählt hatte. Eine ganze Weile saßen sie schweigend nebeneinander. Als das rötlich violette Farbspiel des Sonnenuntergangs von dunklem Blau abgelöst wurde, bedeutete Julius ihnen, dass es Zeit sei zu gehen. Auf dem Rückweg zur Lodge ließen sie eine kleine Gruppe Elefanten passieren, die ihren Pfad kreuzte. Amali schwebte im siebten Himmel. Wie glücklich mussten ihre Vorfahren hier gewesen sein!

Das Essen wurde an einem überdachten Grillplatz serviert. Da die Lodge kaum gebucht war, blieb der Grill kalt. Es gab Ugali mit Bohnen.
»Habe ich zu viel versprochen?« Bausi rümpfte die Nase. »Ugali ist scheußlich, oder?«
»Ach was, ich finde es völlig okay.«
»Mit Bier dazu geht es.« Er hielt das Glas hoch. Dieses Mal hatten sie sich für die Sorte Safari entschieden.
»Was die Tour angeht, hast du auf jeden Fall nicht zu viel versprochen«, sagte sie glücklich und stieß mit ihm an. »Es ist unglaublich. Ich kann mich gar nicht sattsehen.«
»Freut mich, dass es dir gefällt.«
Das war gar kein Ausdruck. Amali war in einer Hochstimmung, die selbst den Gedanken an ihren Vater überstand. Es wäre großartig, das alles mit ihm teilen zu können. Und es machte sie auch traurig, dass das unmöglich war. Trotzdem, sie war hier und konnte die Zeit genießen. Und das würde sie tun. Für ihren Vater gleich mit.
»Meine Kaffeeplantage wird dir auch gefallen«, begann er, nachdem sie ein paar Minuten schweigend gegessen hatten. »Ich lege großen Wert auf streng ökologischen Anbau, weißt du?«
»Tatsächlich? Das ist toll!«
»Das sehen leider nicht alle so.«

»Was? Das kann ich mir gar nicht vorstellen. Was sollte wohl dagegensprechen?«

»Kosten, größerer Aufwand«, entgegnete er schlicht.

»Du hast also einen Kompagnon, dem das nicht gefällt?«

»So könnte man es fast sagen. Mein Vater hat mir die Plantage übergeben, bevor er das Land verlassen hat. Er meinte, man könne überall auf der Welt besser leben als in Tansania. Das mag auch so sein, wenn man nur auf finanziellen Reichtum aus ist«, sagte er bitter. »Jedenfalls haben wir einen Vertrag geschlossen, der meinem Vater einen Teil des Gewinns zusichert. Seine Rente, wenn du es so willst. Zwar war die Plantage in einem schrecklichen Zustand, als ich sie übernommen habe, und ich musste erst einmal investieren, um daraus wieder einen Betrieb zu machen, der etwas abwirft, aber das hat mich nicht gestört. Ich war ganz sicher, dass die Einnahmen nach der Umstellung auf ökologischen Landbau wieder steigen würden. Es sollte reichen, damit mein alter Herr und ich anständig davon leben können, dachte ich.« Er schien mit einem Mal in Gedanken zu versinken.

»Hat das nicht funktioniert?«, fragte Amali vorsichtig.

»Doch, im Grunde genommen schon. Nur hatte ich den Vertrag nicht gründlich gelesen. Ich meine, es handelt sich doch um meinen Vater. Ich dachte, er hat nur ein Schriftstück aufsetzen lassen, damit er nicht plötzlich ohne Einkünfte dasteht, falls sein lieber Herr Sohn sich zum Faulpelz entwickelt oder eine sehr anspruchsvolle Frau heiratet. Ich habe angenommen, dass er sich mit diesem Vertrag schützen will, und das war in Ordnung für mich. Ich wäre nie auf den Gedanken gekommen, dass für mich etwas Nachteiliges darin stehen könnte.« Er lachte bitter und sah dabei schrecklich verloren aus.

»Und was steht darin?«

»Mein Vater hat eine Klausel aufsetzen lassen, nach der ich verpflichtet bin, maximalen Gewinn zu erzielen. Das klingt erst einmal nicht weiter schlimm.« Amali ahnte, was es bedeutete. Und sie hatte recht. »Jeder Geschäftsmann will Gewinn machen. Die meisten sind sicher auch auf das Maximum aus. Aber es gibt auch welche, die nicht nur ihren Profit im Kopf haben, die eine Firma zum Beispiel nach bestimmten ethischen Gesichtspunkten führen wollen.« Er brach ab, seufzte tief und nahm einen großen Schluck Bier.

»Oder solche, denen die Umwelt nicht egal ist«, ergänzte Amali. »Jemand wie du.«

»Das passt eben nicht in die Gedankenwelt meines alten Herrn. Ihm geht es um einen möglichst großen Gewinn bei minimalem Risiko. In jeder Beziehung. Als es in den sechziger Jahren etwas ungemütlich im Land wurde, hat er sich aus dem Staub gemacht. Die Farm hat er seinen Arbeitern überlassen. Irgendwann hat sich die Situation beruhigt, Tansania war gegründet, und er kam wieder her und holte sich auch sein Land zurück.« Bausi sah sie an. »Er hat die Tochter des Mannes geheiratet, der die Plantage vom Staat übernommen hat. Praktisch, nicht?«

»Ein typischer von Eichenbaum«, murmelte sie.

Bausi lachte. »Kann schon sein. Dieser typische von Eichenbaum hat einen Sohn bekommen. Und das bin ich, von Eichenbaum junior.«

»Ausnahmen bestätigen die Regel.«

»Worauf ich vorhin hinauswollte, ist, dass diese Klausel meines Vaters mir ständig Schwierigkeiten macht. Ich muss im Grunde beweisen, dass der Gewinn, den ich mit Biokaffee erzielen kann, mindestens so groß ist wie der, den ich mit konventioneller Anbauweise zu erwarten hätte. Das ist nicht ganz einfach. Der Ertrag ist nämlich zunächst einmal geringer.«

»Aber dafür kannst du doch bestimmt einen höheren Preis für die Kaffeebohnen erzielen, oder?«

»Könnte ich. Das ist aber letzten Endes eine Sache der Nachfrage und des Weltmarktpreises. Wie soll ich immer einen maximalen Gewinn sicherstellen? Und wie soll ich beweisen, dass ich mit anderen Anbaumethoden auch nicht mehr hätte erwirtschaften können?«

Amali war wütend. »Wie kann man dem eigenen Sohn nur solche Fesseln anlegen? Selbst wenn es nicht böse gemeint war, müsste er doch einen neuen Vertrag aufsetzen, um dich in deiner Art der Betriebsführung zu unterstützen, statt dir Knüppel zwischen die Beine zu werfen. Er muss doch sehen, dass er dem Unternehmen, das ihn ernährt, damit schadet.«

»Sehr klug, Amali, nur zieht er diesen Schluss nicht. Für ihn ist Bio nur ein alberner Trend, der die Verbraucher viel Geld kostet und ihn um Teile seiner Einnahmen bringt.«

»Wie kurzsichtig!«

»Reg dich nicht auf.« Er berührte kurz ihren Arm. »Bisher habe ich noch immer einen Weg gefunden, meinen Kopf durchzusetzen. Aber es ist nicht einfach, und ich hasse es, mit schrägen Tricks zu arbeiten.« Er hing einen Moment seinen Gedanken nach, und Amali versuchte das Gehörte zu begreifen. Sie hätte diesem von Eichenbaum gerne mal den Kopf gewaschen. »Was für dich noch viel interessanter ist als die Profitgier meines Vaters, ist die Art, wie er in den Besitz der Plantage gelangt ist.«

»Du sagtest, er hat eine Afrikanerin geheiratet …«

»… und ihren Vater mit unsauberen Methoden dazu gebracht, seiner Tochter, und damit de facto ihm, die Farm zu vererben. Mein afrikanischer Großvater hat es mir erzählt, als ich alt genug war. Natürlich habe ich meinen Vater zur Rede gestellt.«

»Und?«

»Er hat alles zugegeben. Er war sogar noch stolz darauf.« Bausi verzog angewidert das Gesicht. Nachdenklich fügte er hinzu: »Und dann hat er mir etwas erzählt, was ich schon fast vergessen hatte. Oder vielleicht verdrängt. Aber als du mir von dem Forsthaus in Deutschland erzählt hast, da fiel es mir wieder ein.« Amalis Herz schlug schneller. »Mein Vater behauptete, die von Eichenbaums seien schon immer ebenso raffinierte wie erfolgreiche Geschäftsmänner gewesen. Schon sein Vater habe sich die Plantage durch einen cleveren, aber sicher nicht ganz legalen Dreh angeeignet. Und das sei Tradition. Sein Urgroßvater habe sich mit Hilfe eines Betrugs ein hübsches Haus unter den Nagel gerissen, das unweit seines Herrenhauses gestanden habe. Und nicht nur das, auch das Gutshaus selbst hat er nicht erbaut oder bezahlt. Er hat es einem armen Tropf beim Spiel abgenommen.« Amali war wie vom Donner gerührt. Sie sah das prachtvolle Gutshaus umgeben von Wäldern und Raps- sowie Weizenfeldern vor sich. Selbst das hatten sie nicht auf anständige Weise erworben. Ihr fiel der wortkarge Spross dieser durchtriebenen Familie ein, der Niki und sie überrascht hatte. Kein Wunder, dass er so abweisend gewesen war. Ihm war bewusst, dass seine Sippe zu Unrecht einen so gehobenen Lebensstil pflegte, und er war bestimmt darauf bedacht, das geheim zu halten. »Mein Vater sagte, wenn es nicht anders ginge, wären seine Vorfahren sich auch nicht zu schade gewesen, einen Widersacher zu beseitigen«, gestand Bausi leise.

»Weißt du, was du da sagst?« Amali musste sich beherrschen, nicht laut zu schreien. »Du sprichst von Mord.«

»Das Wort hat mein Vater nicht in den Mund genommen, aber es war klar, dass das in der Familie vorgekommen ist. Du kannst dir nicht vorstellen, wie ich mich schäme.«

»Das ist doch Unsinn. Du hast damit doch nichts zu tun.«

Die einzigen Gäste, die außer ihnen noch hier draußen waren, verabschiedeten sich und gingen in ihre Hütte. Die Luft war nur noch vom feinen Zirpen der Zikaden erfüllt. Manchmal konnte man sogar einen Löwen in der Ferne brüllen hören.

»Weißt du, Amali, ich glaube, es ist Schicksal, dass wir uns begegnet sind«, sagte Bausi, dann musste er lachen. »Das ist wohl etwas pathetisch. Aber ich bin wirklich froh, dass du nach Tansania gekommen bist und mir die Geschichte deiner Familie erzählt hast. So habe ich vielleicht die Möglichkeit, ein bisschen wiedergutzumachen.«
»Das ist sehr lieb, doch wie willst du das anstellen? Mal davon abgesehen, dass du überhaupt nichts wiedergutzumachen hast. Das wäre wohl eher die Aufgabe deines Vaters und Großvaters.«
»Mein Großvater lebt nicht mehr, und mein Vater würde das nie tun. Aber ich!« Er strahlte sie an. »Ich helfe dir, das alte Forsthaus zurückzukriegen.«
»Wie bitte? Aber wie …?« Auch wenn es jeder Vernunft entbehrte, fühlte Amali mit einem Schlag Hoffnung in sich aufsteigen. Außer diesem Anwalt Thalau, der ihr im Grunde gesagt hatte, dass juristisch nichts zu machen sei, hatte sie nun noch einen Verbündeten. Einen der Gegenseite! Der Gedanke an Thalau und seine Argumentation bremste ihre Freude. »Es ist wirklich sehr lieb, dass du mir helfen willst, Bausi, nur kann man da leider gar nichts machen. Selbst wenn dein Vorfahr meinen umgebracht hätte, um an das Haus zu kommen, wäre die Sache inzwischen verjährt. Unsere Gesetze schützen Menschen, die etwas eine gewisse Zeit besitzen, selbst wenn sie es durch ein Unrecht erworben haben. Nach einigen Jahren wird Recht daraus. So ungefähr.«
»Aber das ist nicht gerecht!«, rief er und schlug mit der flachen Hand auf den Tisch.
»Stimmt. Leider musste ich lernen, dass Recht und Gerechtigkeit nicht immer etwas miteinander zu tun haben.« Sie tranken das Bier aus und gingen dann in ihre Hütte.

Amali trug ein langes dünnes Nachthemd. Bausi dagegen hatte nur Shorts an. Sie riskierte unauffällig einen Blick auf seinen Oberkörper, als er das Moskitonetz sorgfältig an allen Seiten unter die Matratze stopfte, damit sie keinen Besuch von einer Tsetsefliege bekamen, wie er sagte. Er wirkte sportlich und ziemlich männlich, was sie sich von jemandem, der kleiner war als sie, niemals hätte vorstellen können. Besonders fasziniert war sie von der Farbe seiner Haut. Sie erinnerte sie tatsächlich an Milchkaffee. Er schlüpfte unter die riesige dünne Decke, die wie ein Schlafsack unter der Matratze festgesteckt war.

Amali spürte seine Nähe. Sie musste an seine Küsse denken und konnte nicht leugnen, dass sie durchaus Lust hätte, ihn zu berühren und in seinen Armen zu liegen, doch das ließ sie besser bleiben.

»Aber du willst doch nicht einfach aufgeben, oder?«, fragte er in die Stille hinein.

Sie war einen Moment irritiert. »Du meinst, wegen des Forsthauses?«

»Ja.«

Amali seufzte. »Da ist rechtlich nichts zu machen. Der einzige Weg ist, diese von Eichenbaums moralisch unter Druck zu setzen. Vielleicht erklären sie sich dann bereit, mir das Forsthaus zu einem niedrigen Preis zu überlassen, damit ich es vor dem Verfall bewahren kann.«

»Und damit du deinen Traum verwirklichen kannst.« Sie konnte hören, dass er lächelte. »Wir machen es so: Ich werde ebenfalls versuchen Druck auf meine Verwandtschaft auszuüben. Ich habe zwar keinen Kontakt zu meinem Cousin, aber das kann sich ändern. Wenn ich mehr über diesen Mord herausfinde, könnte man sie damit sicher ein wenig in Aufregung versetzen. Stell dir vor, wir verbreiten das in ihrer Nachbarschaft.«

»Das könnte helfen.« Amali hing der Vorstellung nach. Sie ge-

fiel ihr gut. »Warum tust du das für mich?« Mit klopfendem Herzen wartete sie auf seine Antwort.
»Nun ja, ich hoffe, dass du nicht versuchen wirst mir die Kaffeeplantage wegzunehmen, wenn du das Forsthaus hast.« Einen Moment war Ruhe, dann brach er in Gelächter aus. »Du weißt, warum ich dir helfen will«, sagte er dann. Seine Stimme klang sanft, beinahe zärtlich. »Stell dir vor, wenn du deinen Laden hast, könntest du meinen Kaffee verkaufen. Ganz exklusiv. Bisher verkaufe ich nur an Händler, aber du könntest ihn von mir direkt beziehen. Und ich könnte dir Kontakte zu anderen Biobauern hier im Land vermitteln. Es gibt nicht viele, aber einige schon. Sie bauen zum Beispiel Zuckerrohr an.«
»Bausi, das wäre phantastisch!« Sie tastete zaghaft nach ihm und legte ihm eine Hand auf den Arm. »Danke. Danke für alles!«

Sie nahmen die westliche Route nach Norden. Während der vielen Stunden im Auto unterhielten sie sich wie gute Freunde. Bausi erzählte, dass er der erste Spross einer Mischehe im Stammbaum sei. Davor seien die von Eichenbaums immer mit deutschen Frauen verheiratet gewesen. Sein Urgroßvater habe viele Geschwister gehabt, so dass sich mehrere Familienzweige entwickeln konnten. Man habe zwar dieselben Vorfahren, sei sich sonst aber fremd, erklärte er ihr. Ab und zu machte er Amali auf einen besonderen Vogel oder einen besonders schön gewachsenen Baum aufmerksam. Amali schilderte ihm, wie ihr Vater umgekommen war.
»Ich vermisse ihn so sehr!« Sie beschrieb ihm ihr Leben in Hamburg und ihre Arbeit in dem Supermarkt. »Du musst mich in Hamburg besuchen«, schlug sie vor. »Es ist eine tolle Stadt mit einem großen Hafen. Obwohl mein Vater dort auf so schreckliche Art gestorben ist, mag ich den Hafen noch immer. Diese riesigen Schiffe lösen bei mir immer Fernweh aus.«

»Ich besuche dich gern, aber nicht in Hamburg, sondern dort, wo das Forsthaus steht. Wie heißt die Region?«
»Ostholstein.«
»Ja, genau. Dort sehen wir uns wieder.« Er schien nicht den geringsten Zweifel daran zu haben. Niki und Jan würden Augen machen. Sie malte sich mit Bausi aus, welche Produkte aus Tansania sie in ihrem Laden anbieten würde.
»Ich könnte afrikanische Abende veranstalten oder Kaffeeverkostungen.«
»Und du könntest einmal im Jahr mit einem kleinen Kreis deiner Kunden herkommen. Wir haben ein paar Gästezimmer. Die Leute könnten sehen, woher ihr Kaffee kommt, wie er geerntet und verarbeitet wird. Das würde ihnen gefallen.«
Amali jedenfalls gefiel diese Idee sehr gut. Sie fühlte sich manchmal wie in einem schönen Traum und hatte Angst davor, in Hamburg zu erwachen. Wie gut, dass sie sich nicht von ihrer Reise hatte abhalten lassen. Sie seufzte zufrieden und erntete einen fröhlichen Seitenblick von Bausi. Das war wirklich der Gipfel des Wohlbefindens. Besser konnte es ihr nicht gehen.

Da hatte sie sich geirrt. Sie erreichten ihre nächste Unterkunft, als es schon stockdunkel war. Der Lake-Manyara-Nationalpark lag bereits in tiefem Schlummer.
Amali konnte außer der Rezeption zunächst nicht viel sehen. Doch dann bemerkte sie, dass hoch oben über ihren Köpfen Lichter funkelten.
Eine hübsche Frau mit Mandelaugen begrüßte sie: »Karibu! Herzlich willkommen in der Lodge. Darf ich Ihnen einen kleinen Schluck zur Begrüßung anbieten?«
»Gern«, antworteten sie beide wie aus einem Mund. Sie hatten zu wenig getrunken und nur eine kurze Pause gemacht, in der sie geröstete Maiskolben gegessen hatten. Die Asiatin winkte

einen Jungen in dunkelblauer Uniform heran, der ihnen Sekt brachte.

»Ich hoffe, die Lodge ist dir nicht zu teuer, aber ich wollte unbedingt, dass du sie siehst. Du wirst sie nie wieder vergessen, glaub mir.« Amali machte sich keine Gedanken über den Preis. Die erste Übernachtung war aus europäischer Sicht günstig gewesen. So, wie die Lobby aussah, würde sie hier deutlich mehr Geld ausgeben. Es war ihr gleichgültig. Vielleicht kam sie nur dieses eine Mal her. Wer konnte das schon wissen? Das Leben konnte zu Ende sein, ohne dass man sich die Dinge gegönnt hatte, die einem wirklich Freude bereitet hätten. Das war ihrem Vater passiert. Amali wollte nicht auf eine ungewöhnliche Erfahrung verzichten, um dann mit gut gefülltem Konto zu verunglücken. Außerdem war sie zuversichtlich, ihrem Lebenstraum ein ganzes Stück näher gerückt zu sein. Wenn das kein Grund zum Feiern war. »Besser, wir nehmen wieder eine Suite gemeinsam«, flüsterte Bausi ihr zu.

»Klar, warum nicht? Wir haben schließlich bewiesen, dass wir uns beide benehmen können«, sagte sie und warf ihm einen bedeutungsvollen Blick zu.

»Dass du dich benimmst, stand nie in Frage.«

»Bist du da so sicher?«

Er hob erstaunt die Augenbrauen und setzte dann ein breites Grinsen auf. »Sieh einer an!«

»Leider sind Sie sehr spät eingetroffen«, meldete sich die Empfangsdame wieder zu Wort. »Unser Barbecue ist bereits beendet. Aber ich lasse Ihnen gern eine Kleinigkeit in Ihre Suite bringen.«

»Das ist aber nett.«

»Bob zeigt Ihnen den Weg.«

Bob nickte ihnen zu und ging voraus. Amali traute ihren Augen nicht. Sie liefen einen Holzsteg hinauf, der zu beiden Seiten von

Lampions beleuchtet war. Es ging immer höher hinauf, teilweise über sehr feste Hängebrücken. Im Schein der vielen Laternen sah Amali dicke Baumstämme, dann nur noch die Schatten der Äste. Ihre Suite war tatsächlich ein Baumhaus. Sie würden über den Wipfeln des Dschungels schlafen! Die Luft war warm und seidig, von überall strömten die herrlichsten Düfte herüber, und die Klänge der afrikanischen Nacht lagen wie ein Teppich zu ihren Füßen. Die Unterkunft raubte ihr endgültig den Atem. Sie betraten ihr Baumhaus durch einen breiten Bogen. Eine Tür gab es nicht, nur festen cremefarbenen Stoff, der zu einer Rolle verschnürt oben über dem Bogen hing. Drei Schritte vom Eingang entfernt stand das Bett. Wenn sie morgens erwachten, würden sie direkt in die grünen Kronen der Baumriesen schauen. Boden, Wände und das Dach waren aus hellem Holz gefertigt. Ein Stückchen vom Bett entfernt gab es hinter einem Vorhang aus Bastringen eine Sitzgruppe. Ein breites Sofa und zwei Sessel, ebenfalls mit cremefarbenem Stoff bezogen, wirkten einladend und sehr bequem.

»Wir hoffen, dass Sie sich bei uns wohl fühlen«, sagte Bob etwas steif. »Sie finden dort drüben neben dem Bett eine Klingel. Sollten Sie etwas benötigen, oder sollte etwas nicht in Ordnung sein, ziehen Sie bitte einfach an der Schnur.«

»Danke schön.« Amali drückte ihm zwei Münzen in die Hand.

»Vielen Dank, Madame.« Er deutete eine Verbeugung an. »In etwa einer halben Stunde serviere ich das Essen, wenn es Ihnen recht ist.« Damit ließ er sie allein.

»Es ist wahr, was du vorhin sagtest, das hier muss man gesehen haben.« Amali wusste gar nicht, was sie zuerst tun sollte. Sie hatte Lust, sich in einen der Sessel zu kuscheln, wollte aber auch gern auf der umlaufenden Terrasse sitzen und dem Schattenspiel der von Laternen beleuchteten Zweige und Blätter zusehen. Sie erkundete das luxuriöse Badezimmer, das jedem Fünfsternehotel gut zu Gesicht gestanden hätte. Als sie zurückkam, öffnete Bausi gerade eine Flasche Sekt, die in einem silbernen Kühler gestanden hatte.

»Auf dein Wohl!« Er hob sein Glas und sah ihr tief in die Augen.

»Auf unsere zukünftige Geschäftsbeziehung«, schlug sie vor. Der Sekt war köstlich, nicht zu süß und nicht zu trocken.

»Das lässt sich doch auch kürzer sagen.« Da war wieder dieser tiefgründige Blick. »Auf unsere Beziehung!« Erneut tranken sie, und Amali spürte, wie ein kleiner feiner Rausch ihrer Vernunft Fesseln anlegte.

»Ganz schön dekadent, diese Suite.« Sie kicherte. »Aber genau richtig für uns, finde ich.« Sie spazierte hinaus auf die überdachte Terrasse. Es hatte leicht zu regnen angefangen. Sie stand ganz still da und hörte dem gleichmäßigen Rauschen und Trommeln zu. Da spürte sie, dass Bausi hinter sie getreten war und die Arme um sie legte. Er küsste sie sanft in den Nacken. Die Stelle begann herrlich zu prickeln. Ob sie sich umdrehen und ihn küssen sollte? Sie konnten wie verliebte Teenager knutschen, bis das Essen kam, überlegte sie.

»Noch etwas Sekt?«, flüsterte er an ihrem Ohr.

»Es wäre vernünftiger, bis nach dem Essen damit zu warten. Aber ja, ich hätte gern noch ein Glas.« Heute wollte sie auf keinen Fall vernünftig sein. Bausi ließ sie los, holte die Flasche und schenkte schwungvoll nach. Schaum stieg schnell hoch. Amali setzte die Lippen an und trank eilig, damit nichts auf den Boden tropfte.

»Entschuldige, da ist wohl mein Temperament mit mir durchgegangen.« Er lachte.

»Macht nichts, ich mag Temperament.«

»Ach ja?« Er stand direkt vor ihr. Seine dunklen Augen strahlten so viel Wärme aus. Sekundenlang standen sie einfach nur da und sahen sich an. »Und es ist doch Schicksal, dass wir uns be-

gegnet sind«, flüsterte er. Dann legte er einen Arm um sie und presste seine Lippen auf ihre. Er schmeckte nach Sekt und ein wenig nach Salz. Der Kuss hatte nichts Unschuldiges mehr an sich.
Aus ihm sprach eine Begierde, die Amali weiche Knie machte. Er will dich, schoss ihr durch den Kopf. Nicht nur ein bisschen, er will dich ganz und gar. Die Erkenntnis machte sie nervös. Noch mehr verunsicherte sie, dass sie ihn auch wollte. Jedenfalls der Teil von ihr, der sich nicht um Vernunft und Logik scherte. Schritte und das Geräusch von Gummirollen auf Holz holten sie in die Realität zurück. Sie lösten sich voneinander und sahen Bob zu, wie er einen kleinen Servierwagen hereinrollte. Es gab Fisch, der mit Tomaten und Paprika in einer Folie gegrillt worden war, außerdem Krebsfleisch, Reis, verschiedene Gemüsesorten, die Amali nicht kannte, und eine Platte mit Bananen, Ananas, Papaya, Jackfrucht und Mango. Sogar eine Flasche Rotwein war dabei. Eigentlich wollte Amali erst einmal keinen Alkohol mehr trinken, doch nach dem Bier der letzten Tage hatte sie richtig Lust auf einen guten Wein.
»Es ist vollkommen dekadent«, meinte sie, als Bob sich zurückgezogen hatte, »aber es sieht großartig aus.« Und so schmeckte es auch. Sie saßen auf der Terrasse, auf dem Tisch flackerte ein Windlicht, der Regen murmelte geheimnisvoll.
»Diesen Abend und dieses wundervolle Baumhaus werde ich in meinem ganzen Leben nicht vergessen. Danke, dass du mich hierhergebracht hast.« Amali sah ihn über das Kerzenlicht hinweg an.
»Wenn du mich noch länger so anschaust, sorge ich dafür, dass du auch diese Nacht nicht vergessen wirst«, warnte er sie leise.
»Klingt mehr nach einem Versprechen als nach einer Drohung.«
»Vorsicht, Amali, führe mich nicht in Versuchung, wenn du es nicht wirklich willst.«

Sie lächelte. Wollte sie? Sie nippte an ihrem Wein und blickte auf seine Hände. Er trug keinen Ring. Sagte Niki ihr nicht ständig, dass sie sich endlich jemanden angeln sollte? Ihn brauchte sie nicht zu angeln, er war da. Und er war einfach wundervoll.
»Wer führt hier wen in Versuchung?«, wich sie halbherzig aus.
»Du kanntest diese Suite, diese einmalige Atmosphäre hier oben. Das war doch reine Absicht, um mich zu verführen.«
Bausi stand auf, ging um den Tisch herum und trat hinter sie. Sie spürte, wie er ihren Zopf löste. Er ließ die Finger in ihr langes Haar gleiten und breitete es wie einen Fächer über ihren Rücken aus. Dann begann er ihren Nacken zu massieren. »Hm, das ist gut«, hauchte sie und seufzte behaglich. Sie schloss die Augen und lehnte ihren Kopf an ihn. Er öffnete den Reißverschluss ihres Kleides. Wenn sie ihn aufhalten wollte, dann musste sie es jetzt tun, das war ihr klar. Er streifte den Stoff von ihren Schultern und küsste jeden Zentimeter, den er freigelegt hatte. Seine Hände glitten unter das Kleid und tasteten nach ihren Brüsten, während er weiter mit dem Mund ihren Hals und Nacken erkundete. Er forschte mit der Zungenspitze, biss ihr zärtlich in die empfindliche Haut. Amalis Atem wurde immer schneller und tiefer. Als er ihr in die Brustwarzen kniff, stöhnte sie auf.
»Komm«, flüsterte er an ihrem Ohr. Er nahm ihren Arm und führte sie zum Bett. Ihr Kleid, das sie festhalten musste, um es nicht zu verlieren, zog er ihr vom Körper und warf es beiseite. Sie spürte das Bett an ihren Waden und setzte sich auf die Kante. »Wie schön du bist!« Er stand da und sah sie an. »Leg dich einfach zurück. Ich habe eine Idee.« Amali war aufgeregt, als würde sie gleich das erste Mal mit einem Mann schlafen. Sie beobachtete, wie er sein Hemd abstreifte und auf ihr Kleid warf. Dann goss er Sekt in sein Glas und kam damit zu ihr zurück. Er gab ihr einen Schluck zu trinken und ließ dann ein kleines

Rinnsal der prickelnden Flüssigkeit auf ihren Bauch laufen. Bevor etwas auf das Bett tropfen konnte, beugte er sich herab und leckte ihr den Sekt von der Haut. »Mehr?« Er sah sie erwartungsvoll an. Sie nickte. Er löste ihren BH und träufelte Sekt über ihre Schlüsselbeine. Amali spürte das kühle Nass auf ihre Brüste rinnen. Es fühlte sich gut an. Noch besser fühlte es sich an, im nächsten Augenblick Bausis Lippen und seine Zunge dort zu spüren. Sie vergrub ihre Finger in seinen dunklen Locken. Immer kräftiger saugte er an ihren Brustwarzen. Sie bäumte sich auf. Mit einem Mal hielt er inne, stand auf und trank einen Schluck, ohne sie aus den Augen zu lassen. Amali war verwirrt. Noch immer lag sie am Fußende des Bettes. Er trat zwischen ihre Beine und streichelte ihre Oberschenkel. »Ich will dich, Amali«, sagte er heiser. Seine Fingerspitzen glitten höher und höher, wanderten auf die Innenseiten. »Willst du mich auch?«

»Ja, ich will dich!« Mit wenigen Handgriffen zog er sich aus, kniete vor dem Bett und küsste ihre Oberschenkel hingebungsvoll. Amali warf den Kopf hin und her. Sie hielt es nicht mehr lange aus. Sie wollte ihn auf der Stelle. »Komm her zu mir«, flüsterte sie. »Komm endlich her!« Bausi lächelte. Er streifte ihr Höschen ab und legte sich zu ihr. Sie schlang die Arme um ihn und genoss es, seine Haut überall an der ihren zu fühlen. Sie drängte sich an ihn, wollte ihn nie wieder loslassen.

Sie liebten sich die ganze Nacht über den Wipfeln des Dschungels. Erst als die Morgendämmerung bereits hereinbrach, schliefen sie erschöpft und eng aneinandergeschmiegt ein.

So schwer Amali der Abschied von ihrem Baumhaus fiel, in dem sie gerne wenigstens einen ganzen Tag und liebend gern eine weitere Nacht, wie die vergangene eine gewesen war, verbracht hätte, so sehr freute sie sich auf die Kaffeeplantage. Sie war gespannt darauf, wo ihre Urgroßeltern gelebt hatten. Und sie war neugierig, wie Bausi wohl lebte. Darum stieg sie mit einem weinenden und einem lachenden Auge in das Auto, um die letzten Kilometer zu bewältigen. Nach etwa drei Stunden sah Amali zum ersten Mal den Kilimanjaro, der seinen schneebedeckten Gipfel in den Himmel reckte. Ein Kranz aus Wolken lag um den Berg.

»Jetzt ist es nicht mehr weit«, verkündete Bausi vergnügt und legte ihr eine Hand auf den Oberschenkel. Wenig später erreichten sie die Farm. Amali beschlich ein seltsames Gefühl von Heimat. »Ich stelle nur dein Gepäck ins Haus, dann zeige ich dir alles, ja?« Sie nickte und ließ ihn machen. Er verschwand in einem sehr großen weißen Gebäude, das einmal wunderschön gewesen sein musste. Jetzt fehlte etwas Farbe, und die Fensterläden aus Holz hingen ein bisschen schief in den Angeln. Im zweiten Geschoss gab es einen umlaufenden Balkon. Das Geländer wirkte hier und da ein wenig morsch, soweit Amali das von weitem beurteilen konnte. Hatten ihre Urgroßeltern hier gewohnt, waren sie in diesem Gebäude aus und ein gegangen? Es gab so vieles, was sie noch nicht wusste. Bausi war nach zwei Minuten wieder bei ihr und ergriff ihre Hand.

»Karibu!«, sagte er. »Willkommen auf meiner Farm und in deiner Vergangenheit.« Er führte sie über einen schmalen Pfad zwischen Bananenstauden hindurch zu den Kaffeefeldern. Die Sträucher waren etwa drei Meter hoch, schätzte sie, und trugen hübsche weiße Knospen. »Das sind Arabica-Pflanzen«, erklärte er ihr. »Sie sind ziemlich empfindlich. Um sie vor dem direkten Sonnenlicht zu schützen, habe ich die Bananenstauden ringsum setzen lassen. Je mehr natürlicher Schutz, desto besser kommen wir ohne chemische Hilfsmittel aus.« Er erzählte ihr, dass die Kaffeekirschen einzeln mit der Hand gepflückt und zum Trocknen ausgelegt wurden. »Man kann leicht hören, wenn sie tro-

cken genug sind. Dann klappern nämlich die Samen im Inneren, wenn man die Früchte schüttelt. Man braucht nur noch die Schale zu brechen und von den Samen zu trennen. Übrig bleiben die Kaffeebohnen.«
Auf dem Rückweg zum Haus beschloss Amali, bei Gelegenheit noch mal allein zu den Kaffeesträuchern zu gehen. Sie konnte noch gar nicht richtig verarbeiten, dass sie einmal Rutger Paulsen gehört haben sollten. Und damit ihrer Familie. Bausi zeigte ihr ein einfaches Zimmer, in dem sie schlafen würde.
»Und hier ist ein Büro, das du jederzeit benutzen kannst. Vielleicht möchtest du deine Mails abrufen oder welche verschicken.«
»Das würde ich wirklich gern. Danke.«
»Kein Problem. Mein Haus ist dein Haus.« Er strahlte sie an und gab ihr einen Kuss auf die Wange. »Wir sehen uns später, ich muss erst mal einiges erledigen.«
»Ja, natürlich.« Amali räumte ihre Sachen in den kleinen Schrank und ging dann in das Büro. Sie würde sich bei Niki melden. Rasch holte sie ihre Nachrichten ab. Das meiste war Werbung, doch auch von Anwalt Thalau war eine Mail dabei.

»Leider gibt es keine nennenswerten Neuigkeiten. Trotzdem würde ich Sie gerne treffen, wenn Sie wieder in Hamburg sind. Wann kommen Sie aus Tansania zurück? Ich habe viel um die Ohren und trainiere für ein Fahrradrennen, aber ich werde mir die Zeit nehmen.
Ich freue mich, von Ihnen zu hören, und wünsche Ihnen eine gute und sichere Reise. Passen Sie auf sich auf!
Jonathan Thalau«

Amali verstand nicht recht, was ein Treffen bringen sollte, wenn er doch nichts Neues für sie hatte. Und überhaupt, was hieß denn »keine nennenswerten Neuigkeiten«? Das musste doch bedeuten, dass es irgendwelche Neuigkeiten gab. Kurzerhand schickte sie ihm die Antwort:

»Bin auf der Farm meiner Urgroßeltern. Es ist unsagbar schön! Ich werde Ihnen Fotos zeigen.
Hier läuft es wirklich gut. Ich habe Bausi von Eichenbaum kennengelernt. Er kann uns helfen, wenn es darum geht, Leichen im Keller seiner Vorfahren zu finden. Im wahrsten Sinne des Wortes! Sie werden staunen! Bausi will uns unterstützen. Er möchte seinen Biokaffee über meinen Hofladen vertreiben. Wir müssen das Forsthaus also erobern.
Herzliche Grüße aus Tansania, Amali«

Dann schrieb sie noch ein paar Zeilen an Niki, in denen sie andeutete, die Nacht ihres Lebens verbracht zu haben. Als sie den Computer ausschaltete, ging die Bürotür auf, und eine große schlanke Frau betrat den Raum. Sie hatte eine sehr dunkle Haut und lebhafte, freundliche Augen. Um den Kopf trug sie einen Turban, der genau zu ihrem leuchtend roten Kleid passte.
»Guten Tag«, sagte Amali ein wenig erschrocken, weil sie nicht damit gerechnet hatte, dass außer ihr und Bausi noch jemand im Haus war.
»Guten Tag. Ich wusste nicht, dass wir Besuch haben«, erwiderte die Frau mit einer wunderschönen kehligen Stimme. Ihr zauberhafter Akzent verriet, dass Deutsch für sie eine fremde Sprache war.
»Bausi sagte, ich könne den Computer benutzen, um rasch ein paar Mails zu erledigen.«
»Natürlich, kein Problem.«
»Verzeihung, ich habe mich nicht vorgestellt. Mein Name ist Amali Thale, einfach Amali.«

»Amali, die Hoffnung? Wie schön.« Die Frau strahlte ein inneres Gleichgewicht und eine Würde aus, die Amali auf Anhieb faszinierten. »Ich bin Gasira, Bausis Frau.« Amali machte einen Schritt auf sie zu und reichte ihr die Hand, als wäre sie ferngesteuert. In ihren Ohren rauschte es, und ein Würgereiz kroch durch ihre Kehle. Sie sah, dass Gasira mit ihr sprach, konnte die Worte aber nicht entschlüsseln. »Fühlen Sie sich nicht wohl?« Gasira sah sie besorgt an. Ganz langsam nahm Amalis Hirn seine Tätigkeit wieder auf.
»Die lange Fahrt«, stotterte sie.
»Sind Sie direkt aus Dar es Salaam gekommen?«
»Nein, wir haben unterwegs noch …« Ihr wurde schwarz vor Augen. Sie spürte, wie Bausis Frau sie behutsam auf einen Stuhl bugsierte. »Es geht schon wieder«, brachte sie mühsam hervor.
»Trinken Sie etwas.« Gasira nahm eine Flasche Wasser von einer Anrichte und goss ihr ein Glas ein. »Wahrscheinlich haben Sie einfach zu wenig getrunken.«
»Ja, danke, das kann sein.« Sie trank und überlegte, wie sie am schnellsten zurück nach Dar es Salaam kam. Am liebsten würde sie in das nächste Flugzeug steigen und nach Hause fliegen.
»Besser?«
»Ja, danke, es geht schon. Ich werde mich ein bisschen hinlegen, denke ich.«
»Tun Sie das, Amali. Haben Sie eine Ahnung, wo mein Mann ist?«
»Nein, er sagte nur, er habe einiges zu erledigen.«
»So?« Sie zog spöttisch die Augenbrauen hoch. »Ich bereite uns eine Kleinigkeit zum Essen zu. Kommen Sie einfach herunter, wenn Sie sich ausgeruht haben. Hat er Ihnen das Esszimmer gezeigt?«
»Ja, hat er, vielen Dank«, sagte Amali und verließ fluchtartig das Büro.

Als ihre Zimmertür hinter ihr ins Schloss fiel, kamen die Tränen. Bausi war verheiratet. Wie konnte er ihr das antun? Wie konnte er sie in sein Bett locken, obwohl er wusste, dass sie bald darauf seiner Frau gegenüberstehen würde? Amali kämpfte gegen die Tränen an. Sie versuchte sich einzureden, dass es keine Rolle spielte. Er war doch sowieso nur ein Urlaubsflirt, den sie nicht wiedersehen würde. Aber das stimmte nicht, er war weit mehr als eine Romanze. Und er sollte so viel mehr werden. Sie mochte ihn und war sicher gewesen, dass sie Freunde bleiben oder sogar ein Paar würden. Sie wollte wunderbare Geschäfte mit ihm machen, wollte mit Kunden zur Kaffeeernte herkommen. Amali schluckte hart. Welch eine entsetzliche Situation! In ein paar Stunden würde sie mit Bausi und seiner Frau zu Abend essen müssen, als wäre sie nur irgendein Gast. Wahrscheinlich würde sie auch noch mit ansehen müssen, wie das Ehepaar, das einige Zeit getrennt voneinander gewesen war, sich über das Wiedersehen freute. Sie würden sich gegenseitig über das informieren, was inzwischen geschehen war. Nicht über alles, versteht sich. Wie sollte sie das nur ertragen?
Es klopfte an ihrer Tür. Amali stand am Fenster. Sie wischte sich eilig über die Augen. Gasira verließ gerade das Haus und ging in Richtung des Röst-Häuschens davon. Amali hörte, wie die Tür geöffnet und wieder geschlossen wurde. Bausi kam zu ihr herüber und legte von hinten die Arme um sie. Sie packte seine Hände, schüttelte sie ab, als würden sie eine allergische Reaktion auf ihrem Körper verursachen, und wirbelte zu ihm herum.
»Wie kannst du nur?«, fauchte sie.
»Amali, um Himmels willen, lass es mich dir erklären!«
»Warum hast du mir nicht gesagt, dass du verheiratet bist?« Er senkte den Blick und sah vollkommen hilflos aus. »Natürlich hast du es mir nicht gesagt«, presste Amali hervor. »Du wusstest, dass ich dann niemals mit dir ins Bett gegangen wäre.«

Er hob den Kopf und sah sie verletzt an. »So ist es nicht, Amali. Bitte, entschuldige, ich ...«

»Entschuldige?«, fiel sie ihm ins Wort. »Was soll ich entschuldigen? Dass du eine Ehefrau hast oder dass du vergessen hast, sie zu erwähnen?«

»Bitte, Amali, hör mir zu!« Er sah sie flehend an. »Ich wollte nicht, dass du es auf diese Weise erfährst. Sie hätte gar nicht hier sein dürfen. Gasira hatte mir gesagt, sie wolle ein paar Tage zu einer Cousine fahren, die gerade ein Kind bekommen hat. Es war wie ein Wink des Schicksals, alles passte perfekt. Ich konnte dir die Farm zeigen und gleichzeitig nach dem Rechten sehen.« Amali schüttelte verständnislos den Kopf. »Ich hatte solche Angst, dass es die einzigartige Stimmung zwischen uns zerstören würde. Darum habe ich noch nichts gesagt. Ich weiß, das war ein Fehler«, fuhr er schnell fort, bevor sie ihn unterbrechen konnte. »Es war ein großer Fehler, aber ich konnte doch auch nicht ahnen, dass sich zwischen uns so etwas entwickelt. Ich meine, das ist doch beinahe ...« Er suchte nach dem passenden Ausdruck. »Magie«, beendete er den Satz. »Du bist ausgerechnet unter dem Fenster meines Büros überfallen worden. Wir haben uns auf Anhieb gut verstanden. Mehr als das. Amali, ich habe mich auf der Stelle in dich verliebt.« Er nahm ihre Hände in seine. »Unsere Familien sind auf schicksalhafte Weise miteinander verbunden. Du und ich haben die gleichen Interessen und Ziele. Das hast du doch auch gespürt.«

Amali senkte den Blick. Sie war zu verwirrt, um etwas zu erwidern.

»Und das gestern Nacht ...«, sprach er weiter. Seine Stimme wurde ganz weich und zärtlich. »... das war wie ein Feuerwerk. Ich habe so etwas noch nie mit einer Frau erlebt«, beteuerte er. »Bitte, Amali, sieh mich an! Ich habe dir verschwiegen, dass ich noch ein verheirateter Mann bin, und das war ein Fehler. Aber es hat nichts mehr zu bedeuten, glaube mir.« Das würde sie zu gerne, nur, wie sollte eine Ehe nichts bedeuten? »Gasira und ich sind nur noch Geschäftspartner, gewissermaßen. Sie ist auf der Farm, ich leite das Büro in Dar es Salaam. Unsere Ehe ist ein Trümmerhaufen.« Er gab ihre Hände frei und begann im Zimmer auf und ab zu gehen. »Wahrscheinlich ist es der europäische Teil meiner Wurzeln, der es so schwer macht. Gasira und ich haben einfach eine vollkommen andere Mentalität. Sie wird mich niemals völlig verstehen und ich sie vermutlich auch nicht.« Er hielt inne und ließ die Schultern hängen. »Für sie würde eine Scheidung schlimme Folgen haben, weißt du. Sie wäre sozusagen geächtet. Deshalb sind wir offiziell noch verheiratet. Ich konnte ja nicht ahnen, dass ich mich wieder verlieben würde.« Bausi blickte ihr direkt in die Augen. Sie sah keine Verschlagenheit, keine Lüge. Trotzdem war Amali noch immer am Boden zerstört.

»Sie ist noch immer deine Frau, und sie ist nicht dumm«, sagte sie müde. »Wenn wir ihr offen zeigen, was zwischen uns ist, wird es sie kränken.«

»Sie hatte schon einen anderen Mann, als ich noch um unsere Ehe gekämpft habe. Das ist zum Beispiel so ein Unterschied in der Mentalität. Sie hat sich nichts dabei gedacht. Ich dagegen habe gelitten wie ein Hund«, gestand er leise.

»Bausi, ich weiß nicht, was ich von alldem halten soll. Ich weiß nicht, wie ich mit ihr umgehen soll.«

»Entschuldige, dass ich dich in diese Lage gebracht habe. Das hätte ich nicht tun dürfen.« Ein kleines Lächeln erhellte endlich wieder sein Gesicht. »Ich habe eine Idee. Und sie ist mindestens so gut wie die mit dem Sekt. Wir fahren nach Moshi. Ich zeige dir die Stadt, und wir essen dort. Und morgen besuchen wir ein Massai-Dorf. Wenn du willst, kannst du dir dann noch für ein paar Tage ein Zimmer in Moshi nehmen und nach

Spuren deiner Urgroßeltern forschen. Oder ich fahre dich zurück nach Dar es Salaam. Ganz wie du willst.«
»Und deine Frau?«
»Ich schwöre dir, wir sind nicht mehr zusammen. Ich bin ihr keine Rechenschaft schuldig, und es interessiert sie auch nicht mehr, was ich treibe oder mit wem ich unterwegs bin.« Sie sahen einander schweigend an. »In Ordnung?«
»In Ordnung«, gab sie zurück. Er wollte sie auf den Mund küssen, doch Amali wandte den Kopf, so dass seine Lippen auf ihrer Wange landeten.
»Wir treffen uns in einer halben Stunde am Auto.«

Beim Essen erzählte Bausi von der Stadt. Es gab Ugali und viel zu fettes Fleisch dazu.
»In Moshi wird gerne Fleisch gegessen«, erklärte Bausi. »Es ist eine gute Gegend.« Übergewicht sei hier als Zeichen von Wohlstand sehr geschätzt und bewundert. Dann berichtete er vom Leben der Massai, die sich an keine fremden Regeln anpassen würden. Für die Regierung des Landes sei das ein ständiges Ärgernis und ein ernsthaftes Problem. Aber für das Land im eigentlichen Sinne seien die Massai ein Segen. »Sie leben im Einklang mit der Natur, weißt du. Viele haben das längst verlernt.« Es gelang ihm mit seinen Geschichten, den Druck aus Amalis Magen aufzulösen. Als sie spät zurück zur Farm fuhren, fühlte sie sich wieder einigermaßen entspannt und zuversichtlich. Bausi blieb vor ihrer Tür stehen.
»Darf ich noch mit reinkommen?«
»Ja.« Kaum dass er die Tür hinter ihnen geschlossen hatte, zog er sie an sich und küsste sie zärtlich.
»Ich bin so froh, dass du mir verziehen hast.« Sie wusste nicht, was sie sagen sollte. Bausis Hände wanderten ganz selbstverständlich unter ihre Bluse. Sofort lief ein Schauer durch ihren

Körper. Dieser Mann übte eine Anziehungskraft auf sie aus, wie sie sie noch nie erlebt hatte. Sie fühlte sich wie das berühmte Wachs in seinen Händen und wollte sich gehenlassen. Seine Lippen liebkosten ihren Hals, er streichelte ihren Bauch, strich über ihren Rücken und öffnete den Verschluss ihres BH. Amali seufzte. Sie spürte seine Finger wieder an ihrem Bauch. Dann öffnete er den Knopf ihrer Jeans. »Du zitterst«, flüsterte er. Seine Fingerspitzen glitten tiefer. In dem Moment hatte Amali plötzlich die Nachricht von Jonathan Thalau vor Augen. Passen Sie auf sich auf, hatte er geschrieben. Amali griff nach Bausis Hand und hielt sie fest. »Was ist los?«
»Nicht, Bausi, ich kann das nicht.« Sie rückte einen Schritt von ihm ab.
»Gestern Nacht konntest du es sehr gut.« Seine Augen waren ganz dunkel.
»Gestern wusste ich auch noch nicht, dass du verheiratet bist.« Er wollte etwas sagen, doch sie war schneller. »Ich glaube dir, dass ihr keine wirkliche Ehe mehr führt. Aber ich kann nicht mit ihr unter einem Dach sein, wenn ich mit dir schlafe. Verstehst du das?«
Er sah enttäuscht aus. »Natürlich verstehe ich das. Wir nehmen uns morgen ein Hotelzimmer, wenn dir das lieber ist.«
»Ich bin gerne hier, aber unter diesen Umständen wäre es mir wirklich lieber.«
»Natürlich, Amali, kein Problem.« Er küsste sie noch einmal zärtlich und wünschte ihre eine gute Nacht.

Am nächsten Morgen brachen sie früh auf. Bausi zeigte Amali einen Mitumba-Markt.
»Mitumba bedeutet Ballen. Die Hemden und Hosen kommen zu Ballen gepresst aus Europa. Wenn ich nicht irre, kommt vieles mit dem Schiff aus Hamburg. Wer weiß, vielleicht sind alte

Sachen von deinen Nachbarn dabei.« Er lachte. Sie schlenderten über den Markt und gingen dann zurück zum Auto. »Sieh mal, ein Brautpaar«, rief er. »Ich wünsche euch Glück«, sagte er dann leise und sah wehmütig zu ihnen hinüber.
»Die Braut sieht nicht gerade glücklich aus«, bemerkte Amali. Sie trug ein wunderschönes weißes Brautkleid, wie man es auch in Europa hätte sehen können. In ihrem schwarzen Haar steckten weiße Blüten. »Meinst du, das ist eine Zwangsehe?«
Bausi schüttelte den Kopf. »Nein, sie ist bestimmt überglücklich. Nur darf sie es nicht zeigen.«
»Wie bitte? Aber warum nicht?«
»Das wäre ihren Eltern gegenüber unhöflich. Sie verlässt ihre Eltern, um von nun an mit ihrem Ehemann zu leben. Es wäre hässlich von ihr, etwas anderes zu zeigen als den Trennungsschmerz von ihrer bisherigen Familie.« Er nahm ihre Hand. »Komm, ich stelle dich meinen Freunden, den Massai, vor.« Sie fuhren aus der Stadt hinaus, dem Kilimanjaro-Gebiet entgegen. Vor einem Baobab mit einem besonders breiten Stamm sah Amali im Vorbeifahren ein Gestell mit einem gewölbten geflochtenen Dach darüber.
»Was war das?«
»Eine Grabhütte. Sie soll angeblich bald hundert Jahre dort stehen. Die Legende berichtet, dass in dem Baum der Geist einer Frau haust, der auf den Toten aufpasst.« Er sah zu ihr herüber. »Wahrscheinlich war er ein berühmter Krieger. Die Massai kommen jedenfalls regelmäßig her und reparieren das Dach oder hängen Fähnchen auf, wenn die alten unansehnlich geworden sind.«
Der Besuch im Kraal der Massai beeindruckte Amali zutiefst. Sie waren ein stolzes Volk, das seinen Ältesten die wichtigen Entscheidungen überließ. Vielleicht hätte sie auch manchmal mehr auf ihren Vater hören sollen, kam ihr in den Sinn. Aber in

Deutschland bildeten sich die Jungen ein, sie wüssten mehr als ihre Eltern und Großeltern. Sie zeigten ihr eine Hütte, die die Form eines Schneckenhauses hatte. Und sie zeigten ihr stolz ihre große Rinderherde, ein Zeichen dafür, wie gut es ihnen ging. Jedenfalls im Vergleich zu vielen anderen. Amali durfte ein paar Fotos machen. Man lud sie zum Essen ein. Es gab Fladenbrot mit gekochten Okraschoten. Gewürze kannten die Massai anscheinend nicht.

»Es ist Zeit zu fahren«, erinnerte Bausi sie nach dem Essen. »Es wird schon dunkel, und du wolltest doch noch in ein Hotel umziehen.«

Sie brachen auf. Im Auto sagte Amali: »Wenn ich sofort in mein Zimmer gehe, begegne ich deiner Frau nicht. Dann wäre es für mich okay, noch eine Nacht zu bleiben. Wir könnten dann morgen in Ruhe nach einem Hotel sehen.«

»Macht es dir wirklich nichts aus?«

»Nein, es ist in Ordnung.«

»Gut, dann machen wir es so.«

»Frühstück ist fertig!« Bausis fröhliche Stimme weckte sie. »Darf ich kurz reinkommen?«

»Bitte.« Amali setzte sich im Bett auf und beobachtete, wie er eintrat. Er schien sehr gute Laune zu haben und vor Energie beinahe zu platzen.

»Meine Frau ist nicht da. Sie trifft sich mit jemandem.« Er hob die Augenbrauen. »Das bedeutet, wir können in Ruhe zusammen frühstücken und uns dann auf den Weg in die Stadt machen. Wie ich sie kenne, bleibt sie lange weg. Gott sei Dank habe ich einen guten Vorarbeiter hier, sonst wäre die Plantage innerhalb kürzester Zeit ruiniert.« Er trat ans Bett und gab ihr einen Kuss. »Möchtest du Spiegeleier oder Rührei?«

»Rührei.«

»Wundervoll.«
Nach dem Frühstück wollte Bausi noch ein paar Papiere zusammensuchen, wie er sich ausdrückte, und dann etwas in einem Dorf ein paar Autominuten von hier regeln. Er wollte um die Mittagszeit wieder da sein und sie abholen. Also setzte sich Amali noch einmal an den Computer. Er hatte ihr glaubhaft versichert, dass es eine Weile dauern würde, bis seine Frau zurück sei. Sie würden sich bestimmt nicht noch einmal über den Weg laufen.
Da war schon wieder eine Nachricht von Jonathan Thalau. Sie überflog die ersten Zeilen. Je mehr sie las, desto enger schnürte sich ihre Kehle. Er habe sich ein wenig über Bausi von Eichenbaum erkundigt, schrieb er.

»Wissen Sie eigentlich, was Bausi bedeutet? Ich habe das mal nachgeschlagen. Es heißt: Er schärft die Messer. Wie mir scheint, passt dieser Name gut zu ihm. Nehmen Sie sich bloß in Acht!«

Bausi habe nicht ununterbrochen in Afrika gelebt, teilte Thalau ihr weiter mit. Sein Aufenthalt in Deutschland sei zwar nicht lang gewesen, habe aber gereicht, um so viele juristische Spuren zu hinterlassen, dass es ihm in der Kürze der Zeit gelungen sei, diese zusammenzutragen. Thalau schrieb etwas von Betrug, davon, dass Bausi Deutschen, die auswandern wollten, Pachtverträge für Land vermittelt habe, das ihm nicht gehörte. Dafür habe er angeblich eine üppige Kaution kassiert.

»Dieser feine Herr lässt sich aus gutem Grund nicht mehr in Deutschland sehen. In Tansania hat er nichts zu befürchten. Die Betrogenen werden ihn kaum ausfindig machen, weil er die Verträge mit ihnen unter einem englischen Namen abgeschlossen hat. Ohnehin ist es nicht leicht, den Aufenthaltsort von Personen in Tansania festzustellen. Es gibt dort nämlich kein Meldewesen, was dem unseren vergleichbar wäre. Recherchen gestalten sich darum ziemlich schwierig. Mir hat Kollege Zufall geholfen, aber das erkläre ich Ihnen alles, wenn Sie wieder zu Hause sind.«

Und dann stand da noch:

»Ich bitte Sie von Herzen, sehr vorsichtig mit diesem Mann zu sein! Bitte, passen Sie auf sich auf!«

Amali war vollkommen verstört. Sie rannte in ihr Zimmer und warf ihre Kleider in ihre Reisetasche. Sie musste Bausi zur Rede stellen. Außerdem würde sie die Zeit in Dar es Salaam nutzen, um dort Erkundigungen über ihn anzustellen. Vielleicht war das alles ein großer Irrtum. Vielleicht handelte es sich bei dem Betrüger um einen Mann, der Bausis Identität benutzte. Sie wollte sich erst ein Bild machen, wenn sie möglichst viel wusste. Sonst lag sie am Ende wieder falsch, wie bei seiner Frau. Mit einem Mal wurde ihr bewusst, wie abhängig sie von Bausi war. Sie war mit ihm hierhergekommen. Was sollte sie tun, wenn sie ihn mit dem Inhalt von Thalaus Nachricht konfrontierte und er sie zum Teufel schickte? Wenn schon, dann würde sie eben mit der Bahn nach Dar es Salaam zurückfahren. Hatte er nicht selbst gesagt, jede Sache habe etwas Gutes, sogar die Kolonialzeit, in der die Eisenbahn gebaut worden war?
Es klopfte an ihrer Tür. Amali erschrak.
»Ich komme«, rief sie und schnappte sich ihre Tasche. Als sie sich umdrehte, stand Gasira vor ihr.
»Sie wollen uns schon wieder verlassen?«
»Ja, ich ... ich dachte ... Bausi sagte, Sie wären nicht zu Hause.«

»Was hat er Ihnen noch erzählt? Dass unsere Ehe kaputt ist? Dass er nicht mehr mit mir schläft?« Ihre Stimme war sanft, doch ihre Augen blickten Amali herausfordernd an.
»Ich wusste nicht, dass Sie verheiratet sind.« Amalis Gesicht brannte. »Also, als ich ihn kennengelernt und zugestimmt habe, mit ihm herzukommen.«
»Ich mache Ihnen keinen Vorwurf, Amali. Es ist ja wahr, unsere Ehe ist nicht mehr die beste.« Sie ging an Amali vorbei und sah aus dem Fenster. »Sie war es noch nie. Er hat mich geheiratet, weil er die Kaffeeplantage seiner Vorfahren wiederhaben wollte.«
»Was? Nein, das kann nicht sein.«
Gasira drehte sich zu ihr um. »Aber ja. Bausis Vater ging nach Deutschland zurück, als die Unruhen unser Land in Aufregung versetzt haben. Besitz eines Einzelnen sollte es nicht mehr geben. Der Staat hat Farmen an Bauern-Gemeinschaften übergeben, wenn man das so sagen kann. Aber das hat nicht gut funktioniert.« Sie lachte. »Man ging also dazu über, wieder einzelne Pächter einzusetzen. Mein Vater hat seine Chance genutzt.«
»Und Bausis Vater? Ich dachte, der sei zurückgekommen und habe eine Afrikanerin geheiratet.«
»Das stimmt. Die beiden leben nicht weit von hier am Fuß des Kilimanjaros. Bausis Vater Jack hat dort eine Lodge gebaut. Deutsche Touristen wohnen bei ihm und klettern von dort hinauf auf den Kibo, den höchsten Gipfel.«
»Bausis Eltern leben hier ganz in der Nähe? Sie betreiben ein Hotel? Dann muss Bausi seinen Vater nicht ernähren?«
Gasira warf den Kopf in den Nacken und lachte ein helles klares Lachen. Sie trug an diesem Tag einen blauen Kaftan und wiederum einen passenden Turban dazu.
»Der einzige Mensch, den Bausi ernährt, ist er selber. Das heißt, er sorgt dafür, dass andere ihn ernähren.« Nach einer kleinen Pause sagte sie: »Sie sind auf ihn hereingefallen, habe ich recht?«

»Ich möchte in Deutschland einen Laden eröffnen. Er hat mir angeboten, dass ich seinen Biokaffee exklusiv anbieten kann«, stotterte sie. »Es ist einfach toll, dass er die Plantage gegen den Willen seines Vaters auf ökologische Bewirtschaftungsmethoden umgestellt hat. Ich schätze das sehr.«
»*Er* hat das getan?« Sie verzog die Miene, als hätte sie in eine Zitrone gebissen. »Er hat keine Ahnung davon. Bausi erledigt einen Teil unserer Geschäfte in Dar es Salaam. Die meiste Zeit versucht er allerdings das große Geld zu machen, mal mit Immobilien, mal im Bergbau. Ich will möglichst wenig davon wissen, denn er hat sich schon mehrfach am Rande der Legalität bewegt, wenn Sie verstehen.«
»Das ist unmöglich«, sagte Amali tonlos. »Sein Büro in Dar es Salaam ist leicht zu finden, er versteckt sich nicht. Wenn er krumme Geschäfte machen würde, würde er sich doch anders verhalten. Oder man hätte ihn längst erwischt.«
Gasira sah sie lange an, ehe sie antwortete. »Wissen Sie, Amali, Tansania ist meine Heimat, und ich liebe dieses Land. Leider haben wir große Probleme. Mädchen sind noch immer wenig wert und müssen mit sexuellen Übergriffen sogar von ihren eigenen Lehrern rechnen. Unsere Wirtschaft liegt am Boden, die Landwirtschaft, von der wir leben, leidet auch, weil das Klima immer häufiger verrücktspielt. Und dann ist da noch die Korruption.« Sie seufzte. »Mein Vater war einer der Ersten, der Kaffee nach biologischen Erkenntnissen angebaut hat. Ich habe es von ihm gelernt. Dank harter Arbeit haben wir inzwischen gute Einnahmen. Damit ist es für Bausi nicht schwer, seinen Kopf immer wieder aus der Schlinge zu ziehen.«
Amali ließ sich auf das Bett fallen. »Ich will hier weg«, flüsterte sie und schluckte. »Ich will so schnell wie möglich weg.«
Gasira legte ihr die Hand auf die Schulter. »Es tut mir wirklich leid. Er kann sehr charmant sein, wenn er etwas will, ich weiß.«

»Wie komme ich am schnellsten nach Dar es Salaam?« Mehr wollte Amali nicht wissen.
»Aus Moshi fahren Busse. Allerdings erst wieder morgen früh. Wenn Sie möchten, bringe ich Sie in die Stadt.«
»Das wäre sehr nett. Jetzt sofort, wenn es geht. Ich nehme mir dort ein Zimmer.«
»Wenn Sie meinen.«
»Ja.« Amali erhob sich, nahm ihre Tasche und ging an Gasira vorbei zur Treppe. Sie wollte Bausi auf keinen Fall mehr begegnen.

Vier Tage später saß Amali in einem Flugzeug nach Hamburg. Es brach ihr das Herz, die Heimat ihrer Vorfahren vorzeitig zu verlassen, noch ehe sie sich in Ruhe hatte umsehen können, aber was hätte sie sonst tun sollen?
Nach ihrer überstürzten Abreise aus dem Norden hatte sie in Dar es Salaam bei einigen Behörden vorgesprochen. Im total überfüllten Daladala, einem klapprigen Kleinbus, war sie von einem Stadtteil in den anderen gefahren, eingezwängt zwischen schwitzenden Menschen. Sie war an die Grenzen ihrer Geduld gestoßen und hatte eine harte Lektion in tansanischer Gelassenheit lernen müssen. Manche Fragen musste sie fünfmal stellen, bevor sie eine Antwort bekam.
Am Ende sagte ein Mann, dessen Uniform sich über einem dicken Bauch spannte, er habe oft genug Schererein mit Bausi gehabt.
»Dieser halbe Deutsche ist mir bekannt«, knurrte er. »Er versucht schnelles Geld zu machen. Leider hat er einflussreiche Freunde.« Dann beugte er sich vor, die Hände auf dem Bauch gefaltet, und sah sie eindringlich an. »Wenn Sie in Deutschland irgendetwas gegen ihn in der Hand haben, dann setzen Sie dort alle Hebel in Bewegung, die es gibt. Was ich von hier aus tun

kann, um ihm das Handwerk zu legen, das werde ich tun. Männer wie er schaden diesem Land.«
Bis zu diesem Gespräch hatte sie noch gehofft, Gasira habe sie belogen, um sie aus dem Haus zu treiben. Doch die Schilderung des Uniformierten passte perfekt zu der von Bausis Frau und auch zu dem, was Thalau herausgefunden hatte. Also hatte Amali ihren Flug umgebucht und Niki eine Mail geschickt:

»Komme am Freitag um zwanzig Uhr in Hamburg an. Bitte hol mich ab, wenn du es irgendwie einrichten kannst. Fühle mich schrecklich! Amali«

Kilossa, Juli 1914

»Vorsicht, Bwana Malaika.« Chandu hatte nicht sehr laut gesprochen und auch nicht aufgeregt geschrien. Gerade weil die Worte dem Mann vom Stamm der Wamakua langsam über die Lippen gekommen waren, als könnten sie zerplatzen, wenn sie zu rasch an die Luft gelangen würden, war Rutger auf der Hut. Er blickte von den Kürbissen auf, deren Triebe er behutsam Stück um Stück von Schlamm befreite. Der Regen war dieses Jahr viel zu spät gekommen und hielt dafür nun umso länger an. Schon Anfang Juli und noch immer schüttete es täglich vom Himmel, als wollte der Herr eine weitere Sintflut schicken. Rutger liebte das Wasser, das sich während der Regenzeit in breiten Bächen durch das Land schlängelte. Er hatte auch schon Jahre der Dürre erlebt, Jahre, in denen die rote Erde aufplatzte wie die Lippen eines Verdurstenden. Wenn der Boden beinahe hart wie Stein wurde und alles Leben daraus zu verschwinden schien, war es ihm nur unter größten Mühen gelungen, seine Apfelbäume, die Kürbisse und das Getreide zu retten. Prasselte der Regen endlich, war es, als würde Afrika von den Toten erwachen. Wo vorher nur Staub oder fester Lehm gewesen war, streckten mit einem Mal Blumen ihre Köpfchen ans Licht, wuchsen mit beachtlicher Geschwindigkeit und zogen dem Land ein Kleid mit bunten Tupfen an. »Vorsicht, Bwana Malaika«, wiederholte Chandu.
Rutger sah ihn an und folgte dann seinem Blick. Eine Löwin hatte sich unbemerkt genähert. Sie war nur noch wenige Schrit-

te vom Kürbisfeld entfernt. Ohne sie aus den Augen zu lassen, stand Rutger auf. Auch das Tier hatte ihn fest im Blick. Es setzte eine der mächtigen hellbraun gefleckten Pranken vor, an denen getrockneter Schlamm klebte wie der Schorf einer alten Wunde. Gleich darauf zog es sie wieder zurück. Die Löwin schien sehr genau zu überlegen, was sie von ihm halten sollte. War er Freund oder Feind? Sie ging ein paar Schritte nach links, drehte langsam um und lief wenige Meter in die andere Richtung. Ihre gelblich braunen Augen fixierten Rutger. Unendlich langsam kam sie auf ihn zu, blieb stehen, wagte einen weiteren Schritt. Rutger hörte ihren Atem, ihr Knurren, ein leises tiefes Vibrieren. Ihre Barthaare zuckten, sie legte die Ohren an. Nur ein wenig, gerade so viel, ihn zu warnen. Komm nicht näher, las er in ihrem Blick und in ihrer Körperhaltung. Ich entscheide, wie nah wir uns kommen.

»Tutu!«, sagte er. Er sprach mit leiser tiefer Stimme, als wäre er kein Mensch, sondern Teil eines Löwenrudels. »Tutu! Bleib ruhig!«

Sie richtete die Ohren wieder auf, hechelte. Er konnte ihre weißen, gewaltigen Zähne erkennen. Sollte sie sich entscheiden, sie ihm ins Fleisch zu schlagen, wäre er auf der Stelle tot. Quälend langsam sah er zu Chandu hinüber. Der hatte bereits das Gewehr im Anschlag.

Rutger schüttelte kaum merklich den Kopf. Noch nicht. Er drehte den Kopf wieder und suchte in der Ferne nach weiteren Tieren. Löwen waren keine Einzelgänger. Sie lebten im Rudel. Wenn diese Dame hier allein war, konnte das nur eins bedeuten – sie hatte Junge, irgendwo in der Nähe in einer sicheren Höhle. Und für die musste sie Nahrung beschaffen. Menschen gehörten nicht unbedingt zur Leibspeise der Raubtiere, doch wenn die Not zu groß wurde ... Um keinen Preis würde sie ihre Jungen hungern lassen.

»Alles ist gut«, raunte er ihr zu. »Du verschwindest einfach, in Ordnung? Dann muss Chandu nicht schießen.« Sie fauchte beinahe scheu, als ob sie Angst vor ihm hätte. Rutger spürte, wie ihm der Schweiß den Rücken hinunterlief. Er schluckte, atmete tief und gleichmäßig. Seine Augen glitten zu ihrem Brustkorb, der sich hob und senkte. Der gleiche Rhythmus. »Schon gut. Tutu!«

Die Löwin hob eine ihrer mächtigen Tatzen an, ließ sie eine Weile in der Luft stehen, so dass die Krallen, tödliche Werkzeuge, sichtbar waren, dann hatte sie ihre Entscheidung getroffen. Direkt vor der ersten Reihe Kürbisse setzte sie ihre Tatze wieder in das schlammbedeckte Gras, duckte sich leicht und drehte ab. Rutger konnte die Muskeln und gespannten Sehnen unter dem glänzenden Fell sehen, als sie so elegant, wie es nur eine Löwin vermochte, in Richtung der Büsche davonging.

Plötzlich zerriss ein Schuss die flirrende Hitze. Getroffen brach das stolze Tier zusammen.

Rutger war mit einem Schlag übel. Er fühlte sich, als hätte es ihn selbst erwischt. Entsetzt fuhr er herum und stürzte auch schon auf Chandu los.

»Warum hast du das getan?«, brüllte er. »Ich war nicht in Gefahr. Niemand war in Gefahr!« Er stieß dem treuen Begleiter beide Fäuste an die Brust. Chandu stolperte rückwärts und rang nach Luft.

»Nein, Bwana, ich habe nicht geschossen«, brachte er mühsam hervor.

»Warum?«, schrie Rutger erneut. Sein Gesicht war vor Wut verzerrt. In dem Moment hörte er Stimmen hinter sich.

»So ein Glück«, juchzte eine Frau. »Gleich am ersten Tag so eine schöne Trophäe!«

»Bitte, Madame, gehen Sie nicht so dicht heran. Nicht bevor ich es Ihnen erlaube.«

Rutger ließ von Chandu ab und wirbelte herum. Ein Mann mit Tropenhelm, weißem Hemd mit unübersehbaren Schweiß- und Staubflecken, viel zu enger Weste, die jeden Moment ihre Knöpfe fortzuschleudern drohte, und einer grauen Hose, die in schwarzen Stiefeln steckte, hielt die Dame am Arm zurück. Hinter ihnen tauchte ein zweiter Mann auf, keuchend und puterrot im Gesicht. Er hielt sein Jagdgewehr noch immer im Anschlag und starrte das tote Tier an, als würde es im nächsten Moment aufspringen und über ihn herfallen.
»Was zum Teufel sollte das?« Rutger packte den Schützen am Schlafittchen. Dem war die Weste eine gute Nummer zu groß, so dass er beinahe darin versank, als Rutger zufasste. »Was fällt Ihnen ein, ein wehrloses Tier zu erschießen?«
»Deswegen bin ich doch hier«, stammelte dieser fassungslos.
»Lassen Sie sofort den Mann los«, ging der Erste dazwischen. »Herr Wirth ist mein Kunde. Er hat dafür bezahlt, sich hier ein paar hübsche Andenken zu schießen.« Mit einem breiten Grinsen ergänzte er: »Das Jagdglück ist ihm gleich am ersten Tag hold. Und er ist ein mutiger Mann. Manch anderer hätte sich nicht gleich an eine Löwin herangewagt.«
Rutger starrte in das vor Schweiß glänzende Gesicht. Die Haut des Mannes, der seinen Zenit bereits überschritten zu haben schien, war blass und vernarbt. Das dünne Haar mochte einmal blond gewesen sein. Er ließ Wirth so abrupt los, dass der rückwärts stolperte und mit den Armen ruderte, um nicht zu fallen. Dabei fuchtelte er gefährlich mit der Waffe in der Luft herum. Die Dame, höchstwahrscheinlich Frau Wirth, stieß einen entsetzten Schrei aus, der in ein hysterisches Lachen überging.
»Dicki, du wirst uns auch noch erlegen, wenn du nicht aufpasst«, rief sie affektiert aus.
Rutger interessierte sich nicht für sie. Er baute sich vor dem Mann mit der schlechten Haut auf.

»Sie ist kein hübsches Andenken«, sagte er leise. Es kostete ihn die größte Mühe, sich zu beherrschen. Am liebsten hätte er den Kerl in einen Fluss mit Krokodilen gestoßen. »Sie ist ein Geschöpf aus Fleisch und Blut.«

»Sie hätte Sie um ein Haar getötet«, rief Frau Wirth dazwischen, die die Szene gebannt verfolgte. Ihr Mann flüsterte ihr etwas zu. Vermutlich riet er ihr, sich lieber aus der Sache herauszuhalten. Von wegen mutiger Mann!

»Und sie ist eine Mutter«, fuhr Rutger fort. »Irgendwo nicht weit von hier warten ihre Jungen, zwei, drei, vielleicht auch vier. Kleine Kätzchen, nicht älter als acht Wochen. Wahrscheinlich sehr viel jünger. Dem Tod geweiht, weil Ihr Kunde ihre Mutter zum Vergnügen erschossen hat.« Unverwandt starrte er sein Gegenüber an, die Augen zu Schlitzen verengt. Doch seine Worte waren nicht für den Leiter der Safari bestimmt. Sie lösten die erwünschte Reaktion exakt dort aus, wo Rutger sie beabsichtigt hatte.

»Aber nein!«, schrie Frau Wirth auf. »Die Kätzchen werden doch nicht durch unsere Schuld verhungern?«

»Genau das werden sie.« Rutger drehte sich langsam um und ging auf sie zu. »Oder sie werden von Hyänen zerfetzt und gefressen. Oder von anderen Raubtieren. Es gibt hier ja genug davon.« Er sah sie böse an. »Die Natur ist grausam hier draußen. Besser Sie packen Ihre Sachen und nehmen das nächste Schiff zurück ins Deutsche Reich«, zischte er.

»Sie weinen ja«, stellte sie verwirrt fest. Rutger wischte sich mit dem Handrücken die Tränen weg. Die Löwin war tot. Ihm war, als hätte Wirth einen guten Freund getötet. Nur so zum Spaß.

»Es gibt also Jungtiere? Umso besser!«, mischte der Mann mit dem feisten Leib sich ein. »Keine Sorge, Madame, die Kätzchen müssen nicht sterben. Wir werden sie suchen und ihnen das Leben retten.«

»Wirklich?«, fragte sie hoffnungsvoll und sah zwischen ihm und Rutger hin und her.
»Aber natürlich. Jeder Tierpark in unserem Mutterland nimmt sie mit Kusshand. Sie machen eine kleine Reise, kommen in ein hübsches Gehege, werden gefüttert und brauchen keine Angst mehr vor hungrigen Räubern zu haben.« Er sprach mit ihr wie mit einem Kind. »Was könnten sie sich sehnlicher wünschen?«
Die Frau strahlte und klatschte begeistert in die Hände.
Bevor sie jedoch etwas sagen konnte, beantwortete Rutger die Frage. »Ihre Mutter. Sie wünschen sich ihre Mutter.« Damit drehte er auf dem Absatz um, warf noch einen Blick auf die Löwin, deren Blut sich mit den Pfützen mischte, die wie kleine Seen zwischen Gras und Schlamm standen, und wandte sich Chandu zu. »Gehen wir«, sagte er müde, »bevor ich diesen Dummköpfen Hyänendreck zum Kosten gebe.«
Herr und Frau Wirth machten große Augen, sagten aber kein Wort. Der andere Mann dagegen kam einen Schritt hinter ihm her.
»Sie werden sich auf der Stelle bei den Herrschaften entschuldigen!« Chandu sah Rutger fragend an, doch der ging langsam weiter, als hätte er nichts gehört. »Junger Mann! Bleiben Sie gefälligst stehen! Wer sind Sie überhaupt, dass Sie sich hier so aufspielen?«
Jetzt blieb Rutger stehen. »Rutger Paulsen. Und das ist Chandu vom Stamm der Wamakua, mein guter Freund, den ich fälschlicherweise bezichtigt habe, die Löwin getötet zu haben.« Leise ergänzte er: »Ich hätte wissen müssen, dass er so etwas Dummes niemals getan hätte. Verzeih mir, mein Freund.« Dann erhob er wieder seine Stimme: »Mir gehören die Plantagen hier«, entgegnete er, ohne sich umzudrehen.
»Ach nein, der junge Herr Paulsen! Ich wüsste nicht, dass Ihr Herr Vater das Zeitliche gesegnet hätte.« Nun wurde Rutger

195

neugierig und wandte sich um. »Ihnen gehört hier gar nichts, abgesehen von ein paar Apfelbäumen, die nicht einmal blühen wollen, geschweige denn Früchte tragen, wie ich höre. Ich habe Sie schon gekannt, als Sie noch nicht einmal laufen konnten.« Er kostete seinen vermeintlichen Triumph aus. »Tja, da sind Sie von den Socken, was? Dr. Gregor Martius mein Name. Ich bin mit Carl Peters höchstpersönlich nach Afrika gekommen, als es noch keine Kolonie gab. Ich kenne Ihre Eltern gut, habe sie bereits kennengelernt, als sie blauäugig in Dar es Salaam eingetroffen sind. Ich bin gespannt, was sie zu Ihrem Verhalten sagen werden. Ich nehme doch an, wir sind Ihre Gäste?«

Zu Hause angekommen, hatte Rutger augenblicklich die beiden Massai ausgeschickt, nach den Löwenjungen zu suchen. Sie sollten sie fangen und zu Sultan Bana Ibn Said schaffen. Dort gab es Hoffnung auf ein Leben in Afrika, denn der Sultan sammelte regelrecht wilde Tiere auf seinem riesigen Land. Rutger wusste, dass er ein wichtiger Mann für das Gouvernement war. Er kannte außerdem das offene Geheimnis, der Sultan gehe trotz aller Verbote unbehelligt weiter dem Sklavenhandel nach, weshalb er ihn eigentlich verabscheuen müsste. Doch gleichzeitig mochte er den geheimnisvollen Bana Ibn Said, der nie etwas ablehnte oder einem Vorschlag uneingeschränkt zustimmte. Ebenso wenig gab er einer Bitte je mit klaren Worten nach. »Wenn es Allah gefällt«, war die Antwort, die man von ihm für gewöhnlich zu hören bekam. Dazu beugte er leicht und würdevoll den Kopf und schenkte einem einen tiefen Blick aus seinen schwarzen Augen. Soweit Rutger es beurteilen konnte, zog der Sultan daraufhin meist die richtigen Fäden und brachte innerhalb weniger Tage mehr Dinge in Bewegung, als es dem Gouvernement in Wochen oder Monaten gelingen konnte. Jedenfalls wenn es ihm und Allah gefiel.

Eine gute Weile nachdem Rutger und Chandu eingetroffen und die Massai aufgebrochen waren, kam auch der Tross um Martius an. Eine Gruppe Eingeborener begleitete ihn. Vier schleppten die Löwin, deren Pranken man an einen mächtigen Holzprügel gebunden hatte. Kopfüber hing das einst stolze Tier dort und würde in Kürze als Läufer von zweifelhafter Schönheit in einem deutschen Jagdzimmer enden. Je vier Neger mit freien Oberkörpern und knappem Kikoi trugen die beiden Sänften, in denen Herr und Frau Wirth saßen. Rutger vermutete, dass die Eingeborenen auf Martius' Befehl hin so wenig Stoff am Leib trugen, damit die Vorstellung seiner Gäste von unkultivierten Wilden möglichst erfüllt wurde.

Wilhelmina hatte wenig begeistert auf die Ankündigung von Martius' Besuch reagiert. Dennoch hatte sie nicht gezögert, Vorbereitungen zu treffen. Sie wusste schließlich, was sich als gute Gastgeberin gehörte. So stand Sharifa bereit, um kühle, hausgemachte Kräuterlimonade zu servieren. Rutger konnte seinen Blick nicht von ihr wenden. Wie gebannt beobachtete er ihre geschmeidige Bewegung. Sie war so elegant, wie die Löwin es vor wenigen Stunden auch noch gewesen war. Ihr schwarzes Haar war zu eng am Kopf liegenden Zöpfen geflochten. Ihre Haut glänzte wie ein dunkelbrauner Stein am Flussufer. Von allen schwarzen Frauen, die er kannte, hatte sie die feinsten Gesichtszüge. Ihre Nase war schmal, ihre Lippen fein geschwungen. Am meisten faszinierten ihn ihre Augen, in denen selbst dann ein Hauch von Melancholie lag, wenn sie lachte. Jetzt blickten diese Augen höchst konzentriert auf die Karaffe und die langstieligen Gläser. Als sie ihren Platz auf der Veranda eingenommen hatte, entspannte sie sich. Sie schien zu spüren, dass Rutger sie im Blick hatte. Unsicher neigte sie den Kopf, sah ihn aber durch ihre dichten schwarzen Wimpern an. Ein Schauer lief durch seinen Körper. Er mochte Sharifa. Mehr als das.

Wann immer er konnte, suchte er ihre Nähe. Er wusste, dass auch sie ihn mochte. Wenn sie auch stets ein wenig scheu und vorsichtig war, so konnte sie ihre Freude doch nicht verbergen, wenn er ihr beim Getreidestampfen half, ihr eine Mango vom Baum brachte oder sich Geschichten für sie ausdachte. Sie konnten über dieselben Dinge lachen. Einmal hatte sie sein Haar berührt. Sie dachte, es würde hell klingeln, wenn sie die Finger hindurchstreichen ließ. Ganz langsam hatte sie die Hand nach ihm ausgestreckt und ein sehr feierliches Gesicht gemacht. Rutger hatte sich gewünscht, sie würde auch seine Haut berühren. Und er hatte das tiefe Bedürfnis gespürt, ihre Haut zu streicheln. Doch das durfte nicht sein, also hatte er die Magie des Augenblicks mit voller Absicht zerstört. »Buh«, hatte er gerufen, als sie sich still gegenüberstanden, ihre Hand in seinem Haar vergraben. Sie hatte die Finger zurückgezogen, als hätte eine Schlange sie gebissen, und einen großen Sprung nach hinten gemacht. Als Rutger in schallendes Gelächter ausgebrochen war, hatte sie ihn lachend beschimpft und ihm schließlich in gespielter Empörung den Rücken gekehrt.

Er lächelte ihr zu, sah im nächsten Moment jedoch weg. Niemand sollte wissen, wie sehr er sie mochte. Er hatte Angst, man würde Sharifa wegschicken, wenn man seine Gefühle für sie entdeckte.

Martius trieb sein Pferd bis vor die Veranda und riss dann an den Zügeln, um es zum Stehen zu bringen. Etwas schwerfällig sprang er hinab. Der feuchte Sand spritzte an seinen Stiefeln hoch.

»Paulsen!«, rief er schon von weitem. »Lange nicht gesehen, was?« Alexander wollte gerade zu ihm gehen, als es einen ohrenbetäubenden Knall gab. Metall krachte auf Holz, dann splitterte Glas. Sharifa hatte das Messingtablett fallen lassen.

»Verzeihung, Frau Mina«, stammelte sie und kniete nieder, um

die Scherben aufzusammeln. »Verzeihung! Es tut mir so leid. Verzeihung, Herr!« Sie flog am ganzen Körper. Ihr Blick raste zwischen Martius, Wilhelmina, Alexander und der Limonade hin und her, die sich über das Holz der Veranda ergoss und auf die Stufen tropfte. Alexander schüttelte den Kopf und kümmerte sich um den Besuch. Martius stellte ihm das Ehepaar Wirth vor.
»Ach je«, sagte Wilhelmina seufzend. »Emmi, bringst du bitte einen frischen Krug Limonade und neue Gläser?« Emmi nickte und verschwand eilig. »Eine glückliche Entscheidung, für unseren Besuch nicht das gute Kristall bringen zu lassen«, flüsterte sie.
»Da haben Sie es gerade selbst erlebt«, rief Martius aus. »Das sind die afrikanischen Dienstbotenleiden, von denen ich Ihnen erzählt habe. Nicht genug, dass diese Eingeborenenweiber schmutzig sind und auf ein paar Meter Entfernung stinken, nein, sie sind obendrein schrecklich ungeschickt.«
Der Blick, mit dem Sharifa Martius bedachte, gefiel Rutger nicht. Sie hatte Angst vor ihm, das war nicht zu übersehen. Und sie kannte ihn, dessen war er sich sicher. Seinetwegen hatte sie das Tablett fallen lassen. Er würde sie so schnell wie möglich zur Rede stellen.
»Wenn er nicht gleich ruhig ist, stopfe ich ihm das Maul mit Elefantendreck«, knurrte er leise.
»Du wirst dich vorbildlich benehmen, mein Sohn«, warnte Wilhelmina ihn. »Ihr seid einmal aneinandergeraten, das ist genug.«

Von dem Vorfall mit der Limonade abgesehen, verlief der Abend ohne weitere Vorkommnisse. Perpetua wollte Frau Wirth dafür gewinnen, im Deutschen Reich Frauen für Ostafrika anzuwerben.

»Die tapferen Männer, die die Kolonie zum Blühen bringen, brauchen eine weiße Frau an ihrer Seite«, verkündete sie und sah zu Georg von Eichenbaum hinüber, den sie sechs Monate nach seinem Auftauchen in Kilossa geheiratet hatte. »Erst wenn deutsche Tugend in Afrika Einzug gehalten hat, ist das Land eine Zierde für das Kaiserreich.«

»Daheim im Reich herrschen jetzt andere Sorgen vor, Frau von Eichenbaum«, erklärte Herr Wirth freundlich. »Wir stehen kurz vor einem Krieg.«

»Möglicherweise«, rief Martius dazwischen, der bereits zu viel Wein getrunken hatte.

»Nun, der Mord am österreichisch-ungarischen Thronfolger wird gewiss nicht ohne Folgen bleiben. Wir hörten gleich davon, als wir im Hafen von Dar es Salaam eintrafen«, meinte Wirth. »Wenn es zur geforderten Mobilisierung gegen Serbien kommt, können deutsche Soldaten sich aus der Sache nicht heraushalten.«

»Natürlich nicht«, stimmte Georg ihm zu. »Aber das ist kein Grund zur Sorge. Ein Krieg ist schnell gewonnen. Das ist eine Angelegenheit von wenigen Tagen. Hier in den Kolonien haben wir mit dem ganzen Zeug ohnehin nichts zu tun. Die Kongo-Verträge halten uns aus dem Schlamassel heraus.«

Man einigte sich darauf, dass es zumindest in diesem entlegenen Teil des Reiches nichts zu befürchten gebe, und wandte sich anderen Themen zu. Herr und Frau Wirth wollten einiges über das Leben in Afrika erfahren und interessierten sich auch für den Apfelanbau, der nicht gelingen wollte, wie sie gehört hatten.

»Was das betrifft, ist Dr. Martius offenbar nicht auf dem aktuellen Stand.« Rutger legte absichtlich eine gute Portion Arroganz in seine Stimme. Sollte dieser Martius sich nur provoziert fühlen. Ihm wäre es ganz recht. »Inzwischen machen wir mit der Plantage gute Fortschritte.«

»Die Äpfel benötigen ein paar Wochen Frost oder wenigstens Wochen, in denen das Thermometer unter sieben Grad fällt«, mischte sich Alexander in das Gespräch ein, vermutlich, um die Stimmung vor dem Entgleisen zu bewahren. »Sonst können die Bäume ihr Laub nicht abwerfen, geschweige denn neue Triebe und Blüten bilden«, erklärte er seinen Gästen.
»Ohne Blüten keine Ernte«, ergänzte Rutger, der bei diesem Thema ganz in seinem Element war, und strich sich das lange Haar aus dem Gesicht. »Unsere Arbeiter helfen den Bäumen inzwischen ein wenig. Sie pflücken die Blätter einzeln ab.«
Frau Wirth kicherte. »Und das funktioniert?«
»Aber ja, Madame«, gab Rutger höflich zurück. »Die Pflanzen treiben neu aus, und zur Reifezeit haben wir prächtige Holsteiner Äpfel. Wenn Sie wollen, dürfen Sie gern vom Kompott der letzten Ernte kosten.«
»Entzückend!« Sie klatschte in die Hände. »Sehr gern.«
Rutger bemühte sich noch eine Weile darum, den Besuchern aus dem Mutterland, das ihm stets besonders fremd erschien, wenn jemand von dort zu Gast war, einiges über Afrika, seine Natur und seine Menschen zu vermitteln. Mit der Zeit übernahm jedoch Martius die Gesprächsführung. Er erwies sich als schrecklich schlechter Geschichtenerzähler. Alles drehte sich um seine vermeintlichen Heldentaten. Man konnte meinen, er allein habe Ostafrika erobert.
Rutger hörte schon bald nicht mehr zu. Er konnte es nicht ausstehen, wenn jemand versuchte die Spannung in die Höhe zu treiben, indem er Andeutungen machte und erwartungsvoll von einem zum anderen sah. Dies war nur dann unterhaltsam, wenn eine wirklich gute Pointe folgte. Dummerweise verstand Martius nichts von Pointen.

Herr Wirth und ganz besonders seine Frau waren recht glücklich gewesen, die Nacht in einem soliden Haus verbringen zu können. Sie hatten die Gastfreundschaft der Paulsens gern angenommen, verabschiedeten sich nach dem Frühstück jedoch.
»Ab jetzt wollen wir im Zelt schlafen, wie es sich für eine Safari gehört«, hatte Frau Wirth aufgeregt verkündet. Rutger hatte es vorgezogen, den beiden und vor allem Martius nicht mehr zu begegnen, worüber Wilhelmina sehr froh war. Anscheinend klang ihm ihre Warnung noch in den Ohren, und er war klug genug zu wissen, dass er nur allzu leicht erneut mit Martius aneinandergeraten würde.
Nachdem sich die kleine Gruppe mit ihren Trägern und Sänften und der ersten Trophäe auf den Weg gemacht hatte, atmete Wilhelmina auf. Es kehrte Ruhe ein. So konnte sie ganz für sich sein und die Gurkenmelonen einlegen, die einer der Arbeiter vor dem Eintreffen der unerwarteten Gäste geerntet hatte.
Perpetua hatte einen freien Tag. Sie trat zu ihrer Mutter in die Küche.
Wilhelmina sah auf den ersten Blick, dass sie etwas auf dem Herzen hatte. Es war nicht ungewöhnlich, dass ihre Tochter ernst und sorgenvoll wirkte. Jetzt fiel Wilhelmina auf, dass sich Falten in ihr Gesicht gruben, die die Mundwinkel nach unten zogen. Aus den erhofften friedlichen Stunden allein in der Küche wurde nichts, das war ihr klar.
»Na, mein Kind, was treibst du an einem Tag ohne das Krankenhaus? Warum gehst du nicht ein wenig nach draußen oder reitest ein Stückchen?«
»Es ist so warm heute«, entgegnete Perpetua und seufzte vernehmlich. »Die Sonne ist wahrhaft erbarmungslos. Wenn ich nicht achtgebe, riskiere ich noch meinen porzellanfarbenen Teint.«
»Ein wenig Farbe würde dir gewiss nicht schaden. Sieh dir nur

deinen Bruder an. Seine Haut sieht aus, als wäre er kein Mensch, sondern eine Bronzefigur. Ich finde das sehr hübsch.« Wilhelmina schenkte ihr einen aufmunternden Blick. Dann konzentrierte sie sich wieder auf den Sud und gab Essig, Senfkörner und Kräuter in einen großen Topf.
»Mein Bruder ist kein Mensch. Er ist ein Wilder!« Der Gedanke an Rutger zauberte ihr für einen kurzen Moment ein Lächeln auf die Lippen.
So unterschiedlich die beiden auch waren, so groß war die Liebe, die sie füreinander empfanden. Wilhelmina war sehr froh darüber. Sie hatte schon befürchtet, dass Perpetuas Hochzeit etwas daran ändern könnte. Georg und Rutger waren nicht gerade die besten Freunde und würden es auch niemals werden. Doch sie hatten wie in stillem Einvernehmen eine Art Burgfrieden miteinander, und die Ehe hatte die Geschwister zu Wilhelminas Erleichterung nicht voneinander entfernt.
»Mutter?«
»Ja, Kind.« Wilhelmina rührte den Sud kräftig um, nachdem sie ihn soeben nachgewürzt hatte.
»Es gibt da etwas ...«
In diesem Augenblick betrat Emmi die Küche. Sie trug den ganzen Arm voller Gurkenmelonen.
»Noch mehr Arbeit, Frau Mina«, verkündete sie fröhlich. »Ich helfe Ihnen mit dem Gemüse.«
»Ach herrje!« Wilhelmina klatschte in die Hände und lachte. »Es scheint, die Gurken mögen diesen späten ausgiebigen Regen. Eine solche Ernte hatten wir noch nie. Da werde ich wohl noch mehr Sud machen müssen.« Sie griff erneut zu den Töpfchen und Döschen, in denen sie ihre Gewürze aufbewahrte. Emmi stellte die Gläser bereit und schob einen großen Wasserkessel auf das Feuer. Als Wilhelmina eine neue Flasche Essig aus der Speisekammer holen wollte, stellte sie fest, dass Per-

petua noch immer unentschlossen in der Küche stand und das Treiben unglücklich beobachtete. »Nun, mein Kind, was wolltest du mir sagen?«

»Nichts«, entgegnete Perpetua zögerlich.

»Aber du hast doch eben etwas sagen wollen.«

»Soll ich nachsehen, ob das der Rest für heute war oder ob es noch mehr Gurken gibt, Frau Mina?« Es war nicht Emmis Art, eine Unterhaltung zu unterbrechen, schon gar nicht, wenn es Familienmitglieder der Paulsens oder von Eichenbaums waren, die sich unterhielten. Aber sie hatte ein feines Gespür. Jetzt begriff auch Wilhelmina. Ihre Tochter mochte vor der Bediensteten nicht mit der Sprache herausrücken.

»Das ist eine gute Idee. Danke, Emmi.«

Kaum dass sie mit ihrer Mutter allein war, begann Perpetua: »Da ist etwas, über das ich schon eine gute Weile nachdenke.«

»Und das wäre?« Wilhelmina ließ ihren Sud Sud sein und wandte sich ihrer Tochter zu. Allmählich sorgte sie sich wirklich, dass es etwas Schwerwiegendes sein könnte, das sie beschäftigte.

»Ich bin hier in Deutsch-Ostafrika zur Welt gekommen, nicht wahr?«

»Ja, so ist es.« Sie hatte keinen Schimmer, worauf ihre Tochter hinauswollte.

»Aber ihr, Vater und du, ihr habt ... ihr habt nicht hier, also ... ihr habt mich schon in Holstein gezeugt, nicht wahr?« Sie schien erleichtert, es endlich ausgesprochen zu haben.

»Ja, das ist richtig.« Wilhelmina lächelte bei der Erinnerung. »Ich habe dich bereits unter meinem Herzen getragen, als wir damals an Bord des Schiffes gegangen sind, das uns herbrachte. Du hast schon eine weite Reise gemacht, noch ehe du überhaupt geboren wurdest.« Sie wartete ab, doch Perpetua starrte nur zu Boden. »Warum fragst du?«

»Aber Vater und du, ihr habt Rutger gemacht, als ihr bereits hier gelebt habt«, stieß sie verzweifelt hervor. »Es kann also nicht an der Luft oder dem Klima liegen, dass ich Georg noch kein Kind schenken konnte.«

Wilhelmina musste lachen. »Ach, daher weht der Wind.« Sie legte einen Finger unter Perpetuas Kinn und hob ihr Gesicht, über das soeben eine Träne kullerte. »Aber Liebes, ich wusste ja nicht, dass du dir so sehr ein Kind wünschst.« Sie schob ihre Tochter zu einem der Schemel, drückte sie sanft hinunter und setzte sich neben sie. »Gewiss, du bist vierundzwanzig. Da kann man schon mal daran denken, eine eigene Familie zu gründen. Und mir scheint, Georg und du, ihr vertragt euch recht gut.« Trotz all ihrer Vorbehalte, die sie dem Spross aus der Familie von Eichenbaum gegenüber auch hatte, kam Wilhelmina nicht umhin, zuzugeben, dass er kein übler Ehemann zu sein schien. Jedenfalls soweit sie es beurteilen konnte.

»Ja, er ist sehr lieb«, gab Perpetua leise zurück und schniefte. »Er sagt immer: Peppi, du willst mir doch einen Erben schenken, einen strammen Jungen. Du bist Krankenschwester, du weißt, dass es nur einen Weg gibt.«

Emmi war zurück. Sie hatte zwei weitere Gurkenmelonen in der Hand, beide klein und noch gelblich. Wilhelmina vermutete, ihre treue Emmi hatte möglichst lang fortbleiben, aber nicht mit leeren Händen zurückkommen wollen, damit es nicht so aussah, als hätte sie sich herumgetrieben.

»Das ist alles für heute«, sagte sie, legte die Gurken zu den anderen und ging zurück zur Tür. »Ich lasse Sie wohl lieber noch allein. Es gibt im Haus genug für mich zu tun«, stellte sie mit einem kurzen Blick auf Perpetua fest.

»Nein, bleib nur bei uns, Emmi.« Wilhelmina erntete einen missbilligenden Blick von ihrer Tochter, doch sie ließ sich davon nicht beeindrucken, denn sie hatte eine Idee. »Georg bedrängt dich also?«

»Aber nein! Es ist doch nur normal, dass wir endlich unsere eigene Familie gründen. Ich habe längst das richtige Alter. Es ist sein gutes Recht, einen Stammhalter von mir zu verlangen.« Sie meinte anscheinend, was sie da sagte.

Emmi versuchte sich unsichtbar zu machen. Beinahe lautlos hantierte sie mit dem Gemüse, um Perpetua das Gefühl zu geben, sie höre nicht zu.

»Weißt du, Liebes, mit dem Recht ist es so eine Sache. Dein Vater und ich waren auch schon einige Jahre verheiratet, bevor Gott der Herr uns dich geschenkt hat. Wir haben geduldig auf den Zeitpunkt gewartet und natürlich das Unsrige getan. Ihr beide müsst eure eheliche Pflicht tun, um ein Kind zu bekommen, und es muss Gott gefallen, euch eines zu schenken.«

»Aber das tun wir doch«, warf Perpetua ein. »Und Georg macht bestimmt alles richtig. Er ist keiner der Männer, die rücksichtslos nur ihre Bedürfnisse befriedigen.« Sie wählte die Worte mit Bedacht. Es war ihr höchst unangenehm, über ein solches Thema zu sprechen. Wie groß musste ihre Not sein, dass sie es dennoch tat. »Er weiß sehr wohl, dass wir Frauen keine Freude an dem Zeugungsvorgang haben. Darum fasst er sich dabei so kurz wie möglich.«

Wilhelmina hätte um ein Haar laut gelacht, wenn die Sache nicht so traurig und die Verzweiflung ihrer eigenen Tochter nicht so groß wäre. Georg von Eichenbaum gehörte also zu den Männern, die innerhalb kürzester Zeit ihre Befriedigung hatten und die meinten, das sei alles, worauf es ankomme. Wie dankbar konnte sie sein, dass Alexander vollkommen anders war. Er liebkoste den Körper seiner Frau mit einer Hingabe, dass sie allein bei dem Gedanken daran ein wohliges Kribbeln spürte. Von wegen, Frauen hätten grundsätzlich keine Freude an der körperlichen Liebe! Wilhelmina erinnerte sich nur zu gut an das Feuer, das Alexander schon beim ersten Mal in der Hochzeitsnacht in ihrem Schoß entfacht hatte. Sie würde ihn bitten, mit Georg zu reden. Kind hin oder her, aber Wilhelmina wollte, dass auch Perpetua in den Genuss von Hingabe und Leidenschaft kam.

»Was stimmt nur nicht mit mir, dass ich ihm keinen Sohn schenke? Wenn ich nicht bald ein Kind empfange ...« Sie zögerte kurz, dann rief sie: »Was bin ich denn dann wert?« Jetzt schluchzte sie laut auf und schlug die Hände vors Gesicht.

»Aber Liebes!« Wilhelmina umarmte den bebenden Körper ihrer Tochter und flüsterte beruhigend auf sie ein. Emmi trat zu ihnen, zog sich einen Hocker heran und umfasste Perpetua von der anderen Seite. Überrascht von dieser Berührung, machte die sich ganz steif. Emmi schmiegte sich an Perpetuas Rücken und legte ihr die Hände auf den Bauch. Sie begann ein Lied zu summen, das sie auch früher schon oft gesungen hatte, wenn die Kinder von bösen Träumen weinend erwacht waren oder wenn sie Fieber hatten. Wilhelmina spürte, wie ihre Tochter sich allmählich entspannte. Einige Minuten saßen sie so da. Dann verstummte Emmis Gesang.

»Ich habe Ihnen auf die Welt geholfen, Fräulein Perpetua. Ich kenne Sie Ihr ganzes Leben lang. Wie können Sie sagen, dass Sie nichts wert sind?« Langsam löste Emmi sich von Perpetua, und auch Wilhelmina ließ ihre Tochter los. Diese wischte sich den Schweiß von der Stirn. »Sie haben mein Volk mit ihrer Dawa vor dem bösen Zauber beschützt. Niemand kann sagen, wie viele Leben Sie dadurch gerettet haben, Fräulein Perpetua.« Emmis dunkle Stimme klang noch weicher als sonst. Sie empfand echte und tiefe Dankbarkeit, das konnte man spüren.

»Die Pockenimpfung ist nicht mein Verdienst, Emmi. Ich habe nur geholfen. Dr. Kammer hat sehr viel mehr Arbeit geleistet als ich. Und auch er hat den Impfstoff nicht entwickelt. Aber das kannst du natürlich nicht wissen.«

Emmi ließ sich nicht beirren. »Es gibt genug Krankenhäuser, in denen mein Volk und die anderen Stämme abgewiesen werden. Aber Sie, Fräulein Perpetua, haben uns nicht abgewiesen. Sie sind in die Hütten gekommen. Sie haben geholfen. Wie können Sie sagen, dass Sie nichts wert sind?«, wiederholte sie sanft.

»Emmi hat recht, du bist eine tüchtige Krankenschwester und eine gute Ehefrau. Weißt du, es ist schon möglich, dass Georg alles richtig macht. Das heißt aber noch lange nicht, dass du etwas falsch machst, dass mit dir etwas nicht in Ordnung ist. Manchmal ist es einem Paar einfach nicht vergönnt, Kinder zu haben. Dafür kann es viele Gründe geben.« Wilhelmina warf Emmi einen bittenden Blick zu. Die verstand sofort.

»Sie haben mit Ihrer Dawa den bösen Zauber der Pocken bekämpft. Ich habe eine Dawa, die Frauen manchmal hilft, ein Kind von ihrem Mann zu empfangen.«

»Ach du liebe Zeit«, stöhnte Perpetua, eine Angewohnheit, die sie von Georg übernommen hatte. »Wenn es ein Mittel gäbe, das mir helfen kann, dann würde ich es gewiss kennen, Emmi. Alles andere ist dein Aberglaube. Ich bitte dich, verschone mich mit deinen Wurzeln und Amuletten.« Sie hatte ihre Fassung zurück und sah Emmi streng an.

»Ich an deiner Stelle würde es mir überlegen«, meinte Wilhelmina gelassen, stand auf und machte sich wieder an ihre Arbeit. »Als du vor vierundzwanzig Jahren beschlossen hast, das Licht dieser Welt zu erblicken, während dein Vater auf einer Expedition und keine deutsche Hebamme in der Nähe war, hat Emmi mir mit ihrer Medizin beigestanden.«

»Ich weiß, du hast es sicher schon hundertmal erzählt.«

»Dann solltest du behalten haben, dass sie mir allein mit ihren Kräutern und Wurzeln die Schmerzen gelindert hat. Ich war verzweifelt, wie du es jetzt bist. Also habe ich mich Emmi anvertraut, obwohl ich sie noch nicht lange bei mir im Haus hatte.

Du, mein Kind, kennst sie dein ganzes Leben lang. Du solltest ihr auch vertrauen, dann wird sie dir ebenfalls helfen.« Sie sah Emmi an. »Ich würde es jederzeit wieder tun«, fügte sie hinzu, ohne den Blick von Emmi zu wenden. Die lächelte kaum merklich. Ihre Augen strahlten.

»Ich bringe Ihnen ein Öl, Fräulein Perpetua, mit dem Sie sich und Bwana Georg einreiben. Und ich werde Ihnen einen Krug Tembo in Ihre Schlafstube stellen. Trinken Sie davon, bevor Sie mit Bwana Georg das Lager teilen. Wenn Sie wollen«, setzte sie hinzu und verließ die Küche.

Wilhelmina sah kurz zu ihrer Tochter, deren Wangen vor Scham glühten. Raffinierte Emmi, dachte sie schmunzelnd. Der Palmwein würde Perpetua die Hemmungen nehmen. Vielleicht gelang es ihr mit einem kleinen Schwips tatsächlich, sich ihrem Mann unverkrampft hinzugeben. Das würde den Beischlaf für sie zumindest weniger schmerzhaft sein lassen. Wenn sie dann noch ihren eigenen Körper und den von Georg vor dem Akt ausgiebig massierte, konnte es wohl sein, dass ihr Gatte sich bei dieser Sache ausnahmsweise einmal nicht so kurz fasste. Ob Perpetua anschließend guter Hoffnung sein würde, bestimmte allein der Herr im Himmel. Wenn die beiden gemeinsam Spaß hatten, konnte das indes gewiss nicht schaden.

Rutger preschte durch die Steppe. Ob Martius und dieses schrullige Paar inzwischen fort waren? Ja, die Chancen standen gut, dass es so war, denn sie wollten schließlich weiter auf Safari gehen und zum Vergnügen Tiere abknallen. Sein Hemd war dreckig vom Schweiß und der roten Erde, die die Hufe des Pferdes aufwirbelten. Er trug es weit offen und genoss die Luft und die Sonne auf der Haut. Seine Haare umwehten ihn. Schon mehrmals hatte seine Mutter ihn ermahnt, sie sich doch endlich schneiden zu lassen.

»Wenn du sie schon nicht ganz kurz tragen willst, dann wenigstens nicht länger als bis auf die Schultern«, hatte sie gebeten. »Jedes junge hübsche Mädchen, das sich für dich interessieren könnte, bekommt es ja mit der Angst zu tun, wenn du eine Mähne hast wie dein Hengst.« Rutger war es gleichgültig. Er mochte sein Haar, es war ein Teil von ihm. Und die albernen Gänse, die von Zeit zu Zeit zu Besuch kamen, weil ihre Eltern hofften, sie mit einem Deutschen vermählen zu können, konnten ihm gestohlen bleiben. Es war ja nicht so, dass er nicht schon mal eine hübsch gefunden hätte, nur, was sollte er mit ihnen anfangen? Noch nie hatte eine Interesse an seiner Plantage gezeigt, ein Wort Swahili gesprochen oder sich mit irgendetwas beschäftigt, das ihm gezeigt hätte, dass er es mit einer denkenden, eigenständigen Person zu tun hatte. Allesamt hatten sie nur etwas für Kleider und Vorhangstoffe übrig und plapperten nach, was man ihnen eintrichterte.
Er dachte an Sharifa. Keins der deutschen Mädchen war so schön wie sie. Schon den ganzen Tag hatte er an sie denken müssen. Während er kleine Käfer von Blättern und Stielen gesammelt hatte, die seine Pflanzen schädigen würden, wenn er sie sitzen ließe, beschäftigte ihn Sharifas heftige Reaktion auf Martius' Erscheinen. Rutger war sicher, dass sie das Tablett nur fallen gelassen hatte, weil sie ihn erkannte. Wo hatte sie ihn zuvor gesehen? Was hatte er ihr angetan? Rutger musste es wissen. Er schlug dem Pferd die Hacken in die Flanken und trieb es noch mehr an. Als auf der anderen Seite des Flusses die Baumwollfelder in sein Blickfeld kamen, hielt er auf die Berge zu, die sich links von ihm erhoben. Er kannte den Pfad, der zwischen den Felsen hindurch in die Siedlung führte, im Schlaf. Schon kamen die Gebäude der Paulsen-Farm in Sicht. Er zupfte am Zügel und gönnte dem Pferd einen gemächlichen Trab. Wenig später sprang er vom Rücken des Tiers, führte es an die

Tränke und ließ es auf der Weide zurück, die mit einem weißen Holzzaun gesichert war.

Wie er erwartet hatte, war Sharifa mit der Wäsche beschäftigt. Ihre feinen Hände glänzten auf dem weißen Stoff nass wie poliertes Ebenholz. Sie tauchte das Hemd in den Wasserbottich und rieb es gleich darauf gründlich auf dem Waschbrett. Rutger vermochte den Blick nicht von ihr zu wenden. Schwarze Haut auf weißem Stoff – er konnte sich keinen schöneren Kontrast ausmalen. Wie ungleich schöner musste es erst sein, ihren gesamten Körper auf einem weißen Laken zu sehen. Er sollte solche Gedanken nicht haben, das wusste er, nur hatte er leider keine Ahnung, wie er sie sich verbieten konnte.

Sharifa sah auf, als er über den Hof auf sie zukam. »Bwana Malaika«, sagte sie leise. Ihre Augen glänzten, und sie schenkte ihm dieses scheue Lächeln, das er so mochte.

»Jambo«, begrüßte er sie lässig. Nur nicht mit der Tür ins Haus fallen, sonst würde er womöglich kein Wort aus ihr herausbringen. »Sind sie weg?«

Ihr Blick verfinsterte sich, als zögen Wolken vor die Sonne. »Wer, Bwana?«

»Na, dieser fette, narbengesichtige Kerl mit seinen schießwütigen Gästen.«

»Ja, sie sind fort«, gab sie knapp zurück und schrubbte das Hemd mit aller Kraft.

»He, gleich ist ein Loch drin, wenn du so weitermachst«, sagte er und lachte. Er fuhr sich mit der Hand durch das Haar und warf es nach hinten.

»Verzeihung, Bwana«, flüsterte Sharifa. Sie wrang das saubere Kleidungsstück aus und hängte es auf die Leine.

Als sie nach einem weiteren greifen wollte, hielt Rutger ihre Hand fest.

»Du kennst Martius, stimmt's?«

»Bitte, Bwana Malaika«, sagte sie erschrocken und starrte auf seine Hand. Er ließ sie los.

»Und? Woher kennst du ihn?« Er ließ sie nicht aus den Augen.

»Es ist lange her«, antwortete sie so leise, dass er sie kaum verstehen konnte. Auf ihrer glatten Stirn tauchte eine Falte auf, die das ganze makellose Gesicht in eine Miene von Furcht und Ablehnung verwandelte.

»Komm mit!« Wieder packte er ihren Arm. Er zog sie rasch hinter sich her zu einem Platz, an dem er gerne war, wenn er ungestört sein wollte. Abseits der Gebäude gab es einen kleinen Palmenhain, hinter dem das große Maisfeld lag. Zwischen den Palmen konnte man sich leicht verstecken. Dort angekommen, ließ er sie augenblicklich los. »Du hast ihn erkannt«, begann er behutsam. »Und du hattest Angst vor ihm, habe ich recht?« Sie nickte. Mit gesenktem Kopf stand sie vor ihm. Wie zerbrechlich sie war. Er legte einen Finger unter ihr Kinn, doch sie mochte ihn nicht ansehen. Also ließ er ihr Zeit. Sie zupfte an einem Faden, der aus dem Tuch hervorlugte, das sie um den Körper geschlungen trug. Nur eine Schulter war frei und die beiden Arme. Rutger betrachtete den Oberarm, die Rundung der Schulter und den samtigen Übergang zu ihrem Hals. Er musste sich beherrschen, sie nicht zu berühren.

»Sie wissen, dass Sklavenhändler mich meinen Eltern und meinem Stamm weggenommen haben, als ich ein kleines Kind war«, fing sie plötzlich an zu erzählen. Noch immer bearbeiteten ihre Nägel dabei den Faden, als gäbe es nichts Wichtigeres zu tun. »Einer der Askari, die unsere Karawane aufhielten und mich befreiten, konnte an meinem Ohrschmuck erkennen, woher ich stamme. Er wusste, zu welchem Stamm ich gehöre und dass ich die Tochter eines Häuptlings bin.«

»Du bist was?« Er verstand nicht. »Aber woher weißt du das? Du warst höchstens zwei Jahre alt, als man dich entführt hat.«

Jetzt hob sie den Kopf und blickte ihm direkt in die Augen. »Der Askari hat es mir gesagt«, entgegnete sie stolz. »Er hat sich vor mir verneigt, denn er kannte meinen Vater.«

»Warum hat er dich nicht zurückgebracht, sondern in die Mission?«

»Weil Martius es befohlen hat.« Sie spuckte seinen Namen beinahe aus. »Er hat mir meinen Schmuck weggenommen, weil er fürchtete, es könne noch jemand meinen Stand und meine Herkunft daran ablesen. Dann hat er behauptet, der Askari habe meine Ohrringe gestohlen.« Sie schluckte. »Ich weiß nicht mehr genau, was der böse Mann noch erlogen hat. Aber er hat dafür gesorgt, dass man den Askari gehängt hat.«

»Was?« Rutger starrte sie an.

»Ich schwöre es, Bwana Malaika«, sagte sie erschrocken.

»Ich glaube dir, Sharifa. Keine Angst, ich glaube dir.«

»Er hat den Mann töten lassen, der meine Herkunft kannte. Dann hat er mich in die Missionsstation stecken lassen und dafür gesorgt, dass ich nie zu meiner Familie und meinem Stamm zurückkehren kann.«

»Aber warum, Sharifa? Warum hat er das getan?«

»Ich weiß es nicht, Bwana«, sagte sie traurig. »Vielleicht wollte er meiner Familie Schaden zufügen. Ich weiß es nicht.«

Rutger schmerzte das Herz in der Brust bei ihrem Anblick. Mit jeder Faser seines Körpers sehnte er sich danach, sie in den Arm zu nehmen und zu trösten. Doch das war unmöglich. Er durfte sie nicht in eine beschämende Lage bringen.

Das Gesicht von Martius tauchte vor seinem geistigen Auge auf. Er hatte keine Ahnung, wo dieser Dreckskerl lebte. Vermutlich war es auch besser, wenn es so bliebe. Sollte er sich jedoch nur noch ein einziges Mal in die Nähe der Paulsen-Farm wagen, würde Rutger ihm all seine bösen Gedanken aus dem Leib prügeln.

»Es ist nicht Ihre Sache«, sagte Sharifa leise, aber sehr bestimmt. Konnte sie lesen, was in seinem Kopf vor sich ging?

»Schon möglich, aber es ist deine Sache, und darum geht es mich auch etwas an.« Er dachte kurz nach. »Weißt du, wo dein Stamm lebt? Hast du nie versucht zu deinen Leuten zurückzukehren?«

»Nein, Bwana Malaika. Ich war doch nur ein Kind. Was hätte ich tun sollen, um sie zu finden? Ein Askari hat Bwana Franck immerhin erzählt, dass eine Häuptlingstochter in eine Mission gesteckt wurde. Von welchem Stamm ich komme, wusste er nicht. Bwana Franck ist ein guter weißer Mann. Er hat mich in sein Haus geholt, weil er ahnte, dass da ein Unrecht geschehen war.« Sie lachte bitter. »Sicher war er nicht, denn niemand hat Martius offen beschuldigt. Das hat sich keiner getraut. Aber die Andeutungen haben Bwana Franck gereicht. Er hat verstanden und mich aus der Station geholt. Ich hatte es immer gut bei ihm.« Sharifa machte eine kurze Pause, ihre Stimme wurde weich. »Und jetzt bin ich schon so lange bei Ihnen.« Sie sah ihn von unten durch ihre dichten Wimpern an. »Bei Ihnen habe ich es auch gut. Meine Familie kenne ich nicht, warum sollte ich fortgehen?«

Rutger fiel ein Stein vom Herzen. Er wusste nicht, was er getan hätte, wenn sie sich noch immer nach ihrem Stamm gesehnt hätte. Er hätte ihr helfen müssen, ihn zu finden. Gottlob würde er sie nicht verlieren. Dennoch, seine Wut auf Martius war grenzenlos.

»Man muss diesen Martius zur Verantwortung ziehen«, zischte er.

»Nein, Bwana, bitte lassen Sie ihn in Ruhe, sonst macht er wieder etwas Schlimmes.« Sie bebte vor Angst, so wie am Tag zuvor, als sie ihm nach Jahren unvermittelt wieder gegenübergestanden hatte.

»Sollte er noch einmal hier auftauchen, kann ich für nichts garantieren.«

»Bitte, Bwana, versprechen Sie mir, dass Sie ihm nichts tun!« Tränen stiegen ihr in die Augen. Sie ließ sich vor ihm auf die Knie fallen. Sofort packte Rutger sanft ihre Schultern und hob sie behutsam wieder auf. Für den Bruchteil einer Sekunde standen sie ganz eng beieinander.

»Das kann ich dir nicht versprechen«, flüsterte er, ließ sie abrupt los und ging davon.

Kilossa, 1916

Wilhelmina ging langsam den Pfad hinauf. Sie hatte sich davongestohlen, um allein zu sein, um ein letztes Mal den Blick über die grünen Hügel, über den braunen Mukondokwa-Fluss schweifen zu lassen, der träge in seinem Bett dahinfloss, als wäre nichts geschehen. Aber es war etwas geschehen. Das Schlimmste, was Wilhelmina sich auszumalen vermochte, war geschehen. Alexander war tot. Sie musste ihren geliebten Mann in der roten Erde von Kilossa zurücklassen. Der Weg erschien ihr steiler, als sie ihn in Erinnerung hatte. Jeder Schritt fiel ihr schwer, als hätte sie Gewichte an den Beinen, als trüge sie einen gefüllten Krug auf ihrem Kopf, wie es die Eingeborenen taten. Sie keuchte, Schweiß rann ihr aus den Haaren über den Hals und tränkte den Kragen ihres schwarzen Trauerkleides. Es kam ihr vor, als würde es eine Ewigkeit dauern, bis sie die Anhöhe erreichte, die sie und Alexander gerne erklommen hatten. Warum nur waren sie in den letzten Wochen nicht mehr hierhergekommen? Immer hatte es etwas zu tun gegeben. Mal hatte Joseph Ausschlag, dann stand ein Kommandant vor der Tür und verlangte Obst und Gemüse für die Truppe. Meistens jedoch war Alexander mit seinen Pflanzen beschäftigt gewesen. Gottlob hatte er seinen Enkel Joseph noch kennenlernen und in den Armen halten dürfen. Dem kleinen Kerl, der glücklicherweise nicht die weit auseinanderstehenden Augen von Georg geerbt hatte, gelang es wie keinem sonst, Alexander von seiner Arbeit abzuhalten. Das hieß allerdings nicht, dass er seinen Großvater jederzeit ablenken konnte. Wenn Alexander seine Familie auch von ganzem Herzen geliebt hatte, so war er doch vor allem mit Leib und Seele Botaniker gewesen. Er hatte Jungpflanzen, die in Wardschen Kästen per Schiff aus dem Mutterland gekommen waren, in die Erde gebracht und seinerseits Samen ostafrikanischer Gewächse nach Berlin an die Botanische Zentralstelle für die deutschen Kolonien gesandt. Penibel hatte er jedes Gedeihen und natürlich auch jedes Eingehen einer Art schriftlich festgehalten. Die meisten Tage hatte er so in seinem Labor oder auf der Plantage und den Versuchsfeldern verbracht und war erst am Abend, wenn die Sonne unterging, zufrieden ins Haus zurückgekehrt.

Wilhelmina hatte die Stelle erreicht, von der sich die beste Sicht ins Tal bot. Wenn sie daran dachte, wie glücklich Alexander hier, Welten von seiner Holsteiner Heimat entfernt, gewesen war, wenn sie sich in Erinnerung rief, wie groß seine Bedenken gewesen waren, mit denen er das Schiff nach Afrika bestiegen hatte, bildete sich erneut ein harter Kloß in ihrem Hals, der ihr den Atem nahm.

Sie musste an ihre erste Begegnung denken. Es war ein Sonntag gewesen. Sie hatte mit ihren Eltern einen Ausflug zum Bungsberg unternommen. Von dem achteckigen Elisabethturm aus hatte man einen herrlichen Blick bis auf die Ostsee. Besonders an einem sonnig-klaren Tag, wie es dieser Sonntag gewesen war. Alexander war ebenfalls mit seinen Eltern dort gewesen. Sie waren schnell ins Gespräch gekommen. Er hatte ihr erklärt, dass der Bungsberg in der Eiszeit entstanden sei. Auch über den Turm, der aus Granitquadern gemacht war, konnte er ihr einiges erzählen, beispielsweise, dass er nach Elisabeth von Sachsen-Altenburg benannt sei. Gerade habe man das Bauwerk um einige Fuß erhöhen müssen, weil die Bäume so hoch geworden seien, dass sie die wunderbare Aussicht versperrt hätten. Kaum hatte er dieses Thema angeschnitten, gab es kein Halten mehr. Sie erinnerte sich nur zu gut daran, wie angetan sie augenblicklich von seiner Begeisterung für die Bäume und überhaupt für die Natur gewesen war. Sowohl Wilhelminas Eltern als auch die Paulsens waren sich rasch einig, dass eine Verbindung zwischen den beiden eine glückliche Idee sei. Eine Ansicht, die Alexander teilte und von der sich auch Wilhelmina leicht hatte überzeugen lassen. Es tat so weh, dass sie seine leuchtenden Augen nicht mehr sehen sollte, dass sie seine Hände nicht mehr auf ihrer Haut spüren durfte, dass sie nicht mehr mit ihm lachen und die Dinge des täglichen Lebens besprechen würde. Nie mehr.

Wie sollte sie nur weiterleben? Gewiss, sie hatte ihre Kinder. Rutger hatte inzwischen alles von seinem Vater gelernt und war ein ebenso guter Botaniker wie er, der sowohl in der Kolonie als auch in Berlin höchsten Respekt genoss. Und das, obwohl er den Ruf hatte, alles andere als konventionell aufzutreten, um es gelinde auszudrücken. Perpetua kümmerte sich rührend um ihren kleinen Sohn Joseph, den sie nicht lange nach der Gabe von Emmis Zaubermedizin empfangen hatte. Darüber hinaus arbeitete sie unermüdlich im Krankenhaus und ging sogar in die Hütten der Neger, um sie wenigstens ein bisschen Hygiene zu lehren, ihre Verletzungen zu verbinden und ihnen Medizin zu bringen. Wilhelmina drehte eine Malvenblüte zwischen ihren Fingern und blickte über das Land. Sie würde mit ihren Kindern in die Ausläufer des Kilimanjaros gehen, wo Rutger eine Außenstelle des renommierten Amani-Instituts übernehmen würde. Er hätte allein gehen sollen. Perpetua und Joseph wären bei Wilhelmina und Alexander geblieben. Georg war fort und kämpfte wahlweise gegen Briten oder Belgier. Man wusste in diesem unübersichtlichen Krieg, der entgegen Georgs anfänglicher Einschätzung nun schon weit länger als ein paar Tage dauerte, nie, an welcher Front die Schutztruppe gerade im Einsatz war. Nach Alexanders Tod hatte sich alles geändert. Die Frauen konnten nicht allein zurückbleiben. Sie mussten mit Rutger gehen.

»Es wird dir gefallen«, hatte dieser gesagt. »Man kann den Kibo sehen, wenn man aus dem Fenster schaut.« Rutger weigerte sich, den höchsten Berg des Deutschen Reiches Kaiser-Wilhelm-Spitze zu nennen, wie es alle Deutschen taten. Er benutzte stets das Swahili-Wort Kibo, was so viel bedeutete wie »der Helle«. Kein Wunder, auf dem Gipfel lag das ganze Jahr über Schnee, erzählte man sich. Wilhelmina hätte sich dafür begeistern können, ihn endlich zu sehen. Gemeinsam mit Alexander. Ohne ihn konnte ihr auch der Kibo gestohlen bleiben. Ohne ihn wollte sie am liebsten zurück nach Holstein. Sie wünschte sich sehnlichst, noch einmal auf den Elisabethturm hinaufzusteigen, zu sehen, wie hoch die Bäume ringsherum inzwischen wohl geworden waren. Ob man über die Felder und Wälder hinweg noch bis zur Ostsee blicken konnte? Sie würde es nicht erfahren. Die Koffer und Kisten waren bereits gepackt, die Möbel und Einrichtungsgegenstände blieben bis auf einen Sessel, einige Bilder und die Standuhr in Kilossa. Es brach ihr das Herz, das Haus, den Ort und die Plantage zurückzulassen. Und es brachte sie beinahe um den Verstand, Alexanders Grab zurückzulassen. Sie seufzte schwer. Dann trat sie zu dem Baum, der voller Nester war. Sie lächelte. Bei ihrem ersten Besuch hier oben hatte nur ein einziges dieser beutelförmigen Gebilde in den Zweigen gehangen. Sie erinnerte sich, dass Alexander ihr erklärt hatte, es handle sich um das Nest von Nektarinien. Als sie ein paar Tage später wieder hier gewesen waren, hatten sie ein weiteres Nest der schillernden bunten Singvögel entdeckt. Die hübschen kleinen Tiere nisteten durchaus auch in anderen Bäumen, doch in diesem einen bauten sie offenkundig am liebsten ihre raffinierten Unterkünfte, die über einen winzigen Seiteneingang verfügten, der von einem kleinen Dach geschützt war. »Wahrscheinlich lieben sie den Blick ins Tal ebenso wie wir«, hatte Alexander scherzhaft vermutet.

Wilhelmina ging in die Hocke und legte die Malvenblüte unter den Baum. Es war eine rote Okra, ein recht seltenes Gewächs, das Alexander von Sultan Bana Ibn Said geschenkt bekommen und wie ein Familienmitglied gehegt und gepflegt hatte.

»Nur du bist noch schöner als diese Blüten«, hatte er einmal zu Wilhelmina gesagt. Die blassgelben Blütenblätter verschwammen vor ihren Augen. Am Grab war sie wie betäubt gewesen. Tränen waren geflossen, doch hatte sie vor ihren Kindern und vor allem vor dem Personal Haltung bewahrt. Allein hier oben, wo sie die Anwesenheit ihres Mannes spürte, als stünde er neben ihr, konnte sie sich nicht mehr beherrschen. Sie begann leise zu weinen. Trotz des unfassbaren Schmerzes fühlte sie einen Hauch von Erleichterung, als wenn gestautes Wasser, das mit Kraft gegen eine Wand gepresst hatte, endlich durch ein geöffnetes Schott entweichen und sich ausbreiten dürfte. Sie ließ sich zur Seite fallen, ohne darauf zu achten, dass ihr Kleid schmutzig wurde. Es war nicht mehr wichtig. Nichts war mehr wichtig, seit Alexander krank von seiner Reise in den Südwesten zum Berg Membe zurückgekehrt war. Er hatte ein Schreiben aus Berlin erhalten, in dem man ihm mitteilte, am Fuße des Berges wachse ein Strauch, dessen Rinde die Eingeborenen seit jeher als Medizin bei Krämpfen, Schmerzen und Fieber verwendeten. Es bestehe die Hoffnung, dass sie ähnliche Eigenschaften wie die Chinarinde habe. Also hatte Alexander sich auf den Weg gemacht, den Strauch zu finden und nach Kilossa zu bringen. Chinarinde konnte gar nicht so schnell beschafft werden, wie sie verbraucht wurde, um die Männer der Schutztruppe, das große Heer der Askari und der Träger vor Malaria zu schützen oder sie davon zu heilen. Natürlich war Wilhelmina die mögliche Bedeutung dieses Busches und damit die von Alexanders Reise klar gewesen. Trotzdem war sie unruhig gewesen und hätte ihn am liebsten davon abgehalten. Er hatte gerade erst eine fiebrige Erkältung hinter sich gebracht und war noch ein wenig schwach, wie sie fand. Aber er war dennoch aufgebrochen. Es werde nicht lange dauern, er werde nicht länger als nötig fortbleiben, hatte er ihr versprochen. Und so war es. Der Strauch war rasch gefunden und Alexander bereits auf dem Rückweg und nur noch eine Tagereise von zu Hause entfernt gewesen, als er stürzte.

»Nicht weiter schlimm«, hatte er sie beruhigt, als er in Kilossa eintraf. »Da war ein Strauch ganz in meiner Nähe, nach dem ich gegriffen habe, um mich zu halten. Dummerweise handelte es sich um ein sehr wehrhaftes Exemplar mit langen festen Stacheln.« Perpetua wollte augenblicklich wissen, ob er die Wunde auch gründlich gereinigt habe. »Natürlich, Frau Doktor«, hatte er sie aufgezogen, ihr dabei aber nicht in die Augen geblickt. Sie hatte darauf bestanden, sich die Wunde anzusehen.

Wilhelmina konnte bis heute nicht verstehen, wie es ihm gelungen war, sich seiner Tochter zu entziehen. Er war so schrecklich müde, hatte einfach nur schlafen wollen. Dann war Emmi mit Joseph auf dem Arm gekommen, damit der Enkel seinen Großvater begrüßen konnte. Joseph hatte seinen neuen Matrosenanzug getragen, den Wilhelmina ihm aus einem alten Anzug von Rutger gemacht hatte. Wahrscheinlich waren dadurch alle so abgelenkt, dass Alexanders Wunde in Vergessenheit geraten war. Er hatte sich schlafen gelegt. Als er nach vielen Stunden erwachte, hatte er bereits hohes Fieber und bekam Schüttelfrost. Die Hand war geschwollen und gerötet, wo die Stacheln in das Fleisch eingedrungen waren. Wenig später begann Alexanders Herz zu rasen. Der eilig herbeigeholte Dr. Kammer ordnete an, dass Perpetua kalte Wickel machen sollte. Mehr wusste er nicht zu tun.

Als die Tränen versiegt waren, stand Wilhelmina auf und klopfte sich das Kleid sauber. Sie blickte ein letztes Mal zu dem Baum mit den Nestern. Gerade flog ein leuchtend gelber Vogel herbei und flatterte kurz in der Luft, als wollte er ihr Lebewohl sagen. Sie würde ihre Trauerkleidung nicht mehr ablegen. Es bestand kein Zweifel, dass sie ein Stück von sich selbst begraben hatte und zurücklassen musste. So war es also. Wilhelmina wandte sich ab und ging den Pfad zurück ins Tal. Mit jedem Schritt wurde ihr Gang sicherer, ihre Haltung entschlossener. Ob es ihr gefiel oder nicht, sie war noch am Leben und hatte weiter ihre Pflicht zu erfüllen. Das war kein Trost, aber es war ein Halt, an den sie sich klammern konnte. Trost gab es für sie nicht. Hätte sie in diesem Augenblick gewusst, dass ihr selbst nur noch zwei Jahre auf dieser Erde blieben, ja, das hätte es ihr erträglicher gemacht.

Über einen ganzen Monat dauerte die beschwerliche Reise nach Norden. Sie durchquerten Sümpfe und unzählige Flüsse, Gebirgsland und bewaldete Ebenen und nicht enden wollende Grassteppe. So unterschiedlich sich die Natur auch präsentierte und die Anforderung an die Karawane auch war, so eintönig erschien Wilhelmina die Durchquerung des Landes. Jeder Tag folgte dem gleichen Ablauf. Meistens standen sie um halb sechs auf, um möglichst schon um sechs Uhr aufbrechen zu können. Die Träger verstauten alles, während zwei Massai vorangingen. Schnell und beinahe lautlos waren sie und spähten nach lauernden Gefahren aus. Rutger und Chandu vom Stamm der Wamakua blieben mit Hengst und Esel dicht hinter ihnen. Dann folgten die Sänften, in denen die Frauen mit Joseph reisten. Neben ihnen lief Max. Die graue Schnauze und der schleppende Gang des einst eleganten und agilen Jagdhundes verrieten sein Alter. Zwar war er noch erstaunlich gut zu Fuß, doch hätte er den gesamten Weg niemals laufen können. Rutger hatte ihm deshalb eine eigene Sänfte gebaut. Zwei Eingeborene trugen sie. Wann immer der Hund zu langsam wurde, war es ihre Aufgabe, ihn in die Sänfte zu setzen. Das gestaltete sich schwieriger als erwartet. Wenn er nämlich müde wurde, legte Max sich einfach an Ort und Stelle in das Gras. Er konnte es nicht ausstehen, wenn man ihn auf den Arm nahm, was bei einem ausgewachsenen Deutsch-Langhaar auch keineswegs einfach war. So mussten die beiden für ihn zuständigen Männer ihn einerseits locken, andererseits schieben, damit er sich dazu herabließ, seinen tragbaren Korb zu benutzen. Das Ende der Karawane bildeten schließlich die Bediensteten und Träger, darunter zwei von Emmis Söhnen.

Zwei Ereignisse unterbrachen das gleichförmige Leben. Einmal trafen sie unweit eines Dorfes auf eine Mpepo. Die hochgewachsene Frau wäre selbst dann nicht zu übersehen gewesen, wenn sämtliche Dorfbewohner um sie herum gewesen wären. Doch sie schritt nur in Begleitung einer schlicht gekleideten, ihr vollkommen ergebenen Frau, deren Alter sich unmöglich schätzen ließ, durch das Gras. Die Begleiterin brauchte die Massai nicht aufzufordern, die Karawane anzuhalten, sie taten es von sich aus und zogen sich dann zurück. Massai waren als räuberische Krieger bekannt. Sie fürchteten fast nichts und waren in der Lage, Gefühle vollständig zu verbergen, selbst Schmerzen ließen sie sich kaum anmerken, doch eine Mpepo war ihnen nicht geheuer. Rutger ließ sich elegant von seinem Pferd gleiten und erkundigte sich, ob die Karawane passieren dürfe. Auf der Stelle fing die Mpepo laut an zu krakeelen. Sie zeigte auf seine Haare, gab einen Redeschwall von sich, der alles andere als freundlich klang, und spuckte schließlich auf den Boden. Wilhelmina war von ihrer Sänfte geklettert, um ihre Glieder zu strecken. Noch nie zuvor hatte sie eine Besessene gesehen. Obwohl sie schrecklich feindselig wirkte, musste Wilhelmina feststellen, dass sie eine beeindruckende Erscheinung war. Ihr hochgewachsener Körper steckte in leuchtend bunten Tüchern, die beinahe den schillernden Nektarinien Konkurrenz machen konnten. Um ihre Schultern lag ein Leopardenfell, und um ihren Hals hingen unterschiedlich lange Perlenschnüre. Ihr Gesicht war mit roter und weißer Farbe bemalt und gepudert. Die Augen verengte sie zu Schlitzen, wenn sie einen Mann betrachtete. Fiel ihr Blick dagegen auf eine der Frauen, wurde ihre Stimme sanft, ihre Miene weicher. Emmi hatte Wilhelmina vor vielen Jahren von einer Mpepo erzählt. »Das Wort bedeutet eigentlich Wind oder Geist«, hatte sie erklärt. »Wir nennen Frauen so, in denen sich ein böser Geist eingenistet hat. Unsere Mpepo ist harmlos, jedenfalls mir und den anderen Frauen des Stammes gegenüber. Aber meine Söhne müssen sich in Acht nehmen.« Wilhelmina fiel wieder ein, dass der Geist angeblich in die Besessene gefahren sei, nachdem ein Mann von einem anderen Stamm ihr Gewalt angetan hatte. Ob es bei dieser Mpepo genauso war? Es konnte wohl sein, dass ein missbrauchtes und damit entehrtes Weib keine andere Möglichkeit hatte, weiter im Schutz einer Dorfgemeinschaft zu leben. Sie redete fortan wirres Zeug, braute Zaubertränke und erteilte gute Ratschläge, die erst Sinn ergaben, wenn ihre Begleiterin sie gedeutet hatte.

»Sie will unseren Frauen einen Liebestrank verkaufen«, verkündete Rutger grinsend, nachdem er sich eine Weile mit der Begleiterin der Mpepo unterhalten hatte. Die schlicht gekleidete Frau achtete peinlich darauf, dass er der Besessenen nur nicht zu nahe kam. Sie sei gerade in der Gewalt des Geistes, was nicht ununterbrochen der Fall sei. War es aber so, durfte sich ihr kein

männliches Wesen nähern. Wilhelmina war beeindruckt von dem feinen Gespür ihres Sohnes im Umgang mit diesem Weib, das Männern ganz offensichtlich feindlich gesonnen war, und davon, wie fließend ihm die Sprache der Eingeborenen über die Lippen kam.
»Einen Liebestrank?« Perpetua kam näher. Sie hatte die ungeplante Rast genutzt, um mit Joseph hinter einem Busch zu verschwinden. »So etwas gibt es nicht«, stellte sie hochmütig fest. »Doch wir sollten die unglückselige Person nicht enttäuschen. Kaufen wir ihr also etwas ab. Wir können es ja hinterher wegschütten oder einer Negerin geben«, schlug sie vor.
»Ich vermute, Perpetua wird das Gebräu an sich nehmen und gut darauf achten, dass es nicht in falsche Hände geraten und Schaden anrichten kann«, meinte Rutger belustigt. Er zog eine Grimasse, um Wilhelmina ein wenig aufzuheitern. Sie schenkte ihm ein Lächeln. Er hatte schließlich seinen Vater verloren. Es war ihm hoch anzurechnen, dass er sich dennoch bemühte, gute Stimmung zu verbreiten. Und was würde es auch nützen, wenn sie alle Trübsal bliesen?
Wilhelmina bemerkte, dass Perpetua forsch auf die Mpepo zuging und ihr die geschlossene Faust entgegenstreckte. Sie war ihr so nah, dass sich die beiden Frauen beinahe berührten. Sofort hob die Besessene mit einem fürchterlichen Geschrei an. Rutger fuhr herum und war mit wenigen Schritten bei der Begleiterin. Er strich sich die Haare aus dem Gesicht und vermied es, die Mpepo anzusehen, die außer sich war, von einem Fuß auf den anderen trat, immer schneller, und dabei in einem fort dieselben Worte wiederholte, die Wilhelmina nicht verstand. Sie beobachtete, wie Rutger auf die Begleiterin einredete. Perpetua hatte vor Schreck einen Satz rückwärts gemacht und verharrte nun in gebührendem Abstand, in der Faust noch immer das Geld für den Liebestrank. Rutger sprach ruhig und leise, nickte

mal zur Bestätigung und schüttelte dann wieder den Kopf, um zu unterstreichen, dass es keine böse Absicht seiner Schwester gewesen sei, dass sie die Mpepo keinesfalls beleidigen wollte. Nach einer guten Weile befragte die Begleiterin ihre Meisterin, die einen Singsang anstimmte und sonderbar zu tanzen anfing. Es war ein Stampfen und sich Winden, wie Wilhelmina es noch nie bei den Eingeborenen gesehen hatte. Die Begleiterin nannte Rutger einen Preis, der, wie Wilhelmina vermutete, extra hoch ausfiel.

»Du hast es gehört, Schwesterherz«, sagte Rutger und wiederholte die Summe. »Nachdem du die Mpepo so erschreckt hast, bin ich auch der Ansicht, dass wir zahlen sollten. Allerdings solltest du dir überlegen, ob du den teuren Trank wirklich ausgießen oder verschenken willst«, setzte er hinzu und grinste anzüglich. »Sagtest du nicht, Georg und du, ihr wollt noch ein zweites Kind?«

»Pfui, schäm dich«, zischte Perpetua, die einen roten Kopf bekommen hatte. Sie zog eine weitere Münze aus ihrem kleinen Lederbeutel. Das Geldstück fiel zu Boden, so fahrig waren ihre Bewegungen. Sie bückte sich, reichte die geforderte Summe an die Begleiterin der Mpepo und nahm gleich darauf eine Tonflasche von ihr entgegen, um deren schlanken Hals ein Lederstückchen gebunden war, welches das Gefäß verschloss. Wilhelmina kletterte zurück in ihre Sänfte. Sie konnten den Weg fortsetzen. Aus dem Augenwinkel nahm sie wahr, wie Perpetua das tönerne Fläschchen mit in ihre Sänfte nahm und hastig unter dem Giraffenfell, das auf der Sitzbank lag, verstaute.

Der zweite Zwischenfall ereignete sich ungefähr zwei Tagereisen vor ihrem Ziel und war erheblich ernster. Die Karawane stieß in der Steppe der Massai auf ein Rudel Löwen. Das heißt, die beiden Massai, die die Vorhut bildeten, stießen auf die

Raubtiere. Es handelte sich um vier männliche und drei weibliche Tiere. Überrascht vom Auftauchen der Menschen und offenbar ausgehungert, griffen die Löwen ohne Zögern an. Die Massai waren ausgezeichnete Jäger. Zwei der Tiere brachten sie mit ihren Speeren zur Strecke, woraufhin die Löwinnen und ein junges Männchen die Flucht ergriffen. Doch das vierte männliche Tier, ein alter Löwe, der vielleicht seine Gelegenheit gekommen sah, seinen Rang im Rudel gegen den Jungspund zu verteidigen, setzte so schnell zum Sprung an, dass die Massai keine Möglichkeit hatten, sich neu zu bewaffnen. Der Löwe fiel Mokabi vom Stamm der Aiser an und schlug ihm die Zähne in die linke Schulter. Gottlob war Diallo ebenso geistesgegenwärtig wie schnell. Er zog einen Pfeil, spannte seinen Bogen und schoss dem Tier in den Hals. Um ein Haar hätte er Mokabi erwischt. Um das zu verhindern, hatte er nicht so zielen können, wie er es gern getan hätte. Der Löwe war getroffen und ging zu Boden, doch er war noch am Leben.

Ein Schuss zerriss die Luft, Joseph begann zu weinen. Rutger hatte vom Rücken des Pferdes geschossen. Der Löwe regte sich nicht mehr. Von Diallos Geschrei und dem Schuss aufgeschreckt, stellten die Träger die Sänften, die Kisten und Einrichtungsgegenstände ab und kamen herbeigelaufen, um zu sehen, was geschehen war.

»Du bleibst mit Joseph hier!«, wies Wilhelmina Perpetua an und lief an die Spitze der Karawane. Bis zu dieser Sekunde hatte sie noch geglaubt, es gäbe nichts mehr, was sie berühren konnte, doch jetzt war sie voller Angst um ihren Sohn. Wenn Rutger etwas zugestoßen war, wollte sie auch nicht mehr leben. »Dem Himmel sei Dank!«, keuchte sie, als sie ihn über den toten Löwen gebeugt entdeckte. Sie sah, wie er, die Hand im Fell des Raubtiers vergraben, ein paar Worte murmelte. Es machte ihm zu schaffen, Tiere zu töten, die nicht für den Verzehr gebraucht wurden, selbst dann, wenn es sich, wie in dieser Situation, nicht vermeiden ließ. Rutger tötete, wenn es die Umstände erforderten, doch er tötete nicht gern. In dem Moment kam Sharifa gelaufen.

»Bwana Malaika!«, rief sie. Aus ihrer Stimme sprach die nackte Angst. Wilhelmina begriff, dass Sharifa ebensolche Furcht um Rutger gehabt hatte wie sie selbst. Das Mädchen liebt meinen Sohn, ging es ihr durch den Kopf. Die Erkenntnis traf Wilhelmina unvermittelt. Das war doch nicht möglich. Für sie war Sharifa noch immer das verängstigte Kind, das man in ihre Obhut gegeben hatte. Doch das war natürlich Unfug. Sie war inzwischen neunzehn Jahre alt und bildschön. Sie passte gut zu Rutger, dachte Wilhelmina und erschrak. Wie sollte eine Negerin zu ihrem Sohn passen? Das war vollkommen abwegig. Aber wieso sollte sie eigentlich nicht?

»Mokabi ist schwer verletzt. Er muss sofort behandelt werden.« Rutger stand auf und gab den Blick auf den stolzen Massai frei, der am Boden lag und keinen Ton von sich gab. Seine linke Schulter blutete stark. Wilhelmina meinte den Knochen sehen zu können.

»Perpetua!«, rief sie. »Ich kümmere mich um Joseph. Du wirst hier gebraucht.« Ihre Tochter verlor keine Sekunde. Sie schnappte sich ihre Schwesterntasche, die sie stets bei sich trug, wenn sie in die Hütten der Eingeborenen ging. Zur gleichen Zeit lief Sharifa zurück zu den Trägern, holte einen Beutel mit Wasser und war in Windeseile zurück. Wilhelmina konnte nur aus der Ferne sehen, wie Perpetua Mokabis Wunde gründlich säuberte und verband. Dabei liefen ihr Tränen über das Gesicht. Perpetua hatte im Lauf der Jahre einiges zu sehen bekommen. Es war nicht die Verletzung, die sie zum Weinen brachte, es war der Gedanke daran, dass ihr Vater noch leben würde, wenn sie bei ihm gewesen wäre, als er sich verletzt hatte. Wenn sie sich so um die Wunde hätte kümmern können, wie sie es jetzt tat, wäre es nur ein Kratzer gewesen. Dieser Gedanke quälte Perpetua, dessen war sich Wilhelmina sicher.

»Er ist ein Massai«, sagte Rutger, nachdem Mokabi versorgt war. »Wir sind im Gebiet der Massai. Bringen wir ihn in den nächsten Kraal. Wir geben ihnen die Löwen als Geschenk, dann werden sie ihn versorgen, auch wenn sie nicht vom Stamm der Aiser sind.«

»Rutger hat recht«, stimmte Perpetua zu und schloss ihre Tasche. »Er schafft es nicht bis Moshi. Jemand muss seinen Verband wechseln, ihm zu essen und vor allem ausreichend sauberes Wasser geben und die Heilung überwachen.« Sie dachte kurz nach. »Kann Joseph bei dir bleiben, Mutter?«

»Natürlich, aber ...«

»Legt ihn in meine Sänfte!«, wies Perpetua die Träger an. Sie ging voraus und brachte rasch das Fläschchen an sich, das die Mpepo ihr gegeben hatte. Dann legte sie das Kissen zurecht, damit man Mokabi bequem betten konnte. Ein Neger in Perpetuas Sänfte! Der nächste Kraal war gewiss nicht weit entfernt. Dennoch, Perpetua konnte nicht wissen, wie weit sie zu Fuß laufen musste. Wilhelmina staunte. Manchmal konnte ihre strenge Tochter sie noch überraschen.

Nach einer Stunde kamen sie endlich an ein Dornengehege. Darin fanden sich eine ringförmige Ansammlung runder Hütten und gleich daneben zwei Pferche mit Ziegen und Schafen sowie zwei Eseln. Im Zentrum des Geländes stand eine Rinderherde. Diallo ging voran. Zwar sprachen einige Massai Swahili, doch üblicherweise verständigten sie sich in der Maa-Sprache, die ihre Vorfahren aus dem Niltal mitgebracht hatten. Nachdem er erklärt hatte, was geschehen war, und die Löwen als Geschenk angeboten hatte, bat man die Gäste in eine der aus Lehm und getrocknetem Kuhdung gebauten Hütten. In der

Mitte der Behausung, die Wilhelmina an ein Schneckenhaus erinnerte, brannte ein Feuer. Eine Massai, die Älteste der Sippe, wie Diallo erklärte, saß auf einem Rinderfell. Sie war in ein rotes Tuch gehüllt, das eine Schulter bedeckte, die andere jedoch frei ließ und bis auf den Boden gehen mochte, wenn sie stand. Ihr Kopf war kahl geschoren. In ihren Ohrläppchen klafften riesige Löcher, in denen Schmuck aus Silber und Perlen steckte. Auch um den Hals trug sie reichen Perlenschmuck. Wortlos reichte sie ihren Besuchern Schalen mit einer dicken Flüssigkeit.
»Saroi«, sagte Diallo. »Das ist gut und schenkt uns Kraft.«
Wilhelmina wusste nicht viel von den Massai. Sie waren ihr fremd geblieben, obwohl Diallo und Mokabi sie begleiteten, seit sie nach Kilossa gekommen waren. Es war nicht so, dass sie ihnen nicht traute. Im Gegenteil, wenn Rutger mit ihnen unterwegs gewesen war, konnte sie stets sicher sein, dass sie ihn mit ihrem Leben verteidigen würden. Dennoch war sie ihnen nie so nah gekommen wie etwa Emmi, der etwas ungeschickten Sibika oder der kleinen Sharifa. Wilhelmina wusste nur, dass die Massai an einen Gott namens Engai glaubten und der Ansicht waren, dieser habe ihnen die Macht über alle Rinder der Erde verliehen. Sie hielten es aus diesem Grund auch für keinesfalls verwerflich, wenn sie sich die Rinder anderer Stämme einfach nahmen. Wenn es nötig war, auch mit Gewalt. Die Maa-Sprache kannte fast siebenhundert Ausdrücke für das einfache Wort Rind.
Wilhelmina setzte die Schale an und trank einen Schluck. Es schmeckte furchtbar, doch sie zwang sich, der Ältesten freundlich zuzunicken. Es wäre unhöflich, eine Speise abzulehnen. Das war nicht nur bei den Massai so. Glücklicherweise erfuhr sie erst später, als sie schon wieder auf dem Weg nach Moshi waren, dass es sich bei Saroi um eine Mischung aus Milch und Blut handelte.

»Mokabi wird es hier gut ergehen«, stellte Diallo fest. »Sie geben ihm Blut aus der Halsschlagader eines Rindes zu trinken. Davon wird er gesund und kommt schnell wieder zu Kräften.«
»Und wenn nicht?«, wollte Perpetua wissen, die nichts von dieser Behandlungsmethode zu halten schien.
»Dann bringen sie ihn hinaus vor das Gehege und überlassen ihn den Hyänen.«
»Sie würden ihn nicht begraben, wenn er hier sterben würde?« Perpetua sah ihn erschrocken an.
»Er wird hier nicht sterben«, entgegnete Diallo ruhig. Wilhelmina hoffte sehr, dass er recht hatte. Dann sprach er weiter: »Das werden sie nicht zulassen, denn eine Hütte ist befleckt, wenn der Tod sie betreten hat. Wenn sie sehen, dass er dem Tod geweiht ist, legen sie ihn vor das Gehege, damit die Hyänen ihn holen können. Danach gibt es nicht mehr viel, was man begraben könnte.«
»Sie würden ihn bei lebendigem Leib …?« Perpetua warf einen schnellen Blick auf die Massai, in deren Hütte sie zu Gast waren, und verstummte. Es war ihr so ungeheuerlich, dass sie die Frage nicht zu Ende stellte.
»Das bestimmen die Ältesten«, gab Diallo ruhig zurück. »Sie entscheiden im Stamm.«

Nach sechsunddreißig Tagen hatten sie Moshi erreicht. Rutger stellte bald fest, dass die Außenstelle ein verlorener Posten war. Er wusste nicht, ob es am Krieg lag, ob das ferne Mutterland der Schutztruppe die Verteidigung der Kolonie nicht zutraute und sie bereits verloren gab, oder ob für den Aufbau ohnehin nicht mehr Geld vorgesehen war. Jedenfalls begriff er schnell, dass die Mittel kaum reichten, um Pflanzer zu bezahlen, Saat oder junge Gewächse zu erwerben, Expeditionen zu unternehmen und obendrein mit Mutter, Schwester und Neffen von dem Ertrag zu leben. Die Äpfel mussten erst anwachsen, bevor sie eine Ernte einbringen konnten. Das Gleiche galt für Gemüse oder andere Obstsorten. Erschwerend kam die Nähe zu britischem Gebiet hinzu. Man konnte sich nicht so frei bewegen wie in Kilossa. Viel zu groß war die Gefahr, von Engländern erschossen zu werden. Wenigstens war das Haus, das Rutger vom Amani-Institut zur Verfügung gestellt bekam, eine erfreuliche Überraschung. Es handelte sich um einen rechteckigen weißen Bau mit einem um das gesamte zweite Geschoss umlaufenden Balkon. Er wurde von hölzernen geschwungenen Stützen getragen, die prächtig geschnitzt waren. Eine Außentreppe führte auf den Balkon, und vor sämtlichen Fenstern, die alle Scheiben hatten, gab es Läden aus Holz, ebenfalls sehr hübsch verziert. Das Dach stützte sich auf elegante Holzsäulen und überspannte den Balkon, so dass man dort auch bei Regen würde sitzen können, wenn der nicht zu stark war, stellte Rutger erfreut fest. Er hielt sich gern im Freien auf und hatte die Veranda in Kilossa nur ungern aufgegeben. Der Balkon schien ihm ein würdiger Ersatz zu sein. Die Einrichtung des großen Hauses war typisch deutsch – dunkle Möbel, darunter ein Sekretär, dicke Teppiche und schwere Vorhänge. Sogar Spitzendeckchen waren in Mengen vorhanden und zierten jeden Tisch und jede Anrichte. Die Frauen hatten im Handumdrehen die mitgebrachten Bilder aufhängen lassen und dafür gesorgt, dass die Standuhr wieder ihren Platz im Speisezimmer fand.

Die Eingeborenen bauten sich ein Hüttendorf hinter einem Palmenhain außerhalb von Moshi. So konnten sie, wie sie es gewohnt waren, nach ihren Stammesgebräuchen leben, waren aber rasch bei den Paulsens, um dort ihre Arbeit zu verrichten. Rutger hatte es so entschieden. Er hatte den Eindruck gehabt, dass Emmi und ihre Söhne, Sibika und die anderen in Kilossa nicht besonders glücklich gewesen waren. Sie hatten dort in einem Anbau des Farmhauses gewohnt. Ihm war klar, dass seine Mutter dies so bestimmt hatte, weil sie der Überzeugung war, ihr Personal sei dort besser aufgehoben. So ein festes Haus bot immerhin mehr Schutz gegen den Regen oder den Sturm als eine einfache Lehmbehausung. Auch vor wilden Tieren waren die Bewohner darin besser geschützt. Nur konnten sie sich keine Feuerstelle machen, wie sie sie kannten. Und sie waren auch nicht in der Lage, die Wände oder das Dach zu verändern, wenn ihnen das günstig erschien. Das Schlimmste aber war wohl für die Neger, dass sie sich in dem festen Haus eingesperrt fühlten. Sie wussten, dass sie keine Sklaven waren und gehen konnten, wenn sie es wollten. Doch das war nur ein Teil der Wahrheit, denn wenn sie die Paulsens hätten verlassen wollen, hätten sie zunächst ein neues Auskommen finden müssen, was nicht leicht gewesen wäre. Und der Stein um sie herum und vor allem ein festes, undurchlässiges Dach sperrte ihrer Überzeugung nach ihre Seelen ein. Wie sollte der Geist frei sein, wenn er des Nachts nicht durch das Grasdach wandern und umherstreifen konnte? Hier sollten die Seelen seiner Leute es wieder können, fand Rutger.

Bereits am zweiten Tag setzte er sich auf seinen Hengst, um sich die Plantagen anzusehen, die Versuchsgärten der Außenstelle werden sollten, wie man ihm gesagt hatte. Chandu blieb bei den Eingeborenen und half ihnen beim Bau der Hütten. Angeblich wuchs auf den Feldern bereits Baumwolle, Tabak und Sisal. Rutger brauchte eine halbe Stunde in gemäßigtem Trab, bis er die Felder erreicht hatte. Nicht sehr praktisch. In Kilossa lagen zumindest Teile der Pflanzungen direkt vor der Haustür. Das sollte ihn jedoch nicht stören, wenn er nur Gewächse in einem Zustand vorfinden würde, die ihn auf reiche Ernten hoffen ließen. Den weißen Gipfel des Kibo im Blick, der von einem Ring aus Wolken eingerahmt wurde, ritt er durch

die Savanne. Die Luft war feucht und heiß. Er sah einen Baum, der allein in der Weite stand und seine knorrigen Äste von sich streckte. Ein Affenbrotbaum. Nie zuvor hatte er ein solches Exemplar gesehen. Diese Gewächse glichen ohnehin keinem anderen Baum, aber dieser hier schien selbst unter den Besonderen ein Besonderer zu sein. Wie ein Fabelwesen, das mitten in der Bewegung versteinert war. Sobald er die Zeit dafür fände, würde er diesem Baum einen Besuch abstatten, beschloss er.
Endlich hatte er das Gebiet erreicht, das zu seinem Haus gehörte. Er ließ sich vom Rücken des Pferdes hinabgleiten. Lange stand er einfach nur da und versuchte zu begreifen, was er sah. Baumwolle gab es nicht. Die Sisalagaven schienen ihm noch recht brauchbar zu sein, obwohl sie teilweise von anderen Gewächsen überwuchert wurden. Der Boden müsste unbedingt gelockert werden. In besonders jämmerlichem Zustand befanden sich die Jungpflanzen. Sie waren in ihrem Beet kaum noch zu erkennen, weil sich stärkere Sträucher und rankende Pflanzen durchgesetzt hatten. Rutger bückte sich und riss hier einige Triebe heraus und trat dort Zweige der störenden Büsche nieder. Sein Zopf rutschte ihm vom Rücken und kitzelte ihn am Kinn. Neugierig schritt er durch die Reihen der dunkelgrünen Agaven, die beinahe so groß waren wie er selbst. Manches Mal war ihm der Weg versperrt, und er musste Gestrüpp niedertrampeln oder mit dem kurzen Messer in Schach halten. Soweit er es beurteilen konnte, sollten die festen spitzen Blätter unbedingt bald geschnitten werden. Es würde eine Menge Arbeit bedeuten, ehe hier eine ordentliche Sisalplantage entstand, deren Fasern man regelmäßig ernten und verkaufen konnte. Noch schlimmer war es um die Tabakpflanzen bestellt. Wie lange hatte sich niemand mehr darum gekümmert? Er war zornig. Wie nur hatte man das, was vor Jahren jemand mühevoll angelegt hatte, so verkommen lassen können? Immer wütender

schritt er durch die Reihen, riss Unkräuter aus und schlug holzige Triebe sich bestens vermehrender Arten ab, die den erwünschten Gewächsen ihren Lebensraum streitig machten. Gleich morgen würde er mit den Arbeitern herkommen. Sie sollten die Tabakblätter ernten und einen Sud daraus machen. Der konnte ihm von Nutzen sein, wenn die Agaven oder seine Apfelbäume, die er in wenigen Tagen erwartete, von Schädlingen befallen sein sollten. Seine Holsteiner Äpfel. Er hatte ihre Wurzeln und Kronen so stark beschnitten, wie er es ihnen hatte zumuten können, und jeden einzelnen Baum dann in einen Topf mit Erde gesetzt. Ob sie die weite Reise allerdings überlebten, war fraglich. Er atmete tief durch. Was konnte er schon tun? Er hatte die Männer vom Stamm der Waniamuesi, die er für den Transport angeheuert hatte, eindringlich instruiert, wie sie mit den Bäumen umzugehen hatten. Und er hatte ihnen zusätzlich zur Entlohnung ein Huhn für jeden Baum versprochen, der lebend in Moshi ankam. Er konnte nur abwarten. Langweilig würde es ihm bis zur Ankunft nicht werden, das war ihm spätestens nach diesem ersten Besuch in seinem Versuchsgarten klar. Er blieb noch eine ganze Weile und befreite die Agaven, die besonders stark zugewuchert waren. Als er hungrig wurde, stieg er auf sein Pferd. Er sah hinüber zum Kibo, der hinter einem grauen Schleier verschwunden war. Dort drüben regnete es. Er sah hinauf in den Himmel. In der Ferne hörte er ein Grollen. Wenn es doch auch hier regnen würde. Doch damit war Ende Juni nicht zu rechnen. Er machte sich auf den Heimweg.

Nicht weit vom Haus entfernt fiel ihm eine Kaffeeplantage ins Auge. Sie war ihm vorhin gar nicht aufgefallen. Nicht verwunderlich, dachte er, verwildert, wie sie war. Ließ man denn hier am ersten deutschen Standort des Kilimanjaro-Gebietes alles verkommen? Rutger beschloss, einen Abstecher zu machen.

Sein Hunger war auf der Stelle vergessen. Er saß ab und sah sich die Kaffeepflanzen aus der Nähe an. Einige waren um die drei Meter hoch. Sie brauchten dringend einen kräftigen Schnitt. Auch schienen sie ihm schon sehr alt zu sein. Sicher gingen die Erträge bereits zurück, vermutete er. Doch wahrscheinlich interessierte das längst niemanden mehr. Welch ein Jammer! Es gab hier Platz genug, um junge Kaffeebäume zu setzen. Das musste schleunigst geschehen, denn es brauchte seine drei Jahre, bis sie voller leuchtender Kaffeekirschen hängen würden. Er schüttelte den Kopf und wischte sich mit dem Ärmel seines Hemds den Schweiß vom Gesicht. An den Zweigen hingen vereinzelt Früchte. Und das Ende Juni. Es müsste Erntezeit sein. Jeden Tag sollten Arbeiter die Reihen der Bäume entlanggehen und die reifen Kaffeekirschen pflücken. Rutger hatte den Eindruck, dass sich hier länger niemand hatte blicken lassen. Er betrachtete eingehend die dunkelgrünen, ledrigen Blätter. Hatte er es sich doch gedacht, der Baum war von Schädlingen befallen. Er kniff die Augen zusammen, um sich die kleinen Käfer gründlich anzusehen, da hörte er ein Knistern hinter sich und spürte nahezu im gleichen Augenblick etwas Hartes in seinem Rücken. Er wusste sofort, dass es sich um den Lauf eines Gewehrs handelte.

»Sie sind Deutscher, habe ich recht?«
»So ist es. Bei Dar es Salaam geboren«, ergänzte Rutger.
»Naturlich. Habe ich mir doch gedacht.« Der Mann hatte einen Akzent, den Rutger schon einmal gehört hatte.
Um Zeit zu gewinnen, fragte er: »Gehört Ihnen die Plantage?«
»Si. So ist es.« Jetzt wusste Rutger es wieder. Seine Eltern hatten einmal Besuch von einem italienischen Paar gehabt. Das war selbstverständlich vor dem Krieg gewesen. Ja, er wäre jede Wette eingegangen, dass ein Italiener ihm die Waffe ins Kreuz bohrte.

»Sie sollten ein paar hohe Bäume pflanzen, vielleicht Bananenstauden«, schlug Rutger vor, als wäre es völlig normal, sich trotz vorgehaltener Waffe über den Kaffeeanbau zu unterhalten. »Der Bergkaffee mag den Schatten.« Der Druck in seinem Rücken wurde weniger. »Es ist doch Bergkaffee?«
»Allerdings. Sie verstehen etwas davon?«
Rutger lachte leise. »Mehr als von den Menschen.«
Der Italiener ließ das Gewehr sinken. »Von denen verstehe ich auch nichse.«
Rutger drehte sich langsam um. Vor ihm stand ein rundlicher Mann, der ihm etwa bis zum Kinn reichen mochte. Ein Kranz ehemals schwarzer Haare zierte seinen Schädel, seine Haut war blässlich und von roten Adern durchzogen. Seine Augen bildeten einen erstaunlichen Kontrast zu dem kränklichen Eindruck, den sein Gesicht vermittelte. Sie blitzten voller Lebenslust und Energie.
»Rutger Paulsen«, stellte Rutger sich vor und reichte ihm die Hand.
»Ah, der Gartenmann. Ich habe gehort, dass ein Deutscher ein botanisches Institut eroffnen soll.«
»So etwas Ähnliches hat man mir auch erzählt. Die Wahrheit ist, dass man mich auf einen bedeutungslosen, verkommenen Außenposten geschickt hat. Wahrscheinlich hat sich sonst niemand dafür gefunden. Wer will sich schon von den Briten abknallen lassen?«
Der Italiener lachte. »Claudio Neapolitano!« Er schüttelte kräftig Rutgers Hand. »Es ist eine komische Situation«, meinte er. »Entweder wir werden Freunde oder wenigstens gute Nakbarn, oder ich muss Sie jetzt toten.« Er zuckte entschuldigend mit den Schultern. »So ist die Krieg nun einmal. Wer zu langsam ist, wird abgemurkst.«
»Na dann, Freundschaft«, schlug Rutger vor und gab ihm erneut

die Hand. Claudio schlug ein und strahlte über das runde Gesicht.

»Darauf trinken wir eine Glas«, verkündete er, drehte sich um, ohne auf eine Antwort zu warten, und stiefelte voraus.

Das Haus von Claudio Neapolitano war so verwildert wie seine Plantage. Es handelte sich um ein einstöckiges weißes Gebäude, dessen Dach in der Mitte erhöht war. Dort gab es sicher einen Lagerraum, vermutete Rutger. Die Terrasse, die an zwei Seiten vor das Haus gesetzt war, erinnerte ihn ein wenig an die Veranda in Kilossa, nur war sie wie das gesamte Bauwerk in einem erheblich schlechteren Zustand. Jemand hatte das löchrige Dach mit getrockneten Gräsern und festem Stoff ausgebessert. Rutger malte sich aus, wie es während der Regenzeit hindurchgetropft haben mochte. Die großen Regenfälle waren schon eine gute Weile her, doch niemand hatte seitdem das Material ausgetauscht. So verrottete es. An einigen Stellen war es bereits verschimmelt.

Sie nahmen auf den einfachen Holzstühlen Platz, von denen einige ungeordnet auf der Terrasse standen. Claudio ließ Grappa bringen. Der Boy, der ihn servierte, trug eine blaue Uniform mit Flecken darauf und Handschuhe, die einmal weiß gewesen sein mochten.

»Er ist der Einzige, der mit Handschuhen eine Karaffe halten und eingießen kann, ohne dass sie ihm ausrutscht«, erklärte Claudio stolz, als er Rutgers Blick bemerkte. »Jedenfalls meistens.« Er hob sein Glas und hielt es in die Höhe. »Salute!«

»Salute«, entgegnete Rutger und nahm einen kräftigen Schluck. »Sehr gut.« Er hatte noch nie zuvor Grappa getrunken. Der klare Brand setzte seine Kehle in Flammen, hatte jedoch ein wunderbares Aroma.

»Naturlich ist der gut«, rief Claudio aus. »Nicht wie dieser schreckliche Fusel, den die Soldaten jeden Tag bekomen, damit sie das Totschießen besser aushalten. Diese Tropfchen habe ich mitgebracht, als ich in die Holle mit dem Namen Adua gekomen bin.«

Rutger hatte von der Schlacht von Adua gehört. Er war noch ein kleiner Junge gewesen, als die Italiener in dem Bemühen, sich in Afrika Kolonialgebiete zu erobern, eine verheerende Niederlage hatten einstecken müssen. Wie mochte es gekommen sein, dass dieser Mann sich ausgerechnet im Gebiet der Deutschen niedergelassen hatte? Vor allem, wie konnte er hierbleiben, obwohl Italien den Mittelmächten, also auch dem Deutschen Reich, inzwischen den Krieg erklärt hatte?

Rutger brauchte nicht lange über diese Fragen nachzugrübeln, denn Claudio Neapolitano begann sein Leben zu erzählen. Als sehr junger Mann und überaus wohlhabender Erbe eines Weinguts, zu dem auch eine Destillationsanlage gehört habe, habe ihn vor vielen Jahren die Abenteuerlust gepackt. Er sei der festen Überzeugung gewesen, dass sein geliebtes Italien ein Recht auf Kolonien habe, wenn schon alle anderen sich ihre Gebiete auf dem fernen Kontinent sicherten. »Ich war so dumme!« Er lachte und schüttelte den Kopf. Der Boy schenkte ihm nach, und auch Rutger trank aus und ließ sich das Glas wieder füllen. Wie es schien, hatten sich die Italiener eine Gegend ausgesucht, in der es eine große Gegenwehr gegen die fremden Herren gab. Das Land sehr weit nördlich des Kilimanjaro-Gebietes hatte schon so manchen Herrscher gesehen, ob Araber oder abessinischen Kaiser. »Uberall haben die Briten und Deutschen, die Belgier und Franzosen die Eingeborenen in den Griff bekommen, nur wir haben es nicht geschafft«, berichtete er, wobei er darüber offenbar nicht sonderlich betrübt war. »Es ist schon zwanzig Jahre her, da ruckten wir auf die Stadt vor. Aber wir kannten die Gegend ja gar nichte. Und es war Nacht. Die meiste von uns haben sich verlaufen. Die andere wurden am Morgen totgeschossen oder gefangen genomen.« Es lag auf der Hand, was ihm widerfahren war. »Ist es nicht verruckt?« Er nickte dem Boy zu, der wiederum die Gläser füllte. »Sie haben uns mit unsere eigenen Waffen geschlagen.« Claudio verriet, dass die Italiener dem abessinischen Kaiser einst moderne Gewehre geliefert hatten, damit dessen Truppen sich gegen die vorrückenden Engländer verteidigen konnten. Das wurde ihnen zum Verhängnis. Claudio hatte Glück. Schon während der Gefangenschaft knüpfte er Kontakt zu einem Aufseher. Nachdem Italien Abessinien seine Unabhängigkeit schriftlich zugebilligt und dafür immerhin ein Stückchen Land bekommen hatte, zog Claudio mit seinen Kisten Grappa, seinem Grammophon und dem abessinischen Freund in die neue Provinz. Er hatte ihm in strahlenden Bildern ausgemalt, dass sie dort Schnaps brennen und verkaufen würden. Er musste sehr überzeugend gewesen sein, denn er lebte, wie er zwinkernd erzählte, eine geraume Zeit sehr gut von dem Besitz des Freundes, bis der schließlich die Geduld verlor und Claudio drohte.

»Wenn wir nicht bald Schnaps machen, hat er gesagt, bist du ein toter Mann. Da wusste ich, dass ich weiterziehen musste. Ich habe meine Kisten packen lassen und mich noch in der Nacht darauf aus dem Staub gemacht. Es tute mir ein bisschen leid, dass ich es so machen musste. Ich hätte dem Abessinier gern etwas zurückgegeben für seine Freundlichkeit, aber ich hatte doch selbst alles verloren und keine Ahnung, wie man Geld verdient.« Claudio zuckte mit den Schultern. Die Sonne versank und tauchte die Savanne in Rosa und Violett. Die Luft flirrte vom Gesang der Grillen, vom Rauschen der Blätter und von den Rufen der Tiere in der Ferne. Er hatte sich vor vielen Jahren unter abenteuerlichsten Umständen immer weiter nach Süden durchgeschlagen, wie er berichtete, während er abwechselnd trank und die Mücken verscheuchte, die die Männer umkreisten. Sein Grappa war dabei, durfte man ihm glauben, sein Zahlungsmittel und sein Überlebenselixier gewesen. Wenn er es auch nicht direkt sagte, so konnte Rutger doch heraushören, dass der Italiener damit nur so lange großzügig war, wie er brauchte, um jemandem den Geist derartig zu vernebeln, dass er in alles nur Erdenkliche einwilligte. Auf diese Art war es ihm gelungen, für ein gutes Stück des Weges den Schutz einer Araber-Karawane zu erlangen. Ein anderes Mal ergaunerte er sich damit den Aufenthalt in einem herrschaftlichen Haus. Eine ebenso reichhaltige wie köstliche Verpflegung natürlich eingeschlossen. Sein Trick mit dem Grappa war das eine, das andere war, dass Claudio ganz offenbar über eine gute Menschenkenntnis verfügte. Er ordnete die Menschen blitzschnell in Freund oder Feind. Hatte er einen Freund vor sich, überlegte er sich, wie der ihm am besten von Nutzen sein konnte. Handelte es sich dagegen um einen feindlich gesinnten Menschen, mied Claudio ihn oder machte sich direkt aus dem Staub. Rutger spürte die Wirkung des Grappas und lauschte den Geschichten seines Gastgebers gern, denn der war ein wahrhaft guter Erzähler. Dass er außerdem ein listiger Fuchs war, hatte er selbst freimütig zugegeben. Darum war Rutger auf der Hut. Was wollte Claudio von ihm, dass er ihm den guten Brand so großzügig einschenken ließ? Rutger nippte vorsichtig an seinem Glas und schüttete, sobald Claudio in eine andere Richtung sah, etwas davon hinter sich. Es war zwar schade darum, doch er hatte kaum gegessen. Es kostete ihn schon jetzt einige Mühe, seine Sinne beieinanderzuhalten.

»Nun weißt du, wie ich nach Moshi gekomen bin«, schloss Claudio seinen Bericht, als die Dunkelheit bereits über sie hereingebrochen war. »Kurz nach meine Ankunft habe ich eine von die katholische Missionare mit eine Negerweib erwischt. Er hat sie von hinten bearbeitet. Kannst du dir vorstellen, wie er mich

angeguckt hat?« Claudio schlug sich mit der flachen Hand auf den Schenkel und lachte gurgelnd. »Er hat geguckt wie eine dumme Schwein.« Wieder lachte er. »Was sol ich sagen? Ich bin auch katholisch.« Er bekreuzigte sich. »Also habe ich ihn nicht verraten. Dafur hat er mir diese Haus besorgt mit eine Kaffeeplantage. Eine gute Tausch, meinst du nicht?«
Rutger nickte beklommen. Er dachte an Sharifa. Das Bild des Missionars mit einer Eingeborenen und der Gedanke an sie machten ihn nervös. Er sehnte sich nach einer Frau. Kein Wunder, er war im besten Alter, um eine Familie zu gründen. Erst einmal war er einem jungen Mädchen nähergekommen. Es war eine der jungen Deutschen, die seine Eltern ihm in der Hoffnung vorgestellt hatten, sie könnte ihm eine Ehefrau sein. Rutger hatte damals gerade seine körperlichen Bedürfnisse entdeckt. Im Nachhinein hätte er nicht mehr sagen können, wie es passierte. Er wusste nur noch, dass das Mädchen, ihr Name war Erika gewesen, sehr hübsch und vier Jahre älter als er war. Er vermutete, dass ihre Eltern dringend einen Mann für sie suchten, weil sie nicht mehr Jungfrau war und sich durch ihre ungehörige Art einen mehr als zweifelhaften Ruf erworben hatte. Jedenfalls hatte sie Interesse an der Pflanzenwelt Afrikas vorgetäuscht. Ihre Eltern wollten mit Wilhelmina und Alexander einen Spaziergang machen, und Perpetua war im Krankenhaus. Rutger erinnerte sich, dass er im ersten Moment angetan von Erika war. Sie hatte graue Augen und eine rosige Haut. Ihr Kleid verriet eine schmale Taille und einen großen Busen. Das Beste aber war ihre Neugier, was die Pflanzen betraf. Das hatte er zumindest geglaubt. Kaum dass sie in Alexanders Labor allein waren, verlor sie jedoch die Lust, sich Gewächse und Aufzeichnungen anzusehen. Rutger verstand das nicht. Gerade hatte sie doch genau danach gefragt. Als sie die obersten Knöpfe ihres Kleides öffnete, weil ihr angeblich nicht wohl sei und sie

mehr Luft brauche, begriff er. Sie hatte nur mit ihm allein sein wollen.

»Sollten wir nicht rausgehen, wenn Sie Luft brauchen, Erika?«

»Nein, nein, es geht sicher gleich wieder. Ich muss mich nur ein wenig ausruhen.« Damit hatte sie sich gegen eine Ecke des großen Arbeitstisches gelehnt und den Oberkörper nach hinten gebogen, als würde sie sich im nächsten Augenblick hinlegen. Es war geradezu obszön gewesen, wie sie sich ihm darbot. Doch es verfehlte seine Wirkung auf Rutger nicht.

»Soll ich Ihnen das Kissen vom Stuhl geben? Dann können Sie ein wenig liegen und sicher besser ausruhen.«

»Ach, das wäre reizend«, hauchte sie und sank auch schon auf den Tisch.

Nun wollte Rutger wissen, wie weit sie gehen würde. »Besser, ich öffne noch einen Knopf, was meinen Sie?«

»Das ist eine gute Idee«, gab sie zurück und sah ihm direkt in die Augen. Er hatte keine Erfahrung mit Frauen, aber er wusste, dass sich nicht im mindesten schickte, was sie tat. Nur in einer Notsituation hätte eine Frau zulassen dürfen, dass ein Mann, mit dem sie nicht verheiratet, nicht einmal verlobt war, ihr Kleid öffnete. Dies hier war alles andere als eine Notsituation. Ihm sollte es recht sein. Er öffnete nicht einen, sondern drei Knöpfe und beugte sich dabei immer weiter zu ihr hinunter. Sie hielt ihn nicht auf, im Gegenteil, sie legte einen Arm um seine Hüften und zog ihn zu sich. Das war zu viel für ihn. Er presste seine Lippen auf ihre und griff nach ihren Brüsten. Sie stöhnte auf. Nicht vor Schmerzen oder Unwohlsein, sondern vor Erregung, das konnte sogar er erkennen. Er wollte es in diesem Augenblick tun. Es war ihm völlig egal, mit welcher Frau es geschah und ob sie es auch bis zur letzten Konsequenz wollte. Ihm war klar, dass er nicht lange aushalten würde. Also schob er mit einer Hand ihre Röcke hoch und zerrte an ihrer Unterwäsche, mit der anderen öffnete er seine Hose und zog sie so weit wie nötig hinunter. Auch jetzt hielt sie ihn nicht auf, sondern schob ihm ihr Becken keuchend entgegen. Dann drang er zum ersten Mal in eine Frau ein, erlebte zum ersten Mal, welches Feuer, welches Vergnügen in seinen Lenden wohnte. Wenig später bäumte er sich auf und ließ dann befriedigt den Kopf zwischen ihre Brüste sinken. Als Erika und ihre Eltern eine Woche darauf erneut zu Besuch kamen, hatte er überlegt, ob er dafür sorgen sollte, dass sie wieder allein miteinander wären. Es hatte ihm gefallen, doch ihm war auch klar, dass er sie würde heiraten müssen, wenn sie sich häufiger sahen und miteinander schliefen. Darum entschuldigte er sich kurz vor ihrer Ankunft bei seinen Eltern und ritt in die Savanne.

»Alles in Ordnung, mein Freund?« Rutger erschrak. Er hatte den Italiener ganz vergessen, hatte vergessen, wo er war. Er spürte ein Kribbeln in seinem Leib. Wenn er sich nicht auf der Stelle bewegte, abreagierte, brachte ihn die Sehnsucht noch um. »Ja, alles bestens.« Rutger erhob sich. »Es ist Zeit für mich zu gehen.«

»Einfach so? Du trinkst meine gute Grappa aus und verschwindest einfach?« Aha, der Moment war gekommen, an dem Claudio verraten würde, was er von ihm wollte.

»Nun, wir sind Nachbarn«, entgegnete Rutger langsam. »Ich will mich gerne revanchieren, wenn du mein Gast bist.«

Auch Claudio erhob sich. »Du kannst dich darauf verlassen, dass ich dich besuchen kome. Aber da ist etwas anderes, was du fur mich tun kannst. Du weißte Bescheid mit Pflanzen. Du hast gesehen, wie meine Kaffee aussieht. Ich verstehe zu wenig davon, und meine Arbeiter laufen mir weg.«

»Warum laufen sie dir weg?«

»Weißt du, ich finde, dass ich sie nicht bezahlen muss. Sie konnen essen und trinken. Nicht die Grappa, versteht sich.« Er lachte.

»Das muss genug sein, oder nicht?« Statt einer Antwort zog Rutger nur die Augenbrauen hoch. »Hilf mir ein wenig mit die Kaffee, in Ordnung?«
»Ich habe zu Hause zu essen und zu trinken«, gab er zurück. »Was willst du mir anbieten?«
»Du bekomst naturlich eine Bezahlung!« Claudio rieb sich die Hände. »Ist doch klare.«
»Abgemacht«, sagte Rutger nach kurzem Zögern. »Ich bringe ein paar Arbeiter mit, damit sie für Ordnung sorgen, Bananen pflanzen und deine Kaffeebäume mit Tabaksud behandeln. Über den Preis reden wir dann.« Er schlug dem neuen Freund auf die Schulter und ging.
»Vorzuglich«, rief Claudio ihm hinterher, als er auf seinen Hengst stieg und davonritt.

Als er vom Pferd sprang, strauchelte er einen Moment, fing sich aber sofort wieder. Er war hungrig, hatte einen Rausch und konnte die Gedanken an Erika und den katholischen Missionar mit der Negerin nicht abschütteln. Vielleicht hätte er Erika doch öfter treffen sollen, überlegte er. Das Reich der Lust war offenbar so viel größer und vielfältiger, als er es sich zu träumen wagte. Sie hätte ihm bestimmt nur zu bereitwillig noch einige Facetten gezeigt. Er klopfte dem Hengst auf die Flanken, wünschte ihm eine gute Nacht, ließ ihn in der Dunkelheit zurück und schloss das Gatter. Als er zum Haus ging, versuchte er sich Erikas pralle Pobacken vorzustellen, die er nie zu sehen bekommen hatte.
»Jambo, Bwana Malaika.« Sharifa stand vor ihm.
»Was machst du hier in der Dunkelheit?«, fuhr er sie an.
»Verzeihung, Bwana«, erwiderte sie schuldbewusst. »Frau Mina sagte, Sie seien nicht nach Hause gekommen. Da wollte ich nachsehen ...«

»Ohne Fackel?« Sie schwieg. Er konnte ihren Duft riechen, ihre Wärme spüren. »Sharifa«, stöhnte er heiser.

»Ja?« Das klang nicht mehr schuldbewusst, das klang erwartungsvoll. Oder bildete er sich das nur ein? Wieder glitten seine Gedanken zu Erika, und ein Verlangen bohrte sich in ihn, wie er es noch nicht kannte. Er sehnte sich nicht nach Erika, er sehnte sich nach Leidenschaft, danach, noch einmal einen körperlichen Höhepunkt zu erleben. Er wollte eine Frau, aber nicht irgendeine. Er wollte eine, die auch ihn wollte, die es genauso genießen konnte wie er. Er wollte Sharifa. Damals hatte er einfach ausprobiert, wie weit er bei Erika gehen konnte. Was würde Sharifa zulassen? Ob sie sich schon mal einem Mann hingegeben hatte? Man sagte über die Eingeborenen, dass sie in dieser Hinsicht wie Tiere seien, jederzeit bereit und nicht wählerisch. Rutger atmete schwer. Er sah auf ihre zierliche Gestalt hinunter, die so stolz und aufrecht vor ihm stand.

»Ich will nicht, dass du alleine draußen herumläufst, wenn es dunkel ist, hörst du? Ich will nicht, dass dir etwas zustößt«, fügte er leiser hinzu.

»Ja, Bwana Malaika«, sagte sie. War da Enttäuschung in ihrer Stimme?

»Komm!« Er packte ihren Arm fester als nötig und führte sie zum Haus und weiter zu den Hütten. Dort blieb er stehen und wartete, bis sie hineingegangen war.

Die nächsten Wochen waren angefüllt mit Arbeit. Rutger war rasch klar, dass er mehr Arbeiter brauchte, wenn er den Versuchsgarten bald in einen brauchbaren Zustand versetzen und gleichzeitig Claudios Kaffeeplantage auf Vordermann bringen wollte. Dummerweise kosteten Arbeiter Geld, das er nicht hatte. Obendrein erwartete er in nicht allzu ferner Zukunft seine Apfelbäume. Das bedeutete, er musste Hühner kaufen, und zwar möglichst viele, wie er hoffte. Er musste sich so schnell wie möglich etwas einfallen lassen. Gut, dass Chandu ihm stets zur Seite stand. So wusste Rutger wenigstens, dass die Eingeborenen auch dann tüchtig waren, wenn er ihnen nicht auf die Finger schauen konnte. Als Erstes erkundigte er sich im Ort nach Neapolitano. Irgendwie mochte er den Italiener. Trotzdem. Bevor er sich mit ihm auf Geschäfte einließ, wollte er möglichst viel über ihn wissen.

»Ach, Claudius«, sagte ein Bezirksbeamter, der vor allem für die Eisenbahn zuständig war. »Das ist kein Italiener, Gott bewahre! Dann wäre er ja der Feind.« Er lachte schallend. Das Gerücht, es handle sich um einen waschechten Italiener, höre er immer mal wieder. Das liege wohl daran, dass er angeblich so viel Grappa in seinem Haus lagere. Er selbst habe den bisher weder zu Gesicht bekommen, geschweige denn kosten dürfen, erzählte er bedauernd. Sonst konnte er über den wortkargen Mann, der tatsächlich nicht viel von einem Deutschen habe, nicht viel sagen. Man höre nur die absonderlichsten Dinge von Negern, die mal bei ihm gearbeitet haben wollen. So solle der Mann beispielsweise splitternackt herumlaufen und laut zum Klang seines Grammophons singen, gab er die Gerüchte weiter. Ja, er habe ihn auch schon mal laut singen hören. »Der hat eine Stimme, kann ich Ihnen sagen!« Aber den Rest könne er nicht glauben. Die Neger würden ja gerne Geschichten erzählen.

Ein Kollege des Beamten kannte den Italiener ebenfalls unter dem Namen Claudius und versicherte auch, es handle sich gewiss nicht um einen Italiener. Niemals!

»Mir ist der Kerl nicht geheuer«, raunte er Rutger zu. »Er hat kaum Verbindungen im Ort, wird nur manches Mal in der katholischen Mission bei Bruder Bernhard gesehen. Ich habe noch kein einziges Wort mit ihm gesprochen. Wenn Sie mich fragen, hat der Dreck am Stecken. Aber er ist in Moshi, so weit ich zurückdenken kann. Nun gut«, wandte er ein, »so lange bin ich noch nicht hier. Aber Sie können jeden fragen, Claudius war schon vor ihm da. Ich kenne nicht einmal seinen Familiennamen.« Er zuckte mit den Schultern. »Am besten, Sie kümmern sich nicht um ihn.«

Das kam für Rutger natürlich nicht in Frage. Er wollte mehr über den wundersamen Mann erfahren und besuchte die östlich gelegene Missionsstation. Dort verlangte er nach Bruder Bernhard. Er musste nicht lange warten, bis der Pater mit der langen weißen Kutte erschien.

»Sie müssen der Botaniker sein, der kürzlich eingetroffen ist«, begrüßte er ihn. Er wirkte verkniffen und auf der Hut.

»So ist es. Rutger Paulsen mein Name.«

»Was kann ich für Sie tun?«

»Verraten Sie mir, was Sie über Claudio wissen. Oder nennen Sie ihn auch Claudius?«

»Um Himmels willen, nicht so laut. Kommen Sie!« Bruder Bernhard bedeutete ihm mit einem Nicken, ihm zu folgen. Er führte Rutger in eine schlichte Kammer, in der es nur einen Tisch und ein paar Stühle gab. »Hier unterrichten wir die Neger«, erklärte er.

»Und die Negerinnen?« Rutger sah ihm direkt in die Augen. Alle Farbe wich aus Bruder Bernhards Wangen, um gleich darauf umso kräftiger zurückzukehren.

»Was wollen Sie von mir?«, fragte er mit versteinerter Miene.

»Das sagte ich doch schon.« Rutger ließ sich lässig auf einen Stuhl fallen. »Ich möchte so viel über Claudio Neapolitano erfahren, wie ich kann. Ist ihm zu trauen?«

Der Geistliche erzählte stockend. Claudio habe ein schwerwiegendes Problem mit dem Alkohol. Es komme tatsächlich vor, dass er sich im Rausch die Kleider vom Leib reiße und in diesem Zustand durch das Haus tanze. Außerdem sei er dabei gesehen worden, wie er die Kleider einer Bediensteten getragen habe.

»Ein anderes Mal hat er Reis mit Hühnchen gegessen und ist dabei eingeschlafen. Sein Gesicht ist auf den Teller gekracht. Als einer der Boys ihn so gefunden hat, dachte der, er sei tot. Aber dann ist Claudio erwacht und hat sich erhoben. Das Hühnchen klebte ihm überall im Gesicht. Der arme Kerl, ein halbes Kind noch, muss wohl geglaubt haben, ihm erscheine der Leibhaftige.«

»Deshalb will niemand mehr bei ihm arbeiten? Nicht einmal auf dem Feld?«

»Das ist richtig«, gab Bruder Bernhard steif zurück. »Nun ja, das ist nicht der einzige Grund. Die Eingeborenen bekommen für ihre Dienste gleich welcher Art nicht viel Lohn, aber doch immer etwas. Claudio kann sie jedoch nicht bezahlen. Er besitzt kein Geld und kann den Leuten auch sonst nichts bieten.«

»Aber wovon lebt er dann?«

»Das weiß niemand.« Der Mann lachte auf. »Ihm fällt anscheinend immer etwas ein. Und wenn er gar nichts mehr hat, kommt er her und bittet um Almosen, die wir ihm natürlich nicht verwehren können.«

»Wäre es nicht einfacher, Sie würden ihm Arbeiter besorgen, damit die Kaffeeplantage bewirtschaftet wird und etwas abwirft? Geben Sie denen die Almosen, dann kann Claudio sich über kurz oder lang selber versorgen und seine Arbeiter bezahlen.«

Bruder Bernhard schüttelte den Kopf. »Es ist unser Anliegen, die Eingeborenen nach unserem christlichen Glauben zu erziehen.« Rutger warf ihm einen missbilligenden Blick zu, sagte jedoch nichts. »Das gelingt uns nicht immer, aber wir haben durchaus gute Erfolge vorzuweisen. Können Sie sich vorstellen, wie verwirrt die armen Geschöpfe sind, wenn sie dann auf einen weißen Mann treffen, der sich in keiner Weise zu benehmen versteht?«

»Wenn er getrunken hat«, warf Rutger ein. »Wenn er zu viel getrunken hat. Ich für meinen Teil habe ihn als freundlichen Menschen und guten Gastgeber erleben dürfen. Er hat eine Menge getrunken, ja, aber er wusste sich immer noch zu benehmen.«

»Seien Sie dankbar, dass Sie ihn noch nicht anders erlebt haben. Es kommt nicht in Frage, dass wir Neger in seine Obhut geben. Er verträgt einiges, wie Sie sich denken können. Er ist es ja gewöhnt.« Bruder Bernhard verzog voller Abscheu das Gesicht. Wie sehr musste es ihm zuwider sein, dem trunksüchtigen Italiener ausgeliefert zu sein. »Darum braucht er auch immer mehr, um seinen Geist zu benebeln. Das kostet ihn irgendwann Kopf und Kragen«, prophezeite er. Dabei sah er aus, als könnte er diesen Moment nicht mehr abwarten.

»Halten Sie ihn für einen ehrlichen Mann?«, wollte Rutger wissen.

Der Pater ließ sich lange Zeit, bis er antwortete. »Ich kann Ihnen darauf nichts entgegnen, was Sie zufriedenstellt. Wenn Sie wissen wollen, ob Sie ihm trauen können, überlegen Sie sich, wie weit man einem Menschen trauen kann, der sich regelmäßig besinnungslos trinkt.« Rutger wollte etwas einwenden, doch der Geistliche ließ ihn nicht zu Wort kommen. »Wenn ein Mann so weit ist, dass er nackt auf dem Teppich seiner Wohnstube sein Geschäft verrichtet und am nächsten Tag von seinen Bediensteten in dem stinkenden Haufen liegend gefunden wird, wie weit kann man dem wohl trauen? Der kann sich doch nicht einmal selber trauen.«

Rutger fragte sich, warum Bruder Bernhard nicht längst Claudios wahre Herkunft verraten hatte. Wer würde einem Saufbold, von dem derartige Geschichten erzählt wurden, schon glauben? Man würde den Italiener festnehmen oder womöglich sogar töten, und Bruder Bernhard wäre ihn los. Seine Angst, dass der Italiener es vorher noch schaffen würde, sein pikantes Geheimnis zu verbreiten, musste grenzenlos sein. Rutger verließ die Station und fragte sich, was ein Geistlicher zu befürchten hatte, der mit einer Eingeborenen in einer eindeutigen Situation erwischt wurde. Es kam nicht selten vor, dass ein Weißer sich mit seiner Köchin oder einem seiner Dienstmädchen vergnügte. Niemand störte sich daran. Für die Brüder der Mission schien das nicht zu gelten.

Am Tag darauf stattete Rutger Claudio einen Besuch ab. Er brachte zwei Arbeiter und Sichelmesser mit. Während die beiden Eingeborenen alle unerwünschten Gewächse dicht über dem Boden abschnitten, saßen Rutger und Claudio wieder auf der Veranda, wo sie schon bei ihrer ersten Begegnung gesessen hatten, und Claudio ließ Wein bringen.
»Nein danke, nicht um diese Zeit.« Rutger winkte ab. Es war eben erst acht Uhr.
»Du trinkst nach die Uhr?« Claudio sah ihn verständnislos an. »Ihr Deutsche seid wirklich merkwurdig.«
»Hör zu, mein Freund.« Rutger beugte sich ein wenig vor. Seine Haare fielen ihm offen über die Schultern.
»Siehst du aus wie eine Madonna«, bemerkte Claudio und starrte fasziniert auf Rutgers Haar.
»Kommen wir zum Geschäft. Du bist ein Trinker und hast kein Geld«, sagte er geradeheraus. »Ich habe versprochen, mich um deine Kaffeeplantage zu kümmern, und ich werde Wort halten. Am Anfang verlange ich keinen Pfennig von dir. Aber sobald der Kaffee geerntet wird, hole ich mir meinen Teil vom Erlös. Abgemacht?«
»Wie groß ist dein Teil?«, wollte Claudio wissen und legte skeptisch die Stirn in Falten.
»Fünfzig Prozent.«

»Bist du verruckt? No, niemals!«
»Schlag ein, bevor ich meine Prozente erhöhe.« Claudio starrte ihn mit offenem Mund an. »Du weißt, dass dir nichts Besseres passieren kann. Wie viel hast du in diesem Jahr geerntet?« Er brauchte die Antwort nicht abzuwarten, ein Blick in Claudios resigniertes Gesicht war genug. »Eben. Und es wird von Jahr zu Jahr weniger werden. Wenn ich mich um die Sache kümmere, hast du wieder feste Einnahmen. Die Hälfte einer guten Ernte ist mehr als keine Ernte. Also?« Er streckte ihm die Hand entgegen. Claudio schlug ein. »Ich verlasse mich auf dein Wort als Ehrenmann«, sagte Rutger eindringlich und stand auf. »Wenn du mich erst die Arbeit machen lässt und dann nichts mehr von unserer Verabredung weißt, wird dir das sehr leidtun.«
»Was denkst du denn von mir? Wir sind Freunde, oder nicht?«
Rutger sah ihn lange an und ging ohne ein weiteres Wort.
Den Rest des Tages verbrachte er an seinem Schreibtisch. Er versuchte einen Plan aufzustellen, über welche finanziellen Mittel er verfügte, was er benötigte und wie viel er besorgen musste. Er konnte Pflanzlöcher graben, Wurzeln und Zweige beschneiden, Schädlinge auseinanderhalten, Samen gewinnen und Gewächse veredeln. Er wusste mit dem Gewehr umzugehen und notfalls auch mit Pfeil und Bogen. Von Zahlen verstand er nichts. Es war nicht so, dass er nicht rechnen konnte, nur war es ihm schon ein Graus, mit Bleistift und Papier in einem Raum zu hocken. Diesen Teil der Arbeit hatte sein Vater stets erledigt, und es widerstrebte Rutger zutiefst, sich jetzt selbst darum kümmern zu müssen. Eine Müdigkeit überfiel ihn, die er von seiner Tätigkeit draußen auf den Feldern nicht kannte und die seine Glieder bleischwer werden ließ. Seine Augen brannten, und in seinem Kopf stellte sich ein unangenehmes Pochen ein. Die Stunden flossen zäh dahin. Er musste sich zwingen, nicht aufzustehen und ins Freie zu gehen. Er musste

einen Plan entwickeln, wie er seine Mutter, Perpetua und den kleinen Joseph und natürlich auch sich selbst ernähren konnte. Die erste Zeit würde alles andere als einfach und komfortabel werden, so viel stand fest. Es klopfte.

»Ja?«, sagte er, froh über die Ablenkung. Da öffnete sich die Tür langsam, und Joseph kam auf unsicheren Beinchen herein. »Ein Segen!«, rief Rutger fröhlich aus, »Hilfe naht!« Joseph lachte. Hinter ihm erschien nun auch Perpetua, die aufpasste, dass ihr Sohn nicht stürzte.

»Du sitzt nun schon den halben Tag in dieser Kammer. Gönn dir eine Pause und trink einen Tee mit Mutter und mir«, schlug sie vor.

»Gut zu hören, dass wir noch Tee besitzen«, gab er bitter zurück. »Ihr solltet besser sparsam damit sein, denn lange werden wir uns keinen mehr leisten können.«

»Ist es wirklich so schlimm?« Sie nahm behutsam Josephs Hände in die ihren und führte den neugierigen kleinen Kerl herum. Manches Mal, wenn es ihm auf zwei Beinen nicht schnell genug ging, krabbelte er noch, doch seit er gelernt hatte, auf seinen Füßen zu stehen, lief er zu gerne herum und sah sich die Dinge an, die er auf allen vieren nicht hatte sehen können.

»Das, was einmal ein Versuchsgarten werden soll, ist in einem erbärmlichen Zustand. In Kilossa konnten wir beides, experimentieren und untersuchen sowie ernten und verkaufen. Die Farm hat sich dort leicht getragen. Wie das hier gehen soll, ist mir rätselhaft.« Er seufzte. Während Joseph nach einem Pflanzgefäß grapschen wollte, sah Perpetua über ihn hinweg aus dem Fenster.

»Könnte man nicht hier vor dem Haus Gemüse und ein paar Früchte setzen? Der Boden scheint mir nicht schlecht zu sein.«

»Dort werden die Äpfel stehen«, gab Rutger missmutig zurück. Als ob sie das nicht wüsste!

»Wenn sie denn jemals eintreffen«, bemerkte sie spitz.
»Sie werden eintreffen. Und sie werden anwachsen«, gab Rutger barsch zurück. Joseph sah erschrocken zu ihm hoch.
»Nicht so laut«, tadelte Perpetua ihren Bruder.
Dieser sprang auf. »Du hast gut reden. In Kilossa hast du wenigstens deinen Teil zum Lebensunterhalt beigetragen, obwohl es dort nicht einmal nötig gewesen wäre. Seit wir hier sind, höre ich dich nur jammern, dass du beinahe umkommst vor Sorge um deinen Mann. Mehr tust du nicht!«
»Wie kannst du …?« Perpetua ließ Joseph los, um ein Spitzentaschentuch aus dem Ärmel hervorzuziehen und sich demonstrativ die Augen zu tupfen. Joseph strauchelte und umklammerte in seiner Not Rutgers Beine.
»Komm her zu mir!« Rutger beugte sich hinab und nahm seinen Neffen auf den Arm. »Na, kleiner Mann, deine Welt ist in bester Ordnung, habe ich recht?« Er stupste die kleine Nase, und Joseph kicherte. »Was ist überhaupt mit Georgs Sold?«, fragte er gereizt. Joseph griff nach seinen Haaren und begann, damit zu spielen.
»Was soll wohl damit sein? Du weißt sehr wohl, dass die Menge der Konserven und Getränke, die die Träger mitführen, äußerst beschränkt ist. Von seinem nicht eben üppigen Sold muss Georg dazukaufen, was er außerdem benötigt. Ein Kamerad seiner Truppe, der kurz vor unserem Abmarsch aus Kilossa noch bei uns war, sagte, sie rechneten damit, in die Berge gehen zu müssen. Das bedeutet, Georg muss sich Petroleum kaufen, um sich an seiner Lampe wärmen zu können. Und er braucht eine Korkmatratze, damit die Kälte nicht von unten in seinen Körper kriechen kann. Gewiss wird er dennoch ein Sümmchen sparen, um es seiner Familie zu bringen, sobald er herkommen kann.«
Es wird nichts übrig sein, dachte Rutger. Sein Schwager verließ sich wahrscheinlich darauf, dass Frau und Sohn bestens versorgt

waren, wie immer. Was er bekam, gab er für sich aus, dessen war Rutger sicher.
»Im Übrigen wünschte ich, du würdest dir weniger Gedanken um Georgs Sold als um seine Gesundheit und seine sichere Rückkehr machen.«
Rutger wollte etwas Unfreundliches erwidern, das ihm auf der Zunge lag, doch dann sah er in das unschuldige Gesicht seines Neffen. Ihm wünschte er wirklich, dass der Vater unversehrt nach Hause zurückkam. Er wusste ja, wie schwer es war, den Vater zu verlieren.
»Darauf habe ich leider keinen Einfluss, Perpetua«, sagte er und bemühte sich um einen sanften Ton. »Sei gewiss, dass ich alles täte, was in meiner Macht steht, wenn ich nur könnte.« Er öffnete Josephs kleine Faust, die sich fest um eine Haarsträhne geschlossen hatte, und setzte ihn auf den Boden. »Es wäre hilfreich, wenn du in der lutherischen Mission nach Arbeit fragen würdest. In ein paar Jahren, wenn die Apfelbäume wieder tragen und auch die anderen Felder in einem besseren Zustand sind als jetzt, wird das nicht mehr nötig sein.«
»Da war ich bereits«, sagte sie ruhig und nahm Joseph, der seine Hände noch immer Rutger entgegenstreckte, auf den Arm. »Und auch in der katholischen Mission habe ich gefragt. Nur werden die Stellen nicht hier besetzt. Sie entscheiden in unserem Mutterland, wer geschickt wird.«
»Verdammt«, knurrte Rutger.
»Du sollst nicht fluchen«, erwiderte sie automatisch.
»Ich danke dir trotzdem, dass du es versucht hast. Das wusste ich nicht.«
Perpetua ging nicht darauf ein. »Dieser furchtbare Krieg macht allen zu schaffen. Alle verfügbaren Mittel werden dafür eingesetzt, und niemand kümmert sich um all die Verletzten. In Frankreich gehen unsere tapferen Soldaten durch die Hölle. Ich

möchte mir nicht ausmalen, wie viele für unser geliebtes Deutsches Reich ihr Leben lassen. Gerade las ich, dass erst wieder ein Angriff unserer Männer auf die Franzosen im Keim erstickt wurde.« Sie schüttelte niedergeschlagen den Kopf.
Rutger dachte, wie klug Claudio doch war. Er hatte hier gegen die Eingeborenen gekämpft. Nun gut, das war zwanzig Jahre her. Doch gewiss würde man dennoch nicht zögern, ihn auch heute noch auszurüsten und in den Kampf zu schicken. Dieses Mal gegen Europäer. Claudio entzog sich dieser vermutlich tödlichen Pflicht und trank sich lieber unter die Erde.
»Ich wünschte, Georg hätte recht behalten, und das Ganze wäre nach wenigen Tagen vorüber gewesen«, meinte er.
»Ja, das wünschten wir wohl alle.« Sie wandte sich zum Gehen, und Rutger nahm wieder an seinem Schreibtisch Platz. An der Tür drehte sie sich noch einmal um. »Ich habe darüber nachgedacht, mich als Reiseschwester nützlich zu machen«, sagte sie mit belegter Stimme. »Joseph würde mir schrecklich fehlen, aber mir ist bewusst, dass jeder ein Opfer bringen muss. Außerdem glaube ich, es täte Mutter gut, wenn sie sich um ihn kümmern würde, während ich fort bin.«
Rutger stand auf und ging zu ihr. »Hältst du das wirklich für einen guten Einfall? Als Reiseschwester setzt du dich überall großen Gefahren aus. Sicher, du könntest einen Boy mitnehmen, der dich beschützen und für dich jagen könnte. Trotzdem hört man immer wieder, dass den mutigen Frauen, die im Land unterwegs sind, um zu helfen, etwas zustößt. Hier im Kilimanjaro-Gebiet ist es besonders gefährlich, Perpetua. Ehe du dich's versiehst, läufst du den Briten in die Arme.« Er schüttelte entschieden den Kopf. »Nein, das kommt nicht in Frage. Joseph hat seinen Großvater verloren, und sein Vater ist ständig weg und in Gefahr. Da soll seine Mutter ihn nicht auch noch verlassen.«

Die beiden sahen sich lange ernst an. »Danke für dein Angebot, Perpetua, aber wir schaffen es auch so.«

»Ich tue das nicht für dich«, entgegnete sie streng. »Es ist meine Pflicht als gute deutsche Frau.« Ihr Ton wurde weicher. »Weißt du, wir machen es so: Mutter soll auf Joseph aufpassen, damit ich durch die Negerdörfer südlich von Moshi gehen und die Menschen behandeln kann. Dort treffe ich gewiss nicht auf die Engländer. Ich bin sicher, die Eingeborenen kümmern sich in diesem Teil des Landes nicht mehr um Hygiene, als sie es in Kilossa getan haben. Es gibt also sicher genug für mich zu tun. Dafür sollen sie mir Fleisch, Eier und Milch geben. Denkst du, damit kommen wir dann zurecht?«

Wilhelmina war zunächst skeptisch gewesen, weil Perpetua sich in der Gegend noch nicht sonderlich gut auskannte. Als sie aber hörte, dass der Massai Diallo sie begleiten würde, stimmte sie zu. Es war ihr eine Freude, sich während Perpetuas Abwesenheit um Joseph zu kümmern. Endlich hatte sie eine Aufgabe, die sie nicht ermüdete, sondern ihr ein wenig neue Lebenskraft schenkte. Sie musste sich eingestehen, dass sie sich hatte gehenlassen. Emmi hatte, ohne ein Wort darüber zu verlieren, das Regiment in der neuen Küche übernommen. Sie war ihr schon immer eine große Hilfe gewesen, gewiss, nur hätte Wilhelmina diejenige sein sollen, die weiterhin das Sagen hatte. Doch was gab es hier schon zu sagen? Es war kaum etwas da. Die Vorratskammer war leer, es gab keine Ernte. Chisisi brachte auf den Tisch, was die Eingeborenen oder Rutger besorgt hatten. Es war eine elende Zeit.

Gerade hatte sie Joseph nach dem Mittag in sein Bettchen gelegt, als sie die Stimmen mehrerer Menschen hörte. Sie kamen näher, wurden immer lauter, schwollen zu einem Chor an, der ganz nah zu sein schien. Sie trat hinaus auf den Balkon und

erblickte die Karawane der Waniamuesi. Sie setzten die aus Bambusrohr und festen Matten gefertigten Tragen ab. Darauf standen die Töpfe mit den Apfelbäumen. Wilhelminas Herz krampfte sich zusammen. Mit einem Schlag hatte sie Alexanders Ankunft aus der deutschen Heimat vor Augen. Er hatte seinem Sohn die Bäume als Geschenk mitgebracht. Ein Geschenk von dem verhassten Freiherr von Eichenbaum, das ihrem Sohn eine so große Freude bereitet hatte. Sie lief eilig die Treppe hinab. Rutger war bei diesem Claudius, von dem er erzählt hatte, dass er mit seiner Kaffeeplantage überfordert sei. Wilhelmina wusste, dass es nicht weit bis dort war.
»Sharifa!«, rief sie. »Sharifa, die Äpfel sind da. Lauf und hol Rutger nach Hause!«
Die Augen des Mädchens leuchteten auf. »Ja, Frau Mina!«, rief sie und war auch schon auf dem Weg.
Wilhelmina schritt die Reihe der Männer ab, deren Ankunft sich in derselben Sekunde herumgesprochen hatte. Schon kamen die Frauen und Kinder der Waniamuesi herbeigelaufen. Die Kinder waren nackt, die Weiber trugen Tücher, die sie mehrmals um ihre Körper geschlungen hatten. Sie hatten rasierte Köpfe und schlichte Ketten um den Hals. Eine trug ein Baby auf dem Arm, das eine der schlapp herunterhängenden Brüste im Mund hatte und daran saugte. Wilhelmina trat einen Schritt beiseite, um der Wiedersehensfreude der Eingeborenen nicht im Wege zu sein. Sie freuten sich wahrhaftig wie die Kinder und hatten keinerlei Hemmungen, sich vor ihrer weißen Herrin zu umarmen und zu liebkosen. Nicht wenige würden heute vermutlich in ihren Hütten Nachwuchs zeugen. Danach würden die Männer sich bei einem Spielchen von dem langen Marsch erholen. Das Báue, ein Spielbrett mit zweiunddreißig Löchern, würde auf eine Bastmatte gelegt und die dazugehörigen Steine, grau glänzende Samen der Molukkenbohne, würden

ausgepackt werden. Vielleicht würden sie auch tanzen. Wilhelmina mochte es, wenn einer oder mehrere die Trommel schlugen und die anderen mit stampfendem Schritt in einem mitreißenden Rhythmus darum herum sprangen. Besonders schön fand sie es, wenn Männer und Weiber einen Zwiegesang anstimmten. Sie sangen dann abwechselnd kurze Tonfolgen. Ihre Stimmen waren so viel tiefer und klarer als die eines Europäers, fand sie.
Wilhelmina erfreute sich am Anblick der Waniamuesi, die lachten und schnatterten. Doch ihr Herz wurde ihr auch schwer, denn sie erinnerte sich daran, wie sie Alexander nach seiner langen Abwesenheit entgegengelaufen war. Minutenlang hatten sie einander festgehalten, sich geküsst und sich versprochen, dass sie nie mehr so lange voneinander getrennt sein wollten. Die Sehnsucht nach ihm war in diesem Augenblick so groß, dass es sie körperlich schmerzte. Wenn nur Rutger endlich kommen würde. Dann konnte sie ihm mit den Bäumen zur Hand gehen. Oder sie konnte den Waniamuesi ihre Hühner geben. Was auch immer. Nur etwas tun, das sie ihre Traurigkeit vergessen ließ, mehr wollte sie ja gar nicht. Sie blickte in die Ferne und sah einen großen Mann durch die flirrende Savanne kommen. Wilhelmina schirmte ihre Augen gegen die Sonne ab und fixierte den Wanderer. Er kam ihr beinahe vor wie ein Trugbild, wie eine Fata Morgana, aber dennoch hatte sie das Gefühl, ihn zu kennen. Das Bild des näher kommenden Mannes hatte etwas Vertrautes. Nach einer Weile wusste sie, wer da auf dem Weg zu ihnen war.
»Mokabi«, rief sie. Der Massai vom Stamm der Aiser hatte es wahrlich geschafft. Er hatte die Wunden überlebt, die der alte Löwe ihm beigebracht hatte, und kam zu ihnen zurück. Das erste Mal seit Alexanders Tod lachte Wilhelmina vor Freude.

Der August war beinahe vorüber. Rutger hatte unter Chandus Aufsicht Claudios Kaffeebäume mit Tabaksud besprühen und die ersten Bananenpflanzen setzen lassen. Er war sicher, im nächsten Jahr bereits eine anständige Ernte zu bekommen und Kirschen zu finden, aus denen sich neue kräftige Kaffeesträucher würden ziehen lassen. Erst am Morgen hatte er kontrolliert, ob die Schädlinge vom Feld verschwunden waren. Er hatte nur noch vereinzelt tote Käfer entdeckt. So hatten die Tabakblätter also ihre Arbeit getan. Auf der Sisalplantage gab es ebenfalls erfreuliche Fortschritte. Zwanzig Männer hatte Rutger geschickt, die zunächst den Boden von überflüssigem Kraut befreit und dann einen Teil der Blätter geschnitten hatten. Sie wussten genau, wie viele der dunkelgrünen schwertförmigen Agavenblätter sie ernten durften, ohne den Pflanzen zu schaden. Diese sollten schließlich weiterwachsen, um später eine weitere Ernte möglich zu machen. Die Arbeiter schnürten daraus Bündel und trugen sie auf der Schulter oder dem Kopf zum Farmhaus. Um den Tabak würde sich Rutger später kümmern. Er würde auch dieses Feld von Unkräutern befreien, sobald er in der Lage war, neue Tabakpflanzen zu besorgen und zu setzen. Bis dahin hatte er wahrlich anderes zu tun.
Perpetua machte sich jeden Morgen beim ersten Hahnenschrei auf den Weg in die umliegenden Dörfer der Eingeborenen. Schnell gewann sie das Vertrauen der Menschen. Sie waren den Anblick der Weißen ja gewöhnt und hatten in ihren Stämmen selbst weise Frauen, die sich mit der Heilkunde auskannten. Es war ihnen also keineswegs fremd, von der deutschen Frau behandelt zu werden, die sie Mganga nannten, die Medizinfrau. So spielte sich allmählich eine Routine ein, die Rutger hoffen ließ, dass sich alles zum Guten wenden würde.

Moshi, Herbst 1918

Rutger schleuderte das Glas zu Boden. Es zersprang in unzählige winzige Splitter. Claudios Boy schlug die Hände, die wie immer in vergilbten fleckigen Handschuhen steckten, über den Kopf und rannte ins Haus. Der Italiener dagegen blieb einigermaßen gelassen.
»Aber meine liebe Freund, woruber regst du dich so auf? Ich gebe dir etwas von meinem Kognak. Das ist besser als Mark oder Rupien.«
»Ich will deinen Kognak nicht. Auch nicht deinen Grappa.« Rutger bebte vor Zorn. Er biss die Zähne aufeinander, um nicht gänzlich die Beherrschung zu verlieren. Sein Gesicht war rot vor Wut, seine Augen schienen ein wenig aus den Höhlen zu treten. »Letztes Jahr hast du mir einen Hungerlohn für meine Arbeit gegeben. Es hat nicht einmal gereicht, um die Kosten zu decken, die ich deinetwegen hatte.«
»Die Ernte war mickrig«, erinnerte Claudio ihn in einem jammernden Ton, der Rutger noch mehr zur Weißglut trieb. »Es war nicht mehr ubrig.«
»Das hast du gesagt, ja. Und ich habe eingesehen, dass die Pflanzen Zeit brauchen, um sich zu erholen. Die Setzlinge konnten nach einem Jahr noch nichts abwerfen. Dieses Jahr dagegen haben sie reich getragen. Sogar die alten Bäume saßen noch voller Kirschen. Es war ein gutes Jahr«, schrie er. »Und du wagst es, mir zu sagen, dass du kein Geld hast?« Er baute sich vor dem Stuhl auf, auf dem der kleine Italiener saß. So wütend

Rutger auch war, so sehr tat Claudio ihm doch leid. Wie viele Abende hatten sie auf dem Balkon der Paulsen-Farm, meist jedoch hier verbracht, geredet, Musik gehört und natürlich getrunken. Sie waren Freunde geworden. Es war nicht zu übersehen, dass es seinem Freund erheblich schlechter ging als noch im letzten Jahr. Sein Gesicht war rot und schwammig, und seine Augen waren neuerdings ständig gerötet. Rutger hatte versucht auf ihn einzuwirken, damit er seinen Alkoholgenuss wenigstens verringerte. Ohne Erfolg. Claudio wusste, was er sich antat. Er richtete sich in voller Absicht zugrunde. »Was habe ich sonst auf dieser Welt?«, hatte er gefragt. »Wenn ich nicht mal mehr meine Grappa trinken darf, habe ich nichse mehr aus meine liebe Heimat.«

Rutger riss sich zusammen. Es musste einen Weg geben, an den Lohn zu kommen, der ihm zustand.

»Ich kann nicht einfach ein paar Flaschen von deinem Fusel nehmen und es gut sein lassen, mein Freund.«

»Fusel? Ich hore wohl nicht recht. Es ist bester Stoff, kannst du mir glauben. Ich habe ihn immerhin von eine Deutsche.«

»Auch das noch!« Rutger stöhnte. »Von wem?«, fragte er. »Wer hat ihn dir verkauft?«

»Seine Name kenne ich nicht. Es war ein dicke deutsche Mann mit Furchen im Gesicht. Er hat fruher Safaris gemacht fur Besucher aus Europa. Aber das geht ja nicht mehr wegen die Krieg.« Es rauschte in Rutgers Ohren. »Also verkauft der Dottore jetzt Schnaps an alle Truppen.« Claudio lachte. »Ist ihm egal, an wen.«

»Martius! Sein Name ist Dr. Martius, habe ich recht?«, zischte er.
»Kann sein. Ich weiß nicht.«

Rutger stöhnte. Martius sollte hier in der Gegend sein? Der fehlte ihm gerade noch. Er hatte lange nicht mehr an den Dreckskerl gedacht, der Sharifa von ihrer Familie getrennt und

einen unschuldigen Askari auf dem Gewissen hatte. Aber er hatte nicht vergessen, dass sie noch eine Rechnung offen hatten. Wenn sie sich begegnen würden, konnte er für nichts garantieren. Er fürchtete tatsächlich, dass einer von ihnen diese Begegnung nicht überleben würde. Es gefiel ihm gar nicht, dass sich dieser Martius hier im Gebiet des Kibo herumtreiben sollte.
»Ich habe wahrhaftig schon genug Probleme am Hals«, brachte er gepresst hervor. Und das war keine Übertreibung. Seit einigen Tagen fiel ein Arbeiter nach dem anderen aus. Es hatte begonnen, als gerade die letzten Kaffeekirschen gepflückt wurden. Einer klagte plötzlich über starke Kopfschmerzen, ein anderer bekam von einer Minute zur nächsten hohes Fieber und Schüttelfrost.
In der Zeitung hatte Rutger gelesen, dass es sich um die Spanische Grippe handelte, die bereits vor einigen Monaten zugeschlagen hatte. In Europa waren ihr die Soldaten in den Schützengräben täglich zu Tausenden zum Opfer gefallen. Aber auch in nahezu allen anderen Teilen der Welt, so hieß es, starben die Menschen wie die Fliegen. Weil Soldaten aus ihrer Heimat über sämtliche Weltmeere verschifft wurden, um sich an fernen Fronten am Krieg zu beteiligen, hatte sich die Krankheit so stark ausbreiten können. Das war zumindest Perpetuas These. Wie auch immer es ihr gelang, sich von einem Volk zum anderen, von einem Land zum nächsten zu verbreiten, Hungersnöte und vor allem der verdammte Krieg hatten der Grippe den Weg bereitet. Sie traf auf geschwächte Geschöpfe, die ihr nichts mehr entgegenzusetzen hatten. Auch deshalb gab es wohl so viele Tote. In Amerika, hatte Rutger von einem Beamten der Bezirksverwaltung gehört, hebe man gleich neben der Straße eine Grube aus, um diejenigen zu verscharren, die dort zusammenbrachen. Ob alle wirklich schon tot seien, könne niemand mit Sicherheit sagen.

»Was hast du für Probleme?«, wollte Claudio wissen und riss Rutger aus seinen düsteren Gedanken. »Kann ich dir nicht helfen?«

»Das könntest du, indem du mich bezahlen würdest.« Rutger sah ihn verzweifelt an. Er war nicht sicher, ob Claudio ihm überhaupt noch zuhörte. Der nestelte mit Daumen und Zeigefinger an seinem Hosenbein herum, als wollte er einen Faden oder ein kleines Insekt wegzupfen, nur war da nichts. Entweder hatte er Wahnvorstellungen, oder er spielte die Rolle des Verrückten, um Rutgers Gemüt abzukühlen. Wie dem auch sei, hier war ohnehin nichts zu holen. Rutger ließ sich auf den Stuhl neben Claudio fallen.

»Du wirst mir den Kognak geben, den du noch hast«, sagte er.

»Alles?« Mit einem Mal war Claudio wieder ganz wach.

»Alles! Sei froh, dass ich dir deinen Grappa lasse.« Er würde Chandu zu den Engländern schicken. Vielleicht konnte er einen guten Preis für den Stoff bekommen, mit dem er erst einmal über die Runden kam.

»Bene, der Boy wird dir die Flaschen geben. Sehr viel ist sowieso nicht mehr übrig. Bist du dann zufrieden?«

»Nein. Du wirst mir außerdem die Hälfte deiner Plantage überschreiben. Jetzt und hier.« Er rief nach dem Boy und wies ihn an, Papier und einen Füllfederhalter zu bringen.

»Die halbe Plantage?« Claudio riss die roten Augen auf. Er sah zum Fürchten aus. »Willst du mich ruinieren?«

»Nein, mein Freund, das erledigst du schon ganz alleine.«

Die Apfelbäume würden erst zu Ostern tragen. Wenn er Glück hatte. Gottlob hatten sich die Agaven prächtig entwickelt. Und Sisal war gefragt. Seile, Garn und Matratzen brauchte man immer. Gerade in diesen schweren Zeiten war die Faser begehrt. Viele Felder wurden nicht mehr bewirtschaftet, weil die Männer kämpfen mussten. Mit seinem Ertrag und dem Sold von

Georg, der wegen einer Verletzung nach Hause gekommen war, mussten sie eben die Zeit bis zum Frühjahr überstehen.

»Es ist einfach zu viel«, sagte Perpetua und ließ sich erschöpft in den Sessel sinken. Ihre Haut war fahl, unter ihren Augen schimmerten dunkle Ringe. Sie hatte sich nicht einmal umgezogen, sondern trug noch immer ihre weiße Schwesterntracht mit dem roten Kreuz darauf. »Ich weiß gar nicht, wo ich zuerst sein soll. Überall ist es das Gleiche, die Neger haben Kopf- und Gliederschmerzen. Ihnen tut einfach alles gleichzeitig weh. Einige bluten aus der Nase, andere husten, dass es zum Gotterbarmen ist. Wie soll ich mich nur um sie alle kümmern?«
»Am besten gar nicht mehr«, knurrte Georg. Er saß bereits am Tisch und wartete, dass das Abendessen aufgetragen wurde. »Sollen sich doch die Leute aus den Missionen um die Wilden kümmern.«
»Von ihnen liegt ja selbst mindestens die Hälfte im Krankenlager«, sagte sie und seufzte.
»Wenn du so weitermachst, holst du dir am Ende auch noch die Pest an den Hals, Peppi. Damit ist niemandem geholfen.« In diesem Punkt musste Rutger Georg ausnahmsweise recht geben. »Willst du dich nicht umziehen, damit wir endlich essen können? Ich bin hungrig«, drängte er. »Ach, und sieh doch gleich nach deiner Mutter, ja? Emmi sagte, ihr sei nicht wohl. Sie wollte sich hinlegen.«
Alarmiert sprang Perpetua auf und eilte augenblicklich nach oben.
»Warum hast du mir nichts davon gesagt?« Rutger sah ihn ernst an. »Ich hätte längst nach ihr sehen können.«
»Ach du liebe Zeit, seit wann bist du denn die Krankenschwester?« Georg lachte albern. Als er Rutgers Blick auffing, verging ihm die Heiterkeit. »Nun hab dich mal nicht so. Du warst doch

bis eben noch draußen unterwegs. Es schien mir nicht so wichtig, als dass ich es dir gleich hätte sagen sollen.«

»Meine Mutter ist keine junge Frau mehr. Wenn sie die Grippe bekommt, haben wir allen Grund, uns Sorgen um sie zu machen«, erwiderte Rutger beherrscht. »Wo ist Joseph überhaupt? Ist er nicht bei ihr?«

»Doch, ich denke, er ist oben. Er wird in ihrem Zimmer spielen. Er stört sie schon nicht«, sagte er gereizt. War dieser Georg von Eichenbaum wirklich so ein Einfaltspinsel, oder interessierte es ihn nicht, ob sein Sohn auch krank wurde? Ehe Rutger ihn noch zur Rede stellen konnte, hörte er bereits Perpetua die Treppe herunterkommen. Sie hatte Joseph auf dem Arm. Wortlos setzte sie ihn auf den Kinderstuhl und nahm dann am Tisch Platz. Georg sah sie missbilligend an. Sie trug noch immer ihre Schwesterntracht.

»Mutter hat Fieber und Husten«, sagte sie leise. »Sie kommt nicht zum Essen herunter.« Eine Sekunde herrschte Schweigen. Dann fauchte Perpetua Georg an: »Wie konntest du den Jungen bei ihr lassen? Bist du nicht klar bei Verstand?« Sie funkelte ihn böse an. So hatte Rutger seine Schwester noch nie erlebt.

»Dann können wir jetzt wohl zu Abend essen«, stammelte Georg unsicher. Da niemand widersprach, rief er nach Emmi.

»Ja, Bwana?« Rutger hatte den Eindruck, sie müsse sich auf die Zunge beißen. Beinahe hätte sie sich verplappert und Bwana Macho gesagt. So nannten ihn die Eingeborenen hinter seinem Rücken. Macho war das Swahili-Wort für Augen. Auch sie mochten seine weit auseinanderstehenden Augen nicht.

»Wir wollen essen.«

»Ja, Bwana.« Sie zögerte.

»Was ist denn noch?«, fragte Georg barsch.

»Geht es Frau Mina nicht gut? Soll ich ihr etwas auf ihr Zimmer bringen?«

»Was kümmert dich das?«, herrschte Georg sie an. Es war nicht zu übersehen, dass er sich über Perpetuas Maßregelung vor Rutger ärgerte. Seine Wut ließ er nun an jenen aus, die sich nicht wehren konnten.
»Ich dachte nur ...«
»Seit wann können Neger denken?«
»Es reicht!« Rutger schlug mit der flachen Hand auf den Tisch, dass das Besteck und das Kristall klirrte. Joseph sah erschrocken zu ihm herüber. »Emmi gehört zu unserer Familie.«
Georg schnappte nach Luft, um zu widersprechen, doch Perpetua fuhr ihm über den Mund.
»Das ist wahr. Wäre sie nicht gewesen, hätte ich wahrscheinlich nicht das Licht dieser Welt erblickt. Also sprich nie wieder so mit ihr!«
»Danke, Emmi«, sagte Rutger rasch, damit Georg erst gar nicht die Gelegenheit bekam, die Atmosphäre weiter zu vergiften.
»Ich bringe ihr später etwas. Jetzt soll sie erst einmal schlafen. Das wird ihr am besten helfen.« Er fing einen zweifelnden Blick seiner Schwester auf und bekam es mit der Angst zu tun.
»Gut, Bwana.« Emmi zögerte noch immer. Rutger betrachtete die Bedienstete, die er schon sein ganzes Leben lang kannte. Sie sah trotz ihres fortgeschrittenen Alters frisch und gesund aus. Auch hatte sie sich ihre schlanke Figur bewahrt und war nicht wie viele andere Frauen in die Breite gegangen. Einzig die grauen Strähnen in ihrem schwarzen Haar verrieten, dass der Herbst des Lebens für sie bereits angebrochen war. »Sharifa hat es auch erwischt«, sagte sie unvermittelt und blickte Rutger dabei an.
»Was?« Er sprang so plötzlich auf, dass sein Glas umstürzte und auf seinen Teller krachte. Als er aus dem Speisezimmer rannte, hörte er Joseph weinen.
»Wenigstens ist Chisisi noch da, sonst müssten wir womöglich noch selber kochen«, sagte Georg.

Rutger hastete die Treppe, zwei Stufen auf einmal nehmend, nach oben. Er musste wenigstens kurz nach seiner Mutter sehen, bevor er sich um Sharifa kümmerte. Sie wirkte klein zwischen dem großen Federbett und dem dicken Kissen. Es war lange her, dass er seine Mutter mit offenem Haar gesehen hatte. Üblicherweise trug sie es ordentlich hochgesteckt oder zu einem Zopf geflochten und mit einer Haube darüber. Jetzt rahmte es ihr vom Fieber gerötetes Gesicht ein wie Blätter eine Blüte. Sie schlug die Augen auf.

»Wie geht es dir, Mutter?« Er setzte sich auf ihr Bett und ergriff ihre Hand. »Soll ich dir eine andere Decke holen? Diese ist ein bisschen dick, was?« Er versuchte ein Lächeln.

»Nein, sie ist wunderbar. Mir ist so kalt«, antwortete sie leise. Rutger erschrak darüber, wie dünn ihre Stimme klang. Gestern war sie doch noch vollständig gesund gewesen. Jedenfalls hatte sie keinerlei Anzeichen gezeigt. Heute Morgen dann hatte sie einmal gehustet und noch gescherzt, sie sei nun wohl auch an der Reihe und freue sich schon darauf, ihren geliebten Mann bald wiederzusehen. Und jetzt, nur wenige Stunden später, lag sie da, als wäre sie wahrhaftig dem Tod geweiht. Er schluckte. Ein Beben durchfuhr sie, und sie rutschte tiefer unter die Decke. Ihr Atem ging auffallend schnell.

»Kann ich etwas für dich tun, Mutter?«

Sie entzog ihm ihre Hand. »Ja, versprich mir, dass du auf dich aufpasst, mein Sohn!«

»Was soll denn das? Ich passe doch immer auf mich auf«, gab er zurück und zwinkerte ihr zu. Ihm war elend.

»Du lässt mich jetzt besser allein, bevor du auch noch krank wirst. Ich bin sehr müde. Wenn ich mich gründlich ausschlafe, geht es mir bestimmt bald besser«, flüsterte sie.

»Emmi bringt dir später noch einen heißen Tee mit ihren Kräutern. Wirst sehen, das hilft dir wieder auf die Beine.« Er stand

auf. Am liebsten wäre er sofort aus dem Zimmer gestürzt, um möglichst bald bei Sharifa zu sein. Gleichzeitig plagte ihn sein schlechtes Gewissen. Seine Mutter war in einem erbarmungswürdigen Zustand. Er sollte bei ihr bleiben, statt zu einer Eingeborenen zu gehen. »Sharifa ist auch krank«, sagte er leise.
Wilhelmina hatte schon die Augen geschlossen, öffnete sie in diesem Moment aber wieder. »O nein.« Sie atmete hörbar aus. »Was tust du dann noch hier?« Rutger runzelte die Stirn. Er verstand nicht. »Du musst zu ihr gehen«, drängte sie ihn schwach. »Hast du denn immer noch nicht begriffen, dass das Mädchen dich liebt?«
»Sharifa? Mich? Aber ...«
Sie lachte leise und musste schrecklich husten. Als sie sich beruhigt hatte, sagte sie: »Ihr Männer seid wahrlich seltsame Geschöpfe. Ihr baut eine Eisenbahn, die einen gesamten Kontinent überspannt. Ihr führt Kriege, die am Ende Tausende umgebracht haben. Ihr erfindet Maschinen, die uns das Leben leichter machen. Aber ihr bemerkt nicht, wenn jemand, der ständig um euch herum ist, Gefühle für euch hat.«
»Aber Sharifa ist ...«
»Jetzt sag bloß nicht, sie ist eine Negerin und kennt keine echten Gefühle.« Wilhelmina keuchte. »Ich könnte weinen, wenn ich darüber nachdenke, welchen Unsinn man uns über diese edlen Geschöpfe beigebracht hat. Ist es nicht an der Zeit, die Wahrheit zu sehen? Ich habe mit Emmi gelacht, als meine kleine Perpetua Amali das Licht dieser Welt erblickt hat. Sie hat sich mit mir gefreut. Ist das etwa kein echtes Gefühl?«
»Bitte, du darfst dich nicht anstrengen.«
»Du hast recht, ich werde jetzt schlafen. Und du machst, dass du zu ihr kommst!«
Das ließ Rutger sich kein zweites Mal sagen. »Danke«, flüsterte er erstickt. Dann verließ er leise den Raum durch die Balkontür

und sprang die Außentreppe hinab. Er wollte gerade losrennen, als Emmi ihn aufhielt.

»Hier«, rief sie und reichte ihm eine irdene Schale mit der Haut einer Schlange darin. »Zünden Sie sie an. So, wie die Schlange aus ihrer Haut gefahren ist, wird auch das Homa aus Sharifa fahren.« Rutger nahm das Schälchen und legte Emmi kurz die Hand auf den Arm. »Für Frau Mina zünde ich besser ein Nektariniennest an. Die Schlangenhaut wird Bibi Perpetua nicht dulden.«

»Ahsante, Emmi! Danke.« Damit rannte er hinüber zu den Hütten seiner Leute.

Zum ersten Mal betrat Rutger die Behausung seiner Arbeiter. Sie und seine übrigen Bediensteten kamen überwiegend von der Küste, denn nicht wenige von ihnen waren den Paulsens von Dar es Salaam bis hierher gefolgt. Die, die erst hier in den Dienst der Paulsens getreten waren, hatten sich dem Baustil der Küstenneger angepasst. Sie lebten in rechteckigen Hütten, die aus einem Gestänge bestanden, meist Bambus, das mit Lehm ausgefüllt war. Ihre Dächer waren Makutti, kunstvoll ineinandergesteckte Blätter der Kokospalmen, die den Regen draußen hielten, die Seelen aber spazieren gehen ließen. Rutger bückte sich und trat ein. Ihm schlug feuchte, stickige Luft entgegen. Zu seiner Rechten war ein winziger Raum. Er warf einen Blick hinein. Seine Augen mussten sich erst an die Dunkelheit gewöhnen. Er erkannte drei Bettstellen, auf zweien lag jemand. Er hätte nicht sagen können, wer es war, doch Sharifa war gewiss nicht dabei.

»Jambo, Bwana«, murmelte es aus dem Dunkel.

»Jambo«, erwiderte Rutger und zog sich zurück. Mit wenigen Schritten durchquerte er gebückt den größten Raum der Hütte, in dem mehrere tönerne Töpfe und Wasserkrüge und ein Koch-

topf um die Feuerstelle herum standen. Auch einen hölzernen Mörser zum Zerstoßen von Getreide und Zermahlen von Kräutern gab es sowie geflochtene Schachteln mit breitem Rand aus Holzspan, Körbe und verschiedene Schöpflöffel. Die Feuerstelle bestand aus drei Steinen, zwischen denen kleine Holzscheite aufgestapelt waren. Der Boden der Hütte war nur aus dem roten Sand, der das Land hier überall bedeckte.
Rutger trat durch einen Vorhang in die letzte Kammer. Hier lag Sharifa allein. Sie war auf ein Gestell gebettet, das aus vier Holzklötzen bestand, zwischen denen sich ein Geflecht aus Stricken spannte. Sie waren aus Fasern der Kokos- oder der wilden Dattelpalme gemacht, vermutete er. Darauf lag eine Mkeka, eine Matte, die Sharifa selbst geflochten hatte, wie er sich erinnerte. Er kniete neben ihrem Lager nieder.
»Bwana Malaika«, sagte sie heiser und bekam einen schrecklichen Hustenanfall. Ihre dunkle Haut glänzte fiebernass. In der finsteren Hütte ohne Fenster schien das Weiße ihrer Augen geradezu zu leuchten. »Sie dürfen nicht hier sein«, erklärte sie ängstlich.
»Doch, Sharifa, das ist genau der Platz, an dem ich sein sollte.«
»Aber die Mganga sagt, wer bei einem Kranken ist, wird auch krank.«
»Ich nicht«, widersprach er fest. »Ich habe hier eine Medizin von Emmi. Die wird mich schützen und dich gesund machen.«
Er nickte ihr aufmunternd zu und ging nach nebenan, wo er die Schlangenhaut anzündete. Er würde achtgeben müssen, dass die Flammen nicht die ganze Hütte in Brand steckten. Auch musste er dafür sorgen, dass der Rauch fortziehen konnte. Schon nach wenigen Augenblicken zog ein seltsamer Duft durch den niedrigen Raum. Das sollte helfen? Er hatte eher den Eindruck, es nahm einem zusätzlich den Atem, und er sehnte sich nach der frischen Brise des Indischen Ozeans. Er erinnerte

sich noch daran, dass durch das Haus, in dem er geboren wurde, manchmal eine solche Brise geweht hatte, wenn der Wind günstig stand. Wie sehr ihm diese Meeresluft doch fehlte! Er ging zu Sharifa zurück und hockte sich zu ihr. Sie atmete so schwer, als läge ein Sack Kaffeekirschen auf ihrer Brust. Doch wie es schien, taten ihr die Dämpfe gut, denn sie sog sie tief in ihre Lungen. Ihm fiel ein, dass seine Mutter ihm früher kalte Wickel gemacht hatte, wenn er fiebrig gewesen war. Auf der Stelle plagte ihn wieder das schlechte Gewissen. Es wäre jetzt an ihm, seiner Mutter Wickel zu machen. Doch Perpetua war bei ihr, und Wilhelmina hatte ihn fortgeschickt, damit er sich um Sharifa kümmerte. Also ging er hinaus, zog sein Hemd aus, weil er nichts anderes zur Hand hatte, und tauchte es in den Krug mit Wasser. »Nicht erschrecken«, warnte er sie, als er zurück war, hob das Tuch an, das jemand über sie gedeckt hatte, und schlang das nasse Hemd um ihre Fesseln. Sie ließ es geschehen. Was konnte er noch tun? Perpetua schwor auf Hühnersuppe. Sie stärke den Körper und den Geist, behauptete sie immer. Gut möglich, dass Emmi bereits eine auf dem Herd hatte. »Versuch ein wenig zu schlafen«, sagte er leise zu ihr. »Ich bin bald zurück.«

»Malaika«, hörte er sie flüstern, als er das Feuer in der Hütte löschte, um Sharifa und die anderen nicht zu gefährden. »Malaika. Engel.«

Rutger lief zurück zum Haus und geradewegs in die Küche.

»Wie geht es ihr?«, wollte Emmi wissen.

»Ich weiß es nicht.« Er ließ die Schultern hängen. »Sie atmet schwer. Und meine Mutter?«

Emmi schüttelte kaum merklich den Kopf. »Sie schläft jetzt. Aber sie ist schwach.«

Sein Herz krampfte sich zusammen. »Hast du ein Huhn zubereitet? Ist Brühe davon im Haus?«

Sie nickte. »Ich habe ihr etwas davon gebracht, bevor sie eingeschlafen ist. Bibi Perpetua hat es ihr eingeflößt.«
»Das ist gut. Ist noch etwas übrig?«
Wieder nickte Emmi und machte sich auch schon daran, Suppe in eine kleine Schale zu füllen. »Sie ist noch heiß. Sorgen Sie dafür, dass sie alles isst, Bwana Malaika.« Es war das erste Mal, dass Emmi ihn so nannte. Sie sah ihn dabei an und lächelte.
»Ahsante, Emmi.«
Schon vor der Hütte hörte er Sharifas jämmerliches Husten. Und sie war bei weitem nicht die Einzige. Auch aus anderen Hütten ertönte ein Gurgeln und Röcheln, dass einem angst und bange werden konnte.
»Sharifa«, sagte er leise, als er wieder bei ihr war, und stellte die Schale neben ihr Lager auf die Erde. Sie öffnete die Augen und sah ihn an. War das ein Lächeln? Auf jeden Fall entspannte sich ihre Miene ein wenig, dessen war er sicher. »Emmi hat eine Hühnersuppe gekocht. Die wirst du jetzt essen. Du wirst sehen, danach schlägst du mich wieder im Wettlauf.«
Jetzt lächelte sie wirklich. Wahrscheinlich dachte sie daran, wie er sie geneckt hatte, dass Mädchen nun einmal nicht so schnell laufen könnten wie Männer. Sie hatte die Herausforderung angenommen und war so schnell vom Farmhaus einmal um das kleine Versuchsfeld mit den Kohlsorten und wieder zurück bis vor die Veranda gerannt, dass Rutger gar nicht begriffen hatte, wie ihm geschah. Es war das erste Mal, seit sie zu den Paulsens gekommen war, dass sie laut gelacht und sich dabei sogar auf die Oberschenkel geschlagen hatte. Im nächsten Moment war sie furchtbar erschrocken, denn im Grunde hatte sie ihren Herrn ausgelacht oder zumindest den Sohn ihres Herrn. Aber als Rutger ebenso heftig losgeprustet hatte, war das Eis zwischen ihnen gebrochen.
Er hockte sich auf das merkwürdige Gestell, das Sharifa als Bett

diente. Hoffentlich hielt es ihn aus, dachte er. Behutsam legte er ihren Kopf auf seinen Schoß.
»Ist es gut so?« Sie nickte. »Sehr schön. Dann wirst du jetzt brav diesen Teller leeren. Ich helfe dir.« Er füllte den ersten Löffel und führte ihn an ihre Lippen. Wie schön sie waren. Nicht so wulstig wie die einiger anderer Negerinnen, sondern zart und geschwungen wie die Welle des Ozeans. »Sehr schön«, sagte er leise, als sie schluckte. Er wusste nicht, was er sonst sagen sollte. Wieder führte er einen Löffel an ihren Mund. Er konnte sich nicht erinnern, wann er sich je so hilflos gefühlt hatte. Die Stille erfüllte den engen Raum wie eine zähe Masse. Nur das Schnarchen der anderen Bewohner dieser Hütte war zu hören und von draußen vereinzeltes Husten, das sich mit dem weit entfernten Brüllen der Löwen mischte. Weil er keine Ahnung hatte, worüber er sonst reden sollte, begann er von Holstein zu erzählen. Er erzählte ihr alles, was er von der Heimat seiner Eltern und seiner Äpfel wusste. »Es gibt dort Schnee, stell dir vor. Nicht nur auf der Spitze der Berge wie hier auf dem Kibo, sondern selbst in den Ebenen. Es ist so viel, dass man daraus Kugeln formen und sich damit bewerfen kann. Aber die Hände werden davon natürlich eiskalt. Und die Seen frieren zu. Es bildet sich eine Schicht darauf, als hätte jemand eine Glasscheibe über das Wasser gelegt. Wenn es lange genug kalt ist, kann man auf dem Eis sogar gehen, so dick und hart ist es.«
Während er ihr von dem Land berichtete, das er selbst nie gesehen hatte, fütterte er sie immer weiter, Löffel um Löffel. Danach erzählte er von dem Marsch nach Kilossa, auf dem er den Hund seiner Schwester töten musste, weil der von einem Leopard angefallen worden war. »Es war das erste Mal, dass ich ein Tier getötet habe. Der Himmel möge mir verzeihen.« Bei der Erinnerung schossen ihm Tränen in die Augen. »Moritz durfte sich doch nicht länger quälen. Es war richtig, nicht

wahr?« Er erwartete keine Antwort. Endlich war die Schale geleert. Er stellte sie auf die Erde und schickte sich an, ihren Kopf sanft von seinem Schoß auf das Lager zurückzubetten. Da griff sie nach seiner Hand, hielt diese fest und sah ihm lange in die Augen. »Das Mädchen liebt dich«, hörte er die Stimme seiner Mutter. Ein warmes Gefühl durchströmte ihn. Er wusste nicht, wie es weitergehen würde, er wusste nur, dass er Sharifa nicht verlieren durfte. Er erneuerte den kalten Umschlag um ihre Füße, dann legte er sich neben ihrem Lager nieder und schlief ein.

Zwei Nächte verbrachte Rutger in Sharifas Hütte. Am Tag brachte er ihr Kräutertee und Brühe, legte ihr Wadenwickel an und tupfte ihr den Schweiß von der Stirn. Nachts erwachte er bei jedem kleinen Geräusch. Wenn sie hustete oder unregelmäßig Luft holte, richtete er sich auf und lauschte. Manchmal drückte er ihre Hand, oder er rieb ihr eine nach Minze duftende Paste auf den Hals, die Emmi ihm gegeben hatte. Er konnte sich erst entspannen, wenn ihr Atem wieder ruhig ging. Chandu beaufsichtigte die Arbeiter, so dass Rutger sich ganz Sharifas Pflege widmen konnte. Einmal sah er nach seiner Mutter. Wilhelmina war nur noch ein Schatten ihrer selbst.
»Sie hat nun auch noch Durchfall bekommen«, flüsterte Perpetua ihm zu, als sie im Flur vor Wilhelminas Zimmer standen. »Ich fürchte, sie schafft es nicht.«
»Aber es muss doch irgendetwas geben, was du für sie tun kannst!« Er war verzweifelt. Da war so vieles, worüber er noch mit seiner Mutter sprechen wollte. Außerdem hatte er sich doch vorgenommen, mit ihr nach Holstein zu reisen. Er wusste, dass sie ihre Heimat liebend gern wiedersehen würde. Und er wusste, dass sie sich wünschte, ihren Kindern zu zeigen, wo sie gelebt hatte, bevor sie nach Afrika gekommen war.

»Was soll ich in Holstein? Da ist es kalt, und es gibt weder Mangobäume noch die weite Steppe«, hatte er mal zu ihr gesagt.
»Interessiert dich denn gar nicht, wo deine Wurzeln liegen?«, hatte sie erwidert.
»Meine Wurzeln sind hier«, war seine Antwort gewesen. Daraufhin hatte sie ihn so enttäuscht angesehen, dass es ihm jetzt noch leidtat.
»Ich will doch noch mit ihr nach Holstein reisen«, brachte er leise hervor und wischte sich eine Träne weg, die ihm über die Wange lief.
»Dafür ist es zu spät, fürchte ich.« Perpetua strich ihm sanft über das Haar. »Tut mir leid, kleiner Bruder. Ich wünschte, ich könnte dir eine bessere Nachricht bringen. Wenn du etwas für sie tun willst, dann binde dir einen Mundschutz um, setz dich in ihr Zimmer und bete für sie.«
Rutger nahm das Tuch mit den Bändern daran, das sie ihm reichte. Aber er setzte sich nicht zu seiner Mutter, sondern eilte zurück zu Sharifas Hütte. Dort band er sich den Atemschutz um und hoffte, dass er von der Krankheit verschont bliebe. Am dritten Tag ging es Sharifa besser. In der Nacht hatte sie weniger gehustet, am Morgen stützte sie sich auf ihre Ellbogen und sah ihn erstaunt an.
»Sie haben doch nicht etwa auf dem Boden geschlafen, Bwana Malaika?«
Rutger rieb sich die Augen. »Doch, das habe ich. Ein zweites Bett gibt es hier ja nicht. Es würde nicht einmal in den engen Raum passen.« Er setzte sich in den Schneidersitz. »Wie geht es dir?«
Sie überlegte kurz. »Besser«, sagte sie dann. »Ich glaube, die bösen Geister, die in meinen Körper eingezogen sind, haben einen Schreck bekommen und sind fortgeflogen.« Sie lächelte keck.
Rutger ging das Herz auf. »Wodurch haben sie einen Schreck bekommen, denkst du?«

»Sie haben Bwana Malaika gesehen«, antwortete sie, kicherte und blickte auf seinen Kopf.
Er runzelte die Stirn. Dann begriff er und tastete nach dem Mundschutz. »Mir scheint, dir geht es wirklich besser. Du hast schon wieder die Kraft, mich auf den Arm zu nehmen.« Er zog das Tuch herunter, das er sich irgendwann in der Nacht achtlos ins Haar geschoben hatte.
»Es war richtig, den Hund zu töten«, sagte sie unvermittelt. »Wenn er von einem Leopard angegriffen wurde, war er dem Tod geweiht. Nur ein Massai ist stark genug, einen Leopardenangriff zu überleben. Manchmal«, fügte sie leise hinzu.
»Du hast alles gehört, was ich gesagt habe?«
Sie lachte leise und hustete. Es klang nicht mehr so, als würde es ihr die Lungen zerreißen. »Natürlich habe ich alles gehört. Die Geister sind mir nicht in die Ohren gefahren.«
»Bwana Malaika?« Das war Sibikas Stimme.
»Jetzt nicht!«, rief er.
»Aber Bibi Perpetua sagt, Sie sollen ins Haus kommen«, rief das Mädchen mit seiner piepsigen Stimme. Obwohl Sibika mittlerweile wohl fünfundzwanzig Jahre alt sein musste, klang sie noch immer wie ein Kind.
»Ich komme bald. Sag ihr das.« Rutger war so glücklich, dass Sharifa das Schlimmste offenbar überstanden hatte, dass er diesen Moment mit ihr noch auskosten wollte.
»Ja, Bwana Malaika«, erwiderte Sibika munter und machte sich davon.
»Soso, die Geister haben deine Ohren also in Ruhe gelassen. Aber deinen Geist anscheinend nicht. Seit du das Homa besiegt hast, bist du ziemlich kess.« Er bemühte sich um einen strengen Gesichtsausdruck, wusste aber im selben Moment, dass er ihm gründlich misslang.
»Ich habe geträumt, ein Engel bekämpft die Geister. Er war

groß und schön«, sagte sie ernst. »Er hat einfach nicht zugelassen, dass sie mir etwas Böses antun. Sogar eine Schlangenhaut hat er für mich verbrannt, eine so kostbare Medizin. Ich frage mich, woher er sie hatte.«
»Nun, wenn es wirklich ein Engel war, dann hat er die Schlange vermutlich mit einem einzigen Blick aus seinen Augen getötet und ihr eigenhändig die Haut abgezogen.«
»Nein.« Sie schüttelte energisch den Kopf. »Der Engel hasst es, Tiere zu töten. Er hat es bestimmt nicht selbst getan.«
»Er hasst es nur, wenn es keinen guten Grund dafür gibt. Wenn er damit aber ein schönes junges Mädchen zu retten vermag, das verteufelt schnell rennen kann, dann würde er es tun.« Er zwinkerte ihr zu. »Man kann nie wissen, wozu so eine gute Läuferin einmal zu gebrauchen ist.«
»Aber können eure Engel nicht fliegen? Wozu brauchen sie jemanden, der für sie rennt?«
»Was heißt hier eure Engel?« Er schaute sie erstaunt an. »Du hast doch von ihm geträumt.« Sie lachte. Dann blickte sie ihn sehr lange an. Er konnte sehen, dass sie etwas sagen wollte, sich aber nicht recht traute. »Was immer es ist, du kannst mir alles sagen«, forderte er sie auf. Er spürte Aufregung in sich. Ob sie ihm ihre Gefühle offenbaren wollte? Ob seine Mutter überhaupt recht hatte mit ihrer Vermutung? Der Gedanke an Wilhelmina versetzte ihm einen Stich. Er musste zu ihr gehen. Gleich.
»Findet der Engel das Mädchen, das so schnell rennen kann, wirklich schön?«, fragte sie leise und senkte den Blick.
»Ja«, gab er ohne zu zögern zurück. »Er hat nie in seinem Leben ein schöneres Geschöpf gesehen. Weißt du, er kennt die Blüten der Malve und des Kaffeebaums, er hat rote Sonnenuntergänge über der Savanne gesehen, und er kennt den Affenbrotbaum, den schönsten unter den Bäumen.«

Sharifa zog die Stirn kraus. »Es ist ein guter Baum, aber schön ist er nicht. Oder finden Sie es schön, dass ein Baum seine Wurzeln nach oben streckt?«
»Nun, zum einen geht es hier nicht um mich, sondern um deinen Engel.« Sie schlug sich verschämt eine Hand vor den Mund. »Zum anderen sind seine Wurzeln, die in den Himmel ragen, nur das, was wir sehen. Unter der Erde aber steckt seine Schönheit.« Sie sah wenig überzeugt aus. »Aber ja«, bekräftigte er. »Weißt du denn nicht, dass sich der Baobab von Gott gewünscht hat, der schönste Baum der Welt zu sein? Gott hat ihm diesen Wunsch erfüllt und ihn so gemacht, wie er ist. Da fragte der Baobab Gott, was das solle. Er sehe ziemlich komisch aus und sei ganz und gar nicht zufrieden. Gott antwortete ihm, dass er seinen Wunsch erfüllt und ihn zum schönsten Baum der Welt gemacht habe. Doch diese Schönheit sei unter der Erde, damit sie niemand sehe außer der Baobab selbst. Du solltest also vorsichtig sein, wenn du dir etwas wünschst«, schloss er.
Nach einer Weile sagte sie: »Sie behaupten, der Engel habe nie ein schöneres Geschöpf gesehen als das Mädchen, das er gerettet hat.« Rutger nickte. Da blickte sie ihn an. »Hat er denn nie sein Spiegelbild betrachtet?«
Er wusste nicht, wie er reagieren sollte. Ihr Kompliment war ihm peinlich, denn ihm hatte noch nie eine Frau so etwas gesagt. Am liebsten hätte er sie an sich gezogen und geküsst, aber das war völlig unmöglich. Also zog er nur eine Grimasse.
»Oh«, sagte sie, »jetzt verstehe ich. Er muss sein Spiegelbild in einem sehr unglücklichen Moment erblickt haben.« Sie schmunzelte.

Rutger hatte so lange und ausgelassen mit Sharifa gescherzt und geplaudert, dass er darüber völlig vergaß, ins Haus zu kommen. Die Sonne stand bereits hoch am Himmel, als es ihm schließlich wieder einfiel und er sich verabschiedete. »Perpetua?«, rief er fröhlich und warf einen Blick in den Salon. Sie war nicht da. Nicht einmal Georg war da, der hier eigentlich ständig anzutreffen war, das verletzte Bein hochgelegt, eine Zeitung vor der Nase. Ihn beschlich ein ungutes Gefühl. »Perpetua, Schwesterherz?« Er versuchte seine Angst zu verjagen und begann eine Melodie zu pfeifen. Als er in den Flur trat, kam ihm Emmi entgegen. Er wusste sofort, was geschehen war. Ihre Augen waren gerötet, Emmi hatte geweint. »Meine Mutter?«, fragte er heiser.

Sie nickte. »Sie ist bei Bwana Alexander«, flüsterte sie.

Rutger griff nach dem Treppengeländer. Er musste sich halten, denn seine Beine fühlten sich an, als wären sie dünne Streichhölzer, die unter der Last seines Körpers jeden Augenblick einknicken konnten.

»Und Sharifa?«, fragte Emmi ängstlich.

»Es geht ihr besser«, murmelte er. »Sie wird gesund.«

»Endlich eine gute Nachricht. Amali heißt Hoffnung. Wussten Sie das, Bwana? Es ist gut, dass Sie die Hoffnung nicht aufgegeben haben.«

Er fühlte sich keineswegs gut. Beklommen schlich er die Treppe hinauf und klopfte an die Tür seiner Mutter. Warum klopfte er? Keine Antwort. Er öffnete. Perpetua saß zusammengesunken auf einem Stuhl einige Schritte vom Bett entfernt. Wilhelmina lag da, als würde sie schlafen. Ihre Augen waren geschlossen, ihre Hände lagen gefaltet auf der Decke. Aber ihr war doch so kalt, ging es ihm durch den Kopf. Warum waren ihre Hände nicht unter der Decke? Das graue Haar seiner Mutter, ihre bleiche Haut, die weiße Wäsche, alles verschwamm.

»Du kommst zu spät«, sagte Perpetua eisig. »Sie hat nach dir gefragt, aber du warst nicht da.« Erschrocken starrte er sie an. Sie klang so böse, als würde sie ihn abgrundtief hassen.

»Ich konnte nicht früher ...«, stammelte er. Tränen rannen ihm über das Gesicht. Er trat einen Schritt auf das Bett zu.
»Halt! Fass sie nicht an«, zischte Perpetua. »Wir können nicht noch einen Kranken oder Toten brauchen.« Erst jetzt fiel ihm auf, dass sie ihren Mundschutz trug. Er hatte seinen bei Sharifa zurückgelassen. »Warum bist du nicht gekommen? Ich habe nach dir geschickt. Mutter wollte dich noch einmal sehen.«
Wie sollte er es ihr erklären? »Ich wollte ja, aber ich ... Ich musste mich doch ...«
»Still! Ich will nichts mehr hören!« Sie funkelte ihn voller Abscheu an. Sie wusste, wo er gewesen war. Natürlich wusste sie es, sie hatte Sibika schließlich geschickt.
»Es tut mir so leid.« Das war die Wahrheit. Er bereute von Herzen, dass er nicht auf der Stelle mit Sibika gegangen war. Vielleicht hätte er seine Mutter dann noch sehen, von ihr Abschied nehmen können. Sharifa hatte das Schlimmste überstanden, sie hatte ihn nicht mehr gebraucht. Trotzdem war er geblieben. Aus reiner Selbstsucht. Weil er bei ihr sein, mit ihr lachen wollte. Er konnte es nicht ungeschehen machen, sosehr er es sich auch wünschte. Das brachte ihn beinahe um den Verstand.
»Sie hat Blut gehustet«, erklärte Perpetua frostig. »Es war eine Lungenentzündung. Wir müssen sie gleich morgen begraben, ehe der Tod nach dem Rest der Familie greift.«

Sie begruben sie zwischen dem Palmenhain und der Apfelplantage. Emmi, Sharifa, Sibika und die anderen Frauen trugen einfarbige Kleider als Zeichen ihrer Trauer. Sie klagten, weinten und sangen ein Lied an Wilhelminas Grab. Mokabi schlachtete ihr zu Ehren ein Rind, ließ das Blut in den Sand sickern, der sich noch dunkler färbte, und verteilte das Fleisch. Rutger kämpfte um seine Beherrschung. Er wusste, dass er stark sein musste. Die Eingeborenen waren nicht nur betrübt, weil sie

Wilhelmina gemocht hatten, sie ahnten auch, dass Georg und Perpetua nun das Regiment im Haus übernehmen würden. Zwar war Rutger der Hausherr, doch er würde es nicht leicht haben, sich gegen die beiden durchzusetzen. Es war zu befürchten, dass die angenehme friedvolle Atmosphäre, die stets unter dem Dach der Paulsens geherrscht hatte, nun von Kühle und Strenge abgelöst wurde. Der Pastor konnte nicht lange bleiben. Er sprach ein paar Worte, schüttelte Perpetua, Rutger und Georg die Hand, tätschelte Joseph den Kopf und verabschiedete sich sogleich.
»Ich muss weiter«, sagte er seufzend. »Es ist nicht die einzige Beerdigung heute. Bei weitem nicht die einzige.«
Die Eingeborenen zogen ebenfalls davon und brachten das Fleisch in das Haus und ihre Hütten. Nur die Familie blieb zurück.
»Warum bist du nur nicht gekommen, als ich nach dir habe rufen lassen?«, wollte Perpetua erneut wissen. Sie klang nicht mehr wütend, sondern müde und unendlich traurig.
Rutgers Lippen zitterten. »Es tut mir so leid«, sagte er heiser.
»Du musstest doch wissen, was los ist, dass Mutter stirbt. Sonst hätte ich doch nicht zweimal nach dir geschickt.« Sie schluchzte leise.
»Nein! Ich meine, nur Sibika war da.« Er verstand nicht. »Sie hat nicht gesagt, dass es so ernst ist.«
»Weil ich das befürchtete, habe ich dann Georg geschickt.« Sie sah traurig von ihrem Mann zu ihrem Bruder.
»Georg war nicht da«, erklärte Rutger. Er sah seinen Schwager fragend an.
»Ihr glaubt doch nicht wirklich, dass ich eine Negerhütte betrete«, schnaubte der.
Das Blut rauschte in Rutgers Ohren. Er hatte das dringende Bedürfnis, Georg die Faust in das Gesicht zu schlagen. Aber er

stand am Grab seiner Mutter. Perpetua war fassungslos und offenbar nicht weniger zornig. Sie wandte sich Georg zu, holte tief Luft, brach dann aber in Tränen aus und rannte davon. Joseph hockte sich an die Grabstelle. »Wo ist Omi Mina?« Er blickte zu Rutger hoch. Der hielt es nicht länger aus. Nur weg hier, hämmerte es in seinem Hirn. Er drehte sich um und hastete zur Weide, ohne sich umzusehen. Tränenblind sprang er auf den Rücken des jungen Pferdes, das man zu ihm gebracht hatte, weil sein Besitzer der Grippe erlegen war und es niemanden mehr gab, der es reiten konnte. Das Tier bäumte sich auf, wollte ihn abschütteln, doch Rutger krallte sich in die Mähne und presste seine Schenkel gegen den Leib des Pferdes. Dann trieb er es zum Galopp an und lenkte es in die Savanne.

Als er die nackten Äste des einsamen Affenbrotbaums sah, wusste er, dass er sein Ziel erreicht hatte. Er ließ sich vom Rücken des Pferdes gleiten. Es war ihm gelungen, dem Tier seinen Willen aufzuzwingen. Ob es allerdings in seiner Nähe bliebe, ohne Sattel und Zaumzeug, oder ob es die günstige Gelegenheit nutzen und sich davonmachen würde, war nicht sicher. Es war ihm gleichgültig. Sollte es doch in die weite Steppe laufen, wenn es wollte. Er beneidete das Tier, das mit geblähten Nüstern vom schnellen Ritt vor ihm stand, um seine Freiheit. Er strich mit der flachen Hand über das rotbraune Fell. Dann ging er hinüber zu dem Baum und legte die Finger auf den breiten Stamm. Auch die graue Rinde war glatt und fühlte sich doch ganz anders an.

Die Natur war eine begnadete Künstlerin, mit der sich niemand messen konnte, dachte er. Sie schuf das glatte Fell eines Tiers und die glatte Rinde eines Baums, die sich doch nicht ähnlich waren. Sie schuf den Sand und den Wind, schwarze und weiße Haut. Sie machte keine Unterschiede und schwelgte doch mit spielerischer Lust in der Vielfalt, die sie erdachte. Rutger drehte sich um und lehnte sich mit dem Rücken an den Baum, hinter dessen Stamm sich bequem zehn oder zwölf Menschen nebeneinander verstecken konnten. Sein Vater hatte ihm erklärt, dass der mächtige Stamm dem Baobab das Überleben sicherte, da er Unmengen von Wasser speichern konnte. So schaffte der Baum es, selbst durch lange Trockenperioden zu kommen, ohne Schaden zu nehmen. Er ließ sich hinabgleiten und in den Staub fallen und blickte zum Kibo hinüber, der seine weiße Spitze in den Himmel reckte wie an jedem Tag. Auch der Wolkenkranz war da, als wäre es ein ganz gewöhnlicher Morgen. Aber das war es nicht.

»Meine Mutter ist tot!«, schrie Rutger. Einige Schritte von ihm entfernt flatterten Vögel davon, die er erschreckt hatte. »Sie ist tot, und du stehst einfach nur da.« Er spürte das Bedürfnis, zu dem Berg zu laufen, den sie »den Hellen« nannten. Er wollte ihn bezwingen, wollte irgendetwas tun, um ein Zeichen zu setzen. Alle sollten sehen, dass dies ein besonderer, ein trauriger Tag war. Aber er hatte nicht einmal die Kraft, um aufzustehen. Er ließ den Kopf auf die Knie fallen und weinte. »Es tut mir so leid«, murmelte er immer wieder. »Es tut mir so schrecklich leid. Ich habe dich enttäuscht. Ich habe dich im Stich gelassen.« Er sah das Gesicht seiner Mutter vor sich. Sie lächelte mild. Er hörte ihre Stimme. »Es ist gut«, sagte sie. »Jetzt ist es gut.« Seit Alexanders Tod war sie nicht mehr dieselbe gewesen. Endlich war sie wieder bei ihrem Mann. Rutger wusste, dass es gut war, doch er konnte sich nicht verzeihen. Er war nicht sicher, ob sein feiger Geist ihm nicht etwas vorgaukelte, damit er sich keine Vorwürfe mehr zu machen brauchte. Seine Hände strichen durch den heißen roten Sand. Dann schlug er sie vor das tränennasse Gesicht.

Die Stunden gingen dahin. Er hatte kein Wasser mitgenommen, in der Mittagshitze entzog ihm die gnadenlose Sonne den letzten Tropfen Feuchtigkeit. Seine Lippen fühlten sich taub an. Immer wieder leckte er mit der Zunge darüber, bis diese schließlich selbst trocken war und an seinem Gaumen klebte wie ein Gecko, den er versehentlich in den Mund genommen hatte. Der Baum hinter dir hat literweise Wasser gespeichert, dachte er, und du verdurstest. Er überlegte, ob er seine Zähne in die Rinde schlagen und den Stamm aussaugen sollte. Er stellte sich das Bild eines Mannes vor, der in einen Baum biss, und musste lachen. Er konnte gar nicht mehr aufhören zu lachen. Sein Verstand sagte ihm, dass er sich schleunigst auf das Pferd setzen und nach Hause reiten sollte, solange er noch konnte. Es grenzte jetzt schon an ein Wunder, dass das Tier noch immer in seiner Nähe war und friedlich graste. Immerhin gab es hier noch etwas Grünzeug, sonst hätte es sich längst aus dem Staub gemacht.
Rutger wollte nicht vernünftig sein. Er wollte nur, dass es dunkel wurde. Die Sonne brannte so hell, dass es in den Augen schmerzte. Sie tauchte alles in ein blendendes, unerträgliches Weiß. Seine Gedanken wanderten zu Claudio. Er konnte ihn verstehen. Der Italiener richtete sich mit voller Absicht zugrunde, und Rutger begriff in diesem Moment, warum er das tat. Wahrscheinlich hatte Claudio nicht nur seine Mutter, sondern alle Menschen in seiner Heimat zurückgelassen, die ihm lieb waren. Er hatte sein Glück machen und als gefeierter Held nach Hause kommen oder sie vielleicht nachholen wollen. Und dann war alles ganz anders gekommen. Claudio hatte sein nacktes Leben, ein Grammophon und ein paar Kisten Grappa retten können. Seine Lieben waren vermutlich alle gestorben, ohne dass er sie noch einmal hatte sehen können. Das hatte ihm das Herz gebrochen. Rutger nahm sich vor, seinem italienischen Freund zu sagen, dass er ihn verstand. Gleichzeitig konnte er

sich nicht einmal vorstellen, ihn je wiederzusehen, jemals in sein Leben zurückzukehren. Er wollte einfach hier sitzen bleiben, bis alles vorüber war.

»Trink, Bwana Malaika!« Sharifa stand vor ihm und hielt ihm einen Krug Wasser entgegen. Langsam hob er den Kopf von seinen Knien und sah die Gestalt an, die ihm wie eine Erscheinung vorkam. Die Strahlen der Sonne, die hinter ihr schon ein wenig tiefer stand, umgaben sie wie ein Kranz aus Licht. Hatte er Halluzinationen? Es musste so sein. Wie hätte Sharifa wissen können, wo er war? Wie hätte sie den weiten Weg ohne Maultier bewältigen können? Sie trat neben ihn, so dass die Sonne ihn wieder blendete. Er hob eine Hand schützend vor die Augen. Sharifa hockte sich hin und legte eine Hand in seinen Nacken. »Du musst trinken«, sagte sie bestimmt und setzte das Tongefäß an seine Lippen. Der erste Schluck war unangenehm. Doch dann löste sich seine Zunge von seinem Gaumen, und er schmeckte das klare Wasser. Er schloss beide Hände um den Krug und trank gierig. »Genug, Malaika«, meinte sie schließlich lächelnd. »Lass etwas für das Pferd übrig, sonst müssen wir nach Hause laufen.«
Sie war keine Einbildung. Sharifa war bei ihm, aus Fleisch und Blut. Sie tauchte einen Zipfel ihres Kleides in das Wasser und wischte ihm den Staub aus dem Gesicht. Als sie damit fertig war, ließ sie ihn noch einmal trinken. Dann brachte sie den Krug zu dem Pferd. »Ich wusste, wohin du gehst«, erklärte sie ihm, als sie sich wieder neben ihn setzte. »Ich wusste, dass du beim Baobab Trost suchst.« Sie sprach ihn nicht mehr wie ihren Herrn an, sondern wie einen Freund.
»Wie kommst du nur hierher? Mit einem Pferd, das rennen kann wie der Teufel, ist der Weg nicht weit, aber du bist zu Fuß gekommen.«

»Ich kann auch verteufelt schnell laufen. Hast du das nicht gesagt?«

»Aber du bist noch von der Grippe geschwächt.« Er bemerkte, wie schmal ihr Gesicht geworden war. »Was wäre gewesen, wenn du dich geirrt hättest, wenn ich nicht hier gewesen wäre? Ich hätte überall sein können.«

»Ihr deutschen Menschen seid komisch«, erwiderte sie, griff nach einem kleinen Zweig, den ein Vogel hier im Flug verloren haben mochte, und begann Kreise in den Sand zu malen. »Immer macht ihr euch so viele Gedanken über das, was sein könnte. Merkt ihr nicht, dass euch in der Zeit das entgeht, was ist?« Eine Weile schwiegen sie. Dann sagte sie: »Ich mag die Geschichte, die du mir über den Baobab erzählt hast. Weißt du, bei uns erzählt man sie sich ein bisschen anders.«

»Ach ja?«

»Ja. Es heißt, der Baum hatte viele Wünsche. Zuerst wollte er mehr Platz haben als alle anderen, damit er besonders breit und mächtig werden konnte. Dann wollte er eine Rinde, die niemand verletzen konnte, und dann auch noch Blüten, die wie Samt sein sollten. Er hat das alles bekommen. Aber es war ihm nicht genug. Nun verlangte er auch noch Früchte, die so groß und köstlich sein sollten wie keine anderen auf der Welt. Da wurde es den Göttern zu viel. Sie rissen den Baobab aus und steckten ihn verkehrt herum in die Erde. Seither steht er da und streckt seine Wurzeln in die Luft.«

»Warum magst du meine Geschichte lieber?«

»Weil der Baum darin netter ist. Er hat nur einen Wunsch und wird enttäuscht. In unserer Form der Geschichte hat er viele Wünsche und freut sich nicht, wenn einige davon in Erfüllung gehen.«

»Vielleicht war er mal ein Mensch«, gab Rutger düster zu bedenken. »Dann dürfte die Version stimmen, die dein Volk erzählt.«

»Nein, das glaube ich nicht. Der Baobab ist gut. Jeder mag ihn, weil er so gut für uns sorgt. Es ist ein großes Geschenk, wenn man ihn in seiner Nähe hat.« Rutger hatte durchaus etwas für die ungewöhnlichen Bäume übrig, die recht selten waren in Deutsch-Ostafrika. Aber er war noch nicht so weit, sich wieder an etwas erfreuen zu können.
»Und was soll so besonders an ihm sein?«, fragte er gereizt.
»Nicht nur an ihm, an einigen seiner Art.« Sie machte eine Pause, dann sagte sie: »Du würdest nicht fragen, wenn du schon einmal einen von innen gesehen hättest.«
»Von innen?«
Sharifa nickte, stand auf und reichte ihm die Hand. Rutger erhob sich, warf das lange Haar zurück und sah sie fragend an. Sie ging um den Baum herum. Auf der anderen Seite blieb sie vor einem Loch stehen, das wahrlich aussah, als könnte man hindurchkriechen. Die Rinde des Baums erinnerte ihn um die Öffnung herum an die Haut eines Elefanten. Sie war ebenso grau und an manchen Stellen faltig. Sharifa sah ihn herausfordernd an, dann setzte sie ihren Fuß auf eine Wölbung, die ihn an ein Geschwür denken ließ, hielt sich am Rand des Loches fest und kletterte hinein. Wie vom Donner gerührt stand er da. Der Baum hatte das Mädchen vor seinen Augen verschluckt. Träumte er das alles?
»Komm schon, Malaika! Oder hast du Angst?« Ihre Stimme klang dumpf, aber es klang nicht so, als hätte irgendjemand oder irgendetwas Sharifa verschluckt. Rutger stellte seinen Fuß dorthin, wo eben ihrer gewesen war, und schlüpfte hinter ihr her in das Innere des Baums. »In einigen sind Hohlräume, in denen man Schutz suchen kann. Aber kaum einer bietet so viel Platz wie dieser hier. Hast du so etwas schon mal gesehen?«
Das hatte er tatsächlich nicht. Ungläubig schaute er um sich. Es fiel nur wenig Licht herein, denn das Loch, durch das sie gestie-

gen waren, war die einzige Öffnung. Trotzdem erkannte er, dass hier drinnen Platz für seine ganze Familie gewesen wäre, als es seine Familie noch gab. Der Baum sah von innen an einigen Stellen aus, als wäre er aus Stein gehauen. An anderen Stellen dagegen konnte man meinen, einen Arm zu sehen, der an einem Baumstamm lag. Wieder ein Stückchen weiter erinnerte ihn die Rinde an Pansen, den die Hunde manches Mal bekommen hatten.

»Du wusstest, dass es dieses Loch gibt. Du warst schon einmal hier?«

»Natürlich!« Sie lachte. »Ich sagte doch, es ist ein großes Geschenk, ihn in der Nähe zu haben. Wir mögen Geschenke.« Sie lachte ihn an. »Es hat sich schnell herumgesprochen, dass er hier steht. Wir werden die Früchte ernten, wenn es so weit ist. Sie sind sehr nahrhaft und gut für die Gesundheit. Für die Kinder machen wir Süßigkeiten daraus.« Sie setzte sich auf einen Vorsprung, der wie ein kleiner Schemel geformt war. Auch Rutger setzte sich. »Aus der Rinde kannst du alles machen«, erklärte sie ihm, »Seile und Körbe, Matten und sogar Boote. Die jungen Blätter essen wir, und aus den Samen machen wir Getränke. Man kann sie rösten wie die Kaffeekirschen und mit heißem Wasser übergießen. Ich lasse dich davon probieren, wenn ich Samen habe.«

»Es gibt nicht viele dieser Bäume in der Gegend. Wie kommt es, dass er nicht längst geschält ist wie eine Kartoffel, wenn ihr die Rinde so gut gebrauchen könnt?«

»Sie wächst nach«, entgegnete sie schlicht. »Es dauert nur ein paar Tage, bis sich seine Haut neu bildet. Ich habe dir doch von seinen Wünschen erzählt, die ihm die Götter erfüllt haben.« Sie sah ihn prüfend an. »Du siehst müde aus, Malaika.«

»Ja, das bin ich.«

Erst jetzt bemerkte er, wie erschöpft er war. Die letzten Tage hatten Spuren hinterlassen. Jetzt, in der schützenden Höhle des Baobabs, fiel alles von ihm ab.

»Ruh dich aus«, sagte sie sanft und streckte ihre Beine aus, so dass er seinen Kopf in ihren Schoß legen konnte.

»Danke, Sharifa. Ich will nur ein bisschen liegen, das reicht mir schon.«

»Ja, Malaika.« Sie begann seine Haare zu flechten. Lauter kleine Zöpfe machte sie, während sie mit leiser Stimme und immer gleichem Ton sprach. Sie sagte, sie wolle eines Tages seine Heimat sehen, wo es in den Ebenen Schnee gebe und man über das Wasser laufen könne. Sie wusste nicht, was Schnee war, hatte keine Vorstellung von Kälte oder Eis. Sie malte sich aus, dass Schnee, den man zu Kugeln formen konnte, wie reife Baumwolle war.

»Es muss lustig sein, sich damit zu bewerfen.«

»Wir werden es uns gemeinsam ansehen«, flüsterte er, schon halb im Schlaf. »Wir werden zusammen nach Holstein reisen.«

Rutger erwachte, als ihn die Sonne an der Nase kitzelte. Zuerst verstand er nicht, wo er war. Dann erkannte er den Affenbrotbaum, in dessen Inneren er mit Sharifa die Nacht verbracht hatte. Sie hatte das Tuch, das sie normalerweise über der Schulter trug, über sie beide gelegt wie eine Decke. Ihr Kopf lehnte an der schrumpeligen grauen Rinde. Er betrachtete ihr schmales Gesicht, die drei gelblichen Scheiben, die halbmondförmig übereinander in großen Löchern ihres rechten Ohrläppchens steckten. Vorsichtig streckte er die Hand nach ihr aus und fuhr mit der Fingerspitze von ihrem Hals hinab zu ihrer Schulter. Sharifa schlug die Augen auf.

»Zeit, nach Hause zu gehen, Malaika.«

»Du hast recht.« Am liebsten wäre er für immer mit ihr in dieser Baumhöhle geblieben, aber er wusste, dass man sich um ihn sorgte. Außerdem hatte er eine Verantwortung für die Plantage

und für seine Leute, die dort arbeiteten. Schweren Herzens stand er auf. Die Knochen schmerzten von dem harten Lager. Trotzdem fühlte er sich so erfrischt wie lange nicht. Sie schlüpften ins Freie. Sharifa hatte das Pferd mit einem Strick festgebunden. Daran konnte er sich gar nicht mehr erinnern, aber er war ihr sehr dankbar dafür. Er stieg auf den Rücken des Tiers und reichte ihr die Hand. Ganz selbstverständlich kletterte sie zu ihm hinauf und schmiegte sich an ihn, als sie nach Moshi ritten. Als die Paulsen-Farm nicht mehr fern war, klopfte sie ihm so lange auf die Schulter, bis er das Pferd zum Stehen brachte.
»Was ist los?«
»Das letzte Stück gehe ich zu Fuß. Es wäre nicht gut, wenn sie uns zusammen kommen sehen.« Er nickte. Sharifa musste lachen.
»Was?«
»Dein Haar, Malaika. Sie würden es nicht verstehen.« Mit flinken Fingern löste sie die Zöpfe und zauste ihm einmal kräftig durch seine Haare. Dann sprang sie hinab, und Rutger ritt nach Hause.

Moshi, April 1919

Der Krieg war vorüber. Claudio hatte vom Frieden nichts mehr erfahren. Rutger hatte ihn tot auf dem Stuhl auf seiner Veranda gefunden. Eine Flasche Grappa lag neben ihm auf dem Boden. Sie war ihm aus der Hand geglitten. Er hätte keine Handschuhe tragen sollen. Doch nachdem auch sein Boy ihn noch verlassen hatte, gab es sonst niemanden mehr, der sie angezogen hätte. Also trug Claudio sie selbst. Rutger war sein einziger Freund, deshalb empfand er es als seine Pflicht, sich um das Begräbnis zu kümmern. Er wandte sich an Bruder Bernhard.
»Claudio war katholisch. Er soll katholisch bestattet werden«, verlangte er.
»Niemals! Jedenfalls nicht von mir.« Der Geistliche machte keinen Hehl aus seiner Erleichterung über Claudios Ableben.
»Sie oder einer Ihrer Mitbrüder, es ist mir egal, wer ihn unter die Erde bringt. Ich verlange nur, dass es würdig geschieht.«
Bruder Bernhard biss sich auf die Unterlippe. »Das ist der letzte Gefallen, den Sie ihm schuldig sind. Es wäre doch ein Jammer, wenn ich am Ende allen erzählen müsste, was Sie unter Ihrer Kutte treiben, wenn Sie sich unbeobachtet fühlen.«
Bruder Bernhards Gesicht hatte geglüht wie ein Stück Kohle, und Claudio hatte ein anständiges Begräbnis bekommen, das er sich vermutlich gewünscht hätte. Rutger war der Einzige, der seinen Sarg auf dem letzten Weg begleitet hatte. Danach ging er in das baufällige Haus des Italieners, öffnete die letzte Fla-

sche Grappa, trank auf das Wohl des Freundes und sah sämtliche Papiere durch, die er finden konnte. Er würde die Angehörigen benachrichtigen, falls es noch welche gab. Als er die Klappe des Sekretärs öffnete, segelte ein Bogen Papier zu Boden. Claudio hatte sein Testament gemacht. Er überschrieb Rutger auch die andere Hälfte der Kaffeeplantage. Ebenso vermachte er ihm das Haus, bestand aber ausdrücklich darauf, dass Rutger es abreißen ließ und den gewonnenen Platz nutzte, um noch mehr Kaffeebäume zu pflanzen. Ein weiteres Stück Land konnte Rutger pachten und, wenn er die Mittel dazu aufbrachte, später kaufen. Kurz bevor der große Regen einsetzte, war das Haus des Italieners dem Erdboden gleichgemacht und der Boden für die neue Pflanzung vorbereitet. Die Kaffeeplantage würde beinahe bis an das Feld mit den Apfelbäumen heranreichen.

Nach der Nacht in dem Affenbrotbaum stahlen Sharifa und er sich davon, wann immer es ihnen möglich war. Er hasste es, seine Gefühle für sie verstecken zu müssen, doch ihm war klar, dass Perpetua und Georg die Beziehung niemals dulden würden. Sie würden ihm und vor allem Sharifa das Leben zur Hölle machen, wenn sie davon erführen. Also tauschten sie heimlich Zärtlichkeiten aus und nutzten jede Gelegenheit für eine scheinbar unbeabsichtigte Berührung. Als er sie das erste Mal küsste, im Schutz einer Palme unweit ihrer Hütte, kicherte sie, denn sie hatte das noch nie zuvor gemacht. Neugierig probierte sie aus, wie es war, an seinen Lippen zu saugen, mit der Zungenspitze darüberzustreichen.
Rutger verzehrte sich vor Sehnsucht nach ihr. Er wollte sie endlich in ganzer Schönheit sehen, wünschte sich, dass sie sich ihm hingab. Doch er wusste, wie gefährlich das war. Sie mussten sich gedulden, bis sie allein im Haus waren oder sich sonst eine Gelegenheit bot. Er lenkte sich mit Arbeit ab. Davon gab es mehr

als genug. Seit Tagen ging ein Regen nieder, der das ganze Land fortzuspülen drohte. Und Perpetua war zum zweiten Mal guter Hoffnung.

»So ist der Lauf des Lebens«, hatte sie gesagt, als sie es ihm mitgeteilt hatte. »Mutter ist gestorben, ein neues Leben entsteht.« Sie konnte von Zeit zu Zeit schrecklich nüchtern und kühl sein. Rutger freute sich für sie und vor allem für Joseph, der ein Brüderchen oder Schwesterchen bekommen sollte. Der Krieg war vorüber. Es war eine gute Zeit, um neues Leben entstehen zu lassen. Zwar war noch nicht klar, wie es weitergehen würde, nachdem die Deutschen verloren hatten, doch Rutger war sicher, dass sich früher oder später alles zum Guten wenden würde.

Als er an diesem Abend nach Hause kam, war der Regen besonders heftig. Dicke Tropfen trommelten auf das von Säulen gehaltene Dach. Er hatte bei der Apfelernte geholfen. Die Früchte mussten schnellstens abgenommen werden, ehe sie von den Wassermassen weggerissen wurden. Jetzt war er nass bis auf die Haut, sein Haar klebte ihm im Gesicht. Er fühlte sich großartig. Perpetua dagegen ging es seit Tagen nicht sehr gut. Sie musste sich schonen und im Bett bleiben. Er würde seine nassen Sachen in der Waschküche lassen und dann nach ihr sehen. Sicher fanden sich dort eine Hose und ein Hemd, die er von der Leine nehmen und überstreifen konnte. Die Schuhe hatte er im Eingang des Hauses stehen lassen. Es war nicht nötig, dass er den Schlamm auf dem Weg zur Waschküche verteilte. Die kleinen Seen, die er auf dem Parkett hinterließ, waren schlimm genug. Er würde Sibika bitten, sie aufzuwischen. Das war eine Tätigkeit, bei der sie nicht viel Schaden anrichten konnte.

Rutger öffnete die Tür zur Waschküche und blieb wie angewurzelt auf der Schwelle stehen. Sibika saß auf einem umgedrehten Holzzuber. Sie trug die vorn geknöpfte Schürze, die Perpetua allen Mädchen vor einigen Wochen gegeben hatte. Diese war bis zum Bauchnabel offen. Georg hatte ein Knie zwischen ihren Schenkeln und vergrub seinen Kopf zwischen ihren Brüsten. Sie sah Rutger an und lächelte dümmlich. Es hatte nicht den Anschein, als wäre sie verlegen. Vielmehr überlegte sie offenbar, ob sie einfach sitzen bleiben oder sich besser wieder ankleiden sollte. Georg dagegen bemerkte ihn nicht einmal. Er keuchte und schmatzte und griff sich an die Hose, wohl im Begriff, diese zu öffnen.

»Georg!« Rutger atmete schwer. Er hatte sich beherrscht, um seinen Schwager nicht anzuschreien, wie er es gern getan hätte. Perpetua sollte nicht hören, das etwas nicht in Ordnung war. Georg fuhr herum. »Ach du liebe Zeit, hast du mich erschreckt.« »Hat er dir etwas angetan, Sibika?« Sie schüttelte den Kopf. »So weit war ich noch nicht, was?« Das Mädchen kicherte. Es lag auf der Hand, dass die beiden es nicht das erste Mal miteinander trieben.

»Verschwinde, Sibika, raus!« Rutger bebte vor Zorn. Perpetua lag oben in ihrem Zimmer und trug Georgs zweites Kind unter ihrem Herzen, und er hatte nichts Besseres zu tun, als sich mit einem Dienstmädchen zu amüsieren.

»Was ist denn los mit dir, Schwager?« Georg stopfte sein Hemd wieder ordentlich in die Hose zurück. »Es ist doch nichts dabei, wenn mir mein Dienstmädchen zu Diensten ist«, knurrte er schlecht gelaunt. Es ärgerte ihn, von Rutger um sein Vergnügen gebracht worden zu sein.

»Du betrügst deine Frau, während sie guter Hoffnung ist. Kennst du kein Schamgefühl?« Rutger spürte, wie die Wut in ihm hochstieg.

»Du sprichst von Ehebruch? Wie das?« Georg funkelte ihn an. Er war nicht minder wütend. »Wie könnte es Ehebruch sein, wenn ich mein Personal benutze, wie es mir Spaß macht? Diese

Leute gehören mir und tun, was ich sage. Daran ist nichts Ungewöhnliches.«
»Sie gehören dir nicht, sie sind keine Sklaven«, fauchte Rutger. Er hatte nicht übel Lust, seinen Schwager zu schlagen. Allerdings hatte sich das Verhältnis zu seiner Schwester nach Wilhelminas Tod nur langsam wieder gebessert. Ihm war daran gelegen, dass es so blieb.
»Man nennt sie nicht mehr Sklaven.« Georg winkte ab. »Aber was sind sie dann? Dinge vielleicht. Sie sind doch mehr Sachen als Frauen«, erklärte er ernsthaft. »Es ist unser Recht als Kolonialherren, sie zur Befriedigung unserer Lust zu gebrauchen. Frauen sind ohnehin nicht so viel wert wie wir Männer. Noch dazu handelt es sich um eine minderwertige Rasse. Und diese Weiber sind ständig verfügbar, weil sie immer und wahllos begattet werden wollen. Das haben sie schon bei der Negerschau in Hamburg gesagt, und es ist wahr.«
Rutger war übel. Ihm fielen die Worte seiner Mutter ein, die sie bei ihrem letzten Beisammensein gesagt hatte. Sie sagte, sie könne weinen, wenn sie darüber nachdenke, welchen Unsinn man ihr über die Eingeborenen beigebracht habe, die sie als edle Geschöpfe bezeichnete. Wie recht sie hatte. Georg dagegen hatte dieses vermeintliche Wissen über die Neger aufgesogen wie ein Schwamm. Rutger hatte davon gehört, dass Männer, die wenig Glück bei den Frauen hatten, von den Kolonialgebieten angelockt wurden, weil man ihnen all diese furchtbaren Dinge erzählte, die er soeben von sich gegeben hatte. Rutger hatte nicht glauben können, dass es solche Männer wirklich gab. Bis jetzt.
Er wollte sich abwenden, da sprach Georg weiter. »Peppi ist derzeit tabu. Was soll ich machen? Ich nehme an, mein Eheweib ist froh, dass ich sie in Ruhe lasse. Deine Schwester ist mir eine gute Frau«, erklärte er gönnerhaft. »Sie erfüllt ihre eheli-

chen Pflichten, wie unsere verklemmten deutschen Frauen es eben tun. Du kannst das ja nicht wissen. Stocksteif sind sie und lassen es über sich ergehen.« Rutger dachte an Erika und fragte sich, ob sie eine Ausnahme war oder ob Georg nur noch nie eine solche Dame kennengelernt hatte. »Aber die Negerweiber sind wie Wildkatzen«, schwärmte er. »Mit ihnen kannst du alles tun, was du willst.« Seine Augen wurden feucht vor Gier. »Nun, in dieser Hinsicht erzähle ich dir nichts Neues, nehme ich an.« Vertraulich legte er ihm eine Hand auf die Schulter und lehnte sich an ihn. »Du willst mir doch nicht weismachen, dass du es mit dieser kleinen Hübschen nicht schon probiert hast. Wie ist sie so? Hat sie Temperament?« Rutger machte einen Schritt zur Seite, so dass Georgs Hand von seiner Schulter glitt. Georg verlor für einen Moment den Halt. In der Sekunde holte Rutger aus und schlug ihm mit ganzer Kraft ins Gesicht. Ein Zahn flog in hohem Bogen aus Georgs Mund, und sein Schwager stürzte rücklings in einen Wäschebottich. »Das wirst du bereuen!«, rief Georg ihm nach und ballte die Faust. »Ich schwöre bei Gott, das wirst du bereuen!« Rutger fürchtete, dass er damit recht behalten würde.

In den Tagen nach dem Vorfall ließ Georg sich nichts anmerken. Perpetua hatte er irgendetwas erzählt, dass er ein frisches Tuch gesucht habe, um ihr die Stirn zu tupfen, und in der Waschküche ausgerutscht sei. Rutger gegenüber war er höflich, sofern sich der Umgang nicht vermeiden ließ. Der wusste allerdings sehr genau, was er davon zu halten hatte. Es war kein Geheimnis, dass die beiden sich noch nie besonders leiden konnten. Nach der unschönen Begegnung wartete Georg nur darauf, dass Rutger einen Fehler machte. Und das tat er. Er konnte Georgs Worte nicht vergessen. So abscheulich auch war, was er gesagt hatte, so hatte es doch auch etwas Gutes, oder nicht? Bisher hatte Rutger geglaubt, sein Schwager würde es niemals hinnehmen, dass er, Rutger, sich mit einer Eingeborenen eingelassen hat. Jetzt wusste er aber, dass der das nicht im Geringsten für verwerflich hielt. Im Gegenteil, es schien, als wäre es für Georg geradezu selbstverständlich. Wenn dieser sich auch einbildete, sein Eheweib könne ihm nichts verbieten, so hatte er doch gehörigen Respekt vor Perpetua. Das wusste Rutger. Georg würde sich darum hüten, ihr gegenüber etwas von Rutgers Beziehung zu verraten. Ihm war klar, dass Rutger seinerseits dann aus dem Nähkästchen plaudern würde. Machte es das alles nicht einfacher? Konnte er es riskieren, die Nacht mit Sharifa zu verbringen, endlich mit ihr zu schlafen? Dieser Gedanke trieb ihn um.

Rutger schleppte Zentner von Äpfeln ins Haus, damit Emmi, Sibika und Sharifa nach Wilhelminas Rezept Kompott daraus kochten. Er verfrachtete Kisten auf den Leiterwagen und schaffte sie zu den Abnehmern. Auch auf der Kaffeeplantage verbrachte er viele Stunden. Die ersten Früchte waren reif und mussten einzeln gepflückt werden. Rutger ließ es sich nicht nehmen, selbst dabei zu helfen. Er wollte von Anfang an die besten Exemplare aussuchen, die er für die Zucht neuer Gewächse verwenden konnte. Von früh bis spät schuftete er. Trotzdem ließen ihn die Gedanken an Sharifa nicht los.

Eines Abends wartete sie hinter dem Haus auf ihn. Sie stand im Schatten einer Palme und zwitscherte leise, ihr Erkennungszeichen. Rutger sah sich um und huschte wie ein Geist zu ihr hinüber, ohne dass ihn jemand hätte bemerken können. Ohne ein Wort zog er sie an sich und küsste sie. Wie jedes Mal steckte die Lust seinen ganzen Körper in Brand. Dieses Mal schmiegte sie sich noch enger an ihn als sonst. Sie schob eine Hand in sein offenes Hemd. So mutig war sie noch nie gewesen, jedenfalls nicht von allein.

»Sharifa«, flüsterte er an ihrem Ohr. »Ich will dich.«
»Ich will dich auch, Malaika«, hauchte sie. »Komm mit mir. Es ist die richtige Zeit. Es gibt eine Hütte, die haben wir ganz für uns allein.« Ehe er widersprechen konnte, nahm sie seine Hand, blickte sich vorsichtig nach allen Seiten um und zog ihn mit sich. Die Hütte glich der, in der Rutger Sharifa gepflegt hatte, nur war sie etwas größer und verfügte über eine Barasa, eine winzige, vom Dach geschützte Veranda. Rasch schlüpften sie ins Innere und schlossen die Tür hinter sich. Rutger hörte in der Ferne Elefanten rufen. Seine Mutter hatte diesen Klang geliebt, und auch er mochte den kraftvollen Ton sehr, der den ganzen mächtigen Kopf der Tiere auszufüllen schien. Ein gutes Omen, dachte er und schob die letzten Zweifel beiseite. Er wollte Sharifa an sich ziehen, doch sie legte ihm eine Hand auf die Brust. »Du bist ganz schmutzig von der Arbeit auf den Feldern«, sagte sie leise. »In dieser Hütte gibt es einen Tschoni. Komm!« Sie ging voraus in den Baderaum, der hinter einer in den Türrahmen gehängten Matte verborgen war. Dort gab es eine Schale mit frischem Wasser, die der Regen wahrscheinlich gefüllt hatte. Daneben lag eine Steinplatte, auf die er sich stellen sollte. »Damit deine Füße nicht gleich wieder voller Sand sind«, erklärte sie. Die dicken Regentropfen, die bei seiner Rückkehr von den Feldern auf die Erde gefallen waren, hatten sich in weiche lange Wasserschnüre verwandelt. Aus dem lauten Prasseln war ein leises gleichmäßiges Rauschen geworden. Sharifa öffnete die letzten beiden Knöpfe seines Hemds. Sie sah ihn fragend an. Als er leicht nickte, zog sie ihm das Hemd aus und öffnete ganz selbstverständlich seine Hose. Seine Sachen legte sie gewissenhaft auf einen kleinen Hocker, der neben der Wasserschale stand. Sie drehte sich wieder zu ihm um, und Rutger schlüpfte aus seiner Unterhose. Er fürchtete, es würde seine Erregung noch steigern, wenn sie auch das für ihn erledigte. Da

stand er also nackt vor ihr. Sein Haar berührte die Blätter der Kokospalme, die das Dach der niedrigen Hütte bildeten. Beinahe ehrfürchtig sah sie ihn an. »Engel«, sagte sie. Dann tauchte sie einen Badeschwamm in das Wasser und begann ihm den Staub und den Schweiß vom Körper zu waschen. Sie musste sich recken, um seinen Hals und seine Schultern zu erreichen. Rutger beugte sich ein wenig zu ihr hinab, damit sie auch sein Gesicht abreiben konnte. Sie führte den Schwamm mit sanftem Druck. Das rauhe Material fühlte sich angenehm auf seiner Haut an, das kalte Wasser weckte seine Lebensgeister. Er hatte gar nicht bemerkt, wie sehr es in seinen Knochen zwickte, wie erschöpft er war. Hingebungsvoll strich sie über seinen Rücken, tauchte den Schwamm immer wieder ein und presste das Gebilde des Meeres gegen seine Haut, so dass ein kühles Rinnsal über sein Gesäß und die Beine lief. Mit geschlossenen Augen ließ er es geschehen. Was für eine Wohltat nach einem langen Tag in Hitze und Dreck. Als sie seine Pobacken und die Rückseite der Oberschenkel massierte, wuchs seine Erregung. Ihm entfuhr ein Stöhnen, doch Sharifa ließ sich nicht beirren. Endlich hockte sie sich hin und wusch ihm die Füße. Neben der Steinplatte, auf der er stand, lag bereits eine Matte bereit, auf die er treten konnte. Sie hatte wahrlich an alles gedacht. Sie rieb die Waden und die Knie ab. Sollte er sie aufhalten und den Rest selbst machen? Oder sollte er ihr jetzt anbieten, sie zu waschen? Er wollte nichts falsch machen. Bevor er irgendetwas tun konnte, erhob sie sich und rieb mit dem Schwamm auch die Vorderseite seiner Schenkel ab und den Bereich um sein Geschlecht. Als wäre es das Natürlichste der Welt, führte sie ihre Tätigkeit zu Ende. Als sie damit fertig war, reichte sie ihm ein Tuch, das er sich um die Hüften band. Sie verließen den Baderaum und gingen in eine kleine Kammer, vor deren Eingang ebenfalls eine Matte hing. Sharifa sah ihm in die Augen, während sie das Tuch löste, das über ihrer Schulter verknotet war. Es glitt auf ihre Füße hinab, und sie war nackt.

»Gott, bist du schön«, flüsterte Rutger ergriffen. Ihr Körper war makellos. Wenn er doch nur malen könnte, er würde auf der Stelle ein Bild von ihr anfertigen. Ihre Brüste waren fest und hatten die Form von Tropfen, die an einer Scheibe hinabliefen, ihre Taille war schmal und ging in leichtem Schwung in die Hüfte über. Ihre Beine waren schlank und für eine Frau überraschend muskulös, wie er fand. Und diese Haut! Sie glänzte wie dunkle Schokolade.

»Gefalle ich dir nicht?«, fragte sie unsicher.

»Ich habe in meinem ganzen Leben nichts Schöneres gesehen als dich.« Er streifte sich das Tuch von den Hüften und kniete vor ihr nieder. Er wollte wissen, ob sie auch so gut schmeckte wie dunkle Schokolade. Seine Lippen berührten sacht ihre Schenkel. Ein Beben lief durch ihren Körper, und sie vergrub ihre Hände in seinem Haar. Vorsichtig ließ er die Zungenspitze über ihre Haut gleiten. Ja, sie schmeckte wahrhaftig himmlisch, herb und gleichzeitig süß. Rutger konnte nicht länger warten. Er packte ihre Hände und zog sie sanft zu sich herab. Sofort legte sie ihre Lippen auf die seinen und küsste ihn mit einer Hingabe, wie er es sich immer gewünscht hatte. Er küsste ihren Hals, fuhr mit der Zunge über den Ohrschmuck, den er einmal sonderbar gefunden hatte. Mit den Händen umschloss er ihre Brüste. Sie stöhnte, ihr Atem wurde schneller. Auch er keuchte, ließ seine Finger an ihrem Körper hinabgleiten, küsste ihre Brüste, saugte daran. Endlich ertastete er das feste Haar. Sie öffnete die Schenkel ein wenig, eine Einladung, sich weiter vorzuwagen, die er nur zu gerne annahm. Als er einen Finger ein Stückchen weiter schob, stöhnte sie so laut auf, dass er kurz erschrak. Im nächsten Augenblick spürte er ihre Hände an seinem Geschlecht. Rutger warf sie auf den Rücken, sah ihr in die Augen und drang in sie ein. Ganz sacht zuerst, aber er hatte die Gewalt über seine Lenden längst verloren. Die ganze Zeit sahen sie sich in die Augen, während ihre Körper im schneller werdenden Rhythmus miteinander verschmolzen. Er hatte das Gefühl, sich in ihr zu verlieren, so weich war sie und gleichzeitig so fest überall um ihn herum. Es war schöner als alles, was er sich je ausgemalt hatte. Während er den Höhepunkt mit ihr erlebte, krallten sich seine Hände in ihre. Er bäumte sich auf, spürte dem Gefühl so lange nach, wie er konnte. Danach schlief er glücklich ein, Sharifa fest in seinen Armen.

Rutger war schon eine ganze Weile wach und betrachtete Sharifa, die neben ihm schlief.
»Ich liebe dich, Sharifa«, sagte er leise, als sie die Augen öffnete.
»Ich liebe dich, Malaika«, entgegnete sie sehr ernst.
»Was bedeutet Sharifa eigentlich?«, wollte er wissen.
»Die Berühmte«, gab sie zurück. »Man hat mich so genannt, weil ich die Tochter eines Häuptlings bin.«
»Die Berühmte«, wiederholte er lächelnd. »Ich wüsste tausend Gründe, warum du diesen Namen zu Recht trägst.« Seine Finger strichen zart über ihre Wange. Am liebsten hätte er sie auf der Stelle wieder an sich gezogen, doch er musste vernünftig sein. Es war womöglich schon hell draußen. Besser, er ging zurück ins Haus. Mit Georg war um diese Zeit zwar noch nicht zu rechnen, aber er musste es ja nicht darauf anlegen, entdeckt zu werden.

Rutger trat aus der Hütte und stand unvermittelt seinem Schwager gegenüber. Verdammt!
»Also doch!«, sagte der gedehnt. Es war nicht zu übersehen, dass er seinen Triumph auskostete. »Wusste ich es doch, dass du es mit dieser kleinen Hübschen treibst. Sie war es doch, oder hast du noch eine andere?«

»Das geht dich nichts an, Georg.«

»Ach nein?« Seine Stimme triefte vor Sarkasmus. »Du spielst den Moralapostel, schlägst mir sogar einen Zahn aus, aber mich geht es nichts an, wenn du eine Negerin vögelst?«

»Im Gegensatz zu dir bin ich kein verheirateter Mann. Ich benutze Sharifa nicht nach meinem Belieben, wie du es mit Sibika und weiß Gott noch wem tust. Ich liebe sie.« Georg wich sämtliche Farbe aus dem Gesicht.

In der Sekunde wurde Rutger klar, dass er einen schweren Fehler begangen hatte.

»Das kann doch nicht dein Ernst sein«, gab Georg tonlos von sich. Angewidert sah er Rutger an. »Diese Neger sind Tiere«, stieß er aus. »Sie sind nicht zu höheren Gefühlen wie der Liebe fähig. So etwas kennen die gar nicht.« Er war laut geworden. »Wenn du nur deinen Spaß mit ihr gehabt hättest, schön, das wäre mir gleich. Aber diese Hure hat dich verhext.« Rutger holte aus, bereit, ihn noch einmal niederzuschlagen. »Ja, schlag mich nur«, zischte Georg. »Anders weißt du dich anscheinend nicht zu wehren. Pfui Teufel!« Er spuckte vor ihm aus. »Am Ende hast du sie noch auf den Mund geküsst.« Er schüttelte sich. Dann trat er einen Schritt auf Rutger zu, der den Arm hatte sinken lassen. »Ich weiß nicht, ob ich dich verabscheuen oder bemitleiden soll. Du warst schon immer das schwarze Schaf der Familie, ohne Benehmen und Moral. Jetzt hast du den Bogen überspannt. Deine Eltern würden sich im Grab umdrehen.«

»Lass meine Eltern aus dem Spiel!«, warnte Rutger ihn.

»Gottlob gibt es ja noch deine Schwester. Sie ist moralisch wenigstens in der Lage, eine Plantage zu führen und den Eingeborenen ein christliches Vorbild zu sein.« Rutger hatte keinen Schimmer, worauf Georg hinauswollte. Er kämpfte mit dem Würgereiz in seiner Kehle. »Ich werde mir überlegen, wie ich mit dir verfahre«, teilte Georg ihm von oben herab mit. Damit drehte er auf dem Absatz um und ließ Rutger einfach stehen.

Der Tag zog sich quälend dahin. Rutger war hin- und hergerissen zwischen seinen Empfindungen. Einerseits erzeugte die Erinnerung an die Nacht mit Sharifa nie gekannte Glücksgefühle, andererseits ahnte er, dass Georg seine Drohung wahr machen und dafür sorgen würde, dass er einiges zu bereuen hatte. Mal war er wild entschlossen, seinem Schwager zuvorzukommen und Perpetua zu offenbaren, was er in der Waschküche beobachtet hatte, dann wieder fürchtete er, seine Schwester könne bereits davon wissen und es hinnehmen. Dann wäre sein Pulver sinnlos verschossen. Ihm gehörte die Kaffeeplantage, und er war vom Biologisch-Landwirtschaftlichen Institut eingesetzt, um die Versuchsgärten zu bestellen. In einem Schreiben, das er kürzlich vom Institut erhalten hatte, hieß es, das werde vorerst auch so bleiben, obwohl der Krieg verloren sei und sich in den Kolonien gewiss einiges ändern würde. Georg war im Grunde nur Gast in seinem Hause. Seit die Truppe das Land verlassen hatte, bekam er nicht einmal mehr seinen Sold und lebte von Rutger wie die berühmte Made im Speck. Wenn es ihm nicht gefiel, wie Rutger sein Leben gestaltete, sollte er doch gehen. Einen Augenblick lang erlaubte er sich sogar die Vorstellung, Sharifa zu seiner rechtmäßigen Frau zu machen. Sie konnte hier bei ihm leben, und sie brauchten ihre Liebe nicht mehr zu verstecken. Natürlich war das nur ein schöner Traum. Würde er Georg vor die Tür setzen, galt das auch für seine Schwester, Joseph und das ungeborene Kind. Nein, das war völlig undenkbar.
Beim Abendessen hatte Georg ausnehmend gute Laune. »Wir haben es wirklich glücklich getroffen, meint ihr nicht?«, fragte er etwas zu laut in die Runde und hob sein Glas. »Die Nach-

richten aus Europa sind seit Monaten höchst unerfreulich. Arbeiter und Soldaten haben Aufstände veranstaltet, zu Hunderttausenden sollen sie auf die Straßen gegangen sein. Nicht genug, dass unser Kaiser Wilhelm abdanken musste, nein, man hat ihn gänzlich vom Thron gestoßen und entgegen der Verfassung einen Reichskanzler eingesetzt!« Er trank einen großen Schluck, ein Tropfen Rotwein lief an seinem Kinn hinab. Perpetua legte eine Hand auf ihren Bauch und atmete tief durch. Sie fühlte sich etwas besser als in den letzten Tagen, aber noch nicht wieder vollständig gesund. »Nun haben wir also eine Republik«, schwadronierte Georg weiter und verdrehte die Augen. »Doch wie lange wohl? Wie man hört, nehmen die Unruhen immer noch zu. Die paar Kerle, die sich vor dem Dienst an der Waffe gedrückt oder ihn überlebt haben, schlagen sich jetzt gegenseitig die Köpfe ein.« Er erhob wieder sein Glas. »Wie viel besser haben wir es hier auf dieser Insel der Seligen! Vor der Türe wächst, was wir zum Leben brauchen, und es gibt genug fleißige Helfer, die für uns schuften, wenn man ihnen nur Beine macht.« Er lachte vergnügt.

»Georg, bitte!« Perpetua warf ihm einen missbilligenden Blick zu.

»Was denn? Habe ich etwa nicht recht, Peppi?«

»Die Eingeborenen sollen nicht für uns schuften, sondern für uns arbeiten, wofür wir sie anständig verpflegen«, wies sie ihn zurecht. Und sie ergänzte: »Sofern wir das können.«

»Ach, Peppi, was bist du denn so empfindlich? Du störst dich doch sonst auch nicht an einem kleinen dummen Wort.« Er lachte breit. Rutger schien es, als stünden seine Augen noch weiter auseinander als sonst. »Du kannst ja nichts dafür. Ist wahrscheinlich dein Zustand. Unser zweiter Sohn strapaziert wohl ein wenig deine Nerven, was?«

»Es ist nicht nur ein Wort«, widersprach sie kühl. »Ich sehe die

Sache einfach ein bisschen anders als du. Solange ich noch konnte, war ich jeden Tag draußen bei den Menschen. Hunger und die Grippe haben schrecklich gewütet. Eine Insel der Seligen stelle ich mir anders vor.«

»Ach du liebe Zeit, ich spreche doch nicht von den Negern. Obwohl es denen, die das ganze Zeug überlebt haben, auch nicht übel geht. Ich spreche von uns. Was sonst sollte mich interessieren als das Glück meiner Frau und ihrer Familie?« Er warf Rutger über den Rand seines Weinglases einen Blick voll schlecht geheuchelter Freundlichkeit zu.

»Warten wir ab, wie lange du Moshi und diese Farm noch als Insel der Seligen bezeichnen wirst«, gab Rutger ruhig zu bedenken.

»Lange, noch sehr lange, dessen bin ich mir absolut sicher«, verkündete Georg. Was führte er im Schilde?

»Lettow-Vorbeck ist mit der Truppe abgereist. Keine Ahnung, wie du es angestellt hast, dass du noch hier bist.«

»Vorsicht, lieber Schwager, Vorsicht!« Georg zwinkerte ihm übertrieben zu. »Du willst mir doch nichts unterstellen?« Er drohte kindisch mit dem Finger.

»Seit Anfang des Monats betreiben die Briten die Eisenbahn im gesamten Gebiet«, fuhr Rutger fort. »Machen wir uns nichts vor, wir haben den Krieg verloren. Wie lange, glaubst du, wird man uns noch so tun lassen, als würde uns dieses Land gehören?«

»Aber es gehört uns! Den Negern geht es viel besser, seit wir ihnen deutsche Kultur und Moral gebracht haben. Was sollten sie ohne uns anfangen?«

»Bitte, entschuldigt mich«, sagte Perpetua, die die Reden ihres Mannes offenkundig nicht besser ertragen konnte als ihr Bruder. »Ich gehe zu Bett.«

Georg erhob sich kurz und küsste ihre Hand, als sie an ihm

vorbeiging. »Schlaf gut, Peppi!« Er nahm wieder Platz und schenkte sich das Glas voll.

Rutger legte keinen Wert darauf, allein mit ihm zu sein. »Die Eingeborenen wird man am wenigsten danach fragen, was sie möchten. Bisher waren ihre Herren Deutsche, jetzt werden es vielleicht Briten sein. Für sie ändert das nichts.« Damit ließ er Georg allein im Speisezimmer zurück.

»Bwana Macho weiß von uns?« Sharifa sah Rutger aus großen ängstlichen Augen an. Sie standen nebeneinander unter dem nach allen Seiten offenen Dach aus Gräsern und Blättern, das Rutger hatte errichten lassen. Darunter hatte er große Gestelle mit Matten aufbauen lassen, auf denen die Kaffeekirschen getrocknet wurden. Jede einzelne musste in regelmäßigen Abständen umgedreht werden.

»Ja, leider.« Er warf ihr nur einen kurzen Blick zu und schenkte dann wieder den rötlichen Früchten seine Aufmerksamkeit. »Mach dir keine Gedanken«, sagte er so beiläufig wie möglich. »Georg ist wie ein Löwe ohne Zähne. Er brüllt gern herum, aber kann nicht zubeißen.« Sie kicherte. Rutger war nicht nach Lachen zumute, denn er glaubte sich selbst nicht. Doch es war nicht nötig, dass sich auch Sharifa Sorgen machte.

Später, als der Regen sich eine kurze Pause erlaubte, ritt Rutger ins Dorf der Massai, um sie um Milch zu bitten. Der Kibo war kaum zu erkennen hinter seinem dichten grauen Schleier. Die Erde verströmte den unvergleichlichen Duft von kräftigem Grün und Fruchtbarkeit. Als Gegengabe brachte Rutger den Massai Äpfel mit. Nachdem sie die ersten, die er ihnen geschenkt hatte, zunächst lachend über den Boden gerollt hatten, mochten sie die säuerlich-saftigen Früchte inzwischen. Sie spießten sie auf angespitzte Stöcke und hielten sie eine Weile über das Feuer, bevor sie sie aßen. Rutger kam an diesem Abend

spät nach Hause, Georg und Perpetua hatten bereits gegessen. Also ließ er sich von Emmi in der Küche eine Kleinigkeit zubereiten.
»Werden Sie und Bibi Perpetua fortgehen?«, fragte sie.
»Ich weiß es nicht, Emmi. Wohin sollten wir schon gehen?« Er wusste es tatsächlich nicht. Vielleicht zurück an die Küste nach Dar es Salaam. Vielleicht konnte es ihnen wie Claudio gelingen, irgendwo unbehelligt zu leben, obwohl sie Deutsche waren.
»Werden fremde Herren in dieses Haus ziehen?« Er zuckte mit den Schultern. »Weil ich dann nämlich versuchen würde mir etwas anderes zu suchen, Bwana. Bitte, verstehen Sie mich richtig. Ich bin nicht mehr jung, und ich habe mir ein paar Rupien gespart. Es wäre mir lieber, mich nicht auf die Engländer einstellen zu müssen.«
»Ich verstehe dich sehr gut, Emmi.« Rutger verschränkte die Arme vor der Brust. »Wenn ich wüsste, was die Zukunft bringt, würde ich es dir sagen, glaub mir. Im Augenblick weiß niemand, was kommt. Ich verspreche dir, dass ich nicht einfach gehen und alles zurücklassen werde, Emmi.«
»Eigentlich ist mein Name Amali, Bwana Malaika.«
»Amali.« Er lächelte ihr zu. »Das ist viel schöner, finde ich.« Er erhob sich und umfasste ihre Schultern. »Ich verspreche dir, dass ich etwas für dich und deine Söhne finde, falls ich die Paulsen-Farm aufgeben muss, Emmi Amali.«
Ihre Sorge begleitete ihn auf dem Weg nach oben. Sie verstand nichts von Politik, doch sie hörte zu, wenn Leute redeten. Georg lud sich gerne ein paar Herren der Bezirksverwaltung ein. Die ließen sich in den Verwaltungsgebäuden oder dem, was davon übrig war, lieber nicht mehr blicken. Nächtelang hatten sie mit Georg diskutiert, ob die Briten sich die Gebiete nun einfach unter den Nagel reißen konnten. Offenbar hatte Emmi ihre Ohren überall gehabt.

Am nächsten Morgen erwartete ihn eine Überraschung in seinem Büro. Er hatte sich um ein paar Papiere kümmern wollen. Noch war in der fremden und fernen Heimat längst keine Ruhe eingekehrt. Die Kolonien waren zwar nicht vergessen, jedoch galt es zunächst, in Europa Lösungen zu finden, was, wie man immer wieder hörte, mit viel Gewalt und Blutvergießen einherging. Mancher meinte sogar, der Frieden sei nicht endgültig, sondern im Grunde nicht mehr als ein ausgedehnter Waffenstillstand. Es konnte nicht schaden, auf alles vorbereitet zu sein und Aufzeichnungen über den Besitz der Familie zusammenzutragen. Wer konnte schon wissen, ob sie in den nächsten Wochen oder Monaten vertrieben wurden? Er musste alles an sich bringen, was ihm und Perpetua später zu einer Entschädigung verhelfen konnte, wenn sie irgendwo ganz von vorn anfangen mussten.

Auf seinem Schreibtisch lag ein Brief, der an ihn gerichtet war. Er erkannte die Schrift seines Schwagers. Das konnte nichts Gutes bedeuten. Er faltete das Blatt auseinander und las. Von seinen Verfehlungen war die Rede und einer Schande für die gesamte deutsche Nation. Rutger musste tief durchatmen, um nicht augenblicklich loszustürmen und Georg vom Hof zu jagen. Er werde sich eine Geschichte für Perpetua einfallen lassen, stand da, damit diese vor der schrecklichen Wahrheit verschont bleibe. Sie solle ihren Bruder wenigstens für einen halbwegs anständigen Menschen halten können. Natürlich gelte dieses ausgesprochen großzügige Angebot seinerseits nur, wenn er, Rutger, sich auf den Handel einlasse, den er ihm vorschlage. Eine Hand zur Faust geballt, las Rutger die letzten Zeilen. »Ich bin fest entschlossen, Deine Affäre mit der Negerin und Dein weiteres unmoralisches Tun, für das ich größte Abscheu empfinde, publik zu machen. Davon abzusehen bin ich nur bereit, wenn Du endlich zur Vernunft kommst und mir die Kaffeeplantage überschreibst. Mein Schweigen sollte ein angemessener Preis sein. Durch die Übertragung der Plantage in meine verantwortungsvollen Hände würdest Du einen Rest von Anstand beweisen, so dass ich hoffen dürfte, dass noch nicht alles verloren ist und Du in ferner Zukunft wieder zu Verstande kommen wirst.«

Das hatte er sich ja fein ausgedacht. Nun, da der Krieg zu Ende war, hatte Georg in diesem Teil der Erde keine Aufgabe mehr. Nicht nur das, es stand zu befürchten, dass alle Deutschen früher oder später Afrika verlassen mussten. Glaubte er allen Ernstes, er könne durch die Maschen des Gesetzes schlüpfen und weiter den Kolonialherrn spielen? Rutger ließ den Brief achtlos fallen. Ja, er traute seinem Schwager wahrlich zu, dass der sich bereits als Herr der Paulsen-Farm sah. Sein Grips reichte vermutlich nicht einmal, um die Situation richtig einzuschätzen. So, wie er vor vier Jahren der Meinung gewesen war, der Krieg könne gar nicht auf die Kolonialgebiete übergreifen und würde ohnehin nur wenige Tage dauern, so glaubte er auch jetzt wohl noch an die Unbesiegbarkeit des Deutschen Reiches. Womöglich glaubte er gar, Kaiser Wilhelm habe nur zum Schein abgedankt und warte im Exil bereits darauf, das Regiment erneut zu übernehmen.

Wie ein Raubtier im Käfig lief Rutger auf und ab. Dann zwang er sich, die Unterlagen zusammenzutragen, wie er es vorgehabt hatte. Anschließend ging er hinaus und suchte nach Sharifa. Er hatte hart gearbeitet, damit seine Apfelbäume hier Wurzeln schlagen konnten. Aber sie gehörten jetzt ohnehin zum Versuchsgarten des Instituts. Ob er sie weiter pflegen durfte, hing davon ab, ob man das Institut gewähren ließ oder ob es ebenfalls dem Machtwechsel zum Opfer fiel. Auch für die Kaffeeplantage hatte er hart gearbeitet, und er wollte schon in Claudios Sinne nicht, dass sie an Georg fiel. Andererseits war er noch jung genug, um sich etwas Neues aufzubauen. Er konnte anderenorts eine neue Pflanzung anlegen. Vielleicht gab es einen Ort in Afrika, an dem er mit Sharifa unbehelligt leben konnte. Das war das Einzige, was zählte. Er fand sie bei ihrer Hütte. Sie saß im Schneidersitz auf der Erde und besserte geflochtene Matten aus.

Als sie ihn sah, hörte sie auf zu singen. »Was ist passiert, Bwana Malaika?«

»Ich muss mit dir reden.« Er blickte sich rasch um. »Komm«, sagte er und lief bereits in Richtung der Weide, »es gibt einen Platz, an dem wir ungestört sind.«

Rutger trieb das Pferd an. Sharifa saß hinter ihm, ihre Arme um seinen Körper gelegt, ihr Kopf an seinem Rücken. Das Gras war so grün, wie man es nur zur Regenzeit sehen konnte. Am Horizont standen Schirmakazien dicht an dicht und breiteten ihre Kronen, wirklich einem Schirm gleich, vor dem afrikanischen Himmel aus. Sie waren in der Trockenzeit geschätzte Schattenspender, während des großen Regens boten sie manchem ein beinahe trockenes Plätzchen. Jetzt standen sie nur da wie schweigende Riesen. Hinter ihnen türmten sich bedrohlich dunkle Wolken, und darüber leuchtete eine Wolkenschicht, von der Sonne angestrahlt, in hellem Rosa. Der Affenbrotbaum sah vollkommen anders aus als bei ihrem letzten Besuch. An seinen knorrig gebogenen Ästen saßen jetzt unzählige grüne Blätter. Wie Affenschwänze hingen die weißen Blüten hinab. Affenschwänze mit einer Kugel aus tausend weißen Fäden am Ende.

»Nun dauert es nicht lange, bis du die Früchte probieren kannst«, verkündete Sharifa.

»Wenn sie so schmecken, wie die Blüten riechen, verzichte ich gern«, gab er zurück und zog die Nase kraus. Als Botaniker war er es gewohnt, auch den Duft von Pflanzen wahrzunehmen und gegebenenfalls zu notieren. Beim Baobab konnte man nicht von

Duft sprechen. Die samtigen Blüten verströmten einen süßlichen Geruch, der an Verwesung erinnerte. »Hat sich der Baum der Sage nach nicht so viele gute Eigenschaften gewünscht?« Rutger zog die Augenbrauen hoch. »Warum hat er nicht um einen lieblichen Duft gebeten?« Sharifa stupste ihn lachend in die Seite. Ein Tropfen fiel, dann noch einer und noch einer. Der schwarze Himmel hielt, was er versprochen hatte. Binnen eines Atemzugs klatschte der Regen auf die Erde. Eilig liefen sie um den Affenbrotbaum herum und krochen in die Höhle.

»Welch ein Glück, dass der Baum nicht bereits besetzt ist«, meinte Rutger und strich sich die Haare aus dem Gesicht.

»Wenn der Baum in der Blüte steht, meiden wir ihn.«

»Warum?«

»So, wie der stinkt!« Rutger sah sie an, sah, wie ihre Augen amüsiert funkelten. »Also, Bwana, du willst mit mir reden.« Sie ließ sich auf einer Wölbung der Wurzel nieder.

»Können wir das nicht verschieben?« Rutger setzte sich zu ihr, zog sie an sich und küsste sie.

Als er ihre Lippen freigab, sagte sie bedauernd: »Wir meiden den Baobab zwar während der Blütezeit, wenn wir können, aber wer vom Regen überrascht wird, sucht gerne Schutz darin und nimmt den Geruch in Kauf.«

»Dann sollten wir uns wohl anständig betragen.«

»Ja, das sollten wir.« Sie lehnte ihren Kopf an seine Schulter. Einige Augenblicke lauschten sie dem Regen, der raschelnd und knisternd durch die Blätter fiel und gegen den Stamm klopfte.

»Hör zu, Sharifa«, begann er, »ich habe mir etwas überlegt. Es ist möglich, dass wir Deutschen nicht mehr lange hier am Fuße des Kilimanjaros geduldet werden.« Sie schaute fragend zu ihm hinauf. »Wir haben den Krieg verloren. Die Siegermächte werden unter sich aufteilen, was einmal uns gehört hat, nehme ich

an. Es ist komisch, weißt du? Sie sagen, dass wir zurück in unser Mutterland gehen sollen. Aber ich war dort noch nie. Dies ist mein Zuhause, Afrika ist mein Mutterland.« Er schwieg eine Weile und hing seinen Gedanken nach. »Ich glaube nicht, dass ich die Kaffeeplantage werde behalten können«, sagte er bitter.
»Nicht?« Sie klang erschrocken.
»Nein, Sharifa, ich glaube nicht. Aber du brauchst dir keine Sorgen zu machen. Ich möchte, dass wir beide irgendwohin gehen, wo es nicht zählt, dass ich ein Deutscher bin, wo wir beide zusammen sein können. Kennst du so einen Ort?«
»Nein, Malaika.« Sie seufzte traurig. »Ich glaube nicht, dass es so einen Ort gibt.«
»Es muss ihn geben«, meinte er trotzig. »Wir könnten zurück nach Kilossa gehen. Vielleicht kennt Sultan Bana Ibn Said eine Lösung. Je mehr ich darüber nachdenke, desto mehr gefällt mir dieser Einfall.« Er lachte. »Der Sultan hat immer allen verwaisten Geschöpfen eine neue Heimat gegeben. Und er hat sich nie an die Regeln anderer gehalten.« Er hatte lange nicht mehr an den geheimnisvollen schwarzen Mann gedacht. Jetzt sah er ihn wieder vor sich in seinem langen Kaftan mit dem Turban auf dem Kopf. Rutger erinnerte sich an kleine Tätowierungen im Gesicht des Mannes und an seine klugen Augen. Er würde ihnen helfen. Wenn es Allah gefiel.
»Es ist ein weiter Weg zurück nach Kilossa«, gab Sharifa zu bedenken.
»Sicher wird Chandu uns begleiten. Vielleicht auch Mokabi und Diallo.«
»Was wird aus deinen Äpfeln?«
Sein Herz krampfte sich zusammen. »Sie müssen es ohne mich schaffen. Vielleicht. Vielleicht wird auch alles gut, und ich kann bleiben, weil sie das Biologisch-Landwirtschaftliche Institut in Ruhe lassen. Es ist nur der Plan für den Notfall.«

»Gut«, sagte sie ernst.
»Wenn wir von hier fortgehen müssen, versuchen wir zu Bana Ibn Said zu gelangen.« Seine Stimme hatte überzeugend und sicher geklungen. Gut so, sie musste sich auf ihn verlassen, an ihn glauben können. Tief in seinem Inneren fühlte Rutger sich alles andere als sicher. Was, wenn Bana Ibn Said nicht mehr am Leben war oder nicht mehr bei Kilossa lebte? Was, wenn sie ihm ihre Bitte vortrugen und es Allah nicht gefiel, ihnen zu helfen? Er dachte an den Tag von Wilhelminas Begräbnis, als Sharifa und er das erste Mal in diesem Baum gesessen hatten. Damals hatte er sich Gedanken darüber gemacht, dass sie allein den weiten Weg zu Fuß gegangen war, obwohl sie doch gar nicht wissen konnte, ob sie ihn überhaupt finden würde. Er erinnerte sich an Sharifas Worte: »Immer macht ihr euch so viele Gedanken über das, was sein könnte. Merkt ihr nicht, dass euch in der Zeit das entgeht, was ist?« Sie hatte recht. Rutger wollte versuchen sich auf das zu konzentrieren, was war. Immerhin hatte er jetzt einen Plan.

Nachdem der Regen ein wenig nachgelassen hatte, waren sie zurückgeritten. Wieder hatte Rutger Sharifa ein Stück vor dem Haus abgesetzt, um Georg womöglich nicht noch mehr Munition zu liefern. Er brachte das Pferd in das Gatter und stutzte. Da stand ein Zebra. Kein Zweifel, auf der Weide stand ein Zebra mit einer Decke auf dem Rücken.
»Wie kommst du denn hierher, mein Freund?« Rutger ging auf das Tier zu, das keineswegs scheu war. Ein Zebra mit einer Decke. Er musste lachen.
An der Haustür erwartete Emmi ihn bereits. »Wir haben Gäste, Bwana«, sagte sie mit versteinerter Miene. Rutger hob fragend eine Augenbraue und ging an ihr vorbei in den Salon, von wo er die Stimmen seines Schwagers und anderer Männer hörte.

»Jambo, Paulsen!« Dr. Gregor Martius saß mit übergeschlagenen Beinen in einem der Sessel, eine Pfeife in der Hand. Rutger stockte der Atem. Es kostete ihn Mühe, nicht augenblicklich auf den ungebetenen Gast loszustürmen. »Darf ich vorstellen?« Martius deutete auf den Mann rechts von sich, der aufstand und zur Begrüßung nickte. »Phil Harmony. Kleiner Scherz!« Er lachte mit weit offenem Mund. »Phil Stone. Er ist Engländer«, ergänzte er mit vielsagendem Blick.

»Guten Tag, Mr. Paulsen. Herr von Eichenbaum war so frei, uns für einige Tage einzuladen.«

Der Engländer wirkte ein wenig steif, aber verfügte über gute Umgangsformen, wie es schien.

»So, war er so frei?«

»Allerdings.« Genau wie Martius blieb auch Georg sitzen. Auch er rauchte eine Pfeife, was Rutger zum ersten Mal sah. »Ich gehe davon aus, dass du nichts dagegen hast.« Das war keine Frage, wie Rutger feststellte.

»Wie geht es meiner Schwester?«, wollte er wissen, um Zeit zu gewinnen.

»Bestens, bestens.« Georg winkte ab. »Sie ist schwanger, daran ist nichts Beunruhigendes.«

»Ich habe gehört, dass Ihre Frau Mutter vor nicht allzu langer Zeit verstorben ist. Sehr bedauerlich. Sie war eine Lady«, gab Martius von sich und stopfte den Tabak nach.

»Bitte, nehmen Sie doch wieder Platz«, sagte Rutger zu Stone, der noch immer unentschlossen vor ihm stand.

»Danke sehr.«

»Gehört Ihnen das Zebra?«

»Ja.« Der Engländer lächelte etwas schief. »Es gibt nicht so viele Pferde in diesem Land. Mit den Maulseln habe ich leider schlechte Erfahrungen gemacht. Also dachte ich, warum versuchst du es nicht einmal damit? Sie sind gestreift, aber sonst

haben sie doch viel mit den Huftieren gemeinsam, die wir üblicherweise reiten.«
»Und funktioniert es?«
»Nun ja, es ist besser, als zu Fuß zu gehen, wenn Sie verstehen. Aber auch nicht immer.«
Rutger lächelte ihm freundlich zu. »Wenn Sie mich kurz entschuldigen würden? Ich ziehe mich nur rasch um und sehe nach meiner Schwester.« Er zögerte kurz. »Dann können wir zu Abend essen.«
»Eine glänzende Idee«, rief Martius.

Sie aßen bei weit geöffneten Türen. Die Luft war feucht und schrecklich stickig. Wenigstens wehte ab und zu eine Brise herein, und man konnte dem Regen lauschen, der Afrikas Lied summte. Perpetua stocherte ohne Appetit in dem Reis und dem Gemüse herum. »Peppi, Liebe, was ist nur los mit dir?«
»Ich bin guter Hoffnung, Georg, da kommt es vor, dass eine Frau keinen Appetit hat.«
»Dabei sollten die Frauen dann gerade Appetit für zwei haben.« Er lachte und sah in die Runde. Offenbar hielt er seine Bemerkung für besonders originell. »Möchtest du dich hinlegen?«
»Wir haben Gäste. Ich möchte nicht unhöflich sein.«
»Nehmen Sie bitte keine Rücksicht auf uns«, warf Stone ein. »Eine Frau, die Mutter wird, braucht Schonung. Das ist wichtiger als Höflichkeit. Ich bin überzeugt, dass Sie üblicherweise eine perfekte Gastgeberin sind.«
»Sie sind sehr freundlich.« Perpetua war wirklich blass. »Wenn Sie mich dann bitte entschuldigen wollen.« Sie erhob sich. Auf der Stelle sprang auch Stone auf und zog ihren Stuhl zurück. Georg war ebenfalls aufgestanden, nur Martius machte keine Anstalten. Er schaufelte sich stattdessen noch etwas Gemüse auf seinen Teller, ohne zu warten, bis Emmi das erledigte.

»Meine Herren, ich begleite meine Gattin auf ihr Zimmer. Werden Sie eine kurze Weile auf mich verzichten können?« Georg bot Perpetua den Arm an. Seit wann war er derart zuvorkommend?

Rutger biss die Zähne zusammen. Er hatte beschlossen, dass es klug war, den Besuch eine geraume Zeit zu dulden. Dabei hätte er diesen unsäglichen Martius lieber heute als morgen zur Rede gestellt und dann aus dem Haus geworfen. Ständig musste er daran denken, was er Sharifa angetan und mit dem Askari gemacht hatte, der Sharifa erkannt hatte. Der Moment, sich ihn vorzunehmen, würde schon noch kommen.

»Wie ich hörte, züchten Sie hier Äpfel aus Holstein. Heißt es so?«

»Ja, das ist richtig.«

»Nun, das ist nicht weniger absonderlich, als auf einem Zebra zu reiten, meinen Sie nicht?« Stone sah ihn freundlich an.

»Ich hatte den Eindruck, dass Sie von Ihrem neuen Reittier nicht gerade sehr überzeugt sind«, hielt Rutger dagegen. »Die Ernte dieses Jahres ist dagegen sehr überzeugend. Im Keller biegen sich die Regale unter Kompott und Dörräpfeln. Sie müssen Emmis Spezialität kosten. Sie taucht getrocknete Apfelscheiben in einen Teig und backt sie schwimmend in Fett aus.«

»In der Tat, da läuft einem das Wasser im Munde zusammen. Aber ich möchte keine Umstände machen.«

»Ich bitte Sie! Emmi wird sich freuen.« Er zwinkerte ihm zu. »Sie liebt es, unsere Gäste mit ihrer Erfindung zu verwöhnen.« Rutger erhob sich. »Ich sage ihr nur rasch Bescheid.«

Im Flur lief Georg ihm beinahe in die Arme, der eben die Treppe heruntergekommen war. Der kam ihm gerade recht. Rutger packte seinen Arm und zerrte ihn mit sich.

»Was ...?«

Im Durchgang zur Küche schleuderte er ihn an die Wand und presste seine Hände gegen Georgs Schultern, so dass dieser wie festgenagelt dastand.

»Was soll das?«, fauchte Rutger und blitzte ihn zornig an. »Wieso schleppst du diesen Martius in mein Haus?«

»Dein Haus? Solltest du dich nicht allmählich daran gewöhnen, dass mir hier bald alles gehört?«

»Noch gehört dir hier gar nichts.« Rutger erhöhte den Druck seiner Hände. »Wie kommst du dazu, dich als Hausherr aufzuführen?«

»Wenn ich nicht irre, war Martius schon früher Gast bei deinen Eltern. Ich wüsste nicht, warum du ihm deine Gastfreundschaft verwehren solltest. Es sei denn, weil du nicht bei Verstand bist und nicht weißt, wie man sich in der Gesellschaft benimmt.«

»Erzähl du mir nichts von Benehmen!« Rutgers Gesicht näherte sich dem von Georg. Wie sehr er diesen Heuchler doch verabscheute. »Wenn sich einer ganz gewiss nicht benehmen kann, dann ist es dieser Martius. Und das ist nicht der einzige Grund, warum ich ihn nicht hierhaben will.« Georg schnappte nach Luft, doch Rutger fuhr ihm über den Mund: »Unsere Gäste bekommen saubere Betten für die Nacht und morgen ein anständiges Frühstück. Dann will ich, dass sie verschwinden. Noch bin ich der Herr in diesem Haus, und du wirst dafür sorgen, dass es so geschieht, wie ich es verlange.« Er ließ ihn los.

»Du wirst doch wohl nicht so dumm sein, mir deine Unterschrift zu verweigern, die mich zum Hausherrn macht.« Georgs Augen waren nur noch Schlitze. Er ordnete seine Kleider. »Ich sagte es bereits, du solltest dich besser daran gewöhnen, dass du hier nichts mehr zu sagen und zu verlangen hast. Außerdem kann es für uns alle nur gut sein, wenn wir einen Engländer bei uns haben. Martius hat ihn während der Gefechte günstig mit Brandy versorgt. Das zahlt sich jetzt aus! Du solltest über jeden Tag froh sein, den Stone uns als seine Freunde betrachtet.«

Gleich am frühen Morgen lief Rutger zu Sharifas Hütte hinüber. Sie bereitete gerade Fladenbrote vor und sah ihn erstaunt an.
»Bwana Malaika, ist etwas mit Bibi Perpetua?«
»Nein, aber wir haben Gäste bekommen.«
»Ja, ich weiß. Soll ich ins Haus kommen?«
»Nein«, sagte er scharf, »genau das sollst du nicht. Martius ist da.« Die Zärtlichkeit, mit der sie ihn eben noch angesehen hatte, wich aus ihrem Gesicht. »Ich möchte, dass du dich vom Haus fernhältst, solange er hier ist, hörst du?«
»Ja, Bwana Malaika.«
»Keine Ahnung, wie lange ich diesen fetten Mistkerl dulden muss«, schimpfte er. »Ich versuche ihn möglichst bald loszuwerden.«

Schon eine Stunde später bekam Rutger seine Gelegenheit, Martius wegen Sharifa zur Rede zu stellen.
»Na, Paulsen, das ist alles ein großer Mist, was?« Martius schob seinen massigen Körper zwischen den Reihen der Apfelbäume entlang, pflückte sich einen und biss hinein. Saft spritzte zu allen Seiten und klebte an seinem Kinn.
»Was meinen Sie?«
»Den Krieg natürlich! Mann, auf welchem Stern wohnen Sie eigentlich?« Er biss noch einmal ab und warf den Rest des Apfels dann achtlos hinter sich. »Ihr Schwager versucht sich im Zebrareiten.« Er lachte auf. »Das ist nichts für mich.« Er machte einen Schritt und landete in einer Pfütze. »Ach, dieser Matsch«, schimpfte er und schüttelte einen seiner Stiefel. »Ich hasse die Regenzeit.«

»Warum verschwinden Sie dann nicht von hier? In Europa regnet es nicht so viel auf einmal, hörte ich.« Rutger sah ihn feindselig an.
»Verschwinden? Wenn das so einfach wäre! Es hat doch keiner mehr was übrig für die guten Männer, die der Kolonie einst den Weg bereitet haben, als das hier noch ein undurchdringbarer Dschungel mit lauter Wilden war.« Er machte mit den Armen eine ausholende Geste. »Was hat man nicht alles auf sich genommen? Und jetzt? Die ganze Plackerei zählt nicht mehr.«
»Plackerei?« Rutger belauerte ihn.
»Ja, sicher! Sie sind hergekommen, als es schon eine deutsche Verwaltung gab. Jedenfalls etwas in der Art. Sie konnten sich in ein gemachtes Nest setzen, junger Mann. Aber ich habe erst dafür gesorgt, dass man es hier aushalten kann. Sie sehen einen der Pioniere vor sich, die den ersten Kontakt zu den Wilden aufgenommen haben«, verkündete er stolz und japste. Sein Leibesumfang machte es ihm nicht leicht, Luft zu bekommen. Die Feuchtigkeit tat ihr Übriges.
»Sie meinen wohl, ich sehe einen Mann vor mir, der Kinder ihren Familien wegnimmt und loyale ehrliche Männer töten lässt, damit diese nicht die wahre Identität des Kindes preisgeben.« Rutger sprach leise. An den Augen seines Gegenübers konnte er sehen, wie gefährlich er geklungen haben musste.
»Worauf wollen Sie hinaus?«
»Sie wissen sehr gut, wovon ich spreche. Sie war die Tochter eines Häuptlings. Der Askari hat sie erkannt und wollte sie zu ihrem Stamm zurückbringen lassen. Aber Sie haben ihn aufknüpfen lassen, weil er angeblich den Schmuck des Mädchens gestohlen hat.« Rutger ging ein Schritt auf ihn zu. Seine Brust hob und senkte sich immer schneller. »Der Schmuck hat sie als Häuptlingstochter gekennzeichnet. Es wäre mehr als wahrscheinlich, dass noch jemand sie erkannt und nach Hause gebracht hätte.

Das wussten Sie, und darum haben Sie den Schmuck gestohlen und das Mädchen in eine Missionsstation geschleppt. Sie hat ihre Eltern nie wiedergesehen.«

»Gestohlen? Ich bitte Sie, Paulsen. Ich hatte den genialen Einfall, dem Askari den Diebstahl in die Schuhe zu schieben. Dazu musste ich den Schmuck natürlich vorübergehend an mich bringen.«

»Wo ist er jetzt?«

Martius lachte los. Sein vernarbtes Gesicht verzog sich spöttisch. »Sie glauben doch wohl nicht, dass ich ihn noch habe. Das ist so lange her! Ich habe ihn verkauft, sobald ich die Möglichkeit hatte. Meine Güte, Paulsen, sind Sie denn wirklich so naiv? Kaufen, verkaufen, das ist es im Grunde doch, worum es in diesem Land geht.«

»Was hat sie Ihnen getan?« Rutgers Lippen bebten. »Was hat sie Ihnen getan, dass Sie sie für immer von ihrer Familie getrennt haben?«

»Die kleine Negerin?« Er sah ihn ungläubig an. »Nichts! Was sollte die mir denn tun können? Ich erinnere mich nicht einmal mehr an sie. Es ging mir um ihren Vater. Der Häuptling hatte zu viel Einfluss in der Gegend, und er war nicht gerade ein Freund der Deutschen. Es war eine schwierige Zeit, Paulsen«, erklärte er, als würde das alles entschuldigen. »Längst nicht alle Wilden haben uns mit offenen Armen empfangen. Es war ein Kräftemessen, verstehen Sie? Mit dem Mädchen hatte ich ein wunderbares Mittel, diesen eigensinnigen Häuptling zu schwächen. Ich habe nicht den gesamten Schmuck verkauft. Ein Stück habe ich behalten und ihm gebracht.« Er lachte boshaft. »Es war perfekt. Kurz zuvor war ich bei ihm gewesen und hatte ihm gedroht. Ich habe gesagt, er solle sich bloß nicht länger widersetzen, sonst ... Ja, sonst ... Sonst was? Hä, Paulsen? Womit konnte ich ihm schon drohen? Die Wilden waren uns in so vielem überlegen. Sie kannten jeden Grashalm, jedes Wasserloch. Wir hatten doch keine Ahnung. Sie hätten uns fertigmachen können, ehe wir Piep sagen konnten. Glücklicherweise gab es einige, die nicht abgeneigt waren, einen guten Handel mit uns abzuschließen. Die anderen mussten wir eben brechen. Uns blieb gar keine andere Wahl.«

Schon der dritte Tag. Rutger fragte sich, wie lange er diesen Martius noch ertragen musste. Stone war ein angenehmer Gast, der sich alle Mühe gab, keine Umstände zu machen. Mit ihm konnte man sich unterhalten, und er interessierte sich für die Pflanzungen. Martius verbrachte glücklicherweise die meiste Zeit mit Georg. Die beiden passten bestens zusammen. Rutger hatte keinen Schimmer, womit sie sich die Zeit vertrieben, und es war ihm auch gleichgültig. Hauptsache, er bekam die beiden möglichst selten zu Gesicht. Sharifa sah er kaum. Das war ihm einerseits recht, denn er wollte vermeiden, dass Martius am Ende doch noch eins und eins zusammenzählte. Andererseits vermisste er sie schrecklich. Er fühlte sich wie in einem Käfig. Solange die Besucher da waren, konnte er relativ sicher sein, dass Georg ihn nicht drängte, die Übereignungsurkunde zu unterzeichnen. Nur konnte es ja nicht immer so weitergehen. Lieber würde er ihm die Kaffeeplantage überschreiben und ein neues Leben mit Sharifa beginnen, als noch länger zur Untätigkeit verdammt zu sein. Vorerst machte er gute Miene zum bösen Spiel. Es blieb ihm nichts anderes übrig. Er würde Kaffeekirschen ernten gehen. Es goss zwar in Strömen, doch das war ihm egal. Er musste etwas tun, bevor er noch völlig den Verstand verlor. Und zwischen den Bäumen fühlte er sich am wohlsten. Er streifte das Hemd ab. Es würde ja doch nur nass werden. Am liebsten hätte er nur einen Kikoi um die Lenden getragen wie viele der Eingeborenen. Leichtfüßig lief er die

Treppe hinab, da ertönte ein Schrei, der ihm durch alle Glieder fuhr. Was in aller Welt war das? Ein weiterer Schrei, noch lauter dieses Mal und nicht minder grässlich. Es kam aus dem Salon. Rutger rannte los. Georg hockte mit angezogenen Beinen in einem Sessel.
»Schlangen«, schrie er, als er Rutger sah. Dieser musste schmunzeln. Was für ein Angsthase sein Schwager doch war. Gewiss, man musste vorsichtig sein, weil es durchaus gefährliche Schlangen gab. Sich aber in einem Sessel zu verkriechen wie ein kleines Mädchen hatte noch niemandem geholfen. Rutger kam langsam näher.
»Wo denn? Unter deinem Sessel?«
»Bist du blind?« Rutger fiel erst jetzt auf, dass Georgs Gesicht stark gerötet war. Nicht nur das Gesicht, seine Haut war überall rot, und seine Pupillen waren riesig. War er womöglich schon gebissen worden? »Sie sind überall!« Georgs Stimme klang heiser und schrill. »Da!« Er deutete mit dem Finger auf Rutgers Beine. »Sie kriechen schon an dir hoch. Mein Gott, du musst etwas unternehmen!« Er richtete sich auf, als würde er im nächsten Moment aufspringen und davonlaufen. Dabei geriet er ins Schwanken und sank zurück in den Sessel.
»Georg, um Himmels willen, was ist denn bloß los? Bist du gebissen worden?«
»Noch nicht. Aber du wirst gleich gebissen oder gewürgt, wenn du nichts unternimmst.«
»Bei mir ist alles in Ordnung«, sagte er langsam. War sein Schwager von einer Sekunde zur nächsten übergeschnappt? »Es sind keine Schlangen hier, Georg, keine einzige. Siehst du?« Rutger hob ein Bein nach dem anderen in die Luft und schüttelte es aus.
»Nicht! Aufhören!«, schrie Georg. Rutger sah, dass sein Brustkorb sich beängstigend schnell hob und senkte.

»Du brauchst Hilfe«, stellte er fest und wandte sich zum Gehen.
»Nein, Rutger, bleib hier, bitte! Lass mich nicht allein, ich flehe dich an!« Im nächsten Moment brach er in Tränen aus. Georg weinte wie ein kleines Kind. Was zur Hölle stimmte nicht mit ihm?
»Ich bleibe nicht lange fort«, versprach er. Georg hatte die Hände vors Gesicht geschlagen und schluchzte hemmungslos. Er bot ein Bild des Jammers. Rutger konnte nicht anders, er ging zu ihm und berührte vorsichtig seinen Kopf. Das Schluchzen wurde lauter.
»Geh nicht weg«, winselte Georg.
Rutger strich ihm über das Haar. Dann sagte er: »Ich hole Perpetua, die wird dir helfen.«
»Nein!« Georgs Kopf schnellte in die Höhe. Was war nur mit seinen Augen los? Nie zuvor hatte Rutger solche Pupillen gesehen. »Warum willst du sie beunruhigen? Sie ist schwanger, sie kann Aufregung nicht vertragen.«
Rutger wunderte sich, dass sie nicht längst da war. Sie musste das Schreien doch auch gehört haben.
»Ha, sie sind weg«, verkündete Georg plötzlich und begann zu lachen. »Die Schlangen haben sich aus dem Staub gemacht.« Er bog sich vor Lachen. »Du bist ein Held«, keuchte er zwischendurch. »Sie haben dich gesehen und sind auf und davon.«
Rutger fühlte sich wie in einem bösen Traum. Jeder in diesem Haus musste ihn gehört haben, doch niemand ließ sich blicken, Emmi nicht, Martius nicht, und auch der Engländer war nicht zu sehen. Georg war aufgesprungen und geriet ins Schwanken, doch er fing sich gleich wieder und hüpfte nun albern vor Rutger auf und ab. »Sie sind wehweg, sie sind wehweg«, sang er.
Rutger fasste ihn an den Schultern. »Bist du betrunken, Georg?«
»Nein, ich schwöre dir, ich habe keinen Tropfen angerührt. Was denkst du denn von mir? Es ist doch noch früh am Tag!«

»Rühr dich nicht vom Fleck, hast du mich verstanden? Ich will nur eben nach Perpetua sehen.« Rutger ließ ihn los, lief die Treppe hoch und den Flur entlang, der zum Zimmer seiner Schwester führte. Er meinte ein ersticktes Wimmern zu hören und klopfte. Die Antwort war ein unverständliches Murmeln und Stöhnen. Er drückte die Türklinke herunter. Abgeschlossen. Er zögerte keinen Atemzug, rannte in sein Zimmer, von dort auf den Balkon und weiter zu Perpetuas Balkontür. Gottlob, sie war offen. Perpetua war auf einen Stuhl gefesselt. In ihrem Mund steckte eins ihrer Taschentücher.
»Was um ...?« Er riss das Tuch aus ihrem Mund. »Bist du verletzt?«
»Nein, es geht mir gut.« Sie sah ihn ängstlich an. »Hoffe ich.«
»Hat Georg das getan?« Er löste die Stricke, mit denen sie festgebunden war.
»Ja, er war wie von Sinnen. Er sagte, er müsse mich zu meiner Sicherheit fesseln, weil ich das Kind sonst verlieren könnte.« In dem Moment ertönte wiederum ein Schrei. »Er ist immer noch nicht bei Verstand, wie mir scheint.« Wie gefasst sie ist, dachte Rutger erstaunt. Wahrscheinlich das Ergebnis vieler Jahre im Krankenhaus. Sie hatte so viel gesehen, dass es schwer war, sie noch zu erschüttern. »Seine Augen«, sagte sie. »Hast du seine Augen gesehen?«
»Verschwinde, oder ich schieße dich über den Haufen«, brüllte Georg.
»Bitte, Rutger, geh zu ihm, bevor er noch mehr anrichtet. Den Rest schaffe ich hier schon.« Eilig machte sie sich daran, den Strick an ihren Füßen zu lösen. »Ich komme gleich nach«, rief sie ihm hinterher.
Rutger rannte zurück, darauf gefasst, Zeuge einer weiteren ungeheuerlichen Szene zu werden. Vorsichtig trat er an die Tür. Georg hatte einen Speer in der Hand, den er wie ein Jagdge-

wehr hielt. Er war allein. »Keine Sorge, lieber Schwager«, verkündete er übermütig. »Ich habe das Untier erlegt. Stattlicher Bursche, was?«
»Ja, allerdings. Gratuliere, Georg, ein guter Schuss.«
»Jaja, kann man wohl sagen!« Seine Brust schwoll an, seine Augen traten beinahe aus den Höhlen.
»Das sollten wir begießen«, schlug Rutger vor. »Leg dein Gewehr beiseite, das brauchst du nicht mehr.« Er blickte auf die Stelle des Teppichs, die auch Georg fest im Visier hatte. »Der ist hin!«
»Ja, das ist er.« Glücklicherweise legte Georg den Speer, den er für sein Jagdgewehr hielt, tatsächlich beiseite. Auf der Treppe waren Schritte zu hören. »Ob das eins von unseren Negermädchen ist? Die ganz jungen sind mir am liebsten.« Georg zwinkerte ihm vertraulich zu. »Weißt du, du bist kein übler Kerl, lieber Schwager«, meinte er vollmundig. »Komm, lass sie uns gemeinsam vernaschen. Ich brauche jetzt schwarzes Fleisch.«
Perpetua stand auf der Schwelle. Sie schluckte mehrmals, ehe sie in der Lage war, näher zu kommen.
»Was hast du zu dir genommen, Georg?«, fragte sie tonlos.
»Oh, meine Frau. Ist sie nicht entzückend? Sie ist so entzückend, wenn sie so streng ist.« Er kicherte.
»Ich will wissen, was du in den letzten Stunden zu dir genommen hast«, beharrte sie.
»Nichts, Peppi, wirklich. Also außer dem Mittagessen natürlich, aber das weißt du doch. Du warst nämlich dabei«, sagte er, als spräche er mit einer Irren. »Danach habe ich ein Pfeifchen geraucht, und gleich danach bin ich zu dir gekommen, weil ich mit dir ins Bett steigen wollte.« Seine Augen funkelten. Rutger hatte das Gefühl, sich übergeben zu müssen. Wie musste es erst Perpetua ergehen?
»Die Pfeife«, sagte sie leise zu Rutger. »Es muss etwas in der

Pfeife gewesen sein.« Und dann zu Georg: »Willst du noch immer mit mir ins Bett gehen?«
Rutger starrte sie an.
»Aber gerne, meine Süße. Ich hätte zwar lieber eine junge Antilope als eine alte Kuh, aber darauf soll es mir nicht ankommen.«
»Dann komm mit mir nach oben«, forderte sie ihn eisig auf, drehte sich um und ging voraus.
Rutger war zunächst wie vom Donner gerührt. Mit etwas Abstand schlich er ihnen dann hinterher. In diesem Moment traute er keinem von beiden über den Weg. Besser, er war in der Nähe, wenn etwas passierte. Er hörte sie in Perpetuas Zimmer leise reden. Plötzlich flog die Tür auf, Perpetua trat heraus, knallte die Tür hinter sich zu und drehte den Schlüssel herum. Georg schien noch nicht bemerkt zu haben, dass sie ihn aufs Glatteis geführt hatte, denn im Zimmer war es noch ruhig. Sie schloss die Augen und atmete laut aus.
»Was ist nur in ihn gefahren?«, fragte Rutger, der nicht wusste, ob er sie auf die scheußlichen Dinge ansprechen sollte, die Georg von sich gegeben hatte.
»Eine Droge ist in ihn gefahren, so viel steht fest«, gab Perpetua eisig zurück und ging an ihm vorbei. »Die Anzeichen sind eindeutig. Wenn ich nur wüsste, was es war, dann könnte ich mich besser vorbereiten.« Er folgte ihr in den Salon. Sie lief nervös auf und ab. »Wir können nur beten, dass er sich da oben nichts antut«, brachte sie gepresst hervor.
»Schmetterlinge!«, kam Georgs Stimme von oben. »Hat man so etwas schon gesehen? Es ist alles voll von ihnen.«
»Und wir sollten uns schleunigst etwas überlegen, was wir unseren Gästen sagen, wenn sie von ihrem Ausflug zurück sind. Es ist nicht anzunehmen, dass er in den nächsten Stunden Ruhe gibt.«

»Wo sind sie denn hin?«

»Martius wollte einen alten Bekannten in der lutherischen Mission besuchen, wenn ich es richtig verstanden habe.«

»Er hat ebenfalls eine Pfeife geraucht«, gab Rutger zu bedenken. Hoffentlich ergeht es ihm noch schlimmer, dachte er.

»Wir müssen Georgs Pfeife finden. Ich weiß nicht, ob ich damit etwas anfangen kann, aber ich muss es wenigstens versuchen. Willst du sie suchen, bitte?« Sie drehte sich zu ihm um und sah ihn flehend an. Es versetzte ihm einen Stich. Die ganze Zeit hatte sie so gefasst geklungen, dabei war sie zutiefst verletzt und verzweifelt.

»Es tut mir so leid.« Rutger nahm sie in den Arm und drückte sie an sich. »Es tut mir so schrecklich leid«, wiederholte er sanft. »Du darfst nicht mehr an das denken, was er getan oder gesagt hat.« Ihre Tränen benetzten seine Brust. Sie weinte leise. »Er ist nicht er selbst. Du hast es selber gesagt, es sind irgendwelche Drogen.« Es musste einige Jahre her sein, dass er seine Schwester das letzte Mal im Arm gehalten hatte. Sie wirkte immer so stark. Er hätte wissen müssen, dass sie es nicht war.

»Glaubst du, ich weiß nicht, dass er mich mit den Eingeborenenweibern betrügt?«, fragte sie erstickt an seinem Hals. »Ich weiß es schon lange, und es macht mich nicht gerade glücklich.« Sie rückte ein wenig von ihm ab. Rutger betrachtete ihre feuchten Wangen. Er griff eine Strähne seiner Haare und tupfte ihr damit behutsam die Tränen ab. Sie schluckte und schloss die Augen, ihre Lippen bebten. Er konnte sehen, wie sehr sie dagegen kämpfte, sich vollends gehenzulassen. Eine Weile standen sie so da, und er strich ihr liebevoll über das Gesicht. Dann ließ er die Hand sinken. Sie öffnete die Augen und holte tief Luft. »Bisher hatte es nichts zu bedeuten. Es waren ja nur Negerinnen.« Sie zuckte mit den Schultern. Rutger konnte nicht fassen, dass sie nach all den Jahren immer noch so dachte. »Dass er mich aber so verletzen würde ...« Sie brach ab. Ihre Miene wurde wieder hart. Rutger wusste, dass der Moment der Nähe vorbei war.

»Ich sehe mal, wo seine Pfeife ist.« Er ging ins Speisezimmer, dann ins Jagdzimmer. Nichts. Er hatte seinen Schwager früher nie rauchen sehen. Gut möglich, dass die Pfeife einem der Gäste gehörte. Aber hatte er nicht gesagt, er habe nach dem Essen geraucht? Martius und Stone konnten sie also kaum mitgenommen haben. Er ging in die Küche. Emmi saß regungslos am Küchentisch. Ein ungewöhnliches Bild, denn sie hatte sonst immer alle Hände voll zu tun. Sie blickte nicht einmal auf, als er eintrat. Vor ihr auf dem Tisch lag die Pfeife. Sie war gründlich gereinigt worden, wie es aussah.

»Was ist los, Emmi?« Als sie nicht antwortete, ihn nicht einmal jetzt ansah, zog er sich einen Stuhl heran und setzte sich neben sie. »Du musst mir sagen, was los ist, Emmi!«

Langsam drehte sie den Kopf und blickte ihm in die Augen. »Ich wollte ihn vergiften«, erklärte sie ruhig. »Ich wollte, dass er tot ist, aber ich habe ihm nicht genug in den Tabak gemischt. Es tut mir sehr leid.«

»Ich weiß, Emmi, ich weiß, dass es dir leidtut.«

»Nein, Bwana, Sie wissen gar nichts.« Sie ließ die Schultern hängen. »Mir tut nicht leid, dass ich es getan habe. Mir tut leid, dass es zu wenig war. Er wird nicht sterben.«

»Aber warum?« Rutger konnte nicht glauben, was sie sagte. Er kannte sie sein ganzes Leben lang. Nie hätte er für möglich gehalten, dass Emmi einen Menschen töten wollte. Waren denn alle vollkommen verrückt geworden?

»Er hat Imara beschmutzt.« Rutger stutzte. Sie musste sich irren. Imara war die Tochter eines Massai, die manchmal mit Diallo zur Farm kam. »Sie ist noch nicht einmal eine Frau«, fuhr Emmi müde fort. Die Kleine konnte höchstens neun oder zehn

Jahre alt sein. »Sie war noch nicht einmal beschnitten.« Emmi hatte ihm erzählt, dass die Massai zwar mehrere Frauen haben durften und jede Einzelne von ihnen nicht gerade liebevoll behandelten – es sei eben so üblich in ihrer Kultur, dass die Frau weit unter den Männern stehe und nur dazu da sei, ihre Kinder zu gebären –, doch es war Sitte, dass die Mädchen bereits in Imaras Alter einem jungen Krieger versprochen wurden. Der zahlte einen Teil des Brautpreises, den Rest hatte er zu bezahlen, wenn seine Zukünftige beschnitten war. »Was glauben Sie, was geschieht, wenn die weise Frau, die die Beschneidung vornehmen soll, sieht, was geschehen ist?« Emmi blickte ihn an. Ihre Wut kehrte zurück. »Sie wird ein fürchterliches Geschrei anfangen, und Imaras Eltern müssen dem Bräutigam den Brautpreis zurückgeben. Aber das können sie nicht. Überall herrscht Not. Imaras Eltern haben nichts. Sie werden sie verstoßen und den Hyänen überlassen.« Emmis Lippen bebten. »Wie konnte er nur so etwas tun, Bwana Malaika? Wie konnte er nur?«

Rutger schluckte schwer. »Deshalb hast du ihm etwas in die Pfeife getan, ja?«

»Ja, Bwana.«

»Sag mir, was es gewesen ist, Emmi, bitte!« Er stand auf. »Ich verspreche dir, dass ich dich nicht verraten werde, aber ich muss meiner Schwester sagen, was er geraucht hat. Mir fällt schon eine Geschichte ein.«

»Es waren die Samen des Stechapfels«, entgegnete sie leise.

»Stechapfel«, wiederholte Rutger. »Das hast du ihm also gegeben.«

»Und da bleiben Sie so ruhig, Paulsen?« Martius stand in der offenen Küchentür. Sie hatten ihn beide nicht bemerkt. Er riss die Augen auf. »Hat sie ihm das Zeug etwa in die Pfeife gejubelt?« Er deutete mit einer Kopfbewegung auf die Pfeife, die

auf dem Tisch lag. »Und was ist mit mir? Wollte sie mich auch vergiften?« Seine Stimme überschlug sich. Er ließ sein Gewehr von der Schulter gleiten.
»Sie wollte niemanden vergiften«, sagte Rutger scharf. »Es war ein Versehen.«
»Ein Versehen?« Martius wurde noch lauter. »Paulsen, Mensch, Sie sind ja noch dämlicher, als ich dachte. Diese Neger können Ihnen wohl alles erzählen, was?« Emmi saß noch immer da und machte keine Anstalten, sich in Sicherheit zu bringen oder sich auch nur zu verteidigen. Sie wusste, dass es keinen Sinn hatte.
»Ich werde Ihnen zeigen, wie man mit denen umgeht. Los, Paulsen, aus dem Weg! Ich knalle das Hexenweib gleich an Ort und Stelle ab!«
»Sie werden auf der Stelle verschwinden«, brüllte Rutger zitternd. »In diesem Haus entscheide noch immer ich, wie mit den Leuten umgegangen wird.« Er bebte am ganzen Körper. Martius hatte angelegt. »Um Himmels willen, Martius, kommen Sie zur Vernunft!« Es kostete ihn alle Mühe, einen ruhigeren Ton anzuschlagen.
»Sie sind derjenige von uns beiden, der endlich zur Vernunft kommen muss. Los doch, gehen Sie beiseite, sonst schieße ich Sie beide über den Haufen.«
Rutger hatte keinen Schimmer, woher Chandu so plötzlich gekommen war. Er sah nur, wie sein Freund vom Stamm der Wamakua blitzschnell nach Martius' Gewehr griff. Aber er bekam es nicht glücklich zu fassen. Martius konnte es ihm wieder aus den Händen reißen, holte aus und schlug mit dem Gewehrkolben nach Chandu. Doch der war schneller als der behäbige Martius und konnte dem Schlag ausweichen. Mit zwei Schritten war er bei Rutger.
»Laufen Sie, Bwana, laufen Sie schnell!«, sagte er leise und stellte sich vor Rutger. Martius setzte an und zielte.

»Nein!« Rutger schrie auf und riss Chandu zur Seite. Ein ohrenbetäubender Knall. Rutger spürte ein Feuer in seiner Brust. Er starrte Martius an, der ebenso überrascht war wie er. Chandu und Emmi rissen die Fäuste in die Luft und schlugen sich auf die Köpfe. Sie schreien, dachte er, aber er konnte nichts hören. Rutger sank auf die Knie. Er fühlte etwas Warmes, das ihm über die Brust lief. Dann war es dunkel.

Ich träumte einen Engel mit goldenen Flügeln. Mein Engel trug mich in ein weißes Land. Dort war es kühl und frisch wie nach dem großen Regen. Die Erde funkelte wie feines Mehl in der Sonne, und wir tanzten auf dem Wasser.
Als ich den Schuss hörte, schmerzte meine Brust. Ich wusste, dass ich ihn verloren hatte. Er würde nie seine Heimat sehen. Er würde niemals Kinder haben. Es zerriss mir das Herz. Chandu trug ihn aus dem Haus. Das Haar fiel über den Arm des Wamakua. Es leuchtete in der Mittagssonne wie flüssiges Gold. Sie brachten ihn in meine Hütte, wo er einen Tag und eine Nacht blieb. Emmi berichtete mir, dass Bibi Perpetua das Zimmer von Bwana Macho geöffnet hatte, weil es so lange still darin geblieben war. Sie musste ihm doch sagen, was geschehen war. Er gebärdete sich nicht mehr ganz so schlimm, war aber auch noch nicht wieder er selbst. Er verbot ihr, Malaika auf seinem Grund und Boden zu begraben. Als sie sagte, dass sie die Erbin der Kaffeeplantage sei, hat er sie eingesperrt. Ich konnte Bibi Perpetua oben am Fenster weinen sehen. Ich hätte ihr gern Trost geschenkt, aber Bwana Macho war noch im Wahn. Niemand traute sich in seine Nähe.
Während Malaika in meiner Hütte lag, bauten die beiden Massai ein Gestell mit einem gewölbten, wunderschön geflochtenen Dach. Ich nähte seinen Leib in Tuch ein. Als sie kamen, um ihn zu holen, legten wir ihn auf das Gestell und breiteten ein ande-

res Tuch über das gewölbte Dach, das ihn vollständig verdeckte. Malaikas Arbeiter und viele Männer, Frauen und Kinder vom Stamm der Massai waren gekommen, um ihn auf seinem letzten Weg durch die Savanne zu begleiten.
Als wir ihn am Haus vorbeitrugen, schaute ich wieder hinauf. Ich konnte Bibi Perpetuas Augen sehen. Es war nur ein kurzer Blick, aber ich sagte ihr, dass er an einen guten Ort komme. Der große Regen schwieg, weil ein Engel gestorben war. Am Fuße des Baobabs gruben die Männer ein Loch. Ich schnitt den Stoff an Malaikas Ohren auf, damit er unser Wehklagen und später die Geräusche der Steppe hören konnte. Die Männer legten ihn in die Grube und deckten das Gestell über ihn, damit der Sand nicht direkt auf ihn stürzte. Anschließend schütteten wir erst vorsichtig und dann mit immer kräftigeren Würfen das Grab zu. Sie stellten das gewölbte Dach darauf und schmückten es mit bunten Ketten und Apfelzweigen. Singend kehrte der Trauerzug schließlich nach Hause zurück. Nur ich blieb allein bei ihm. Ich bohrte Fackeln in die Erde rund um den Baobab und zündete sie an, als die Nacht hereinbrach. Über mir hörte ich ein Rauschen und Schwirren. Im Licht der Dämmerung erkannte ich Hunderte von Flughunden. Sie stürzten sich auf die Blüten, deren Duft sie mochten, spannten ihre ledrigen Flügel aus. Die Flughunde sorgten dafür, dass der Baobab bald Früchte tragen würde. Noch ehe die Dunkelheit da war, legten sie eine schwarze Decke auf den Himmel, so viele waren es. Ich hockte mich mit dem Rücken an den Baum, die Arme um meine Knie geschlungen, und ließ sein Grab nicht aus den Augen.

Deutschland, Mai 2012

Amali strich sich ungeduldig eine Haarsträhne hinters Ohr. Sie lockerte die Erde mit einer kleinen Schaufel, zupfte Unkraut und bereitete Pflanzlöcher vor.

Es beruhigte sie eigentlich immer, in dem kleinen Gemüsegarten zu arbeiten, den Niki und Jan vor den Toren Hamburgs besaßen. Sie setzte dort Kürbisse und Rüben für die Restaurantküche, hegte den Spinat und die Radieschen, wann immer es ihre Zeit zuließ. Ärger, den sie aus dem Geschäft mitbrachte, löste sich zuverlässig nach wenigen Minuten auf, sobald sich ein Trauerrand aus Erde unter ihren Fingernägeln gebildet hatte, sobald sie den würzigen Duft frisch angelegter Beete oder blühender Pflanzen atmete.

Dieses Mal versagte die Therapie. Niki war mit ihr zusammen rausgefahren. Während Amali junge Rosenkohlpflänzchen in den Boden brachte, machte die sich am Rhabarber zu schaffen. Amali sah von ihrer Arbeit auf.

»Was machst du denn da?«, rief sie gereizt.

»Ich mache die Blüten ab«, gab Niki zurück. Sie verstand weder die Frage noch die Kritik, die darin mitschwang. »Du sagst doch immer, der Rhabarber bildet sonst keine neuen Stiele.«

»Stimmt. Aber wenn du die Blüten mit der Schere abschneidest, kannst du sicher sein, dass du sie nicht vollständig entfernst. Dann faulen die Reste, und du kannst deine Ernte vergessen. Das habe ich dir schon hundertmal erklärt.«

Niki richtete sich auf und pustete eine Locke der frisch blon-

dierten Haare aus der Stirn. »So groß wird der Unterschied wohl nicht sein. Ich passe schon auf, dass ich alles erwische.«
»Das hat nichts mit aufpassen zu tun. Du musst die Blüten abdrehen, sonst wird das nichts.« Amali seufzte ungeduldig.
»Ich habe den Eindruck, du drehst ab.« Niki stützte die Fäuste in die Hüften. »Okay, Süße, welche Laus läuft dir gerade über die Leber? Lass mich raten, sie ist klein, schwarzhaarig und gut im Bett.«
»Sehr witzig!« Amali wollte es damit gut sein lassen und sich wieder um den Rosenkohl kümmern, aber sie würde an ihrem Ärger noch ersticken, wenn sie sich keine Luft machte. Sie warf die Schaufel in die fette dunkle Erde. »Ich bin mit einem stinkenden Auto durch das Land gefahren, das massenweise Abgase in die Atmosphäre pustet, ich habe Bier getrunken, ich habe schon am zweiten Tag mit ihm herumgeknutscht wie ein dämlicher Teenager, und ich habe sogar Krebsfleisch gegessen!«, sprudelte sie los. »Das musst du dir mal vorstellen, alle meine Prinzipien habe ich über Bord geworfen.«
Niki hatte sie am Vortag vom Flughafen abgeholt und mit nach Hause genommen.
»Du bist heute Abend besser nicht allein, Süße«, hatte sie verkündet, nachdem Amali ihr in groben Zügen berichtet hatte, was geschehen war. Dann hatte sie ihr das Gästezimmer hergerichtet, ohne auf ihren Protest zu achten. »Du hast noch Urlaub, und ich freue mich über etwas Gesellschaft. Jan kommt bestimmt spät, der hat eine große Feier im Blini.« Außerdem könne sie Hilfe im Gemüsegarten brauchen, hatte sie sehr bestimmt gesagt.
»Ärgere dich nicht mehr darüber.« Niki kam zu ihr und legte ihr einen Finger unter das Kinn. »Hey, Freundin, ich will dich lächeln sehen.« Sie blickte Amali erwartungsvoll an. »Je länger du dich ärgerst, desto unangenehmer wird die Sache für dich. Du

kannst es sowieso nicht mehr ändern. Und, hey, über das Knutschen und alles, was noch zwischen euch gelaufen ist, würde ich mich ohnehin nicht aufregen. Es war in dem Moment schön. Also behalte es auch so in Erinnerung.«
»Das sagst du so leicht.« Amali senkte den Blick.
Ihr kamen schon wieder die Tränen. Nicht aus Traurigkeit, sondern vor Wut, dass sie dermaßen auf jemanden hereinfallen konnte.
»Komm, wir machen hier Feierabend und fahren nach Hause. Ich taue uns ein großes Stück Torte auf, und wir machen es uns auf der Terrasse so richtig gemütlich«, schlug Niki vor. Doch Amali mochte nicht. Sie beschloss, in ihre Wohnung zu fahren und sich dann mit Jonathan Thalau in Verbindung zu setzen. Sie wollte es den von Eichenbaums mehr denn je heimzahlen.

»Schön, Sie gesund wiederzusehen.« Jonathan Thalau saß hinter seinem Schreibtisch. Amali fiel auf, dass eine neue Orchidee auf dem Fensterbrett stand. »Hatten Sie eine angenehme Reise? Tansania muss beeindruckend sein.«
»Ja, ist es.« Sie suchte nach Worten. »Und was macht Ihr Training? Hatten Sie Ihr Radrennen schon?«
»Ja, am Wochenende.« Er lachte. »Fragen Sie lieber nicht nach meiner Plazierung. Hauptsache, man ist dabei.« Es entstand eine kurze Pause. »Was gibt es von dem Mann mit dem martialischen Namen? Sie haben geschrieben, dieser Bausi könne uns auf der Suche nach Leichen im Keller der von Eichenbaums behilflich sein.«
»Ich frage Sie nicht nach Ihrer Plazierung, dafür fragen Sie mich nicht nach ihm. Können wir uns darauf einigen?«
»Natürlich. Ich dachte nur ... Gut, wenden wir uns erfreulichen Dingen zu. Ich mache Urlaub.«
»Toll«, sagte sie ohne jegliche Begeisterung.

»Sie sind früher nach Hause gekommen, richtig? Aber Sie haben auch noch eine Woche Urlaub übrig, stimmt's?«
Amali war irritiert. »Wollen wir zusammen verreisen?« Sie zog mürrisch die Stirn in Falten.
»Genau das wollen wir!« Er streckte die Beine unter dem Tisch aus und sah ziemlich zufrieden aus.
»Ich glaube, ich verstehe nicht ganz«, gab Amali reserviert zurück. Sie hatte eigentlich genug von Ausflügen mit Männern.
»Ich habe während Ihrer Abwesenheit mit Franz von Eichenbaum telefoniert. Er scheint ein sehr umgänglicher Mann zu sein. Wenn ich das richtig verstanden habe, ist er der Sohn der einzigen Tochter, die dieser Freiherr hatte. Sie wissen schon, der Freiherr, der Ihre Vorfahren um das Forsthaus gebracht hat.«
»Wer wüsste das besser als ich?«, entgegnete sie schnippisch.
»Das ist wahr. Jedenfalls habe ich den alten Herrn nach dem Forsthaus gefragt. Ich habe behauptet, eine Klientin von mir habe großes Interesse, es zu kaufen.«
»Super«, schnaubte sie. »Wenn Sie riesiges Interesse signalisieren, wird das bestimmt ein Schnäppchen. Falls die überhaupt verkaufen würden, was eher unwahrscheinlich ist.«
»Was auch immer in Tansania schiefgelaufen ist und Sie dazu bewogen hat, vorzeitig nach Deutschland zurückzukehren, ist nicht meine Schuld.« Er verschränkte die Finger ineinander und sah sie scharf an. »Ich sagte Ihnen schon einmal, dass ich es nicht mag, wenn ich in meinem Büro beleidigt werde.«
»Ich habe Sie nicht beleidigt«, verteidigte sie sich.
»Als Lob würde ich Ihren patzigen Kommentar auch nicht gerade bezeichnen.«
»Entschuldigung.« Sie setzte an, etwas zu ihrer Rechtfertigung vorzubringen, ließ es aber bleiben. Er hatte recht. Punkt. Mehr gab es dazu nicht zu sagen. »Sie nehmen kein Blatt vor den Mund, was?«

»Nur, wenn es einem Mandanten nützlich sein könnte.« Er sah sie freundlich an. »Privat ist es nicht meine Art, nein.«
»Sie sprachen von erfreulichen Dingen. Wie hat dieser freundliche ältere Herr denn reagiert?«
»Zuerst wollte er mich abwimmeln. Sie seien nicht interessiert zu verkaufen, das Haus sei ohnehin baufällig. Es habe mal jemanden gegeben, der es hätte kaufen können, aber das sei lange her.« Jonathan Thalau schenkte ihr einen Blick, der sie aufmerksam werden ließ. »Aus einem Gefühl heraus habe ich Ihren Namen erwähnt«, erzählte er weiter. »Mit ganz erstaunlichem Ergebnis.«
Jetzt wurde Amali wirklich neugierig. »Mit welchem?«
»Er möchte Sie kennenlernen und hat ein Treffen vorgeschlagen.« Er beugte sich vor. »Lust auf eine Fahrt nach Ostholstein?

Jonathan Thalau hatte einen Mietwagen genommen und sie zu Hause abgeholt. Er selbst besaß kein Auto, wie er ihr zu ihrer großen Überraschung mitgeteilt hatte. Amali hatte erwartet, dass er eine teure Limousine oder ein Cabriolet in der Garage stehen hatte. Sie fuhren an Lübeck vorbei, dann über Travemünde und weiter an der Ostsee entlang. Wären sie auf der Autobahn geblieben, hätten sie zwar Zeit gespart, aber diese Strecke war natürlich bedeutend schöner. Sie kamen durch Niendorf, Timmendorfer Strand und Scharbeutz. In Haffkrug gefiel es Amali besonders gut. Die Straße war schmal, die Häuser wirkten nicht unpassend groß, zwischen dem hellen Strand und der Promenade gab es einen hübschen Dünenstreifen. Die Hauptsaison hatte noch nicht begonnen, weshalb die Badeorte noch nicht überlaufen waren. Trotzdem war natürlich ordentlich Betrieb. Kein Wunder bei dem herrlichen Sonnenschein.
»Hier kann man es aushalten«, sagte Jonathan Thalau in die Stille. »Anwälte werden überall gebraucht.« Er legte den Kopf

ein wenig schief, ganz typisch für ihn, wie Amali auffiel. »Vielleicht sollte ich mich hier irgendwo in Küstennähe niederlassen. Ist bestimmt gesünder und sehr viel schöner als mitten in der Stadt.«

»Ja, ich würde auch sofort umziehen, wenn ich die Möglichkeit hätte. Ich mag Hamburg, aber ohne meinen Vater hält mich dort nicht mehr viel.«

Jonathan Thalau sah sie kurz von der Seite an, sagte aber nichts. Die Fahrt ging weiter über Sierksdorf und Neustadt und dann von der Küste weg mitten hinein in die Holsteinische Schweiz. Amali dachte an Afrika, an die rote Erde, die faszinierende Tier- und Pflanzenwelt. Ein Lächeln huschte über ihre Lippen.

»Ich wünschte, ich könnte Ihre Gedanken lesen.« Jonathan Thalau hatte sie anscheinend beobachtet.

»Sie wären enttäuscht.« Nach einer Pause setzte sie hinzu: »Ich habe gerade darüber nachgedacht, wie merkwürdig es ist. Wir Deutschen reisen in die ganze Welt, sind begeistert von exotischen Ländern wie Tansania und übersehen dabei, wie schön wir es vor der eigenen Haustür haben. Ich meine, die Savanne war wirklich beeindruckend und auf ihre Art wunderschön, aber sehen Sie sich nur diese prachtvollen Rapsfelder an! Sind die nicht mindestens ebenso schön?« Sie ließ ihren Blick über die gelb leuchtenden Felder schweifen. »Da hinten stehen sogar ein paar Rehe. Zugegeben, Elefanten und Löwen in freier Wildbahn zu betrachten ist für uns ein besonderes Erlebnis. Rehe sehen wir einfach häufiger. Trotzdem ist es doch großartig.«

»Das ist wahr. Ich freue mich auch jedes Mal, wenn ein Seeadler durch die Luft segelt oder ein Falke. Ich habe das Gefühl, der Bestand an Greifvögeln hat in den letzten Jahren wieder zugenommen.«

Als sie das Gutshaus erreichten, schlug Amali das Herz bis zum

Hals. Es fiel ihr schwer, ihre Wut auf diese Familie beiseitezuschieben, wie Thalau ihr geraten hatte. Was er über das Gespräch mit Franz von Eichenbaum erzählt hatte, klang wirklich sympathisch. Und sie durfte nicht vergessen, dass sie etwas erreichen wollte, was ihr rechtlich keineswegs zustand. Da wäre es sicher nicht hilfreich, feindselig aufzutreten. Dennoch hatte sie deutliche Vorbehalte. Zweimal waren ihre Vorfahren von den von Eichenbaums betrogen worden. Zu allem Überfluss hatte es sie auch noch selbst erwischt. Sie konnte sich nicht vorstellen, jemandem aus dieser Sippe zu trauen.

Eine große schlanke Frau, die sich als Jasmin von Eichenbaum, Franz von Eichenbaums Schwiegertochter, vorstellte, bat sie in den Salon.

»Früher einmal gab es in jedem Gutshaus einen Salon«, erzählte sie. »Wir nennen den Raum noch immer so, weil uns kein anderer Name dafür einfällt. Es ist weder Ess- noch Wohnzimmer noch Bibliothek. Wir sitzen hier gern, wenn wir Besuch haben, der nur kurz vorbeischaut.« Sie sah Amali an und schenkte ihr ein kühles Lächeln. »Bitte nehmen Sie doch Platz. Ich hole meinen Schwiegervater.«

»Das nenne ich Gastfreundschaft«, flüsterte Amali pikiert, kaum dass sich die Tür hinter Jasmin von Eichenbaum geschlossen hatte. »Setzen Sie sich mal hier hinein. Hier empfangen wir jeden Besuch, den wir schnell abfertigen wollen.« Sie verzog das Gesicht.

»Das hat sie nicht gesagt.«

»Nicht mit diesen Worten.« Amali sah sich um. Sie hatte gemusterte Tapeten, Jagdtrophäen und düstere Ölgemälde erwartet, eine Ahnengalerie womöglich. Stattdessen war der Salon hellgelb gestrichen und mit modernen Ledermöbeln eingerichtet. Vor den beiden großen Fenstern hingen keine Gardinen, so dass das Sonnenlicht ungehindert hineinkonnte. An der Stirnseite

des Raums gab es eine Bücherwand aus weiß lasiertem Holz. Eine Leiter auf Rollen lehnte daran, mit der man die oberen Regalreihen erreichen konnte. Wenn hier schon so viele Bücher waren, wie mochte dann erst die Bibliothek aussehen? An der gegenüberliegenden Wand stand eine antike Anrichte, die einen interessanten Gegenpunkt zu den übrigen modernen Möbeln setzte. Darauf stand ein Schachspiel. Amali musste schlucken, denn dieses Spiel würde sie immer an die stillen und gleichzeitig intensiven Momente mit ihrem Vater erinnern. Beim Schach hatten sich oft ihre besten Gespräche entwickelt, weshalb sie für eine Partie auch immer mehr als ein Treffen benötigt hatten.
Die Tür öffnete sich, und ein älterer Herr trat ein. Amali und Jonathan Thalau erhoben sich.
»Guten Tag!« Franz von Eichenbaum trat auf sie zu und reichte zuerst Amali die Hand. »Es freut mich so, Sie kennenzulernen«, sagte er und sah sie lange an. Er musste einmal ein stattlicher Mann gewesen sein, vermutete sie. Noch immer war sein Händedruck kraftvoll, seine Augen waren äußerst lebendig. Dennoch hatte das Alter seine Spuren hinterlassen.
»Danke, dass Sie sich Zeit für uns nehmen«, sagte Jonathan Thalau zur Begrüßung.
»Ich bitte Sie, Herr Thalau, ein Mann meines Alters hat doch immer Zeit, wenn er auch nicht mehr viel Zeit hat.« Er schmunzelte und forderte sie auf, wieder Platz zu nehmen. »Darf ich Ihnen etwas anbieten? Einen Kaffee vielleicht oder lieber etwas Kaltes?«
»Für mich nicht, danke.« Amali wusste nicht, wie sie sich verhalten sollte.
»Gegen ein Wasser hätte ich nichts einzuwenden«, meinte Jonathan Thalau fröhlich.
»Meine Schwiegertochter haben Sie ja schon kennengelernt. Sie wird sich sicher gleich darum kümmern.« Er hatte es noch

gar nicht ganz ausgesprochen, da war Jasmin zur Stelle. Wenig später brachte sie eine Karaffe mit Wasser und Gläser. Dann waren sie wieder zu dritt. »Sie sind also Amali Thale und würden gern unser altes Forsthaus kaufen«, kam Franz von Eichenbaum direkt zur Sache. »Herr Thalau sagte mir, dass Ihr Vater kürzlich verstorben ist. Das tut mir sehr leid. Er kann noch nicht sehr alt gewesen sein.«

»Er war sechsundfünfzig«, sagte sie leise. »Kannten Sie ihn?«

»Nein, nein, leider nicht.« Wieder betrachtete er sie lange, als würde er in ihrem Gesicht nach dem Grund suchen, der sie wirklich hergeführt hatte. »Tut mir sehr leid, dass Sie ihn so früh verloren haben. Sechsundfünfzig Jahre, das ist viel zu früh.«

»Ja, das ist es. In meiner Familie scheint Glück Mangelware zu sein.« Das klang bitterer, als sie beabsichtigt hatte.

»Oh, wirklich? Das tut mir leid zu hören.« Der alte Herr sah sie mitfühlend an. Ihm tat anscheinend alles furchtbar leid. Zumindest behauptete er es ständig. Sein Haar war noch erstaunlich voll und schneeweiß, er hatte auffallend blaue Augen, und seine Haut war von unzähligen Falten durchzogen, darunter viele Lachfältchen.

»Herr von Eichenbaum, meine Mandantin ist sehr an Ihrem Forsthaus interessiert«, schaltete sich Jonathan Thalau jetzt ein. »Sie sagten mir erst, dass Sie nicht verkaufen, haben uns dann aber hierher eingeladen. Heißt das, es gibt womöglich doch eine Chance, ins Geschäft zu kommen?«

Franz von Eichenbaum nickte bedächtig. »Es gibt immer eine Chance. Man muss manchmal nur den Weg dafür ebnen.«

Amali fragte sich, was das zu bedeuten hatte. Plante er irgendein krummes Ding, wie es bei seinen Vorfahren üblich war?

»Vor allem wollte ich Frau Thale gerne treffen, wenn ich ehrlich bin.« Er lächelte sie freundlich an.

»Ach ja, und warum, wenn ich fragen darf?« Sie erntete einen warnenden Blick von Jonathan Thalau. Er konnte es nicht leiden, wenn sie so schnippisch war, aber sie würde sich hier nicht einfach hinhalten lassen.
»Die jungen Leute«, entgegnete Franz von Eichenbaum, ohne ihre Frage zu beantworten, »haben es immer schrecklich eilig. Das werde ich Ihnen noch erklären, junge Dame. Wenn es Ihnen nichts ausmacht, würde ich vorher gern ein bisschen über Sie erfahren. Was machen Sie beruflich?«
Amali war verunsichert. Was sollte dieses Theater? War er doch bereit zu verkaufen und wollte abschätzen, ob sie auch zahlungskräftig oder seriös war? Und dann diese Heimlichtuerei. Sie spürte die erwartungsvollen Blicke der beiden Männer.
»Ich habe BWL studiert und anschließend das einjährige Traineeprogramm Ökolandbau absolviert. Im Moment arbeite ich in einem Lebensmittelgeschäft mit Schwerpunkt auf biologischen Produkten, aber ich möchte mich selbständig machen.«
Während sie sprach, nickte Franz von Eichenbaum die ganze Zeit, als hätte er genau das erwartet oder schon gewusst.
»Haben Sie Kinder?«
»Nein, ich lebe allein«, antwortete sie und fühlte sich etwas unbehaglich. Sie spürte Jonathan Thalaus Blick und hätte das Ganze am liebsten beendet. Das führte doch alles zu nichts, oder?
»Sie möchten also ein eigenes Lebensmittelgeschäft eröffnen. Habe ich das richtig verstanden?« Irgendwo im Haus kreischte ein Kleinkind. Man hörte Schritte und sehr gedämpft Stimmen.
»Nicht nur. Ich würde gern selber Obst und Gemüse anbauen. Das würde ich dann verkaufen und zum Teil auch selbst verarbeiten.« Wieder dieses wissende Nicken. Was mochte nur in dem Kopf des alten Herrn vorgehen?

»Dafür wollen Sie das Forsthaus und die alte Wiese kaufen«, stellte Franz von Eichenbaum fest.
»Ich halte die Bedingungen hier für ideal«, meinte sie. Franz von Eichenbaum nickte. Dann entstand eine lange Pause, in der Thalau einen Schluck Wasser trank und die beiden konzentriert beobachtete. Konnte er nicht auch mal etwas sagen? Wofür war er denn mitgekommen, wenn er nur dasaß und seinen Mund hielt, fragte sie sich ärgerlich. Gerade als Thalau Luft holte, kam Franz von Eichenbaum ihm zuvor.
»Sie wissen, dass Haus und Land einmal Ihren Ururgroßeltern gehört haben, nicht wahr?« Amali rutschte das Herz in die Hose, und auch Jonathan Thalau war sichtlich überrascht.
»Sie kennen die Geschichte?«, hakte er nach.
»Natürlich, junger Mann, was denken Sie denn?« Franz von Eichenbaum sah ihn amüsiert an. Er genoss es, die beiden ein wenig aus der Fassung gebracht zu haben.
»Dann wissen Sie bestimmt auch, dass Ihr Großvater meine Urugroßeltern betrogen hat«, warf Amali kühl ein. Mal sehen, ob er auch aus der Reserve zu locken war.
»Wie gesagt, ich kenne die ganze Geschichte.« Er nickte. »Das ist lange her. Ich hätte nicht erwartet, noch jemals einer Nachfahrin der Paulsens zu begegnen.« Er hatte es nicht gehofft, trifft die Sache wohl besser, dachte Amali. »Ich würde Ihnen gern meinen Sohn vorstellen. Wir halten es in dieser Familie so, dass die Immobilien und das Land möglichst mit warmen Händen vom Vater an den erstgeborenen Sohn oder selbstverständlich die erstgeborene Tochter vererbt werden, wenn Sie verstehen. Die älteren Generationen behalten aber ein Wohnrecht bis zum Tod. Eine Regelung, die sehr gut funktioniert. Was den Verkauf des Forsthauses betrifft, müssten Sie also im Grunde mit meinem Sohn verhandeln.« Müssten Sie im Grunde, was sollte das schon wieder bedeuten? Bevor Amali fragen konnte,

hatte Franz von Eichenbaum sich erstaunlich leicht erhoben, war zur Tür gegangen und hatte nach seinem Sohn gerufen.

Amali erkannte den Mann, der sie und Niki bei ihrem ersten Besuch am Forsthaus überrascht hatte. Er hatte einen kleinen Jungen auf dem Arm, den Amali auf höchstens ein halbes Jahr schätzte.

»Guten Tag!« Oliver von Eichenbaum reichte ihr die freie Hand. Der Knirps auf seinem Arm streckte augenblicklich die winzige Hand nach Amalis Zopf aus. »Ich habe mir fast gedacht, dass Sie es sind. Sie waren neulich mit einer Freundin hier und haben sich das Forsthaus angesehen.«

»Das ist richtig. Ich wusste bis zu dem Zeitpunkt nicht einmal, ob es noch existiert.«

»Warum haben Sie nicht gesagt, welche Beziehung Sie zu dem alten Schuppen haben? Ich hätte Sie gleich meinem Vater vorgestellt.« Amali hielt dem Jungen das Ende ihres Zopfs hin. Sofort schloss sich die kleine Faust darum.

»Wie heißt denn Ihr Sohn?«, fragte Amali.

Oliver lachte. »Vielen Dank für das Kompliment. Der junge Mann hier ist mein Enkel. Darf ich vorstellen? Paul!«

»Hallo, Paul.« Amali streckte ihm einen Finger hin und schüttelte vorsichtig seine kleine Hand. Paul sah sie an und lächelte. Dann wandte er sich wieder ihren Haaren zu, die er offenbar interessanter fand als ihren Finger.

»Ich sagte Ihnen bereits, dass das Forsthaus baufällig ist«, begann Oliver. »Es hat zu lange leer gestanden.«

»Warum eigentlich?« Amali war wirklich gespannt auf seine Erklärung. Vater und Sohn tauschten tiefe Blicke.

»Das ist eine lange Geschichte. Ich hatte Ihnen versprochen, Ihnen das eine oder andere später zu erklären. Glauben Sie mir, das werde ich tun. Bei unserem nächsten Treffen.« Franz von Eichenbaum reichte ihr die Hand. »Für heute wollen Sie mich

bitte entschuldigen? Ich weiß, ich wirke noch äußerst knackig für mein Alter.« Er schmunzelte, sein Sohn rollte mit den Augen. »Doch leider trifft das vor allem auf meine Gelenke zu. Der Rest von mir ist in einem ähnlichen Zustand wie das Forsthaus. Deshalb muss ich mich jetzt zurückziehen und ausruhen.«
Sie verabredeten sich für den Nachmittag des kommenden Tages. Nachdem Franz von Eichenbaum gegangen war, teilte Oliver ihnen mit, dass er seinem Vater nicht vorgreifen wolle. Er habe aus verschiedenen Gründen beschlossen, seinem Vater die Entscheidung über den Verkauf zu überlassen.
»Er ist einfach näher dran an der alten Geschichte als ich oder irgendjemand sonst aus der Familie. Was ich Ihnen sagen kann, ist, dass meine Großmutter die einzige Tochter des Freiherrn von Eichenbaum war, der dieses Anwesen erworben hat. Weit vor meiner und selbst vor seiner Zeit ist etwas vorgefallen, was meinen Vater heute noch beschäftigt. Er spricht gerne von einer Familiensünde, was ich, wenn Sie mir das verzeihen wollen, für reichlich übertrieben halte. Irgendetwas an dieser alten Geschichte berührt meinen Vater sehr. Ich glaube, es würde ihm guttun, wenn er da etwas in Ordnung bringen könnte.«
Nachdem sie noch ein paar Sekunden beieinandergestanden hatten, verabschiedeten sie sich.
»Ist es Ihnen recht, wenn wir dem Forsthaus und der alten Apfelwiese noch einen Besuch abstatten?«, fragte Jonathan Thalau, als sie an der Tür standen. »Ich würde gern mit eigenen Augen sehen, worum es hier geht.«
»Natürlich, kein Problem. Seien Sie aber bitte vorsichtig, und halten Sie Abstand. Das Dach ist inzwischen notdürftig geflickt, doch man kann nie sicher sein, dass nicht an einer anderen Stelle etwas kaputt geht und herunterkommt.«

»Ist es nicht wunderschön?« Amali hatte befürchtet, dass sie auf den zweiten Blick nicht mehr so begeistert wäre. Bei ihrem ersten Besuch hatte sie nicht einmal gewusst, ob sie überhaupt etwas zu sehen bekäme. Die Aufregung der Entdeckung, der ersten Begegnung mit ihrer Vergangenheit hatte sie erfüllt. Nun hätte die Ernüchterung folgen können. Doch das war nicht der Fall. Sie liebte diesen Ort und dieses verträumte alte Haus.
»Fachwerk«, stellte Jonathan Thalau fest. »Sehr schön! Man kann nur hoffen, dass nicht der Holzbock drin ist. Die alten Backsteine sind unverwüstlich. Wir müssen uns dringend ansehen, ob auch der Putz und das Material dazwischen noch hält.«
»Haben Sie auch noch Architektur studiert?«
»O nein, ich bin ein absoluter Laie. Ich habe einfach etwas für traditionelles Bauen übrig. Manchmal denke ich, die Leute haben früher mit weniger Hilfsmitteln bessere Häuser zustande gebracht. Glauben Sie, eine Stadtvilla von heute steht in hundertfünfzig Jahren noch?« Er zuckte mit den Schultern. »Ich bin da nicht sicher. Außerdem war das Wohnklima früher größtenteils besser. Es war noch nicht alles voller Chemie, die ausgast und den Körper belastet.« Jonathan Thalau seufzte. »Wenn ich etwas Passendes finden würde, hätte ich mein Büro am liebsten in einem Fachwerkhaus unter Reet.«
»Meinen Sie, man könnte auf das Forsthaus ein Reetdach setzen?«
»Mit dem nötigen Kleingeld …«
»Das fehlt mir leider. Allerdings ließe sich so ein Dach bestimmt auch später draufsetzen.« Amali sah ihren Laden bereits vor sich. Letztes Mal war ihr gar nicht aufgefallen, wie groß das Gebäude war. Vermutlich gab es nicht nur genug Platz für eine Wohnung im Obergeschoss, sondern auch noch für eine weitere in dem Seitentrakt. Wenn sie die vermieten konnte, ließe sich

das Objekt vielleicht wirklich finanzieren. »Schade, dass wir nicht hineingehen können.«

»Morgen vielleicht«, vertröstete Jonathan Thalau sie. »Aber einen Blick durch das Fenster könnten wir schon riskieren«, meinte er. Er schaute kurz zum Dach hinauf. »Da sieht eigentlich alles ganz ordentlich aus. Wir haben keinen Sturm. Was soll also passieren?« Schon drückte er ein paar Äste zur Seite und schob sich zwischen zwei Sträuchern hindurch.

»Oliver von Eichenbaum hat uns extra gebeten, nicht zu nahe hinzugehen. Meinen Sie, es ist klug, wenn wir uns nicht daran halten? Immerhin ist er der Besitzer. Wenn er sich stur stellt, wird hier gar nichts verkauft.«

»Sie wissen auch nicht, was Sie wollen. In einem Augenblick würden Sie den von Eichenbaums am liebsten die Leviten lesen, dann sind Sie schön brav, damit man sich auf das Geschäft mit Ihnen einlässt.«

»Sie haben mir doch klargemacht, dass es keine rechtliche Handhabe gibt. Also muss ich meine Wut doch hinunterschlucken, oder? Sonst brauche ich hier gar nicht weiterzumachen.« Sie ließ sich ihre gute Laune nicht verderben. »Und wenn es zu einem Verkauf kommt, wären wir Nachbarn. Da wäre es auch nicht gerade toll, wenn von vornherein Krieg zwischen uns herrscht.«

»Das ist eine gute Einsicht.« Er sah sie zufrieden an. »Ich glaube nicht, dass sie Ihnen gleich den Krieg erklären, nur weil Sie es doch nicht ausgehalten haben, nicht hineinzusehen. Oje, die Böden scheinen komplett im Eimer zu sein«, meinte er, während er durch die dreckige Scheibe spähte. Alles war voller Spinnweben und Staub. Er würde sich das Hemd versauen, so, wie er mit den Armen an dem Fenster lehnte. »Drinnen gibt es auch offene Balken. Sehr schön!«

»Sofern sie nicht morsch sind«, gab Amali zu bedenken.

»Es ist ein Jammer, dass sie das Haus so lange sich selbst überlassen haben. Ich bin gespannt, welche Erklärung es dafür gibt«, sagte Jonathan Thalau, als sie, nachdem sie noch die Obstwiese angesehen hatten, schließlich zurück zum Wagen gingen.

Sie nahmen sich in Neustadt zwei Zimmer in einer kleinen Pension unweit des Neustädter Binnenwassers und des Hafens. Die Einrichtung hatte den Charme der fünfziger Jahre. Amali musste an die Oberklasse-Baumhaus-Suite denken. Wie hatte sie sich von all dem Luxus nur so blenden lassen können? Nein, dachte sie, es war nicht der Luxus gewesen, der sie so in seinen Bann gezogen hatte. Es war die überwältigende Lage über den Gipfeln des Dschungels. Es war Bausis Anziehungskraft, die er gnadenlos einzusetzen verstand. Der Gedanke versetzte ihr einen Stich. Sie war froh, wieder zu Hause zu sein. Hier gehörte sie hin. Die familiäre Pension passte weit besser zu ihr als eine mondäne Unterkunft. Sie duschte und schlüpfte in eine weiße Leinenhose und ein blaues Oberteil, das ärmellos und im Nacken geknotet war. Sie würden irgendwo zu Abend essen und sich so gut auf das morgige Treffen mit Franz von Eichenbaum vorbereiten, wie es eben ging.
»Sie sehen hübsch aus. Der Schnitt steht Ihnen sehr gut«, sagte Jonathan Thalau, als sie in den Eingangsbereich hinunterkam.
»Danke schön.«
Sie überquerten die Schiffbrücke und bogen links ab zum Pagodenspeicher, einem ehemaligen Kornspeicher aus dem 19. Jahrhundert, dessen Dach deutlich höher war als das Erdgeschoss. Das mit roten Ziegeln gedeckte Walmdach war in mehrere Absätze unterteilt, zwischen denen jeweils Reihen kleiner, dicht an dicht gesetzter Dachluken zu erkennen waren. So hatte es tatsächlich eine Form, die an eine asiatische Pagode erinnerte. Sie spazierten weiter am Binnenwasser entlang. Die Luft war noch

mild, aber es würde nicht mehr lange dauern, bis es kühl wurde. Es roch nach Fisch, Salz und Algen. Nach einer Weile bogen sie rechts ab, ließen das Kremper Tor hinter sich, ein Stadttor aus dem Mittelalter, dem man irgendwann einen Treppengiebel zugemutet hatte, bogen erneut rechts ab und hielten auf den Marktplatz zu.

»Haben Sie schon großen Hunger?«

»Nein.« Amali hatte den ganzen Tag über kaum etwas zu sich genommen, und auch jetzt fehlte ihr der Appetit. Sie war einfach zu aufgeregt, um an Essen zu denken.

»Dann lassen Sie uns noch ein Stück gehen. Ich war schon einmal hier und habe in einem Lokal gegessen, das Ihnen gefallen wird. Es liegt direkt am Wasser, und es gibt innen jede Menge altes Holz.«

Er hatte ihren Geschmack richtig eingeschätzt. Nur grob behauene Holzpfosten trugen die Deckenkonstruktion. Die Tische standen auf dunklem Parkett. Sie fanden einen Platz in einer Nische, wo sie ihre Ruhe hatten.

»Ich würde sagen, das Treffen heute ist sehr gut gelaufen. Was meinen Sie?« Jonathan Thalau sah sie an. Bevor sie jedoch antworten konnte, fuhr er fort: »Amali, Sie sind nicht meine Mandantin im eigentlichen Sinn, und ich habe streng genommen gerade Urlaub. Würde es Ihnen etwas ausmachen, wenn wir uns duzen würden? Ich weiß, diese Frage müsste die Frau stellen, wenn wir uns streng nach Herrn Knigge richten wollten. Aber ich halte Sie für emanzipiert genug, um es mit derartigen Regeln nicht zu genau zu nehmen.« Er lächelte keck. »Ich trage es Ihnen auch nicht nach, wenn Sie ablehnen. Ich respektiere, wenn jemand das nicht mag. Nur fühle ich mich so dienstlich, wenn wir uns siezen. Und das mag ich außerhalb meines Büros nicht so gerne.«

»In Ihrem Büro mögen Sie nicht beleidigt werden, außerhalb

mögen Sie nicht dienstlich sein. Mir scheint, Sie sind ein wenig kompliziert.«

»Finden Sie?« Er verschränkte die Finger ineinander. »Ich mag auch außerhalb meines Büros nicht beleidigt werden. So kompliziert ist es also gar nicht.«

Amali lächelte. »Stimmt.« Sie hob ihr Weinglas. »Also dann, ich bin Amali.«

»Sehr erfreut«, sagte er. »Ich bin Jonathan.« Sie stießen an. Sofort kam er auf das Treffen im Gutshaus zurück. »Ich hatte den Eindruck, sie sind durchaus bereit, dir das Forsthaus zu verkaufen. Was denkst du?«

»Ich weiß nicht, was ich denken soll. Sie tun so geheimnisvoll. Ich habe keine Ahnung, ob sie mich auch hereinlegen wollen oder ob es stimmt, was dieser Oliver sagte, dass sein Vater gern etwas gutmachen würde.«

»Warum sagst du, du weißt nicht, ob sie dich auch hereinlegen wollen? Du bist in dieser Geschichte doch noch nicht hereingelegt worden, oder?«

»Doch«, gab sie düster zurück.

»Bausi?«

Amali sah auf und blickte direkt in seine Augen. Sie meinte Wärme darin zu erkennen, aber das konnte man bei Männern nie so genau definieren. Sie schluckte. »Ja.« Die Details gingen ihn nichts an, und er fragte auch nicht nach. Aber sein Schweigen lag wie eine zähe Masse zwischen ihnen. »Er hat mir zu verstehen gegeben, dass er mit einigen Familienmitgliedern noch eine Rechnung offen hat. Er hat behauptet, dass er sich für das schämt, was seine männlichen Vorfahren sich alles geleistet haben. Sein Cousin sei angeblich der Besitzer des Gutes, das der Freiherr damals ebenfalls auf illegale Weise erworben haben soll. Bausi wollte Druck auf seinen Cousin ausüben. Er hat etwas von einem Mord angedeutet und meinte, wenn er damit drohen würde, das in der Nachbarschaft der von Eichenbaums herumzuposaunen, könnte es sein, dass die in ziemliche Aufregung geraten und mir lieber das Haus günstig überlassen, wenn er nur schweigt.« Jonathan ließ sie reden. »Er hat behauptet, dass sein Vater ihm das Leben schwer macht. Bausi hat sich als überzeugten Biolandwirt ausgegeben, seinen eigenen Vater hat er unfassbar schlechtgemacht. Dabei ist es Bausis Frau, die sich um die Kaffeeplantage kümmert.«

»Er ist verheiratet?« Jonathan war überrascht. »Ich hatte den Eindruck …«

»Tja, ich war genauso vor den Kopf gestoßen wie du. Er hat mir den Hof gemacht, und dann stehe ich plötzlich seiner Frau gegenüber.« Sie starrte auf die Tischplatte, konnte seinen Blick aber deutlich spüren. »Das, was du über ihn herausgefunden hast, kann ich bestätigen. Ich dachte zuerst, es müsste sich um einen Irrtum handeln, eine Verwechslung vielleicht. Aber selbst seine eigene Frau sagte, sie wolle lieber nicht so genau wissen, in welche Geschäfte er so alles verwickelt sei. In Dar es Salaam scheint er einige Beamte zu schmieren. Erst habe ich dort keine Informationen bekommen. Es war, als hätte ich ein Tabu angesprochen. Dann hab ich einen Beamten gefunden, der Bausi nur zu gern drankriegen würde.«

»Verstehe. Mit ihm können wir also nicht rechnen. Aber ich denke, wir brauchen ihn sowieso nicht mehr. Ich gebe zu, ich hätte es niemals für möglich gehalten, aber wie es aussieht, kennt Franz von Eichenbaum die alte Geschichte mit dem Betrug. Und der alte Herr hat das Bedürfnis, für etwas ausgleichende Gerechtigkeit zu sorgen.«

»Du meinst, man kann ihm trauen?« Amali konnte sich noch nicht freuen. Zu groß war ihre Angst, dass es doch eine Falle war. Und selbst wenn nicht. Sie hatte nicht viel Geld zur Verfügung.

Es gab noch unendlich viele Hindernisse, die zwischen ihr und der Verwirklichung ihres Traums lagen.

»Ich denke schon, ja.«

Sie aßen Fisch, tranken Wein, und Jonathan erzählte von seiner ehrenamtlichen Tätigkeit, von seinen privaten Fällen, wie er es nannte. Da hatte es zum Beispiel eine Frau gegeben, die man nach langer Betriebszugehörigkeit hatte loswerden wollen, weil sie durch eine billigere Arbeitskraft ersetzt werden sollte. Eine Kündigung kam nicht in Frage, da man ihr eine hohe Abfindung hätte zahlen müssen. Also quälte man sie mit übelsten Unterstellungen, einem für sie höchst unangenehmen Dienstplan und anderen Dingen, um sie zur Kündigung zu bewegen. Sie stand kurz vor diesem Schritt, als sie bei Jonathan erschienen war. Sie konnte sich keinen Rechtsanwalt leisten, da ihr Mann schon seit Jahren arbeitsunfähig war und sie ihm kostspielige Therapien finanzierte. Deshalb hatte Jonathan ihrem Chef unentgeltlich auf den Zahn gefühlt. In einem anderen Fall brauchte ein junger Mann Beistand, weil sein Stiefvater ihn schlug und drangsalierte. Der Junge wollte weder das Jugendamt einschalten noch sonst offizielle Hilfe in Anspruch nehmen, weil er fürchtete, dass seine Mutter darunter zu leiden hätte. Auch um ihn hatte Jonathan sich gekümmert, ohne auch nur einen Cent dafür zu kassieren. Er stellte sich nicht als Helden dar, sondern schilderte voller Leidenschaft die Ungerechtigkeiten, die ihm ständig begegneten. Auch die kleinen und großen Triumphe beschrieb er so lebendig, dass Amali sich daran freuen konnte. Als sie später durch die Dunkelheit zur Pension schlenderten, legte er ihr seine Jacke um die Schultern, weil sie fröstelte. Jonathan Thalau schien es einfach im Blut zu liegen, für andere da zu sein. Sie hatte ihn zwar nur ausgesucht, weil sein Nachname dem ihren so ähnlich war, doch nun war sie sicher, mit ihm die richtige Wahl getroffen zu haben.

Ihr letzter Gedanke vor dem Einschlafen galt Bausi. Manchmal, wenn sie wie jetzt an seine Zärtlichkeit und seinen attraktiven Körper dachte, malte sie sich aus, wie sich alles aufklärte und er am Ende nicht als Lügner und Betrüger dastand. Sie stellte sich vor, wie sie sich noch einmal begegneten und sie beruhigt feststellen durfte, dass ihre Menschenkenntnis sie nicht im Stich gelassen hatte, dass er ein ehrlicher, warmherziger Mann war, der echte Gefühle für sie hatte. Doch sobald sie auch nur eine Minute in Ruhe über ihn nachdachte, musste sie sich eingestehen, dass es keinerlei Gemeinsamkeiten zwischen ihnen gegeben hatte. Ihn interessierte nicht im Geringsten, was für sie im Leben eine Rolle spielte, worauf es ihr ankam. Er hatte ihr nur vorgemacht, dass es so sei. Und sie hatte ihm die Komödie abgenommen, obwohl sein Verhalten eine so deutliche Sprache gesprochen hatte.

Amali war wach, noch bevor ihr Wecker piepte. Das Kreischen der Möwen hatte sie geweckt. Sie hatten sich für neun Uhr zum Frühstück verabredet. Da das nächste Treffen mit Franz von Eichenbaum erst am Nachmittag stattfinden würde, hatten sie Zeit und beschlossen, einen Ausflug an den Strand zu unternehmen.
Wieder fuhren sie an gelb leuchtenden Rapsfeldern vorbei, wieder war der Himmel strahlend blau. Nachdem Amali mit bedrückenden Erinnerungen eingeschlafen und nachts einmal aufgewacht war, weil sie etwas furchtbar Beklemmendes geträumt hatte, fühlte sie sich nun wieder gut und zuversichtlich. Irgendetwas in ihr sagte ihr, dass nicht alle Menschen einer Familie böse sein konnten. Und mit Jonathan an ihrer Seite konnte ihr ohnehin nichts passieren. Er hatte schon ganz andere Fälle gelöst, dachte sie, er würde auch ihre Geschichte zu einem guten Ende führen.

»Lust auf etwas Kultur vor dem Strandspaziergang?«, fragte er.
»Gern.«
Sie machten einen Abstecher nach Cismar.
»Das Kloster wollte ich schon lange mal sehen. So weit ist es von Hamburg gar nicht weg, aber ich habe mir nie die Zeit genommen.«
Sie ließen Wallanlage und Graben hinter sich und gingen auf den beeindruckenden roten Backsteinbau zu, der doch nur ein winziger Überrest der ehemaligen Klosteranlage war.
»Schon im Mittelalter sollen die Gläubigen scharenweise hergepilgert sein«, erzählte Jonathan, legte den Kopf in den Nacken und blickte an den dicken Mauern empor. »Ich finde es immer faszinierend, wenn ich mir vorstelle, dass Menschen, die schon vor Hunderten von Jahren gelebt haben, an genau dieser Stelle gestanden und genau das gesehen haben, was ich jetzt sehe.«
»Umgekehrt wäre es für die Menschen von damals bestimmt genauso faszinierend, wenn sie gewusst hätten, dass so viel später immer noch Besucher herkommen, deren Leben ein völlig anderes ist, als ihres es war.«
»Je länger man darüber nachdenkt, desto mehr macht sich die Phantasie selbständig, findest du nicht?« Amali nickte. »Dort drüben in dem kleinen Haus soll eine Schriftstellerin leben, habe ich gehört. Ich kann mir vorstellen, dass dies ein inspirierender Ort für sie ist.«
Sie schlenderten in das Klostercafé, in dem die Benediktiner einst gegessen hatten. Dann fuhren sie weiter, durchquerten ein Waldgebiet, das Schatten spendete und mit seinem lebendigen grünen Duft großzügig die Luft erfüllte. In Kellenhusen ließen sie das Auto stehen und liefen in Richtung Strand. Sie spazierten auf der futuristisch anmutenden Seebrücke mit ihren ovalen Rundbögen bis zum Ende. Von dort hatte man einen wunderbaren Blick über die Ostsee und auf den feinen Sand, der in der

Sonne glitzerte. »Wenn es mit meinem Laden klappen sollte, dann könnte ich jederzeit einfach zwischendurch herkommen.« Amali seufzte. »Ganz ehrlich, mehr kann ich mir doch nicht wünschen, oder?« Sie hielt ihr Gesicht in die Sonne und ließ sich den milden Wind um die Nase wehen.

»Na, ich nehme an, irgendwann willst du eine Familie gründen. So ein kleiner Paul, der mit deinem Zopf spielt, würde dir auch gut stehen.« Er sah sie an und lächelte.

»Nur hat der liebe Gott vor einen kleinen niedlichen Paul einen erwachsenen Mann gesetzt, mit dem ich mich zusammentun müsste. Und das kann ich mir momentan eher nicht vorstellen.« Sie schob das Thema lieber schnell beiseite. »Ich habe solche Angst, dass aus meinen Plänen nichts wird. Bis vor kurzem sah es noch so aus, als hätte ich keine Chance. Aber jetzt gibt es Hoffnung. Umso schlimmer wäre die Enttäuschung.«

»Positiv denken. Ich finde, die von Eichenbaums machen den Eindruck, als würden sie über eine Lösung für dich nachdenken.«

»Das ist es ja.« Sie drehte sich um und lehnte sich mit dem Rücken an das Geländer. »Plötzlich entwickelt sich alles so, wie ich es mir erträumt habe. Jedenfalls sieht es so aus. Das heißt, ich muss mich vielleicht ganz konkret um eine Finanzierung kümmern. Das könnte den Traum ganz schnell im Keim ersticken.«

»Darüber würde ich mir keine Sorgen machen. Jetzt noch nicht. Du hast die kleine Erbschaft, und es gibt sicher Fördermöglichkeiten, wenn man ein altes Gebäude mit historischem Wert sanieren will. Wir werden uns gründlich über alle Programme informieren.«

»Wir?«

»Natürlich. Dachtest du, mich interessiert die ganze Angelegenheit nicht mehr, wenn du dir mit den von Eichenbaums erst einig bist?« Er schüttelte den Kopf. »Ich will sehen, wie das alte

Forsthaus aus seinem Dornröschenschlaf erwacht. Ich will nicht nur zur Eröffnung eingeladen werden.« Er sah auf die Uhr. »Wir sollten gehen.« Sie schlenderten auf dem Holzsteg zurück. »Das will ich aber auch«, sagte er nach einer Weile.
»Was willst du?«
»Zur Eröffnung eingeladen werden.«
»Versprochen!« Ein warmes Gefühl durchströmte Amali. Sie sah ihren kleinen Laden vor sich, Freunde, die gratulierten, Sektgläser. Es konnte wahr werden.

Dieses Mal war es Oliver von Eichenbaum, der sie in das Haus bat. Sein Vater erwartete sie bereits im Salon.
»Schön, Sie wiederzusehen. Ich hoffe, Sie hatten Zeit, sich noch einmal alles in Ruhe zu überlegen«, sagte Franz von Eichenbaum und beobachtete sie aufmerksam. »Wollen Sie den Schritt in die Selbständigkeit wirklich gehen? Wollen Sie für ein Geschäft und für Mitarbeiter verantwortlich sein? Und dann ist da noch eine andere Frage: Wollen Sie Hamburg tatsächlich hinter sich lassen, um hier in diesem sehr ländlichen Bereich zu leben? Sie werden dort doch Freunde haben, die Sie dann nicht mehr ständig sehen können. Haben Sie sich das alles gründlich überlegt?«
»Ja, allerdings«, gab Amali ohne zu zögern zurück. Wofür hielt er sie denn? Sie war viele Jahre jünger als er, was aber nicht bedeutete, dass sie nicht wusste, was sie wollte. Die Stimme tief in ihrem Inneren, die ihr sagte, dass sie sich noch nicht ernsthaft ausgemalt hatte, wie es sein würde, nicht mehr spontan ins Blini gehen zu können, verdrängte sie.
»Das ist gut. Dann möchte ich Sie, Herr Thalau, jetzt bitten, uns allein zu lassen.« Amali warf Jonathan einen panischen Blick zu. Auch ihm war die Überraschung anzusehen. »Mein Sohn zeigt Ihnen das Forsthaus in der Zwischenzeit von innen, wenn Sie

mögen. Oder Sie nutzen die Zeit für eine Erledigung. Ganz wie Sie wollen.« Franz von Eichenbaum ließ keinen Zweifel daran aufkommen, dass es zu einem Vieraugengespräch für ihn keine Alternative gab.
»Frau Thale entscheidet selbstverständlich selbst, ob sie allein mit Ihnen reden will. Ich halte es nicht für glücklich und würde Ihre Beweggründe für Ihre Bitte gern kennen.«
Ist doch klar, schoss es Amali durch den Kopf, der will dich über den Tisch ziehen. Da kann ein Anwalt nur hinderlich sein.
»Ich habe den Eindruck, Frau Thale weiß zwar einiges über ihre Familie, aber längst nicht alles. Nun ja, alles kann ich Ihnen leider auch nicht sagen, junge Frau, auch ich kenne nur einen Teil Ihrer Geschichte, doch was ich weiß, würde ich Ihnen gerne erzählen.«
»Sehr gern!« Amali hielt die Anspannung nur noch schwer aus.
»Allerdings sehe ich nicht ein, warum Herr Thalau nicht dabei sein sollte. Ich vertraue ihm.«
Sie sah ihn an und bemerkte, wie sehr sie ihn mochte und ihm wirklich vertraute.
»Die Lebenserfahrung, von der ich reichlich angesammelt habe, sagt mir, dass es besser so ist. Es wird in unserer Unterhaltung womöglich einige sehr emotionale Momente geben. Glauben Sie mir, es ist einfacher, wenn Sie erst einmal selber einordnen können, was Sie hören. Sie können ihm hinterher ja alles erzählen, wenn Sie das Bedürfnis haben.«
»Ich gehe davon aus, dass in diesem Gespräch noch keine konkreten Absprachen über die Zukunft von Forsthaus und Land getroffen werden«, warf Jonathan ein. »Nicht einmal mündlich.« Er sah Amali eindringlich an. Sie nickte. Wenn er doch nur bleiben könnte.
»Es ist nicht meine Absicht, Frau Thale zu irgendetwas zu bewegen, was am Ende nicht gut für sie ist.«

»Das beantwortet meinen Einwand nicht hundertprozentig.« Jonathans Augen blitzten.

»O doch, ich bin sicher, das tut es.« Franz von Eichenbaum strahlte eine große Ruhe aus.

Amali hatte das Gefühl, dass nach seinen Regeln gespielt würde oder gar nicht. »Von mir aus«, sagte sie deshalb. »Wenn mir das Ganze zu viel wird, kann ich die Unterhaltung ja immer noch abbrechen.«

»Also gut«, stimmte auch Jonathan zu. »Ich werde mir das Forsthaus nicht zeigen lassen. Ich denke, das steht mir nicht zu. Aber ich werde mich dort in der Nähe aufhalten«, sagte er und ging.

Franz von Eichenbaum schenkte ungefragt Saft aus einem Krug mit Eiswürfeln und Zitronen- und Orangenscheiben ein und reichte Amali ein Glas. »Amali ... Darf ich Sie so nennen?«

Sie nickte. Hoffentlich versuchte er jetzt nicht, eine persönliche Beziehung zu ihr aufzubauen, um sie einzuwickeln. »Es macht mich sehr glücklich, dass Sie den Weg hierhergefunden haben, Amali.« In seinen Augen lag ein Schimmern wie von zurückgehaltenen Tränen. »Was wissen Sie über Ihre Vorfahren?«

Das Leder des kleinen runden Sessels knarrte, als Franz von Eichenbaum sich erwartungsvoll zurücklehnte und die Arme vor der Brust verschränkte.

»Im Nachlass meines Vaters habe ich zwei Briefe gefunden.« Sie erzählte, was sie gelesen und dass sie ihre Großmutter nie getroffen, aber viel von ihr gehört habe. Auch von den wenigen Tagebuchseiten berichtete sie. »Tja, das ist nicht viel«, gab sie zu. »Ich verstehe nicht einmal die Zusammenhänge.«

»Dann wird es höchste Zeit, dass jemand Ihnen dabei hilft.« Ein zufriedenes Lächeln trat auf seine Lippen. »Ich habe mir etwas überlegt. Mein Großvater hat den Besitz Ihrer Ururgroßeltern im Spiel gewonnen.«

»Er hat betrogen«, stellte sie richtig.

»Waren Sie dabei?«

»Ihr Großvater hat meinen Ururgroßvater eingewickelt und ihn zu diesem Spiel überredet, von dem er überhaupt keine Ahnung hatte. Es war doch klar, wer gewinnt.«

»Aber Ihr Vorfahr hat sich darauf eingelassen, obwohl er wusste, dass er das Spiel nicht beherrscht.«

»Haben Sie Herrn Thalau weggeschickt, damit Sie mir dann unter vier Augen mitteilen können, dass meine Familie selbst Schuld hat, von Ihrer betrogen worden zu sein?« Sie starrte ihn böse an. Wie konnte ein älterer Herr mit einem so freundlichen Gesicht, so gütigen Augen und einer besonnenen, angenehmen Art nur so hinterhältig sein?

»Nein, liebes Kind, das habe ich nicht im Sinn. Ich wollte Ihnen nur klarmachen, dass man mit einem Wort wie Betrug ein wenig vorsichtig sein muss. Was mein Großvater im Sinn hatte, war eindeutig. Da haben Sie völlig recht. Nur wäre er eben schon im Keim gescheitert, wenn Ihr Ururgroßvater standhaft geblieben wäre.« Sie atmete tief durch. »Wie dem auch sei, ich möchte Ihnen einen Vorschlag machen. Spielen wir zwei doch jetzt um Haus und Land!«

»Wie bitte?« Amali traute ihren Ohren nicht. Das hatte er sich ja fein ausgedacht.

»Sie bestimmen das Spiel«, entgegnete er gelassen. »Wenn Sie gewinnen, gehört Ihnen das Forsthaus mit der Wiese. Sie werden noch eine Menge Geld brauchen, um daraus etwas zu machen, aber es ist sicher möglich. Wenn ich gewinne, bleibt alles beim Alten. Sie haben also nichts zu verlieren. Finden Sie das nicht fair?«

Die Gedanken rasten, sie dachte fieberhaft nach. Hatte er nicht recht? Sie hatte wirklich nichts zu verlieren. Wenn er wollte, konnte er jetzt sagen, dass sie nicht verkauften. Dann wäre die Sache beendet, und sie konnte nichts dagegen tun. So hatte sie

wenigstens eine Chance. Eine Chance auf ein Geschenk von unfassbar großem Wert.
»Wo ist der Haken dabei?«
»Es gibt keinen Haken. Wie ich sagte, Sie wählen das Spiel. Nur sollte ich wenigstens die Grundregeln beherrschen, das wäre sinnvoll. Vom Mauscheln verstehe ich nichts.« Er lachte leise.
Ihr Blick fiel auf die antike Anrichte. »Schach!«, sagte sie und sah ihn herausfordernd an. Darin war sie gut. Selbst ihr Vater hatte sie zum Schluss nicht mehr oft schlagen können.
»Also Schach.« Er nickte, als hätte er bereits damit gerechnet.

Amali spielte die weißen Figuren. Sie eröffnete die Partie mit einer Sizilianischen Verteidigung.
»Sie bedauern sehr, Ihre Großmutter nicht kennengelernt zu haben, nicht wahr?«
»Ja. Mein Vater hat immer sehr gut von seiner Mutter gesprochen, obwohl er noch so klein war, als sie gestorben ist.« Sie zog ihren Springer. »Es gab da einen Onkel, der ihm später einiges über sie erzählt hat.«
»Ich hatte das Vergnügen, Ihrer Frau Großmutter zu begegnen.« Er machte seinen Zug und sah sie an.
Amali war fassungslos. »Wirklich? Wann?«
»Das ist 1948 gewesen, nachdem sie aus Afrika zurückgekehrt ist.« Er seufzte. »Antonia Amali war mit ihren Eltern während des Zweiten Weltkriegs in Ostafrika interniert. Sie hatte vorher eine Ausbildung als Krankenschwester gemacht, aber sie hat sich auf den Feldern immer wohler gefühlt. Sie haben viel von ihr geerbt, Amali. Auch Ihre Großmutter hätte wohl liebend gern Obst, Gemüse oder vielleicht auch Kaffee angebaut und verkauft. Doch ihre Eltern holten einen Neffen aus Deutschland nach Afrika, der mit einer Britin verheiratet war. Mit Hilfe seiner Frau war es ihm möglich, die Plantage offiziell zu über-

nehmen. Ihre Großmutter wollte nach dem Ende der Internierung bei ihrem Cousin auf der Farm arbeiten.« Er lächelte wehmütig. »Sie wollte ihm nichts wegnehmen. Das hätte sie auch gar nicht gekonnt. Sie wollte nur in Afrika bleiben und auf den Feldern arbeiten dürfen, Seite an Seite mit den Schwarzen.« Es entstand eine kurze Pause. »Sie sind am Zug, Amali.« Sie zog mit einem Bauern. Noch waren es die klassischen Züge, doch bald würde sie sich mehr konzentrieren müssen. Wie sollte sie das aber, wenn er ihr erzählte, was sie schon ihr ganzes Leben lang hatte wissen wollen?

»Aber sie ist nach Deutschland zurückgekommen. Warum?«
»Weil ihr Cousin sie dort nicht haben wollte. Antonia Amali sprach kein Englisch. Er aber hatte nicht nur eine englische Frau, sondern auch die englische Staatsbürgerschaft und einen englischen Namen angenommen. Er nannte sich Brad van Oak.« Er setzte die nächste Figur. »Aber eins nach dem anderen«, sagte er lachend. »Wussten Sie, dass durch Ihre Adern Blut der von Eichenbaums fließt? Zugegeben, es ist sehr verdünnt ...«
»Das kann doch gar nicht sein.« Amali wurde heiß. Sie hatte das Bedürfnis, ins Freie zu gehen oder wenigstens das Fenster zu öffnen. Hastig trank sie einen Schluck Saft.
»Es ist aber so. Wilhelmina und Alexander Paulsen sind nach dem Verlust ihres Hauses in die Kolonie Deutsch-Ostafrika ausgewandert. Dort hat Wilhelmina ihr erstes Kind zur Welt gebracht, Ihre Urgroßmutter Perpetua Amali. Sie war die Erste, die diesen afrikanischen Namen trug.« Amali wusste, dass sie am Zug war, doch sie konnte sich nicht rühren, so gebannt lauschte sie ihm. »Perpetua Paulsen hat sich als junge Frau in einen Besucher aus Deutschland verliebt, in Georg von Eichenbaum.«

»Ausgerechnet«, flüsterte Amali.
Er lachte auf. »Ja, das werden ihre Eltern vermutlich auch ge-

dacht haben. Perpetua und Georg haben zwei Kinder bekommen, zuerst Joseph und dann Antonia Amali.«
»Dann war meine Großmutter also eine geborene von Eichenbaum?«
Er nickte. Dann erzählte er ihr die ganze Geschichte. »Nach dem Ende des Ersten Weltkriegs wurde Deutsch-Ostafrika unter Verwaltung des Völkerbundes gestellt und damit unter britische Herrschaft. Die meisten Deutschen haben das Land verlassen müssen. Auch Perpetua und Georg. Sie gingen mit Joseph und der gerade erst geborenen Antonia Amali zurück in ihr Mutterland. Perpetua konnte als Krankenschwester arbeiten, doch Georg hat nie so recht Fuß fassen können. Er war wohl auch nicht gesund, wobei mir nicht bekannt ist, worunter er litt. Vielleicht eine Geisteserkrankung, nach dem, was ich so von meiner Mutter hörte, die immerhin seine Schwester war. Ich selbst habe meinen Onkel nicht häufig gesehen. Er litt oft unter Kopfschmerzen und hatte plötzlich Schweißausbrüche. Dann hat er sich immer eilig zurückgezogen.« Franz von Eichenbaum seufzte tief. Er brauchte einen Augenblick, bis er begriff, dass noch immer Amali mit einem Spielzug an der Reihe war. Geduldig wartete er ab, dann erzählte er weiter: »Jedenfalls folgte auf den Krieg die Wirtschaftskrise. Perpetua konnte die vierköpfige Familie kaum durchbringen. Georg versuchte sich im Handel selbständig zu machen. Ich erinnere mich nicht mehr, in welcher Branche, aber er verlor damals alles, was sie noch hatten. Durch alte Kontakte zu einem botanischen Institut bekamen sie die Gelegenheit, wieder nach Afrika zu gehen. Sie durften auf ihrer ehemaligen Farm wohnen und auf der Plantage arbeiten. So hatten sie wenigstens ein Dach über dem Kopf und immer zu essen für sich und ihre Tochter.«
»Und ihr Sohn? Was war mit Joseph?«
»Den haben sie bei uns gelassen, damit er hier aufwachsen und

zur Schule gehen konnte. Meine Mutter hat sich um ihn gekümmert. Ich bin ein Einzelkind, wissen Sie, das war damals noch unüblich. So konnte Joseph eine gute Ausbildung bekommen und war versorgt, und ich hatte einen Bruder.«
»Lebt er noch?« Amali konnte kaum fassen, dass sie vielleicht noch einen Bruder ihrer Großmutter treffen konnte.
»Nein, er ist im Zweiten Weltkrieg gefallen.« Franz von Eichenbaum musste seine Gedanken ordnen. »1925 war es Deutschen in Ostafrika wieder möglich, selber Land zu bewirtschaften. Perpetua und Georg pachteten die Plantage und bauten Papayas an. Soweit ich weiß, benötigte man diese Früchte damals für medizinische Zwecke. Die sollen wohl gegen Magengeschwüre helfen.« Er zwinkerte ihr zu. »Ich glaube, gute Laune und ein fröhliches Leben sind die besten Mittel gegen Magengeschwüre.«
»Da haben Sie sicher recht.« Sie beobachtete, wie er eine Figur setzte, und zog sofort nach.
»Ihre Großmutter war bestimmt viel mit auf dem Feld, kann ich mir vorstellen. Sie wurde dort wahrscheinlich großgezogen. Bis dann der Zweite Weltkrieg kam und sie mit ihren Eltern in ein Internierungslager gehen musste. Es gelang Georg irgendwie, seinem Neffen, dem ältesten Sohn meines Onkels, eine Nachricht zukommen zu lassen. Sie hatten große Angst, dass alles, was sie aufgebaut hatten, verkommen oder in fremde Hände fallen würde. Weil mein Cousin aber die britische Staatsbürgerschaft angenommen hatte, konnte er die Plantage und das Farmhaus wenigstens im Besitz der Familie halten. Fragen Sie mich bitte nicht, was aus Onkel Georg und Tante Perpetua geworden ist. Ihre Spur hat sich in Afrika verloren. Oder es hat innerhalb meiner Familie nie jemand über ihr Schicksal gesprochen. Ich kann Ihnen jedenfalls nichts weiter darüber sagen.«
»Wissen Sie denn, was aus diesem Cousin mit dem englischen Namen und der Plantage geworden ist?«

»Brad hat mehrere Kinder bekommen. Sein Sohn Jack hat den Betrieb übernommen, zu dem schon immer eine Kaffeeplantage gehörte. Jack hat eine Farbige geheiratet. Soweit ich weiß, betreibt er mit ihr ein Hotel in der Nähe des Kilimanjaros. Um die Plantage kümmert sich inzwischen schon sein Sohn.« Franz von Eichenbaum legte die Stirn in Falten. »Ich weiß gar nicht, wie der heißt.«
»Bausi von Eichenbaum«, antwortete sie tonlos. »Wieso hat er den deutschen Namen wieder angenommen?«
»Das hat schon sein Vater getan. Es hat in den sechziger Jahren Unruhen im Land gegeben, an deren Ende die Afrikaner sich von der britischen Herrschaft befreit haben. Jack ist zu der Zeit vorübergehend nach Deutschland gekommen, bis sich dort alles wieder beruhigt hat. Er war schlau genug, den Namen seiner Vorfahren, von Eichenbaum, wieder anzunehmen. Das ist die Politik, mein Kind. Ein paar Jahre zuvor musste man Brite sein, um in Ostafrika Geschäfte machen und Land besitzen zu dürfen, später war man als Deutscher wieder besser angesehen.« Er musste sich sehr konzentrieren. Dann sagte er: »1980 ging er endgültig zurück nach Ostafrika, übernahm die Plantage und heiratete die Afrikanerin.«
Amali schwirrte der Kopf. Sie richtete ihren Blick auf das Schachspiel, ohne die Figuren wirklich zu sehen. Statt den nächsten Zug zu planen, hielt sie sich gedanklich noch einmal alles vor Augen, was er ihr erzählt hatte. Das war alles so ungeheuer viel auf einmal. Ihre Großmutter fiel ihr ein, und sie stutzte.
»Wie ist es mit Antonia Amali weitergegangen?«
»Sie hatte ein Empfehlungsschreiben für ein Krankenhaus des Roten Kreuzes bei sich, als sie im Hamburger Hafen wieder deutschen Boden betrat. Aber sie wollte lieber etwas anderes machen, wie ich Ihnen ja schon sagte.« Plötzlich lächelte Franz von Eichenbaum. »Sie kam hierher, genau wie Sie.«

»Sie wusste von dem alten Forsthaus? Aber wie konnte sie das? Haben ihre Großeltern ihr davon erzählt?«

»Beinahe wäre dieses Wissen wahrhaftig verloren gewesen. Sowohl Wilhelmina als auch Alexander sind gestorben, bevor Antonia auf die Welt gekommen ist. Aber Onkel Georg hatte diese Geistesstörung. Er hat ihr eines Tages in einem seiner wahnhaften Anfälle erzählt, wie sein Vater seine späteren Schwiegereltern um Hab und Gut gebracht und deshalb überhaupt nach Afrika getrieben hatte. Außerdem hat sie die alten Briefe gefunden, die Sie jetzt haben. Sie hat sich auf die Suche gemacht, um uns zur Rede zu stellen. Sie war der Meinung, dass das Forsthaus unrechtmäßig den Besitzer gewechselt habe.« Ein Glanz trat in seine Augen, der Amali das Herz aufgehen ließ. »Ich werde nie vergessen, wie sie hier auftauchte. Ihre Großmutter war eine sehr hübsche Frau mit einer ungeheuren Ausstrahlung. Sie war einige Jahre älter als ich, aber ich habe mich sofort in sie verliebt. Antonia hat nichts verlangt. Aber sie hat darum gebeten, dass wir ihr ein Zimmer zur Verfügung stellen und sie auf unserem Land arbeiten lassen. Sie wollte nicht in Hamburg leben und dort in einem Krankenhaus Dienst tun, sie wollte hier sein, wo sie ihre Wurzeln hatte, wenn sie schon nicht in Afrika bleiben konnte. Ach, Amali!« Franz von Eichenbaum seufzte tief. »Man hat ihr angesehen, wie glücklich sie hier war. Sie gehörte einfach hierher. Nicht lange zuvor hatten meine Eltern mir das Gut überschrieben. Von Antonia erfuhr ich, was mein Großvater ihren Großeltern angetan hatte. Ich war sofort bereit, ihr das Forsthaus und die Apfelwiese zurückzugeben.«

»Das ist nicht wahr. Diese Dreißig-Jahre-Frist war doch schon abgelaufen. Da gibt es so eine Frist, nach der einem etwas gehört, selbst wenn man es unrechtmäßig erworben hat«, erklärte Amali unbeholfen. »Meine Großmutter konnte nichts von Ihnen verlangen. Sie wollen mir doch nicht weismachen, Sie hätten ihr freiwillig einen Teil von Ihrem Besitz geschenkt.«

»Wie ich Ihnen schon sagte, sie hat nichts gefordert, aber ich hatte mich auf den ersten Blick in sie verliebt. Ich hoffte, dass ich nicht nur altes Unrecht gutmachen könnte, sondern dass ich ihr vielleicht auch näherkäme, wenn sie erst das Forsthaus beziehen würde. Darüber hinaus verfüge ich durchaus über einen gewissen Gerechtigkeitssinn. Ich wollte nichts behalten, was meiner Familie im Grunde nicht zustand.«

Es trat eine längere Pause ein. Wenn alles stimmte, was er ihr gerade erzählte, dann waren längst nicht alle von Eichenbaums skrupellos und gierig. Dann lag es am Ende vielleicht an Amalis Familie selbst, dass sie das Forsthaus nicht wieder bezogen hatten und dass es nun verfiel.

»Sie sagten, Sie waren bereit, ihr das Haus zurückzugeben. Doch es ist nicht dazu gekommen, oder doch?«, wollte Amali wissen.

Er schüttelte traurig den Kopf. »Leider nicht. Sie war eine sehr anständige Frau. Sie wollte in Hamburg noch ihren Dienst beenden. Dann sollte sie ihre paar Habseligkeiten packen und zu uns ziehen. Ich hatte alles vorbereitet.« Er versank in der Erinnerung. »Am Haus war einiges zu tun, wissen Sie. Mal hatte dort Personal gewohnt, dann diente es mehr oder weniger nur noch als Schuppen. Es hatte im Krieg ein wenig gelitten.« Er lächelte. »Ich habe alles selbst gemacht. Alle Reparaturen waren erledigt, und die Räume hatten etwas frische Farbe bekommen. Es war bereit. Doch Antonia kam nicht. Sie hatte mir das Krankenhaus genannt, in dem sie gearbeitet hatte. Dort war sie nicht mehr. Ich habe sehr lange auf sie gewartet. Zuerst habe ich noch versucht sie zu finden. Wie ich sagte, sie war eine anständige Frau. Es musste einen Grund geben, der sie daran hinderte, zu uns zu kommen.« Er seufzte tief. »Ich habe keine Spur von ihr finden können. Das Forsthaus blieb die ganze Zeit verschlossen.

1957 kam schließlich ein Brief von ihr. Sie schrieb, dass sie einen Sohn bekommen habe. Der Vater des Kindes hatte sie sitzenlassen. Sie hatte wieder eine Arbeit in einem Krankenhaus angenommen und eine Kleingartenkolonie gegründet.«
»Hat sie nicht erklärt, warum sie das Forsthaus nicht bezogen hat?«
»Nein. Sie schrieb, dass sie sich furchtbar schäme. Ich nehme an, sie hatte schon bald nach unserer ersten Begegnung den späteren Vater ihres Kindes kennengelernt.« Wieder seufzte er bekümmert. »Immerhin hatte sie ihren Absender angegeben. Ich antwortete ihr, dass das Haus noch immer leer stehe. Sie solle mit ihrem Sohn kommen, dann könne ich für sie sorgen. Darauf hat sie mir nicht geantwortet. Aber sie hat sichergestellt, dass jemand mir die Todesanzeige schickt.«
»Vielleicht war sie schon krank, als Sie sie erneut eingeladen haben, im Forsthaus zu wohnen«, warf Amali beklommen ein.
»Ja, vielleicht. Ich habe mich nur gefragt, warum sie dann nicht gerade ihre Chance genutzt hat. Sie hätte ihren Sohn in guter Obhut gewusst.« Er sah ihr in die Augen. »Wäre Ihre Großmutter Antonia meiner Einladung gefolgt, wäre Ihr Vater in dem Haus aufgewachsen, das Sie nun gerne haben möchten. Und Sie selbst vielleicht auch. Wer weiß das schon?« Amali schluckte, sie konnte nichts sagen. »Nun habe ich Ihnen alles erzählt. Spielen wir unsere Partie und sehen wir, wer sie gewinnt.«
Amali hatte große Mühe, sich auf die Figuren und die Züge zu konzentrieren. Sie war nicht einmal mehr sicher, ob sie das Spiel zu Ende führen wollte. Immerhin war ihre Großmutter für den Zustand des Forsthauses verantwortlich, wenn man es genau nahm. Von wegen Jäger und Beute. Sie musste sich eingestehen, dass es nicht so einfach war. Es gab nicht nur schwarz oder weiß. Während sie ganz automatisch wieder und wieder eine Spielfigur setzte, war sie innerlich zerrissen und wusste nicht mehr,

was richtig oder falsch war. Sie versuchte sich ihre Familiengeschichte als eine Art Stammbaum vor ihr geistiges Auge zu rufen, um wenigstens die Strukturen zu begreifen, wenn sie schon in ihren Ansichten erschüttert worden war. Ihre Ururgroßeltern waren also gezwungenermaßen ausgewandert. Sie hatten zwei Kinder bekommen, die Tochter Perpetua hatte ausgerechnet den Sohn des Freiherrn von Eichenbaum geheiratet, der ihre Eltern in die Auswanderung getrieben hatte. Perpetua und Georg von Eichenbaum hatten ebenfalls zwei Kinder, darunter Antonia, Amalis Großmutter. Während des Zweiten Weltkriegs wurden die Deutschen in Ostafrika eingesperrt oder verjagt. Farm und Plantagen gingen an einen Eichenbaum-Spross, der die britische Staatsbürgerschaft angenommen hatte. Antonia wollte in Afrika bleiben, auf der Farm arbeiten, doch er schickte sie nach Deutschland. Amali konnte es noch immer nicht fassen. Ihre Großmutter wusste von dem Betrug, von den Umständen, wie das Forsthaus seinen Besitzer gewechselt hatte, und sie hätte dafür sorgen können, dass das alte Unrecht in Ordnung gebracht wurde. Amali sah Franz von Eichenbaum verstohlen an. Er war bereit gewesen, ihrer Großmutter das Haus und die Apfelwiese zu überlassen, weil er sich in sie verliebt hatte. Doch Antonia hatte diese Chance vertan. Sie hatte Amalis Vater geboren, das Schicksalshaus war in den Händen deren von Eichenbaums geblieben und verfallen. Und jetzt gab es womöglich noch eine Chance, das Unrecht von damals zu korrigieren. Amali zog mit ihrem Läufer und wusste, dass der Gewinner feststand.

»Schachmatt«, sagte sie.

Hamburg, Juli 2012

»Es gibt gute Nachrichten!« Jonathan strahlte sie an. »Das gesamte Gut der von Eichenbaums wird als sonstige besonders erhaltenswerte Bausubstanz eingestuft.« Er kam um den Schreibtisch herum und breitete Mengen von Papier vor Amali aus. »Einschließlich des Forsthauses. Siehst du, das sind alles Förderprogramme, die uns bei der Finanzierung helfen können.« Sie sah zu ihm auf. »Die dir helfen können«, korrigierte er sich. »Du kannst extrem günstige Kredite bekommen. Damit hält sich die monatliche Belastung im Rahmen. Und hier!« Er klopfte auf das Faltblatt einer Stiftung. »Du hast wirklich gute Chancen, dass die dir eine nicht unerhebliche Summe dazugeben, die du gar nicht zurückzahlen musst. Jedenfalls, wenn du versuchst das Gebäude äußerlich wieder so herzustellen, wie es einmal war.«
»Das will ich unbedingt.«
»Dann solltest du auf jeden Fall mit denen sprechen. Ich habe schon mit der Direktorin der Stiftung telefoniert, und sie war sehr interessiert.« Seine Augen leuchteten. Er legte sich ins Zeug, als ginge es um sein eigenes Projekt.
Amali spürte ein warmes Gefühl. Und das lag sicher nicht nur daran, dass der Sommer sich schon seit Wochen von seiner besten Seite zeigte.
»Was würde ich nur ohne dich machen, Jonathan?«
»Die Finanzierung mit jemand anders auf die Beine stellen«, antwortete er schlicht.

»Du weißt genau, was ich meine. Ohne dich wäre ich gar nicht in der Lage, eine Finanzierung planen zu müssen.«

Er setzte sich wieder hinter seinen Schreibtisch. »Doch, ich bin sicher, das müsstest du. Franz von Eichenbaum wollte vom ersten Moment an, dass du das Haus bekommst. Er hat dich nur noch ein bisschen beschnuppert.«

»Er hat mich nicht absichtlich gewinnen lassen«, protestierte sie halbherzig.

»Du sagtest, er ist kein guter Schachspieler. Er wusste, dass du ihn vermutlich besiegen würdest. Ich glaube, er hätte dir den Vertrag auch angeboten, wenn er gewonnen hätte. Er wollte einfach, dass du das Haus und das Land bekommst«, wiederholte er. »Mit deiner Voreingenommenheit und deiner zickigen Art hättest du es noch vermasseln können.«

»Na, vielen Dank«, sagte sie gespielt beleidigt.

»Ich meine das ganz ernst.« Amali spürte, wie sie rot wurde. »Du bildest dir manchmal zu schnell ein Urteil über Menschen und zeigst ihnen deutlich, was du von ihnen hältst. Du hast dann eine Art an dir, die ich wirklich nicht leiden kann.« Er sah ihr in die Augen. »Bisher ist das aber eigentlich das Einzige, was mich an dir stört.« Er lächelte, und ihr Herz machte sofort einen Hüpfer.

»Dann weiß ich ja, woran ich zu arbeiten habe«, entgegnete sie.

»Das wäre schön.« Wieder strahlte er sie auf diese Art an, die ihr ein wohliges warmes Gefühl bescherte. Dann beugte er sich vor und wurde ernster. »Es ist trotzdem noch sehr viel Geld, das du brauchen wirst«, kam er auf die Finanzierung zurück. »Ich habe mir überlegt, dass du einen Teil des Forsthauses vermieten könntest. Du müsstest natürlich jemanden haben, der so sehr an dem Haus interessiert ist, dass er eine Summe investiert, die er dann später abwohnen kann.«

»Ich habe auch schon darüber nachgedacht, den Seitentrakt zu

vermieten. Mir bliebe noch genug Platz, und dort ließe sich bestimmt eine hübsche Wohnung einrichten.«
»Aber?«, fragte Jonathan, als sie nicht weitersprach.
»Na ja, es ist nicht leicht, einen guten Mieter zu finden. Die Lage ist hübsch, aber nicht gerade zentral. Und außerdem möchte ich nur jemanden haben, mit dem ich mich auch verstehe.« Sie seufzte. Schon einige Male hatte sie diese Gedanken in ihrem Kopf hin und her gewälzt. Als sie es nun aussprach, erschien es ihr beinahe unmöglich, jemanden zu finden, der ihr einen Teil des Hauses und damit der finanziellen Last abnehmen konnte.
»Und wenn du den Seitentrakt nicht als Wohnung, sondern als Büro anbieten würdest?« Er sah sie erwartungsvoll an. »Ich meine, es gibt genug Branchen, in denen die Lage nicht die größte Rolle spielt. Außerdem würdest du nicht riskieren, abends ständig durch Lärm gestört zu werden.«
»Stimmt, das wäre nicht schlecht.« Jonathans Lächeln machte ihr Mut, trotzdem brauchte sie eine Weile, bis sie begriff. »Kann es sein, dass du schon eine Verwendung für die Räume im Sinn hast?«, fragte sie zaghaft. Sie wollte sich keinesfalls zu früh freuen.
»Eine Anwaltspraxis würde sich im Grünen ziemlich gut machen.« Er lehnte sich zurück und beobachtete ihre Reaktion.
Amali musste schlucken, so glücklich war sie. Er hatte sie nicht weniger gern als sie ihn, wurde ihr klar. Er wollte in ihrer Nähe sein. Und sie würde ihn in ihrer Nähe haben. Ihr wurde bewusst, wie sehr sie die Angst, den Kontakt zu ihm zu verlieren, in den letzten Tagen beschäftigt hatte.
»Der Seitentrakt ist geradezu geschaffen für eine Anwaltspraxis«, stimmte sie zu. Sie hätte nicht glücklicher sein können.
Jonathans Telefon piepte melodisch. »Was gibt es, Svenja? Ich hatte doch gesagt, dass ich nicht ... Oh, das ist etwas anderes.

Gut, stellen Sie ihn bitte durch.« Er hielt das Telefon kurz an die Brust. »Es ist Oliver von Eichenbaum«, flüsterte er Amali zu.

Augenblicklich machte sich ein inzwischen vertrautes Kribbeln in ihr breit. Die letzten Tage und Wochen hatten viel Aufregung für sie bereitgehalten. So richtig konnte sie sich noch nicht daran gewöhnen. Immer wieder stieg ein Gefühl von Lampenfieber in ihr auf, das ihr Herz heftig klopfen ließ.

»Herr von Eichenbaum, ich grüße Sie! Schön, dass Sie sich melden. Frau Thale und ich gehen gerade die Finanzierung durch. Das sieht alles sehr gut aus.«

Amali konnte nicht verstehen, was von Eichenbaum junior sagte, sie hörte nur das abgehackte Schnarren einer menschlichen Stimme, die den Weg durch die Telefonleitung hinter sich hatte. Der Anblick von Jonathans Gesicht machte ihr allerdings Angst. Während er zuhörte, wurden seine Züge immer ernster.

»Ich verstehe nicht ganz«, sagte er. Dann lauschte er wieder konzentriert. »Aber Herr von Eichenbaum, es war doch alles besprochen. Ich meine, das war keine Möglichkeit, die in Aussicht gestellt wurde, es war eine feste Zusage.« Die Stimme am anderen Ende wurde ein wenig lauter, so kam es Amali vor. Sie merkte, dass ihr schlecht war. »Aha. Ja, das … Gut, bestellen Sie ihm bitte Grüße und gute Besserung. Ich informiere Frau Thale. Bitte, Sie werden aber verstehen, dass ich noch einmal ausführlicher mit Ihnen sprechen möchte.« Von der anderen Seite kam offenbar Gegenwehr. »Nein, nein, Herr von Eichenbaum, so einfach ist die Sache dann doch nicht.« Das alles klang nicht gut, gar nicht gut. Amali fühlte sich, als müsste sie Seifenblasen festhalten, ohne dass sie zerplatzten. »Gut, ja, so machen wir es. Bis dann. Auf Wiederhören.«

»Was soll das denn heißen, er will lieber die Steine einzeln verkaufen?«

Amali war außer sich über diese neue ungeheuerliche Wendung. Würden diese von Eichenbaums wieder als Gewinner dastehen? Konnte es sein, dass sie ihr erst die Erfüllung ihrer Träume vor die Nase gehalten hatten, um ihr dann schrecklich bewusst zu machen, dass sie umsonst gehofft hatte? Es war ja auch zu schön, um wahr zu werden. Ein Haus mit einem Stück Land bekam niemand geschenkt. Und sie schon gar nicht.

»Er sagt, historische Backsteine sind sehr gefragt. Wenn er das Haus abreißen lässt und sowohl Steine als auch das Bauland verkauft, bringt ihm das eine nicht unerhebliche Einnahme. Der Seelenfrieden seines Vaters ist ihm nicht gleichgültig, aber er ging davon aus, dass Franz von Eichenbaum den findet, wenn er dir alles zu einem guten Preis verkauft. Dass er dir alles schenken wollte, hat er seinem Sohn wohl nicht gesagt.«

Jonathan setzte sie über alles in Kenntnis. Franz von Eichenbaum ging es nicht besonders gut. Sein Sohn hatte sich nun der Angelegenheit angenommen und meinte, die Geste seines Vaters sei dann doch deutlich zu großzügig.

»Aber gilt die Zusage von Franz von Eichenbaum nicht als mündlicher Vertrag?« Amali war verzweifelt. Sie konnte sich die Antwort selbst geben. Wie sollte sie beweisen, dass der alte Herr ihr Land und Gebäude unentgeltlich überlassen wollte? Niemand würde ihr glauben. »Wie viel würde Oliver von Eichenbaum denn für die Steine bekommen? Ich könnte ihm die Summe anbieten, damit das Haus nicht abgerissen wird.« Der Gedanke an den Abriss versetzte ihr einen Stich. »Dann brauche ich noch mehr Geld. Und das Bauland wird einiges wert sein. Das kann ich doch nie im Leben alles finanzieren.«

Jonathan zog sich den zweiten Besucherstuhl zu ihr heran und nahm ihre Hände.

»Jetzt beruhige dich erst mal. Ich fahre hin und spreche mit ihm. Wir klären das«, sagte er sehr bestimmt. Amalis Gedanken überschlugen sich. Wie wollte er das klären? Wenn die von Eichenbaums nicht wollten, war auch Jonathan machtlos. »Du zitterst ja. Hey, Amali, es ist noch nichts entschieden.« Sie konnte nichts dagegen tun, dass ihr ganzer Körper bebte und ihr ein Schluchzen entfuhr. »Nein, bitte nicht weinen«, sagte Jonathan leise, stand auf, zog sie zu sich heran und nahm sie in die Arme. »Eine mündliche Zusage ist natürlich nicht wertlos«, redete er auf sie ein wie auf ein Kind. »Aber viel wichtiger ist, den Grund für Olivers Sinneswandel herauszufinden. Er hat seinem Vater die Entscheidung überlassen, und jetzt gefällt sie ihm auf einmal nicht mehr. Das muss einen Grund haben.«
»Klar, er hat geglaubt, sein Vater verkauft alles günstig, aber es gibt trotzdem noch einen dicken Haufen Kohle auf seinen Reichtum obendrauf. Der hat nichts zu verschenken«, stieß sie voller Wut aus.
»Jetzt suhle dich nicht wieder in deinen Vorurteilen. So furchtbar reich ist Oliver von Eichenbaum nicht, glaube ich. Was meinst du, welche Summen das Anwesen verschlingt? Der Mann steckt eine Menge in den Erhalt und die Pflege.«
»Ich zerfließe vor Mitleid«, murmelte sie trotzig. »Du kannst ihm ja etwas spenden.« Jonathan ließ sie los. Sie fühlte sich so einsam wie zuletzt am Grab ihres Vaters.
»Ich dachte, du wolltest an deiner zickigen Art arbeiten«, wandte Jonathan ein. »Na gut, ich kann verstehen, dass dir das im Moment nicht ganz leichtfällt. Meiner Ansicht nach hätte Oliver von Eichenbaum absolut recht, einen Kaufpreis von dir zu verlangen, nur hätte er das mit seinem Vater klären müssen, bevor er ihm die Verhandlungen überlassen hat. Angenommen, er hat einfach nicht mit einer so großzügigen Geste seines alten Herrn gerechnet, dann hätte er sofort handeln müssen, als das

Kind in seinen Augen in den Brunnen gefallen ist. Nein, ich glaube nicht, dass Geld die Erklärung für sein Verhalten ist. Da muss etwas vorgefallen sein, und das werde ich herausfinden.«
»Wir«, sagte Amali düster, »wir werden das herausfinden.«
Er schüttelte den Kopf. »Ich halte es für klüger, wenn ich alleine fahre. Du bist viel zu emotional.« Er strich ihr eine Strähne aus dem Gesicht und nahm noch einmal ihre Hände. »Du kannst dich darauf verlassen, dass ich dich sofort anrufe und bitte, nachzukommen, wenn ich das Gefühl habe, deine Anwesenheit wäre hilfreich. In Ordnung?«

Amali stellte einen bunten Blumenstrauß in die runde Vase auf dem Grab ihres Vaters. Sie richtete sich wieder auf und sah auf ihre Uhr. Es waren gerade zehn Minuten vergangen, seit sie das letzte Mal einen Blick auf das Ziffernblatt geworfen hatte. Sie konnte sich auf nichts konzentrieren, ständig waren ihre Gedanken bei Jonathan. Er musste längst im Gutshaus eingetroffen sein. Vielleicht redete er in diesem Moment mit Oliver von Eichenbaum, vielleicht war aber auch schon alles vorbei.
»Ach, Papa.« Sie seufzte tief. »Ich hatte mich schon so gefreut.« Die Enttäuschung schnürte ihr die Kehle zu. »Weißt du noch, wie du mich gefragt hast, wofür ich diese lange Ausbildung gemacht habe, wenn ich dann hinter der Käsetheke eines blöden Supermarkts versaure. Es sah ganz so aus, als bekäme ich endlich die Möglichkeit, wirklich etwas mit meiner Ausbildung anzufangen.« Wieder seufzte sie. Sie trug einen weiten leichten Rock und eine ärmellose Bluse, trotzdem war ihr sehr warm. Die Sonne brannte an diesem Tag erbarmungslos. Sie strich eine Strähne hinter ihr Ohr, die sich aus dem hochgesteckten Haar gelöst hatte. »Ich bin so enttäuscht, weil es nicht nur die berufliche Perspektive war, Papa. Ich habe wirklich geglaubt, alle meine Träume würden sich auf einen Schlag erfüllen. Ich

meine, es schien alles so perfekt zu sein. Ich dachte, ich könnte für ein bisschen Gerechtigkeit für unsere Familie sorgen. Deine Mutter hätte das Haus schon haben sollen. Das wusstest du bestimmt gar nicht.« Sie blickte auf den Namen ihres Vaters, der dort in Stein gemeißelt stand. »Ich hätte das Haus deiner Großeltern bewohnt, ihr Land bewirtschaftet. Ich hätte einen Betrieb ganz nach meinen Vorstellungen geführt.« Dann sagte sie leise: »Ich hätte mit Jonathan unter einem Dach gelebt. Na ja, zumindest tagsüber.« Ein Lächeln huschte über ihr Gesicht. »Du hättest ihn gemocht, Papa. Er ist so geradlinig, so hanseatisch, ohne dabei steif zu wirken. Genau wie du. Du hättest ihn gemocht«, wiederholte sie. Hummeln segelten gemütlich von einer Blüte zur anderen und erfüllten die Luft mit leisem Brummen. Im Lavendel tummelten sich Schmetterlinge.

Amali stand eine ganze Weile, vielleicht waren es einige Minuten, tief in Gedanken versunken da.

Plötzlich hatte sie eine Begebenheit ganz deutlich vor Augen, an die sie seit Jahren nicht mehr gedacht hatte. Sie war noch ein Kind gewesen, und ihre Mutter war mal wieder aus heiterem Himmel aufgetaucht. Ihr Vater wollte sie zunächst auf Distanz halten, weil er bereits ahnte, dass sie auch dieses Mal nicht bei der Familie bleiben würde. Doch sie blieb länger als die Male davor und versuchte sogar, so schien es, ein zartes Band zu ihrer Tochter zu knüpfen. Sie sei jetzt ganz bei sich, hatte sie behauptet und gemeint, dass sie dadurch auch in der Lage sei, Amali eine Mutter zu sein. Ihr Vater war lange skeptisch geblieben, doch er wollte ihr um des Kindes willen eine Chance geben. Als er gerade anfing, Vertrauen zu fassen, sich über die Entwicklung zu freuen und seiner Frau, die sie immerhin noch war, wieder einen Platz in seinem Leben und dem seiner Tochter einzuräumen, verschwand sie. Amali war damals elf gewesen.

»Das war es«, hatte er gesagt und die Scheidung in die Wege

geleitet. »Dieses Mal ist es für immer.« Er hatte recht behalten. Über seinen Tod hinaus. Amali hatte in einigen Zeitungen Todesanzeigen geschaltet, aber sie wusste nicht einmal, ob ihre Mutter sie gelesen hatte. Sie kannte ihren Vater in- und auswendig und hatte damals gespürt, wie groß die Enttäuschung für ihn war. Als sie nun an seinem Grab stand, erinnerte sie sich ganz deutlich an das, was er zu ihr gesagt hatte. »Nur ein Dummkopf jammert ständig über das, was er nicht ändern oder haben kann. Wer klug ist, akzeptiert das und erfreut sich an dem, was ist und was er hat. Glaube mir, Amali, der Dummkopf wird ewig unzufrieden sein, aber der Kluge ist glücklich und zufrieden.«

»Hast ja recht, Papa«, sagte sie leise. Es lag an ihr, sich eine andere Arbeit zu suchen. Und es lag an ihr, den Kontakt zu Jonathan aufrechtzuerhalten. Beides hing nicht von der Gnade der von Eichenbaums ab, dachte sie trotzig. Sie würde abwarten und neue Pläne schmieden, wenn alles entschieden war. Sollte sie nicht in das Forsthaus ziehen dürfen, müsste sie sich auch nicht verschulden. Womöglich blieb ihr dadurch einiger Ärger erspart. Positiv denken, ermahnte sie sich. Sie ließ ihren Blick noch einmal über die bunten Blumen und über den grauen Stein mit dem Datum, das ihr Leben auf so furchtbare Weise durcheinandergebracht hatte, schweifen. Dann verließ sie mit durchgedrücktem Rücken und entschlossenen Schritten den Friedhof.

Die Zeit wollte an diesem Tag einfach nicht verstreichen. Amali hatte sich einen Stapel Zeitschriften gekauft, die mehr oder weniger viel mit ökologischem Landbau zu tun hatten. Sie saß eine halbe Stunde auf ihrem Balkon und blätterte in den Magazinen. Vielleicht wurde irgendwo eine gute Stelle oder eine Beteiligung an einem Hofladen oder Bistro angeboten. Doch selbst wenn etwas Passendes dabei gewesen wäre, hätte sie es übersehen, so unkonzentriert war sie. Immer wieder schaute sie auf die Uhr, ging hinein, um sich etwas zu trinken zu holen, oder blickte nach unten auf die Straße, als ob Jonathan dort auftauchen könnte. Schließlich hielt sie es nicht mehr aus und machte sich auf den Weg ins Blini. Es war noch früh am Abend, die Tische draußen vor dem Restaurant waren alle besetzt. Sie wusste, dass Niki und Jan keine Zeit für sie hatten, aber sie mochte einfach nicht länger allein sein. Also nahm sie es auch in Kauf, drinnen sitzen zu müssen. Am Tresen war noch ein Platz frei.

»Hey, Süße, hast du schon etwas gehört?« Niki küsste sie auf beide Wangen und sah sie erwartungsvoll an.

»Nichts. Jonathan hat nicht einmal angerufen. Dabei muss er längst mit dem Junior gesprochen haben.«

»Das kann ein gutes Zeichen sein.«

»Ja, kann es. Oder ein schlechtes.« Sie lächelte matt. »Keine Sorge«, sagte sie, bevor Niki ihr eine Standpauke über ihren Pessimismus halten konnte, »ich lasse es auf mich zukommen. Jede Medaille hat zwei Seiten. Wenn das mit dem Forsthaus nicht klappt, bleibe ich wenigstens in eurer Nähe.«

»Sehr gute Einstellung«, lobte Niki. »Braves Mädchen. Dafür bekommst du einen leckeren Bio-Prosecco.« Sie zwinkerte ihr fröhlich zu. »Hast du Hunger? Jan hat einen Salatteller mit Vanille-Balsamico-Dressing kreiert. Ein Traum!« Sie verdrehte genießerisch die Augen.

»Nein danke, vielleicht später.«

Niki kümmerte sich wieder um eine Gesellschaft, die drinnen zwei große Tafeln reserviert hatte, und machte den Mitarbeitern Beine. Amali beobachtete die feiernden Menschen und jene, die von draußen kamen, um auf die Toilette zu gehen oder etwas zu bestellen. Sie versuchte einzuschätzen, wer wohl wirk-

lich zufrieden mit seinem Leben war und wer nicht. Es gab einige, deren Gesichter fröhlich und entspannt wirkten, und andere, deren Mundwinkel deutlich nach unten wiesen. Amali wollte nicht zu der zweiten Gruppe gehören. Sie nippte an ihrem Glas. Es war toll, so gute Freunde zu haben, zu denen sie jederzeit kommen konnte. Und es war einfach wunderbar, dass Jonathan in ihr Leben getreten war. Was immer auch geschehen würde, die Begegnung mit ihm war ein Gewinn, den ihr niemand mehr nehmen konnte. Bei diesem Gedanken musste sie ein wenig lächeln. Es würde alles gut werden, so oder so.
»Wie sieht es jetzt mit einem Salat oder etwas anderem aus?«, fragte Niki, als sie sich einige Stunden später auf den Barhocker neben Amali setzte.
»Nein danke. Jan hat mir zwischendurch schon etwas Käse und Baguette hingestellt. Es ist unmöglich, bei euch zu verhungern.«
»Das will ich hoffen.« Niki fuhr sich durch das kurze Haar, das sie an diesem Abend mit viel Gel sehr strubbelig trug. »Die Schlagzeile ›Junge Frau im Restaurant Blini am Tresen verhungert‹ können wir auch nicht brauchen.«
Amali grinste. Dann legte sie beide Hände auf die Theke. »Zeit, nach Hause zu gehen. Bestimmt hat Jonathan mir schon zig Nachrichten auf meinen Anrufbeantworter gesprochen, und ich sitze hier und kriege nichts davon mit.«
»Das ist ja nett, ich setze mich zu dir, und du verabschiedest dich«, beschwerte Niki sich. »Sagtest du nicht, er habe deine Handynummer?«
»Ja.«
»Und hast du es mit und eingeschaltet?«
Amali vergewisserte sich, obwohl sie sich eigentlich sicher war. Immerhin hatte sie schon mehrfach an diesem Abend nachgesehen, ob sie womöglich eine Nachricht oder das Klingeln überhört hatte. »Ja.«

»Dann kannst du ganz entspannt sitzen bleiben, weil du zu Hause auch keine Nachricht hast.«
»Aber es passt gar nicht zu Jonathan, dass er sich nicht meldet. Ich will nur schnell nachsehen, danach kann ich ja wiederkommen.«
»Sehr praktisch, wirklich.« Niki schüttelte den Kopf. »Wenn du mich nicht augenblicklich in eine Unterhaltung verwickelst, schlafe ich ein. Nicht böse sein, Amali, aber ich werde nicht auf dich warten. Ich hatte einen echt langen Tag. Wenn du jetzt gehst, überlasse ich Jan seinem Schicksal und gehe auch nach Hause.«
»Gute Idee, du brauchst schließlich deinen Schlaf. Ich komme einfach morgen wieder, dann reden wir.«
»Wann lerne ich diesen Jonathan eigentlich kennen?«, wechselte Niki das Thema.
»Jetzt«, sagte Amali tonlos.
Sie starrte auf die Tür, durch die Jonathan eben getreten war, und konnte nicht begreifen, dass er es wirklich war. Woher wusste er, dass er sie hier finden würde?
Niki folgte ihrem Blick. »Im Ernst? Das ist er?«
Jonathan lächelte und kam zu ihnen an den Tresen. »Guten Abend!« Er sah müde aus.
»Das ist ja ein Zufall«, stotterte Amali.
»Sie sind also Jonathan Thalau.« Niki ließ sich elegant vom Barhocker gleiten und reichte ihm die Hand. »Ich bin Niki«, stellte sie sich vor. »Ich habe schon sehr viel von Ihnen gehört.« Dabei warf sie ihm einen tiefen Blick zu, für den Amali sie am liebsten geohrfeigt hätte.
»Ich hoffe, es war ähnlich gut wie das, was ich von Ihnen gehört habe.«
»Er ist charmant«, sagte Niki, an Amali gewandt. »Draußen sind jetzt Tische frei. Die Luft ist herrlich, und der Sternen-

himmel ist heute besonders schön. Ich bringe euch etwas zu trinken. Was darf es denn für Sie sein?«

Jonathan bestellte eine Weinschorle. Sie gingen hinaus und setzten sich. Auf dem Tisch flackerte ein Windlicht, und die Dunkelheit senkte sich über die Jugendstilhäuser der Straße. Die Terrasse des Restaurants nebenan war von bunten Lampions eingerahmt, und am Eingang des Blini und auch rund um die Tische brannten Fackeln.

»Es ist kein Zufall, dass du hier bist, oder?«

»Nein. Ich habe dich zu Hause nicht angetroffen. Du hast mir so viel von dem Blini und deinen Freunden erzählt, dass ich dich hier vermutet habe.«

»Gut kombiniert.« Sie lachte unsicher. Jonathan hatte interessante Neuigkeiten, das spürte sie deutlich, nur wusste sie nicht genau, ob sie sie hören wollte.

Während sie zum hundertsten Mal darüber nachdachte, was Jonathan in Erfahrung hatte bringen können, erschien Niki mit den Getränken.

»Bestimmt haben Sie Amali eine Menge zu erzählen, da will ich gar nicht stören. Aber ich bin schon ziemlich neugierig. Könnten Sie mir wenigstens einen Hinweis geben. So?« Sie streckte den Daumen in die Höhe. »Oder doch eher so?« Langsam drehte sie den ausgestreckten Daumen zur Seite und dann immer weiter nach unten.

»Setz dich zu uns«, forderte Amali sie auf. Zu Jonathan sagte sie: »Ich habe keine Geheimnisse vor Niki. Sie war bei meinem ersten Besuch am Forsthaus dabei und hat sich alles über meine Nachforschungen und verrückten Ideen anhören müssen. Ich nerve sie seit Tagen mit meinen Plänen und meiner Sorge wegen der Finanzierung. Sie soll wissen, was los ist.« Niki zögerte. »Von mir aus gern.« Jonathan nickte ihr freundlich zu, und sie setzte sich.

»Also, Daumen hoch oder runter?«, fragte Amali. Sie konnte die Spannung kaum noch aushalten.
»So einfach ist es leider nicht. Nein, nicht leider«, korrigierte er sich, »glücklicherweise ist es das nicht.«
»Na, Sie können es ja spannend machen!« Wieder fuhr Niki sich durch das hellblonde Haar, das das Flackern der Kerze und der Fackeln reflektierte.
Jonathan ließ den Finger über den Fuß seines Weinglases gleiten. »Bausi von Eichenbaum hat sich bei Oliver und Franz von Eichenbaum gemeldet.«
Amali starrte ihn ungläubig an. Ihr wurde flau, und sie war froh, dass sie saß.
»Bausi von Eichenbaum? Der Typ aus Tansania?« Niki blickte zwischen Jonathan und Amali hin und her.
»Genau der«, erklärte er.
Niki gab sich keine Mühe, ihre Fassungslosigkeit zu verbergen. »Jetzt sagen Sie nicht, der hat etwas mit dem plötzlichen Sinneswandel des Juniors zu tun!« Sie winkte nach ihrer Mitarbeiterin und bestellte sich einen italienischen Kräuterlikör. »Noch jemand einen?« Amali und Jonathan schüttelten die Köpfe.
»Doch, so ist es. Er hat Franz von Eichenbaum gegenüber behauptet, dass Amali in Afrika nach Möglichkeiten gesucht habe, den von Eichenbaums zu schaden.«
»Er hat … was?« Amalis Atem ging schneller. Am liebsten wäre sie aufgesprungen und herumgelaufen.
»Er hat behauptet, du seist voller Rachegedanken und würdest noch immer nichts anderes wollen, als der Familie das Unheil zurückzuzahlen, dass sie einst deinen Vorfahren angetan haben. Du sollst, nachdem du zuerst auch Bausi schaden wolltest, er dir dann aber das Gefühl gegeben habe, auf deiner Seite zu stehen, geäußert haben, dass du erst zufrieden seist, wenn die Familie von Eichenbaum zugrunde gerichtet sei.«

In Amalis Kopf rasten die Gedanken. Sie brachte kein Wort heraus, ohne in Tränen der Enttäuschung und der Wut auszubrechen. Wie konnte Bausi ihr das antun? Er hatte sie auf übelste Weise belogen. Warum ließ er sie jetzt nicht in Ruhe? Was versprach er sich davon?
Niki war alles andere als sprachlos. »Das ist ein Hammer!«, sagte sie und schlug mit der flachen Hand auf den Tisch. Die Gläser klirrten leise, die Flamme in dem Windlicht wackelte aufgeregt hin und her. »Erst macht der einen auf Mr. Lover Lover, und dann haut er sie hinterrücks in die Pfanne. Woher hat der überhaupt die Telefonnummer von dem netten alten Franz?«
»Die von Eichenbaums stehen im Telefonbuch. Es ist keine Schwierigkeit, Kontakt zu ihnen aufzunehmen. Zu allem Überfluss sind sie und Bausi verwandt. Es dürfte ihm nicht schwergefallen sein, ihr Vertrauen zu gewinnen. Schließlich stimmt es ja, Amali ist nach Afrika geflogen, um der Familie auf den Zahn zu fühlen.« Er sah sie an. »Du hast gehofft, dass du ein paar Leichen im Keller entdecken und ausgraben kannst. Er musste nicht einmal lügen, als er ihnen das erzählt hat.«
»Aber ich habe doch nie vorgehabt, jemanden zugrunde zu richten«, verteidigte Amali sich mit zitternder Stimme. Niki nahm ihre Hand.
»Natürlich nicht, aber der Herr hat halt ein wenig übertrieben«, erklärte Jonathan weiter. »Er hat davor gewarnt, dich zu ihrer Nachbarin zu machen. Das solle man sich gründlich überlegen, hat er Franz von Eichenbaum geraten.« Er machte eine Pause und blickte in die Flamme. Amali ahnte, dass das dicke Ende noch kam. »Bausi hat angeboten, das Problem Amali, wie er sich ausgedrückt hat, zu lösen«, sagte er leise und sah zu ihr auf. »Gegen entsprechende Bezahlung natürlich.«
»Das glaube ich doch wohl nicht!« Niki war lauter geworden als üblich. Sofort hatte sie sich wieder im Griff. »Sie sind doch An-

walt. Das Problem Amali lösen, kann man das nicht als Morddrohung auffassen und den Kerl einbuchten?« Sie sah Amali von der Seite an. »Süße, du bist ganz blass. Ich hole dir jetzt doch einen Schnaps. Und Ihnen auch«, setzte sie hinzu, stand auf und ging, ohne eine Erwiderung abzuwarten.
»Es tut mir so leid, Amali.« Jonathan strich sanft über ihren Arm. »Du mochtest ihn sehr, nicht wahr?«
»Er hat mir eine Figur vorgespielt. Die mochte ich«, entgegnete sie knapp und schluckte. Niki war zurück und stellte drei Gläser mit einer dunkelbraunen Flüssigkeit, Eiswürfeln und jeweils einer Scheibe Zitrone auf den Tisch.
»Was habe ich verpasst?«
»Nichts.« Amali schüttelte den Kopf.
»Sehr gut. Dann Prost. Auf Sie, Herr Thalau! Sie müssen Amali jetzt zur Seite stehen.«
»Das verspreche ich«, sagte er und sah Amali über den Rand des Glases an, während er trank. Als er das Glas wieder auf den Tisch stellte, verzogen sich seine Lippen zu einem Lächeln. »Ich habe mich der Sache angenommen, also bin ich auch bis zum Ende dabei. Was glauben Sie, warum ich heute so lange bei den von Eichenbaums war?« Amali sah ihn erwartungsvoll an. Er verschwamm vor ihren Augen, auch die Fackeln und die Lampions verschwammen. Rasch senkte sie den Blick wieder. Er sollte ihre Tränen nicht sehen.
»Franz von Eichenbaum hat sich furchtbar aufgeregt. Das war der ausschlaggebende Grund, weshalb der Junior von der Abmachung nichts mehr wissen wollte. Er meinte, du hättest seinen Vater getäuscht, Amali. Darüber hinaus schien er wirklich Angst davor zu haben, dass du, sobald du nur wenige Meter von ihnen entfernt wohnst, den Rachefeldzug starten könntest.«
»So ein Quatsch!«, ereiferte Niki sich.
»Das habe ich auch gesagt. Ich habe Oliver von Eichenbaum

gefragt, wie Amali als Nachbarin wohl die ganze Familie vernichten sollte. Ich meine, wir sind hier schließlich nicht in einem amerikanischen Film, in dem die böse Nachbarin, von Hass zerfressen, das Baby der verfeindeten Familie tötet. Ich habe Oliver gefragt, ob er dir so etwas zutrauen würde.«
»Ich will die Antwort gar nicht hören«, flüsterte Amali.
»Blödsinn, kein Mensch, der einigermaßen klar bei Verstand ist, traut dir so etwas zu. Du setzt doch sogar Spinnen nach draußen, anstatt mit dem Schuh draufzuklatschen.«
»Sie haben recht, Niki, er denkt nicht ernsthaft, dass von Amali eine Gefahr ausgeht. Wie ich schon sagte, ich glaube, er war wütend darüber, dass sein Vater einen Schwächeanfall erlitten hat, und wollte einfach wieder Ruhe in die Familie bringen. Darum hat er sich entschieden, die alten Ziegelsteine einem Händler, der ihm schon mehrfach ein Angebot gemacht hat, anzubieten.«
»Und was ist mit diesem Bausi?« Niki stützte sich mit den Armen auf den Tisch und sah Jonathan neugierig an. »Hat Oliver es ihm überlassen, das Problem zu lösen? Wie will der das überhaupt anstellen?«
Jonathan schüttelte den Kopf. »Nein, er hat ihm gesagt, dass es keinerlei schriftliche Vereinbarung zwischen Amali und Franz von Eichenbaum gebe. Insofern gebe es auch kein Problem. Er hat dankend abgelehnt und seinem Cousin klargemacht, dass es nichts zu verdienen gibt.«
»Haha, sehr gut!«, rief Niki aus.
»Nein, überhaupt nicht gut. Ich habe Oliver von Eichenbaum gesagt, er soll ihn zurückrufen, sich bei ihm für den guten Tipp bedanken und Bausi bitten, nach Deutschland zu kommen.«
»Was hast du gesagt?« Amali fühlte sich, als hätte er ihr einen Schlag in die Magengrube verpasst. »Bist du wahnsinnig?«
»Ein bisschen verrückt vielleicht.« Er lächelte matt. »Ich muss

immerhin damit rechnen, dass er dich wieder einwickelt. Das würde mir überhaupt nicht gefallen.«
Nikis Augenbraue zuckte. Sie warf Amali einen verschwörerischen Blick zu. Doch die ließ sich nicht beschwichtigen.
»Auf den Kerl falle ich garantiert nicht mehr herein. Und auch auf niemanden sonst. Das habe ich hinter mir«, sagte sie düster.
»Was haben Sie vor?« Für Niki schien das Ganze ein einziges großes Abenteuer zu sein. Sie hing an Jonathans Lippen.
»Ich habe Oliver von Eichenbaum die Wahrheit über seinen Cousin erzählt, dass er in Deutschland mit dem Gesetz in Konflikt gekommen ist und sich deshalb wieder nach Tansania zurückgezogen hat. Ich habe dafür gesorgt, dass die Glaubwürdigkeit dieses Bausi arg gelitten hat. Mir blieb gar nichts anderes übrig, wenn ich Amalis Ansehen wiederherstellen wollte. Und das wollte ich unbedingt.« Er sah sie liebevoll an. »Ich habe die Zeit heute genutzt, um weiter über ihn zu recherchieren. Es sieht so aus, als würde er aktuell versuchen, mit Edelsteinen zu handeln beziehungsweise mit Händlern Geschäfte zu machen.«
»Das ist ja wie ein Krimi«, stellte Niki fest und leerte ihr Glas.
»In Tansania sind vor Jahren mit internationalen Großkonzernen Abbauverträge geschlossen worden, die es ermöglichen, dass die Händler lohnende Gewinne machen, während die Bevölkerung, der ja eigentlich das Land gehört, leer ausgeht. Die Einheimischen würden lediglich profitieren, wenn die Einkommensteuer, die die Konzerne zahlen, für Projekte im Land genutzt würden.«
Amali hatte Mühe gehabt, ihm zuzuhören. Sie war einfach zu durcheinander und zu verletzt. Doch allmählich zogen seine Ausführungen auch sie in ihren Bann.
»Werden sie das denn nicht?«, wollte sie wissen.
»Doch, zum Teil schon. Allerdings sind Gesetze erlassen worden, nach denen Investitionen im Bereich des Bergbaus steuer-

lich gefördert werden. Die zahlen erheblich weniger Einkommensteuer als Betriebe anderer Branchen.«
»So eine Sauerei!« Niki schnaubte verächtlich.
»Ja, und das ist leider noch nicht alles.« Jonathan erzählte, dass viele Afrikaner enteignet worden seien. Anderen habe man Tantiemen versprochen. Da aber die Ertragszahlen manipuliert würden, fielen diese sehr gering aus. »Es wird gelogen und geschmuggelt. Ich habe mich mit einem Kollegen unterhalten, der zu einer Anwaltsgruppe gehört, die dafür kämpft, dass sämtliche Abbauverträge gekündigt und erneuert werden. Doch die zuständigen Leute in der Regierung lassen sich fürstlich dafür bezahlen, an den Verträgen festzuhalten.«
»Was hat dieser Bausi damit zu tun?« Niki sah ihn aufmerksam an.
»Wie es aussieht, hilft er zum einen dabei, einige Stämme um ihr Land zu bringen. Er hat wohl Freunde unter den Massai und anderen Gruppen und genießt ihr Vertrauen. Das ist für internationale Konzerne viel wert. Außerdem ist er ein cleverer Bursche, der die Gesetze gut kennt. Jedenfalls in diesem Bereich. Er vermittelt Lizenzen, die große Betriebe zum Schein miteinander tauschen. So umgehen sie Zölle. Bausi hilft ihnen, die Gesetzeslücken optimal zu nutzen. Das hat jedenfalls der Kollege erzählt.«
»Das ist ungeheuerlich«, sagte Amali. »Trotzdem verstehe ich nicht ganz, was er in Deutschland soll. Für seine krummen Geschäfte in Afrika kannst du ihn wohl kaum belangen.«
»Dafür nicht.« Jonathan wirkte für einen kurzen Augenblick verunsichert. »Um ehrlich zu sein, kann ich ihn gar nicht belangen. Das lässt mich hoffen, dass er sich sicher genug fühlt, die Reise anzutreten. Er meint, niemand kann ihm etwas. Aber die Deutschen, die vor geraumer Zeit auswandern wollten und ihm saftige Anzahlungen für Farmen bezahlt haben, die er ihnen nie

verkauft oder verpachtet hat, die können ihm Ärger machen. Ein Paar von damals habe ich erreicht. Die beiden sind bereit, ihm eine kleine Falle zu stellen. Ich glaube, dass schon ihr Auftauchen ihn so aus der Fassung bringen wird, dass er sich verrät. Wenn nicht, werde ich behaupten, dass es eine juristische Handhabe gegen ihn gibt und dass mir ausreichend Beweise für seinen Betrug vorliegen. Da fällt mir schon etwas ein.«
»Hört sich gut an.« Niki war begeistert. Dann zog sie die Nase kraus. »Womit wollen Sie ihn nach Deutschland locken? Dass er sich sicher fühlt, dürfte nicht reichen. Er muss eine Motivation haben, herzukommen. Hat das etwas mit den Edelsteinen zu tun?«
»Mit Steinen schon.« Jonathan schmunzelte. »Oliver von Eichenbaum wird Bausi anrufen und ihm dafür danken, dass er ihm die Augen über Amali geöffnet hat. Er wird ihm erzählen, dass er die Backsteine und das Land verkaufen und einen hübschen Gewinn machen wird. Den hätte er ohne Bausi nicht, und man ist schließlich verwandt. Er will so tun, als würde er vermuten, dass Bausi einen finanziellen Engpass habe, sonst hätte er doch sicher kein Geld von seinem Cousin verlangt, um Amali sozusagen unschädlich zu machen. Er wird ihm eine Summe als Dankeschön für den Anruf und die erhellenden Informationen über Amali in Aussicht stellen, eine Beteiligung an seinem Gewinn gewissermaßen.«
»Und diese Beteiligung ist in bar natürlich viel mehr wert, wie wenn er sie in Afrika auf sein Konto bekommt und versteuern muss«, folgerte Niki. »Genial!«

»Du musst nicht dabei sein«, sagte Jonathan zum wiederholten Mal. »Christel und Sönke haben ihren Auftritt wegen der Anzahlung für die Farm in Ostafrika. Den Rest erledige ich. Du musst dir das wirklich nicht antun.«

»Ich will aber.« Amali hatte die letzten Nächte kaum geschlafen. Immer wieder war sie schweißgebadet aufgewacht, nachdem sie von Bausi und der Begegnung im Gutshaus der von Eichenbaums geträumt hatte. Mal hatte er im Traum eine Waffe gezogen und sie bedroht, mal hatte er damit Jonathan erschossen, die schlimmste Variante von allen. Sie hätte kaum mehr sagen können, wie sie die Tage überstanden hatte. Und nun waren sie auf dem Weg nach Ostholstein. Wieder hatte Jonathan ein Auto geliehen, wieder fuhren sie zwischen Feldern und Waldgebieten hindurch, doch Amali hatte keinen Blick für die sanften Hügel der Holsteinischen Schweiz, für das saftige Grün, das Wiesen und Bäume trugen wie neue Kleider. Ihr Herz schlug heftig, und sie wünschte sich nur, dass alles so schnell wie möglich vorbei sei.

»Also gut, wenn du darauf bestehst.« Er sah sie kurz von der Seite an. »Versprich mir, dass du erst auf der Bildfläche erscheinst, wenn du ein Zeichen bekommst. Und du hältst dich genau an deinen Text.«

»Ja, das haben wir doch alles mehr als einmal besprochen.« Sie war gereizt.

Jasmin von Eichenbaum öffnete ihnen die Tür. »Guten Tag, Franz erwartet Sie schon. Mein Mann ist noch unterwegs, um den Gast aus Afrika am Flughafen abzuholen.«

»Sind Christel und Sönke Manske schon da?«, wollte Jonathan wissen, nachdem sie eingetreten waren.

»Ja, sie vertreten sich vor ihrem großen Auftritt noch etwas die Füße.« Jasmin von Eichenbaum schien von der geplanten Aktion nichts zu halten. Sie wirkte noch kühler als bei früheren Begegnungen. »Franz ist in seinem Zimmer. Ich bringe Sie zu ihm.« Sie ging vor den beiden die geschwungene Treppe hinauf, ohne darauf zu achten, ob sie ihr folgten.

»Wie schön, Sie wiederzusehen, Amali!« Franz von Eichen-

baum saß in einem Sessel mit hoher Lehne und sah ein wenig blass aus. Doch das Blitzen war bereits in seine Augen zurückgekehrt und verriet, dass er wieder vor Energie strotzte. »Guten Tag, Herr Thalau. Heute ist also der große Tag, an dem sich zeigen wird, ob Ihr Plan funktioniert.«
»Es sieht ganz so aus, ja. Freut mich, dass es Ihnen wieder bessergeht.«
»Aber ja.« Er machte eine wegwerfende Handbewegung. »Es war etwas zu viel Aufregung für einen alten Mann, aber das bringt mich nicht gleich um.« Er lachte. »Es tut mir sehr leid, Amali, dass mein Sohn sich so von seinem Cousin ins Bockshorn hat jagen lassen. Die ganze Sache muss Ihnen schrecklich zu schaffen gemacht haben.«
»Das kann man wohl sagen.« Sie schenkte ihm ein Lächeln. »Die Hauptsache, Sie glauben mir, dass ich Ihnen niemals schaden wollte. Ich schwöre Ihnen, das war nie meine Absicht.«
»Schon gut, Kindchen, davon bin ich überzeugt. Ich ärgere mich, dass ich überhaupt an Ihnen gezweifelt habe.« Er erhob sich schwerfällig. »Schwamm drüber. Wenn ich nicht irre, war das das Auto meines Sohnes. Dann geht es los.« Er ging langsam zum Fenster und sah hinunter. »Sie sind da.«
Amali und die beiden Männer gingen hinunter, als Jasmin ihnen Bescheid gab, dass Bausi im Salon sei. Das Ehepaar Manske wartete bereits in dem Zimmer neben dem Salon. Alles war genau geplant. Amali blieb im Flur stehen, während Jonathan hinter Franz von Eichenbaum den Raum betrat, in dem Bausi bereits zu hören war. Bevor er die Tür hinter sich schloss, warf Jonathan ihr noch einen Blick zu. Er vergewisserte sich, ob Amali wirklich Teil des Plans sein wollte. Sie nickte ihm einmal kurz zu, er erwiderte das Nicken, dann schloss sich die Tür.
»Darf ich vorstellen, Bausi, das ist Franz von Eichenbaum, mein Vater.«

»Guten Tag! Jambo, wie man bei uns sagt.« Amali hörte seine Stimme und konnte nicht fassen, dass dieser Klang ihr Herz einmal hatte höher schlagen lassen, dass sie einmal der Ansicht gewesen war, sich in diesen Mann verliebt oder zumindest verknallt zu haben. Jetzt, da sie nur seine Stimme hatte, ohne ihn zu sehen, fand sie, dass er eine übertriebene Fröhlichkeit in seine Worte legte wie ein elender Schmierenkomödiant. »Ich bin so glücklich, endlich diesen Zweig der Familie kennenzulernen«, plauderte Bausi weiter. »Wirklich, ich nehme es meinem Vater übel, dass er den Kontakt nicht gepflegt hat.«

»Guten Tag, junger Mann.« Das war Franz von Eichenbaums volle Stimme. »Wir sind uns schon einmal begegnet, aber daran kannst du dich nicht mehr erinnern. Du warst noch ein Kleinkind.«

»Wirklich? Wie nett! Das wusste ich nicht.«

Es entstand eine kurze Pause, dann ergriff Jonathan das Wort. »Es ist mir eine Freude, Zeuge der Familienzusammenführung zu sein, obwohl ich nicht Teil der Familie bin. Jonathan Thalau«, stellte er sich vor. »Ich bin Anwalt und möchte meinen kleinen Beitrag dazu leisten, dass dieses Treffen noch mehr Überraschungen bereithält.«

»Ein Anwalt? Ist das denn nötig unter Verwandten?« Bausi lachte. Amali konnte seine Verunsicherung hören.

»Du hast recht, in meinem Hause sollte kein Anwalt nötig sein.« Franz von Eichenbaum gab sich keine Mühe mehr, seinen Ärger zu verbergen.

»Es ist lange her, dass Sie zuletzt in Deutschland waren«, begann Jonathan. »Und wer weiß, wann sich wieder die Gelegenheit ergibt. Darum haben wir Gäste eingeladen, die Sie nach den vielen Jahren gerne wiedersehen wollen. Einen Augenblick bitte.« Amali hörte Schritte, dann trat Jonathan aus dem Salon, um das Ehepaar Manske zu holen.

»Was soll das? Ich verstehe nicht ...« Bausi wurde offenbar nervös. Amali sah, wie die drei den Salon betraten. Bausi reagierte sofort: »Was wollen die denn hier?«

»Guten Tag, Mr. Oak«, begrüßte Sönke ihn. Er klang, als würde es ihn große Mühe kosten, sich zu beherrschen. Wahrscheinlich hätte er Bausi am liebsten das hübsche Gesicht zerbeult. »So hatten Sie sich damals doch genannt, richtig?«

»Van Oak«, gab Bausi arrogant zurück. »Der Name meines Vaters und keine Erfindung, falls Sie mir das unterstellen wollen.«

»Niemand will Ihnen etwas unterstellen«, erwiderte Jonathan ruhig. »Die Manskes möchten nur ihre Anzahlung erstattet bekommen, die Sie vor geraumer Zeit für die Vermittlung einer Farm kassiert haben. Sicher können Sie erklären, warum Sie dann doch nicht in der Lage waren, dem Ehepaar Manske bei seiner Auswanderung weiter behilflich zu sein, und warum Sie sich nie wieder bei den beiden gemeldet haben.«

»Die haben sich ja auch nicht bei mir gemeldet. Der Besitzer der Farm hat einen Rückzieher gemacht. So etwas kommt vor. Ich wollte die Anzahlung natürlich sofort zurückgeben, aber die beiden haben auf meine Anrufe nicht reagiert.«

Jetzt meldete sich Christel Manske zu Wort. »Das ist doch nicht wahr. Ihre Adresse und Telefonnummer, die Sie uns gegeben haben, stimmten nicht. Und die Handynummer haben Sie anscheinend nur so lange benutzt, bis Sie uns an der Angel und das Geld kassiert hatten. Danach hieß es, die Rufnummer sei nicht vergeben, wenn wir es dort versucht haben.«

»Beruhige dich, Schatz.«

»Ich will mich nicht beruhigen. Die Pacht für ein ganzes Jahr haben wir dem gegeben!« Ihre Stimme überschlug sich. »Aus unseren Auswanderungsplänen ist nichts geworden, weil Sie uns unser Erspartes abgenommen haben, das für den Start gedacht war.«

»Sie sind beide noch jung genug, um irgendwo neu anzufangen, wenn Sie das noch möchten«, warf Jonathan ein und wandte sich wieder Bausi zu. »Ich habe hier eine Aufstellung des Schadens, der dem Ehepaar Manske entstanden ist. Da wäre die Anzahlung, die Zinsen, die darauf bis heute angefallen wären, sowie Gebühren für Papiere, die die Manskes bereits beantragt, dann aber nicht mehr gebraucht haben.«

Nach wenigen Sekunden war Bausi zu hören: »Das soll doch wohl ein Witz sein!«

»Schreien Sie bitte nicht so«, rief Oliver von Eichenbaum ihn zur Ordnung. »Im Haus gibt es ein kleines Kind, und mein Vater ist gerade erst wieder auf dem Weg der Genesung.«

»Ich weiß nicht, was diese Leute Ihnen erzählt haben. Woher wussten die überhaupt, dass ich herkomme? Ach, das ist mir doch egal! Wenn die keine Ahnung von Geschäften haben und sich nicht vernünftig um ihre Sachen kümmern, ist das nicht mein Problem. Als Anwalt sollten Sie wissen, dass Sie ohne Beweise alt aussehen. Und die haben Sie nicht. Die können Sie gar nicht haben, denn ich bin kein Betrüger. Aber anscheinend ist unter meiner reizenden Verwandtschaft Betrug an der Tagesordnung.«

»Vorsicht, junger Mann!« Das war Franz von Eichenbaum.

»Was denn? Ihr feiner Herr Sohn hat mich hergelockt, um mich angeblich an dem Geschäft zu beteiligen, das ohne mich gar nicht zustande gekommen wäre. Eine faire Geste eines anständigen Mannes. Dachte ich.«

»Die Worte fair und anständig sollten Sie gar nicht in den Mund nehmen«, schimpfte Christel.

»Herr von Eichenbaum, Sie schätzen die Situation goldrichtig ein, dass wir ein wenig geschummelt haben, um Sie zu einem Besuch im schönen Ostholstein zu überreden.« Amali konnte förmlich hören, wie Jonathan schmunzelte. »Bitte sehen Sie uns diesen kleinen Kniff nach. Nun, da Sie schon mal da sind, sollten Sie dieses Dokument unterzeichnen, mit dem Sie Frau und Herrn Manske die Erstattung der errechneten Schadenssumme garantieren. Ihre Kaffeeplantage arbeitet profitabel, und Ihre Aktivitäten im Handel mit Tansanit dürften Ihnen auch einiges einbringen.«

»Was? Woher …?« Bausi schnappte hörbar nach Luft. Amali lief ein Schauer durch den Körper. Sie wusste, dass sie in wenigen Sekunden dem Mann gegenübertreten musste, der sie zutiefst verletzt und gedemütigt hatte. Was würde sie bei dem Wiedersehen empfinden, und wie würde er reagieren?

»Nun, Sie haben vor Frau Thale doch damit geprahlt, dass Sie erheblich zur Gewinnsteigerung eines großen Bergbaukonzerns beitragen, wofür Sie eine prozentuale Beteiligung kassieren. Frau Thale, oder besser Amali, war fasziniert von den Edelsteinen, mit denen Sie Geschäfte machen. Sie hat sich ein wenig damit beschäftigt und herausgefunden, dass der Tansanit in der Kultur der Massai eine große Rolle spielt. Es ist doch richtig, dass die Massai Ihre Freunde sind, oder?«

»Ich habe keine Ahnung, was diese Frau Ihnen erzählt hat«, schnaubte Bausi. »Aber es ist doch wohl offensichtlich, dass sie sich nur an mir rächen will.«

»Ach ja? Warum sollte sie?«, unterbrach Jonathan ihn. »Wissen Sie was, wir fragen sie am besten selbst.« Schritte, dann war Jonathan bei ihr. »Bist du so weit?«, flüsterte er. Sie nickte, holte zitternd Luft und folgte ihm in den Salon. Da stand er also, der charmante verlogene Bausi von Eichenbaum. Er wirkte noch kleiner, als sie ihn in Erinnerung hatte. Seine Jeanshose sah schäbig aus, das Hemd, das er trug, saß nicht richtig und war vermutlich billig. War ihr das alles nicht aufgefallen, als sie in Tansania mit ihm zusammen gewesen war?

»Na, das hätte ich mir ja denken können! Die beleidigte Amali!

Du ziehst wirklich alle Register, um es mir heimzuzahlen, oder?« Seine Augen wanderten schnell zwischen ihr und Jonathan, der hinter ihr stand und eine Hand auf ihre Schulter gelegt hatte, hin und her. »Ich verstehe, ich verstehe«, zischte Bausi. »Habe ich mir doch gedacht, dass du in Deutschland einen Freund hast. Oder machst du nur mit ihm rum, damit du ihn nicht bezahlen musst? So ein Jurist ist teuer.« Er grinste dreckig.
Amali wusste, dass sie etwas sagen musste, aber sie fürchtete, ihre Stimme würde ihr nicht gehorchen.
»Junger Mann, ich habe dir schon einmal gesagt, du sollst vorsichtig sein.« Franz von Eichenbaum war laut geworden. Die Röte in seinem Gesicht verriet, wie sehr ihn die ganze Situation aufregte. Wenn er nur nicht wieder einen Schwächeanfall oder gar Schlimmeres erleiden würde! »Ich dulde es nicht, dass du Amali in meinem Hause beleidigst. Auch wenn du mein Neffe bist, genießt du hier keinerlei Sonderrechte.«
»Verzeihen Sie, Onkel«, begann Bausi und setzte ein geradezu frommes Gesicht auf. »Ich kann ja verstehen, dass Sie Amali in Schutz nehmen. Sie hat ein Talent, Menschen für sich einzunehmen. Ich kann Sie nur warnen. Wenn Sie nämlich nicht so wollen, wie sie will, dann ist es vorbei mit ihrer sanften Freundlichkeit.« Er funkelte Amali böse an. »Durch einen Trick hat sie meine Bekanntschaft gemacht. Von der ersten Sekunde an hat sie es darauf angelegt, mich ins Bett zu kriegen!«
»Das ist nicht wahr!« Amali schnappte nach Luft.
Bausi sah Jonathan an. »Sie ist hübsch. Wenn so ein reizendes Geschöpf einfach keine Ruhe gibt, dann kann ein Mann schon schwach werden, nicht wahr? Ihnen ging es doch bestimmt auch so.«
»Nein«, entgegnete Jonathan beherrscht.
»Nein? Sie hat noch nicht mit Ihnen geschlafen? Dann sind Sie

vielleicht nicht ihr Typ. Mit mir hat sie es nämlich getan. Und wie!«

Bevor Amali etwas sagen konnte, antwortete Jonathan: »Jeder macht mal einen Fehler.«

»Einen Fehler?« Bausi war außer sich. »Ich habe einen Fehler gemacht, als ich ihrem Betteln nachgegeben habe. Zuerst dachte ich, sie ist einfach nur scharf auf ein exotisches Abenteuer mit einem dunkelhäutigen Mann. Viele Frauen fliegen deswegen allein nach Afrika. Aber damit hat sie sich nicht zufriedengegeben. Sie wollte gleich, dass ich meine Frau verlasse!«

»Du hast ebenso wenig einen Ring getragen wie jetzt«, brachte Amali einigermaßen kühl hervor. »Hätte ich gewusst, dass du verheiratet bist, hätte ich deiner Verführung widerstanden.« Er lachte laut auf. Wie übertrieben. Er war wirklich ein schrecklich schlechter Schauspieler. Sie erinnerte sich an das, was sie sagen musste. »Ich bin froh, wenn ich dich in meinem ganzen Leben nicht wiedersehen muss«, begann sie leise. »Solltest du das Dokument, das Herr Thalau vorbereitet hat, nicht unterzeichnen, werde ich mich noch heute mit Herrn Maulidi in Verbindung setzen.« Seine Augen wurden kurz zu Schlitzen, dann bildeten sich Schweißperlen auf seiner Stirn. »Wie ich sehe, ist dir der Name bekannt.« Amali sandte ein stilles Dankesgebet gen Himmel, weil sie den Namen auf dem kleinen Schild an der Uniform des Beamten gelesen und richtig behalten hatte. »Herr Maulidi war sehr freundlich zu mir. Als ich den fülligen Herrn in der Behörde von Dar es Salaam zum ersten Mal sah, glaubte ich, er gehöre zu denen, die gern einen Schein einstecken und dafür auf mehr als einem Auge blind sind.« Ihre Stimme war hart. »Doch so ist es nicht. Er kann Typen wie dich nicht leiden, die ihrem Land schaden. Er wartet nur darauf, genug gegen dich in der Hand zu haben, um dich aus dem Verkehr zu ziehen.« Sie konnte sehen, dass es in Bausis Hirn fieberhaft arbeitete. Für den Bruchteil einer Sekunde schlich sich die Szene im Baumhaus in ihre Gedanken, und sie musste den Kopf senken, damit niemand ihr in die Seele schauen konnte.

Jonathan spürte, dass etwas mit Amali nicht in Ordnung war. »Frau Thale hat es Ihnen erklärt. Sie unterschreiben und sorgen dafür, dass Frau und Herr Manske ihr Geld bekommen, oder Herr Maulidi erfährt sämtliche Details über Ihre Machenschaften mit Tansanit. Zum Beispiel, um welche Summe an Zöllen und Steuern Sie Ihr Land gebracht haben, oder etwa die Namen Ihrer Kompagnons, deren dreckige Geschäfte Sie decken oder erst ermöglichen.« Er sah Bausi fest in die Augen. Der ächzte. »Sie können ausgesprochen froh darüber sein, dass wir Ihnen diesen Handel anbieten, anstatt Sie in Deutschland juristisch zu verfolgen und parallel unsere Informationen an Herrn Maulidi weiterzugeben.« Bausi schnappte nach Luft, um etwas zu sagen, doch Jonathan sorgte dafür, dass er in der Defensive blieb. »Denn wenn Sie meinen, uns lägen keine Beweise für Ihren Betrug an den Manskes vor, dann täuschen Sie sich gewaltig. Die beiden haben sämtliche Unterlagen aufbewahrt, und die sind mit falschem Namen unterzeichnet. Selbst wenn Ihr Vater sich van Oak genannt hat, gibt Ihnen das nicht das Recht, diesen Namen zu benutzen. Sie können damit kein Dokument rechtskräftig unterschreiben. Tun Sie es trotzdem, ist es Betrug. Darüber hinaus dürfte es nicht schwer nachzuweisen sein, dass Sie keinerlei Recht an der Farm hatten. Weder sind Sie der Besitzer noch hat der Ihnen den Auftrag und die Befugnis erteilt, Pächter für ihn zu suchen und Verträge mit ihnen zu machen. Habe ich recht?«

»Das wird Ihnen leidtun, Herr ...«

»Thalau«, sagte Jonathan freundlich. »Ich denke nicht.«

Von einer Sekunde auf die andere veränderte sich Bausis Gesicht. Der Zorn löste sich auf, Verzweiflung trat an seine Stelle.

»Ich bitte dich, Amali, du kannst mich doch nicht derartig in Schwierigkeiten bringen. Von dem Tansanit-Handel kann dir doch nur meine Frau erzählt haben. Begreifst du denn nicht, warum? Sie wollte, dass du abreist, dass du schlecht von mir denkst. Ich habe dir doch gesagt, welche Probleme ich mit ihr habe. Und mit meinem Vater.« Er schnaubte. Es klang nicht wütend oder verächtlich, sondern nur matt. »Von wegen, die Kaffeeplantage ist profitabel. Ich habe es Amali erklärt. Die Behörden legen mir große Steine in den Weg, und mein Vater kassiert jeden Monat eine hübsche Summe. Ich mache gegen alle Widerstände die Arbeit, und nun soll ich nicht nur die Provision, sondern irgendwelche Zinsen und Gebühren zurückzahlen, die ich niemals bekommen habe«, jammerte er.

»Hätten Sie das Geld gleich zurückgegeben oder besser gar nicht erst eingesteckt, säßen Sie jetzt nicht auf den Zinsen«, gab Jonathan zurück.

Bausi stand mit gesenktem Kopf und hängenden Schultern da. Er sah beinahe aus wie ein Kind. Amali beschloss, sich zu verabschieden, bevor sie am Ende noch Mitleid mit ihm hatte.

»Gute Heimreise, und richte Gasira bitte herzliche Grüße aus. Sie ist eine bewunderns- und bemitleidenswerte Frau«, sagte sie schneidend.

Er sah zu ihr auf. »Amali, bitte! Bitte, verzeih mir! Ich war so enttäuscht, dass du einfach gegangen bist. Ich dachte, du hättest mich nur ausnutzen wollen, um deinen Urlaub mit einem erotischen Abenteuer zu versüßen. Und meine finanzielle Situation ist alles andere als einfach.« Christel und Sönke Manske tauschten beunruhigte Blicke. »Du warst einfach weg, ohne dich von mir zu verabschieden, und meine Frau hat so schreckliche Dinge gesagt«, winselte er weiter. »Da hatte ich die Idee, die von Eichenbaums vor dir zu warnen und so etwas Geld zu verdienen. Es tut mir so leid. Du weißt, dass ich dich liebe.«

Amali spürte Jonathans Blick. Sie wagte es nicht, ihn anzusehen.

»Du tust mir leid«, sagte sie und stellte fest, dass es stimmte. »Ich wünsche dir, dass du aus dieser Sache wenigstens etwas lernst und mit Menschen in Zukunft besser umgehst.« Sie ging zur Tür, legte die Hand auf den Griff, drehte sich dann aber doch noch einmal um. »Es ist schon komisch, weißt du? In Tansania glaubte ich, den einzig ehrlichen Herrn von Eichenbaum getroffen zu haben. Deinen Verwandten hier zu Hause habe ich gründlich misstraut. Und dabei ist es genau umgekehrt.« Sie lächelte Oliver und Franz von Eichenbaum zu und ging.

Ostholstein, drei Monate später

Sie hatten in Heiligenhafen zu Mittag gegessen. Dann waren Amali und Jonathan auf der Seebrücke bis zur Spitze spaziert, wo man das Gefühl hatte, mit einem Schiff auf der Ostsee zu sein. Der Herbst begann bereits, die ersten Blätter gelb zu malen, doch an diesem Tag war es noch so mild, der Himmel war so blau, dass sie nicht anders konnten, als die letzten warmen Stunden auszukosten, die der Sommer vergessen hatte, mit sich zu nehmen. Sie schlenderten an der Marina entlang und sahen den kleinen und großen Booten zu, die auf dem Wasser hüpften. Als die ersten Kutter der Hochseeangelflotte in den Hafen zurückkehrten, machten sie sich auf den Weg zum Forsthaus.

»Manchmal kann ich noch immer nicht glauben, dass ich der Stadt bald den Rücken kehren und immer in der Nähe der Ostsee leben werde«, sagte Jonathan und seufzte zufrieden.

»Noch solltest du es auch nicht glauben«, entgegnete Amali und lachte. »Bis zum Einzug geht noch viel Zeit ins Land, fürchte ich.«

»Wieso, es geht doch gut voran.«

»Das stimmt allerdings. Ich kann noch immer nicht fassen, dass das mit der Finanzierung und der Baugenehmigung so schnell gegangen ist.«

»Das hast du der Stiftungsdirektorin zu verdanken. Von dem Moment an, als sie sich eingeschaltet hat, ging alles ruck, zuck.«

»Dir habe ich das auch zu verdanken. Du wusstest genau, an

welchen Schrauben wie zu drehen ist. Ohne dich hätte ich das alles nie geschafft.«

»Ach was«, sagte er und winkte ab. Sie fuhren auf den kleinen Parkplatz, der entstanden war, nachdem die ersten Sträucher vor dem Haus kräftig beschnitten worden waren.

»Im Ernst«, beharrte sie, stieg aus und ging um den Wagen herum. »Ich denke schon eine ganze Weile darüber nach, dass wir noch nicht über dein Honorar gesprochen haben.«

»Das haben wir, ganz am Anfang«, korrigierte er sie. »Komm, lass uns noch ein paar Schritte gehen. Ich möchte sehen, wie die Apfelwiese und die Weide aussehen, nachdem die ersten Erdarbeiten stattgefunden haben.« Er nahm ihre Hand, und sie gingen langsam den Sandweg hinunter, der am Forsthaus vorbeiführte.

»Ich weiß, du sagtest bei unserem ersten Treffen, dass wir uns über dein Honorar einigen müssen, wenn wir Erfolg haben. Den haben wir ja wohl!«

Sie blieb stehen, drehte sich um und deutete mit ausgestreckten Armen auf das Forsthaus, das bald wieder in altem Glanz erstrahlen würde.

»Stimmt. Und ich sagte auch, dass wir uns auf jeden Fall einigen würden. Daran hatte und habe ich keinen Zweifel.«

»Das hoffe ich.«

Sie schlenderten bis zu der Weide, die auch weiterhin den von Eichenbaums gehören würde. Ein weißer Holzzaun rahmte sie ein, vier Pferde, deren rötlich braunes Fell in der Spätnachmittagssonne schimmerte, grasten das saftige Grün ab. Amali schnalzte und lehnte sich an den Zaun. Die Tiere hoben kurz die Köpfe, dann fraßen sie in aller Ruhe weiter.

»Ich bin so froh, dass doch noch alles geklappt hat.«

»Du wirst noch fluchen«, prophezeite Jonathan lachend und trat zu ihr. »Jede Baustelle in einem so alten Haus kann zu zwei neuen führen. Schlägst du hier Putz ab, kommt dort etwas Unerwartetes zum Vorschein. Und es ist kein vergrabener Schatz, so viel ist sicher.«

»Bangemachen gilt nicht«, sagte Amali, wenn sie auch oft genug schreckliche Angst hatte, dass ihr alles über den Kopf wachsen könnte. »Jetzt habe ich mich auf die Sache eingelassen und gefühlt hundert Verträge unterzeichnet. Kneifen ist keine Option mehr.«

»Das ist wahr. Außerdem stehst du nicht alleine vor dem Abenteuer. Du hast einen zahlungskräftigen Mieter, gute Freunde und einen guten Architekten. Was soll da schon schiefgehen?«

»Ja, Gott sei Dank!« Amali sah ihn an. »Über den Mieter freue ich mich am meisten.«

»Klar, das ist eine ziemliche finanzielle Entlastung«, stimmte er zu und schmunzelte kess.

»Du weißt genau, wie ich das meine.«

»Ich glaube schon«, sagte er leise, »aber ich würde es trotzdem gern noch mal hören.«

Amali errötete. »Ich freue mich, dass du deine Praxis gleich neben meinem Laden haben wirst. Dann können wir uns immer sehen, und ich kann dir immer frisches Gemüse, Obst und Gebäck bringen.«

»Daran habe ich auch gedacht. Als Honorar, meine ich.«

Sie lachte. »Dann komme ich aber billig davon.«

»Du hast keine Ahnung, wie viel ich verdrücken kann.« Sie standen eng beieinander. Vögel zwitscherten, der leichte Wind zauberte ein Flüstern in das Laub, das bereits eine feine bunte Herbstfärbung ahnen ließ, und die Pferde schnaubten leise.

»Als du Bausi nach Deutschland geholt hast, hatte ich große Angst, dass er alles zerstören würde«, sagte Amali leise. »Ich kann es selbst noch nicht glauben, dass ich ihn in Tansania nicht durchschaut habe.«

»Es ist eben nicht immer so einfach. Du denkst gern in Kategorien. Entweder ist jemand der perfekte Gutmensch oder von Grund auf böse. Aber so ist es im richtigen Leben nicht.« Jonathan legte den Kopf schief und sah ihr in die Augen. »Ich denke, Bausi ist kein schlechter Mensch. Gut, er ist ziemlich egoistisch, aber nicht wirklich durch und durch schlecht. Vielleicht hat er seinen Platz einfach nicht gefunden. Er wurde als Kind eine ganze Zeit zwischen den Welten hin und her gestoßen. Mal haben seine Eltern mit ihm in Afrika gelebt, dann in Deutschland. Ich habe den Eindruck, dass sie ihn ziemlich früh sich selbst überlassen haben. Also hat er sich mit dem durchgeschlagen, was lukrativ und bequem erschien. Er ist nirgends richtig angekommen«, überlegte Jonathan laut. »Und die beiden Welten, zwischen denen er gependelt hat, könnten auch heutzutage nicht unterschiedlicher sein, das weißt du. Das muss man erst mal verkraften.«

»Du hast ziemlich gebluff, als du im Salon behauptet hast, die Manskes hätten sämtliche Unterlagen aufbewahrt.«

»Ich hätte schlecht sagen können, dass sie irgendwann frustriert mit der Sache abgeschlossen und alles verbrannt haben.«

»Glaubst du, sie werden ihr Geld bekommen?«

»Vielleicht nicht alles, aber ich denke schon, dass er einen Teil zurückzahlen wird.« Jonathan griff nach ihrem Zopf und wickelte ihn sich um den Finger. »Ich glaube, er hat wirklich Angst, dass wir ihm Probleme bereiten könnten. Vermutlich wird er den Manskes irgendwann erklären, dass er pleite ist, und ihnen eine letzte Zahlung anbieten. Sei es drum, sie haben auf jeden Fall gewonnen. Immerhin haben sie nicht mehr damit gerechnet, überhaupt je etwas von ihrem Geld wiederzusehen.«

»Ja, die Gerechtigkeit hat gesiegt. Dafür hast du Jura studiert, stimmt's?«

Seine Antwort war ein Lächeln.

Es fiel Amali schwer, dennoch musste sie einen Punkt ansprechen. »Du weißt, dass ich mit Bausi geschlafen habe.«
»Ja.«
»Und trotzdem sagst du, dass er kein böser Mensch ist. Trotzdem sprichst du nicht schlecht von ihm, sondern versuchst ihn zu verstehen.«
»Was hat das eine mit dem anderen zu tun? Er hat es mit deinem Einverständnis getan, nehme ich an.« Jonathan sah sie fragend an. Amali senkte den Blick und nickte kaum merklich. »Dann ist ihm das nicht vorzuwerfen.« Nach einer kurzen Pause setzte er hinzu: »In diesem Punkt kann ich ihn verstehen. Ich hätte es auch getan.« Wieder entstand eine Pause, dann sagte er: »Frage mich jetzt bitte nicht, ob ich dich auch verstehen kann.«
»Nein, das wollte ich dich nicht fragen. Es ist nur so, dass es mir schrecklich auf der Seele liegt. Ich meine, du musst ja denken, dass ich mich ständig neu verliebe, mal in den einen, dann in den nächsten. Aber so ist es nicht«, stotterte sie hilflos. »Ich weiß selbst nicht, was in Tansania mit mir los war. Wahrscheinlich habe ich mich nur allein gefühlt und verloren, sonst wäre ich seinem Charme niemals so schnell erlegen.« Sie sah ihn an. »Mit dir ist es etwas ganz anderes. Ich bewundere dich, ich mag deine Einstellung zum Leben. Du bist einfach ein großartiger Mensch, der niemanden mit einem vordergründigen Charme einwickeln muss.« Mit schief gelegtem Kopf hörte er ihr zu. »Und du bist ehrlich. Das ist manchmal vielleicht etwas unbequem, trotzdem ist es mir sehr wichtig. Ich mag dich, Jonathan. Mehr als das. Deshalb muss ich wissen, ob du mir verzeihen kannst.«
»Es gibt nichts zu verzeihen, Amali«, sagte er ernst. »Wir waren zu dem Zeitpunkt, als du mit ihm geschlafen hast, noch nicht zusammen.«

Seit Bausi Ostholstein wieder verlassen hatte, hatten Amali und Jonathan sich beinahe jeden Tag gesehen. Sie hatten sich an den Händen gehalten, einander berührt, Pläne geschmiedet, die mehr als eine berufliche Partnerschaft bedeuteten, doch sie hatten nie ausgesprochen, was zwischen ihnen war.
Amali sah ihn mit großen Augen an. »Sind wir denn jetzt zusammen?«, wollte sie wissen.
»Etwa nicht?« Er nahm sie in die Arme und küsste sie.

Glossar

Ahsante Swahili-Wort für danke

Askari von Swahili für Soldat; Einheimischer, der als Soldat oder Polizist in der Kolonialtruppe diente

Bibi Swahili-Wort für Frau

Boma In der Swahili-Sprache sind damit eigentlich befestigte Gebäude gemeint; in der Kolonialzeit wurden die Verwaltungssitze auch so genannt

Bwana Swahili-Wort für Mann

Dawa Swahili-Wort für Medizin

Hehe Ethnie Tansanias, die der deutschen Kolonialmacht zunächst erbitterten Widerstand geleistet hat

Hogo eine Art Wegzoll

Homa Swahili-Wort für Fieber

Jumbe Swahili-Wort für Chef oder Häuptling; Dorfvorsteher, meist Männer, manchmal aber auch Frauen, die traditionell hohes Ansehen in ihrer Volksgruppe genießen

Kikoi Stück Stoff, das Männer wie einen kurzen Rock gebunden getragen haben

Massai nomadisch lebendes Hirtenvolk in Tansania

Mganga Swahili-Wort für Arzt oder Medizinmann bzw. Medizinfrau

Wamakua Volksgruppe, die aus Portugiesisch-Ostafrika in das deutsche Kolonialgebiet gekommen ist; besonders eifrige und erfolgreiche Jäger

Wardscher Kasten transportables Gewächshaus nach dem englischen Arzt Nathaniel Bagshaw Ward (1791–1868)

Schlussbemerkung

Sprache ist ein mächtiges Mittel. Ich bin mir dessen bewusst und weiß selbstverständlich, dass die Bezeichnung Neger heute nicht mehr akzeptabel ist. Im ausgehenden 19. Jahrhundert war das ganz anders. Die Sprache in den Passagen dieses Buches, die in der weiten Vergangenheit spielen, ist bewusst so gewählt. Sie soll die Einstellung der Europäer – von Unwissen oder auch Ignoranz geprägt – deutlich machen.
Um ein sprachliches Wirrwarr zu vermeiden, habe ich mich für die durchgehende Verwendung heute gebräuchlicher Ortsnamen entschieden.

Wahr oder unwahr?
Wie immer habe ich mich bemüht, den historischen Rahmen gründlich zu recherchieren und korrekt darzustellen. Das für manche überraschende Übergreifen des Ersten Weltkriegs auf die Kolonien gehört ebenso dazu wie die Existenz der Botanischen Zentralstelle für die deutschen Kolonien oder auch des Amani-Instituts. Eine Außenstelle in Moshi gab es meines Wissens allerdings nicht.
Auch Ausdrücke, Sitten und Gebräuche der afrikanischen Völker habe ich versucht glaubhaft einfließen zu lassen.
Es hat Auswanderungen aus Holstein nach Deutsch-Ostafrika gegeben. Die Familie des betrügerischen Freiherrn von Eichenbaum ist jedoch erfunden und hat kein real existierendes Vorbild.

Mein Dank geht an Bernd Othmer, der mir in juristischen Fragen mit seinem ungeheuren Fachwissen zur Seite gestanden hat. Ein weiterer Dank geht an die Büchereulen. In diesem wunderbaren Internetforum habe ich eine Frage gestellt, weil mir eine wichtige Information gefehlt hat. Auf der Stelle haben einige Foren-Mitglieder sich kopfüber in die Recherche gestürzt und in ihrem Bekanntenkreis herumgefragt. Einfach toll! Viel verdanke ich auch den Büchern von Norbert Aas. Er kennt sich mit der Kolonialzeit in Deutsch-Ostafrika hervorragend aus, seine Bücher waren eine reiche Quelle der Inspiration und des Wissens. Unbedingt erwähnen möchte ich auch Norbert Veit von tanzania-tours.de, dessen Familiengeschichte eng mit dem heutigen Tansania verwoben ist. Er hat mir viel Interessantes erzählt, wovon einiges in stark abgeänderter Form Eingang in das Buch gefunden hat.
Nicht vergessen möchte ich außerdem die Bundesakademie für kulturelle Bildung und hier speziell Olaf Kutzmutz. Ich habe die inspirierende Atmosphäre des Hauses schon mehrfach genossen. Die Ruhe dort und die Kreativität, die in der Luft liegt, sind unvergleichlich. Ganze Passagen des Romans sind in der Bundesakademie entstanden.

Wie immer gilt mein Dank der Literaturagentur Dörner und speziell meinem Agenten Dirk R. Meynecke, der mich seit vielen Jahren umsichtig berät und betreut. Ebenso danke ich dem Verlag Droemer Knaur für das Vertrauen und hier besonders Christine Steffen-Reimann. Und zum guten Schluss möchte ich nicht meine wunderbare Lektorin Dr. Gisela Menza vergessen, der ich für den liebevollen und kompetenten Umgang mit meinen Texten danke.

Lena Johannson

Das Marzipanmädchen

Roman

Lübeck im Jahre 1870. Marie Kröger, 16 Jahre alt, hat nur einen Traum: Sie will einmal Tänzerin werden. Doch als ihr älterer Bruder ums Leben kommt, soll sie die väterliche Konditorei übernehmen. Schweren Herzens fügt sich Marie dem Willen des schwerkranken Vaters und muss sich nun nicht nur den Respekt der Angestellten erkämpfen, sondern auch das Vertrauen der Kunden gewinnen – zu denen auch der russische Zar gehört. Hilfe erhofft sie sich von einem geheimnisvollen Marzipanrezept, das sich seit Generationen im Besitz ihrer Familie befindet. Nur Marie weiß, wo ihr verstorbener Bruder es aufbewahrte. Kann dieses Rezept Marie und die Konditorei vor dem Ruin retten?

»Auf alle Fälle sind unterhaltsame und
interessante Lesestunden bei diesem
historischen Roman garantiert.«
Mindener Tagblatt

Lena Johannson

Die Bernsteinheilerin

Roman

Lübeck zu Beginn des 19. Jahrhunderts. Die kleine Johanna wächst wohlbehütet bei ihren Großeltern auf. Von ihren Eltern weiß sie nur, dass die Mutter wenige Tage nach Johannas Geburt gestorben ist. Als Johanna erwachsen wird, soll sie eine Ausbildung als Bernsteinschnitzerin machen – und versteht absolut nicht, warum sie als Mädchen in eine handwerkliche Lehre gehen muss. Sollte ihr Schicksal wirklich an den geheimnisvollen Bernsteinanhänger gebunden sein, den ihre Mutter ihr hinterlassen hat?

Ein wunderbarer Roman über den Zauber
des Bernsteins und eine Frau,
die mutig ihren Weg geht!

Lena Johannson

Die Bernsteinsammlerin

Roman

Lübeck 1806: Die Thuraus sind eine Familie, die durch den Handel mit Wein reich und mächtig geworden ist. Ihre Tochter Femke aber, deren meeresgrüne Augen schon so manchen fasziniert haben, zaubert aus dem Bernstein, den sie am Ostseestrand sammelt, wahre Meisterwerke, denen man sogar magische Fähigkeiten nachsagt. Als die Familie aufgrund der Bedrohung durch Napoleons Truppen in wirtschaftliche Bedrängnis gerät, ist es Femkes Talent, das den Thuraus das Überleben sichert. Femke ahnt nicht, dass sie ein Findelkind ist und dass ein dunkles Geheimnis in ihrer Herkunft sie mit dem Stein verbindet, der ihr Schicksal ist …

»Zauberhafter Roman aus dem alten Lübeck.«
Bergedorfer Zeitung

Wind, Wellen und der Traum von
einem anderen Leben

Lena Johannson

Die Ärztin von Rügen

Roman

Rügen um 1890: Die junge Arzttochter Anne hat nur einen Traum – sie will in die Fußstapfen ihres Vaters treten, doch das ist zu dieser Zeit für eine Frau unmöglich. Als Assistentin ihres Vaters und des neuen Badearztes steht sie zahlreichen Patienten mit Rat und Tat zur Seite. Doch dann versagt der Arzt kläglich, und Anne wird Zeugin seines Scheiterns. Von nun an macht er Anne das Leben zur Hölle und gefährdet sogar ihre Liebe zu einem Kollegen.